Brian Jacques

REDWALL – Mossflower in Gefahr



OMNIBUS

Foto: © David Jacques

**DER AUTOR**

Brian Jacques wuchs im nordenglischen Liverpool auf, wo er auch heute wieder lebt. Mit fünfzehn ging er zur See. Nach seiner Rückkehr arbeitete er unter anderem als Dockarbeiter, Lastwagenfahrer, Polizist und Boxer. Geschichten hatte er schon immer im Kopf, aber als er die Schüler der Liverpooler Blindenschule kennen lernte, malte er für sie Bilder mit Worten.

Und so nahmen die Geschichten, die zur berühmten REDWALL-Saga wurden, Gestalt an. Mittlerweile wurden Millionen Exemplare des inzwischen sechzehnbändigen preisgekrönten Epos weltweit verkauft – und Brian Jacques kann sich vor Fanpost kaum retten!

Von Brian Jacques ist im OMNIBUS Taschenbuchverlag erschienen:

**REDWALL – Der Sturm auf die Abtei** (21313)

**REDWALL – Mattimeo. Die Rache des Fuchses** (21315)

**REDWALL – Mariel. Das Geheimnis der Glocke** (21316)

Im OMNIBUS Hardcover ist erschienen:

**REDWALL – In den Fängen des Tyrannen**

**REDWALL – Der Kampf der Gefährten**

*Weitere Titel der REDWALL-Saga sind in Vorbereitung.*

Im C. Bertelsmann Jugendbuch Verlag ist erschienen:

**Die Gestrandeten**

Brian Jacques

# Redwall

# Mossflower in Gefahr

Aus dem Englischen von
Bettina Lifke

OMNIBUS

Band 21314

OMNIBUS

Der Taschenbuchverlag
für Kinder
Verlagsgruppe Random House
München Berlin
Frankfurt Wien Zürich

Siehe Anzeigenteil am Ende des Buches
für eine Aufstellung der bei OMNIBUS
erschienenen Titel.

*Umwelthinweis:*
*Alle bedruckten Materialien dieses Taschenbuches sind chlorfrei und umweltschonend.*

1. Auflage November 2003



Gesetzt nach den Regeln der Rechtschreibreform


Übersetzung: Bettina Lifke
Lektorat und Überarbeitung: Carola Henke
Umschlaggestaltung: Atelier Langenfass, Ismaning
Umschlagbild: Fangorn
Landkarte: Peter Papenbrok
at · Herstellung: Peter Papenbrok
Satz: KCS GmbH, Buchholz/Hamburg
Druck: Clausen & Bosse, Leck
ISBN 3-570-21314-5 · Printed in Germany

www.omnibus-verlag.de

10 9 8 7 6 5 4 3 2 1

N
MEER
ÖDLAND
Die Welt von
REDWALL
SUMPFGEBIET

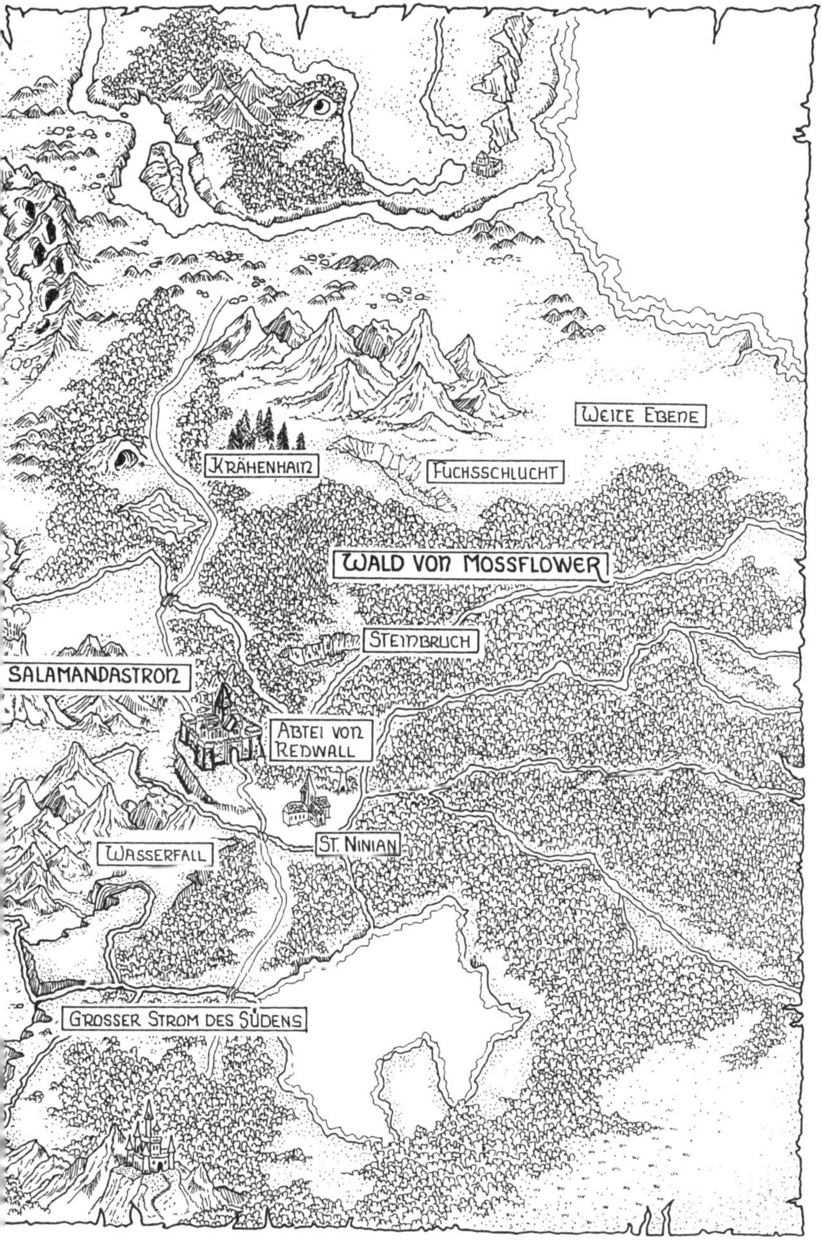
WEITE EBENE
KRÄHENHAIN
FUCHSSCHLUCHT
WALD VON MOSSFLOWER
STEINBRUCH
SALAMANDASTRON
ABTEI VON REDWALL
ST. NINIAN
WASSERFALL
GROSSER STROM DES SÜDENS

*Es war Spätherbst und Windböen fegten heulend um die geöffnete Tür des Torhauses. Gelbbraune Blätter raschelten im langsam verblassenden Nachmittagslicht.*

*Bella von Brockhall saß am Feuer und kuschelte sich noch tiefer in ihren alten Lehnstuhl. Mit halb geschlossenen Augen beobachtete sie, wie ein kleiner Mäuserich durch die Türöffnung lugte und sie unverwandt ansah.*

*»Komm nur herein, mein Kleiner, und mach die Tür zu.«*

*Der kleine Mäuserich folgte der Aufforderung. Das freundliche Lächeln der Dächsin ermutigte ihn und so kletterte er auf ihre Stuhllehne und schmiegte sich an ein Kissen.*

*»Ihr habt gesagt, dass Ihr mir eine Geschichte erzählen würdet, Frau Bella.«*

*Die Dächsin nickte gemächlich.*

*»Alles, was du um dich herum siehst, wie die eingebrachte Ernte, angefangen bei den rotgelben Äpfeln bis hin zum goldfarbenen Honig, kannst du in Freiheit genießen. Nun höre gut zu, während draußen der Wind die letzten Herbstblätter davonwirbelt und den Winter noch etwas näher rücken lässt. Ich werde dir von einer Zeit erzählen, die sehr weit zurückliegt, in der die Abtei von Redwall in Mossflower noch lange nicht erbaut war. Damals gab es für die Waldbewohner keine Freiheit; wir wurden unter der Schreckensherrschaft von Verdauga Grünauge und seiner Tochter Zarina grausam unterdrückt. Es war ein Mäuserich, wie du einer bist, der Mossflower befreite. Sein Name ist heute im ganzen Land bekannt: Martin der Krieger.*

*Ach, mein kleiner Freund, ich bin alt geworden und meine*

*Gefährten ebenfalls. Ihre Söhne und Töchter sind inzwischen selbst Eltern geworden. Aber so ist das Leben. Mit Kinderaugen betrachtet, ist jede Jahreszeit etwas ganz Neues und auch das Essen hat im Mund eines Kindes einen viel frischeren Geschmack als in meinem eigenen. Während ich hier von Wärme und Frieden umgeben sitze, wird in meiner Erinnerung alles wieder lebendig: eine seltsame Geschichte von Krieg und Liebe, Freund und Feind, großen Ereignissen und heldenhaften Taten.*

*Schau ins Feuer, mein Junge. Höre mir zu und ich werde dir die Geschichte erzählen.«*

# Erstes Buch

# Kotir, die Burg des Schreckens

# 1

In Mossflower herrschte tiefster Winter, und über dem Land hing ein düsterer grauer Himmel, an dessen Horizont nicht mehr als ein Hauch von Dunkelrot und Orange zu erkennen war. Eine kalte Schneedecke verhüllte die Landschaft und bedeckte die nach Westen liegende Ebene. Der Schnee war überall; er wurde entlang der Hecken zu hohen Wehen zusammengetrieben, füllte die Gräben, machte die Wege unsichtbar und verwischte die Konturen der Erde durch seine weiße Umarmung. Unablässig drangen Schneeflocken durch die kahlen, blattlosen Baumwipfel des Waldes von Mossflower. Sie breiteten sich wie ein Teppich auf dem darunter liegenden Waldboden aus und versahen immergrüne Sträucher und Büsche mit einer weißen Haube. Der Winter hatte das Land verstummen lassen; die gedämpfte Stille wurde nur durch das Stapfen eines Wanderers gestört.

Ein kräftig gebauter junger Mäuserich mit flinken dunklen Augen durchschritt selbstsicher das eingeschneite Land. Als er sich umdrehte und nordwärts blickte, konnte er sehen, wie seine Spuren sich in der Ferne verloren. Weiter südlich erstreckte sich in endloser Weite die Ebene, die im Westen durch die schwachen Umrisse weit entfernter Hügel begrenzt wurde, während im Osten der verwilderte, lange Waldsaum anzeigte, wo das Gebiet von Mossflower endete. Die Nase des Mäuserichs zuckte, als er den schwachen Geruch einer Feuerstelle wahrnahm, in der Holz und Torf verbrannt wurden. Ein kalter Wind fegte von den Baumwipfeln herab und wirbelte den Schnee auf, sodass die tanzenden Flocken eisige Spiralen bildeten. Der Wanderer zog seinen Umhang noch fester um sich und rückte ein altes, rostiges Schwert zurecht, das er sich auf den Rücken geschnallt hatte. Dann stapfte er stetig voran, fort aus der Wildnis und hin zu den Behausungen anderer Lebewesen.

Es war ein abschreckender Ort, dessen schäbiges Antlitz auf große Armut schließen ließ. Hier und da sah der Mäuserich Anzeichen dafür, dass es Bewohner gab. Von den verwüsteten und zerstörten Behausungen waren unter den Schneeverwehungen nur die Umrisse zu erkennen und selbst die machten einen erbärmlichen Eindruck. Die verfallene Siedlung wurde von einem merkwürdigen Gemäuer überschattet, das hoch über den Wald ragte. Es war eine heruntergekommene, dunkle und trübsinnige Festung, ein Symbol der Angst für die Waldbewohner von Mossflower.

Auf diese Weise kam Martin der Krieger zum ersten Mal nach Kotir, dem Sitz der Wildkatzen.

In einem ärmlichen Verschlag an der Südseite von Kotir kauerte Familie Stichler um ein kleines Torffeuer. Es flackerte immer wieder auf, denn die nächtlichen Windböen drangen durch die Holzlatten, in deren Zwischenräumen der Lehm stellenweise fehlte. Ein zaghaftes Kratzen an der Tür ließ sie aufschrecken. Ben Stichler ergriff ein brennendes Holzscheit und bedeutete seiner Frau Goody, ihre vier Kleinen in den hinteren Teil des Raumes zu bringen, wo sie in der Dunkelheit nicht so leicht zu sehen waren.

Während Mutter Stichler ihre Jungen unter Decken aus grobem Sackleinen versteckte, umklammerte Ben das Holzscheit noch fester und rief mit barscher Stimme, so schroff er nur konnte: »Geht weg, lasst uns in Ruhe! Wir haben hier drinnen nicht mal für eine ordentliche Igelfamilie genug Essen. Ihr habt uns schon die Hälfte unserer Lebensmittel weggenommen, dabei platzt eure Speisekammer in Kotir doch aus allen Nähten.«

»Ben, Ben, ich tus sein, Erdklaue! Tut schon aufmachen, herraja. Es tut allerweil eiskalt hier draußen sein, bohörr.«

Als Ben Stichler die Tür öffnete, schob sich ein freundlich aussehender Maulwurf eilig an ihm vorbei zum Feuer, wo er seine Grabklauen über die Flammen hielt und aneinander rieb.

Die Kleinen lugten unter den Decken hervor. Ben und Goody blickten ihren Besucher ängstlich an.

Erdklaue rieb seine kalte Nase, um sie zu wärmen, und sagte in der eigenartigen Sprache der Maulwürfe: »Das Ungeziefer tut wieder auf Patrouille sein, hajo, Wiesel und Hermeline und solcherart Wesen. Die tun grad wieder nach Essen suchen.«

Goody wischte den Mund eines der Kleinen an ihrer Schürze ab und schüttelte den Kopf. »Ich habs gewusst! Wir hätten davonlaufen sollen, wir hättens wie die anderen machen und diesen Ort verlassen sollen. Wo zum Stachel noch mal sollen wir nur das Essen hernehmen, um die Abgaben zu bezahlen?«

Verzweifelt warf Ben Stichler sein Stück Holz ins Feuer. »Wo können wir mitten im Winter und mit vier Kleinen im Schlepptau denn schon groß hinlaufen? Sie würden uns doch lange vor Beginn des Frühjahrs zugrunde gehen.«

Erdklaue zog einen schmalen Streifen silbriger Birkenborke hervor und gebot ihnen Stillschweigen, indem er seine Pfote an seine Lippen legte. Mit Holzkohle war ein einziges Wort in die Borke geritzt worden: *Rawim*. Darunter befand sich eine einfache Karte mit einem Weg in den Wald von Mossflower, weit von Kotir entfernt.

Ben sah sich die Karte genau an, er war hin- und hergerissen zwischen der Möglichkeit zu entkommen und der misslichen Lage, in die er seine Familie vielleicht bringen würde. Seinem Gesicht war die Ausweglosigkeit seiner Situation deutlich anzusehen.

*Rrrums! Rrrums!*

»Macht auf, ihr da drinnen! Na, wirds bald? Macht die Tür auf! Hier ist die offizielle Patrouille von Kotir.«

Soldaten!

Ben warf einen letzten, flüchtigen Blick auf das Borkenstück und schleuderte es dann ins Feuer. Als Goody den Riegel hochschob, wurde die Tür sofort gewaltsam nach innen aufgestoßen, und sie taumelte zur Seite. Die Soldaten drängten in den Raum und ließen die nächtliche Kälte des Winters hinter sich. Ungehobelt stießen und schoben sie einander herum. Ein Frettchen namens Eckzahn und ein Hermelin namens Splitternase schienen die Patrouille anzuführen.

Ben Stichler seufzte erleichtert, als sich die beiden von dem brennenden Stück Borke abwendeten und mit dem Rücken ans Feuer stellten.

»Heraus mit der Sprache, ihr Schnarchstachler, wo versteckt ihr all euer Brot, den Käse und das Oktoberbier?«

Bens Stimme konnte man seinen Hass anhören, als er dem höhnenden Eckzahn Rede und Antwort stand. »Es ist schon so manche lange Jahreszeit vergangen, seit ich das letzte Mal Oktoberbier trinken konnte oder Käse zu essen bekam. Da ist etwas Brot auf dem Regal, aber das reicht gerade für meine Familie.«

Splitternase spuckte ins Feuer und streckte die Pfote nach dem Brot aus. Ben Stichler wollte das Hermelin aufhalten, aber als er versuchte, sich nach vorn zu drängen, baute sich eine Mauer aus Speerspitzen vor ihm auf.

Goody hielt ihren Ehemann zurück, indem sie ihm eine Pfote auf seine Stacheln legte: »Bitte, Ben, leg dich nicht mit diesen großen Schlägern an.«

Erdklaue stimmte ihr zu: »Hajaj, es tut nix nicht viel geben, was unsereiner gegen Speere tut ausrichten können, Ben.«

Eckzahn drehte sich zu dem Maulwurf um und sah ihn an, als würde er ihn jetzt erst wahrnehmen: »He, was machst du eigentlich hier, Blinzelauge?«

Eines der kleinen Igelkinder warf die Decke zurück und blickte das Hermelin unerschrocken an. »Er ist nur hereingekommen, um sich an unserem Feuer zu wärmen. Lasst ihn bloß in Ruhe!«

Splitternase prustete los vor Lachen und spuckte dabei lauter Krümel von dem Brot, das er gerade aß, in die Gegend. »Pass auf,

Ecki! Da sind noch mehr unter der Decke. An deiner Stelle wär ich lieber auf der Hut.«

Ein neben ihnen stehendes Wiesel zog die Decke ganz fort, sodass die anderen drei Kleinen zum Vorschein kamen.

Eckzahn sah sie sich genauer an. »Hmmm, die müssten eigentlich groß genug zum Arbeiten sein.«

Mutter Stichler warf sich wütend dazwischen. »Lasst meine Kleinen in Frieden. Sie haben keiner Seele was zuleide getan.«

Eckzahn beachtete sie gar nicht. Er schlug Splitternase das Brot aus den Pfoten, drehte sich dann zu einem Wiesel um und befahl: »Heb das Brot auf und wage es ja nicht, heimlich davon zu essen. Bring es ins Vorratslager, sobald wir wieder in der Garnison sind.«

Mit einer Bewegung seines Speeres gab er der Patrouille das Signal, die Hütte zu verlassen. Beim Hinausgehen rief Eckzahn Ben und Goody zu: »Morgen will ich die vier draußen auf dem Feld sehen. Wenn nicht, könnt ihr alle die restliche Winterzeit sicher und warm im Kerker von Kotir verbringen.«

Erdklaue lugte mit einem Auge durch einen Türspalt und beobachtete, wie die Patrouille in Richtung Kotir davonmarschierte. Ben zögerte keine Sekunde; sofort begann er damit, die Kleinen in alle Decken zu hüllen, die sie besaßen.

»So, jetzt habe ich aber genug! Was zu viel ist, ist zu viel! Wir werden noch heute Nacht aufbrechen. Du hattest Recht, meine Liebe, wir hätten uns schon längst den anderen im Wald anschließen sollen. Was meinst du, Erdklaue?«

Der Maulwurf stand noch immer mit einem Auge am Türspalt. »Hajaj, tu fix einmal herkommen und tu dir das grad mal anschauen, bohörr!«

Während Ben zusammen mit seinem Freund durch den Spalt blinzelte, war Goody weiterhin damit beschäftigt, ihre Jungen in Decken einzuhüllen. »Was ist denn los, Ben? Die kommen doch nicht etwa wieder zurück, oder?«

»Nein, Frau. Hohoho, schau dir das an, das darf doch nicht wahr sein! Hast du gesehen, mit was für einer Wucht er dem Wiesel auf die Nase gehauen hat? Weiter so, zeigs ihm, Jungchen!«

Ferdy, der Kleine, der eben so vorwitzig gewesen war, flitzte hinüber und zerrte an Bens Pfote. »Gehauen? Wer hat ein Wiesel gehauen? Was machen die da draußen?«

Ben beschrieb ihm ganz genau, was er sah: »Da ist ein Mäuserich – er ist wirklich ganz schön kräftig. Sie versuchen gerade, ihn gefangen zu nehmen … So ist es richtig! Tritt noch mal zu, Mäuserich. Weiter so! Hahaha, man sollte doch meinen, dass ein ganzer Soldatentrupp auf Patrouille in der Lage wäre, mit einem Mäuserich fertig zu werden, aber an dem beißen sie sich die Zähne aus. Das muss wohl ein ganz erfahrener Krieger sein. Mann oh Mann! Schau doch, jetzt hat er Eckzahn so erwischt, dass der lang hingeschlagen ist. Schade, dass sie sich so an sein Schwert klammern. Heiliger Stachel, mit dem Schwert in seinen Pfoten könnte er bestimmt einen ganz schönen Schaden anrichten, ganz egal wie verrostet es ist.«

Ferdy hüpfte auf und ab. »Lass mich auch mal gucken, ich will auch was sehen!«

Erdklaue wendete sich langsam von der Tür ab. »Hano, tut wohl wenig Sinn haben, kleines Igelchen. Sie tun ihn nun haben und ganz und gar gefesselt tut er auch sein. Gegen so viele tat er nicht ankommen, aber es tut ein guter und mutiger Kämpfer gewesen sein, hajo.«

Einen Moment lang war Ben ganz niedergeschlagen, dann klatschte er in die Pfoten. »Jetzt oder nie, die Patrouille ist erst einmal mit dem Krieger beschäftigt. Sie haben genug damit zu tun, ihn zum Katzenschloss zu bringen. Auf gehts, wir sollten die Zeit nutzen, solange noch Zeit dazu ist.«

Wenig später war die Hütte, in der das Feuerholz langsam zu Asche zerfiel, leer, und die kleine Gruppe stapfte in den vor ihr liegenden, ausgedehnten Wald von Mossflower. Die Augen tränten ihnen, und sie mussten die Köpfe gesenkt halten, um dem schneidenden Wind auszuweichen. Erdklaue bildete die Nachhut und verwischte die Pfotenspuren im Schnee.

## 2

Gonff der Mäusedieb tappte heimlich, still und leise den Gang entlang; er kam geradewegs aus der Speisekammer von Kotir. Er war ein plumper, kleiner Kerl und trug ein grünes Wams, um das er sich einen breiten Gürtel mit großer Schnalle gelegt hatte. Er war ein richtiger Lebenskünstler, ein ausgezeichneter Schauspieler, Balladenschreiber, Sänger und Einbrecher und bei alledem ein äußerst freundlicher Zeitgenosse. Den Waldbewohnern war der kleine Dieb sehr ans Herz gewachsen. Gonff tat alles mit einem Achselzucken ab, er nannte jeden gleich Kumpel, wie er es von den Ottern gelernt hatte, deren großer Bewunderer er war. Er kicherte leise in sich hinein, zog einen kleinen Dolch aus seinem Gürtel und schnitt sich eine Ecke von dem Käse ab, den er bei sich trug. Von seiner Schulter baumelte eine große Flasche mit Holunderbeerwein, die er ebenfalls aus der Speisekammer gemopst hatte. Er aß Käse, trank Wein, und zwischendurch sang er mit tiefer Bassstimme leise vor sich hin:

*»Der König aller Mäusediebe*
*beehrt euch heute hier.*
*Ihr denkt, dass sie verschlossen bliebe,*
*die Speisekammertür.*
*Ihr Trottel, prüft das Lager lieber,*
*die leckren Speisen sind mein.*
*Ganz gewiss komme ich bald wieder*
*und stehle noch mehr vom Wein.«*

Als er laute Pfotenschritte vernahm, verstummte Gonff. Er verschmolz mit dem hinter ihm liegenden Schatten, als er sich niederkauerte und den Atem anhielt. Zwei in Rüstung gekleidete Wiesel mit Speeren in ihren Pfoten trotteten vorbei. Sie stritten heftig miteinander.

»Hör mal zu, ich werde nicht meinen Kopf dafür hinhalten, dass du deine Finger nicht von der Speisekammer lassen kannst.«

»Wer, ich? Pass bloß auf, was du sagst, Kumpel. Ich bin kein Dieb.«

»Na ja, du siehst in letzter Zeit aber ganz schön dick und rund aus, mehr sage ich ja gar nicht.«

»Pah, nicht halb so pausbäckig wie du, Fettwanst!«

»Selber Fettwanst! Demnächst wirst du noch mich verdächtigen.«

»Ha, du hast ja auch den Schlüssel, wer könnte es denn sonst gewesen sein?«

»Du könntest es genauso gut gewesen sein. Du bist ja schließlich auch immer mit mir da unten.«

»Ich gehe ja nur mit, um dich im Auge zu behalten, Kumpel.«

»Und ich gehe nur mit, um auf dich aufzupassen, jawohl!«

»Gut, dann passen wir eben gegenseitig aufeinander auf.«

Gonff stopfte sich eine Pfote in den Mund, um ein Kichern zu unterdrücken.

Die Wiesel blieben stehen und blickten einander an.

»Was war das?«

»Oho, ich weiß, was das war – du machst dich über mich lustig.«

»Pah, red doch keinen Blödsinn.«

»Ich rede also Blödsinn, was?« Empört wandte sich das Wiesel von seinem Gefährten ab.

Schnell nutzte Gonff die Gelegenheit, um mit einer recht gut nachgeahmten Wieselstimme zu rufen: »Dicker, fetter Räuber!«

Wütend stürzten sich beide Wiesel aufeinander.

»Dicker, fetter Räuber, was? Dir werd ichs zeigen!«

»Autsch! Du kriechende Kröte, da hast dus!«

Die Wiesel schlugen mit ihren Speerenden wie wild aufeinander ein.

Gonff wagte sich aus seinem Versteck und schlich in entgegengesetzter Richtung davon, während die beiden Wachposten hinter ihm auf dem Boden des Ganges umherrollten. Sie fielen beißend und kratzend übereinander her und dachten nicht einmal mehr an ihre Speere.

»Auau, lass sofort los! Grrr, da, nimm das!«

»Dir werde ich schon zeigen, wer hier der Räuber ist! Da hast dus! Aah, du hast mir ins Ohr gebissen!«

Vor Heiterkeit bebend, steckte Gonff seinen Dolch wieder in die Scheide. Dann öffnete er einen Fensterladen, schlüpfte hinaus und entschwand durch den Schnee in Richtung Wald.

*»Ein Kampf zwischen Jungs wie euch ist fein,*
*also haut euch nur die Köpfe ein.*
*Anstatt zu darben,*
*wird Gonff sich laben,*
*wenn er sitzt abends bei Käs und Wein.«*

Martin grub seine Fersen in den Schnee, als er durch das Tor in der äußeren Mauer jenes scheußlichen Steinungetüms gezerrt wurde, das er an jenem Tag bereits in Augenschein genommen hatte. Bewaffnete Soldaten stießen rasselnd und klappernd zusammen, als sie von den Seilen, mit denen der Gefangene gefesselt worden war, in die Mitte gezogen wurden. Keiner von ihnen wollte dem sich sträubenden Mäuserich zu nahe kommen.

Eckzahn und Splitternase warfen wutentbrannt das Haupttor ins Schloss. Von der hoch aufragenden Außenmauer blies der Pulverschnee auf sie herab. Der Schnee auf dem Exerzierplatz war von den hin- und hereilenden Soldaten schon ganz festgetreten und äußerst rutschig. Einige von den Frettchen, Wieseln und Hermelinen trugen leuchtende Fackeln. Einer rief zu Splitternase hinüber: »He, Splitti, ist euch da draußen vielleicht die Füchsin über den Weg gelaufen?«

Das Hermelin schüttelte den Kopf. »Wer jetzt, meinst du die Heilerin? Nein, wir haben nicht mal ein Schnurrhaar von ihr gesehen. Wir haben allerdings einen Mäuserich gefangen genommen. Schau dir das hier mal an, das hat er bei sich gehabt.«

Splitternase wirbelte Martins verrostetes Schwert durch die Luft. Eckzahn duckte sich. »Hör auf, mit dem Ding herumzuspielen! Wenn du so damit herumfuchtelst, wirst du noch jemanden aufschlitzen. Also warten sie mal wieder auf die Füchsin, was? Mit dem alten Grünauge scheint es in letzter Zeit ja nicht gerade bergauf zu gehen. He, ihr da drüben, seht gefälligst zu, dass die Seile straff gespannt sind! Haltet ihn fest, ihr Holzköpfe.«

Die Tür zur Eingangshalle erwies sich als besonders schwierig, da es dem Mäusekrieger gelang, sich an einen der hölzernen Türpfosten zu klammern. Die Soldaten waren dazu gezwungen, ihn mit ihren Speeren regelrecht loszuhebeln. Der Wieselmann, dem man das Brot anvertraut hatte, hielt sich wohlweislich heraus und marschierte stattdessen geradewegs auf die Speisekammer und das Vorratslager zu. Als er durch die Eingangshalle ging, wurde er von den anderen Soldaten angebettelt, die gierige Blicke auf das braune, frisch gebackene Brot geworfen hatten. Der Winter war für sie bisher sehr hart gewesen, denn viele der Anwohner hatten nach der frühen Ernte im Herbst die Siedlung bei Kotir verlassen und so viel Nahrungsmittel mit in den Wald genommen, wie sie nur tragen konnten. Es wurden auch nicht gerade viele Zölle oder Abgaben eingenommen. Das Wiesel hielt das Brot fest an sich gedrückt und trottete weiter.

Die Halle machte einen unwirtlichen Eindruck, sie war feucht und hatte hölzerne Läden vor den niedrigen Fenstern. Der Boden war aus dunklem, granitartigem Gestein, das sich unter den Pfoten eiskalt anfühlte. Hier und da hatten Nachtwachen in den Ecken kleine Feuer angezündet, deren Rauch und Asche die Wände pechschwarz gefärbt hatten. Nur den Hauptmännern war es als Zeichen ihres Ranges erlaubt, lange Umhänge zu tragen, aber viele der Soldaten hatten sich in alte Säcke und Decken gehüllt, die sie aus der Siedlung gestohlen hatten. Die zu den tiefer liegenden Stockwerken führende Treppe änderte ständig und ohne System ihre Beschaffenheit. Mal waren die Stufen ausgetreten und wanden sich spiralförmig hinab, dann wieder führte sie geradeaus und die Stufen waren völlig ebenmäßig. Die Hälfte der Fackeln an der Wand war irgendwann ausgebrannt und nicht wieder ersetzt worden, wodurch große Teile der Treppe vollkommen im Dunkeln lagen, was den Abstieg sehr gefährlich machte. Die meisten der Wände und Treppen in den unteren Stockwerken waren mit Moos und Schwämmen bewachsen.

Das Wiesel eilte einen schmalen Gang entlang und hämmerte an die Tür des Lagerraumes. Ein Schlüssel drehte sich im Schloss.

»Was hast du denn da? Brot, was? Immer herein damit!«

Die beiden Wachposten, die gerade dabei gewesen waren, sich heftig zu streiten, saßen auf Mehlsäcken. Der eine Soldat starrte hungrig auf das Brot. »Oje, ist das etwa alles, was ihr heute Abend mitgebracht habt? Ich sage dir eines, Kumpel, hier wird es immer schlimmer. Wer hat dich denn damit heruntergeschickt?«

»Eckzahn.«

»Ach der. Hat er sie denn gezählt?«

»Äh, nein, ich glaube nicht.«

»Also gut. Es sind fünf Brotlaibe. Wir werden uns jeder einen halben Laib nehmen – dann bleiben noch dreieinhalb übrig. Es wird schon keinem auffallen.«

Hungrig stürzten sie sich auf die braunen Brotlaibe von Goody Stichler.

Oben in der Eingangshalle war es Martin in der Zwischenzeit gelungen, eines der Seilenden um eine Steinsäule zu wickeln. Höhnend sahen die Soldaten zu, wie die Patrouille alle Kräfte aufbot, um ihn von der Säule loszubekommen und die Treppe hinaufzubefördern. »Na, was ist denn los mit euch, Jungs, habt ihr etwa Angst vor ihm?«

Eckzahn drehte sich zu den Spöttern um. »Will einer von euch es etwa mit ihm aufnehmen? Nein? Das dachte ich mir schon.«

Hinter ihnen öffnete sich die Tür und ein kalter, zugiger Windstoß blies den Schnee herein. Eine Füchsin in einem zerlumpten Umhang eilte an ihnen vorbei die breite, ebene Treppe zum ersten Stockwerk hinauf. Die Soldaten hatten wieder ein neues Opfer, an dem sie sich auslassen konnten.

»Hoho, na warte, Füchsin. Du bist spät dran.«

»Ja, ja, der alte Grünauge hat es gar nicht gern, wenn man ihn warten lässt.«

»Wenn ich du wäre, würde ich Lady Zarina aus dem Weg gehen.«

Die Füchsin schenkte ihnen keinerlei Beachtung und eilte schnell die Treppe hinauf.

Martin versuchte währenddessen, sich durch die halb geöffnete Tür zu stürzen, um den Exerzierplatz zu erreichen, wurde aber durch die große Übermacht seiner Gegner zu Boden gedrückt. Und dennoch hörte er nicht auf, mutig weiterzukämpfen.

Die spottenden Soldaten begannen wieder damit, zu rufen und humorvolle Ratschläge zu erteilen. Eckzahn versuchte, sie mit einem strengen Blick zum Schweigen zu bringen, aber dieses Mal nahmen sie gar keine Notiz davon.

Splitternase schnaubte entrüstet. »Seit Lord Verdauga krank ist, ist die Disziplin hier völlig im Eimer.«

Unruhig wartete die Fähe Fortunata in der zugigen Vorhalle von Kotir. Der schwache Lichtschein eines Feuers breitete sich auf den feuchten Sandsteinwänden aus. Schleimige grüne Algen und Schwämme wuchsen auf durchnässten Fahnen, die in rostigen Eisenhalterungen steckten und ganz langsam zu schäbigen Fetzen zerfielen. Der Fähe lief unwillkürlich ein Schauer über den Rücken.

In diesem Moment traten zwei in schwere Kettenhemden gekleidete Frettchen an ihre Seite. Beide trugen Schilde, die das Wappen ihrer Herrschaft zierte: eine Unzahl böser grüner Augen, die in alle Richtungen blickten. Die Wachposten bedeuteten der Füchsin mit ihrem Speer, dass sie ihnen folgen solle, und so marschierte Fortunata im Gleichschritt mit ihnen die lange, nasskalte Halle hinunter. Vor zwei riesigen Eichentüren machten sie Halt, dann schlugen die Frettchen mit ihren Speerenden auf den Boden, worauf sich die Türen schwungvoll öffneten. Der Fähe bot sich ein Anblick verfallener Pracht.

Kerzen und Fackeln erhellten den Raum nur schwach, sodass die Deckenbalken über ihr bereits wieder im Dunkeln lagen. An einem Ende des Raumes befanden sich drei reich verzierte Stühle, die von zwei Wildkatzen und einem Baummarder eingenommen wurden. Dahinter stand ein Himmelbett, dessen Vorhänge aus muffigem grünem Samt fest zugezogen waren. Das Brett am Fußende war mit einer Schnitzerei verziert, sie zeigte das gleiche Wappen wie auch die Schilde der Wachposten.

Der Marder kam angehinkt und untersuchte die Tasche, die Fortunata bei sich trug. Die Fähe schreckte davor zurück, sich von der entsetzlich entstellten Kreatur berühren zu lassen. Aschenbein der Marder hatte ein Holzbein, und sein ganzer Körper krümmte sich zu einer Seite, so als sei er einst zum Krüppel geschlagen worden. Er versuchte, seine Behinderung zu verbergen, indem er einen überlangen roten Umhang trug, der mit den Federn einer Ringeltaube verziert war. Mit einer gekonnten Bewegung entleerte er den Inhalt der Tasche auf den Boden. Es war wie immer ein Durcheinander von Kräutern, Wurzeln, Blättern und Moosen, Pflanzen, die eine Heilerin gewöhnlich bei sich trug.

Aschenbein näherte sich dem Bett, wobei er einen schaurigen, klagenden Singsang anstimmte: »Oh mächtiger Verdauga, Lord von Mossflower, Herr der Tausend Augen, Bezwinger des Feindes, Herrscher von Kotir –«

»Ach, jetzt hör schon auf mit deinem Gewimmer, Aschenbein. Ist die Füchsin da? Schaff mir diese Vorhänge aus dem Weg, sie ersticken mich!« Die gebieterische Stimme, die durch den Vorhang drang, klang zwar heiser, knurrte aber dennoch äußerst bedrohlich.

Zarina, die größere der beiden dasitzenden Wildkatzen, sprang herbei und fegte mit einer einzigen Bewegung die staubigen Bettvorhänge beiseite. »Fortunata ist hier. Überanstrenge dich nicht, Vater.«

Mit routinierter Unbefangenheit glitt die Fähe ans Krankenbett und untersuchte ihren bösartigen Patienten. Verdauga von den Tausend Augen war einst der mächtigste Kriegsherr im ganzen Land gewesen – einst. Jetzt waren seine Muskeln und Sehnen unter dem gelbbraunen Fell erschlafft, das seinen großen, müden Körper bedeckte. Er hatte das Gesicht eines Wildkaters, der viele Schlachten hinter sich gebracht hatte: Die spitzen Ohren thronten auf einem Geflecht alter Narben, das sich vom Scheitel bis zum Schnurrhaar erstreckte. Fortunata blickte auf die Angst einflößenden gelben Zähne und die grünen Barbarenaugen hinunter, in denen noch immer ein fremdartiges Feuer glühte.

»Es sieht ganz so aus, als ob es meinem Lord heute besser geht, nicht wahr?«

»Kein bisschen besser, was bei deinem sinnlosen Hokuspokus auch kein Wunder ist, Füchsin!«

Der etwas kleinere Wildkater erhob sich von seinem Stuhl und sein freundliches Gesicht blickte sorgenvoll auf Verdauga. »Vater, beruhige dich. Fortunata bemüht sich wirklich sehr, dich wieder auf die Beine zu bekommen.«

Zarina stieß ihn verächtlich zur Seite. »Ach halt doch die Klappe, Gingivere, du heuchlerischer –«

»Zarina!« Verdauga zog sich hoch, bis er saß, und wies mit einer Klaue auf seine widerborstige Tochter. »Wage es ja nicht, so mit deinem Bruder zu sprechen, hörst du?«

Der Lord der Tausend Augen wandte sich matt an seinen einzigen Sohn.

»Gingivere, lass dich nicht von ihr schikanieren. Setz dich zur Wehr, mein Sohn.«

Gingivere zuckte die Achseln und stand schweigend daneben, als Fortunata mit einem Stößel Kräuter zerkleinerte, die sie dann in einem Hornbecher mit einer dunklen Flüssigkeit mischte.

Verdauga beobachtete die Fähe misstrauisch. »Keine Blutegel mehr, Füchsin. Ich werde nicht zulassen, dass diese scheußlichen Schnecken mir das Blut aussaugen. Eher lasse ich mich von dem Schwert eines Feindes verletzen als von diesen ekligen Viechern. Was braust du da für ein Zeug zusammen?«

Fortunata schenkte ihm ein gewinnendes Lächeln. »Majestät, es handelt sich um einen harmlosen Trank, der aus Mutterwurz gewonnen wird. Es ist ein Schlafmittel. Junker Gingivere, würdet Ihr dies bitte Eurem Vater geben?«

Gingivere verabreichte Verdauga die Medizin, und keiner von beiden bemerkte, wie Fortunata und Zarina einander mit verschlagenem Blick zuzwinkerten.

Verdauga lehnte sich wieder in seine Kissen zurück und wartete darauf, dass die Arznei zu wirken begann. Ganz plötzlich wurde die Ruhe durch einen lauten Tumult vor der Tür gestört. Die Flügeltüren flogen weit auf.

## 3

Im Wald fuhr Ben Stichler fast aus seinen Stacheln, als Gonff plötzlich hinter einem schneebedeckten Busch hervorsprang.

»Buh! Überraschung! Hahaha, Ben, mein alter Kumpel, du hättest eben dein Gesicht sehen sollen! Wie kommt ihr eigentlich dazu, hier mitten in der Nacht im Schnee herumzustapfen?«

Ben erholte sich schnell von dem Schrecken. »Gonff, das hätte ich mir ja denken können! Hör mal, du junger Mäusebursche, ich habe keine Zeit, hier herumzustehen und mit dir zu schwatzen. Wir haben jetzt endlich die Siedlung verlassen, und ich suche die kleine Hütte, die der Rawim für unsereinen bereithält.«

Der Mäusedieb zwinkerte Erdklaue zu und erdreistete sich, Goody einen Kuss zu geben. »Ach, die meinst du! Immer mir nach, Kumpel. Dann seid ihr schneller da als ein geöltes Katzenschnurrhaar.«

Goody lief ein Schauer über den Rücken. »Ich wünschte, du würdest nicht immer so was sagen, du kleiner Spitzbube.«

Aber Gonff hörte schon gar nicht mehr zu, er hüpfte zusammen mit den Kleinen voran. Für sie war das alles ein großes Abenteuer.

»Ist es schön dort, Herr Gonff?«

»Ach, gar nicht so übel, jedenfalls besser als eure letzte Behausung.«

»Was tragt Ihr da unter Eurem Wams, Herr Gonff?«

»Nun sei mal nicht so neugierig, kleiner Spike. Es ist ein Geheimnis.«

»Ist es noch sehr weit, Herr Gonff? Ich bin so müde.«

»Nein, es ist nicht mehr weit, meine kleine Posy. Ich würde dich ja tragen, wenn deine Stacheln nicht wären.«

Goody Stichler schüttelte lächelnd den Kopf. Sie hatte schon immer eine besondere Schwäche für Gonff gehabt.

Die Hütte des Rawim lag gut versteckt tief im Wald, damit sie nicht so leicht entdeckt werden konnte. Erdklaue nahm Abschied und trollte sich, um zu seiner eigenen Familie zurückzukehren. Ben blickte ihm hinterher, während Gonff ein Feuer anzündete. Er nickte voller Zuneigung. »Guter alter Erdklaue. Er ist nur wegen uns in der Siedlung geblieben, da bin ich mir ganz sicher.«

Goody, Gonff und Ben nahmen am Feuer Platz, als es hell zu lodern begann. An der einen Seite der Feuerstelle schauten die Schnauzen der vier Igelkinder unter den Decken hervor.

»Warst du wieder auf Raubzug in Kotir, Gonff? Was hast du denn dieses Mal mitgehen lassen?«

Der Mäusedieb lachte über Goodys entsetzten Gesichtsausdruck. Er warf den Kleinen eine Käseecke hinüber. »Wenn etwas aus Kotir kommt, dann handelt es sich wohl kaum um Diebstahl oder Raub, Kumpels. Das nennt man Befreiung. Hier, nehmt das zur Stärkung eurer Schnurrhaare, und dann seht zu, dass ihr vier eine Mütze Schlaf bekommt.«

Ben Stichler zog an einer leeren Pfeife und schürte die brennenden Holzscheite mit einem Ast. »Gonff, ich wünschte wirklich, du wärest vorsichtiger. Mit dem, was wir haben, kommen wir bis zum Frühjahr aus. Goody und ich würden es uns niemals verzeihen, wenn sie dich dabei erwischen würden, wie du Käse und Wein aus dem Schloss von diesem Kater stiehlst.«

Mutter Stichler trocknete sich die Augen an ihrer geblümten Schürze. »Nie im Leben würden wir das, du kleiner Spitzbube. Oh, bei meinen Stacheln, ich darf gar nicht daran denken, was mit dir passieren würde, wenn dieses Ungeziefer dich eines Tages schnappen würde, Gonff.«

Gonff tätschelte sie vorsichtig. »Ist ja schon gut, beruhige dich, Goody. Ein Happen zu essen und etwas Warmes zu trinken, was ist das schon unter Kumpels? Die Kleinen müssen doch etwas zu beißen haben. Außerdem werde ich es nie vergessen, wie du und Ben mich aufgezogen und euch um mich gekümmert habt, als ich noch ein kleines Waisenkind aus dem Wald war.«

Ben nahm einen Schluck vom Wein und schüttelte den Kopf. »Trotzdem, sei bloß vorsichtig und vergiss nicht den alten Grundsatz des Rawim: Warte immer den richtigen Augenblick ab und lasse dich niemals erwischen. Eines Tages wird Mossflower wieder uns gehören.«

Goody seufzte und machte sich daran, den Haferbrei für das Frühstück am nächsten Morgen vorzubereiten. »Das klingt gut, aber wir sind friedliebend. Ich hab keine Ahnung, wie wir jemals gegen all die ausgebildeten Soldaten antreten und unser Land zurückgewinnen sollen.«

Gonff füllte Ben Stichlers Becher mit Holunderbeerwein auf und starrte mit einem ernsten Ausdruck in seinem normalerweise so fröhlichen Gesicht in die tanzenden Flammen. »Ich sage euch nur das eine, Kumpels: Der Tag wird kommen, an dem etwas passieren wird, wodurch sich alles ändert, ihr werdet es schon sehen. Es wird jemand nach Mossflower kommen, der vor nichts und niemandem Angst hat, und wenn es so weit ist, dann werden wir vorbereitet sein. Wir werden es dem dreckigen Haufen Ungeziefer und ihrer Wildkatzenherrschaft so sehr heimzahlen, dass sie denken werden, der Himmel sei auf sie herabgefallen.«

Ben rieb sich müde die Augen. »Ein Held, was? Komisch, dass du das ausgerechnet jetzt erwähnst. Heute Abend dachte ich schon, ich würde so jemanden sehen. Aber der ist inzwischen wahrscheinlich längst tot oder im Kerker. Lasst uns schlafen gehen, ich bin hundemüde.«

Die kleine Hütte war eine Insel der Wärme und Sicherheit in der Nacht, während der heulende Nordwind Schneeflocken vor sich hertrieb und um die kahlen Bäume von Mossflower herumsauste. Noch immer hatte der Winter das Land fest in seiner Gewalt.

## 4

Der gefangene Mäuserich wehrte sich heftig, als er von zwei Hermelinen ins Schlafgemach gezerrt wurde. Man hatte ihn mit einem langen Seil gefesselt, das die Wachen straff zu halten versuchten. Während er sich duckte und hochsprang, kratzte und biss, erschlaffte das Seil; dann hechtete er nach vorn, sodass die beiden Wachen aufeinander prallten. Sofort warf er sich auf sie, und nicht einmal das Seil, mit dem seine Pfoten fest an den Körper geschnürt waren, konnte ihn daran hindern, kräftig zuzubeißen und zu treten. Ein Frettchen, das an der Tür Wache hielt, eilte zu Hilfe. Zu dritt schafften sie es schließlich, den kämpferischen Mäuserich am Boden festzuhalten. Sie lagen auf ihm und waren verzweifelt darum bemüht, seinem stoßenden Kopf und den schnappenden Zähnen auszuweichen. Der Mäuserich atmete schwer, aber sein Widerstand war ungebrochen und seine Augen blitzten seine Schergen herausfordernd an.

Verdauga war plötzlich hellwach, setzte sich auf und befragte die beiden Hermeline: »Wo bleibt euer Bericht? Ja, wen haben wir denn da?«

Eines der Hermeline ließ den Gefangenen mit einer Pfote los, um blitzschnell zu salutieren. »Euer Lordschaft, wir haben den hier auf Eurem Land angetroffen. Es handelt sich um einen Fremden, der zudem noch bewaffnet ist.«

Ein Wiesel kam hereinmarschiert und legte das alte, verrostete Schwert des Wanderers am Fußende des Bettes nieder.

Verdauga schirmte die Augen ab, blickte erst auf das Schwert und dann auf den kräftigen, jungen Mäuserich, der am Boden lag. »Wer Waffen trägt oder meinen Besitz betritt, verstößt gegen mein Gesetz.«

Der Mäuserich rang mit seinen Schergen und rief mit lauter, erboster Stimme: »Ich wusste ja gar nicht, dass es Euer Land ist, Kater! Sagt Euren Wachen, sie sollen ihre Klauen von mir nehmen und mich freilassen. Ihr habt kein Recht, einen in Freiheit Geborenen zu inhaftieren.«

Verdauga musste den offensichtlichen Mut des Gefangenen unwillkürlich bewundern. Er wollte gerade etwas erwidern, da hatte Zarina bereits das abgenutzte Schwert gepackt und seine Spitze dem unter ihr liegenden Gefangenen an die Kehle gesetzt. »Du unverschämter Halunke! Los jetzt, wie heißt du? Wo hast du diese verrostete alte Waffe gestohlen?«

Die Wachen hielten den sich windenden Mäuserich immer noch

am Boden. Seine Stimme bebte vor Wut: »Mein Name ist Martin der Krieger. Das Schwert gehörte einst meinem Vater, jetzt ist es in meinem Besitz. Ich komme und gehe, wie es mir beliebt, Katze. Ist das Eure Art, Fremde willkommen zu heißen?«

Zarina zwang Martins Kopf mit der Schwertspitze nach hinten. »Für einen Mäuserich nimmst du deinen Mund gegenüber denen, die dich in der Gewalt haben, aber ganz schön voll«, sagte sie verächtlich. »Du bist jetzt in Mossflower; alles Land, das du in einem Tagesmarsch bei guter Sicht erblicken kannst, gehört nach dem Eroberungsrecht uns. Das Gesetz meines Vaters besagt, dass nur seine Soldaten bewaffnet sein dürfen und niemand sonst. Auf den, der das Gesetz bricht, wartet die Todesstrafe.«

Mit einer geschmeidigen, katzenartigen Bewegung ließ sie die Wachen herantreten. »Bringt ihn hinaus und exekutiert ihn.«

Die Wachen hielten inne, als Lord Grünauge sich mit lauter Stimme an seinen Sohn wandte: »Gingivere, was sagst du denn dazu? Was soll deiner Meinung nach mit diesem Mäuserich geschehen?«

»Manch einer sagt, dass Unkenntnis des Gesetzes keine Entschuldigung ist«, antwortete Gingivere, ohne seine Stimme zu erheben. »Und dennoch wäre es unfair, Martin zu bestrafen. Er ist fremd hier, und man kann nicht von ihm erwarten, dass er mit unseren Gesetzen vertraut ist. Außerdem wäre es eine primitive Lösung, ihn einfach zu töten. Auf mich macht er einen ehrlichen Eindruck. Wenn die Entscheidung bei mir läge, würde ich ihn bis zur Grenze unseres Territoriums eskortieren lassen und ihm dann seine Waffe zurückgeben. Er würde auf keinen Fall so dumm sein, noch einmal hier aufzutauchen.«

Verdauga blickte erst seinen Sohn und dann seine Tochter an. »Jetzt werde ich euch sagen, was ich beschlossen habe. Es gibt schon viel zu viele Feiglinge auf der Welt, da werden wir aus so nichtigem Anlass keinen mutigen Mäuserich töten. Dieser Martin ist wahrlich ein Krieger. Andererseits könnte man es vielleicht als ein Zeichen von Schwäche auslegen, wenn wir ihm die Erlaubnis erteilten, unser Land frei und ungehindert wie der Wind zu durchstreifen. Ich fälle hiermit das Urteil, dass er ins Verlies gesteckt wird, bis er sich seine Pfoten ein wenig abgekühlt hat. Nach einiger Zeit wird er dann freigelassen, immer vorausgesetzt, dass er nie wieder so unbesonnen sein wird, mein Land zu betreten.«

*Knack!*

Alle Anwesenden hatten den kurzen und bündigen Kommentar vernommen. Zarina war außer sich darüber, dass sie überstimmt worden war. Sie hatte das Schwert zwischen den Türpfosten und die steinerne Türöffnung geklemmt. In einer gewaltigen Kraftanstrengung warf sie sich mit ihrem ganzen Gewicht gegen die Ehrfurcht einflößende Waffe. Ganz plötzlich zerbrach sie; die alte Klinge fiel klirrend zu Boden und Zarina stand nur noch mit dem abgetrennten Griff in der Pfote da. Sie schleuderte ihn zu einer der Wachen hinüber.

»Hier, bindet ihm das um den Hals, bevor ihr ihn ins Verlies werft. Wenn wir ihn jemals wieder freilassen, werden andere ihn sehen und erkennen, wie barmherzig wir sein können. Schafft den elenden Wicht aus meinen Augen – sein Anblick ist eine Beleidigung für mich.«

Die Wachen zogen am Seil, aber Martin blieb fest stehen und hielt ihnen stand. Einen Moment lang blickten er und Zarina sich an. Er sprach mit klarer Stimme und ohne Angst. »Die Entscheidung Eures Vaters war gerecht, aber die Eure war die richtige. Ihr hättet mich töten sollen, als Ihr die Gelegenheit dazu hattet, denn ich schwöre, dass ich Euch eines Tages erschlagen werde.«

Der Bann war gebrochen. Die Wachen zerrten an den Seilen und schleiften Martin fort, um ihn ins Verlies zu werfen. In der nun folgenden Stille ließ Zarina sich in ihren Stuhl fallen und kicherte: »Ein Mäuserich will mich töten, kleiner Scherz! Da brauche ich mir nun wirklich keine Sorgen zu machen.«

Verdauga hustete gequält. Er hatte sich wieder in die Kissen zurückgelegt. »Wenn du das wirklich glaubst, Tochter, dann machst du einen ganz schwerwiegenden Fehler. Tapferkeit ist eine Tugend, der ich schon häufiger begegnet bin, sie hat viele Gesichter. Er ist zwar nur ein Mäuserich, aber deswegen hat er nicht weniger von einem Krieger als ich. Er hat das Herz eines Kämpfers – das habe ich seinen Augen angesehen.«

Zarina nahm keine Notiz von ihrem Vater, stattdessen rief sie Fortunata herbei: »Fähe, braue Lord Grünauge ein stärkeres Mittel. Nach all der Aufregung braucht er unbedingt seinen Schlaf. Gingivere, gib Vater seine Medizin. Du bist der Einzige, von dem er sie sich verabreichen lässt.«

Fortunata gab Gingivere den Becher mit dem zubereiteten Trank. Zarina nickte ihr zu und dann verließen beide zusammen den Raum. Draußen im Gang packte die Wildkatze mit ihren kräftigen Klauen die Pfote der Füchsin. »Und, hast du die Arznei angereichert?«

Fortunata zuckte vor Schmerz zusammen, als sich die Klauen in ihr Fell gruben. »Zweimal. Einmal kurz bevor der Mäuserich hereinkam und dann kurz bevor wir den Raum verließen. In seinem Trank war genug Gift, um die halbe Garnison niederzustrecken.«

Zarina zog die Fähe dicht zu sich heran und ihre bösen Augen funkelten bedrohlich. »Gut, aber sollte er morgen früh noch am Leben sein, würde ich dir raten, für dich selber einen Trank zu brauen. Für den Fall, dass du versagst, wäre das nämlich wesentlich angenehmer, als mir unter die Augen zu treten.«

Das Verlies befand sich im Erdinneren tief unter Kotir. Es war uralt, muffig, dunkel und feucht. Martin der Krieger wurde von den zwei Wachen, die ihn den Gang und die Treppe hinuntergezerrt hatten, in seine Gefängniszelle geworfen. Jeden Zentimeter des Weges hatte er mit ihnen gerungen, sie waren froh, ihn endlich los zu sein. Jetzt lag er dort, wo sie ihn hingeschleudert hatten, mit einer Wange auf dem kalten Steinfußboden. Die Tür hinter ihm fiel mit einem lauten Krachen ins Schloss. Eines der beiden Hermeline spähte durch das Gitterfenster der Tür, während es den Schlüssel im Schloss umdrehte. »Du kannst von Glück sagen, dass Lady Zarina sich nicht durchsetzen konnte, Mäuserich. Sonst wärst du nämlich jetzt in einer der dunkleren, nasseren Zellen weiter unten im Gang. Du hast es Lord Grünauge zu verdanken, dass du in eine bessere Zelle gesteckt worden bist, oh ja, und dass man dir Wasser, Brot und etwas Stroh für ein Lager gibt. Merkwürdig, er muss wirklich einen Narren an dir gefressen haben. Der alte Verdauga ist schon ein komischer Kauz.«

Martin lag ganz still da und lauschte, bis die schweren Pfotenschritte der Wachen immer leiser wurden und er schließlich allein war. Dann stand er auf und machte sich mit seiner neuen Umgebung vertraut. Etwas weiter unten im Gang hing an einer Wand eine brennende Fackel, sodass zumindest ein wenig Licht zu ihm hereinschien. Er spürte einen leichten Windhauch und schaute auf. Hoch oben an der einen Wand befand sich nahe der Decke ein schmales Gitter, durch das er draußen am Nachthimmel einen leuchtenden Stern sehen konnte. Er war seine einzige Verbindung zur Freiheit und zur Außenwelt. Martin saß mit dem Rücken an die Wand gelehnt und hatte sich in seinen zerlumpten Umhang gewickelt, um sich etwas zu wärmen. Der Rest der Zelle war genauso wie in jedem anderen Kerker auch: vier nackte Wände und kaum mehr. Hier gab es nichts, das ihn hätte trösten oder aufmuntern können. Er war ein einsamer Gefangener an einem seltsamen Ort.

Der Mäusekrieger schlief, die Müdigkeit hatte ihn übermannt. Irgendwann noch vor Sonnenaufgang wurde er davon geweckt, dass fremde Pfoten ihm etwas über den Kopf streiften und um den Hals legten. Martin war noch ganz benommen, versuchte aber, seine Angreifer zu packen. Er wurde brutal zur Seite gestoßen, dann schlug die Tür mit einem lauten Krachen zu und der Schlüssel wurde im Schloss umgedreht. Martin sprang auf und lief zur Tür. Der Hermelinwärter blinzelte durch das Gitter, gluckste vor sich hin und drohte ihm mit seiner Pfote. »Beinahe hättest du mich gehabt, Mäuserich.«

Der Mäusekrieger knurrte wütend und warf sich gegen das Gitter, aber das Hermelin wich zurück und grinste angesichts seiner sinnlosen Bemühungen. »Hör mal zu, Mäuserich, wenn ich an deiner Stelle wäre, würde ich mich hier unten mucksmäuschenstill verhalten, sonst könnte es nämlich sein, dass Lady Zarina auf dich aufmerksam wird, und ich glaube wirklich nicht, dass dir das gefallen würde. Also sitz still und benimm dich, vielleicht wird sich dann jemand wie Gingivere rechtzeitig daran erinnern, dass du hier unten bist, und dich freilassen.«

Als die Wärter abgezogen waren, bemerkte Martin, dass sie in der einen Ecke frisches Stroh sowie etwas Wasser und Brot zurückgelassen hatten. Instinktiv kroch er darauf zu und spürte dann, wie etwas gegen seine Brust schlug. Es war der Schwertgriff, der an einem Seil um seinen Hals gelegt worden war. Martin hielt ihn dicht vor seine Augen und starrte ihn lange und angestrengt an. Er beschloss, den Schwertgriff nicht mehr abzunehmen, nicht weil er zum Zeichen seiner Schande dazu verurteilt worden war, sondern vor allem als stetige Erinnerung daran, dass er eines Tages die böse Katze erschlagen würde, die das Schwert seines Vaters zerbrochen hatte.

Er machte es sich im trockenen Stroh bequem, trank etwas Wasser und nagte hungrig an dem trockenen Brot. Er war gerade wieder am Einschlafen, als über ihm Rufe zu hören waren und ein großer Tumult losbrach. Martin zog sich zum Türgitter hoch und lauschte den Geräuschen, deren Echo die Stille der Gefängniszellen durchdrang.

»Lord Grünauge ist tot!«

»Lady Zarina, kommt schnell, Euer Vater!«

Man hörte das laute Knallen von Speerenden, die Schritte

gestiefelter Pfoten, die hierhin und dorthin eilten, und das Zuschlagen von Türen.

Zarina heulte gequält auf: »Mord, Mord! Mein Vater ist ermordet worden!«

Aschenbein und Fortunata begannen ebenfalls zu schreien: »Mörder, Gingivere hat Verdauga vergiftet!«

Ein wilder Tumult war losgebrochen. Martin konnte nicht genau hören, was vor sich ging. Einen Augenblick später vernahm er die Schritte schwerer Pfoten auf der Treppe; es klang nach einer größeren Anzahl von Lebewesen. Martin drückte sich an eine Seite des Türgitters, von wo aus er alles sehen konnte. Angeführt von Zarina, marschierte ein wilder Haufen Soldaten mit Fackeln den Gang hinunter, ganz deutlich konnte er Aschenbein und Fortunata unter ihnen erkennen. Als sie an seiner Zellentür vorbeikamen, erblickte Martin das verwirrte Gesicht des sanften Wildkaters Gingivere. Sie hatten ihn in Ketten gelegt. Aus einer Kopfwunde rann Blut. Eine Sekunde lang trafen sich ihre Blicke, dann wurde er von den wutentbrannt vorandrängenden Soldaten mitgerissen. Ihre Gesichter waren vom flackernden Schein der Fackeln ganz verzerrt, und sie riefen im Chor: »Mörder, Mörder! Tötet den Mörder!«

Martin konnte nichts mehr sehen, denn er hatte nur das kleine Gitter in der Tür, wodurch sein Blickfeld sehr eingeschränkt war, aber er konnte genau hören, was vor sich ging. Ein Stück weit den Gang hinunter wurde eine Zellentür laut zugeworfen und ein Schlüssel im Schloss umgedreht. Zarinas Stimme übertönte den Krach: »Ruhe! Ich werde euch sagen, was jetzt zu tun ist. Mein Bruder ist zwar ein Mörder, aber ich kann ihm dennoch kein Leid zufügen. Er wird hier unten hinter Schloss und Riegel sitzen, bis seine letzte Stunde geschlagen hat. Für mich ist er von nun an tot; sein Name soll innerhalb der Mauern von Kotir nie wieder ausgesprochen werden.«

Martin vernahm, wie Gingivere etwas zu sagen versuchte, aber seine Worte gingen sofort in einem Singsang unter, den Aschenbein und Fortunata anstimmten und in den die Soldaten sofort mit voller Inbrunst einfielen: »Lang lebe Königin Zarina! Lang lebe Königin Zarina!«

Als der Mob wieder an Martins Gefängniszelle vorbeikam, wich er zurück. Durch das Gebrüll hindurch hörte er, wie Zarina dicht hinter der Tür mit Aschenbein sprach: »Hole Oktoberbier und Holunderbeerwein aus dem Vorratslager. Sorge dafür, dass für alle genug da ist.«

Martin versuchte, den Lärm der über ihm Feiernden zu überhören. Er lag auf dem Stroh und spürte den Druck des Schwertgriffs auf seiner Brust. Jetzt, wo auch seine letzte Hoffnung zunichte gemacht worden war, würde es für ihn ein sehr langer, harter Winter werden.

# 5

*»In Wald und Wiese, in Feld und Flur*
*im Frühling das Land erwacht.*
*›Der König der Diebe – so seht ihn nur!‹,*
*singt jeder Vogel voll Pracht.*
*Sieht mutig und sehr stattlich aus,*
*so wundersam und fein.*
*Doch kommt er dann zu dir ins Haus,*
*schließ deine Schätze ein.«*

Das Sonnenlicht glitzerte auf der Wasseroberfläche des gurgelnden Baches, der den ganzen Winter über vereist und still dagelegen hatte. Schneeglöckchen und Krokusse bewegten sich sanft im warmen, von Süden kommenden Windhauch und nickten einander liebenswürdig zu. Überall hatte der Frühling Einzug gehalten. Goldgelbe Osterglocken und ihre etwas blasseren Verwandten aus der

Familie der Narzissen standen zwischen den knospenden Bäumen des Waldes von Mossflower und hielten Wache. Immergrüne Pflanzen, die dem dunklen Winter getrotzt hatten, erwachten nun zu neuem Leben.

Gonff war gerade auf dem Rückweg von einem weiteren erfolgreichen Streifzug durch Kotir. Die Weinflaschen stießen klirrend gegen seinen breiten Gürtel, während er behände durch das erblühende Waldland hüpfte und berauscht von Frühlingsgefühlen laut vor sich hin sang:

*»Kuckuck, Kuckuck,*
*ich wünsch dir einen guten Tag, mein Freund.*
*So schlau und klug,*
*du weißt es wohl am besten, wie mir scheint,*
*wie man die eignen Eier legt in andrer Vögel Nest.*
*Es ist ein Trick, der dich die anderen nasführen lässt.*
*Doch schlauer noch als du bin ich.*
*Nicht wahr, Kuckuck? Das wundert dich!«*

Das Blut rauschte kraftvoll durch Gonffs junge Adern. Wie das Wasser eines Baches gurgelte es fröhlich vor sich hin und machte ihn so beschwingt, dass er Purzelbäume schlug. Hin und wieder zog er eine Rohrflöte aus seinem Wams und spielte ein Liedchen darauf. Er tat es aus reiner Begeisterung darüber, dass er einen so herrlichen Morgen erleben durfte.

Dann warf Gonff sich mit einem lauten Freudenschrei ins dichte Gras, wo er schweißgebadet liegen blieb und sich abkühlte. Der Himmel über ihm war zartblau mit kleinen weißen Wölkchen, die im Wind dahinjagten. Gonff stellte sich vor, wie es wohl wäre, wenn er auf einer kleinen, flauschigen weißen Wolke liegen würde und sich hoch oben im sonnigen Himmel durchschütteln ließe.

»Hedaaa, passt auf! Surr, bums, zisch! Aus dem Weg, ihr großen Wolken!« Der kleine Mäusedieb war ganz und gar in seine Fantasiewelt vertieft; er hielt sich im Gras fest und schwankte von einer Seite zur anderen.

Die beiden Wiesel in der Rüstung der Soldaten von Kotir bemerkte er erst, als es bereits zu spät war. Mit grimmigen, diensteifrigen Blicken schauten sie auf ihn herab.

Gonff grinste frech und dachte an seine klirrenden Weinflaschen. »Äh, aha ha. Hallo, Kumpels! Ich bin gerade auf meiner Wolke geflogen, ihr müsst nämlich wissen …«

Der größere von beiden stieß ihn mit seinem Speerende an. »Hoch mit dir, nun mach schon! Dein Typ wird in Kotir verlangt.«

Gonff zwinkerte ihm fröhlich zu. »In Kotir? Was du nicht sagst! Na, das ist ja schön. Hört mal, ihr beiden netten Burschen, warum macht ihr euch nicht schon mal auf den Weg und richtet ihnen aus, dass ich heute sehr beschäftigt bin, aber morgen früh gerne einmal vorbeischauen werde.«

Die Speerspitze an Gonffs Kehle hinderte ihn daran, mit seinem scherzhaften Geschwätz fortzufahren. Der kleinere der beiden Wieselsoldaten versetzte Gonff einen kräftigen Tritt. »Nun steh schon auf, Dieb! Jetzt wissen wir endlich, wo die besten Käsesorten und der Holunderbeerwein den ganzen Winter über abgeblieben sind. Es wird dich teuer zu stehen kommen, dass du in Kotir gestohlen hast.«

Gonff erhob sich langsam, legte eine Pfote auf seinen rundlichen kleinen Bauch und blickte mit Unschuldsmiene von einem Wachposten zum anderen. »Ich soll gestohlen haben? Ich muss doch sehr bitten, meine Herren Wiesel! Wusstet ihr denn nicht, dass der Küchenchef mir die Erlaubnis gegeben hat, mir aus seiner Speisekammer zu leihen, was ich brauche? Ich hatte sogar vor, ihm aus Dankbarkeit für seinen Gefallen ein paar gute Rezepte zu schicken. Wie ich gehört habe, lassen seine Kochkünste einiges zu wünschen übrig.«

Der große Wieselmann lachte hämisch. »Soll ich dir jetzt mal etwas sagen, Dieb? Der Küchenchef hat geschworen, dir höchstpersönlich mit einem verrosteten Messer das Fell über die Ohren zu ziehen und deine Überreste gebraten zum Abendessen zu servieren.«

Gonff nickte anerkennend. »Na prima! Ich hoffe doch sehr, dass er etwas für mich übrig lässt ... Aua!«

Die Wachposten nahmen ihn in die Mitte und hielten ihre Speere auf ihn gerichtet, als sie gemeinsam in Richtung Kotir davonmarschierten.

Ein blasser Sonnenstrahl drang durch die Eisenstäbe der hohen, schlitzförmigen Fensteröffnung. Die Wände der Zelle waren so feucht, dass das Wasser an ihnen herunterrann, und nur von Zeit zu Zeit drang das leise Trillern einer Feldlerche von der Ebene her an das Ohr des Gefangenen. Martin wusste, dass der Frühling Einzug gehalten hatte und alles grünte und blühte. Sein Gesicht war hager und sein Körper ausgemergelt, aber die wütend blitzenden Augen des Kriegers hatten nichts von ihrem Glanz verloren.

Martin erhob sich und ging in seiner Gefängniszelle auf und ab. Der Schwertgriff, den er noch immer um seinen Hals trug, schien mit der Zeit immer schwerer zu werden. Es waren fünfzehn Schritte in beide Richtungen – sowohl von der Tür zur Wand als auch von Wand zu Wand, es waren genau fünfzehn Schritte. Er hatte die Entfernung immer wieder abgeschritten, während die Tage und Wochen sich zu Monaten aneinander reihten. Gingivere war zu weit entfernt, um mit ihm sprechen zu können, außerdem zog man mit derlei Versuchen nur den Zorn der Wärter auf sich. Als er einmal Anstalten gemacht hatte, mit demjenigen zu reden, dessen Name nicht mehr genannt werden durfte, verwehrten sie ihm Wasser und Brot. Inzwischen war Martin wirklich und wahrhaftig davon überzeugt, dass man ihn vergessen hatte und dass er unter der neuen Herrschaft von Zarina in diesem Gefängnis sterben würde. Er stand in dem schwachen Sonnenstrahl, der zu ihm hineingelangte, und versuchte, nicht mehr an die Welt außerhalb der

Gefängnismauern zu denken, in der der Himmel so blau war und die Blumen blühten.

»Schnell, steckt den kleinen Teufel hier mit rein. Wir werden weniger Arbeit haben, wenn wir zwei auf einmal mit Essen versorgen. Aua, mein Schienbein!«

Martin war so in Gedanken versunken gewesen, dass er die Wärter gar nicht gehört hatte, die sich näherten, um einen Gefangenen an seine Zellentür zu bringen.

»Aaah, lass mein Ohr los, du Satansbraten! Sieh zu, dass du die Tür aufsperrst, bevor er mir das Ohr ganz abbeißt.«

»Autsch! Au! Er hat mich gekniffen! Halt ihn gut fest, sonst kann ich nicht nach meinem Schlüssel suchen.«

Als der Schlüssel sich im Schloss umdrehte, konnte man noch mehr Geschrei und die Geräusche eines Handgemenges hören. Martin lief auf die Tür zu, wurde aber im selben Moment von jemandem umgeworfen, der durch die Tür hereingeschossen kam und direkt auf ihm landete. Beide stürzten rückwärts zu Boden, während die Zellentür mit einem lauten Knall wieder zugeworfen wurde. Die zwei Gefangenen blieben still liegen, bis das im Gang verhallende Pfotenstapfen der Wärter immer leiser wurde.

Martin bewegte sich vorsichtig und schob den Körper, der auf ihn gefallen war, vorsichtig zur Seite. Ein Kichern ertönte. Er zog seinen Zellengefährten hinüber in den Sonnenstrahl, wo er ihn deutlicher sehen konnte.

Gonff zwinkerte ihm zu, spielte ein kurzes Liedchen auf seiner Rohrflöte und begann dann zu singen:

*»Einst kannt ich einen Mäuserich,*
*der saß hier in dem Loch.*
*Er war schon hundert Jahre alt*
*und lebte immer noch.*
*Sein Schnurrhaar wuchs am Boden lang*
*und dann hinauf zum Kopf.*

*Sein Augenlicht war längst schon schwach,*
*er war ein armer Tropf.*
*Die Zähne fielen ihm bald aus,*
*sein Fell ward silbergrau.*
*Er sprach: ›Würd Großvater mich sehn,*
*gestaunt hätt er, genau!‹«*

Martin lehnte an der Wand. Er musste einfach lächeln, als er seinen eigenartigen kleinen Zellengefährten so betrachtete.

»Witzbold! Der Großvater eines hundertjährigen Mäuserichs könnte wohl kaum noch etwas sagen! Aber ich habe mich ja noch gar nicht vorgestellt, mein Name ist Martin der Krieger. Wie heißt du denn?«

Gonff streckte eine Pfote aus. »Martin der Krieger, was? Donnerwetter, Martin, du bist aber ein stattlicher, kräftig aussehender Bursche, auch wenn du vielleicht ein bisschen mehr Speck auf den Rippen gebrauchen könntest. Ich werde Gonff der Dieb genannt, aber du kannst auch König der Mäusediebe zu mir sagen, Kumpel.«

Martin ergriff Gonffs Pfote und schüttelte sie herzlich. »König der Mäusediebe, ach du dickes Fell! Meinetwegen könntest du auch der Kaiser der Lüfte sein, solange ich nur einen Zellengefährten habe, mit dem ich mich unterhalten kann. Warum haben sie dich denn hier reingeworfen?«

Gonff zuckte zusammen. »Wenn du aufhörst, meine Pfote zu Brei zu quetschen, erzähle ich es dir.«

Gemeinsam setzten sie sich ins Stroh und Gonff rieb sich eine Weile seine Pfote. »Sie haben mich dabei erwischt, wie ich Wein und Käse aus der Speisekammer habe verschwinden lassen, weißt du? Aber mach dir mal keine Sorgen, Kumpel, ich habe noch jedes Schloss in Kotir aufbekommen. Du wirst schon sehen, wir werden nicht mehr lange hier unten sitzen. Du kannst es getrost Gonff überlassen.«

»Willst du damit sagen, du kannst – wir können – von hier entkommen? Wie? Wann? Wohin?« Martins Stimme überschlug sich förmlich, er zitterte vor Aufregung.

Gonff lehnte sich gegen die Wand und lachte. »Hehehe, Kumpel, nicht so hastig! Nun bleib mal ganz ruhig, sobald ich alles organisiert habe, werden wir diesem Dreckloch den Rücken kehren. Aber nun sehen wir erst einmal zu, dass du etwas in den Magen bekommst. Die sollten sich schämen, einen großen Kerl wie dich bei Wasser und Brot zu halten!«

Martin zuckte die Achseln und rieb sich seinen leeren Magen. »Tja, was soll es denn sonst geben? Manchmal konnte ich mich schon glücklich schätzen, überhaupt Wasser und Brot zu bekommen. Was schlägst du denn vor? – Frische Milch und Haferplätzchen?«

»Tut mir Leid, Kumpel. Mit Milch oder Haferplätzchen kann ich dir nicht dienen. Wärest du denn auch mit Käse und Holunderbeerwein zufrieden?«, fragte er ernsthaft.

Martin fehlten die Worte, als Gonff eine Käseecke und eine flache Feldflasche mit Wein aus seinem Wams zog.

»Für Notfälle oder zum Handeln habe ich immer etwas bei mir. Hier, nimm dir nur. Ich habe von Käse und Wein erst einmal die Nase voll.«

Das brauchte er Martin nicht zweimal zu sagen. Der schlang den Käse hinunter und kippte sich den Wein derart gierig in seinen vollen Mund, dass er etwas davon vergoss. Gonff schüttelte staunend den Kopf, als er sah, wie schnell Wein und Käse verschwanden. »Nicht so hastig, Kumpel. Dir wird ja noch ganz schlecht werden. Lass dir Zeit.«

Martin bemühte sich redlich, den guten Ratschlag zu befolgen, aber nachdem er so lange von Hungerrationen gelebt hatte, fiel es ihm äußerst schwer. Noch während des Essens begann er, Gonff auszufragen. »Sag mal, wo bin ich hier eigentlich hineingeraten, Gonff? Ich bin nur ein einsamer Krieger auf der Durchreise; ich weiß nicht das Geringste über Mossflower und diese Wildkatzen.«

Der Mäusedieb strich sich nachdenklich über sein Schnurrhaar. »Jetzt warte mal eben, wo fange ich da am besten an? Bereits lange vor meiner Geburt beherrschte der alte Tyrann Verdauga Grünauge, Lord der Tausend Dingsbums und so weiter, Mossflower. Eines Tages, vor langer Zeit, kam er an der Spitze seiner Armee hier angerauscht. Er rückte aus dem Norden an und hatte es wohl auf die Festung abgesehen. Für die Waldbewohner war sie nichts weiter als eine alte Ruine, die schon immer da gestanden hatte; Verdauga sah sie allerdings mit anderen Augen. Dies war ein Ort, an dem er sesshaft werden wollte, wo es alles im Überfluss gab. Also marschierte er geradewegs hinein, ließ das Gemäuer, so gut er konnte, instand setzen, nannte es Kotir und erhob sich selbst zum Tyrannen. Es gab niemanden, der ihm Widerstand hätte leisten können; die Waldbewohner sind immer schon friedliebend gewesen – sie hatten noch nie eine ganze Armee ausgebildeter Soldaten erblickt und waren auch noch nie Wildkatzen begegnet. Verdauga hatte also freie Hand, konnte nach eigenem Gutdünken schalten und walten, aber er war schlau: Er erlaubte den hier Ansässigen, in seinem Schatten zu leben und das Land zu bestellen. Die Hälfte ihrer Erzeugnisse wurde als Steuer einbehalten, um ihn und sein Ungeziefer zu ernähren.«

»Hat sich denn überhaupt niemand dagegen zur Wehr gesetzt?«, unterbrach ihn Martin.

Gonff nickte traurig. »Oh doch, es gibt noch ein paar Greise, denen die Angst immer noch so in den Knochen steckt, dass sie nicht den Mut haben zu erzählen, wie Verdauga und seine grausame Tochter den schlecht organisierten Aufstand niedergeschlagen haben. All jene, die nicht niedergemetzelt wurden, landeten in diesem Kerker, wo man sie verwesen ließ. Man hat mir gesagt, meine Eltern seien auch darunter gewesen, aber ich bin mir nicht so sicher, ob das wahr ist. Als Verdauga den Aufstand niedergeschlagen hatte, zeigte sich, was für ein schlauer General er war. Es gelang ihm, so eine Art Frieden mit den Waldbewohnern zu schließen. Sie hatten auch weiterhin die Erlaubnis, im Schatten von Kotir zu leben und das Land zu bestellen, als Gegenleistung wollte er uns vor den umherstreifenden Banden aus dem Norden, die uns immer wieder überfielen, schützen. Wir waren damals zum Teil versklavt und sehr unorganisiert. Alle aufrührerischen Kämpfer waren aus dem Weg geschafft worden, und unsere Kampfkraft war gebrochen, weshalb die meisten unter uns ihr Schicksal einfach hinzunehmen schienen. Im letzten Sommer wurde Verdauga dann krank. Da er sich nicht mehr selbst um die Siedlung kümmern konnte, ließ er seiner Tochter Zarina freie Hand. Im Gegensatz zu ihrem Vater ist sie böse und grausam. Seither wurden die Waldbewohner auf den Feldern viel zu sehr geschunden und zum Leben wurde ihnen auch nicht mehr genug gelassen. Igel wie Ben Stichler und seine Familie trauten sich lange nicht fortzulaufen. Sie wussten nicht, wohin, und müssen ja auch auf ihre Kleinen Rücksicht nehmen. Dann wurde es allerdings so schlimm, dass viele von ihnen das Risiko eingingen und aus der Siedlung flüchteten. Je weniger Anwohner da waren, desto mehr nahm Zarina den Verbleibenden ab. Ich sage dir, Kumpel, es ist eine traurige Geschichte.«

Sie saßen Seite an Seite und betrachteten das Licht des Sonnenstrahls auf dem Zellenboden. Martin reichte Gonff den Wein hinüber. »Was weißt du über den Wildkater, den sie Gingivere nennen?«

Gonff nahm einen Schluck Wein. »Ich weiß, dass er sich an den Bluttaten nie beteiligt hat. Die Waldbewohner hatten immer gehofft, dass Verdauga die Herrschaft auf ihn übertragen würde. Er ist zwar ein Wildkater, soll aber ein ganz anständiger Kerl sein. Wenn du dir seine Schwester Zarina dagegen anschaust, die ist durch und durch schlecht. Es heißt, sie sei noch viel gefährlicher als Verdauga. Bei meinen Besuchen in Kotir habe ich so manchen Klatsch und Tratsch mitbekommen, Kumpel – wusstest du, dass man sich erzählt, der alte Grünauge sei tot und sein Sohn hier im Gefängnis? Demnach müsste Zarina jetzt die neue Herrscherin sein.«

Martin nickte. »Das stimmt. Ich habe es mit eigenen Augen und Ohren mitbekommen. Gingivere sitzt in einer Zelle ganz weit unten in diesem Gang. Ich habe versucht, mit ihm zu sprechen, aber es ist zu weit weg.« Der Mäusekrieger schlug verzweifelt mit seiner Pfote gegen die Wand. »Warum unternimmt niemand etwas, Gonff?«

Der Mäusedieb tippte sich an die Nase und sprach mit gedämpfter Stimme. »Sitz still und hör mir zu, Kumpel. Jetzt, wo die letzten Familien die Siedlung verlassen haben, sind wir dabei, Pläne zu schmieden. All die verstreut lebenden Familien und Waldbewohner haben sich da draußen im Wald von Mossflower zusammengeschlossen. Sie finden langsam wieder zu ihrer alten Stärke zurück und geben sich nicht länger geschlagen. Wir werden von richtigen Kämpfern ausgebildet; neben Ottern und Eichhörnchen haben wir Igel und Maulwürfe und dann noch meinesgleichen. Es gibt sogar eine Dächsin bei uns, Bella von Brockhall. In der guten alten Zeit war es ihre Familie, die in Mossflower herrschte. Sie wird dir gefallen. Gemeinsam bilden wir den Rat aller Widerstandskämpfer in Mossflower – Rawim, verstehst du? Du nimmst einfach von jedem Wort den Anfangsbuchstaben. Ha, wir werden mit jedem Tag stärker!«

Martin spürte, wie die Lebensgeister in ihm wieder erwachten. »Glaubst du denn, der Rawim weiß, dass man uns hier gefangen hält? Wird er uns bei der Flucht helfen?«

Gonff grinste verschlagen und zwinkerte ihm zu. »Schschsch, nicht so laut, Kumpel. Warte ruhig ab, du wirst schon sehen.«

Er reichte Martin die Feldflasche mit dem Wein. »Sag mal, Kumpel, warum wirst du eigentlich Krieger genannt? Wo kommst du denn her? Hast du an einem Ort wie Mossflower gelebt? War es schön dort?«

Martin stellte den Wein beiseite, lehnte sich zurück und starrte an die Decke. »Wo ich herkomme, Gonff, da gibt es keine Wälder, nur Felsen, Gras und Hügelland. Ja, so ist das, ich komme nämlich aus dem Nordland. Meine Mutter habe ich nie kennen gelernt. Mein Vater hat mich aufgezogen, er hieß Lukas der Krieger – in meiner Familie hat es immer nur Krieger gegeben. Wir lebten in Höhlen, wurden ständig von landeinwärts streifenden Seerattenbanden angegriffen. Man war schlichtweg dazu gezwungen, seine Höhle und sein Stück Land zu verteidigen, wenn man nicht überrollt werden wollte. Es gab noch andere Familien wie unsere. Ich hatte viele Freunde – zum Beispiel Dragg den Starken, Pfeilschwanz, Felldoh den Ringer und Timballisto.«

Martin lächelte in der Erinnerung an seine Gefährten. »Ach, es war schon ganz in Ordnung, denke ich. Damals schienen wir eigentlich nur zu essen, zu schlafen und zu kämpfen. Sobald ich groß genug war, lernte ich, das Schwert meines Vaters anzuheben und damit zu üben.«

Er berührte die zerbrochene Waffe, die er um seinen Hals trug. »So manch einem Feind habe ich mit dieser Schwertspitze eine Lektion erteilt – es waren Seeratten und auch Füchse, die sich als Söldner verdingten. Einmal wurde mein Vater so schwer verletzt, dass er in unserer Höhle bleiben musste. Ha, ich kann mich noch daran erinnern, wie ich den ganzen Sommer über die Feinde zurückschlug, während er am Eingang der Höhle lag, unser Essen zubereitete und mir gute Ratschläge zurief. Eines Tages zog er dann mit einer Gruppe älterer Krieger los, um die Seeratten, die an der Küste des weit entfernten Wassers lebten, herauszufordern. Sie hatten sich das Ziel gesetzt, allen Ratteneindringlingen ein für alle Mal den Garaus zu machen. Das war sehr mutig von ihnen. Bevor er loszog, gab er mir sein treues altes Schwert, dann nahm er seinen Speer und seinen Schild und ging von dannen. Mein Vater sagte mir, ich solle zurückbleiben, um unsere Höhle und unser Land zu verteidigen, wenn er aber bis zum Spätherbst nicht zurückgekehrt sei, könne ich tun, was ich für richtig hielte.«

Gonff nickte. »Und er ist nie mehr zurückgekommen?«

Martin schloss die Augen. »Nein, er ist nie wieder zurückgekehrt.

Allein verteidigte ich unser Land gegen alle, die da kamen. Damals nannten sie mich zum ersten Mal Martin den Krieger anstatt Sohn von Lukas dem Krieger. Ich wartete in jenem Herbst, solange ich irgend konnte, aber irgendwann schien es keinen Sinn mehr zu ergeben, dass ich die Höhle und das Land nur für mich selbst verteidigte. Und so zog ich dann allein in Richtung Süden. Wer weiß, wie weit ich noch gekommen wäre, wenn man mich nicht in Kotir festgenommen hätte.«

Gonff stand auf und reckte sich. »Ich bin froh, dass du hier gelandet bist, Kumpel. Ich hätte nicht die geringste Lust, in dieser Kerkerzelle zu hocken und mit mir Selbstgespräche zu führen. Da spreche ich schon lieber mit einem Krieger wie dir.«

Martin reichte den Wein wieder zurück. »Ja, und mir ist es lieber, mit einem Dieb wie dir eingesperrt zu sein, als allein herumzuwandern, Kumpel.«

## 6

Es war schon merkwürdig: Im gleichen Augenblick, als Gonff und Martin sich über den Rawim unterhielten, sprach genau dieser Rat auch von ihnen. In Ben Stichlers bescheidenem Heim saßen die Waldbewohner dicht gedrängt beieinander. Das größte der anwesenden Tiere war eine Dächsin, Bella von Brockhall. Sie war auch die Vorsitzende der Versammlung. Dann waren da noch der Otterskipper; Lady Ambra, die Anführerin der Eichhörnchen; Ben Stichler und Billum, ein verlässlicher Maulwurf, der seinen Vorgesetzten vertrat. Am Feuer saß Buche, das Eichhörnchen, und beantwortete die Fragen des Rates.

»Du hast also gesehen, wie Gonff gefangen genommen wurde. Wo war das denn?«

»Westlich von hier, in der Nähe des Waldrandes bei Kotir.«

»Womit um alles in der Welt war Gonff denn so beschäftigt, dass es ihnen überhaupt gelang, ihn gefangen zu nehmen?«

»Er tollte wieder einmal umher und alberte herum.«

»Du sagst, es seien zwei von Verdaugas Soldaten gewesen.«

»Ja, daran besteht gar kein Zweifel. Sie waren uniformiert und hatten Speere dabei.«

»Wo warst du denn zu dem Zeitpunkt, als es passierte, Buche?«

»Ich saß auf einer alten Eiche ganz in der Nähe.«

»Konntest du hören, was sie sagten?«

»Ich hörte, wie sie sagten, dass sie ihn nach Kotir bringen würden. Ihr wisst ja, wie Gonff ist. Der tat natürlich so, als sei das alles ein großer Scherz. Zweifellos werden sie ihm da unten im Verlies vom alten Grünauge das alberne Grinsen inzwischen aus dem Schnurrhaar gewischt haben.«

Lady Ambra nickte Buche zu. »Gut gemacht. Gibt es noch irgendetwas zu berichten?«

»Nein, Gnädigste. Ich folgte ihnen, soweit es ging, aber dann entdeckte ich Argulor in einer Fichte. Ich konnte nicht erkennen, ob er wach war, und so hielt ich es für besser, hierher zurückzukommen, zumal ich ja wusste, dass der Rawim eine Versammlung abhalten würde.«

Ben Stichler zwinkerte Buche zu. »Richtig, inzwischen ist es zwar schon früher Nachmittag, aber da steht noch ein Topf mit Frühlingssuppe auf dem Feuer und Käse und Nussbrot sind auch noch da. Wenn du möchtest, kannst du dich gerne bedienen, Buche.«

Das Eichhörnchen lächelte Ben an und zwinkerte zurück. Dann verbeugte es sich respektvoll vor den Anführern des Rawim und verschwand, noch bevor den Anwesenden weitere Fragen einfallen konnten.

Bella rieb sich mit ihren riesigen Pfoten die Augen und lehnte sich mit einem Seufzer der Verzweiflung zurück. »Na, da hat unser Mäusedieb sich ja wieder einmal eine schöne Suppe eingebrockt. Irgendwelche Vorschläge?«

Ambra schnalzte missbilligend. »Also, wenn es nach mir ginge, dann würde ich diesen Spaßvogel ruhig in Kotir eine Weile im eigenen Saft schmoren lassen. Vielleicht ist ihm das eine Lehre.«

Zustimmendes Gemurmel ertönte.

Der Otterskipper schlug mit seinem ruderartigen Schwanz gegen den Kamin. »Schluss jetzt mit diesem Gerede, Kameraden. Ihr alle wisst ganz genau, dass die Kleinen so manches Mal nichts zu beißen gehabt hätten, wenn der Dieb nicht gewesen wäre.« Skipper lachte gutmütig in sich hinein. »Dieser Gonff gefällt mir einfach, der Mäuserich ist ein richtiger kleiner Klabautermann. Er ist vielleicht ein wenig leichtpfotig, aber gutmütig, und Seemannslieder singt er wirklich vortrefflich.«

Ben Stichler hob seine Pfote. »Ich bin dafür, dass wir Gonff retten. Wenn wir einen von uns im Kerker von Kotir schmachten lassen würden, könnten wir uns nicht mehr guten Gewissens echte Waldbewohner nennen.«

Billum hielt seine samtene Pfote hoch. »Hajaj, sagt, tut meine Stimme zählen, solange wie dass der Vormaulwurf nicht da sein tut?«

Bella überlegte nur einen Augenblick, bevor sie sagte: »Selbstverständlich, Billum. Du bist doch schließlich der Vertreter des Vormaulwurfs, und wir alle wissen, dass du sehr vernünftige Ansichten hast, daher hält der Rawim große Stücke auf deine Meinung.«

Als Billum dieses Kompliment hörte, kniff er vor Stolz seine runden Augen zusammen.

Durch Pfotenzeichen wurde einhellig dafür gestimmt, dass Gonff gerettet werden sollte. Dann folgte eine kurze Verschnaufpause, in der die Versammelten eine Kleinigkeit zu sich nehmen konnten. Mutter Stichler hatte ihre berühmte Frühlingsgemüse-Suppe, warmes Nussbrot und reifen gelben Käse bereitgestellt.

Lady Ambra blickte lächelnd auf zwei kleine Igelkinder herab, die sich die allergrößte Mühe gaben, sehr mutig und verwegen auszusehen. Sie wussten genau, dass Ambra immer und überall nach neuen Kriegern für ihre Truppe Ausschau hielt. Sie behandelte die beiden wie zwei kühne Eichhörnchen.

»Zeigt mir einmal eure Pfoten. Doch, mit ein wenig Übung werdet ihr sicherlich noch gute Kletterer werden. Robust genug scheint ihr ja auf jeden Fall zu sein. Goody, sind diese beiden jungen Burschen sehr stark, was meint Ihr?«

Mutter Stichler legte ihre Kelle nieder und wischte sich die Pfoten an der Schürze ab. »Aber ja, natürlich! Ferdy und Coggs gehören zu den Allerstärksten. Ihr müsstet mal sehen, wie die zwei das ganze schwere Geschirr abräumen und die Töpfe auswaschen, Ihr würdet Euren eigenen Augen nicht trauen. Es gibt keine kräftigeren Igel als diese beiden.«

Die Erwachsenen lächelten und zwinkerten sich zu, als Ferdy und Coggs die Schalen abzuräumen begannen. Sie grunzten vor Anstrengung, als sie mit vereinten Kräften einen großen Kessel ausscheuerten, um so ihre Stärke unter Beweis zu stellen.

Währenddessen machte der Rawim sich daran, einen Plan zu Gonffs Befreiung auszuarbeiten.

Argulor war nach Mossflower zurückgekehrt. Warum er seine Bergfestung im fernen Westen verlassen hatte, konnte sich niemand erklären. Vielleicht lag es daran, dass es im Wald viel mehr Beute für ihn gab und er es daher dort weitaus bequemer hatte. Argulor war ein sehr alter Steinadler. Er war für die Jagd auf Kleintiere viel zu langsam und kurzsichtig geworden, daher war es für ihn das Beste, wenn er sich in unmittelbarer Nähe von Kotir und Verdaugas Truppen aufhielt. Noch hatte Argulor die Furcht einflößende Stärke und Wildheit eines Adlers nicht verloren, und wenn sich ihm die Gelegenheit bot, ein größeres Tier zu erbeuten, dann packte er mit gekrümmten Krallen und scharfem Hakenschnabel zu. Frettchen, Ratten, Wiesel und Hermeline ergaben eine vorzügliche Mahlzeit und außerdem lebte in Kotir auch noch ein Baummarder. Er war zugegebenermaßen ein wenig angeschlagen und krumm, aber Argulor hatte noch nie einen Baummarder probiert und war fest entschlossen, das eines Tages nachzuholen. Im Laufe der Jahre hatten sich die Wege des Adlers und der Wildkatzen so manches Mal gekreuzt. Jeder hatte vor dem anderen einen beachtlichen Respekt. Die einzige Ausnahme bildete Zarina. Immer wenn Argulor am Himmel hoch über Kotir seine Kreise zog, stiftete Verdaugas Tochter die Soldaten dazu an, mit Pfeilen auf den großen Vogel zu schießen und Steine nach ihm zu werfen. Demjenigen, der ihn abschießen würde, versprach sie eine angemessene Belohnung. Argulor war über diesen Haufen von Ungeziefer, der Geschosse auf ihn abfeuerte, nicht übermäßig beunruhigt, denn er konnte seine Flughöhe jederzeit anpassen, sodass es für sie unmöglich war, ihn zu treffen. Manchmal kreiste er knapp außerhalb ihrer Schussweite über einem warm aufsteigenden Luftstrom und versuchte, mit seinem schwachen Augenlicht einen flüchtigen Blick auf den begehrten Marder zu erhaschen oder gar auf Zarina, die er aus tiefster Seele hasste. Das helle Sonnenlicht des Frühlings erwärmte seine Flügel, als er über der Festung seine Kreise zog.

Aschenbein duckte sich hinter seine Wildkatzenherrin, die dastand und wütend zu dem aufsteigenden Adler hinaufstarrte. »Schießt, ihr Trottel! Nicht nach da drüben, ihr Schwachschädel! Nach oben, seht ihr ihn denn nicht, er ist direkt über euren dämlichen Köpfen.«

Die Soldaten feuerten erfolglos weiter. Zarina packte ein ganz besonders langsames Frettchen beim Kragen und gab ihm ein paar kräftige Ohrfeigen. Dann stieß sie den armen Kerl zur Seite, ergriff seinen Bogen und legte einen Pfeil an die Sehne. Sie zielte sehr sorgfältig und hielt einen Moment lang inne, während der Adler sich im Gleitflug etwas tiefer fallen ließ. Geschwind ließ sie den spitzen Pfeil losschnellen, wobei die flugerprobten Schaftfedern laut zischten. Sehr zur Überraschung der Zuschauer schwenkte Argulor zur Seite und jagte dann hinter dem aufwärts steigenden

Pfeil her. Es ging immer weiter hinauf, bis der Schaft seinen höchsten Punkt erreicht hatte. Der Adler wirbelte herum, packte den Pfeil mit seinen Krallen und zerbrach ihn voller Verachtung. Gekonnt sauste er wieder abwärts, bis seine Flughöhe so niedrig war, dass er Zarina eine Sekunde lang anstarren konnte. Schließlich peitschte er die Luft mit seinen gewaltigen Schwingenschlägen und flog davon in die blaue Unendlichkeit.

Zarina hätte ihre Wut an Aschenbein ausgelassen, aber der hatte sich ins Gebäude geflüchtet, als er gesehen hatte, wie der Adler zum Sturzflug ansetzte.

»Geht mir bloß aus den Augen, ihr nutzloser Haufen von Narren!«

Die Soldaten sausten in Windeseile hinter Aschenbein her, keiner von ihnen wollte Letzter sein. Zarina sah ganz so aus, als wolle sie an einem von ihnen ein Exempel statuieren.

Die Wildkatze blieb allein zurück und grübelte darüber nach, wo sie den gleichen rachsüchtigen, furchtlosen Blick schon einmal gesehen hatte. Bei dem Mäuserich, jetzt fiel es ihr wieder ein! Sie wusste nicht einmal mehr, wie er geheißen hatte; es war ja auch ganz egal, er hatte den Winter da unten im Verlies wahrscheinlich sowieso nicht überlebt.

Zarina beobachtete eine Gestalt, die verstohlen den Exerzierplatz überquerte, sich dabei immer wieder duckte, Haken schlug und sich im Schatten flach an den Boden drückte. Sie schnaubte verächtlich; es war nur Fortunata. »Hast du etwa Angst vor einem blinden alten Adler, Fähe?«

»Aber gnädige Zarina, ich bin lediglich den herunterprasselnden Pfeilen und Steinen Eurer Soldaten ausgewichen – da habt Ihr aber einen ganz vortrefflichen Schuss abgegeben!«, sagte Fortunata schmeichelnd. »Es ist jammerschade, dass der Adler den Pfeil mitten in der Luft gefangen hat.«

Die Fähe sprang blitzschnell zur Seite, als Zarina, die immer noch den Bogen des Frettchens hielt, einen Pfeil abfeuerte. Er landete genau dort, wo wenige Sekunden zuvor noch Fortunatas Pfote gewesen war.

Zarina legte erneut einen Pfeil an die Sehne und ihre Augen blitzten böse. »Na, dann wollen wir doch mal sehen, was du besser kannst, Füchsin – Pfeile fangen oder ins Haus flüchten; ich rate dir nur das eine: Halte deine Zunge in Zukunft im Zaum.«

Sie spannte die Sehne und gluckste boshaft, als sie sah, wie Fortunata hüpfend und springend das Weite suchte.

Die Königin der Tausend Augen hatte früher oder später in jedem Fall das letzte Wort.

Irgendetwas sauste ratternd durch das schlitzförmige Fenster zu Martin und Gonff herunter. Im Halbdunkel durchwühlten sie das Stroh, bis Gonff den Gegenstand schließlich gefunden hatte.

Martin konnte seine Enttäuschung nicht verbergen. »Du meine Güte, ein Stock! Wie hilfreich. Mit einem Stock könnten wir diesen Ort natürlich einpfotig einnehmen. Da hat man uns aber wirklich einen äußerst nützlichen Gegenstand geschickt!«

Es war aber kein Stock. Gonff nahm gar keine Notiz von seinem Zellengefährten und machte sich stattdessen daran, den dünnen Draht abzuwickeln, mit dem das Borkenschriftstück um die schmale Klinge gewickelt worden war. Er rollte das Pergament auseinander und rückte näher zum Licht, um die darauf stehende Nachricht laut vorzulesen.

*»Gonff,*
*hier ist dein Handwerkszeug. Verlasse Kotir bei Tagesanbruch Richtung Wald. Wir werden dort warten und dir Deckung geben.*
*Rawim.«*

Leise lachend vernichtete Gonff die Nachricht. »Genau darauf haben wir gewartet, Kumpel. Sie wissen natürlich nichts von dir. Ihr Plan dient nur meiner Rettung, aber mach dir keine Sorgen, das werden wir schon hinbekommen. Der Rat wird nur allzu froh sein, wenn er einen richtigen ausgebildeten Krieger auf seiner Seite hat. So, und nun schau dir dieses lächerliche alte Stück Draht und diese kleine Messerklinge einmal genau an. Mit ihrer Hilfe werden wir nämlich hier herauskommen, da staunst du, was, Kumpel? Hier siehst du das Handwerkszeug eines ehrenwerten Diebes.«

Martin ergriff Gonffs Pfote und drückte sie herzlich. »Es tut mir Leid, Gonff. Ich hatte nichts Besseres zu tun, als hier herumzustehen und dumme Kommentare abzugeben. Du bist schließlich der Fachmann. Von nun an hast du einen Gehilfen an deiner Seite, der bereit ist, aus deiner Erfahrung zu lernen. Um es genauer zu sagen: Du hast jetzt einen wirklichen Kameraden, Kumpel.«

Gonff lachte und zuckte gleichzeitig zusammen. »Alles klar, Kumpel. Die erste Aufgabe besteht darin, die Pfoten des Fachmannes nicht zu zerquetschen. Du wirst sie mir noch brechen, du bist dir deiner Stärke ja überhaupt nicht bewusst. Begeben wir uns also jetzt in aller Ruhe an die Planung. Wann wird die Wachpatrouille aller Wahrscheinlichkeit nach ihre nächste Runde machen?«

»In etwa einer Stunde. Solange ich hier bin, sind sie immer derart pünktlich gewesen, dass man die Uhr nach ihnen hätte stellen können. Danach ist Ruhe. Die Nächsten kommen erst wieder zwei Stunden nach Sonnenaufgang, wenn sie uns Wasser und Brot bringen.«

»Gut, dann können wir uns ja noch ein Weilchen ausruhen«, sagte Gonff und streckte sich gemütlich im Stroh aus.

Martin legte sich hin; er war fest entschlossen, der Aufregung, die von seinem Inneren Besitz ergriff, zu trotzen und sich zu entspannen. Gonff spielte eine kurze Zeit lang auf seiner Flöte, dann begann er, leise zu singen:

*»Zarina, Zarina, du wirst es bereun,*
*dass Gonff ward gefangen. – Du sperrtest ihn ein!*
*Katzengör, schau nur her: Jetzt sind es zwei!*

*Der Dieb und der Krieger*
*sind morgen früh frei.«*

Martin lag mit geschlossenen Augen da und lauschte. »Von wem hast du dieses Lied?«

Gonff zuckte die Achseln und verstaute seine Flöte. »Von niemandem. Die Lieder kommen mir einfach so in den Kopf. Ist schon verrückt, nicht wahr? Manchmal sagt die gute Goody Stichler, dass es der Gesang Mossflowers ist, der in mir zum Ausdruck kommt. Hin und wieder sagt sie auch, dass es ein Ausblick auf jene Jahreszeiten sei, die das Licht der Sonne noch nicht erblickt haben.«

Martin ließ diesen Satz auf sich wirken, während sie so im Stroh lagen. »Ein Ausblick auf jene Jahreszeiten, die das Licht der Sonne noch nicht erblickt haben, was? Das gefällt mir, Kumpel. Es hört sich ganz so an, als ob deine Freunde richtig nett sind.«

Gonff kaute auf einem Strohhalm. »Goody Stichler wird dir gefallen. Wenn ich wirklich einst eine Mutter hatte, dann kann sie nicht liebenswürdiger gewesen sein als Goody. Warte nur, bis du erst ihre Frühlingsgemüse-Suppe probiert hast oder ihr Hafer- und Honiggebäck, wenn es siedend heiß aus dem Ofen kommt und die Butter daran herunterläuft. Und dann erst ihren gewürzten Apfel- und Brombeerpudding mit frischer Sahne oder ihren neuen goldgelben Käse mit heißem Brot aus dem Ofen und einer frischen Selleriestange, oh ja, und einer mit geriebenem Muskat angerichteten Schale Milch …«

Der Strohhalm rutschte Gonff aus dem Mund. Martin war froh, dass er eingenickt war. Bei der Aufzählung all der leckeren Köstlichkeiten war ihm das Wasser im Mund zu einem wahren Strom zusammengelaufen. Er war sich ganz sicher, dass Goody Stichler ihm gefallen würde. Wenn ihre Kochkunst nur halb so gut war, wie Gonff beschrieben hatte, dann würde er ihr wahrlich stets ein treuer Bewunderer sein.

# 7

Es waren noch drei Stunden bis Sonnenaufgang, als die Rettungsmannschaft, angeführt von Ambra und Skipper, die Unterkunft der Stichlerfamilie verließ. Goody drängte ihnen Proviantpakete auf und schnalzte besorgt mit der Zunge. »Und dass mir keiner von euch sich von diesen verrückten Katzen schnappen lässt. Sie würden euch bestimmt mit Haut und Fell verspeisen.«

Ambra, die Anführerin der Eichhörnchen, schulterte lächelnd eines der Proviantpakete. »Nun bekommt mal kein Stachelzittern, Goody. Es ist viel wahrscheinlicher, dass wir von den Unmengen an Essen, die Ihr uns aufbürdet, niedergestreckt werden als von einem Feind.«

Skipper warf einen Blick in sein Paket. »Gnädigste, wenn ich auch nur die Hälfte von all dem essen würde, würde ich im Wasser glattweg untergehen. Ich würde eine Woche lang völlig erledigt über der Reling hängen.«

Die kleine Gruppe tüchtiger, wehrhafter Waldbewohner war sorgsam ausgewählt worden und bestand zum einen aus Eichhörnchenbogenschützen von Ambra und zum anderen aus Mitgliedern von Skippers Ottercrew. Sie waren damit beschäftigt, ihre Waffen zu überprüfen. Die Otter wirbelten ihre Schleudern herum und suchten sich Steine zusammen; einige von ihnen balancierten leichte Wurfspeere in ihren Pfoten. Die Eichhörnchen wachsten ihre Bogensehnen und schnallten sich die prall gefüllten Köcher um.

Ben Stichler sagte zu seiner Frau: »Ich hab noch nie einen so vortrefflichen Trupp von Waldbewohnern gesehen. Hoffen wir, dass sie unserem kleinen Gonff helfen können.«

Ferdy und Coggs schlenderten nach draußen, um sich der Truppe anzuschließen. Die beiden kleinen Igel trugen jeder einen Kochtopf als Helm und eine Decke als Umhang, hielten beide ein

Stück Feuerholz in der Pfote und blickten kriegerisch finster drein, während sie so zwischen den Eichhörnchen und Ottern dastanden.

Der Otterskipper schlug mit einer Pfote gegen seine Stirn und taumelte, scheinbar von Angst überwältigt, umher. »Da brat mir doch einer nen Dorsch, wenn das nicht zwei blutrünstige Wilde sind. Ihr Anblick dürfte genügen, um eine Wildkatze bis an ihr Lebensende in Angst und Schrecken zu versetzen!«

Ferdy und Coggs stolzierten selbstbewusst umher. Gelegentlich stolperten sie über ihre Decken, was sie aber nicht daran hinderte, ihre Gesichter auch weiterhin grimmig zu verzerren. Lady Ambra unterdrückte ein Lächeln, nahm die beiden Möchtegernkrieger bei den Pfoten und stellte sie vor dem Haus der Familie Stichler auf. Dort standen sie nun zu beiden Seiten des Eingangs, blickten finster drein und stießen mit ihren Feuerholzwaffen in die Luft. Die versammelten Otter und Eichhörnchen zollten ihren beiden Mitstreitern Anerkennung, indem sie pflichtgemäß finster zurückblickten.

Skipper zwinkerte ihnen zu und sorgte mit einer schwungvollen Bewegung seines Schwanzes für Ruhe. »Jetzt lasst bitte das Schwatzen und hört mir einmal zu. Diese beiden Raubeine hier wollen dafür sorgen, dass drüben in Kotir Blut fließt, aber ich bin der Meinung, sie sollten solch eine leichte Arbeit lieber uns überlassen, wir schaffen das schon. Stattdessen bräuchten wir zwei Haudegen, die sich in unserer Abwesenheit durch nichts und niemanden davon abhalten lassen, dieses Häuschen zu bewachen und hier zu patrouillieren. Ich sage euch, ihr Otter und Eichhörnchen, da haben sie wirklich eine harte und gefährliche Aufgabe vor sich. Ich werde euch beiden daher meine Essensration dalassen, damit ihr Burschen mir während eures Wachdienstes nicht vom Fleisch fallt. Natürlich nur, wenn ihr meint, dass ihr der Aufgabe gewachsen seid.«

Ferdy und Coggs nahmen Haltung an, ihre Stacheln sträubten sich, sie blähten angesichts der erwiesenen Anerkennung ihre Wangen auf und sprühten förmlich vor Begeisterung. Diensteifrig salutierten sie, als die Rettungsmannschaft sich in Richtung Kotir auf den Weg machte.

Ambra hielt ihre Nase in die leichte Brise. »Nur noch zwei Stunden bis Sonnenaufgang.«

Skipper band sich eine Steinschleuder an die Pfote. »Richtig, Gnädigste. Wenn wir nicht herumtrödeln, reicht die Zeit wohl.«

Am Waldrand von Mossflower erhob sich Kotir, jenes dunkle, bedrohliche Gemäuer, das für Bosheit und Tyrannei stand. Jetzt harrte es der Dämmerung.

Martin setzte sich kerzengerade auf, als von draußen der Gesang eines Vogels zu ihm hereindrang. Er packte Gonff und schüttelte ihn kräftig. »Wach auf, du Schlafmütze! Bis zur Morgendämmerung haben wir nicht einmal mehr eine Stunde.«

Der Mäusedieb setzte sich auf. Mit seinen Pfoten rieb er sich die halb geöffneten Augen und schaute zu dem schmalen Stück Himmel hinauf, das er durch den vergitterten Fensterschlitz sehen konnte. »Zeit für uns zu gehen, Kumpel.«

Gonff zog seine schmale Messerklinge hervor und schob sie in das Schlüsselloch der Zellentür, wo er sie hin- und herbewegte. »Oh gut, das wird ein Kinderspiel.«

Er hielt beide Augen geschlossen, und ein vergnügtes Lächeln zierte sein pausbäckiges Gesicht, während er mit der Klinge hantierte, bis ein metallisches Klicken zu hören war. »Das wärs, Kumpel. Hilf mal mit schieben.«

Martin stemmte sich gegen die Tür, aber sie ließ sich nicht öffnen. »Sie ist immer noch zu. Woran kann das liegen?«

Gonff überprüfte sie sorgfältig und drückte dagegen, bis er ein leichtes Rattern hörte. »Es liegt an den Riegeln. Ich muss da hoch – kannst du mich mal hochheben, Kumpel?«

Martin stützte sich mit dem Rücken an der Tür ab, hielt seine Pfoten gefaltet vor sich und straffte seine Schultern. »Na, dann mal los!«

Der Mäusedieb kletterte an seinem Freund hoch und stellte sich leicht schwankend auf dessen Schultern. Geduldig ertrug Martin die Last und hoffte inständig, dass der findige Gonff es schon irgendwie schaffen würde. »Wie sieht es da oben aus?«, fragte er besorgt.

Gonff antwortete, wobei seine Stimme immer wieder von angestrengten Grunzern unterbrochen wurde: »Ist gar kein Problem, Kumpel. Jedenfalls nicht für einen König der Diebe. Ha, es sind nur die Riegel, sie sind alt und verrostet. Mit meiner Messerklinge schmiere ich etwas fettigen Käse darauf, dann lege ich einen Draht um den Griff der Verriegelung, und dann muss ich nur noch ein wenig hin- und herruckeln und daran ziehen, bis er sich löst, genau wie dieser. Ha, ich hab ihn!«

Und wieder straffte Martin seine Schultern, bis Gonff eine neue Stellung gefunden hatte. »So, und jetzt den anderen Riegel. Hi, hi, wenn man einen starken Kumpel zum Draufstellen hat, macht es viel mehr Spaß, als wenn man aus eigener Kraft die Türen hinaufkraxeln muss. Martin, du stehst wirklich so fest wie ein Fels in der Brandung.«

»Mag schon sein«, grunzte Martin, »aber ich bin nicht so stabil wie einer, also lass endlich das Herumtänzeln auf meinem Nacken sein. Ich stehe hier jetzt schon eine Ewigkeit.«

Gonff war nie um eine Antwort verlegen. »Eine Ewigkeit, was? Es sind noch keine zehn Sekunden vergangen und ich bin fast fertig. Ich habe genug Diebe und Einbrecher kennen gelernt, die zwei linke Pfoten hatten. Bei denen hättest du dir die Beine in den Bauch stehen können. Also kannst du von Glück sagen, dass du es mit einem anständigen Dieb wie mir zu tun hast, Kumpel. Aufgepasst, hier kommt der nächste!«

Plötzlich öffnete sich die Tür schwungvoll nach außen und beide purzelten kopfüber in den Gang hinaus. Gonff brach in schallendes Gelächter aus. Schnell hielt Martin seinem lärmenden Freund mit der Pfote den Mund zu. »Schschsch! Wenn du nicht still bist, werden die Wärter noch herunterkommen, um zu sehen, wo der Krach herkommt.«

Martin schloss vorsichtig die Tür und schob die Riegel wieder vor.

Gonff war den Gang schon zur Hälfte hinuntergelaufen, als er feststellte, dass Martin ihm gar nicht gefolgt war. Er blickte zurück und sah seinen Freund vor einer Zelle stehen, die sich weiter unten im Gang befand. Es war die Zelle, in der Gingivere saß, und Martin sprach mit dem Wildkater.

»Gingivere, kannst du dich noch an mich erinnern? Ich bin Martin der Krieger. Als ich gefangen genommen wurde, warst du der Einzige, der mir zu helfen versuchte. Das habe ich dir nicht vergessen, auch wenn wir auf entgegengesetzten Seiten stehen. Ich muss jetzt fort, aber sollte es irgendeine Möglichkeit geben, dir zu helfen, wenn ich erst einmal frei bin, dann werde ich es tun.«

Gingiveres Stimme drang an Martins Ohr. Sie klang schwach und verzweifelt. »Rette lieber dein eigenes Fell, Martin. Geh so weit wie möglich von hier fort und halte dich vor allem von meiner Schwester fern.«

Gonff zog Martin mit sich, und noch im Fortgehen rief er über seine Schulter zurück: »Ich bin Gonff, der König der Mäusediebe. Wir müssen jetzt gehen, aber wenn du meinem Freund einst geholfen hast, dann werde ich versuchen, auch dir eines Tages zu helfen.«

Während sie den Gang entlanghasteten, hörten sie den Widerhall von Gingiveres Stimme hinter sich: »Ich danke euch. Viel Glück, Freunde!«

Sie kamen zum Ende des Ganges und stiegen dann die Treppe hinauf. Gonff keuchte ein wenig, und so wartete Martin, bis er wieder zu Atem gekommen war. Am Ende der Wendeltreppe befand sich eine Holztür. Gonff gab Martin ein Zeichen, sich ganz still zu verhalten, während er behutsam die Tür öffnete. Die Luft war rein. Sie traten in eine breite Halle, die sich nach links und nach rechts erstreckte.

Martin kratzte sich am Kopf. »Welche Richtung? Nach links oder nach rechts?«

Gonff legte seine Klinge auf den Boden und ließ sie im Kreis wirbeln. Sie standen da und blickten hinunter, bis sie zum Stillstand kam. »Nach links. Komm mit, Kumpel.«

Als sie die Halle durchquerten, sahen sie, wie die Morgensonne durch ein hohes Fenster hereinstrahlte und das obere Ende einer flachen, breiten Treppe hell erleuchtete. Gonff stöhnte. »Oh nein, wir sind spät dran. Wir haben uns mit der Zeit verschätzt, weil es in unserer Zelle so dunkel war. – Aber was solls, wenn wir uns beeilen, warten sie draußen vielleicht noch auf uns. Wo jetzt entlang?«

Sie folgten den Stufen, die um eine Ecke in eine kleinere Halle führten. An beiden Enden dieser Halle befand sich jeweils eine Tür. Plötzlich war Zarinas Stimme zu hören. Sie erstarrten zu Salzsäulen. »Ich sage euch das eine, Fortunata und Aschenbein: Wenn auch nur die geringste Information über diese Angelegenheit nach außen gelangt, dann werde ich euch beide in Ketten über einem Feuer schmoren lassen. Die Armee wird nur dem rechtmäßigen Anführer folgen, und jetzt, wo mein Bruder im Verlies hockt, bin ich das. Ich bin die Königin der Tausend Augen. Ich herrsche über Kotir und Mossflower.«

Die Flüchtigen liefen zurück zur Treppe, die sie gerade heraufgekommen waren. Das Echo von Zarinas Stimme kam aus allen Richtungen, als sie auf der Treppe wieder um die Ecke bogen.

Martin und Gonff liefen Zarina, Aschenbein und Fortunata, die nichts ahnend hinter ihnen die Treppe heraufgekommen waren, geradewegs in die Arme!

Die Otter und Eichhörnchen hatten sich zwischen den Sträuchern und kleinen Bäumen, die den Waldrand bei Kotir säumten, dicht an den Boden gekauert. Es war ein strahlend heller Morgen, die Dämmerung längst vorüber. Die Vögel zwitscherten. Frisches Grün leuchtete im Sonnenlicht, und überall waren Farbtupfer zu sehen: Heidekraut, Wolfsmilchgewächse und Winterjasmin.

Ungeachtet der Schönheit, die ihn umgab, lag Skipper da und flüsterte Ambra zu: »Wir können hier nicht mehr viel länger ankern, Gnädigste.«

Ambra starrte hinauf zu den düsteren Mauern von Kotir. »Ihr habt Recht, Skip. Von der Mauer da oben könnte man uns bei helllichtem Tag mit Leichtigkeit entdecken. Verdammt und zugenäht, wo bleibt dieser kleine Dieb denn nur?«

»Wir können ihm nicht mehr viel Zeit geben«, sagte Skipper mit einem resignierten Achselzucken. »Wir werden uns schon bald zurückziehen müssen. Vielleicht können wir es ja an einem anderen Tag noch einmal versuchen.«

Ein junger Otter mit dunklem Fell kam auf seinem Bauch durch das Gras geschlängelt und salutierte. »Puh, du wirst es kaum glauben, Skip, aber da kommt eine ganze Mäuseflotte in komischen Gewändern durch den Wald direkt auf uns zuspaziert. So etwas hab ich in meinem ganzen Leben noch nicht gesehen.«

Skipper und Ambra blickten den Kundschafter mit fragendem Blick an. »Wo?«

»Sie kommen in einer Art Halbkreis aus südlicher Richtung. Seht, da drüben sind sie!«

Und richtig, es stimmte, was er sagte. Eine Gruppe von Mäusen kam zwischen den Bäumen hindurchmarschiert; alle trugen grünbraune Kapuzengewänder, die in der Mitte mit einer Kordel gehalten wurden.

Ambra schüttelte voller Verwunderung den Kopf. Sie gab einem ihrer Eichhörnchen, das ganz in der Nähe auf einem Baum saß, ein Zeichen. »Schnell, nimm diesen Otter mit. Lauft hinüber und sagt diesen Trotteln, sie sollen in Deckung gehen. Wissen die denn etwa nicht, wo sie sich hier befinden?«

Bevor die beiden losflitzen konnten, fügte Skipper noch hinzu: »Bleibt bei ihnen. Sobald es ungefährlich ist, nehmt ihr sie ins

Schlepptau. Geht nach Brockhall – da müsste genug Platz sein. Sucht Bella auf und erzählt ihr die ganze Geschichte. Sagt ihr, dass Lady Ambra und ich noch vor Sonnenuntergang bei ihr sein werden. Los mit euch!«

Ambra sah zu, wie sie davonhüpften, sich duckten und Haken schlugen. Es gab ja nicht nur die Armee von Kotir, sondern auch Argulor, vor dem man sich stets in Acht nehmen musste. Sie wandte sich Skipper zu. »Was für ein preisgekrönter Haufen von Tölpeln! Marschieren am helllichten Tage einfach um Kotir herum! Was glaubt Ihr, wo sie herkommen?«

Der Otter schnaubte. »Keine Ahnung. Bella wird es wahrscheinlich wissen, sie ist seinerzeit ganz schön weit herumgekommen. Ach, wo ich gerade bei der Zeit bin, ich denke mal, sie ist für den jungen Gonff so gut wie abgelaufen, wenn er nicht bald hier auftaucht.«

Selbst zu dieser frühen Morgenstunde hatte die wärmende Sonne Argulor eingelullt, sodass er sanft vor sich hin schlummerte. Der Adler saß hoch oben in einer Fichte und hatte sich sacht gegen den Stamm gelehnt. Er stöhnte genüsslich im Schlaf und plusterte sich auf, damit die herrliche Wärme durch sein Federkleid hindurch bis zu seiner alten Haut und den ausgekühlten Knochen gelangen konnte. Wenn es doch nur einen Ort ohne kalten Winter oder feuchten, windigen Herbst gäbe, an dem nur immer Frühling und Sommer aufeinander folgten.

Das Leben zog an Argulor vorbei, während er den ganzen Tag hindurch auf seinem Baum thronte und schlief. Genau genommen zog es in der Gestalt eines Otters und eines Eichhörnchens an ihm vorbei, die eine Gruppe von Mäusen in Kutten direkt unter jenem Baum hindurchführten, auf dem er saß und schlummerte.

Es war schwer zu sagen, auf wessen Seite die Überraschung größer war, bei den flüchtigen Gefangenen oder der Wildkatze und ihren Speichelleckern.

Als sie zusammenprallten, heulte Zarina vor Wut laut auf – sie hatte mehr Glück als Verstand, als es ihr gelang, Gonff am Bein zu packen. Dann ertönte ein noch viel qualvolleres Geheul, denn Martin zog die Klinge aus Gonffs Gürtel und stieß damit kräftig auf Zarinas Pfote ein, sodass sie gezwungen war, seinen Freund loszulassen.

»Hinter mir her!« Martin packte Gonff und rannte die Treppe wieder hinauf, wobei er es jedoch nicht versäumte, Fortunata im Vorbeilaufen mit der Klinge noch eine beachtliche Schnittwunde an ihrem Hinterteil zu verpassen. Die Fähe prallte mit Aschenbein zusammen und beide stürzten in einem Knäuel zu Boden. Zarina stolperte über sie. Sie war verzweifelt darum bemüht, sich zu befreien, stieß kreischende Flüche aus und bearbeitete die beiden Pechvögel mit ihren Krallen.

»Holzköpfe! Schwachschädel! Aus dem Weg mit euch!«

Martin und Gonff rasten blindlings die Halle hinunter. Sie stürzten durch die Tür zu ihrer Rechten und warfen sie hinter sich ins Schloss.

Es war das Schlafgemach des verstorbenen Lord Grünauge. Die Rufe ihrer Verfolger wurden immer lauter und so gingen die beiden Flüchtigen hastig unter dem großen Himmelbett in Deckung.

»Hier können wir nicht lange bleiben!«, keuchte Martin, während er in der Dunkelheit umhertastete, bis er schließlich Gonffs Pfote spürte.

»Keine Sorge, Kumpel. Halte dich bereit, dich auf mein Kommando aus dem Staub zu machen.«

Mit einem lauten Knall wurde die Tür aufgestoßen, sodass für einen weiteren Wortwechsel keine Zeit mehr blieb. Zarina schob ihre Untergebenen vor sich her in den Raum und schloss dann die Tür. Sie leckte sich ihre verletzte Pfote. Fortunata, deren Würde sehr gelitten hatte, war darum bemüht, ihre Wunde am Hinterteil nicht zu berühren. Aschenbein stapfte umher und versuchte, möglichst nützlich zu erscheinen.

»Zumindest wissen wir, dass sie irgendwo hier drinnen in der Falle sitzen.«

»Irgendwo«, echote Fortunata. »Aber wo?«

Mit gesenkter Stimme rief Zarina die beiden zu sich heran. »Wir wissen nicht, wie viel die zwei Mäuse mitbekommen haben. Sie dürfen diesen Raum auf keinen Fall lebend verlassen. Wir müssen jeden Winkel durchsuchen.«

Martin, der flach ausgestreckt unter dem Bett lag, konnte die Pfoten der Verfolger sehen. Er beobachtete, wie sie in verschiedene Richtungen davonschlichen, und blickte dann zu Gonff hinüber.

Schockschweremaus! Der kleine Dieb war einfach unglaublich! Gonff hatte doch tatsächlich seine Augen geschlossen und schien ein Nickerchen zu halten. Verzweifelt stieß Martin ihn an. Die drei Verfolger durchsuchten nach und nach alle möglichen Verstecke und rückten dabei dem Bett immer näher.

»Aschenbein, hast du hinter den Vorhängen auch wirklich gründlich nachgesehen?«

»Ja, Herrin. Vielleicht stecken sie ja oben auf dem Baldachin.«

Der Marder lehnte sich bereits gegen das Bett. Gonff strich Martin zur Beruhigung über die Pfote und schlängelte sich dann leise an ihm vorbei. Der Mäusekrieger konnte nur stumm daliegen und voller Spannung mit ansehen, wie sein wagemutiger kleiner Freund zu Werke ging.

Vorsichtig zog Gonff einen Zipfel von Aschenbeins langem Umhang unter das Bett, schlitzte ihn mit seiner Klinge fachmännisch auf und kroch ein Stück weiter zum Kopfende des Bettes, an dessen einer Seite ein hoher, schwerer Wandschirm lehnte. Während der Marder nichts ahnend dastand, knotete Gonff mit flinken Bewegungen die Enden des aufgeschlitzten Umhangs um das eine Bein des Wandschirms.

Mit einer einzigen Bewegung, so schien es, erledigte Gonff gleich drei Dinge auf einmal: Voller Bosheit stach er mit seiner Klinge auf

Aschenbeins gesunde Pfote ein, packte Martin und kam mit lautem Gebrüll unter dem Bett hervorgeschossen.

»Da laufen sie! Haltet sie auf!«

Es folgte ein heilloses Durcheinander. Aschenbein kreischte und machte einen Satz nach vorn. Der schwere Wandschirm wurde mitgezogen, schwankte und fiel um. Zarina konnte mit Mühe und Not aus dem Weg springen, aber die Fähe hatte nicht so viel Glück, der Wandschirm stürzte krachend auf sie herunter. Benommen schob sie ihn zur Seite, wobei der klobige Schirm umkippte und direkt auf dem Kaminrost landete. Dort lag er mitten in der glühenden Asche, die vom Feuer der vorangegangenen Nacht übrig geblieben war. Im Nu breitete sich eine dichte, stickige Schmutzwolke aus Asche, Staub und schwelendem Holz im Raum aus.

Martin und Gonff stießen die Tür auf. Zwei wachhabende Wiesel, die auf ihrem Rundgang das Getöse hinter der Tür vernommen hatten, kamen genau in dem Moment hereingepoltert, als Martin und Gonff an ihnen vorbei in die Halle hinausstürzten. Die Schreie hinter ihnen erreichten ihren Höhepunkt, als nackte Pfoten den Boden berührten, auf dem die glühend heiße Asche verstreut lag.

Diesmal übernahm Martin die Führung; sie liefen geradewegs die Halle hinunter und hechteten durch die Tür am anderen Ende.

Sie landeten in einer Offiziersmesse, in der es von Soldaten nur so wimmelte. An einem langen Tisch, an dessen einem Ende sich ein Fenster befand, saßen zahlreiche Hermeline, Frettchen und Wiesel, die gerade ihr Frühstück einnahmen. Vollkommen überrumpelt blieben die Soldaten mit offenem Mund sitzen und starrten die zwei Flüchtigen an.

»Haltet die Mäuse auf! Tötet sie!«, erschallten die erbosten Rufe von Zarina, die geradewegs auf die Messe zulief.

Gonff hatte die Situation mit einem Blick erfasst: Sie erforderte etwas ganz und gar Unerwartetes. Ohne zu zögern, zog er Martin hinter sich her. Sie liefen quer durch den Raum, hüpften über einen freien Stuhl auf den Tisch und flitzten in rasendem Tempo darauf entlang, wobei Essen, Getränke und Gefäße nur so durcheinander purzelten. Zusammen sprangen der Dieb und der Krieger mit einem lauten, kriegerischen Schrei durch das geöffnete Fenster ins Leere.

»Jaaaaaaaahhhhhhh!«

Skipper und Ambra hörten den Schrei.

Ebenso Argulor. Er kam von der nach Norden gelegenen Seite Kotirs. Ganz in der Nähe hatte ein Eichhörnchenspäher der Waldbewohner in einem Baum seinen Ausguck. Er hüpfte herunter und machte Ambra sofort Meldung: »Es ist Gonff, allerdings hat er noch einen anderen Mäuserich bei sich. Sie sind aus einem der Fenster im oberen Stockwerk der Kaserne gesprungen.«

»Dann sollten wir lieber zusehen, dass wir da hinkommen. Sind sie verletzt?«

»Nein, aber sie haben mehr Glück als Verstand gehabt, sie sind nämlich direkt in der Krone einer großen, alten Eibe gelandet, die vor dem Fenster steht.«

Ambra sprang auf. »Hol Buche und die anderen her. Wir müssen die beiden so schnell wie möglich da herausholen. Skipper, Ihr nehmt Eure Crew mit und gebt uns Deckung.«

Argulor setzte in seiner Fichte zum Flug an. Schwerfällig schlug er mit seinen Flügeln, aber sobald er sich in der Luft befand, waren seine Bewegungen wieder anmutig und wendig. Während er seine Kreise zog, um an Flughöhe zu gewinnen, blickte er angestrengt in jene Richtung, aus der die Laute gekommen waren. Er bemerkte, dass das Laub in der Krone der Eibe hin und her gerüttelt wurde, und so schnellte der Adler herab, um zu sehen, ob es dort irgendetwas Essbares gab.

Währenddessen war Zarina in der Messe gerade dabei, mit einer hölzernen Schöpfkelle um sich zu schlagen. »Nun steht nicht herum und haltet Maulaffen feil, ihr dämlichen Kröten! Seht zu, dass ihr da hinauskommt und sie wieder einfangt!«

Sofort brach ein wildes Chaos aus, als alle gleichzeitig zu den

Waffen griffen und ihre Rüstungen anlegten. Keiner der Soldaten schien geneigt zu sein, einen Sprung durch das Fenster zu wagen, allerdings versuchte jeder, den Anschein zu erwecken, dass er etwas Nützliches zur Gefangennahme der Flüchtigen beitrug.

Erbost drosch Zarina wie wild mit der Schöpfkelle auf sie ein. Plötzlich sah ein schlaues junges Hermelin, das wesentlich verwegener war als seine Kameraden, die Gelegenheit gekommen, um sich in den Augen seiner Herrscherin auszuzeichnen. Es sprang mit einem Satz auf den Tisch.

»Überlasst es nur mir, Euer Hoheit. Ich werde sie aufhalten.« In einem Anflug von Heldentum lief das Hermelin bis zum Fenstersims, wo es stehen blieb und all seinen Mut für den Sprung zusammennahm.

Argulor flog in geringer Höhe auf die Eibe zu. Mit seinen altersschwachen Augen konnte er im Gewirr der Äste nicht viel erkennen. Er war schon drauf und dran, seine Hoffnung auf eine schnelle Mahlzeit aufzugeben, und wollte sich gerade mit einem Schlag seiner gewaltigen Schwingen abwenden, als ganz plötzlich ein dickes, saftiges Hermelin mit einem Gesichtsausdruck heroischen Pflichtbewusstseins mitten in die Luft sprang, wo es geradewegs in den Fängen des abdrehenden Adlers landete.

Hocherfreut stieß Argulor einen gellenden Schrei aus, der sich von dem rauen, entsetzten Quietschen des Hermelins ganz und gar abhob. Freudestrahlend flog der alte Adler mit der leckeren Last wieder auf seinen Fichtenast.

Gonff wischte sich den Schweiß aus seinem Schnurrhaar. »Mein lieber Mäuserich, beinahe hätte uns das Riesenvieh geschnappt, Kumpel!«

Martin zeigte zum offenen Fenster. »Es ist noch nicht vorüber. Schau, da!«

Zarina starrte sie erbost an. In der Messe drängten sich lauter verängstigte Gestalten, von denen keine sich mehr in die Nähe des Fensters traute.

Aschenbein erschauderte und griff sich ins klamme Fell. »Habt Ihr diese Klauen gesehen? Grauenhaft! – Und dann dieser riesige Schnabel!«

Zarina riss ihn an seinem Umhang herum. »Quatsch kein dummes Zeug, hol mir lieber Pfeil und Bogen. Jetzt schaut euch das an, das ist ja wohl eine Unverschämtheit!«

Gonff war gerade dabei, der Wildkatzenkönigin Grimassen zu schneiden. Er blähte seine Wangen auf, hielt eine Pfote an seine Nase und rollte spöttisch mit den Augen.

Zarina schnappte sich einen Speer und schleuderte ihn hinüber, aber er wurde von dem dichten Geflecht der Eibenzweige abgefangen. Mit einem gezielt abgefeuerten Pfeil könnte man es schaffen, dachte sie bei sich. »Wo bleibt nur dieses tattrige Holzbein mit meinen Pfeilen und meinem Bogen?«

In der Zwischenzeit kamen acht kräftige rote Eichhörnchen mit einer Leichtigkeit über die Eibenäste herbeigehüpft, als hätten sie einen gepflasterten Weg unter ihren Pfoten. Sie teilten sich in zwei Vierergruppen auf, von denen jede einen der Flüchtigen unter ihre Fittiche nahm.

Auch Lady Ambra nahte schwungvoll. Sie hatte noch ein ernstes Wörtchen mit Gonff zu reden: »Keinen von deinen Tricks mehr, junger Dieb! – Und du, wer immer du auch sein magst, entspann dich und überlasse alles Weitere uns. Du bist in sicheren Pfoten.«

Noch bevor er etwas erwidern konnte, wurde Martin an Pfoten und Schwanz gepackt. Er sauste abwärts wie ein Federball. Noch niemals in seinem ganzen Leben war er so schnell und mit solch einer Leichtigkeit aus einer derartigen Höhe zum Boden gelangt. Es war, als wäre er ein sacht im Wind dahingleitendes Blütenblatt. Im Nu hatten er und Gonff wieder festen Boden unter den Pfoten.

Unterdessen öffneten sich die Tore von Kotir und eine ganze Horde bewaffneter Soldaten kam herausgestürzt. Martin sah sich nach einer Waffe um, irgendeinem Gegenstand, mit dem er sich verteidigen konnte. Ein Zischen ertönte, worauf die ersten vier voranstürmenden Soldaten erschlafften und sich ins Gras legten, als würden sie ein Nickerchen machen. Zwei weitere kamen zu Fall. Martin sah eine Reihe von Ottern, die ihre Steinschleudern wirbelten; mit ihren im Fluss gesammelten Steinen hatten sie eine todbringende Treffsicherheit.

Ein großer, stämmiger Otter kam auf sie zugelaufen. Gonff ergriff seine kräftigen, tätowierten Pfoten. »Skipper, ich wusste, dass mein alter Seekamerad seinen Lieblingsdieb nicht im Stich lassen würde. Ach ja, übrigens, dies ist Martin der Krieger. Er ist mein Freund, musst du wissen.«

Skipper gab seiner Crew das Signal zum Rückzug, winkte Lady Ambra zu und legte den nächsten Stein in seine Schleuder. »Tja, willkommen an Bord, Martin. Wie allerdings ein rechtschaffener Bursche wie du sich mit diesem kleinen Seeräuber einlassen konnte, werde ich nie verstehen.«

Skipper stellte Martin Lady Ambra vor, die besorgt um sich blickte und in größter Eile sprach: »Willkommen, Martin, wirklich nett, dich kennen zu lernen. Skipper, irgendetwas gefällt mir nicht, die führen doch etwas im Schilde ...«

Noch während Ambra sprach, strömte eine Gruppe von Soldaten mit Zarina an der Spitze aus dem Haupttor. Sie trugen die Schilde der Tausend Augen und waren viel zu zahlreich, als dass man es mit ihnen hätte aufnehmen können.

Ambra murmelte zu Skipper hinüber: »Nehmt Martin und Gonff mit. Seht zu, dass ihr hier wegkommt, wir geben euch Deckung.«

Zarina tobte vor Wut. Sie hatte bereits erraten, was vor sich ging: Die Eichhörnchen hielten die Stellung, während die Otter sich gemeinsam mit den Flüchtigen im Wald von Mossflower davonstahlen. Sie gab einem Frettchenhauptmann namens Rechen ihre Befehle: »Du bleibst mit einer Kompanie zurück und stellst dich den Eichhörnchen entgegen. Mit der restlichen Mannschaft werde ich sie in einem Halbkreis umgehen und den anderen den Weg abschneiden. Sie werden keine Ahnung haben, dass ich ihnen folge, daher werden sie, wenn sie sich erst einmal in Sicherheit wiegen, ihr Tempo verlangsamen.«

Rechen salutierte: »Zu Befehl, Hoheit. He, du da, Schramme, und du, Dickschwanz, folgt der Königin mit euren Truppen.«

Die beiden Wieselhauptmänner salutierten mit ihren Speeren und wiesen dann ihre Untergebenen an, Zarina zu folgen. Die Wildkatze war allein davongesprungen und hatte zunächst in einem weiten Bogen die südliche und dann wieder die östliche Richtung eingeschlagen.

Nichts konnte Rechen mehr verärgern als die Eichhörnchen aus den Reihen der Widerstandskämpfer; sie waren wie Rauch im Wind, tauchten auf und waren gleich darauf wieder verschwunden. Er zielte und schleuderte dann seinen Speer dahin, wo ihre Anführerin sich befand, aber es war reine Zeitverschwendung. Ambra trat unbeeindruckt ein paar Schritte zurück, wirbelte lässig mit ihrer Schlinge und duckte sich, sodass der Speer, ohne einen Schaden zu verursachen, an ihr vorbeisegelte. Während sie den Rückzug ihrer Truppen über das offene Gelände leitete, feuerte sie mit rasender Geschwindigkeit einen schweren Stein ab. Rechen hielt gerade noch rechtzeitig seinen Schild vor den Körper, und als der Stein daran abprallte, stolperte er ein paar Schritte rückwärts. Als das Frettchen seinen Schild wieder herunternahm, war das Gelände vor ihm so leer gefegt, als hätte es innerhalb der Mauern von Kotir nie auch nur ein einziges Eichhörnchen gegeben.

Sie waren alle im Wald von Mossflower verschwunden.

Am Waldrand saßen die Eichhörnchen hoch oben in den Zweigen der Bäume und schütteten sich still aus vor Lachen, als sie Rechens sprachlosen Gesichtsausdruck sahen. Drohend ballte er eine gepanzerte Pfote und blickte zu den Bäumen hinüber. »Kommt raus und kämpft, ihr Feiglinge!«

Ein letzter donnernder Stein-, Pfeil- und Speerhagel sorgte dafür, dass die Soldaten von Kotir blitzschnell in Deckung gingen.

Die raschelnden Baumwipfel schwankten hin und her. Das

Gelächter in der Ferne zeigte dem Feind, dass die Eichhörnchen sich durch die sonnendurchfluteten oberen Stockwerke des dicht belaubten Waldes von Mossflower davonschwangen.

# 8

Bella von Brockhalls großes gestreiftes Gesicht strahlte vor Vergnügen. »Na, das ist aber eine seltene und unerwartete Freude, Äbtissin Germania. Kommt doch alle herein, willkommen in Brockhall.«

Angeführt von Äbtissin Germania, betraten die Brüder und Schwestern aus Loamhedge den Stammsitz von Bellas Familie. Sie folgten dem langen, gewundenen Gang zum gewaltigen, höhlenartigen Versammlungssaal, dessen Decke aus den bogenförmigen Wurzeln der großen Eiche bestand, die über Brockhall aufragte. Sie suchten sich ein Plätzchen an dem großen Kamin, während die Otterdame Bula und das Eichhörnchen Beere, die sie hereingeführt hatten, Bella erklärten, was geschehen war.

Die Dachsdame saß zurückgelehnt in ihrem alten Lehnstuhl und hörte aufmerksam zu. »Ich dachte mir schon, dass so etwas vielleicht eines Tages geschehen würde. Das ist auch der Grund, weshalb ich nicht bei Goody Stichler geblieben, sondern hierher zurückgekehrt bin. Bei Gonff läuft nie etwas planmäßig ab. Aber keine Sorge, das kleine Schlitzohr wird schon wieder, ihr werdet sehen. Kümmern wir uns zunächst um das Wichtigste. Sehen wir zu, dass ihr alle etwas in den Magen bekommt. Ihr müsst ja völlig ausgehungert sein. Ich war gerade dabei, Kastanienbrot zu backen. Es wird schon bald fertig sein. Dann koche ich noch einen Sellerie-Fenchel-Eintopf mit Haselnussknödeln und hole Käse aus dem Vorratskeller herauf. – Jetzt steht nicht da und schaut so erhaben, ihr beiden. Ich weiß doch, was heranwachsende Otter und Eichhörnchen alles verputzen können. Wenn ihr gegessen habt, könnt ihr hier warten, bis die anderen zurückkommen. Holt schon mal die Schalen von dem Bord herunter und deckt den Tisch für unsere Gäste. So ist es recht, macht euch nützlich.«

Eifrig bemühten sich die Waldbewohner, der Aufforderung nachzukommen, dann setzten sie sich zu den Brüdern und Schwestern aus Loamhedge.

Bella erhob sich und umarmte die Äbtissin Germania. »Meine alte Freundin, als wir das letzte Mal miteinander speisten, hatten wir bei weitem nicht so viele Jahre auf dem Buckel.«

Die Äbtissin legte eine dünne, faltige Pfote auf Bellas weißen Arm. »Ja, ja. – Für die Jahreszeiten gibt es immer eine Wiedergeburt, aber wir werden leider immer älter, meine Freundin.«

»Du doch nicht, Germania«, kicherte Bella. »Du siehst so jung aus wie eh und je. Was gibts Neues aus Loamhedge?«

Die Äbtissin konnte nicht verhindern, dass ihr eine Träne auf das graue Schnurrhaar tropfte. »Loamhedge, ein Name voller Magie. Aber die glücklichen Zeiten sind vergangen wie Blätter im Wind. Hast du denn nicht von der großen Seuche gehört?«

Bella nickte. »Reisende haben mir davon erzählt, aber ich dachte, sie sei viel weiter im Süden aufgetreten. Ich habe doch nicht im Traum damit gerechnet, dass sie bis zu euch vorgedrungen sein könnte.«

Germania zitterte und schloss die Augen, als wolle sie die Erinnerung vertreiben. »Nur diejenigen, die du hier siehst, sind entkommen. Es war grauenhaft. Was immer von der Krankheit berührt wurde, verwelkte und starb, ich konnte nichts …«

Bella tätschelte die alte Maus sanft. »Nun komm, ist ja schon gut, du brauchst nicht mehr zu erzählen. Versuche, es zu vergessen. Mein Heim wird von nun an auch das deine sein und das deiner Mäuse. Ihr könnt bei mir bleiben, solange ihr möchtet, und kommt nicht auf die Idee, mir dafür zu danken – wenn ich ein Dach über dem Kopf gebraucht hätte, hättest du genau dasselbe für mich getan. Das war sogar schon einmal der Fall, und zwar vor vielen Jahren, als ich noch jung war und gern herumreiste.«

Die beiden alten Freundinnen gingen in die Küche und begannen mit den Essensvorbereitungen. Bella unterrichtete Germania von all den Ereignissen in Mossflower. »Es ist ein trauriger und unterdrückter Ort, zu dem ihr euch geflüchtet habt, wenn wir auch einst unter der Herrschaft von meinem Vater, Keiler dem Kämpfer, hier ein sehr glückliches Leben führten. In jener Zeit war ich noch jung. Eines Tages kehrte ich in Begleitung meines Gatten Borkenstreifen von meinen Wanderungen zurück. Wir hatten uns fern der Heimat im Südosten kennen gelernt und kamen nun zurück, um mit meinem Vater in Brockhall zu leben. Ich glaube, dass mein Vater diesen Moment bereits herbeigesehnt hatte. Meine Mutter hatte schon vor sehr langer Zeit das Tor zum Wald des ewigen Dunkels durchschritten; sie starb, als ich noch ein Junges war. Keiler der Kämpfer war mir zwar ein guter Vater, aber leider eine rastlose Seele. Er war seiner Aufgaben als Herrscher von Mossflower überdrüssig geworden und wollte sich auf Wanderschaft begeben, genau wie sein Vater, der alte Lord Brockbaum, vor ihm. Eines Tages verließ er diesen Ort und gab die Herrschaft an Borkenstreifen weiter. Das waren damals gute Jahreszeiten. Wir hatten ein Kind, einen kleinen Jungen, den wir Sonnenblitz nannten, weil sein Streifen auf der Stirn so eine eigenartige goldene Färbung aufwies. Er war ein kräftiger kleiner Bursche.

Im Herbst jenes Jahres kamen die Wildkatzen. Verdauga und seine Brut nisteten sich in der alten Festungsruine ein. Es gab niemanden, der sich ihm in den Weg gestellt hätte, außerdem hatte er eine riesige Horde von boshaftem Ungeziefer im Schlepptau. Anfangs versuchten wir noch, uns unserer Haut zu wehren, aber sie waren so grausam und gnadenlos, dass sie uns schließlich ganz und gar unterdrückten. Borkenstreifen war der Anführer eines groß angelegten Angriffs auf Kotir, wobei er, zusammen mit vielen anderen, erschlagen wurde. All jene, die sich nicht in den Wald von

Mossflower flüchten konnten, wurden gefangen genommen und gingen langsam, aber sicher in Verdaugas Kerker zugrunde. Na ja, das geschah alles vor sehr langer Zeit. Wir haben inzwischen gelernt, uns hier im dichten Wald vor Übergriffen zu schützen.«

Germania holte mit einem langen Schieber das Brot aus dem Ofen. »Wo ist dein Sohn Sonnenblitz? Er muss inzwischen groß geworden sein.«

Bella, die damit beschäftigt war, das Brot zum Kühlen auszulegen, hielt inne. »Noch während ich vor Trauer um Borkenstreifen ganz krank war, stahl unser Sohn sich eines Nachts von hier fort. Es heißt, er sei nach Kotir gegangen, um seinen Vater zu rächen, aber er war noch viel zu jung dafür. Von Sonnenblitz hat man seither nie wieder etwas gehört oder gesehen. Inzwischen sind viele, viele Jahreszeiten ins Land gegangen, daher bin ich davon überzeugt, dass mein Sohn seinem Vater in irgendeiner Weise gefolgt ist und das Tor zum Wald des ewigen Dunkels mit ihm zusammen durchschritten hat.«

Draußen in Mossflower war es bereits später Nachmittag und die Schatten unter den grünenden und blühenden Bäumen wurden immer länger. Es sah ganz so aus, als ob der Wald in diesem Sommer ein dichtes smaragdgrünes Blätterwerk tragen würde.

In einem anderen Teil Mossflowers, ganz in der Nähe von Kotir, wurden unterdessen ein Waffenrock, auf dem das Wappenbild der Tausend Augen abgebildet war, und ein Kettenhemd achtlos von dem Ast einer hohen Fichte fallen gelassen und landeten in einem wilden Durcheinander am Waldboden. Argulor verlagerte sein Gewicht von einer Klaue auf die andere, während er sein Gefieder putzte und sorgfältig seine langen Schwungfedern ordnete. Ein schönes, dickes Hermelin war so ganz nach seinem Geschmack, aber ein Baummarder … ach ja, dieses Vergnügen würde ihm sicherlich auch irgendwann beschieden sein. Argulor würde warten, bis seine Zeit gekommen war. Ein Marder mit einem Holzbein war beim Laufen nun einmal sehr beeinträchtigt, ganz egal welche Richtung er einschlug. Der Adler kuschelte sich in sein Gefieder und war froh, dass die Frühlingsnächte Jung und Alt gleichermaßen wohlgesinnt waren. Es tat ihm gut, wieder einmal sein altes Jagdrevier aufzusuchen.

## 9

Gar lieblich drang der abendliche Vogelgesang an Martins Ohr, als er zusammen mit Skipper und Gonff durch den Wald spazierte. Nach dem langen Winter im Gefängnis von Kotir genoss er seine wiedererlangte Freiheit. Die jungen Otter standen nicht eine Sekunde still; verspielt wie junge Hunde, hüpften und tollten sie durch Bäume und Büsche. Skipper wies Martin in die Kunst des Umgangs mit der Steinschleuder ein. Er war hocherfreut, einen so eifrigen Schüler zu haben, und nutzte jede Gelegenheit, um den Mäusekrieger mit seinem Können zu beeindrucken. Skipper schleuderte einen Stein hoch in die Luft, legte dann einen zweiten in die Schleuder, feuerte ihn ab und traf den ersten Stein, noch bevor dieser den Boden erreichte. Bescheiden zuckte der Otter die Achseln. »Das sind alles nur Kunststückchen, mein Junge. Ich kann sie dir jederzeit beibringen. Pah, ich wette, du wirst noch vor Ende des Sommers so gut sein, dass du jedem dahergelaufenen Bösewicht mit Leichtigkeit eins vor den Bug geben kannst.«

Gonff war mit den Ottern sehr gut befreundet. Sie waren verwegen und hatten großes Vergnügen an verrückten Späßen – Eigenschaften, die Gonff voll und ganz mit ihnen teilte. Der kleine Dieb war perfekt im Nachahmen ihrer Seemannssprache, und folglich erklärte er Martin, er sei »einer der vielversprechendsten Piraten, die jemals Proviant aus der Kombüse von Kotir gekapert haben«.

Martin fühlte sich sehr wohl. Er war so lange ein einsamer Krieger gewesen, dass er es als eine angenehme Abwechslung empfand, mit derart geselligen Freunden zusammen zu sein. Skipper schenkte ihm seine erste eigene Steinschleuder und einen Beutel mit Wurfgeschossen. Dankbar nahm er das Geschenk an. Natürlich waren die Otter neugierig und wollten unbedingt erfahren, was es mit dem Schwertgriff ohne Klinge auf sich hatte, den Martin um seinen Hals trug, also erzählte er ihnen die Geschichte und war verblüfft darüber, wie sehr sie Zarina hassten. Skipper fügte jedoch hinzu: »Wildkatzen haben uns nie belästigt. Wenn unsere Crew beisammen ist, gibt es zu Lande und auf dem Wasser nichts und niemanden, der uns Ottern gefährlich werden kann.«

Wenn er sich so umsah, fiel es Martin nicht schwer, das zu glauben. Gonff tanzte mit zwei Ottern voraus, die seinen Gesang auf einer Hornflöte begleiteten.

*»Ich bin eine Maus mit langem Schwanz,*
*mit Herz und Stimme dazu.*
*Der Muschikatz auf der Nas ich tanz,*
*floh aus dem Kerker im Nu.*
*Ich schweb hinweg über Gräser und Triebe,*
*wie Rauch im Wind ist der König der Diebe.*
*Voller Freude sehnen wir den Tag herbei,*
*wenn Mossflower uns gehört – sicher und frei!«*

Martin war gerade dabei, im Takt des fröhlichen Liedes mitzuhüpfen, als er bemerkte, dass Skipper ein paar Schritte zurückgefallen war. Aufs Äußerste angespannt, stand der Otter da, schwankte leicht von einer Seite zur anderen und sog schnüffelnd die Luft ein. Auf ein Zeichen von ihm hörte Gonff mit dem Singen auf und die ganze Crew verstummte.

Mit rauer, flüsternder Stimme sagte Skipper: »Da ist irgendjemand im Anmarsch, Kameraden. Allerdings nicht von achtern, sondern von da drüben. Dort ist das Vogelzwitschern zuerst verstummt. Ha, ich gehe jede Wette ein, dass es die Katze ist.« Skipper zeigte in die Richtung. Schon bald konnten sie Gestalten erkennen, die von Baum zu Baum vorwärts schlichen. Als die Eindringlinge sich näherten, war deutlich zu sehen, dass es bis zu den Zähnen bewaffnete Soldaten aus Kotir waren. Angeführt wurden sie von Zarina, einer barbarisch aussehenden Erscheinung mit einem prächtigen Umhang und einem Helm, der ihren Kopf ganz und gar bedeckte und nur für die Augen, die Ohren und den Mund Öffnungen frei ließ.

Skipper knurrte einen Befehl und sofort nahmen die Otter mit grimmigen Gesichtern und bereitgehaltenen Waffen ihre Kampfpositionen ein. Furchtlos stand Skipper im Freien, wo Zarina ihn sehen konnte. Er hatte die Pfoten vor seiner Brust verschränkt und hielt eine wurfbereite Steinschleuder in seiner Rechten. Zarina blieb in einiger Entfernung stehen. Sie streckte eine Pfote vor und ließ eine böse, scharfe Kralle wirkungsvoll herausschnellen, um damit auf Martin und Gonff zu zeigen. »Die Mäuse gehören mir, Otter. Ich werde sie dir abnehmen.«

Skippers Stimme war messerscharf: »Zurück mit dir, Katze! Du befindest dich jetzt auf meinem Achterdeck. Das hier ist Mossflower, nicht Kotir.«

»Das ganze Land gehört mir!«, verkündete Zarina gebieterisch. »Ich bin Zarina, die Königin von Kotir und Mossflower. Diese Mäuse sind flüchtige Gefangene. Wenn du sie mir sofort übergibst, wirst du straffrei ausgehen. Auch deine Otter bleiben dann unversehrt.«

Ein dünnes Lächeln umspielte Skippers Mund: »Fang doch deinen eigenen räudigen Schwanz, Muschikatze!«

Angesichts der Furchtlosigkeit und Unverschämtheit des Otters ließ Zarina ihren Atem wütend durch ihre gefletschten Zähne zischen. Sie gab ihren Soldaten mit hoch erhobener Pfote ein Zeichen, worauf diese damit begannen, Pfeile in die Sehnen ihrer Bogen zu legen. Während das geschah, ließ eine Art sechster Sinn die Wildkatze aufblicken. Lady Ambra stand mit einem wurfbereit erhobenen leichten Speer in der Pfote auf dem Ast einer hohen Ulme. Instinktiv packte Zarina den ihr am nächsten stehenden Soldaten und zog ihn vor sich – es war ein Frettchen.

Man hörte ein Zischen und einen dumpfen Aufprall. Sie spürte den Schlag, als der glücklose Soldat den für sie bestimmten Speer abbekam.

Die Eichhörnchenkönigin verbarg ihre Enttäuschung angesichts der verpassten Gelegenheit, indem sie mit einem weiteren Speer zielte und ausrief: »Nehmt sofort die Pfeile herunter, alle! Sie kann ihn nicht ewig so vor sich halten, und wenn ihr mir nicht sofort gehorcht, wird der nächste Speer direkt zwischen ihren Augen landen.«

Zarina, die immer noch das Frettchen hochhielt, aus dessen leblosem Körper der Speer herausragte, zischte notgedrungen aus einem Mundwinkel hervor: »Tut, was das Eichhörnchen sagt!«

Sofort gehorchten sie.

Zarina ließ das Frettchen so fallen, dass sich dessen Körper drehte und es auf dem Rücken landete. Skipper war gerade dabei, sich mit seiner Crew in die Büsche zurückzuziehen. Er winkte zu Ambra hinauf. »Ich danke Euch recht herzlich, Gnädigste. Würdet Ihr so freundlich sein und sie gut im Auge behalten, während wir den Rückzug antreten?«

Plötzlich riss die Wildkatze den Speer aus dem Körper des gefallenen Soldaten und schleuderte die Waffe nach Lady Ambra.

»Alles Reißaus nehmen!«, rief Skipper und rannte mit den anderen davon. Ambra hatte den Speer in ihrer Pfote kurzzeitig gesenkt; sie konnte gerade noch rechtzeitig in Deckung gehen, als ihre eigene Waffe auf sie zugeflogen kam. Zarina wartete gar nicht erst ab, ob sie ihr Ziel getroffen hatte. Stattdessen hechtete sie hinter Skipper und seiner Crew her und schrie: »Hier entlang! Schneidet ihnen im Gebüsch den Weg ab!«

Martin und Gonff liefen mit den Ottern; Skipper trieb sie unermüdlich an, während sie durch das Unterholz stampften. »Beeilt euch, Matrosen! Ambra kann sie nicht ewig aufhalten, es sind einfach zu viele. Hört ihr das? Sie sind wieder hinter uns her!«

Zarina war nicht dumm; sie ahnte, welche Richtung sie einschlagen würden. Dementsprechend zog sie sich zurück und schlug, während die Flüchtigen in einem Bogen liefen, die kürzere Querverbindung ein. Plötzlich sahen Martin und Gonff das Ufer eines breiten, schnell fließenden Flusses mit einer steilen, grasbewachsenen Böschung vor sich. Skipper stampfte mit seinen Pfoten auf und seufzte: »Herrje, beinahe hätten wir es geschafft. Zu spät, da kommen sie schon!«

Zarina und ihre Truppen erschienen zwischen den Bäumen und kamen dann am Ufer entlang auf sie zugeeilt.

Martin konnte erkennen, dass es diesmal keine Verhandlungen mehr geben würde. Er zog seine Steinschleuder heraus, die Otter um ihn herum taten das Gleiche. Noch bevor ihre Feinde die Zeit fanden, ihre Pfeile anzulegen oder Speere zu erheben, feuerten sie die erste Salve ab. Der Steinhagel traf den Gegner frontal. Die Steine schlugen krachend gegen die Rüstungen der Angreifer, worauf Zarina sich lang hinwarf und ihren Soldaten zuschrie: »Runter, runter mit euch! Erwidert das Feuer!«

Martin sah, wie zwei Otter von schweren Speeren zu Boden gestreckt wurden. Jetzt saß Skippers Crew zwischen der freien Uferböschung und dem Fluss in der Falle. Die Ottercrew feuerte die nächste Steinsalve ab.

Dieses Mal war Zarina darauf vorbereitet; sie sorgte dafür, dass die Soldaten in der ersten Reihe die Steine mit ihren Schilden abfingen, während die Dahinterstehenden ihre Speere über die Köpfe der Schildträger hinwegschleuderten. Einige Speere flogen zu weit, aber einer traf sein Ziel: Ein aufrecht dastehender Otter, dessen Steinschleuder noch durch die Luft wirbelte, brach zusammen; ein gut gezielter Speer hatte ihn getötet.

Die Verstärkung nahte: Lady Ambra kam mit ihren Eichhörnchenbogenschützen zwischen den Bäumen herbeigeeilt und griff die Truppen aus Kotir von hinten an.

Skipper sah, wie Zarinas Streitkräfte sich umdrehten, um sich dem neuen Feind entgegenzustellen. Der Otteranführer ergriff die Gelegenheit beim Schopf und schnappte sich Martin, während Gonff von einem großen Otter namens Wurzel gepackt wurde. »Hol tief Luft, Matrose! Wir gehen eine Runde schwimmen.«

Die gesamte Ottercrew sprintete hüpfend zum Ufer und tauchte mit einem lauten Platschen in den Fluss.

Zarina, die sich mit einem Pfeil im Anschlag den Eichhörnchen zugewandt hatte, wirbelte herum und ließ den Schaft los. Er traf den letzten Otter im Rücken, noch bevor dieser das Wasser erreicht hatte. Dennoch gelang es dem Otter, einzutauchen und zu entkommen.

Lady Ambra musste feststellen, dass sie immer mehr Eichhörnchen verlor. Nun da die Otter entkommen waren, entschied sie sich für einen schnellen Rückzug. Die Eichhörnchen eilten durch die Bäume davon, wobei sie immer wieder den Pfeilen und Speeren ausweichen mussten.

Zarina schickte ein Siegesgeheul zum Himmel. Dann lief sie zum Flussufer und gebot jenen Soldaten Einhalt, die immer noch mit ihren Waffen ins Wasser zielten. »Es reicht! Feuer einstellen! Sie sind fort. Alles stillgestanden!«

Die Truppen blieben wie angewurzelt stehen, während die Wildkatze in die Tiefe starrte. Sie verfolgten, wie Zarina sich vom Flussufer zurückzog. Sie rieb sich ihr Fell, als wolle sie es trocknen, ein Schauder lief ihr den Rücken hinunter, und sie murmelte: »Igitt! Überall dunkles, feuchtes, nasses – Wasser, es gurgelt und gurgelt. Bäh!« Als sie sich vom Ufer entfernt hatte, gewann Zarina ihre Fassung zurück. Sie warf ihren Helm und Umhang zu Boden und ließ sich übellaunig am Fuß einer Buche ins Gras fallen. Es war unversehens dunkel geworden. Die Soldaten standen da und beobachteten ihre Königin, deren merkwürdiges Verhalten sie verwirrte.

Zarina starrte zurück. »Ja, was steht ihr denn da herum und gafft? Brogg, Scratt, hört mir gut zu. Ich will, dass ihr nach Kotir zurückgeht und Fortunata aufsucht. Sie soll mir den Moloch herbeischaffen. Ich will, dass ihr vorm Morgengrauen zurück seid. Nun macht schon! Wirds bald?«

Brogg und Scratt blieben wie angewurzelt stehen. Das blanke Entsetzen stand in ihren Augen und löste ihnen die Zunge: »Den Moloch, Gnädigste? Ihr meint doch nicht etwa …«

»Hoheit, der ist doch vollkommen wahnsinnig!«

Zarina hüllte sich in ihren Umhang und machte es sich unter einem Baum bequem. »Das weiß ich auch, ihr Schwachschädel. Aber wenn ihr euch nicht augenblicklich in Bewegung setzt, könnte es sein, dass ich noch entschieden wahnsinniger werde. Und jetzt ab mit euch! Wachen, stellt einen Posten am Fluss auf. Wenn irgendetwas passiert, will ich, dass man mir sofort Meldung macht. Ansonsten will ich erst wieder gestört werden, wenn Fortunata mit dem Moloch kommt. Sollten Brogg und Scratt sich immer noch nicht auf den Weg gemacht haben, dann peitscht sie als Strafe für ihre Trödelei mit euren Bogen aus.« Mit diesen Worten legte Zarina sich schlafen. Das Geräusch der beiden Frettchen, die durch das Unterholz krachten und stolperten, lullte sie ein.

Dem Moloch konnte im Wasser niemand entkommen. Die Wildkatzenkönigin hatte an jenem Tag bereits einen Vorgeschmack auf den Sieg erhalten. Sie hatte nicht vor, ihn sich entgehen zu lassen, nur weil ihre Soldaten so unfähig waren. Wenn sie ihren Triumph sichern wollte, musste der Moloch so schnell wie möglich herbeigeschafft werden.

# 10

Die ganze Welt war schwarz, eiskalt, luftleer und nass.

Martin konzentrierte sich darauf, den Atem anzuhalten. Als er es wagte, seine Augen zu öffnen, war alles um ihn herum in ein schmutziges Dunkelgrau gehüllt. Manchmal konnte er allerdings Gestalten erkennen, die sich um ihn herum bewegten. Er wünschte sich an jeden erdenklichen Ort, selbst seine Zelle in Kotir wäre ihm jetzt lieber gewesen als der Grund dieses Flusses. Wenigstens hatte er dort Luft zum Atmen gehabt.

Skippers starke Pfoten hielten ihn unbarmherzig im Genick gepackt. Das Wasser rauschte an ihnen vorüber und dröhnte in seinen Ohren, während der kraftvoll schwimmende Otter ihn mit sich zog.

Frische Luft, nur einen einzigen Atemzug wünschte er sich, einen einzigen Zug guter, reiner Luft in seinen Lungen.

Skipper hielt Martin noch fester, als dieser sich voller Panik aus der Umklammerung herauszuwinden versuchte. Luftblasen stiegen aus seinem Mund auf, ein Eisenring drohte, seinen Schädel zu zerquetschen. Warum ließ Skipper ihn ertrinken?

Martin öffnete seinen Mund, um zu schreien, aber das Wasser drang in einem großen Schwall in seine Lunge. Mit einem gewaltigen Brausen, begleitet von lautem Gebell und Geschrei, kamen die Otter an die Wasseroberfläche, sprangen an Land und schüttelten sich.

Skipper hob Martins Körper an und schubste ihn ans Ufer. Der Mäusekrieger prustete und keuchte, wobei er gewaltige Mengen klarer, frischer Luft einsog. Er schwor sich, nie wieder ein so wunderbares Geschenk als Selbstverständlichkeit anzusehen.

Um ihn herum sausten die Otter verspielt ins Wasser hinein und wieder heraus, tauchten sich gegenseitig unter und benahmen sich im Großen und Ganzen so, als sei das alles nur ein riesiger Spaß gewesen. Martin sah sich um, bis er Gonff erblickte. Sofort eilte er an die Seite seines Freundes. Gonff war es auf seiner Unterwasserreise nicht so gut ergangen wie ihm; der kleine Dieb lag mit dem Gesicht nach unten auf dem Ufer und sein Körper sah bedrohlich schlaff und reglos aus. Wurzel, der große Otter, der Gonff unter Wasser mit sich gezogen hatte, begann, mit seinen kräftigen Vorderpfoten rhythmisch auf Gonffs leblosen Körper zu drücken.

Martin spürte, wie Panik in ihm aufkam. »Ist er in Ordnung? Er ist doch nicht ertrunken? Er wird es doch überleben, nicht wahr?«

Wurzel lachte und blinzelte Martin zu. »Immer mit der Ruhe, Kumpel, der wird schon wieder. Typisch für diesen kleinen Dieb, dass er uns das Flusswasser stiehlt. Da, jetzt kommt er zu sich.«

Einen Augenblick später sprudelte das Wasser aus Gonff heraus, und er begann, vor Empörung zu zittern. »Wurzel, du riesiges, ungehobeltes Wasserungeheuer, du bist doch bestimmt einen Umweg geschwommen! Hab ich auch wirklich alles Wasser wieder ausgespuckt? Igittigitt! Ich wette, ich habe den Wasserspiegel um einen halben bis einen Meter gesenkt, Kumpel. Oh, hallo, Martin! Na, wie gefällt dir das Weidencamp?«

Martin hatte sich noch gar nicht umgesehen. Jetzt da die Gefahr vorüber war, nahm er erst einmal den Ort in Augenschein, an dem sie gelandet waren. Es war ein großes, sandiges Gebiet, es sah eigentlich ganz so wie eine Sandbank aus. Das Dach des Camps bestand aus einer Unmenge von knorrigen Weidenwurzeln. Das schnell dahinfließende Wasser phosphoreszierte, sodass das Höhlensystem des unterirdischen Ufers schwach erhellt wurde. Mitten durch das Weidencamp lief ein Kanal, der zu den in schummriger Dunkelheit liegenden verborgenen Höhlen und Fluchtlöchern im hinteren Teil des Camps führte.

Mit großem Stolz sah Skipper zu, wie Martin sich erstaunt umblickte. »Du wirst für einen Otter nirgendwo eine bessere Behausung finden, Martin. Das Weidencamp wurde von Otterpfoten gebaut.«

Martin nickte und bemerkte scharfsinnig: »Und sie haben großartige Arbeit geleistet, das kann man sehen, Skipper.«

Der Otterskipper blähte seine fassförmige Brust auf. »Es ist sehr nett von dir, das zu sagen, Kumpel. Mach nur ein Weilchen hier fest, ich werde gleich zum Appell antreten lassen.«

Bald stellte sich heraus, dass drei Crewmitglieder tot waren, möglicherweise sogar vier; niemand wusste, was aus dem jungen Otterfräulein namens Frühling geworden war, das ebenfalls fehlte. Mit grimmigem Gesichtsausdruck rief Skipper die zwei jungen Otter Entenflott und Stromer zu sich und trug ihnen auf, den Fluss nach der Vermissten abzusuchen. Es war nur ein leises Plätschern zu hören, als die beiden mit einem Satz ins Wasser zurückhüpften und verschwanden.

Martin und Gonff gab man raue Borkentücher, damit sie sich abtrocknen konnten. Zusammen mit den Ottern setzten sie sich am Ufer um ein hell loderndes Feuer und aßen dicke Scheiben Karotten-Petersilien-Brot. Diese tauchten sie in eine dampfende Schale mit Flussgarnelen-Binsen-Suppe, die mit Bachnesselpfeffer gewürzt war. Es war köstlich, aber äußerst scharf.

Die Otter kauten zufrieden vor sich hin und trieben ihre Späße mit den beiden Mäuserichen, indem sie ihnen alte Flussottersprüche zuriefen.

»Haha, je schärfer, desto flotter machts den Otter, Kumpel.«

»Je flotter der Otter, desto platter treibt Spott er, der Otter.«

Martin und Gonff tranken einen kräftigen Schluck von ihrem kalten Wasser und stimmten in das Gelächter der Crew mit ein.

Kurz bevor sie sich schlafen legten, kehrten Entenflott und Stromer zurück. Triefnass tauchten sie im Weidencamp auf. Sie hatten das Otterfräulein Frühling in ihre Mitte genommen, sodass sie sich abstützen konnte. Stromer hatte ihr den Pfeil aus dem Rücken gezogen. Glücklicherweise war sie nur leicht verletzt.

Skipper war heilfroh, sie zu sehen, und versorgte behutsam ihre Wunde. »Hallo, ich bins nur, kleine Frühling. Keine Sorge, junge

Dame. Sie haben dich zwar mit einem Pfeil verletzt, aber das werden wir ihnen mit einem Speerhagel heimzahlen. Nimm dir etwas zu essen und dann ab in die Koje. Morgen wirst du wieder munter sein wie ein Fisch im Wasser.«

Frühling erzählte ihnen, was geschehen war.

»Als ich getroffen wurde, wollte ich nicht weiterschwimmen, weil ich Angst hatte, im Wasser eine Blutspur zu hinterlassen. Also schwamm ich nur ein kurzes Stück und legte mich unter einen Busch, dessen Zweige bis ins Wasser reichten. Ich schloss die Wunde mit einer Pfote voll Schlamm, um die Blutung zu stillen, und wartete einfach ab. Ich wusste, dass Skip mir schon bald Hilfe schicken würde. Ich war so dicht an diesem Ungeziefer dran, ich hätte sie fast berühren können. Sie sprachen alle von einem so genannten Moloch, sagten, die Katze hätte Boten nach Kotir geschickt, um dieses Molochding zu holen.«

Skipper tätschelte Frühling. »Gut gemacht, Kameradin. Jetzt leg dich ein wenig schlafen und zerbrich dir nicht den Kopf darüber. Der alte Skip wird sich schon darum kümmern.«

Wurzel schlug sich mit einer schweren Pfote auf die Schenkel. »Ha! Der Moloch – das hätte ich mir ja fast denken können, Skip. Und was machen wir jetzt?«

Im Heim der Familie Stichler war das Feuer bereits heruntergebrannt. Goody räumte noch auf und ging dann zu Ben hinaus. Es war eine friedliche Frühlingsnacht. Ben klopfte seine Pfeife am Zaunpfahl aus. »Wird wohl morgen wieder ein schöner Tag werden, mein Mädchen.«

Die beiden standen da und nickten. Plötzlich schlug Goody die Pfoten über dem Kopf zusammen. »Mein lieber Stachel, schau dir doch einmal unsere beiden Kleinen da draußen an.«

Ferdy und Coggs hatten sich ihren Wachdienst wirklich zu Herzen genommen. Mithilfe einer Decke und überhängender Zweige hatten sie ein Zelt errichtet. Ganz in der Nähe lag ein Krug mit Erdbeersaft und die Hälfte eines Apfelkuchens, den sie aus Goodys Speiseschrank requiriert hatten. Die beiden kleinen Igel lagen da, die Arme umeinander gelegt und die Kochtopfhelme schief auf dem Kopf sitzend, mit weit geöffnetem Mund, und schnarchten um die Wette.

Ben kicherte und blickte sie liebevoll an. »Mit diesen beiden Landplagen als Nachtwache werden wir in unserem Bett wirklich viel besser schlafen, Goody.«

Während Goody die Decke zusammenlegte, trug Ben Ferdy und Coggs ins Haus.

Noch im Schlaf wedelte Ferdy mit seinem Stock. »Wer da? Ich kann es mit sechs von euch aufnehmen!«

# 11

In Kotir schlief Fortunata ebenfalls friedlich, bis das Krachen von Speerenden gegen ihre Zimmertür sie unsanft weckte. Gähnend kletterte sie aus dem Bett und schlurfte zur Tür. »Wer ist da? Egal worum es geht, wendet euch an Aschenbein.«

Brogg und Scratt standen daneben, als Kladd, der Wieselhauptmann der Wache, die Tür auftrat. »Komm mit, Füchsin. Königin Zarina verlangt nach dir. Sie hat ihr Lager am Moss errichtet.«

Fortunata rieb sich ihr verletztes Hinterteil. »Kann Aschenbein nicht gehen? Ich bin verletzt.«

Kladds gleichmütiges Gesicht blieb ausdruckslos. »Nein, die Königin will, dass du bis zum Morgengrauen bei ihr bist. Du sollst den Moloch mitbringen. Brogg und Scratt werden dir zur Pfote gehen.«

Fortunata prallte vor Angst und Abscheu zurück. »Den Moloch! Ich dachte, das grauenhafte Scheusal wäre schon vor Jahren gestorben oder fortgegangen.«

Kladd wies mit seinem Speer auf die Fähe. »Jetzt hör schon auf, dich zu sträuben, und komm mit. Du weißt genau, wie die Hoheit reagiert, wenn du dich weigerst, ihre Befehle auszuführen. Wir werden schon dafür sorgen, dass der Moloch nicht ausbrechen kann.«

Fortunata hatte keine Wahl. Wutschnaubend folgte sie den drei Soldaten die Gänge entlang und die Treppen hinab bis zum tiefsten Inneren der Festung.

Weit unten, noch unter dem Verlies, befand sich eine unterirdische Höhle mit einem großen See. Der Einzige, der jemals zum See hinunterging, war der Wärter, der abkommandiert war, um den Moloch zu füttern. Einmal in der Woche brachte er die Küchenabfälle aus der Kaserne hinunter und ließ sie dort am Rande des Sees in beachtlicher Entfernung vom Moloch liegen, der mit einer langen Kette an einem Pfahl festgebunden war.

Verdauga hatte den Moloch vor langer Zeit gefangen und nach Kotir gebracht. Die vielen Jahre im dunklen, trüben Wasser des Sees hatten das Augenlicht des Wasserrattenmonsters verkümmern lassen. Sein Gehör war stark beeinträchtigt und sprechen konnte es überhaupt nicht. Aber das war alles bedeutungslos, solange es noch über seinen Geruchs- und Tastsinn verfügte. Der Moloch war ein Killer, grausam und hirnlos, besonders wenn ihm frisches Fleisch winkte.

Fortunata hatte Angst; dies war kein Aufenthaltsort für nächtliche Stunden. Behutsam hob sie die Kette auf. Die klirrenden Eisenglieder warfen ein schauriges Echo in der kalten, moderigen Höhle und nahmen der Füchsin noch ihr allerletztes bisschen Mut. Sie ließ die Kette fallen und blickte Kladd flehentlich an. »Ich bin nur eine Fähe. Hierfür braucht man jemanden, der so stark und mutig ist wie ein Hauptmann der Wache.«

Kladd blähte sich angesichts dieser Schmeichelei sichtbar auf, obwohl er natürlich bemerkt hatte, dass die Fähe ihn offenbar zu überlisten versuchte. Er nahm die Kette fest in die Pfote und nickte den anderen zu. »In Ordnung. Geht aus dem Weg und überlasst alles Weitere mir. Ich weiß schon, wie ich mit dem Moloch fertig werde.«

Kladd zog mit einem kräftigen Ruck an der verrosteten Kette und ließ sie immer wieder auf die Wasseroberfläche klatschen. Der unterirdische See schlug Wellen. Die drei Zuschauer schnappten vor Entsetzen hörbar nach Luft, als der monströse Kopf des Molochs aus der Tiefe an die Wasseroberfläche kam wie die grauenhafteste Horrorvision eines Albtraums. Die starren Augen sahen aus wie blinde weiße blutrot geäderte Murmeln; die Schnauze war gerippt und vernarbt wie ein feuchtes schwarzes Stück Leder. Ein kleines bisschen Restfell klebte flach am Kopf. Als der Mund sich weit öffnete, lief das Wasser daran herunter.

Selbst Kladd spürte, wie ihm die Pfoten zitterten, als der Moloch auf das Ufer zugeschwommen kam. Die blinden Augen starrten den Wieselhauptmann an, als wenn sie ihn tatsächlich sehen könnten. Der Mund klappte hungrig auf und zu, purpurrote wulstige Lippen wurden zurückgezogen und gewährten einen Blick auf gekrümmte grüngelbe Fänge, die in alle Richtungen ragten und deren sonderbare Anordnung einen Großteil zu dem widerwärtigen Anblick beitrug.

Kladd ließ die Kette fallen, hob seinen Speer auf und rief mit deutlich bebender Stimme: »Hierher, Brogg und Scratt, nehmt eure Speere und tut genau das, was ich tue. Wir müssen das Biest immer weiter im Kreis um den Pfahl treiben.«

Kurz vor dem Ufer, wo der See seicht wurde, hielt der Moloch einen Moment lang inne, das Wasser lief ihm von seinem hässlichen, massigen Körper. Der abscheuliche Kopf schwankte hin und her, während er den Duft der Soldaten einsog und durch ihre Geräusche und Bewegungen genau ihren Standort bestimmte. Dann stürzte sich der Moloch ganz plötzlich mit Schrecken erregender Geschwindigkeit auf sie.

Die drei waren aufs Äußerste angespannt, aber bereit. Sie

wichen aus und stießen mit ihren Speerspitzen auf den Moloch ein. Auf diese Weise sorgten sie dafür, dass das Monster ihnen im Uhrzeigersinn um den Pfahl folgte. Kladd brüllte seine Befehle im Laufen.

»Nicht anhalten, er muss auf jeden Fall in Bewegung bleiben!«

Fortunata war beeindruckt, der Plan war einfach, aber er funktionierte.

Die drei hüpften, sprangen und rannten, so schnell sie nur konnten, während der Moloch blind hinter ihnen herraste. Erst als sich die ganze Kette um den Pfahl gewickelt hatte, musste der Moloch zwangsläufig stehen bleiben. Der Pfahl wurde hin und her gerüttelt, als das Untier rasend vor Wut seine ganze Kraft aufbot, um weiterzulaufen. Da Brogg und Scratt mit ihren Speerspitzen auf seinen Rücken zielten, war es ihm nicht möglich, die Kette durch Rückwärtslaufen abzuwickeln. Kladd stemmte sich mit seinem ganzen Gewicht gegen die Kette, damit sie sich nicht lockerte, und rief Fortunata zu: »Mach die Leinen am Halsband fest, schnell!«

Fortunata leistete seinem Befehl zwar Folge, aber die Kehle war ihr wie zugeschnürt, der Angstschweiß stand ihr auf der Stirn und ihr Gesichtsausdruck verriet äußerste Abscheu. Kladd zerrte an der Kette und beobachtete Fortunata mit wachsender Ungeduld. »Jetzt hör schon auf zu zögern und zu zaudern, Füchsin. Wenn du nicht sofort zusiehst, dass du die Leinen festmachst, werde ich diese Kette loslassen.«

Fortunata schnallte den letzten der drei schweren, gefetteten Lederhalfter um den kurzen, kräftigen Nacken, um den bereits ein beschlagenes Eisenhalsband gebunden war. Sie löste die Kette, machte einen Satz zurück und rannte auf die Treppe zu. »Bitte sehr. Fertig! Ich weiß, wo es langgeht. Ihr drei nehmt die Leinen und folgt mir.«

Kladd rief unnachgiebig: »Komm sofort zurück, du feige Fähe. Ich werde nirgendwo hingehen, ich diene als Hauptmann der

Wache. Hätte die Königin mich dabeihaben wollen, dann hätte sie es auch gesagt. Nun komm schon! Du übernimmst eine der Leinen.«

Sowie Fortunata die Leine aufgehoben hatte, bewegte der Moloch sich auf sie zu. Sie eilte geschwind voran, um den Moloch auf Abstand zu halten. Brogg und Scratt standen jeweils seitlich hinter dem Ungeheuer und zogen kräftig an ihren Leinen; sie mussten ihre ganze Kraft aufbieten, um die Gewalt über den Moloch nicht zu verlieren. Kladd sah, wie sie davonzogen, und war nur zu froh, dass er seine ekelhafte Aufgabe erfüllt hatte.

Fortunata übernahm die Führung. Da sie ihr ganzes Leben in Mossflower verbracht hatte, war ihr jeder Winkel vertraut. Sie begann, schneller zu laufen, um auch weiterhin den größtmöglichen Abstand zu dem gewaltigen grauschwarzen Ungeheuer beizubehalten. Der Moloch schnüffelte und zog bald hierhin, bald dorthin; Brogg und Scratt mussten sich schwer in die Leinen stemmen, damit der Moloch nicht in die falsche Richtung lief. Hoch oben über dem Wald stand der Mond, dessen Lichtschein durch die Bäume auf das widerwillige Trio und das in seiner Obhut befindliche Monster fiel. Lärmend stolperten sie durch Mossflower, störten die friedliche Nachtruhe und befleckten sie mit dem Makel des Bösen.

# 12

Martin erwachte, noch bevor der Morgen graute. Er legte Holz aufs Feuer und blieb dann daneben sitzen. Skipper kam herbei und setzte sich zu ihm. »Na, was ist los, Seekamerad? Du siehst ja aus, als sei dir ein Wasserkäfer über die Leber gelaufen. Warum so besorgt?«

Martin lächelte halbherzig. »Ach, es liegt bestimmt an all den Geschichten, die man sich über den Moloch erzählt. Es ist alles meine Schuld, ich habe euch durch meine Anwesenheit diese Suppe ja überhaupt erst eingebrockt, Skipper.«

Der große Otter klopfte Martin derart heftig auf den Rücken, dass dieser beinahe vornüberfiel. »Ha, ha. Das ist wirklich lieb von dir gemeint, mein junger Krieger, aber auf derartige Gerüchte solltest du wirklich nichts geben. Mehr hattest du nicht auf dem Herzen? Na, dann komm mal mit, ich werde dich unserer Sturmflosse vorstellen.«

»Sturmflosse?«

»Ja, Sturmflosse, Kumpel. Komm hierher, in den hinteren Teil der Höhle.«

In der Dunkelheit der Höhlennische zeigte Skipper Martin ein Schleusentor, das den Kanal genau in der Mitte versperrte. Durch schmale Zwischenräume im Tor konnte das Wasser ablaufen. An einer Seite befand sich ein ausgehöhlter Baumstamm.

Skipper hob eine Keule auf und reichte sie Martin. »Hör zu, Kumpel, die große Muschikatze mag ja vielleicht einen Moloch haben, aber dafür haben wir Otter eine Sturmflosse. Fang du schon mal an, auf den Baumstamm zu schlagen, während ich das Schleusentor öffne. Halte dich allerdings vom Rand des Wassers fern.«

Verwirrt begann Martin, auf den Baumstamm zu hämmern. Das unheimliche Dröhnen wurde von den Höhlenwänden zurückgeworfen, während Skipper das Tor ganz aus dem Wasser zog.

Der Otter nickte schlau. »Jetzt weiß jeder, der sich zurzeit im Wasser befindet, dass er es sofort verlassen muss, weil Sturmflosse frei ist. Lass den Kanal nicht aus den Augen und denke daran, dass du nicht zu dicht herangehen darfst.«

Man konnte erkennen, wie sich weit hinten in der Dunkelheit etwas zu bewegen begann, das sich langsam näherte. Eine glatte Welle erhob sich, und das Wasser schwappte über den Uferrand, als es von einer gewaltigen Kraft vorangetrieben wurde. Martin wollte Skipper gerade ausfragen, als der Otter das Tor wieder etwas absenkte und das Wasser zu blubbern und zu brodeln begann. Eine lange, aalglatte Gestalt, die wie ein Teil eines Baumstammes aussah, tauchte mit ihrer stacheligen Rückenflosse aus dem Wasser auf.

Martin schnappte nach Luft und sprang zurück. »Das ist Sturmflosse?«

»Stimmt genau, das ist Sturmflosse, Kumpel. Er ist meinem Bruder und mir vor langer Zeit in die Falle gegangen.« Skipper lehnte sich vornüber und tätschelte die Rückenflosse des riesigen Hechtes, worauf dieser mit seinem Schwanz hin- und herpeitschte. Das Wasser begann zu brodeln, bis sich weiße Schaumkronen bildeten, und der Otter sprang lachend zurück.

»Hohoho! Schau dir den an, Martin. Wenn du da draußen im Wasser wärst, würdest du diesem Kerl doch sicherlich nicht über den Weg schwimmen wollen, oder?«

Martin beugte sich vornüber. Er sah den kräftigen, knöchrigen Kopf mit seinen trüben Augen und dem langen, hakenförmigen Unterkiefer. Das Maul öffnete sich leicht. Er hatte noch nie so viele Zähne in einem Maul gesehen; eine Zahnreihe lag neben der anderen und die zackigen, zurückgebogenen, messerscharfen Hauer waren nadelspitz und milchig weiß. Sturmflosse schien erwartungsvoll zu lächeln. Mit einer schnellen Bewegung seines mächtigen, silbern und schwarz gestreiften Körpers stieß er seinen Kopf gegen das Schleusentor. Er konnte es nicht erwarten, endlich wieder freigelassen zu werden.

Skipper stand da und hatte beide Pfoten am Hebel des Tores. »Na los, du alter Seeräuber. Aber friss ihn nicht zu schnell, sonst wird dir noch schlecht.«

Martin half Skipper dabei, den Hebel hinunterzudrücken. Das Schleusentor öffnete sich. Sturmflosse glitt eilig hindurch, wobei nur eine winzig kleine Welle entstand. Skipper ließ das Tor geöffnet.

»In ein paar Tagen wird er wieder da sein. Wir werden ihn mit ein paar Leckerbissen anlocken. Schade, dass es nur einen Moloch gibt. Dieser Hecht ist einfach unersättlich.«

Keuchend und röchelnd, zerrte der Moloch an den Leinen. Das Trio hatte sich mit den Pfoten ins Gras gekrallt und blickte Zarina flehentlich an; sie wurden hilflos zum Ufer des Moss gezogen.

Fortunata brach in Panik aus. »Hoheit, schnell! Gebt den Befehl, sonst wird er uns alle ins Wasser zerren!«

Zarina streckte ihre Pfoten aus und hielt sie hoch, als wolle sie das Startsignal für ein Rennen geben. »Aufgepasst, ihr drei! Wenn ich meine Pfoten herunternehme, dann lasst ihr die –«

Zu spät. Die Leine, mit der Fortunata den Moloch festhielt, zerriss, und die beiden Wärter wurden vornübergezogen, sodass sie mit ihrem Gesicht im Schmutz landeten. Sofort ließen sie ihre Leinen los und der Moloch platschte geräuschvoll ins Wasser.

Das Wasserrattenmonster drehte kleine Kreise, sog Gerüche in sich auf und nahm die Schwingungen in der Strömung des Flusses wahr. Ohne Vorankündigung tauchte es dann ab und schlug die Richtung ein, in der sich das Weidencamp befand.

Die Soldaten von Kotir rannten am Ufer entlang, verfolgten den Moloch und riefen aufgeregt durcheinander.

»Seht doch, er ist hinter irgendetwas her. He, Moloch, friss einen Otter für mich mit!«

»Halt dich nicht mit Fressen auf, bring sie alle um, Moloch! Reiß sie in Stücke!«

Ein Frettchen, das den anderen vorausgelaufen war, rief zu seinen Kameraden zurück: »Da kommt irgendetwas auf ihn zu! Ich glaube, es sind die Otter. Nein, wartet! Es ist so eine Art großer Fisch.«

Mit großer Geschwindigkeit kräuselten sich die Wellen zu beiden Seiten des Ufers, als Sturmflosse wie ein riesiger Pfeil flussabwärts geschossen kam.

Der Moloch strampelte im Wasser, während er stromaufwärts schwamm und spürte, dass sein Opfer nah war.

Die beiden Seeungeheuer kamen sich immer näher. Der Moloch hob seine Schnauze weit aus dem Wasser und sog die Luft tief ein.

Dann tauchte er wieder und wartete. Mit leicht geöffnetem Schlund und kampfbereiten Klauen stellte er sich dem heranrauschenden Feind.

Sturmflosse sah aus, als würde er lächeln. Der hängende Unterkiefer klappte fest zu und visierte seinen Gegner an wie ein Rammbock. Der Hecht wurde noch schneller, zog seine Flossen dicht an den Rumpf und schoss auf den Moloch zu wie der Pfeil eines Bogens. Die Zuschauer am Ufer sahen eine Wasserfontäne, die hochschoss wie ein Geysir, als die Kämpfer aufeinander prallten.

Dem Moloch blieb die Luft weg, als Sturmflosse ihm in die Rippen stieß. Ohne den Schmerz zu beachten, suchte die Ratte den Hecht mit ihren Zähnen und spürte, wie ihre schweren Klauen brennende Male in seine Schuppen rissen.

Mit unbändiger Kampfeswut erhob sich Sturmflosse weit aus dem Fluss, schleuderte seinen Schwanz in einem gewaltigen Sprung herum, vollzog mitten in der Luft eine Drehung und warf sich mit weit auseinander gerissenen Kiefern wie ein abwärts gerichteter Torpedo wieder ins Wasser. Der Moloch wartete bereits auf ihn. Er streckte seinen Kopf weit aus dem Wasser und holte kurz tief Luft, bevor er und der herabstürzende Hecht sich ineinander verbissen. Die Oberfläche brodelte, so heftig war das Durcheinander aus herabtosenden Wassermassen, glänzenden Schuppen, zerlumptem Fell und Blut, überall Blut.

Immer wieder schnappten sie zu und verbissen sich ineinander, drehten sich unzählige Male um die eigene Achse, ließen mal los, versuchten, den Gegner woanders zu fassen, und machten wilde Verrenkungen. Der Moloch hatte den Hecht beim Schwanz gepackt. Er kaute gierig daran herum. Der Schmerz durchfuhr den großen Fisch, aber Sturmflosse hatte den Bauch seines Feindes im Maul und zerrte heftig daran.

Zarina hielt ihren Speer im Anschlag und raste am Ufer auf und ab. Sie wagte nicht, ihn loszuschleudern, da es ja möglich war, dass sie versehentlich ihren Zerstörer traf. Schlamm kam brodelnd vom

Grund an die Wasseroberfläche und vermischte sich mit den Spuren des Kampfes. Silbrige Schuppen und grauschwarzes Fell waren in dem Durcheinander nicht mehr zu unterscheiden.

Jetzt schlug der Moloch seine Krallen in Sturmflosses Seite und biss dem Hecht tief in seine Rückenflosse. Sturmflosse dagegen peitschte immer wieder mit seinem schweren Schwanz, den er wie ein kräftiges Paddel einsetzte, gegen die verletzte Seite des Molochs. Er hatte den Schwanz des Molochs abgetrennt und riss nun heftig an den Hinterbeinen des Rattenmonsters.

Der Moloch war gezwungen, Luft zu holen, und so musste er kurzzeitig loslassen, worauf Sturmflosse, dem Strom folgend wie ein Gespenst, davonglitt. Der Moloch kam an die Oberfläche und schnappte mehrmals erleichtert nach Luft.

Wie eine Wahnsinnige kreischte Zarina vom Ufer aus: »Der Moloch hat gewonnen! Wo ist der Hecht? Ist er tot?«

Fortunata wurde von ihrer Aufregung angesteckt. »Ganz bestimmt, Hoheit. Dem Moloch kann niemand auf Dauer Widerstand leisten.«

Die Soldaten stimmten ein raues Jubelgeschrei an, das ihnen im Halse stecken blieb, als sie sahen, dass Sturmflosse erneut angriff!

Der große Hecht schwamm tief, kräftig und schnell und prallte mit überwältigender Macht auf den Moloch, für den der Angriff völlig überraschend kam. Dem gewaltigen Rattenmonster wurde der Atem aus der Lunge gepresst, als er mit rasender Geschwindigkeit gegen das andere Ufer gerammt wurde. Er fiel ins Wasser zurück und atmete statt Luft Flüssigkeit ein. Der Moloch schlug zwar immer noch mit Zähnen und Klauen um sich und brachte dem Hecht unbewusst Verletzungen bei, aber er war dennoch schwer angeschlagen.

Sturmflosse kannte jeden Zentimeter seines Flusses ganz genau. Er glitt in ein tiefes Loch unter der Uferböschung und stürzte sich von dort aus immer wieder auf den weichen Unterbauch der Ratte. Er ging mit wilder Kraft zu Werk, wie jemand, der spürt, dass sein

Sieg nahe ist. Der Moloch kratzte blind am Felsen zu beiden Seiten des unter Wasser liegenden Loches, traf dabei aber nicht ein einziges Mal den Kopf seines Gegners. Ratlos versuchte er, sich abzuwenden.

Da schnappte Sturmflosse zu und hielt den Moloch an seinen Hinterbeinen fest gepackt. Der gigantische Hecht drängte die Wassermassen beiseite, als er die Ratte rückwärts schwimmend mit sich in das Loch zog. Die am Ufer Stehenden konnten sehen, wie die Vorderkrallen des Molochs, wild um sich schlagend, aus dem Wasser ragten und ein letztes Mal in die Luft griffen, bevor sie für immer unter Wasser verschwanden.

Der Zerstörer von Kotir war vernichtet worden. Sturmflosse hatte gewonnen!

Zarina schoss mehrere Pfeile dorthin, wo der Hecht ihren Rattenkämpfer hinabgezogen hatte. Die Soldaten standen am Ufer herum, scharrten betreten mit den Pfoten oder zappelten aufgeregt herum. Jetzt wo der Moloch besiegt worden war, plagten sie düstere Vorahnungen. Fortunata unternahm den Versuch, sich unauffällig zu verdrücken, da ihr nur zu klar war, dass die Wildkatzenkönigin jetzt nach einem Opfer Ausschau halten würde, an dem sie ihren Zorn auslassen konnte.

»Sofort kommst du hierher zurück, Füchsin! Wage es ja nicht, dich davonzustehlen.« Sie hielt ihre Pfote ausgestreckt und fauchte ein in ihrer Nähe stehendes Hermelin an: »Gib mir deinen Speer.«

Ohne ihre Augen von der zitternden Fähe zu nehmen, ergriff Zarina den dargebotenen Speer. Sie drehte ihn schwungvoll um, sodass die Speerspitze Fortunatas Kehle berührte. »Dem Moloch kann niemand auf Dauer Widerstand leisten, was, Füchsin?«

Die zu Tode geängstigte Füchsin konnte keinen Laut hervorbringen. Sie schnappte nur nach Luft.

Zarina schwang den Speer zur Seite und tauchte ihn ins Wasser. Eine Weile fischte sie damit herum, dann zog sie ihn wieder heraus. Vorn an der Speerspitze hing das Halsband, das der Moloch einst getragen hatte. Zarina schleuderte die Waffe von sich. Der Speer zischte an Fortunata vorbei und bohrte sich in einen Eschenstamm, wo er zitternd stecken blieb, sodass glänzende Wassertropfen von ihm heruntergeschüttelt wurden.

Von weiter unten am Fluss drang das tiefe, bellende Lachen eines Otters zu ihnen herauf.

Mit wallendem Umhang zog die Wildkatze den Speer aus dem Baum, lief zum Rand des Wassers und schwang ihn dort drohend durch die Luft.

»Lacht nur, ja, lacht nur, so viel ihr wollt, aber wenn euch euer armseliges Leben lieb ist, zeigt euch besser nicht. Ich bin Zarina, Königin der Tausend Augen. Wenn ich mit Mossflower fertig bin, wird jeder, der sich mir widersetzt, sich wünschen, seine Mutter hätte ihm niemals das Leben geschenkt. Laut und lange werden die Schreie der Gequälten und Sterbenden an euer Ohr dringen. Jetzt lasst mal hören, ob ihr das auch noch so lustig findet!«

Als Zarina ihre Rede beendet hatte, machte Fortunata einen Satz nach vorn. Die Fähe hatte vor, sich bei ihrer Königin wieder einzuschmeicheln, indem sie noch etwas zu ihrer Rede hinzufügte.

»Das sind die Worte der mächtigen Zarina, Herrscherin über ganz Mossfl…«

Gerade als Brogg sich vom Flussufer abwandte, traf er auf die herbeispringende Füchsin. Schmerzhaft prallten sie mit ihren Köpfen zusammen. Das Wiesel taumelte einen Schritt zurück und trat dabei auf den Mantelsaum der Füchsin. Sie stolperten und landeten unsanft im schlammigen, seichten Wasser.

In das Gelächter der Otter stimmten nun auch kichernde Eichhörnchen mit ein.

# 13

Die Sonne über dem Wald stand im Zenit. Voll freudiger Erwartung ihres ersten Sommers umkreisten benommene Jungbienen summend die Blüten. Eine ehrwürdige Eiche von gewaltigem Umfang und enormer Höhe überragte die umstehenden Bäume. Unter ihrem Frühlingslaub aus kleinen grünen Blättern und ihrem gealterten Stamm lag Brockhall, der Familienstammsitz der Dachse. Das stabile, fein verästelte Wurzelwerk der Eiche versorgte den wunderschönen alten Wohnsitz mit Dachbalken, Wandsäulen, Regalwänden und an einigen Stellen sogar mit Fußböden. Im Erdgeschoss, zwischen der Gabelung zweier Wurzeln, befand sich die Eingangstür. Von dort führte ein langer Gang abwärts, von dem zahlreiche Räume abgingen: Bellas privates Arbeitszimmer, ein paar kleinere Wohnzimmer, ein Kinderzimmer und ein kleines Krankenzimmer. An seinem anderen Ende führte der Gang direkt in den Versammlungssaal. Er hatte ein gewaltiges Ausmaß und war großzügig eingerichtet, verfügte über einen Kamin, eine Feuerstelle, eine große Esstafel und entlang den Wänden über lauter kleine Nischen mit Sitzgelegenheiten. Vom Versammlungssaal gingen mehrere Türen ab: Zur Linken lagen das Schlafgemach der Hausherrin und die Schlafsäle, während zur Rechten die Speisekammer, Küche und Lagerräume abgingen, hinter denen wiederum das Schlupfloch beziehungsweise die Fluchttür lag – ein typisches Beispiel für gesunden Waldbewohnerverstand.

Brockhall war in grauer Vergangenheit von Dachsen erbaut worden. Sie hatten sich große Mühe gegeben, es so zu gestalten, dass Walddachse sich dort auch wirklich wohl fühlten. Mit großer Sorgfalt und dem Geschick vieler Handwerker hatte man dafür gesorgt, dass das unterirdische Herrenhaus über jeden erdenklichen Komfort verfügte. Es gab kunstvoll gearbeitete Fackelhalterungen an den Wänden und wunderschön gearbeitete Einrichtungsgegenstände, wovon wiederum viele in das lebende Wurzelwerk geschnitten worden waren, damit sie sich harmonisch in ihre Umgebung einfügten. Die Wände waren mit rehbraunem und rosafarbenem Lehm bestrichen, der gebrannt worden war, um dem Ganzen einen angenehmen, rustikalen Anstrich zu geben. In allen Räumen fand man hier und da große, dick gepolsterte Lehnstühle, wie Dachse sie lieben. Vor jedem stand ein bequemer alter Schemel, der mit Samt bezogen war und oft von Jungtieren benutzt wurde, die so einen Pfotenstuhl wesentlich gemütlicher fanden als die kleinen polierten Ahornstühle, die speziell für sie angefertigt worden waren. Im Großen und Ganzen war es ein bewundernswerter Landsitz, in dem man mit Leichtigkeit alle Mitglieder des Rawim unterbringen konnte.

Die Waldbewohner hatten sich versammelt, um die Mäuse kennen zu lernen, die von Loamhedge angereist waren; es war ein festlicher Anlass.

Die Vorsitzenden des Rates aller Widerstandskämpfer in Mossflower saßen im Versammlungssaal, die Kinder wurden ins Kinderzimmer gebracht, und einige der Freunde gingen in Bellas viel bewunderte Küche, um dort bei der Zubereitung des Festmahls und dem Kochen zu helfen. Die Dächsin hatte zwar immer genug Nahrung vorrätig, aber sie freute sich dennoch außerordentlich, wenn zusätzlich Otter-, Eichhörnchen- oder Maulwurfsspeisen mitgebracht wurden. Alle waren bei ihrer Ankunft schwer bepackt gewesen. Bella, die ja normalerweise nur ihre eigenen Gerichte zu essen bekam, liebte es, einmal etwas anderes zu probieren.

Gonff machte sie mit Martin bekannt. Sie begrüßte ihn herzlich.

»Martin, willkommen, lieber Freund. Ben Stichler hat uns bereits von Euch erzählt. Wart Ihr nicht der Krieger, der einer Patrouille von Kotir einpfotig eine gehörige Lektion im Nahkampf erteilte, bevor es ihr gelang, ihn gefangen zu nehmen? Wir wären Euch sehr dankbar, wenn Ihr uns in den schweren Zeiten, die nun vor uns liegen, mit Rat und Tat zur Seite stehen würdet. Wir können noch viel von Euch lernen. Sagt, kommt Ihr nicht aus dem Nordland?«

Martin nickte und schüttelte Bellas große Pfote. Die Dächsin lächelte, sie war im Bilde. »Aha, das dachte ich mir schon. Ihr habt Euch wahrscheinlich Eure ersten Sporen im Kampf mit Ratten und Füchsen verdient. Ich weiß alles über die Kriegermäuse aus dem Norden. Kommt, ich möchte, dass ihr beide ein paar meiner Freunde aus dem Süden kennen lernt.«

Bella ging mit ihnen in die Küche, wo sie Äbtissin Germania vorgestellt wurden, die die Zubereitung der Speisen beaufsichtigte. Von dort nahm Gonff Martin mit, um ihn mit Ben und Goody Stichler bekannt zu machen.

Die beiden Igel waren überglücklich, dass ihr Gonff heil zu ihnen zurückgekehrt war. Sie tätschelten ihn und zerzausten ihm kräftig das Kopffell, denn umarmen konnten sie wegen ihrer spitzen Stacheln ja nur Igel.

Goody streichelte Gonff und schimpfte gleichzeitig mit ihm: »Herrje, Maus sei Dank bist du wieder da, du kleines Schlitzohr. Dass du dich nicht wieder gefangen nehmen und einsperren lässt! Ben und ich waren ganz außer uns vor Sorge um dich, Gonff.«

Ben tätschelte Gonff begeistert den Kopf. »Hör auf das, was Goody dir sagt, Gonff. Es ist nur zu deinem Besten. Sei doch ein bisschen mehr wie der junge Martin hier – lass dich nur noch fangen, wenn es gar nicht mehr anders geht.«

Goody nickte zustimmend und versuchte, ernst zu blicken, aber Gonff packte sie bei den Pfoten und tanzte mit ihr herum.

*»Mehr als eine Mutter bist du für mich,*
*du hast mich erzogen, warst gut zu mir.*
*Als dein Mäuseigel liebe ich dich.*
*Oh Goody, für all das danke ich dir.*
*Und seh ich dein altes Stachelgesicht –«*

»Mach, dass du fortkommst, du diebischer kleiner Schwindler!« Goody scheuchte Gonff weg und trocknete sich an ihrer alten, blumenbestickten Schürze die Tränen.

Schwungvoll legte Gonff eine Pfote um Martins Schulter. Als sie lächelnd davonspazierten, schniefte Ben geräuschvoll. »Und doch muss man den kleinen Spitzbuben einfach irgendwie lieb haben.«

»Ich bitte um Ruhe allerseits!«, rief Bella. »Könnt ihr euch bitte alle hinsetzen? Wenn die Ansprachen beendet sind, werden die Speisen aufgetragen.«

Der Saal war überfüllt, die Stühle waren alle besetzt und immer noch saßen viele auf den Regalen, dem Kaminsims und der Erde. Skipper schlug mit seinem Schwanz auf den Boden. Das Stimmengewirr verstummte und er gab Bella mit einem Kopfnicken das Zeichen fortzufahren.

»Danke schön. Ich heiße euch alle herzlich willkommen. Wie ihr sehen könnt, sind heute viele neue Freunde in unserer Mitte; zu ihnen gehört nicht zuletzt auch Martin der Krieger. Ihm und Gonff ist es erst vor kurzem dank ihrer Kühnheit und ihres Wagemuts gelungen, aus dem Verlies von Kotir zu entkommen.«

Köpfe drehten sich zu ihm um und aller Augen ruhten auf Martin. Es wurde gezwinkert, genickt und Pfoten wurden geschüttelt.

»Des Weiteren habe ich das große Vergnügen, euch ein paar Mäuse vorzustellen, von denen ihr vielleicht noch nicht gehört habt«, fuhr Bella fort, »es handelt sich um die ehrwürdige Mutter Germania mit ihren Brüdern und Schwestern aus Loamhedge. Ich bin sicher, dass die Äbtissin auch noch etwas sagen möchte.«

Alle applaudierten, als die alte Maus sich erhob.

»Meine Mäuse und ich möchten euch aus tiefstem Herzen dafür danken, dass ihr uns erlaubt habt, uns in eurem wunderschönen Land Mossflower niederzulassen. Wir sind ein friedfertiger Orden von Baumeistern und Heilern; von alters her sind wir mit Mutter Natur und ihren Gesetzen auf das Beste vertraut. Bitte zögert nicht, mit euren Familien, den Kranken und Verletzten oder einfach nur mit verängstigten Kleinen zu uns zu kommen. Wir werden alles tun, was in unserer Macht steht, um euch zu helfen. Im Gegenzug bitten wir euch nur um eure Freundschaft, sie wäre für uns ein großes Geschenk. Eines Tages wird dieses Land die Tyrannei, von der es überschattet wird, überwunden haben, und dann können wir vielleicht alle miteinander ein mächtiges Gebäude errichten, das all jenen, die innerhalb seiner Mauern in Frieden leben möchten, als Wohnsitz dient und Zuflucht bietet.«

Unter den lauten Jubelrufen der Anwesenden setzte sich die Äbtissin wieder. So manch eine anständige, hart arbeitende Familie bot dem Orden ihre Hilfe an. Ruhe und Ordnung waren schon fast wiederhergestellt, als eine junge Eichhörnchenstimme ertönte: »He, rieche ich da etwa geröstete Kastanien mit Sahne und Honig?«

»Und ob, ich habe sie sogar nach einem alten Rezept aus Loamhedge zubereitet«, rief Äbtissin Germania zurück. »Sind die Reden jetzt beendet, Bella?«

»Aber selbstverständlich, Äbtissin. Es ist schon viele Jahreszeiten her, dass ich das letzte Mal geröstete Kastanien aus Loamhedge gekostet habe. Bleibt bitte alle, wo ihr seid. Das Essen wird jetzt aufgetragen.«

Ganz plötzlich fuhr ein dicker Siebenschläfer mit einem erschreckten Aufschrei hoch. »Huch! Der Boden bewegt sich.«

»Keine Angst, Kumpel«, lachte Skipper. »Das wird der Vormaulwurf sein. Der hat die Speisen bestimmt auch gerochen.«

Helfende Pfoten fanden sich, die gemeinsam einen Stein aus dem Fußboden herauslösten und hochhoben. Einen Moment lang herrschte Schweigen, dann begann die Erde, ganz leicht zu erzittern, und schließlich drang ein gewaltiges Paar Pfoten mit mächtigen Grabklauen durch das Erdreich an die Oberfläche. Sekunden später folgte ihnen ein dunkler, samtener Kopf mit winzigen, leuchtenden schwarzen Augen und einer feuchte Schnauze mit rauen Schnurrhaaren.

»Ojoj, einen guten Morgen euch allen. Es tut mir sehr Leid tun mit dem Tunnel, aber das Essen tut gar zu lecker riechen, bohörr.« Der Vormaulwurf kam herausgeschossen wie eine schwarze, fellüberzogene Kanonenkugel; ihm folgten etwa dreißig grinsende Maulwürfe. Wie ihr Anführer sprachen sie alle in der umständlichen Maulwurfssprache.

»Hajaj, hallo Bella Streifengesicht.«

»Herraja, tun das Kastanien sein, die wo ich da riechen tu?«

»Hoo, hajaj, das Graben der Tunnel tut sakrisch hungrig machen, hajo.«

»Hojoj, Euch einen guten Morgen, Skip. Wie tuts gehn?«

Die geschäftigen Maulwürfe waren bei allen Waldbewohnern gleichermaßen beliebt. Die Kinder kreischten vor Lachen, wenn sie ihre Sprache hörten, und dann lächelten die Maulwürfe für gewöhnlich und gaben sich viel Mühe, noch drolliger zu sprechen, wenn es denn überhaupt möglich war.

Als die Speisen serviert wurden, ertönten Ausrufe der Bewunderung und des Entzückens. Wer hätte denn schon gerösteten Kastanien mit Sahne und Honig widerstehen können, oder Klee-Hafer-Keksen mit heißer Johannisbeersoße, Sellerie und Kräuterkäse auf Eichelbrot mit fein gehacktem Rettich oder einem riesigen selbst gebackenen Kuchen aus Kümmel und süßer Gerste, verziert mit Pfefferminzzuckerguss? Das Ganze wurde entweder mit Oktoberbier, Birnenlikör, Erdbeersaft oder guter frischer Milch hinuntergespült.

Martin murmelte, mit dem Mund voller Kuchen und Milch: »Schockschweremaus! Wenn ich gewusst hätte, dass Essen so gut schmecken kann, dann wäre ich Koch und nicht Krieger geworden.«

Gonff grinste und versuchte zu antworten, hatte sich aber den Mund mit Kastanien, Honig und Erdbeersaft voll gestopft: »Mmmfff, mt vollm Mnd fbrifft mn nifft.«

Bella saß bei den Anführern des Rawim. Sie berieten sich, während sie aßen. »Ich denke, dass wir in Zukunft alle zusammen hier in Brockhall leben sollten – zumindest diejenigen, die nicht auf Bäume klettern oder Flüsse durchschwimmen können. Früher oder später würden sie nämlich alle von Zarina und ihrer Armee gefangen genommen werden.«

»Richtig, Gnädigste, gute Idee«, stimmte Skipper ihr zu. »Hier wird man sie niemals finden, denn die Katzen kennen Brockhall gar nicht. Meine Crew und die Truppe von Lady Ambra sollten davon allerdings ausgenommen sein. Wir werden ganz sicher nicht beim ersten Anzeichen von Ärger unsere Segel streichen und klein beigeben!«

»Niemand hier zweifelt an Eurem Mut, Skipper«, unterbrach ihn Äbtissin Germania, »aber vielleicht sind wir ja auch dabei, den zweiten Schritt vor dem ersten zu tun. Wenn alle Waldbewohner sich hier verstecken, hat die Katze eigentlich nichts mehr zu tun, dann kann sie nur noch herumsitzen. Wir könnten doch ein gutes Netzwerk an Spionen aufbauen, die uns darüber informieren, was sie so treibt. Vielleicht ist es dann leichter, unser Vorgehen zu planen. Was haltet Ihr davon, Martin? Ihr seid schließlich ein ausgebildeter Krieger, nicht wahr?«

Martin hatte zugehört, aß aber erst seinen Mund leer. »Ich bin mir sicher, dass all Eure Ideen gut und vernünftig sind. Versuchen wir, sie in die Tat umzusetzen. Allerdings lässt sich der Friede nicht so einfach finden wie eine Pfote voller Nüsse oder ein Apfel. Die Wildkatze ist nun einmal hier, und Kotir wird nicht dadurch verschwinden, dass wir unsere Augen schließen. Wenn wir sie von diesem Land vertreiben wollen, werden wir früher oder später mit ihr und ihren Soldaten kämpfen müssen. Erst dann ist die Zeit für den Frieden gekommen, und erst dann können wir darangehen, ein Gebäude zu errichten.«

Skipper und Ambra klopften ihm beide zustimmend auf den Rücken.

»Wir sollten uns immer nur ein Ziel zurzeit vornehmen«, riet Bella. »Als Erstes brauchen wir einen guten Spion, damit wir informiert sind. Wenn wir unsere Feinde aus dem Effeff kennen, dann wissen wir auch, wo ihre Schwächen liegen.«

Ferdy und Coggs kamen anmarschiert und versuchten, kriegerisch und gleichzeitig verschwiegen dreinzublicken. »Wir haben gehört, dass Ihr zwei gute Spione braucht, Frau Bella.«

Noch bevor irgendjemand zu lachen beginnen konnte, war Skipper bereits aufgesprungen, marschierte um sie herum und nahm sie genau in Augenschein. Sie hatten Haltung angenommen, denn sie erkannten einen guten Offizier, wenn er vor ihnen stand. Skipper musterte sie von oben bis unten. »Oh ja, ich erinnere mich an euch Burschen – zwei der grimmigsten Kerle, die jemals bei den Stichlers Wache geschoben haben. Mir ist zu Ohren gekommen, dass die Wiesel und Frettchen bei dem Gedanken, dass ihr vielleicht Kotir angreifen könntet, vor Angst förmlich gezittert haben. Was meint Ihr, Lady Ambra, sollen wir sie zu unseren Spionen machen?«

Die Eichhörnchendame schüttelte mit ernstem Blick den Kopf. »Für diese beiden Kriegswölfe ist das Spionieren doch viel zu harmlos. Ich finde, dass sie hervorragende Arbeit bei der Verteidigung des Stichlerhauses geleistet haben, und schlage daher vor, dass wir sie zu Hauptmännern der Bürgerwehr von Brockhall befördern.«

Die beiden kleinen Igelkinder platzten beinahe vor Stolz. Sofort liefen sie los, um sich Dienstmarken anzufertigen.

Der nächste Vorschlag kam von Gonff: »Der beste mir bekannte Spion ist Tschipp.«

Von allen Seiten wurden laute Einwände erhoben.

»Tschipp ist keiner von uns.«

»Er ist doch ein Vogel.«

»Er will bestimmt, dass wir ihn bezahlen.«

»Ich glaube nicht, dass man einem Rotkehlchen über den Weg trauen kann.«

»Warum nehmen wir nicht einen von uns?«

Bella klopfte auf ihre Stuhllehne, bis sich eine schwere Staubwolke erhob und die Ruhe wiederhergestellt war.

»Gonff hat Recht. Tschipp ist derjenige, der am dichtesten an Kotir herankommen kann. Wenn er für seine Dienste bezahlt werden will, dann ist es sein gutes Recht, dann bezahlen wir ihn eben. Ich finde, es ist eine hervorragende Idee.«

»Hajaj, es tut wohl ein Vogel sein, aber wir tun sagen: Tut ruhig Tschipp den Spion sein lassen, dann tun wirs nicht machen müssen. Wir tun eh keine Flügel nicht zum Fliegen haben, bohörr.«

Die Logik dessen, was der Maulwurf sagte, war nicht zu widerlegen. Alle gaben durch Pfotenzeichen einhellig ihre Zustimmung.

Die Wahl war also auf Tschipp gefallen.

Ben Stichler hatte das letzte Wort. Da er einer derjenigen war, die bis zuletzt im Schatten von Kotir ausgeharrt hatten, war ihm die aufmerksame Anteilnahme aller Anwesenden sicher.

»Ich hab nicht viel Ahnung vom Kämpfen und Spionieren, aber ich glaube trotzdem, dass es eine gute Idee ist. Eines steht fest: Niemals werden ich, meine Frau und unsre kleine Familie wieder zurückgehen, um uns für irgend so ne dahergelaufene Katze und ihre Soldaten abzuschinden. Dann wär es schon besser, wir wären tot, als wieder so leben zu müssen. Auf jeden Fall ist es wohl das Beste, wenn wir alle auf die gute Äbtissin hören. Wir sollten nichts überstürzen; wenn man einen Krieg führt, dann bedeutet es immer auch, dass Leben dafür geopfert werden. Wenns sich denn nicht vermeiden lässt, dann müssen wir da wohl durch, aber in der Zwischenzeit sollten wir Vernunft walten lassen und uns erst einmal um unsere Sicherheit kümmern. Das ist meine Meinung: Wir sollten dafür sorgen, dass wir und unsere Familien sicher und ungefährdet leben können. Ich möchte es noch miterleben, wie meine Kleinen eines Tages ihre eigene Ernte einbringen, anstatt dass Soldaten auftauchen und uns sagen, dass unser Land nun ihnen gehört, und die Hälfte unserer Nahrung zu Abgaben und Steuern erklären und wegschleppen. Das ist nicht fair und das ist auch nicht rechtens. Wir sollten aber auch nicht vergessen, dass die Zeit unsre Verbündete ist. Ich weiß, dass sich die Speisekammern in Kotir ganz schön geleert haben müssen, seit keiner von uns mehr da ist. Tja, die Katze und ihre Soldaten können vielleicht die ganze Zeit herummarschieren, aber es ist keiner mehr da, den sie rumkommandieren können, und von der Landwirtschaft verstehen sie nichts, das ist mal klar. Wenn sie keine anderen mehr haben, die für sie arbeiten, werden sie schlichtweg verhungern.«

## 14

Die Sonne brannte auf die Soldaten von Kotir nieder, die in dicht geschlossenen Reihen auf dem Exerzierplatz Aufstellung genommen hatten. Jeder Einzelne stand so steif da, als hätte er einen Ladestock verschluckt, und alle trugen jedes zur Verfügung stehende Stück Ausrüstung sowie schwere Speere, Schilde und mit Steinen gefüllte Rucksäcke.

Eckzahn leckte eine Schweißperle auf, die an seiner Lippe vorbeilief. Er murmelte zu Splitternase hinüber: »Puh, was soll das denn nun wieder? Der Moloch hat ja schließlich die Schlacht verloren, nicht wir. So wie ich es sehe, haben wir uns gar nicht so schlecht geschlagen, als wir gegen diese Flussrowdys und Baumhüpfer in den Kampf gezogen sind.«

Splitternase zuckte mit dem Augenlid, um eine neugierige Fliege zu verscheuchen. »Da hast du aber wirklich Recht, Ecki. Manchmal denke ich, dass ich all diesen Soldatenkram in Kotir am liebsten an den Nagel hängen würde.«

In der Reihe hinter ihnen stand Brogg, der ein Kichern nicht unterdrücken konnte: »Hihi, versuchs doch mal, Hermelin. Wo würdest du denn so allein hingehen, was? Nee, nee, sie würde dich hierher zurückschleifen lassen, um an dir ein Exempel zu statuieren.«

Scratt, der in der Reihe hinter Brogg stand, stimmte ihm zu: »Ja, da hast du allerdings Recht, Brogg, die meisten würden die Gelegenheit beim Schopf ergreifen, wenn sie die Chance hätten, sich hier wegzustehlen und woanders völlig neu anzufangen. Vielleicht werden wir uns ja eines Tages zu einer kleinen Gruppe zusammenschließen und es versuchen.«

Eckzahn war skeptisch. »Ach ja? Dann will ich dir mal etwas sagen, Scratt. Das wäre noch viel schlimmer, als alleine wegzugehen, das wäre nämlich Meuterei oder Massendesertion – und du weißt doch genau, womit Zarina den kleinen Trupp bestrafen würde.«

Scratt wusste es nur zu gut. »Mit dem Tod!«

Eckzahn lachte trocken auf. »Richtig. Du wärst toter als ein umgefallener Baumstamm. Puh, wenn sie dich in die Mangel nehmen würde, wärst du am Ende heilfroh, endlich tot sein zu dürfen, Freundchen.«

Kladds tiefe Stimme schallte über den Exerzierplatz: »Ruhe im Glied! Schluss mit dem Gerede da hinten.«

Scratt murmelte ganz leise: »Ach, nun spuck mal nicht so große Töne, alte Sabberbacke. Du warst ja noch nicht mal dabei, als wir draußen im Wald kämpfen mussten.«

»Nein, er saß schön zu Hause, hatte sein Nachthemd an und schnarchte wie ein Murmeltier«, kicherte Splitternase.

»Ich sage es nicht noch einmal: Ruhe im Glied!«

Aus einer der hinteren Reihen hörte man eine klagende Stimme rufen: »Ich schätze, man hat uns jetzt bestimmt schon fast zwei Stunden hier herumstehen lassen. Was soll das?«

Noch bevor Kladd es verhindern konnte, ereiferten sich weitere Stimmen.

»Genau! – Und warum in voller Montur und mit schwer beladenen Rucksäcken? Sollen wir hier etwa bei lebendigem Leibe braten?«

»Ganz schön blöd, wenn ihr mich fragt. Ich bin ja schließlich nur ein Wachposten für die Lagerräume.«

Lautlos schlich Zarina sich aus dem Haupteingang zum sonnenbeschienenen Exerzierplatz. Sofort herrschte auf dem ganzen Platz Grabesstille.

Sie gab Kladd ein Zeichen.

Der Hauptmann brüllte die schwitzenden Truppen an: »Achtungsbezeigung der Königin, gefolgt von zwölf Runden in Zweierreihen um den Platz. Los gehts!«

Die lauten Stimmen von Frettchen, Hermelinen und Wieseln vereinigten sich zu einem einzigen Ausruf.

»Zarina, Königin von Mossflower!«

»Bezwingerin der Feinde!«

»Herrin der Tausend Augen!«

»Eroberin aller Lebewesen!«

»Herrscherin von Kotir!«

»Tochter von Lord Grünauge!«

Dann brachen sie ab und begannen, im Schnellschritt um den Exerzierplatz zu laufen – ihre Pfoten quälten sich über den harten Kies, ihre Muskeln schmerzten unter der Last der schweren Rucksäcke und hinderlichen Waffen.

Zarina sah sich das Ganze ungerührt an, während sie Aschenbein fragte: »›Tochter von Lord Grünauge‹. Wer hat das denn zu der Liste meiner Titel hinzugefügt?«

Aschenbein, der hinter ihrem Rücken stand, schaute Fortunata an und zuckte mit den Achseln.

Die Wildkatzenkönigin blickte starr geradeaus, während die Truppen auf ihrer zweiten Runde an ihr vorbeitrabten. »Was ist nun? Ich warte immer noch auf eine Antwort! Wer hat gesagt, dass die Truppen den Namen meines toten Vaters anstelle meines eigenen ausrufen sollen? Bin ich denn etwa nicht in der Lage, Kotir allein zu regieren?«

Fortunata war schneller als Aschenbein: »Es hat nie eine fähigere Herrscherpersönlichkeit gegeben als Euch, Hoheit. Ich schwöre bei meinem Eid als Heilerin, dass ich Eure Titelliste nicht abgeändert habe.«

Zarina rieb sich nachdenklich ihre verletzte Pfote. Hinter ihr machte der Marder hektische kleine Bewegungen mit seinem Holzbein.

»Was hast du zu deiner Verteidigung vorzubringen, Aschenbein?«

»Euer Majestät, ich dachte –«

Zarinas Knurren übertönte Aschenbeins nervöses Gestammel. »Dachte? Wer hat dir die Erlaubnis gegeben zu denken? Sofort gehst du hinaus auf den Exerzierplatz!«

Der unglückliche Aschenbein hinkte ins Freie. Er wusste, dass es sinnlos war, zu flehen oder sie von ihrem Entschluss abbringen zu wollen.

Bei der nächsten Runde ließ Zarina die Truppen anhalten. Sie kamen direkt vor dem Marder zum Stehen. Sie rief Kladd zu: »Lass Aschenbein an der Spitze der Armee laufen. Erste Reihe, richtet eure Speere auf den Marder! Ihr alle werdet es euch ein für alle Mal merken: Ich werde nicht länger ›Tochter von Lord Grünauge‹ genannt. Der Titel ist tot. Er wird durch ›Zarina die Prächtige‹ ersetzt.«

Kladd schwenkte seinen Speer, worauf die Armee im Chor laut ausrief: »Zarina die Prächtige!«

Aschenbein sah sich nervös um. Er stand direkt vor einer Reihe glänzender Speerspitzen, die alle auf seinen Körper zeigten. Der Marder raffte seinen Umhang hoch, denn er wusste, welch grausamer Befehl jetzt gleich folgen würde. Zarinas Knurren unterbrach seinen Gedankenfluss. »Im Schnellschritt, marsch!«

Fortunata stand an der Seite; die Füchsin wusste, dass ein unbedachtes Wort sie mit Sicherheit in die gleiche Lage wie den Marder bringen würde.

Aschenbein versuchte, nicht nachzudenken. Verzweifelt schleppte er sich hüpfend und hinkend vor den tödlichen Speeren her. Voller Panik versuchte er, etwas Abstand zwischen sich und die Verfolger zu bringen, musste aber feststellen, dass es ihm schon schwer genug fiel, sich von den unermüdlich im Schnellschritt laufenden Soldaten nicht einholen zu lassen.

Zarina lachte spöttisch und stieß Fortunata in die Rippen: »Ha, ha, holper, stolper, was, Füchsin? Was schätzt du, wie lange er durchhalten wird?«

»Bei der Geschwindigkeit nicht sehr lange, Hoheit. Schaut doch, wie sehr er sich anstrengen muss, um von den Speeren nicht aufgespießt zu werden. Aschenbein ist vielleicht nicht der Hellste, aber er ist wenigstens gehorsam und treu ergeben.«

Zarina seufzte schlecht gelaunt; ihr war der Spaß verdorben. »Hmm, du hast vermutlich Recht. Sag Kladd, er soll anhalten lassen.«

Fortunata gab dem standhaften Wieselhauptmann ein Zeichen. Kladd ließ die Truppen in genau dem Moment Halt machen, als Aschenbein, dessen gequälter Körper nicht einen einzigen Schritt mehr zurücklegen konnte, mit dem Gesicht vornüber in den Kies fiel. Er rang schluchzend nach Atem.

Entschlossen streifte Zarina vor den Reihen ihrer Soldaten auf und ab und ignorierte Aschenbein, der sich unter Schmerzen zur Eingangshalle schleppte, in der es schön kühl war.

Die Wildkatzenkönigin nahm ihre Untergebenen in Augenschein. Sie standen völlig außer Atem auf dem staubigen Kiesplatz und rangen nach Luft.

»Seht euch nur an! Schaut, wie fett und faul ihr geworden seid, ihr Schnecken, ihr Würmer! Von heute an wird sich das alles ändern. Entweder ihr glaubt mir das oder ihr werdet sterben. Mäuse, zwei alberne kleine Mäuse sind aus meinem Kerker entkommen. Zusammen mit einem zusammengewürfelten Haufen von Waldbewohnern haben sie euch alle zum Narren gehalten.«

Pfoten scharrten nervös auf dem Kies, als Zarinas Zorn und Verachtung sich über die Soldaten entluden.

»Ich werde mich für die Beleidigung, die mir als Majestät zugefügt wurde, grausam rächen. In Mossflower wird Blut fließen, und es wird jeden treffen, der sich mir widersetzt, ganz egal, ob es nun ein Waldbewohner oder ein Soldat aus Kotir ist – bluten werden sie!«

Fortunata erschauderte innerlich, als sie sah, wie Zarinas Augen vor Wahnsinn aufleuchteten, während ihre Stimme die sonnendurchflutete Stille durchbrach.

»Kladd, Aschenbein und Fortunata – ihr werdet die Armee vierteln. Jeder von euch nimmt eine Abteilung. Ich werde hier bleiben, um mit den Übrigen die Bewachung Kotirs sicherzustellen. Ihr werdet in den Wald gehen und Jagd auf seine Bewohner machen, und zwar bis zum letzten Lebewesen. Nehmt sie gefangen. Jeder, der sich widersetzt, wird getötet. Wenn wir erst Gefangene für die Arbeit haben, wird Kotir auch wieder mächtig werden. Wir werden sie versklaven. Die nach Westen gelegene Ebene wird kultiviert und bewirtschaftet. Mein Vater war viel zu nachsichtig mit diesen Kreaturen. Sie haben es ausgenutzt, dass er so freundlich war, sie in einer Siedlung außerhalb der Mauern von Kotir leben zu lassen. Sie hatten viel zu viele Freiheiten, das hat sie auch dazu ermutigt zu desertieren. So, ich werde euch allen jetzt ein für alle Mal etwas sagen: keine Siedlungen mehr. Diesmal kommen sie ins Verlies: Sie werden in getrennten Zellen untergebracht sein und angemessen bestraft werden, dafür werden wir hier schon sorgen. Wir werden ihre Kinder als Geiseln halten. Damit sie gar nicht erst auf den Gedanken kommen, sich zu widersetzen, werden sie sich von morgens bis abends abplacken – wenn nicht, werden ihre Familien hungern. Geht jetzt und denkt daran, dass es diesmal kein Misslingen geben darf.«

In aller Eile und unter lautem Geschepper stapften die bereits mit Waffen und Rüstung voll ausgestatteten Truppen los. Inmitten all des Waffenschwenkens und Marschierens konnte man hören, wie laute Befehle erteilt wurden. Binnen kürzester Zeit stand Zarina allein auf dem leeren Exerzierplatz und starrte auf einen einzigen vergessenen Speer, der im Kies lag.

Wer ihn auch immer verloren hatte, war sicherlich viel zu verängstigt, um zurückzukommen und ihn sich zu holen. Sie beugte sich vor, um die Waffe aufzuheben, als sie dicht über sich ein Sausen hörte.

Argulor!

Zarina war zwar groß und kräftig, ließ sich aber dennoch nicht auf einen Kampf mit dem Adler ein. Im schnellen Lauf schwang sie sich durch ein Fenster im Erdgeschoss, indem sie den Speerschaft als Sprungstab einsetzte. Als sie hinausspähte, sah sie, wie Argulor in einem großen Bogen wieder zu seinem Ausguck zurückflog: Für einen Pfeil war er längst außer Reichweite.

Die Wildkatzenkönigin war nur froh, dass niemand Zeuge ihres Rückzugs geworden war.

## 15

Tschipp, der Rotkehlchenmann, beobachtete, wie eine kleine Abordnung von Waldbewohnern aus nördlicher Richtung anmarschiert kam. Er hatte keinen Zweifel daran, dass er es war, den sie besuchen wollten. Sie hatten nämlich Essen dabei. Wenn sie nicht zu ihm wollten, weshalb würden sie dann mit Beuteln voller kandierter Nüsse in Mossflower herumwandern?

Tschipp war anders als andere Vögel. Seinem kleinen dicken Bäuchlein zuliebe hatte er alle Schranken fallen lassen. Gier war das einzige Motiv dafür, dass er sich mit seinen Fähigkeiten als Spion in den Dienst anderer stellte – Gier verbunden mit Klugheit. Es stand allerdings außer Frage, dass Tschipp jemals für Kotir arbeiten würde, denn er hatte schon mehrfach auf dem Speiseplan irgendwelcher Wiesel und Konsorten gestanden und war dem Tode jedes Mal nur mit Mühe und Not von der Schippe gesprungen.

Die Waldbewohner machten nur dann von Tschipps Diensten Gebrauch, wenn es einen triftigen Grund dafür gab – manchmal, um ein vermisstes Junges aufzufinden, noch häufiger allerdings, um in Erfahrung zu bringen, was in anderen Teilen des Waldes vor sich ging. Tschipp war aber auch nicht gerade billig. Die Vorliebe des dicken Rotkehlchens für kandierte Nüsse grenzte schon an wahre Leidenschaft.

Er betrachtete die unter ihm herannahende Gruppe: Martin, Lady Ambra und Columbine, eine junge Maus aus Loamhedge, gingen an der Spitze; Gonff und der Maulwurf Billum, die beide kleine Borkentuchbeutel mit kandierten Nüssen trugen, folgten ihnen. Tschipp konnte seine leuchtenden Augen nicht mehr von dem Beutel abwenden, den Gonff immer wieder spielerisch mit seinen Pfoten hochwarf.

»Kandierte Nüsse, was, Billum? Wozu sie für so ein kümmerliches bisschen Spionieren dem alten Tschipp in den Rachen werfen? Warum verputzen wir beide sie eigentlich nicht gemeinsam? Ich wette, das Spionieren könnten wir mit Leichtigkeit selbst in die Hand nehmen.«

Als Gonff den Beutel wieder hochwarf, schnappte der verantwortungsbewusste Maulwurf ihn sich aus der Luft. Er zog sein samtenes Gesicht in Falten und gab ein tiefes, kehliges Lachen von sich.

»Ho, harrharr! Kein Wunder, dass sie mich tun mitgeschickt haben, um dass ich auf Euch aufpassen tu. Ihr tut ein rechter Schlingel sein, Meister Gonff. Tut fei Eure Pfoten von den Nüssen fernhalten oder ich tu Frau Bella davon erzählen, hajo.«

Mit gespieltem Entsetzen warf Gonff seine Pfoten in die Luft und beeilte sich, Martin einzuholen, bei dem er sich laut beschwerte: »Billum hat vielleicht Nerven! Nicht einmal mir traut er, dem ehrlichen alten Gonff, dessen spezielle Aufgabe bei diesem Einsatz darin besteht, gierige Maulwürfe in Schach zu halten. Ich wette, ihr werdet mir noch alle den Hals dafür umdrehen, dass ich versuche, die Nüsse sicher zu verwahren. Heutzutage gibt es offenbar keinen Platz mehr für einen ehrlichen Dieb.«

Martin kicherte, während er Columbine aus dem Augenwinkel betrachtete.

Die hübsche junge Feldmaus lachte fröhlich, sie war von Gonffs spitzbübischem Scharm ganz offensichtlich entzückt. Martin ermutigte sie, indem er gelegentlich die eine oder andere Bemerkung zugunsten seines Freundes machte.

»Nehmt Euch in Acht vor dem Burschen, Columbine. Er ist kein Mitglied Eures Ordens. Wenn Ihr nicht aufpasst, stiehlt Gonff Euch die Schnurrhaare unter Eurer Nase weg.«

Columbines Augen weiteten sich vor Erstaunen. »Das würde er wirklich tun?«

Gonff zwinkerte Martin zu. Dann schlug er plötzlich ein Rad, wobei er direkt vor Columbine über den Weg sauste, und zwar so dicht, dass er fast ihr Gesicht berührte. Mit einem erschreckten Quietschen schlug sie schützend ihre Pfoten vors Gesicht. Martin schüttelte ernst den Kopf.

»Wisst Ihr, man nennt Gonff nicht ohne Grund den König der Mäusediebe. Habt Ihr Eure Schnurrhaare gezählt?«

Columbine fuhr mit ihren Pfoten über ihr Gesicht und ließ sie dann lächelnd wieder fallen. »Was ihr nicht sagt, ihr beiden!«

Gonff verbeugte sich und hielt zwei dünne Haare hoch. »Was glaubt Ihr denn, was das hier ist, oh kluge Schönheit?«

Columbine stand der Mund offen. »Aber ich habe doch überhaupt nichts gespürt.«

Billum hatte sie eingeholt. Er kicherte und kratzte sich an der Schnauze. »Hano, ich tu wetten, dass Ihr Recht haben tut, Frollein. Die Schnurrhaare tun Gonffs sein. Das tut grad der Grund dafür sein, warum Ihr nix nicht gespürt haben tut, haja.«

Lady Ambra wies auf eine Ulme, die schon lange abgestorben und ganz und gar von Efeu bewachsen war. Mit einer hoch erhobenen Pfote sorgte sie für Ruhe. »Still jetzt! Hier ist Tschipp zu Hause. Wir wollen ihn doch nicht verscheuchen. Gonff, übernimm du die Verhandlungen.«

Gonff klopfte an den Ulmenstamm und rief zu dem Loch, das durch einen abgebrochenen Ast entstanden war, hinauf: »He, Tschipp! Komm heraus, du alte Rotbrust. Ich bins, Gonff.«

Als keine Antwort kam, versuchte Gonff es noch einmal. »Nun mach schon, Kumpel. Wir wissen, dass du da drin bist. Was ist denn los? Hast du etwa keine Lust, dir ein paar kandierte Nüsse zu verdienen?«

Billum öffnete einen der Beutel und suchte eine sehr große Nuss heraus. »Hajaj, vielleicht tust du Recht haben, Gonff. Wir könnten die Nüsslein grad selber essen und dann tun wir die Sache in die eigenen Pfoten nehmen, bohörr.«

Der Maulwurf steckte sich die dunkle, mit Zucker überzogene Nuss in den Mund, leckte sich genüsslich seine klebrigen Grabklauen ab und zerkaute die Leckerei dann mit einem Ausdruck reinen Entzückens in seinem freundlichen Gesicht. »Hmmf, ajaj, uuh aah, hmmmmm!«

Sehr zu Columbines Vergnügen machte Gonff es ihm nach, wobei er die Maulwurfssprache und -gestik meisterlich imitierte.

»Hajo, uuh ahh, Billum, die Nüsslein hier tun gewiss ganz ausgezeichnet sein. Huuh, aah, ja, das tun sie.«

Sie hatten jeder eine Nuss verspeist, als aus dem Geäst einer Eberesche ganz in der Nähe ein nervöses Hüsteln zu hören war. »Äh, örhörr, ähem hem!«

Wichtigtuerisch streckte Tschipp seine Brust vor und plusterte sein Gefieder auf, damit er größer aussah. Geschäftsmäßig schritt er mit auf dem Rücken gefalteten Flügeln auf einem Ast auf und ab. Höflich räusperte er sich noch einmal, bevor er zu sprechen begann.

»Örhörr, ähem, tschuldigung. Bevor wir die Angelegenheit weiter besprechen, muss ich euch darauf aufmerksam machen, dass ich es als eine grobe Beleidigung betrachte, wenn auch nur eine weitere Nuss gegessen wird, und dass ihr in dem Fall eure Geschäfte mit jemand anderem werdet abschließen müssen, ähem.«

»Bitte hört Euch erst einmal an, was ich zu sagen habe, bevor Ihr mir Eure Antwort gebt«, antwortete Martin ebenso förmlich. »Ich bin dazu bevollmächtigt worden, Euch ein Angebot zu unterbreiten. Unsere Bedingungen lauten wie folgt: Ihr, Tschipp, werdet in Kotir spionieren und herausfinden, welche Schritte Zarina gegen die Waldbewohner von Mossflower zu unternehmen gedenkt. Der Rawim ist an allen Einzelheiten bezüglich jedweder Vergeltungsschläge oder Angriffe gegen seine Mitglieder interessiert. Für diese Dienste bekommt Ihr zwei Beutel mit kandierten Nüssen sofort und zwei weitere Beutel, wenn Ihr uns die gewünschten Informationen überbringt. Seid Ihr damit einverstanden?«

Tschipp legte seinen Kopf auf die Seite. Mit blitzenden Augen beobachtete er, wie Gonff sich mit der Zunge die Nusskrümel aus dem Schnurrhaar leckte. Der Rotkehlchenmann hüstelte nervös.

Columbine schätzte die Lage richtig ein. Sie schlug einen wesentlich freundlicheren Ton an, als sie das Wort ergriff: »Selbstverständlich werden die Nüsse sorgfältig abgezählt sein, Herr Tschipp. Die Beutel werden bis zum Rand gefüllt sein. Ich werde dafür sorgen, dass für die beiden Nüsse, die gerade aufgegessen wurden, vier weitere hinzugefügt werden, womit dann auch die Zinsen bezahlt wären; darüber hinaus bekommt Ihr noch vier weitere Nüsse als Beweis unseres Vertrauens in Eure uns wohl bekannten Fähigkeiten.«

Tschipp verlagerte sein Gewicht auf die andere Klaue und starrte Columbine fragend an. »Ähem, hem, Ihr seid doch aus Loamhedge und man nennt Euch Columbine, nicht wahr? Nun, ich bin bereit, mit Euch zu verhandeln, örhörr, tschuldigung. Die Anwesenheit der anderen Herrschaften hier ist in dieser Angelegenheit nicht länger erforderlich.«

Lady Ambra stieß einen Seufzer der Erleichterung aus. Tschipp konnte unglaublich überheblich und eigensinnig sein; Schweif sei Dank verfügte Columbine über einen guten Mäuseverstand und hatte die Initiative ergriffen.

Der Rotkehlchenmann flog hinunter und verbeugte sich höflich vor der Maus aus Loamhedge. »Äherrähem! Es gibt da aber noch eine Kleinigkeit, für die allerdings die eine oder andere zusätzliche Nuss bezahlt werden müsste …«

Billum stieß Gonff an. »Ich tu mir schon dergleichen gedacht haben, harrharr.«

Tschipp nahm gar keine Notiz von dem Maulwurf. »Örhörr, ja, und zwar geht es um den Adler, Argulor. Ähem, wie Ihr wisst, ist er in die Gegend von Kotir zurückgekehrt. Damit wird meinen Spionagediensten ein weiterer, ähem, Gefahrenfaktor hinzugefügt.«

Columbine nickte zustimmend. »Da muss ich Euch wirklich Recht geben, Herr Tschipp. Das sehe ich ein. Ich mache Euch einen Vorschlag: Solltet Ihr von großen Vögeln angegriffen oder in irgendeiner Form verletzt werden, so werden wir Euer Honorar verdoppeln. Wie sieht es aus, kommen wir ins Geschäft, mein Herr?«

Tschipp war angesichts dieses großzügigen Angebotes fast sprachlos. Er hielt Columbine eine Klaue hin. »Äh, ähem, einverstanden, Fräulein Columbine. Das Geschäft ist besiegelt!«

Pfote und Kralle wurden geschüttelt. Lady Ambra unterbrach sie, um dem Rotkehlchen genaue Anweisungen für seine Spionagetätigkeit zu geben. Währenddessen schleuderte Gonff die beiden Beutel mit absoluter Treffsicherheit hinauf in die Ulme, wo sie in Tschipps Behausung landeten. Schließlich verabschiedeten sich alle voneinander und die Freunde machten sich auf den Rückweg. Als sie ein paar Schritte weit ins Unterholz vorgedrungen waren, hielt Lady Ambra eine Pfote hoch.

»Still! Horcht mal!«

Sie mussten sich unglaublich zusammenreißen, um nicht laut loszulachen, als sie hörten, womit Tschipp beschäftigt war. Der Rotkehlchenmann schlang gerade sein Honorar in sich hinein, er hustete vor Aufregung und stopfte immer mehr kandierte Nüsse in seinen Schnabel, der bereits bis an den Rand gefüllt war.

»Ähemkrackshmmpfmmmörhörrgnurps!«

Martin liefen Lachtränen über die Wangen, während er sich den Bauch hielt und versuchte, möglichst keinen Laut von sich zu geben. »Hahaha, oje, hört euch das an. Das ist aber auch ein Vielfraß! Columbine, was um alles in der Welt hat Euch denn dazu bewogen, ihm einfach eine Verdoppelung seines Honorars anzubieten?«

Columbine stand gegen einen Baum gelehnt und krümmte sich vor Lachen. »Tja, ich, oh, hihihi, ich hätte ihm auch anbieten können, sein Honorar zu verzehnfachen, wenn es mir in den Sinn gekommen wäre, hahaha. Stellt Euch doch nur einmal ein Rotkehlchen vor, das von einem Steinadler angegriffen wird und dann noch zurückkommen kann, um sein Honorar einzufordern, hahahihi. Es wäre nicht einmal mehr genug von ihm übrig, um Argulors Schnabel zu bekleckern. Für den Adler wäre Tschipp doch noch nicht einmal ein Appetithäppchen, hahahaha!«

Zarina stand an einem vergitterten Fenster, von dem aus sie einen ungehinderten Blick auf Argulors Rastplatz hatte.

»Hier bin ich, du große gefiederte Blindschleiche!«, rief sie zu ihm hinüber.

Argulor nahm den Köder an; der wilde Kampfinstinkt seiner Vorfahren hätte auch gar keine andere Reaktion zugelassen. Mit einem markerschütternden Schrei warf sich der Adler von seinem Ast in die Lüfte und kam dann im Steilflug wie ein großes, geflügeltes Geschoss auf den unverschämten Quälgeist herabgestoßen.

Zarina tanzte triumphierend und lachte laut auf, als sie sah, wie der halb blinde Adler gegen das vergitterte Fenster prallte. »Haha, du trottelige alte Federmatratze. Verschlafener Bauerntölpel!«

Unbeholfen zappelnd bemühte sich Argulor, auf dem schmalen Fenstersims sein Gleichgewicht zu finden, um seine Flügel in eine vernünftige Flugposition zu manövrieren, damit er sich wenigstens einen letzten Rest Würde bewahrte. Der große Adler rutschte vom Fenstersims und landete auf dem Boden. Nur mit einem linkischen, schiefen und hüpfenden Anlauf konnte er wieder in die Luft gelangen.

Zarina schnurrte laut und bohrte ihre Krallen in eine Decke, zog sie wieder ein und ließ sie erneut herausschnellen. Sie schwelgte in der Vorstellung, wie sie hilflose Waldbewohner in ihren nadelspitzen Krallen gefangen hielt und deren Fell durchlöcherte. Plötzlich wirbelte sie herum und warf die Decke hoch in die Luft. Wütend sprang sie darauf und zerriss sie mit unbändiger Kraft. Fetzen flogen durch den Raum, als sie an der Decke zerrte und sie aufschlitzte. Federn und Fasern schwebten in der Luft und wurden von den Sonnenstrahlen erhellt, die durch die Gitterstäbe drangen. Auf ihrem Weg zum Boden vollführten sie zusammen mit goldenen Staubflocken einen wilden Tanz.

Grenzenlos ausgelassen lief die große Katze auf und ab. Schon bald würde ein Haufen von schluchzenden gefesselten Waldbewohnern hier hereingebracht werden, mit denen sie sich dann nach Lust und Laune vergnügen konnte.

Und was für ein Vergnügen es werden würde! Um einige von ihnen würde sie sich höchstpersönlich kümmern. Die Otter, ja, die würde sie zu dem See des Molochs hinunterbringen und ausprobieren, wie gut sie gefesselt und mit Gewichten beschwert schwimmen konnten – das würde sie Mores lehren. Dann gab es noch ein oder zwei Eichhörnchen, denen man von den Zinnen des Daches von Kotir aus hervorragend Springunterricht erteilen könnte. Die Übrigen, tja, fur die gab es immer noch viel harte Arbeit und natürlich das Verlies.

Zarina sprang die Treppe hinunter und folgte den tropfnassen Gängen ihrer Festung bis hin zum Verlies, in dem das Sonnenlicht ein seltener Gast war. Zwei Hermelinwärter versuchten hastig, Haltung anzunehmen, als ihre Königin vorbeisauste, aber sie wurden beide zur Seite gefegt.

Eines der Hermeline rappelte sich aus einer schmutzigen Wasserlache hoch und rieb sich den Kopf, mit dem es gegen die Mauer geprallt war.

»Heiliger Reißzahn! Was meinst du, welche Laus ihr nun wieder über die Leber gelaufen ist?«

Sein Kamerad ertastete vorsichtig die schmerzhaften Anfänge einer Schwellung auf seiner Schnauze.

»Puh, da bin ich überfragt. Einer Sache bin ich mir allerdings ganz sicher: Sie ist gewiss nicht hier unten, um zu sehen, ob wir bei guter Gesundheit sind. Wir sollten uns lieber gerade hinstellen, bevor sie wieder zurückkommt.«

Zarina eilte von Zelle zu Zelle und blickte durch die Gitterstäbe in die kargen Räume, während sie laut vor sich hin murmelte: »Ja, sehr gut, einfach ideal. Hier unten werden sie schon bald lernen, gehorsam zu sein. Strikt nach Geschlechtern getrennte Zellen und die Kleinen in einem besonderen Verlies ganz für sich, wo ihre Eltern sie zwar hören, aber nicht sehen können. Haha, das muss ich mir merken: hören, aber nicht sehen. – Ja, wen haben wir denn da, so ganz allein in der Dunkelheit?«

Gingivere war mehr und mehr zum Skelett abgemagert. Sein einst so glänzendes Fell war struppig und grau geworden, der ganze Körper sah vernachlässigt und verwahrlost aus, nur die Augen nicht. Brennend vor Hass, durchbohrten sie Zarina, sodass diese ihren Blick abwenden musste.

»Ach, mein einstiger Bruder. Ich hatte eigentlich gedacht, dass du in dieser ungesunden Umgebung schon zugrunde gegangen wärst, wo es doch so dunkel, kalt und feucht ist und so wenig zu essen gibt. Kopf hoch, mein Lieber, ich werde für dich ganz sicher eine noch dunklere und noch tiefer gelegene Zelle finden, denn du wirst umziehen. Ich brauche den Platz für die Neuankömmlinge, die nach meinem Plan schon bald hier eintreffen werden. Na, wie würde dir das gefallen?«

Gingivere stand da und umklammerte die Gitterstäbe. Er starrte seine Schwester an.

Zarinas unruhige Bewegungen verrieten, dass sie nervös wurde. Die Euphorie, mit der sie eben noch hier angekommen war, schwand immer mehr und machte einer inneren Gereiztheit Platz. »Keine Sorge, mein schweigender, starrender Bruder. Ich könnte auch etwas anderes für dich arrangieren. Ein Schwert vielleicht oder einen Speer, der eines Nachts dafür sorgt, dass du so tief schläfst wie noch nie.«

Gingiveres Augen durchbohrten Zarina, und seine Stimme klang wie eine Totenglocke: »Mörderin!«

Zarina suchte eiligst das Weite, und noch während sie davonrannte, folgte ihr die Stimme ihres Bruders wie ein Speer im Rücken. »Mörderin! Du hast unseren Vater getötet! Mörderin! Mörderin!«

Als die schnellen Schritte der flüchtenden Zarina verhallt waren, ließ Gingivere die Gitterstäbe los und sackte in sich zusammen; heiße Tränen strömten ihm aus den fiebrigen Augen.

Nachdem sie durch Mossflower gezogen waren, um Tschipp zu finden, waren die Mitglieder der kleinen Gesandtschaft regelrecht ausgehungert. Jetzt wo alle Waldbewohner in Brockhall untergebracht waren, wurden stets viele verschiedene Speisen zusammengetragen, sodass die Mahlzeiten regelmäßig zu einem Festmahl ausarteten. Mitten auf dem festlich gedeckten Tisch stand ein hübsches Sträußchen als Zeichen dafür, dass alle im Frühling zusammengekommen waren, um der Schreckensherrschaft von Kotir Widerstand zu leisten.

Gonff war sich der Tatsache bewusst, dass Columbine ihn beobachtete. Bella hatte dem kleinen Mäusedieb gestattet, das Tischgebet zu singen, und so stand er keck auf und sang aus voller Kehle:

*»Eichhörnchen und Otter, Igel und Mäuse,*
*Maulwürfe, vom kleinsten Kind bis zum Greise,*
*sind heute vereint in fröhlicher Runde*

*an festlicher Tafel zur Mittagsstunde.*
*Bevor nun das Essen und Trinken beginnt,*
*kehrt in euch; erkennet, wie glücklich wir sind.*
*Die Früchte aus Wald und vom Feld sehn wir hier;*
*oh Frühling, wir danken dir herzlich dafür.«*

Die Waldbewohner begannen damit, das Essen herumzureichen. Ohne das geringste Anzeichen von Bescheidenheit zwinkerte Gonff Columbine beim Hinsetzen zu.

»Gut, was? Es ist ein uraltes Lied, das bereits Jahrhunderte überdauert hat. Ich habe es gerade eben für uns komponiert.«

Gonff war so selbstzufrieden, dass Columbine angesichts dieser ungeheuerlichen Behauptung laut loslachen musste.

Martin hatte schon an so manchem Tisch gesessen – in Bauernhäusern, Wirtshäusern, aber meistens im Freien, wo irgendein flaches Felsstück ausreichte, um sein Essen darauf zu legen. Jetzt lehnte er sich zurück und begutachtete verblüfft die Tafel vor ihm. Die Otter hatten Flussgarnelen-Binsen-Suppe gemacht und von Skipper kam eine große Flasche mit seinem berühmten heißen Wurzelpunsch. Dann waren da noch Haselnusstrüffeln, Brombeer-Apfel-Krümelspeise, gebackene süße Kastanien und mit Honig bestrichene Toffeebirnen. Die Igel und Eichhörnchen hatten gemeinsam Ahornlikör hergestellt. Die Mäuse aus Loamhedge und Mossflower hatten zusammen aus verschiedenen Beerensorten eine ganze Reihe von Torten gebacken und auch für Kümmelkuchen und Kartoffelgebäck sowie ein Fass Oktoberbier gesorgt. Der mit Abstand größte Beitrag kam vom Vormaulwurf und seiner Mannschaft, die eine gewaltige »Rüben-und-Toffel-und-Rote-Bete-und-Bohnen-größer-als-je-zuvor-Pastete« mit Tomatensoße zubereitet hatten.

Martin war normalerweise ein guter Esser und hätte sich wohl ausschließlich an die »Größer-als-je-zuvor-Pastete« gehalten, wenn Gonff ihn und Columbine nicht dazu ermutigt hätte, alle Speisen einmal zu kosten.

»Hier, Kumpel, ist das nicht ein köstliches Oktoberbier? Columbine, probiert doch einmal diesen heißen Wurzelpunsch. Mögt Ihr Kümmelkuchen? Ihr müsst beide unbedingt davon kosten. Nun macht schon, nehmt euch ein Stück. – He, Martin, meinst du, du kannst es mit einer von diesen Toffeebirnen aufnehmen? Na los doch, immer hinein damit, immer hinein, hahaha. – Nehmt lieber die Pfoten von dem heißen Wurzelpunsch, Columbine. Ihr seht aus, als ob Euer Gesicht Feuer gefangen hätte. Versucht es doch einmal mit dem Ahornlikör.«

Ferdy und Coggs saßen ganz in der Nähe und schwärmten für ihre Helden Martin und Gonff.

»Ich sage dir was, Coggs. Wenn ich jemals ein zerbrochenes Schwert finde, dann werde ich mir die Klinge um den Hals hängen, genau wie Martin der Krieger.«

»Pah, da haben die in Kotir doch glatt versucht, den alten Gonff gefangen zu halten! Ich wette, der könnte noch mit zwei gefesselten Pfoten ein und aus gehen, wie er es will. Weißt du, ich glaube, ich sehe Gonff sogar ein wenig ähnlich.«

»Natürlich tust du das. Und ich sehe genau wie Martin aus – ziemlich beherrscht und sehr mutig –, na ja, zumindest werde ich es sein, wenn ich erst älter bin. Wirst schon sehen.«

»Komm mit, Kumpel. Wir haben genug gegessen. Wir gehen jetzt zusammen los und greifen Kotir an, bevor man auf die Idee kommt, uns ins Bett zu stecken. Wir können uns ja ganz leise wegschleichen.«

In dem lauten Durcheinander des Festessens bemerkte niemand, dass die beiden Igelkinder sich davonstahlen.

# 16

Hoch über der warmen Frühlingsnacht stand der Halbmond und breitete seinen leuchtenden Mantel über das helle, frische Laub des Waldes von Mossflower. Fortunata nahm gar keine Notiz von dem Waldboden, auf dem dunkles grünes Gras wuchs, das mit Glockenblumen und Narzissen übersät war. Sie blieb plötzlich wie angewurzelt stehen und gebot den anderen mit einer erhobenen Pfote Stillschweigen. Prompt wurde sie von Brogg und Scratt angerempelt, weil die beiden Wiesel nicht mehr rechtzeitig zum Stehen kamen. Und auch die folgenden Frettchen und Wiesel stolperten eines nach dem anderen verschlafen über ihre Vordermänner.

Fortunata fletschte ungeduldig die Zähne. »Könnt ihr nicht stillstehen? Ich glaube, ich höre da etwas.«

Die ganze Patrouille hielt den Atem an und lauschte angestrengt. Mit einem lauten Scheppern ließ Scratt seinen Schild fallen. Alle machten vor Schreck einen Satz. Fortunata beschimpfte das Unglückswiesel, aber es war zu müde und hatte es satt, sich ihre sinnlosen Befehle noch länger anzuhören.

»Aach, was macht das denn schon, Füchsin? Der Marsch durch diesen Dschungel ist doch sowieso völlig zwecklos, das kannst du mir glauben. Pah, da trampeln wir den ganzen Tag in voller Rüstung mit Gepäck und ohne etwas zu essen hier durch die Gegend und bekommen nicht das geringste Lebewesen zu Gesicht, ja wir hören nicht einmal eines, wir begegnen lediglich unseren eigenen Pfotenspuren, deren Weg wir immer wieder kreuzen. Was sollen wir hier draußen eigentlich? Das möchte ich mal wissen!«

Zustimmendes Gemurmel wurde laut. Fortunata ging sofort dazwischen, um gar nicht erst den Gedanken an eine Meuterei aufkeimen zu lassen. »Ruhe da, jetzt sperrt einmal eure Ohren auf und hört mir alle gut zu. Habt ihr eine Ahnung, was passieren wird, wenn wir mit leeren Pfoten nach Kotir zurückkehren? Na, was meint ihr? – Heilige Klaue, ich darf gar nicht daran denken! Stellt euch mal vor, wie es sein wird, wenn ihr vor der Königin steht. Glaubt ihr wirklich, sie wird sagen: ›Ach, ihr Armen. Habt gar keine der ungezogenen Waldbewohner gefunden? Na ja, macht nichts, kommt rein und legt eure Rüstung ab, setzt euch ans Feuer und nehmt euch etwas zu essen.‹«

Ein besonders dämliches Frettchen grinste hoffnungsvoll: »Oh ja, das wäre schön.«

Fortunata wollte ihm gerade eine schmerzhafte Lektion erteilen, als sie erneut das Geräusch hörte.

»Schschsch! Da ist es wieder, es kommt genau auf uns zu. Also, dies ist die Gelegenheit, euren Auftrag zu erfüllen. Ich will euch alle außer Sichtweite haben. Ihr da, stellt euch hinter die Bäume dahinten. Ihr anderen versteckt euch im Gebüsch. Auf mein Zeichen kommt ihr heraus und schlagt zu. Nehmt eure Speerenden, Schilde, Äste – ganz egal. Ich will sie allerdings lebend haben. Da kommen sie. Schnell, versteckt euch!«

Während die Soldaten noch dabei waren, dem Befehl Folge zu leisten, schob sich eine Wolke vor den Mond. Im gleichen Augenblick kam eine Gruppe dunkler Gestalten in Sicht.

Die Fähe lief aus ihrem Versteck und schrie: »Jetzt! Stürzt euch auf sie, zeigt es ihnen, Soldaten!«

Angespornt von Fortunata, griffen die Soldaten an. Mit mächtigem Gebrüll stürmten sie vorwärts und landeten inmitten der Gegner, denen sie harte Schläge verpassten und die sie traten, bissen, kratzten und unter schweren Beschuss nahmen. Die Luft war erfüllt von Hieben, Kampfgeheul, dumpfen Schlägen und Schmerzensschreien.

Triumphierend ergriff Fortunata im Chaos des gelegten Hinterhaltes die ihr am nächsten stehende Gestalt und schlug gnadenlos mit ihrem Stock auf sie ein.

*Klatsch, peng, krach!*

»Aauooh, au, oooh, Gnade, Hilfe!«

Erst als sie brutal zutrat und das Holzbein zersplitterte, erkannte die Fähe, dass sie drauf und dran war, Aschenbein zu erschlagen.

»Aufhören! Schluss! Haltet ein, ihr Trottel. Wir kämpfen gegen unsere eigenen Soldaten!«, kreischte Fortunata aus vollem Halse.

Als die Wolken weiterzogen und das Mondlicht wieder hell erstrahlte, bot sich ein erbärmlicher Anblick. Die Soldaten von Kotir saßen im Gras und stöhnten Mitleid erregend. Gebrochene Gliedmaßen, Beulen, blaue Flecke, Zerrungen, ausgeschlagene Zähne, Veilchen auf den Augen, Quetschungen und ein paar sehr böse Kratzer erklärten das Gejammer.

Aschenbein saß am Boden und hielt sein kaputtes Holzbein im Arm. »Du Esel, du Gipskopf, du Einfaltspinsel von einer Füchsin, du, du …!«

»Äh, tut mir Leid, Aschenbein. Aber das konnten wir doch nicht ahnen! Warum habt ihr euch denn nicht zu erkennen gegeben?«

»Was? Du bürstenschwänziger Holzkopf! Ich werde schon dafür sorgen, dass du mich erkennst!« Der Marder schleuderte sein zerbrochenes Holzbein nach ihr und traf Fortunata mitten auf der Nase.

»Aauuu! Du verdrehtes kleines Monster, das war ja wohl völlig überflüssig. Wir dachten, ihr seid Waldbewohner. Ehrlich, es war nur ein Versehen.«

Aschenbein rieb sich sein geschwollenes Ohr. »Waldbewohner! Von denen will ich nichts mehr hören. Wir sind in diesem Wald Patrouille gelaufen, bis uns die Pfoten wehgetan haben. Nicht eine einzige Maus, nicht einmal das Haar eines Eichhörnchenschwanzes, geschweige denn die feuchte Spur eines Otters.«

Niedergeschlagen ließ die Fähe sich neben ihm auf den Boden fallen. »Uns erging es genauso. Was glaubst du denn, wo die alle abgeblieben sind?«

»Puh, keine Ahnung. Zarina wird uns bei lebendigem Leibe das Fell über die Ohren ziehen, wenn wir zurückkommen.«

Scratt schleuderte seinen Speer auf den Boden und setzte sich zu ihnen. »Allerdings. Ach, was solls, vielleicht haben wir morgen am helllichten Tag mehr Glück. Es ist wohl das Beste, wenn wir hier unser Lager aufschlagen. Zumindest können wir uns dann noch auf die Suche nach Wurzeln und Beeren machen.«

Fortunata und Aschenbein blickten einander an.

»Wurzeln und Beeren … Igitt!«

Tschipp das Rotkehlchen kreiste in der Morgendämmerung über den Zinnen von Kotir. Für den kleinen Spion gab es nicht viel von Interesse, die Garnison lag noch immer in tiefem Schlaf. Er prägte sich jedes Fenster und was sich dahinter verbarg gut ein: schnarchende Frettchen, schlafende Wiesel, schlummernde Hermeline sowie Zarina in ihrem prachtvollen Gemach im Obergeschoss, die sich auf einen Stapel von Fellen gebettet hatte. Die Wildkatzenkönigin wurde von Albträumen geplagt, in denen Wassermassen sie bedrohten; sie murmelte im Schlaf und trat in die Luft, als wolle sie sich aus dem Wasser befreien. Tschipp flog hinunter und ließ sich auf dem Exerzierplatz nahe der Mauer nieder. Immer auf der Hut vor dem Adler, machte er sich ans Frühstücken. Aus einem kleinen Beutel, den er sich um den Hals gebunden hatte, wählte er eine kandierte Nuss aus; nicht eine von den großen, glatten, sondern eine kleine, runzelige, in deren Furchen besonders viel Zucker steckte. So mochte Tschipp sie am liebsten.

Tschipp bemerkte, dass er sich in der Nähe von etwas befand, das wie ein Abflussrohr aussah, ein Loch, das auf Bodenhöhe in die Mauer gehauen worden war. Er hüpfte hinein und sah sich neugierig um. Soweit er sehen konnte, führte es in einem Bogen wie ein Tunnel nach unten. Während er geziert an seiner Nuss knabberte, untersuchte der dickliche Rotkehlchenmann das Rohr mit den Klauen. Feucht schien es hier nicht zu sein. Tschipp legte seinen Kopf auf die Seite und lauschte. Von weiter unten drangen heisere Atemgeräusche an sein Ohr. »Ähem hem, da steckt wohl jemand noch im Tiefschlaf.«

Als er sich weiter vorwagte, gelangte er schließlich zu drei senkrechten Eisenstäben, die ein weiteres Vorankommen vereitelten. Hier handelte es sich nicht um einen Abfluss, sondern um den Luftschacht einer Zelle. Tschipp drückte sich dicht an die Gitterstäbe und spähte hinunter. Er blickte direkt in die brennenden Augen eines ausgemergelten Wildkaters, der auf dem feuchten Steinboden saß.

»Hörr, örhörr, ähem, tschuldigung.«

Gingivere schirmte seine Augen ab und starrte hinauf zu seinem merkwürdigen Besucher. »Bitte fliegt nicht weg. Ich werde Euch nichts zuleide tun. Ich heiße Gingivere.«

Das Rotkehlchen legte erhaben seinen Kopf auf die Seite. »Ähem, hörr. Ihr müsst schon entschuldigen, dass ich so unverblümt bin, aber Ihr seid auch gar nicht in der Lage, mir etwas zuleide zu tun. Äh, ähem, ich muss jetzt los. Ich schaue ein andermal wieder vorbei und besuche Euch.«

Hastig trat Tschipp den Rückzug an und flog den Schacht wieder hinauf. Der Wildkater mit den starrenden Augen hatte ihn ziemlich beunruhigt.

Am Rand des Schachtes aß der Rotkehlchenmann den Rest von seiner Nuss, bevor er nach Brockhall zurückkehrte, um dort von seiner Entdeckung zu berichten.

Der Tag versprach, sonnig zu werden. Tschipp flog hoch, denn er wusste, dass die im Osten stehende Sonne alle Ausschau haltenden Raubvögel blenden würde. Er nahm nicht die geringste Notiz von dem weit unter ihm liegenden Waldboden. Wäre er tiefer geflogen, dann hätte er Ferdy und Coggs bemerkt, die sich auf einer Lichtung im Gras eingerollt hatten und fest schliefen. Sie hatten die Pfoten umeinander gelegt, träumten selig und ahnten nicht, dass Kladd sich ganz in ihrer Nähe gerade an der Spitze seiner Patrouille in Bewegung setzte.

Bella, die einen leichten Schlaf hatte, war an jenem Morgen bereits früh auf den Beinen, und so nahm sie Tschipps Bericht über Gingiveres Einkerkerung persönlich entgegen. Diese war dem Rawim bereits durch Martin und Gonff bekannt, dennoch hielt Bella inne, um darüber nachzudenken. Kotir befand sich also ganz und gar in den Krallen der grausamen Zarina.

Martin gesellte sich zu Bella, als sie noch vor dem Frühstück einen Spaziergang im Wald unternahm. Die Dächsin hatte einiges mit dem Mäusekrieger zu besprechen.

»In Mossflower wird es Krieg geben, Martin. Ich spüre es. Jetzt wo wir uns alle in Brockhall befinden, sind die Wehrlosen unter uns sicherer, aber ich habe mir angehört, was bei den Versammlungen des Rawim gesagt wurde. Die Eichhörnchen und Otter geben sich nicht damit zufrieden, dass wir der Herrschaft von Kotir Widerstand leisten – sie wollen sie herausfordern.«

Martin spürte den Schwertgriff um seinen Hals hängen. »Vielleicht ist das gar keine schlechte Idee, Bella. Die Waldbewohner sind die rechtmäßigen Besitzer von Mossflower. Ich werde alles in meiner Macht Stehende tun, um zu helfen, damit meine Freunde ohne Angst leben können.«

»Daran habe ich nicht den geringsten Zweifel, mein kleiner Krieger, aber wir sind nicht stark genug. Nur wenige von uns sind in den Kriegskünsten ausgebildet. Wenn Keiler der Kämpfer, mein Vater, noch hier herrschen würde, dann stünde es außer Frage, er würde uns zum sicheren Sieg verhelfen.«

Martin bemerkte den traurigen, abwesenden Blick in den Augen der Dächsin. »Er muss ein mächtiger Krieger gewesen sein. Lebt er noch?«

Bella zuckte die Achseln. »Wer weiß? Er folgte seinem Vater, dem alten Lord Brockbaum, der sich auf Wanderschaft begeben hatte. Das war noch, bevor Verdauga mit seiner Armee in Mossflower eintraf. Mein Gatte Borkenstreifen fiel in der ersten Schlacht gegen Kotir und auch meinen Sohn Sonnenblitz verlor ich für immer. Borkenstreifen war kein Krieger, er eignete sich eher für die Landwirtschaft. Wäre es Keiler der Kämpfer gewesen, der es mit Kotir aufnahm, dann hätten wir gewonnen, da bin ich mir ganz sicher.«

Sie kehrten um und gingen nach Brockhall zurück.

Goody Stichler stand in der Tür und rang voller Sorge die Pfoten. Als sie sich näherten, flüsterte Bella Martin zu: »Erwähnt unsere Unterhaltung niemandem gegenüber. Ich muss noch einige wichtige Dinge mit Euch besprechen, wenn sich die Gelegenheit dazu ergibt.«

Martin nickte. »Ich freue mich schon darauf, Bella. Ihr habt mich neugierig gemacht. He, Goody, warum seht Ihr denn so besorgt aus?«

Goody zerrte an Bellas Schürze. »Morgen, Frau Bella. Morgen, Martin. Habt Ihr vielleicht meine kleinen Igelkinder im Wald gesehen?«

»Ferdy und Coggs?« Bella schüttelte den Kopf. »Nein, Goody, leider nicht. Stimmt etwas nicht?«

Die Igelin nagte an ihrer Unterlippe. »Na ja, sie haben letzte Nacht nicht in ihrem Bett geschlafen. Außerdem fehlen aus meiner Speisekammer zwei Haferbrötchen, eine große Käseecke und etwas von meinem besten schwarzen Johannisbeerlikör.«

Bei dem Gedanken an die beiden Möchtegernkrieger musste Martin unweigerlich lächeln. »Und das alles zum Frühstück! Eines Tages werden sie noch platzen. Ich würde mir nicht allzu viele Sorgen machen, Frau Stichler. So wie ich die beiden Racker kenne, werden sie spätestens zum Mittagessen wieder auftauchen.«

Ben Stichler trat ins Sonnenlicht.

»Genau, Martin hat Recht, Liebes. Nun zerbrich dir nicht den Kopf über die beiden. Ferdy und Coggs sind wie frische junge Pilze – sie sind bei jedem guten Essen dabei.«

Ben setzte sich hin und lehnte sich gegen einen Baum. Kichernd stopfte er sich seine Pfeife.

Gonff und Columbine kamen heraus und gesellten sich zu ihnen, der Mäusedieb rieb sich den Bauch.

»Beeilt euch lieber, Kumpels. Es wird schon bald kein Frühstück mehr übrig sein. He, Goody! Ich habe gehört, dass Ferdy und Coggs vermisst werden. Wir helfen dir bei der Suche. Keine Sorge, sie sind bestimmt irgendwo in der Nähe und spielen Soldaten.«

Beunruhigt zerrte Goody an ihren Schürzenzipfeln. »Ich danke dir, Gonff. Ach, hoffentlich ist ihnen nichts passiert, Ben. Steh auf und hilf Gonff und Columbine. Ich finde keine Ruhe, bevor ich nicht ihre voll gekleckerten Schnäuzchen wieder um mich habe.«

Ben stand auf und reckte sich. »Na gut, Goody. Kommt mit, ihr beiden.«

Bella versuchte, sie zu beruhigen: »Jetzt reg dich nicht auf, Goody. Ich werde alle Waldbewohner auf die Suche schicken. Sie werden die beiden schon finden. Martin und ich bleiben hier in Brockhall, für den Fall, dass sie zurückkommen, während alle anderen noch unterwegs sind.«

Goody lächelte dankbar, war aber dennoch den Tränen nahe. »Vielen herzlichen Dank, Frau Bella. Ich werde dann mal gehen und das Mittagessen vorbereiten.«

Kurze Zeit später stand Bella vor einem großen Suchtrupp hilfsbereiter Waldbewohner.

»Hört gut zu, Freunde. Ferdy und Coggs müssen unbedingt noch vor Sonnenuntergang gefunden werden. Teilt euch in kleine Gruppen auf, sucht überall. Besondere Aufmerksamkeit gebührt kleinen Höhlen und anderen möglichen Verstecken – es könnte sein, dass sie irgendwo liegen und schlafen. Aber vergesst vor allem nicht, vorsichtig zu sein. Sehr wahrscheinlich treibt sich das Gesindel aus Kotir in Mossflower herum. Ruft nicht zu laut und vermeidet unnötigen Lärm. Macht mir oder Martin Meldung. Und nun los mit euch und viel Glück!«

Voller Eifer machten sich die Waldbewohner an die Arbeit, jeder suchte auf seine Weise: Die Eichhörnchen schwangen sich hoch in die Baumkronen, von wo aus sie den unter ihnen liegenden Waldboden am besten überblicken und absuchen konnten, die Otter liefen zum Fluss, um dort das Ufer und die kleineren Seitenläufe zu durchkämmen, die Mäuse und Igel durchpflügten das Unterholz, während die Maulwürfe sich durch das tiefe Laub vom letzten Herbst schaufelten. Die Suche hatte begonnen.

Eine Amsel in einem Kastanienbaum erhob ihren bernsteinfarbenen Schnabel, um ein Freudenlied zu Ehren der Sonne anzustimmen. Aschenbein erwachte. Ihm schwindelte. Die Feuchtigkeit war ihm in die Knochen gekrochen und so schleppte er sich ins Sonnenlicht und lehnte sich dort gegen einen Baum. Scratt folgte ihm, allerdings nicht, ohne der schlafenden Fortunata vorher noch einen hinterhältigen Tritt zu versetzen.

»He! Willst du etwa den ganzen Tag über hier herumliegen, Faulpelz?«

Eiligst zog das Wiesel seine Pfote zurück, als die Kiefer der Fähe zuschnappten. Sie war weit mehr an das Schlafen im Freien gewöhnt als die Soldaten aus Kotir und hatte sich in das weiche Laub des Waldbodens eingegraben.

»Pass ja auf, wen du hier Faulpelz nennst, Blödwiesel! Seit zwei Stunden liege ich nun schon wach und höre mir dein Schnarchen an – du klingst wie eine kranke Kröte.«

Aschenbein schloss genüsslich die Augen und ließ seinen klammen Mantel von der wärmenden Sonne durchdringen. Mit einem tiefen Seufzer erinnerte er sich plötzlich wieder an das Dilemma, in dem sie sich befanden.

»Könnt ihr beide nicht ein einziges Mal eure Kabbelei unterbrechen und euch mit dem Schlamassel auseinander setzen, in dem wir stecken? Wir haben uns gegenseitig die Köpfe eingeschlagen, die ganze Nacht durchgeschlafen, ohne auch nur einen einzigen

Wachposten aufzustellen, und heute müssen wir irgendwann zu Zarina zurückkehren und ihr Rede und Antwort stehen. Wenn wir uns schon streiten müssen, dann wenigstens über etwas Sinnvolles. Was wollen wir denn nun gegen diese ganze Misere unternehmen?«

Fortunata schüttelte sich Laub und Erde aus dem Mantel. Ein Hagel ging über die beiden anderen hernieder. »Es sind ja schließlich drei Patrouillen losgeschickt worden, um diesen Wald zu durchsuchen. Wo ist Kladd denn nur mit seinen Leuten abgeblieben?«

Als Antwort auf die Frage der Fähe kam Kladd an der Spitze seiner Kolonne durch das Unterholz geradewegs auf sie zumarschiert. Scratt bemerkte sie als Erster.

»He, Kladd, hierher! Zur Hölle noch mal, wo seid ihr denn abgeblieben? Seit wir die Festung verlassen haben, haben wir euch nicht mehr zu Gesicht bekommen.«

Der Wieselhauptmann steckte seine eine Pfote in den Gürtel und lehnte sich mit einem wissenden Grinsen auf seinen Speer.

»Oh, wir haben unsere Arbeit erledigt, nur keine Sorge, Scratt. Aber sagt einmal, was ist denn mit euch passiert? Sind euch etwa ein paar Bäume auf den Kopf gefallen?«

»Nichts Wichtiges, ehrlich – ein kleiner Fehler, hätte jedem passieren können.« Aschenbein versuchte, ungezwungen zu klingen. »Ich muss allerdings zugeben, dass wir in diesem grauenhaften Irrgarten aus Bäumen weder Haut noch Haar von einem Waldbewohner entdeckt haben. Wenn wir der Königin so unter die Augen treten, werden wir wirklich Ärger bekommen.«

Kladd lächelte selbstbewusst. »Das gilt aber auch nur für euch, Aschenbein. Wir werden nämlich nicht mit leeren Pfoten zurückkehren. Oh nein, wir nicht!«

»Wie jetzt, wie meinst du das?«, unterbrach Fortunata ihn gespannt. »Wen habt ihr gefangen? Wo?«

Kladd verhöhnte die Füchsin: »Oh, hallo, Fähe. Du siehst ja ganz so aus, als ob du richtig viel Spaß gehabt hast. Übrigens, was ist eigentlich mit deinem guten alten Holzbein passiert, Aschi?«

Der Marder benutzte eine Astgabel als Krücke und stieß damit schlecht gelaunt in den Boden.

»Es reicht, Wiesel! Jetzt hör schon auf, große Töne zu spucken, und sag uns, wen ihr geschnappt habt, anstatt hier deine Selbstzufriedenheit zur Schau zu stellen.«

Kladd gab mit seinem Speer ein Zeichen. »In Ordnung. Zeigt sie ihnen, Jungs.«

Die Reihen der Patrouille teilten sich und gaben den Blick auf zwei kleine Igel frei. Sie waren geknebelt und gefesselt und hingen kopfüber an Stangen, die von vier Soldaten getragen wurden.

Ferdy und Coggs waren ihnen in die Falle gegangen!

## *17*

Bella hielt inne und folgte mit ihrem Blick der Maserung auf der Tischplatte. Sie dachte an längst vergangene Zeiten.

»Wohin hat die Wanderschaft von Lord Brockbaum und Keiler dem Kämpfer sie denn geführt?«, fragte Martin mit sanfter Stimme. Die Dächsin antwortete ihm mit einem einzigen Wort: »Salamandastron.«

»Salamandastron?«, wiederholte Martin das fremd klingende Wort.

Bella nickte langsam. »Ja, der Feuer speiende, geheimnisvolle Drachenberg.«

Martins Augen weiteten sich vor Erstaunen. »Bella, Ihr dürft jetzt nicht aufhören. Erzählt weiter, bitte.«

Die Dächsin lächelte wehmütig. »Ach Martin, mein kleiner Krieger, in Euren Augen sehe ich das gleiche seltsame Feuer aufleuchten wie einst in den Augen meines Vaters und seines Vaters. Warum muss Salamandastron immer wieder die Mutigen in seinen Bann schlagen? Ich merke, dass es Euch zu diesem Ort hinzieht, und das hatte ich auch bezweckt.«

Martin zog die Stirn kraus. »Ihr wollt, dass ich mich auf die Suche nach dem Salamandastron mache? Warum denn?«

Bella lehnte sich zu ihm hinüber und unterstrich jedes ihrer Worte, indem sie mit ihrer Pfote auf den Tisch klopfte. »Seit Keiler Mossflower verließ, haben wir hier ständig in einem Belagerungszustand gelebt. Gleich zu Anfang fand der Aufstand statt, in dem viele mutige Waldbewohner ihr Leben ließen; dann hatten wir die Siedlung mit ihren armseligen Behausungen, den Abgaben und den Soldaten, die all jene quälten, die ihr Leben dort fristen mussten. Ich weiß, dass es hier draußen in Brockhall ziemlich sicher zu sein scheint, aber wird das so bleiben? Jetzt da Zarina in Kotir regiert? Wir wissen nicht, was sie sich als Nächstes ausdenken wird. Ben Stichler hat den Nagel auf den Kopf getroffen, als er sagte, dass Kotir gar nicht weiter bestehen könne, wenn es nicht auch Tiere gäbe, die es mit Nahrung versorgten. Vielleicht wird die Katze in Mossflower nach uns suchen lassen. Noch bevor der nächste Winter hereinbricht, wird sie sich etwas einfallen lassen müssen, denn sie muss die Versorgung einer ganzen Armee gewährleisten. Martin, ich habe das Gefühl, dass wir uns hier auf des Messers Schneide befinden. Ben Stichler will den Frieden, Skipper will den Krieg, die Äbtissin will den Frieden, Lady Ambra will den Krieg. Keiler der Kämpfer ist der rechtmäßige Herrscher von Mossflower. Ich kann nicht von hier fortgehen; ich trage unseren Waldbewohnern und dem Rawim gegenüber eine große Verantwortung. Wen könnte ich an meiner Stelle schicken? Martin, Ihr seid der Einzige, der infrage kommt. Ihr seid weit gereist, Ihr seid ein erfahrener Krieger, Ihr seid derjenige, dem ich voll und ganz vertraue. Ihr müsst mir jetzt noch nicht antworten. Ich möchte, dass Ihr darüber nachdenkt. Es handelt sich hierbei um einen sehr gefährlichen Auftrag, und ich habe vollstes Verständnis, wenn Ihr lieber hier bleiben möchtet. Mein Zuhause ist auch Euer Zuhause!

Ich glaube, dass mein Vater noch am Leben ist. Ihr müsst ihn nach Mossflower zurückbringen, damit er Zarinas Schreckensherrschaft ein Ende setzt. Unter der Führung von Keiler dem Kämpfer werden wir Zarina gemeinsam besiegen.«

Das vertrauliche Gespräch wurde unterbrochen, als Lady Ambra hereinkam. Ihr grimmiger Gesichtsausdruck ließ ahnen, dass sie schlechte Nachrichten hatte.

»Ferdy und Coggs sind wirklich verschwunden. Wir haben weit und breit alles abgesucht. Es kommt einem so vor, als hätte der Wald die beiden verschluckt.«

Bella strich sich nachdenklich über ihre Streifen. »Habt Ihr Tschipp gesehen?«

»Ja. Er ist in Kotir alles abgeflogen, hat aber nichts zu berichten. Ich habe ihn auf eine ausgedehnte Patrouille in den Wald geschickt. Vielleicht bringt er uns ja Neuigkeiten, bevor die Dämmerung hereinbricht.«

Gegen Mittag kehrten die Suchtrupps zurück. Goody hatte sich in der Zwischenzeit damit beschäftigt, auf der Wiese vor Brockhall Salate für das Mittagessen bereitzustellen. Die Waldbewohner aßen schweigend und vermieden es, die vermissten Kleinen in Goodys Gegenwart zu erwähnen. Schon nach kurzer Zeit machten sie sich wieder auf die Suche. Es war für Mossflower alles andere als ein glücklicher Tag. Martin war hin- und hergerissen zwischen seinem Wunsch, den anderen bei der Suche zu helfen, und seinem Verlangen, mehr über den geheimnisvollen Berg namens Salamandastron herauszufinden. Das Erstere überwog und so war er am frühen Nachmittag mit den Suchtrupps unterwegs. Er war sich ganz sicher, dass Bella ihm am Abend mehr erzählen würde.

Zarina stand am hohen Fenster ihres Gemachs und blickte hinüber zum Waldrand, wo die Bäume sich lichteten und Sträuchern und Büschen Platz machten. Da waren sie ja endlich!

Unter dem lauten Befehlsgebrüll von Kladd kamen die abgerissenen Kolonnen aus dem Wald gestapft.

»Nun kommt schon, ihr unordentliches Gesindel, reißt euch zusammen und bildet vernünftige Reihen. Die rechten Flügel gehen voraus. Marsch! Einen vernünftigen Gleichschritt will ich sehen. Ich werde nicht zulassen, dass ihr in die Garnison zuckelt wie ein Haufen Igel beim Gänseblümchenfest. Du da! Ja, du! Sieh zu, dass du in Schwung kommst, Bürschchen, sonst werde ich mit meinem Speer ein wenig nachhelfen.«

Die Stimme des Hauptmannes drang an Zarinas Ohr. Sie konnte auf einen Blick erkennen, dass es unter ihren Truppen keine Verluste gegeben hatte. Es waren aber auch keine Gefangenen zu sehen. In einem heftigen Wutanfall zerfetzte sie mit ihren scharfen Krallen der Länge nach einen Wandbehang und stürmte dann die Treppe hinunter zum Exerzierplatz.

Die drei Kompanieabteilungen stolperten in den Hof und kamen dort in einem wilden Durcheinander zum Stehen. Müde schwankend suchten sie sich ihren Platz in Reih und Glied, schulterten ihre Waffen und hielten ihre Schilde der Tausend Augen nach vorn und zur Seite. Zarina kam schlitternd im Türrahmen zum Stehen und schritt dann anmutig, mit geschmeidig sich schlängelndem Schwanz und hasserfülltem Blick, hinaus. Ein Beben ging durch die Reihen, als alle Haltung annahmen, die Augen geradeaus richteten und erstarrten. Sie salutierten im Chor:

»Heil, Zarina, Wildkatzenkönigin der Tausend Augen, Herrscherin über ganz Mossfl…«

»Spart euch die Worte, ihr Trottel. Ihr werdet reden, wenn ich euch dazu auffordere, und keine Sekunde früher.« Während Zarina zwischen den Reihen hindurchstreifte, entging nichts ihrem wachsamen Blick, auch nicht die beiden bedauernswerten Gestalten, die gefesselt im Kies lagen.

Fortunata stand wie angewurzelt da, als sie spürte, wie der widerliche Atem der Königin ihr die Nackenhaare hochstehen ließ.

»Tja, Füchsin, sieht aus, als hättet ihr alle einen vergnüglichen Frühlingsausflug im Wald genossen. Ich stelle fest, dass die Hälfte der Patrouille Verletzungen davongetragen hat. Sag mal, haben euch die beiden kleinen Waldbewohner tatsächlich solch eine erbitterte Schlacht geliefert?«

Zarina hörte nicht auf, Fortunata zu umkreisen, und sprach mit gefährlich ruhiger Stimme: »Jetzt brauchen wir uns keine Sorgen mehr zu machen, was, Füchsin? Wo wir doch diesmal zwei ihrer gefährlichsten Kämpfer gefangen genommen haben. Darf ich fragen, welchen Anteil du an diesem Heldenstück hattest?«

Fortunata, die immer noch darum bemüht war, reglos dazustehen, zitterten die Glieder vor Anstrengung. »Kladd hat sie gefangen, Hoheit. Er fand sie schlafend in einem provisorischen Zelt, das sie sich aus einer Decke errichtet hatten. Aschenbein und ich halfen nur, sie hierher zu bringen.«

Zarina wiederholte den Satz ganz langsam: »Ihr habt dabei geholfen, sie hierher zu bringen. Ich verstehe. Gut gemacht!«

Als Nächstes nahm Zarina sich den Marder vor.

»Ah, mein wagemutiger Freund Aschenbein, du musst große Schmerzen haben. Hat sich etwa einer der beiden frechen Spitzbuben durch dein Holzbein geknabbert?«

»Nein, Majestät. Das ist passiert, als meine Patrouille mitten in der Nacht von Fortunatas Truppe angegriffen wurde«, sprudelte es aus Aschenbein hervor, den der schrille Unterton seiner Stimme selbst überraschte.

Zarina riss die Augen vor gespieltem Schreck weit auf. »Wie grauenhaft! Wir haben uns also in der Nacht gegenseitig überfallen. Zweifellos wird es sich dabei um ein kleines Versehen gehandelt haben.«

»Das ist richtig, Majestät, nur ein kleines Versehen, es hätte wirklich jedem passieren können.« Fortunatas Rechtfertigung klang nicht gerade überzeugend.

Die Wildkatze kehrte ihren Untergebenen den Rücken zu, stemmte ihre Pfoten in die Seite und starrte nach Mossflower hinüber. Als sie schließlich zu sprechen begann, war ihre Stimme erfüllt von Sarkasmus und Zorn. Nur mit Mühe hielt sie sich im Zaum.

»Geht mir alle aus den Augen, ihr Einfaltspinsel, ihr Abschaum! Kriecht auf dem Bauch in die Baracken zurück, dann sieht man wenigstens, dass ihr Würmer seid. Dann brauche ich mir nicht länger anzusehen, wie eure fetten, dämlichen Gesichter mir Entschuldigungen entgegensabbern. Nun macht schon, haut ab, alle! Fortunata, Aschenbein, Kladd – bringt die Gefangenen in mein Gemach hinauf!«

Nicht einmal eine Minute später begann Argulor, sich auf seinem Fichtenast zu regen. Eulenhaft blinzelte er um sich und ahnte nicht, dass er gerade die Gelegenheit, einen kleinen Imbiss vom Exerzierplatz zu ergattern, verpasst hatte. In der gleißenden Nachmittagssonne döste er genau in dem Augenblick wieder ein, als Tschipp auf dem Weg ins sichere Brockhall dicht vor seinem Schnabel an ihm vorbeischoss. Dem winzigen Spion mit der rot gefärbten Brust war nicht ein Wort und nicht eine Bewegung dessen entgangen, was sich auf dem Exerzierplatz abgespielt hatte.

In Brockhall hatten sich unterdessen die Mitglieder der Suchtrupps im Versammlungssaal eingefunden. Ihre traurigen Gesichter sprachen Bände.

Gonff warf die Decke und die leere Saftflasche vor den Anführern des Rawim auf den Tisch. »Das haben wir Richtung Westen, etwa auf halber Strecke zwischen hier und Kotir, gefunden. Es stank dort nur so nach Wieseln und Frettchen. Es waren viele Spuren zu sehen – ich würde sagen, es muss ein ganzer Trupp gewesen sein. Hat irgendjemand genauere Informationen?«

Bella ließ ihren Blick über die Anwesenden schweifen, um sicherzugehen, dass die Stichlers nicht dabei waren. Sie sprach mit leiser Stimme: »Tschipp hat sie heute Morgen gefesselt auf dem Exerzierplatz von Kotir liegen sehen. Es besteht kein Zweifel mehr: Ferdy und Coggs sind gefangen worden. Sie wurden ins Gemach der Wildkatze geschleppt, wahrscheinlich um sie dort einem Verhör zu unterziehen.«

Skipper schlug mit einer Pfote gegen den Kaminsims. »Kameraden, der Gedanke, dass die beiden armen kleinen Burschen in der Brigg von diesem Ungeziefer stecken, ist kaum zu ertragen.«

Columbine sagte schluchzend: »Was sollen wir denn bloß Ben und Goody sagen? – Die Armen!«

Gonff zögerte keine Sekunde. »Wir sagen ihnen, dass wir Ferdy und Coggs sofort befreien werden. Genau das werden wir tun, Kumpels!«

Der ganze Raum war erfüllt von stürmischem Beifall.

Bella bat um Ruhe. »Bitte, Gonff, sei vernünftig. Ich bin sicher, dass der Rawim seine Zustimmung geben wird, so bald wie möglich einen Rettungsversuch zu unternehmen, aber wir sollten nichts überstürzen und vor allem nicht leichtsinnig werden. Das würde nämlich nur dazu führen, dass noch mehr von uns gefangen genommen oder sogar getötet werden.«

»Bella hat Recht«, meldete sich Äbtissin Germania zu Wort. »Ich schlage vor, dass man mir die Leitung der Rettungsmannschaft überträgt. Wir können die Hilfe eines jeden Einzelnen von euch gebrauchen, besonders Tschipp ist für uns in dieser Stunde wichtiger denn je. Wir sollten jetzt auf keinen Fall die Hoffnung aufgeben und müssen vor allem einen kühlen Kopf bewahren. Bella ist im Moment sehr damit beschäftigt, zusammen mit Martin etwas anderes in Angriff zu nehmen, das unserer Sache dient, daher müssen wir beide von dieser Aktion ausschließen.«

Bella war sprachlos. Verblüfft schaute sie Germania an.

Die alte Äbtissin lächelte zurück. »Ich war heute früh ebenfalls draußen im Wald, um frische Luft zu schnappen.«

Bella verneigte sich vor der Äbtissin. »Ich danke dir für deine Hilfe, liebe Freundin.«

Bella und Martin zogen sich ins Arbeitszimmer zurück. Sowie Bella die Tür geschlossen hatte, ergriff Martin das Wort.

»Bella, ich habe eine Entscheidung getroffen. Ich werde Keiler den Kämpfer finden – ich werde mich auf den Weg zum Salamandastron machen.«

Bella ergriff die Pfoten des Kriegers. »Seid Ihr Euch auch ganz sicher, dass Ihr diese Aufgabe übernehmen wollt, Martin?«

Martin nickte bestimmt. »Ich tue es für Euch und all meine Freunde in Mossflower. Ich werde diesen geheimnisvollen Ort finden, selbst wenn er am Ende der Welt liegen sollte, und ich werde Euren Vater, Keiler den Kämpfer, hierher zurückbringen.«

Schwungvoll wurde die Tür aufgestoßen. Gonff rieb sich beim Eintreten mit einer Pfote sein Ohr.

»Türen sind doch irgendwie merkwürdig. Manchmal ist es, als wären sie überhaupt nicht vorhanden, und man kann alles hören. Ich bin allerdings sehr von Euch überrascht, Frau Bella. Ihr könnt doch nicht einfach meinen Kumpel in die Fremde schicken, ohne dass ihm ein fähiger Gehilfe zur Seite steht.«

Martin zögerte. Er blickte zu Bella hinüber. »Wenn ich einen guten Dieb dabeihätte, würde ich mich in der Tat viel sicherer fühlen.«

Die freundliche Dächsin lächelte. »Aber natürlich, wie gedankenlos von mir. Willkommen, Gonff. Mit deinem scharfen Verstand wirst du uns ganz sicher von großem Nutzen sein.«

Die beiden Mäuseriche setzten sich auf den Rand eines Tisches, auf dem lauter Schriftrollen herumlagen, während Bella es sich in einem verstaubten alten Lehnstuhl bequem machte. Sie stieß einen Stoßseufzer aus und blickte von einem zum anderen.

»Tja, wo fange ich am besten an? Seit Dachsgedenken ist es Tradition gewesen, dass Kampfdachse sich auf die Suche nach dem Salamandastron begeben haben. Mein Großvater, der alte Lord Brockbaum, brach auf, als ich noch sehr klein war; später folgte ihm mein Vater, Keiler der Kämpfer.«

»Gibt es denn einen Bericht darüber, ob sie den Berg jemals gefunden haben, oder gibt es vielleicht irgendeine Landkarte, in der der Weg zum Salamandastron verzeichnet ist?«, unterbrach Martin.

Bella strich sich gedankenverloren über ihre Streifen. »Es muss irgendwo eine Karte geben. Sowohl Lord Brockbaum als auch Keiler schienen genau zu wissen, wo sie hingingen. Über eine Sache bin ich mir nämlich im Klaren: Es wäre viel zu schwierig, den Drachenberg ohne eine Art Schlüssel oder Karte zu finden. Ihr braucht auf jeden Fall genauere Angaben.«

Gonff lächelte entwaffnend. Er nahm sich ein Bündel Schriftrollen vom Tisch.

»Tja, Kumpels, die Lösung ist ganz einfach. Wir müssen die Karte finden!«

Für die beiden kleinen Igelkinder war es ein verwirrender und erschreckender Tag gewesen. Seit der Gefangennahme durch Kladds Patrouille hatten sie nicht ein einziges Wort gewechselt. Beide lagen in Zarinas Zimmer auf dem Boden und bemühten sich, die Schmerzen, die durch ihre zusammengebundenen Pfoten schossen, und den scheußlichen Geschmack der Knebel, die ihnen viel zu fest umgebunden worden waren, zu verdrängen. Angestrengt sog Ferdy die Luft durch die Nase ein und wechselte Blicke mit Coggs.

Was mochten wohl Goody und Ben gerade tun?

Ob die Anführer des Rawim sie suchen ließen und vielleicht einen Rettungsversuch unternahmen?

Sie konnten nur ahnen, was ihnen bevorstand, es würde sicherlich nicht sehr angenehm für sie werden.

Zarina saß da und sah gelassen zu, wie Aschenbein die Fesseln der Gefangenen durchschnitt und ihnen die Knebel abnahm. Ferdy und Coggs blieben ganz ruhig liegen und kämpften mit den Tränen, während ihre angeschwollenen Gliedmaßen unter großen Schmerzen langsam wieder durchblutet wurden.

Kladd stieß die reglosen Körper mit seiner Speerspitze an. »Tja, fit genug sind sie allemal, Hoheit. Wartet nur, bis sich ihre Zungen lösen und wir hören, was sie zu ihrer Verteidigung zu sagen haben.«

Coggs rollte dichter an Ferdy heran und flüsterte kaum hörbar: »Kein Wort zu den Schurken, Kumpel. Lass uns wie Martin und Gonff sein: Mut beweisen und schweigen.«

Fortunata trat brutal nach Coggs, bereute es jedoch spätestens in dem Augenblick, als ihre Pfote auf seine spitzen kleinen Stacheln traf.

»Ruhe, Gefangener! Weißt du denn nicht, dass Ihre Majestät, die Königin Zarina, zugegen ist?«

Ferdy schürzte verächtlich die Lippen und blickte die Fähe aufsässig an. »Sie ist nicht unsere Majestät – wir sind Waldbewohner.«

Zarina beugte sich zu den beiden kleinen Gestalten hinunter, die am Fuße ihres Stuhls lagen, bis ihr Gesicht ganz nahe vor den beiden war. Gehässig verengte sie ihre Augen zu Schlitzen, entblößte ihre gewaltigen gelben Fänge und streckte ihre Angst einflößenden Krallen heraus, dann stieß sie ganz plötzlich ein wildes Fauchen aus.

»Rrrrooaarrrraauu!«

Ferdy und Coggs klammerten sich aneinander, sie hatten ihre Augen vor Entsetzen weit aufgerissen.

Zarina lachte und lehnte sich wieder zurück in ihren Stuhl. »Und nun, meine zwei winzigen Waldhelden, sollten wir endlich anfangen, einverstanden?«

Der Gesichtsausdruck der Wildkatze nahm fast wohlwollende Züge an, als sie ein Tablett mit Essen vom Tisch nahm und es auf ihrem Schoß platzierte.

»Du da, Ferdy – oder bist du Coggs? Möchtest du ein wenig Milch und ein paar Kekse? Vielleicht einen schönen roten Apfel? Oder magst du lieber Trockenobst mit Nüssen? Schau her, die sind lecker.«

Zarina biss herzhaft in einen Apfel und spülte ihn mit einem Schluck Milch hinunter.

Sehnsüchtig sahen die beiden kleinen Igel zu, wie sie aß. Sie hatten seit dem Morgengrauen nichts mehr zu essen bekommen.

Zarina warf den Apfel beiseite. Dann suchte sie sich einen Keks aus, knabberte genüsslich daran herum und wischte sich die Krümel aus dem Schnurrhaar.

Ferdy leckte sich die Lippen. Coggs gab ihm einen warnenden Stoß in die Rippen. »Es ist wahrscheinlich alles vergiftet. Rühr ja nichts davon an.«

Zarina stellte das Tablett direkt vor ihnen auf den Boden. »Dummerchen, wenn es vergiftet wäre, dann würde es mir schon jetzt schlecht gehen. Probier doch selbst einmal, es ist alles aus meiner privaten Speisekammer. Ich will ja nur, dass ihr mir etwas über eure Freunde aus dem Wald erzählt.«

Coggs gähnte und murmelte müde: »Verrate ihr nichts, Kumpel. Nicht ein Wort!«

Auch Ferdy gähnte.

Zarina saß da und betrachtete die beiden jungen Gefangenen. Ihnen fielen bereits die Augenlider zu, daher beschloss sie, es mit einer anderen Taktik zu versuchen. Sie reckte sich wohlig, gähnte und kuschelte sich tief in ihren großen gepolsterten Stuhl.

»Ihr seid bestimmt müde. Mmmm, wäre es nicht schön für euch, auf einem Lager aus sauberem, frischem Stroh zu liegen und zu schlafen, solange ihr wollt? Das ist ohne weiteres möglich. Und so einfach. Ihr braucht mir nur von euren Freunden zu erzählen – wer sie sind, wo sie leben und so weiter. Ich gebe euch mein Wort, dass ich ihnen nichts zuleide tun werde. Sie werden euch später, wenn sie in wahrer Freiheit leben, einmal dafür dankbar sein. Na, was sagt ihr dazu?«

Angestrengt blinzelnd kämpfte Ferdy gegen den Schlaf an. »Unsere Freunde haben sich schon von Euch befreit.«

Zarina hielt den in ihr aufkeimenden Zorn im Zaum, indem sie ihre Klauen in einen rotgelben Apfel bohrte. »Das mag wohl sein, aber ihr solltet eure eigene Lage nicht außer Acht lassen. Ihr zwei seid nicht frei, und ihr werdet es auch niemals sein, wenn ihr nicht langsam Vernunft annehmt und meine Fragen beantwortet. Habt ihr mich gehört?«

Die Drohungen der Wildkatze trafen auf taube Ohren. Ferdy und Coggs hatten ihre Köpfe aneinander gelehnt, nickten leicht nach vorn und schnarchten vor sich hin. Sie waren beide fest eingeschlafen.

Kladd berührte sie sacht mit seinem Speerende. »Puh, es will mir nicht in den Kopf, warum Ihr sie nicht einfach an einen Balken hängt und zum Wetzen Eurer Klauen benutzt, Hoheit. Damit würdet Ihr sie bestimmt zum Auspacken bringen.«

Zarina erwiderte mit beißendem Sarkasmus: »Klar, dass du so denkst, Schwachkopf. Was glaubst du denn, wie lange sie bei der Behandlung durchhalten würden, was? Das hier sind zwei wertvolle Geiseln. Bring sie ins Verlies und sperr sie dort über Nacht ein. Mal sehen, ob ihr Hunger morgen so groß ist, dass wir zur Sache kommen können.«

Gingivere hörte, wie oben eine Tür geöffnet wurde. Jemand kam die Treppe herunter.

Es war Kladd, der von Aschenbein und Fortunata begleitet wurde. Im Türschloss der Zelle, die links an die des Wildkaters grenzte, wurde ein Schlüssel umgedreht. Er hörte, wie Kladd Befehle erteilte.

»So. Einen hier hinein und einen in die Zelle neben dem Gefangenen, dessen Name auf Befehl der Hoheit nicht erwähnt werden darf. Wir müssen sie unbedingt trennen.«

Als die drei fort waren, dachte Gingivere über diese neue Situation nach. Wer die Gefangenen auch immer waren, er wusste, dass diese Neuigkeit für Tschipp das Rotkehlchen bei seinem nächsten Besuch in Kotir ganz sicher von großem Interesse sein würde.

# 18

Klein Dinny der Maulwurf klopfte mit seiner schweren Grabklaue an die Tür von Bellas Arbeitszimmer.

»Hallo, wer da?«, schallte Gonffs Stimme von drinnen.

»Hajaj, ich tus sein, Klein Dinny. Die Frau Goody tut mich herschicken mit dem Essen für Euch, hajo.«

Martin öffnete die Tür und ließ den Maulwurf herein, der vor sich ein Tablett balancierte. Klein Dinny blinzelte. Im Inneren des Arbeitszimmers herrschte ein heilloses Durcheinander aus Schriftrollen, geöffneten Schubladen und jeder Menge Staub. Als Bella dem Maulwurf das Tablett abgenommen hatte, sprang Gonff vom Tisch auf ihn herunter. Gemeinsam rollten beide auf dem Boden umher, wobei sie es schafften, gleichzeitig miteinander zu ringen und sich zu umarmen. Gonff lachte vor Freude.

»Klein Din, wo hast du dich denn herumgetrieben, mein junger Grabgefährte?«

Dinny gewann die Oberpfote und setzte sich auf Gonff. »Wo tut Ihr gewesen sein, Herr Gonff? Ihr tut allerweil immer fetter werden, bohörr.«

Gonff stellte Martin seinen Maulwurfsfreund vor, während er gleichzeitig versuchte, Dinny von sich herunterzuheben. »Kumpel, dies ist Klein Dinny, der stärkste Maulwurf in ganz Mossflower.«

Der junge Maulwurf erlaubte Gonff aufzustehen. Er lächelte bescheiden, als er Martins Pfote schüttelte.

»Hano, ich tu nix nicht der Stärkste sein. Mein alter Großvater Dinny tut fei der mächtigste Maulwurf hier in der Gegend sein, joharresch, obwohl er schon viele Sommer erlebt haben tut. Es tut mir eine große Ehre sein, Euch kennen zu lernen, Herr Martin.«

Martin war der freundliche Maulwurf auf Anhieb sympathisch. Gemeinsam teilten sie sich das Essen, während Bella erklärte, wonach sie suchten.

Dinny ließ seinen Blick über die Stapel verstaubter Schriftrollen schweifen, die überall herumlagen. »Hajaj, ich tu Euch wohl besser zur Pfote gehen, sonst tut der Winter über uns neinbrechen, bevor dass Ihr fündig werden tut, hajo.«

Die Suche erwies sich als langwierig und ergebnislos. Schränke wurden auf den Kopf gestellt, der Schreibtisch wurde geleert, Regale wurden durchstöbert, aber alles ohne Erfolg. Ein Großteil der Schriftrollen waren alte Dokumente von Brockhall. Dann waren da noch Bellas Rezepte, wieder andere Schriften betrafen Überlieferungen aus dem Wald – nichts von alledem war in irgendeiner Form geordnet. Bella klopfte sich den Staub aus dem Pelz und seufzte.

»Ich fürchte, hier geht es ziemlich drunter und drüber. Vor einigen Jahreszeiten hatte ich hier schon Ordnung schaffen wollen, aber ich kam einfach nie dazu.«

Entmutigt schlug Martin mit seiner Pfote auf die Tischplatte. »Wenn wir doch nur genau wüss… Uff!«

Unter dem Tisch schnellte ein Geheimfach hervor und fuhr dem Mäusekrieger mit voller Wucht in die Magengrube. Verdutzt und außer Atem setzte er sich nieder.

Bella nahm das vergilbte Schriftstück aus der Schublade und las es laut vor:

*»Zum Feuerberg die Dachse gehn,*
*der Weg ist voll Gefahren,*
*ist lang und schwer zu überstehn;*
*die Feinde drohn in Scharen.*
*Des Kriegers Herz muss standhaft sein,*

*die Suche kühn angehen.*
*Wer überstehen will die Pein,*
*muss erst das Wappen drehen.«*

Gonff blickte nachdenklich drein. »Ist das etwa alles?«

Martin nahm das Schriftstück und prüfte sowohl die Vorder- als auch die Rückseite mit forschendem Blick. »Ja, das scheint wirklich alles zu sein.«

Bella saß in ihrem Stuhl und ließ den Kopf hängen. »Es scheint ja nicht gerade viel zu sein, was uns da an Informationen zur Verfügung steht.«

Dinny klopfte mit seinen Grabklauen auf das Schriftstück. »Hajaj, es tut aber ein Anfang sein können. Vielleicht tut das hier ein Hinweis sein.«

Martin wurde munter. »Natürlich, es sagt uns genau, wie wir anfangen müssen. Seht doch: ›Wer überstehen will die Pein, muss erst das Wappen drehen.‹ Bella, Ihr müsstet doch eigentlich wissen, was mit ›das Wappen drehen‹ gemeint ist.«

Die Dächsin dachte eine Weile nach. »Ich denke mal, dass es sich auf das Wappen derer von Brockhall bezieht, unser Familienwappen. Es hat die Form eines Schildes: Auf der einen Seite ist die große Eiche von Brockhall zu sehen und auf der anderen sind es die Streifen eines Dachses. Darunter befindet sich eine Schriftrolle mit unserem Familienspruch: Ich dien daheim und in der Ferne.«

»Aber wo finden wir dieses Wappen und wie können wir es drehen?«, fragte Gonff und kratzte sich am Schnurrhaar.

Bella erhob sich. »Ich kenne zumindest zwei Orte, an denen es angebracht ist. Das erste Wappen befindet sich auf dem Türklopfer von Brockhall und das zweite über dem Kamin im Versammlungssaal. Kommt mit, wir versuchen es einfach bei beiden.«

Die vier Freunde marschierten gemeinsam zur Eingangstür, wo Bella den verrosteten eisernen Türklopfer packte und kräftig herumdrehte. Das alte Metall brach unter der beachtlichen Kraft der

Dächsin ab, die mit etwas schuldbewusstem Gesichtsausdruck dastand und den Türklopfer in ihrer Pfote hielt.

»Hoppla! Ich glaube, ich habe ihn zerbrochen.«

Klein Dinny zuckte mit den Schultern. »Tut nix nicht ausmachen, Frau Bella. Mein Großvater tuts für Euch wieder in Ordnung bringen. Wo tut denn grad das andere sein, bohörr?«

Das Wappen über dem Kamin war in den oberen Querbalken der großen Feuerstelle geschnitzt. Martin wandte sich an Bella.

»Ich glaube, diesmal übernehme ich das lieber. Meine Pfoten sind nicht so kräftig wie die Euren. Könnt Ihr mich bitte hinaufheben?«

Bella hob den Mäusekrieger hoch, als ob er leicht wie eine Feder wäre, und setzte ihn auf dem breiten Balken ab. Martin lehnte sich vornüber und ergriff das hervorstehende Wappen, das in den verrußten Eichenbalken geschnitzt worden war. Seine Versuche, es zu drehen, blieben erfolglos. Gonff kletterte flink hinauf und setzte sich neben ihn.

»Lass es mich einmal versuchen, Kumpel. Vielleicht fehlt deinen Pfoten ein bisschen Zauberkraft.« Der Mäusedieb holte ein Stück Käse aus seinem Beutel und rieb damit die Kanten des Wappens ein.

»Wir müssen einen kleinen Augenblick warten, denn das Fett braucht etwas Zeit, um ganz tief in die Spalten vorzudringen. Es dürfte allerdings nicht lange dauern, denn die Kamineinfassung ist durch das Feuer schön warm.«

Gonffs Fähigkeiten führten auch hier zum Erfolg. Nach einer kurzen Pause wischte er sich die Pfoten an seinem Wams ab und drehte gekonnt am Wappen. Es bewegte sich!

»Hier, Kumpel, fass mal mit an. Ruckel erst an einer Seite und dann an der anderen, genau wie ich, siehst du? Dabei musst du es zu dir heranziehen.«

Martin half Gonff. Das gesamte Wappen begann, sich nach vorn zu bewegen. Bella stand bereit, um den hohlen hölzernen Zylinder aufzufangen – er fiel ihr direkt in die geöffneten Arme.

Martin und Gonff kletterten hurtig von dem Balken herunter.

Dinny tanzte aufgeregt herum. »Herraja, so tut Euch doch beeilen, Frau Bella. Tuts nun eine Karte vom Sammerlandersturm sein?«

Die Dächsin blickte den jungen Maulwurf ernst an. »Eile würde uns nur auf die falsche Spur führen, Dinny. Wir sollten jeden Schritt mit Bedacht angehen.«

Bella drehte den Zylinder um und blickte hinein. »Hier, Gonff, es ist eine Schriftrolle drin. Deine Pfoten sind viel geschickter als meine – versuch doch mal, sie herauszuziehen, ohne sie zu beschädigen.«

Der trickreiche Mäusedieb hatte das Pergament im Handumdrehen herausgezogen und entrollt. Sie sahen sich an, was darauf stand; es war in einer altmodischen Schrift geschrieben, die aus kühner, kräftiger Feder stammte. Bella lächelte.

»Das ist die Pfotenschrift meines Großvaters, des alten Lord Brockbaum. Dazu müsst ihr wissen, dass nur Dachsmänner sich zum Salamandastron aufmachten. Jeder hinterließ für seinen Sohn Hinweise, denen er folgen konnte. Dieses Rätsel war für meinen Vater Keiler bestimmt. Leider hatte Keiler keinen Sohn, für den er eine Karte hätte hinterlassen können. Nachdem er also Lord Brockbaums Rätsel gelöst hatte, legte er alles sorgfältig wieder an seinen Platz in der Hoffnung, dass eines Tages ein anderer junger Sohn unseres Hauses es finden würde.«

Bella schniefte und wandte sich ab. »Ach, vielleicht wäre mein kleiner Sonnenblitz heute diesen Hinweisen gefolgt, wenn er noch hier wäre.«

Klein Dinny streichelte mit seinem samtenen Pfotenrücken über Bellas Pelz. »Hojoj, tut Euch nur keine Sorgen nicht machen, Frau Bella, wir tun ihn schon für Euch finden, hajo.«

Martin hatte währenddessen mit dem hölzernen Zylinder herumgespielt. Er schüttelte ihn und klopfte die Seiten ab. Ein paar Blätter fielen heraus.

»Schaut mal, Bella. Was meint Ihr, was das zu bedeuten hat?«

Die Dächsin zuckte mit den Achseln. »Es sind nur alte Blätter. Schauen wir doch einmal nach, was auf dem Pergament steht.

*Keiler ist Dachs, nach dem Wald benannt,*
*die Bäume jedoch den Weg weisen.*
*Wo man dich an Regentagen fand,*
*pflegte Käs und Brot ich zu speisen.*
*Such hier im Haus und geh nicht hinaus.*
*Schau auf, das Rätsel nimmt seinen Lauf,*
*wo einst dein Schloss, deine Festung war,*
*in deinen Gedanken hell und klar.*
*Vier Bäume führen dich an dein Ziel.*
*Denk nach, was war noch dein liebstes Spiel?*
*Keiler in Brockhall hilft in der Not,*
*unter Bier, unter Käs, unter Brot.*«

Martin lehnte sich gegen den Kamin. »Wau! Das ist aber ein ganz schön schweres Rätsel, worauf ihr euch verlassen könnt.«

Als sie sich wieder in Bellas Arbeitszimmer versammelt hatten, gingen sie die Zeilen noch einmal durch. Eine lange Zeit verstrich, und noch immer konnten sie nicht einmal einen Ansatz finden, um den verschlungenen Faden des Gedichtes zu entwirren. Gonff wurde langsam sauer. Er lag auf dem Boden und trommelte mit seinen Pfoten gegen den Lehnstuhl.

»Puh, Wald und Bäume, Käse und Brot, Regentage und Schlösser und Festungen. Was für ein Quatsch!«

Dinny hatte den Lehnstuhl mit Beschlag belegt. Er saß zurückgelehnt da und hatte seine Augen leicht geschlossen, so als würde er ein Nickerchen machen.

»Tut Eure Pfoten stille halten, Gonff, ich tu nachdenken, bohörr.«

Bella schürzte ihre Lippen und runzelte die Stirn. »›Keiler ist Dachs, nach dem Wald benannt.‹ Ich hatte keine Ahnung, dass mein Vater nach einem Wald benannt wurde.«

Gonff drehte sich auf den Rücken. »Wenn er nach dem Wald benannt worden wäre, dann hätte er doch eher Mosskeiler oder Keilerblume oder Mosskeilerblume geheißen, oder?«

Martin brachte den Mäusedieb mit einem durchdringenden Blick zum Schweigen. »Also bitte, Gonff, wir versuchen, ein Rätsel zu lösen, da ist es wirklich unangebracht, hier herumzualbern. In der zweiten Zeile steht, dass die Bäume entscheidend sind, sie weisen den Weg, nicht der Wald.«

»Ich tu noch nie nicht von Keilerbäumen gehört haben und tu denken, mein Großvater auch nicht, hano.«

Bella stimmte ihm zu: »Ich auch nicht, ich kenne Ulmen und Birken und Platanen und alle Arten von Bäumen, aber keinen Keilerbaum. Ich frage mich, ob das vielleicht früher ein Spitzname für einen bestimmten Baum war.«

Gonff setzte sich auf. »Sagt das noch mal, Bella.«

Die Dächsin sah ihn verdutzt an. »Was jetzt, dass Keiler vielleicht ein Spitzname für einen bestimmten Baum ist?«

»Nein, ich glaube, ich weiß, worauf Gonff hinauswill«, warf Martin ein. »Ihr sagtet, dass es alle möglichen Bäume gäbe, Ulmen, Birken, Platanen und so weiter. – Dinny, wo willst du denn jetzt hin? Ich dachte, du wolltest uns bei der Lösung des Rätsels helfen?«

Der junge Maulwurf trollte sich aus dem Arbeitszimmer und rief über die Schulter hinweg zurück: »Hajaj, aber ja doch, das ist ja grad genau das, was ich vorhaben tu, die alten Blätter holen, die wo Ihr gefunden haben tut, hajo.«

»Aber natürlich! Die Blätter!« Gonff machte einen Satz über Dinny hinweg, noch bevor dieser aus der Tür war. Er flitzte zurück in den Versammlungssaal, wo er auf allen vieren die Blätter zusammensuchte, während Dinny ihm laut schimpfend folgte.

»Hejej, es tut meine Idee gewesen sein, Herr Gonff, Ihr alter Mäuselümmel!«

Gemeinsam brachten sie die Blätter ins Arbeitszimmer. Verzagt schauten sich alle vier die vertrockneten, verwelkten Dinger an.

»Es sind nur tote Blätter; sie sind schon viele Jahreszeiten alt, aber was könnten sie denn nur für eine Bedeutung haben?«

Bella berührte sie sachte mit ihrer Pfote. »Na, dann schauen wir doch mal. Wir haben hier vier Blätter von vier verschiedenen Bäumen: einer Linde, einer Eiche, einer Erle und einer Kastanie. Auf ihnen ist keine Schrift oder Zeichnung zu erkennen. Werdet Ihr daraus schlau, Martin?«

Der Mäusekrieger betrachtete die Blätter sorgfältig. Kopfschüttelnd legte er sie in verschiedene Reihenfolgen, wendete sie hin und her und ordnete sie wieder neu an.

»Ich weiß auch nicht. Linde, Kastanie, Erle, Eiche; Erle, Eiche, Kastanie, Linde. Keine Ahnung.«

Gonff lächelte überlegen. »Pass auf, Kumpel, ihr habt Glück, dass ich der König der Blatträtsel-Löser bin. Versucht es doch einmal damit: Kastanie, Eiche, Linde, Erle!«

»Ist das wieder eines von deinen Späßchen, Gonff?«, fragte Bella mit strengem Blick.

Gonff ordnete die Blätter und lächelte noch immer. »Wenn es ein Späßchen ist, dann allerdings ein ganz schön schlaues, das werdet Ihr zugeben. Kastanie, EIche, Linde, ERle, das ist die richtige Reihenfolge, seht Ihr es denn nicht, es hat mit den Anfangsbuchstaben zu tun. Man nimmt abwechselnd erst einen und dann zwei der Anfangsbuchstaben: K, dann EI, dann L, dann ER, und zum Schluss kommt Keiler dabei heraus.«

Bella schüttelte ihm innig die Pfote. »Du hast Recht. ›Keiler ist Dachs, nach dem Wald benannt.‹ Und dann seht euch mal diese Zeile weiter unten an: ›Vier Bäume führen dich an dein Ziel.‹«

Dinny klatschte aufgeregt in die Pfoten. »Bohörr, welche Freude, wir tun in Gang kommen. Also, hajo, tut nur weiter Euer Köpfchen gebrauchen.«

»Ja. Seht euch doch einmal diese Zeile an: ›Such hier im Haus und geh nicht hinaus.‹ Zumindest wissen wir, dass die Karte sich irgendwo in Brockhall befindet; wir brauchen nicht auch noch den Wald zu durchforsten.«

»Aber wo im Haus?«

»Wo man Keiler an Regentagen fand.«

»Wo kann er sich da schon groß herumgetrieben haben?«

»Vielleicht tut er, wo er noch klein gewesen war, einen Lieblingsplatz zum Spielen gehabt haben, hajaj.«

»Guter Ansatz, Din!«

»Weiter, ›pflegte Käs und Brot ich zu speisen‹. Wer könnte es denn gewesen sein, der in der Nähe von Keiler sein Essen zu sich nahm?«

»Hana, das tut allerweil Euer Großvater gewesen sein, Frau Bella.«

»Aber natürlich, du hast Recht. Keiler und der alte Lord Brockbaum hatten ein sehr inniges Verhältnis. Es ist sehr wahrscheinlich, dass er in seiner Nähe spielte, während Brockbaum beim Essen war.«

»Richtig, aber jetzt kommt der schwierige Teil: ›wo einst dein Schloss, deine Festung war‹. Wo ist denn in Brockhall noch ein Schloss oder eine Festung?«

»Nein, nein, lasst die folgende Zeile nicht außer Acht: ›in deinen Gedanken hell und klar‹. Habt ihr euch nie eine Fantasiewelt ausgedacht, als ihr klein wart?«

»Haha, das tue ich heute noch, Kumpel.«

»Harrharr, das tun wir wohl wissen, Herr Gonff. Kommt, Frau Bella, tut uns zeigen, wo Keiler als kleines Rackerle gespielt haben tut, hajo.«

Planlos wanderten sie von einem Raum zum anderen. Von Zeit zu Zeit blieb Bella stehen, sah sich um, schüttelte den Kopf und murmelte: »Ich bin mir nicht sicher – mein Vater hat mir nie erzählt, wo er sich gerne aufgehalten hat, als er noch klein war.«

Martin stand zwischen dem Gang und dem Versammlungssaal, als er innehielt. »Dann denkt doch einmal einen Augenblick nach. Hat Euer Vater jemals erwähnt, wo Lord Brockbaum sein Brot und seinen Käse zu essen pflegte?«

»Hmmm, eigentlich nicht. Ich würde doch erwarten, dass er am Tisch aß, wie jeder zivilisierte Dachs, wenn er im Haus ist.«

»Der Tisch!«

Sie eilten in den Versammlungssaal, wo der riesige Esstisch stand.

Gonff klopfte mit seinen Klauen dagegen. »Es ist ein guter, stabiler Tisch, sieht aus, als sei er aus Ulmenholz gefertigt worden. Und wie geht es jetzt weiter?«

Bella blickte versonnen vor sich hin. »Wartet mal eben, ich glaube, ich erinnere mich jetzt. Lord Brockbaum war ein bärbeißiger alter Bursche. Mein Vater erzählte mir einst, dass er sich weigerte, an diesem großen Tisch zu essen. Er sagte, er bräuchte einen Speer, um an das Essen am anderen Ende heranzureichen. Daher fertigte er sich eines Tages seinen eigenen Tisch, der gerade groß genug war, dass er daran Platz hatte. Auf diese Weise hatte er sein Brot, seinen Käse und das Bier zur Pfote. Er steht in der Küche. Großvater liebte es, am Ofen zu sitzen. Außerdem stippte er gern sein Brot in die Soßenpfannen, die auf dem Feuer standen. Es gefiel ihm dort einfach.«

In der Küche stand der Tisch, von dem Bella ihnen erzählt hatte. Gonff kletterte hinauf und blickte nach oben.

»Es ergibt irgendwie keinen Sinn, Kumpel. Ich kann nur die Decke sehen. Das Rätsel besagt: ›Schau auf, das Rätsel nimmt seinen Lauf.‹«

Bella setzte sich auf den Stuhl und breitete ihre Pfoten auf dem Tisch aus. »Wir sind am Ziel. Die Antwort ist irgendwo in diesem Tisch versteckt. Seht doch, mein Großvater verwendete alle vier

Holzarten: Kastanie, Eiche, Linde und für die Zierleiste Erle. Wisst ihr, ich sehe es jetzt wieder vor mir, wie mein Vater an diesem Tisch saß und genau wie sein Vater vor ihm Brot und Käse aß und Oktoberbier trank.«

Martin hatte bis jetzt geschwiegen. Er starrte nur Bella an, wie sie da an dem Tisch saß, und ganz plötzlich hatte er den zündenden Gedanken.

»Während Ihr darunter spieltet, nicht wahr? Wahrscheinlich lag damals noch eine Tischdecke darauf.«

Bella lächelte angesichts der schönen Erinnerungen. »Ja, eine große weiße. Für mich war es damals immer mein Zelt.«

Der Mäusekrieger krabbelte unter den Tisch.

»Aber nicht für Keiler den Kämpfer. Für ihn war es seine Festung oder sein Schloss. Ha, hier ist etwas Auffälliges. Hier unten sind ein paar Streifen Kastanienborke, die etwas abdecken. Reich mir doch mal dein Messer, Gonff.«

Martin arbeitete unter dem Tisch weiter, schnitt die Kastanienborke heraus und warf sie zur Seite. Die anderen drei untersuchten jedes Borkenstück nach Hinweisen, aber ohne jeden Erfolg. Dinny roch daran und kratzte auf der Borke mit seinen Klauen.

»Ojoj, verflixt! Hier tut einfach nix nicht zu finden sein, hano.«

»Doch, hier unten ist etwas. Es ist die Karte!« Martins Stimme war die Begeisterung anzumerken. Er kam mit einer ausgebleichten Borkenrolle in seinen Pfoten unter dem Tisch hervorgekrabbelt. »Sie klemmte zwischen der Kastanienborke und dem Tisch. Schaut mal, es sind lauter merkwürdige Schriftzeichen darauf.«

Bella nahm die Schriftrolle. »Aha, es ist eine uralte Dachsschrift. Also, zurück in mein Arbeitszimmer. Ich werde es übersetzen müssen. Ich danke euch, meine Freunde. Auf dieser Rolle steht der Weg zum Salamandastron. Wenn wir die Schrift erst einmal entziffert haben, macht ihr euch sofort auf den Weg!«

# 19

Gingivere hämmerte gegen die Zellenwand. Sobald die Wärter fort waren, hatte er sich darangemacht, die Gefangenen zu seiner Linken und Rechten auf sich aufmerksam zu machen. Aus dem feuchten Mörtel zwischen den Steinen der Zellenwand hatte er einen Bolzen herausgehebelt, an dem ein Ring befestigt war, der zum Festketten aufsässiger Gefangener diente. Mit dem Bolzen in der Pfote suchte der Wildkater sich an der angrenzenden Wand eine besonders feuchte Stelle und begann dann, den Mörtel mit roher Gewalt zu bearbeiten. Einer der Steine war nicht ganz so groß wie die anderen, und so gelang es ihm, den Mörtel um den Stein herum so weit herauszuschlagen, dass der Stein sich lockerte. Er kratzte und rüttelte daran, mal zog er, dann drückte er wieder, bis der Stein mithilfe des Gefangenen auf der anderen Seite schließlich herausgestoßen wurde. Eine kleine, feuchte Schnauze lugte durch das Loch.

»Hallo, Coggs, ich bins, Ferdy.«

Gingivere lächelte, er war froh, eine freundliche Stimme zu hören. Ermutigend tätschelte er die Schnauze.

»Tut mir Leid, mein Junge, hier ist nicht Coggs. Ich bin Gingivere – ein Freund. Coggs ist in der Zelle auf der anderen Seite von mir. Verhalte dich ruhig, und ich werde versuchen, zu ihm hindurchzugelangen.«

»Danke schön, Herr Gingivere. Seid Ihr ein Wildkater?«

»Ja, das ist richtig, aber keine Sorge. Ich tue dir nichts. Still jetzt, mein Kleiner, lass mich weitermachen.«

Ferdy verstummte und beobachtete durch das Loch hindurch, wie Gingivere unerschütterlich auf die gegenüberliegende Wand einhackte. Es dauerte sehr lange. Gingivere spürte seine Pfoten schon gar nicht mehr. Er kämpfte mit dem Stein, brach Mörtelstückchen heraus, zog nach links und nach rechts, bis auch dieser

Stein schließlich nachgab und sich bewegte. Gingivere zog, und Coggs schob von der anderen Seite, sodass der Mauerstein endlich auf den Boden plumpste.

»Hallo, Herr Gingivere. Ich bin Coggs. Ist Ferdy auch da?«

Der Wildkater schüttelte die Pfote, die sich ihm durch das Loch entgegenstreckte. »Ja, Coggs. Wenn du hindurchschaust, kannst du ihn in seiner Zelle sehen.«

Die beiden kleinen Igel spähten durch die Löcher und erblickten einander.

»Hallo, Coggs.«

»Hallo, Ferdy.«

»Die Wärter werden mir schon bald Wasser und Brot bringen«, unterbrach Gingivere sie. »Ich werde es mit euch teilen. Jetzt setzt euch schön in euren Zellen hin und verhaltet euch ruhig. Wenn Tschipp morgen kommt, werde ich ihn wissen lassen, dass ihr zwei hier seid.«

Gingivere konnte die Steine ohne Schwierigkeiten wieder einsetzen. Dann wartete er auf die Wärter mit seiner Tagesration an Wasser und Brot. Ihm wurde bewusst, dass er zum ersten Mal seit einer langen, unglücklichen Zeit wieder ein Lächeln zustande brachte.

*»Auf Suche gingen die Freunde einst kühn,*
*der Gefährten Schicksal nahm seinen Lauf.*
*Über Fluss und Feld, durch den Wald so grün,*
*die hohen, uralten Berge hinauf.*
*Gemeinsam zogen sie – mutig und jung –*
*ihre endlose Straße hinunter.*
*Der Vögel Gesang gab ihnen viel Schwung,*
*klang zur Frühlingszeit fröhlich und munter.«*

»Gonff, würdest du jetzt bitte damit aufhören, hier herumzutänzeln und zu jaulen – wir versuchen gerade, diese Karte zu enträtseln!

Dinny, tu mir doch bitte den Gefallen und wirf irgendetwas nach diesem nervtötenden Dickerchen.«

Martin kratzte sich am Kopf, als er und Bella sich wieder der Schriftrolle widmeten. Klein Dinny gehorchte, indem er ein Sesselkissen schleuderte und damit den Mäusedieb glatt umwarf, sodass dieser auf seinem Hinterteil landete.

»Bohörr, tut Euch grad recht geschehen, das tut Euch zum Schweigen bringen, Herr Gonff. Ihr tut ein sakrisch schlimmer Ruhestörer sein, bei meinem Tunnel, das tut Ihr sein, hajo.«

Gonff blieb auf dem Boden liegen und bettete seinen Kopf auf das Kissen; er summte weiter und dachte sich neue Verse aus. Martin und Bella brüteten währenddessen über der Schrift auf der Rolle, und wenn sie etwas herausgefunden hatten, wurde es mit einem Federkiel fein säuberlich aufgeschrieben. Der Text war in uralter Dachsschrift abgefasst, die nur Bella übersetzen konnte.

Klein Dinny, der es sich in Bellas Lehnstuhl bequem gemacht hatte, rief zu ihnen hinüber: »Was tun wir nun haben, Martin?«

Martin las laut vor:

*»Überreicht an Lady Zobel Brock von dem Wildgänserich Olaf Himmelsfuge, nachdem sie ihn verletzt in Mossflower aufgefunden und gesund gepflegt hat. Das Leuchtfeuer, das meinen Schwarm zum Meer geleitet, wird der sonderbare Berg der Feuerechse genannt.«*

Hier hatte Martin ein Kreuz gemacht und ein Wort hinzugefügt: Salamandastron.

*»Wir Söhne und Töchter des freien Himmels gelangen mittels unserer Schwingen ans Ziel. Aber wenn du ein Erdenwandler bist, wird die Reise lang und beschwerlich werden.*

*Hier ist der Weg, den ich dir weise. Ich beginne meinen Flug über Brockhall:*

*Wo Vögel ihre Kreise ziehn,*
*da schaue ich hinab.*
*Ein Ort aus Holz mit grünem Dach,*
*wie's Meer wogts auf und ab.*
*Wenn hinter mir der Morgen graut,*
*die Taube dann erwacht.*
*Ein Staubband rollt durch Grün und Gold,*
*wie es die Schlange macht.*
*So fliegt und singt, steigt auf beschwingt;*
*es wissen nur wenig, die Wildgans ist König.*
*Die goldnen Flächen ziehn sich weit,*
*der Flügelschlag ist hart.*
*So tief und nass, fließt durch das Gras*
*die blaue Schlang, sie naht.*
*Die Erde ändert ihr Gesicht,*
*Gestalt und Farbe auch.*
*Von fern die Zähne ragen hoch,*
*beißen der Schafe Bauch.*
*So fliegt und singt, steigt auf beschwingt;*
*es wissen nur wenig, die Wildgans ist König.*
*Von nun an dehnt sich Nebel aus,*
*zu sehn ist hier und dort*
*ein schlammig graues Moderloch.*
*Wer frei ist, laufe fort.*
*Oh Federbrüder aus der Luft,*
*fliegt weiter, macht nicht Halt.*
*Durchquert die goldne Fläche,*
*wo Seevogels Ruf erschallt.*
*So fliegt und singt, steigt auf beschwingt;*
*es wissen nur wenig, die Wildgans ist König.*

*Die Himmel, sie verdunkeln sich,*
*das Leuchtfeuer brennt hell.*
*Flieg hoch über dem einen Zahn,*
*der nachts noch lodert grell.*
*Wir reisen weiter ohne dich,*
*die Ferne, sie lockt uns sehr,*
*wo Wasser auf den Himmel trifft*
*und Sonne versinkt im Meer.*
*So fliegt und singt, steigt auf beschwingt;*
*es wissen nur wenig, die Wildgans ist König.«*

Gonff ging hinüber und starrte auf die Schriftrolle. »Der alte Wie-war-doch-noch-sein-Name-Himmelsfuge war ja fast so ein guter Barde wie ich. Als Dieb war er allerdings bestimmt nicht halb so brauchbar, Kumpel.«

Martin schüttelte den Kopf. »Diese Anweisungen haben wirklich einen merkwürdigen Umweg hinter sich, wenn man bedenkt, dass sie im Gesang der Gänse geäußert, dann in alter Dachssprache niedergeschrieben und schließlich in gewöhnliche Waldsprache übersetzt wurden. Haben wir vielleicht irgendetwas ausgelassen, Bella?«

Die Dächsin warf ihm einen entrüsteten Blick zu. »Ganz sicher nicht! Es ist alles übertragen worden, Wort für Wort. Ich sollte Euch vielleicht erklären, dass Dächsinnen ganz hervorragende Gelehrte sind, muss allerdings zugeben, dass es auch für mich alles sehr rätselhaft anmutet.«

Klein Dinny blickte blinzelnd auf Martins saubere Schrift.

»Ujuj, rätselhaft tut noch arg untertrieben sein! Bei meinem Tunnel, es tut ja schlimmer sein, als wie Löcher ins Wasser zu machen, hajaj.«

Gonff unterdrückte ein Kichern. »Du bist ganz schön wortgewandt, Din. Nun denn, strengen wir unsere Köpfe wieder einmal an und stellen uns vor, wir seien alle Himmelsfugen.«

Martin schnippte mit seinen Pfoten. »Genau! Darin besteht

unsere Aufgabe. Wir müssen uns vorstellen, wie die Gegend aus der Vogelperspektive aussieht.«

Zarina stand am Fenster ihres Gemachs und sah zu, wie der Morgen über Mossflower graute. Die Sonne kletterte in einem blassblauen, wolkenlosen Himmel immer höher und sorgte dafür, dass der Dunst in einem dünnen Schleier von den Baumkronen aufstieg. Mit ihrem neuesten Plan war die Wildkatzenkönigin mehr als zufrieden; inzwischen hatten die Waldbewohner sicherlich gemerkt, dass die beiden Igelkinder verloren gegangen waren, daher würden sie Suchtrupps aussenden. Zarina hatte ihre Anweisungen gegeben: Kladd und ein weiteres Wiesel namens Schramme, das als sein Stellvertreter fungierte, sollten in Begleitung einer auserwählten Gruppe von etwa zwanzig Soldaten im Wald auf Patrouille gehen. Sie sollten nur leichtes Gepäck mitnehmen und die schwere Rüstung der Soldaten von Kotir zurücklassen. Stattdessen sollten sie wie eine Guerillatruppe vorgehen, einen Hinterhalt legen und jeden Waldbewohner, der des Weges kam, festnehmen. Wo immer sie auf Widerstand stießen, sollten sie ihn im Keim ersticken.

Zarina sah zu, wie sie durch ein Seitentor nach draußen schlüpften. Sie hatten Proviant dabei und jeder trug die von ihm ausgewählten Waffen. Zufrieden schürzte die Wildkatzenkönigin ihre Lippen. Im Moment bestand gar keine Veranlassung dazu, die beiden Gefangenen noch weiteren Verhören zu unterziehen; sollten sie doch in ihren Zellen hocken, bis sie so richtig ausgehungert waren. Wer ein paar Tage nichts zu beißen bekommen hatte, ließ sich in der Regel wesentlich leichter befragen. Zwei kleine Igel, die es wagten, sich auf ein geistiges Kräftemessen mit der Königin der Tausend Augen einzulassen – was hatten die denn schon für eine Chance?

Schramme war ein recht aufmerksamer Wieselsoldat. Er stieß mit seinem Dolch in Richtung Himmel.

»Siehst du das Rotkehlchen, Kladd?«

Kladd war nicht entgangen, dass Schramme ihn geduzt und nicht mit Hauptmann angesprochen hatte. Er blickte auf, aber Tschipp war schon aus dem Blickfeld verschwunden.

»Was für ein Rotkehlchen? Wo?«

Schramme steckte den Dolch zurück in die Scheide. »Jetzt ist es wieder weg. Ich habe schon ein paar Mal in der Nähe der Kaserne ein Rotkehlchen herumlungern sehen. Ich könnte schwören, dass es derselbe Vogel war. Er landet immer irgendwo am Boden und versteckt sich.«

Kladd wollte nicht wahrhaben, dass Schramme ein aufmerksamerer Beobachter war als er.

»Hmm, könnte was dran sein, vielleicht aber auch nicht. Waldbewohner geben sich für gewöhnlich nicht mit Vögeln ab. Wir sollten trotzdem lieber auf Nummer Sicher gehen. He, Dickschwanz, geh zurück nach Kotir und berichte der Hoheit von dem Rotkehlchen. Zu den anderen sagst du aber kein Wort, ich will nicht, dass Aschenbein oder die Füchsin sich mit meinen Federn schmücken.«

Dickschwanz salutierte und trabte in Richtung Kotir davon.

Schramme spähte in das dicht bewachsene Waldgebiet, in dem sie sich befanden. »Vielleicht sollten wir hier eine Weile in Deckung gehen. Dann könnten wir eine Ruhepause einlegen und gleichzeitig Augen und Ohren offen halten, was, Kladd?«

Kladd wusste, dass es ein vernünftiger Vorschlag war, aber Schramme begann, ihm mit seiner Schläue auf die Nerven zu gehen.

»Ja, das Gleiche habe ich auch gerade gedacht. Also, Jungs, sucht euch ein gutes Versteck und haltet Augen und Ohren offen. Wenn ich irgendeinen von euch bei einem Nickerchen erwische, dann mache ich Schnürsenkel aus seinem Schwanz. Das gilt ganz besonders für dich, Schramme.«

Während das Sonderkommando sich auflöste und die Soldaten zwischen den Bäumen verschwanden, streckte Schramme Kladd hinter dessen Rücken die Zunge heraus und murmelte leise vor sich hin: »Kladd, der Klotz, dumm wie Rotz.«

Dickschwanz war gar nicht wohl dabei, so allein in Mossflower zu sein, auch wenn es helllichter Tag war. Das Hermelin huschte zwischen den Bäumen hindurch und ließ verstohlen seinen Blick schweifen. Während er weiterlief, wiederholte er immer wieder mit lauter Stimme Kladds Anordnungen: »Sag der Königin, dass sich ein Rotkehlchen in Kotir herumtreibt. Es fliegt tief am Boden und verschwindet dann ganz plötzlich. Kladd meint, dass es vielleicht irgendetwas mit den Waldbewohnern zu tun haben könnte. Fortunata oder Aschenbein darf ich nichts davon erzählen. Wenn sie mich fragen, sage ich einfach, dass ich zurückkommen musste, weil ich mir die Pfote gezerrt habe. Ich sollte lieber schon jetzt mit dem Hinken anfangen, man weiß ja nie.«

Von Kotir aus flog Argulor in einem weiten Bogen über den Wald; auf diese Weise würde man in Kotir fälschlicherweise annehmen, er sei weggeflogen. Er war gerade auf dem Rückweg, als er unter sich eine Stimme vernahm und sah, wie ein Hermelin durch das Unterholz hinkte.

»Ich soll der Königin sagen, dass ein Rotkehlchen gesehen hat, wie Kladd im Wald herumging. Nein, das ist nicht richtig. Ich soll dem Rotkehlchen sagen, dass Kladd die Königin aufgehängt hat …«

Gutes Augenlicht war nicht erforderlich, um diese plappernde Mahlzeit zu finden. Wie ein Stein stürzte Argulor sich in den unter ihm liegenden Wald.

Ein Stein mit Klauen und einem gebogenen Schnabel.

Bellas Arbeitszimmer war immer noch mit alten Schriftstücken überfüllt. Sie rutschten vom Tisch, dessen Geheimfach unverändert schief heraushing. Verschiedene Tabletts mit Essen waren hier und dort mitten im staubigen Durcheinander abgestellt worden. Die Schriftrolle und die vier Blätter, die die Freunde auf den richtigen

Weg gebracht hatten, lagen auf der Lehne des großen Stuhles, in dessen dickes Sitzpolster Dinny sich wieder einmal eingekuschelt hatte. Bella stand gegen den Schreibtisch gelehnt da. Es machte ihr nichts aus, dass der junge Maulwurf sich ihren Lieblingsstuhl auserkoren hatte, er schien ihn allerdings gar zu sehr ins Herz geschlossen zu haben. Martin ging im Raum auf und ab. Bei jeder Wende musste er über Gonff hinwegsteigen, der sich auf einem abgenutzten Teppich am Boden des Arbeitszimmers ausgestreckt hatte. Martin hatte Schwierigkeiten damit, sich in einen Vogel hineinzuversetzen. Schon allein die Erwähnung großer Höhe führte bei dem bodenständigen Klein Dinny zu Schwindelanfällen und Übelkeit. Gonff zeigte hingegen, dass er sich zum Mäusevogel durchaus eignete.

»Ha, ›da schaue ich hinab. / Ein Ort aus Holz mit grünem Dach, / wie's Meer wogts auf und ab.‹ Das ist doch so klar und deutlich wie das Schnurrhaar in eurem Gesicht, Kumpels. Es ist ein Hinweis auf den guten alten Wald von Mossflower, genau der Ort, wo wir uns jetzt befinden.«

Bella schloss die Augen und versuchte, sich das Ganze aus der Vogelperspektive vorzustellen. »Hmm, ich nehme an, von oben würde unser Wald wahrscheinlich wirklich wie Wasser aussehen, das im Wind wogt. Weiter so, Gonff. Was kommt als Nächstes?«

»Äh, ›Wenn hinter mir der Morgen graut,/die Taube dann erwacht.‹«

»Hejej, tut Ihrs nicht verstehen? Morgengrauen, Sonnenaufgang! Der Gänsevogel tut sagen, dass wir nach Westen tun gehen müssen, hajo«, rief Klein Dinny aus seinem Lehnstuhl.

Martin schüttelte Dinny die Pfote. »Guter Maulwurf! Ist ja logisch, wenn die Sonne im Osten aufgeht und der Morgen hinter jemandem graut, dann muss er Richtung Westen ziehen. Sehr schlau, Klein Dinny.«

Der Maulwurf lächelte breit und versank noch tiefer im Lehnstuhl. »Hojoj, Euer junger Maulwurf hier tut nicht nur ein Gräber sein. Ich tu allerweil gesehen haben, wie die Ringeltauben am Morgen erwachen tun. Ujuj, was für Krachmacher mit all dem Gegurre, hajo. Weiter, wie tut der nächste Teil von dem Gedicht lauten?«

Gonff fuhr fort: »In dem Gedicht steht: ›Ein Staubband rollt durch Grün und Gold, / wie es die Schlange macht.‹«

Bella nickte, sie wusste, worum es ging. »Aha, da hat Freund Olaf es uns aber leicht gemacht. Den Ort kenne ich genau. Zwischen dem Wald und der Ebene südlich von Kotir macht die Straße eine Biegung. Schon oft, wenn ich die Straße hinunterging, dachte ich bei mir, dass sie genau wie eine Schlange aussieht, die gerade ihre Haut abstreift.«

Bei der bloßen Erwähnung von Schlangen erschauderte Gonff. »Also, Kumpels: Wir gehen durch den Wald, halten uns in westlicher Richtung und überqueren die Straße unterhalb von Kotir. Dann können wir nur noch einen Weg einschlagen. Er führt geradewegs hinaus auf die Ebene und das offene Flachland, wie das Gedicht besagt: ›Die goldnen Flächen ziehn sich weit, ... die blaue Schlang, sie naht‹ – brr, Schlangen.«

»Das ist keine wirkliche Schlange, Gonff«, unterbrach Martin ihn. »Es ist genau wie mit Bellas sich windender Straße, nur dass diese hier blau ist – es ist ein Fluss. Mir bereitet allerdings etwas anderes Schwierigkeiten, und zwar die hochragenden Zähne, die den Schafen in den Bauch beißen.«

Bella reckte sich und gähnte. »Herrje, ich glaube, wir rosten in diesem staubigen, alten Zimmer so langsam ein. Schafe und Land, Wolle und Zähne ... vielleicht sehen wir ja den Wald vor lauter Bäumen nicht, aber egal worum es sich handelt, ihr werdet es schon erkennen, wenn ihr es seht. Was wollt ihr denn jetzt machen? Hier den halben Frühling hindurch herumsitzen und Rätsel lösen? Oder wollt ihr den Hinweisen folgen, die ihr bereits habt, und den Rest im Laufe eurer Wanderschaft lösen? Euer Proviant steht bereit, eure Waffen, euer Verstand und eure Jugend werden euch weiterhelfen – was wollt ihr mehr?«

Gonff gab ihr die Antwort: »Einen guten Kumpel, der mit uns durch dick und dünn geht.«

»Ihr tut doch wohl nicht diesen Euren Maulwurf zurücklassen, bohörr!«

Martin und Gonff lachten von Herzen, während Bella sich kleinlaut bei dem Maulwurf entschuldigte.

»Verzeih mir, Dinny. Ich wusste nicht, dass du dich mit auf die Suche begeben wolltest.«

Der junge Maulwurf setzte sich auf seine Hinterpfoten. »Hajaj, tut nix nicht versuchen, mich aufzuhalten, Frau Bella. Wenngleich es mir allerdings schwer fallen tut, Euren Lehnstuhl freizugeben, hajo.«

## 20

Der Plan des Rawim war wunderbar einfach. Eine Gruppe von Waldbewohnern würde mit Rucksäcken voller Proviant von einem Punkt nahe Kotir ausrücken und Tschipp würde die Säcke einen nach dem anderen in Empfang nehmen. Auf diese Weise brauchte er nur kurze Flüge zum Luftschacht der Zelle zu unternehmen und konnte das Essen an Gingivere weiterreichen. Die Äbtissin Germania hatte sich das alles ausgedacht: Die Waldbewohner würden Hilfe leisten, indem sie das Essen transportierten, Tschipp würde nicht durch lange Flüge überfordert werden und Gingivere würde seinen Proviant heimlich mit Ferdy und Coggs teilen. Später hätte man dann genug Zeit, um eine Rettung in die Wege zu leiten, was allerdings eine äußerst sorgfältige Planung seitens der Mitglieder des Rawim erforderlich machen würde.

Eine Stunde vor Morgengrauen saßen die Waldbewohner beisammen und nahmen ihr Frühstück zu sich, das Ben und Goody Stichler zubereitet hatten: heißes Gebäck, frisch aus dem Ofen, mit

Butter und eingekochten Pflaumen und dazu Krüge mit kalter, sahniger Milch.

»Mmmff, jetzt schau dir doch bloß einmal an, wie die Otter und Eichhörnchen zulangen. Man könnte meinen, dass sie drei Jahreszeiten lang fortbleiben würden«, murmelte Ben Stichler, der den Mund voll von heißem Gebäck hatte.

Goody füllte seinen Becher mit Milch auf. »Jetzt hör sich das einer an, ein Esel schimpft das andere Langohr. Du bist doch schlimmer als sie alle zusammen, Ben Stichler. Kümmere dich vor allem darum, dass meine beiden kleinen Igelchen satt werden. Sorge dafür, dass sie ihren Proviant auch wirklich erhalten.«

Skipper steckte sich ein übrig gebliebenes Stück Gebäck in den Beutel mit den Wurfgeschossen für seine Schleuder. »Nun ängstigt Euch nicht, gnädige Frau. Noch bevor die Abendglocke erschallt, werden beide ein großes Fresspaket bekommen haben.«

Lady Ambra hob ihren Schwanz und winkte damit. »Auf gehts. Stellt euch auf, die Waldbewohner mit dem Proviant in der Mitte, Eichhörnchen und Otter als Wachen an den Flanken und ein Spähtrupp marschiert voraus. Martin, du kannst uns mit deiner Gruppe ein Stück des Weges begleiten.«

Sie brachen vor Morgengrauen von Brockhall auf, der Wald lag noch in tiefem Schlummer. Beide Gruppen schlichen leise auf die Bäume zu. Bevor sie im Wald verschwanden, winkten sie Bella, Äbtissin Germania und Goody Stichler, die draußen vor Brockhall im Gras standen, zum Abschied noch einmal zu.

Die alte Äbtissin verschränkte ihre Pfoten in den weiten Ärmeln ihrer Kutte. »Hoffen wir, dass beide Gruppen erfolgreich sein werden.«

Goody Stichler blinzelte eine Träne fort. »Hoffen wir, dass mein Ferdy und mein Coggs das gute Essen auch bekommen.«

Bella blickte hinterher, als die letzte Gestalt im dichten Wald von Mossflower verschwand.

»Ja, und hoffen wir, dass Martin meinen Vater, Keiler den Kämpfer, zu uns zurückbringen kann, damit er uns alle rettet und von dem Gesindel aus Kotir befreit.«

Es war kurz vor Mittag. Schramme und Kladd hatten sich unter einer alten Weißbuche ausgestreckt. Um sie herum lagen überall Truppenmitglieder im Hinterhalt, die meisten davon schliefen tief und fest. Kladd hatte ein oder zwei Soldaten entdeckt und war drauf und dran, sie mit seinem Speerende zu maßregeln, als Schramme plötzlich eine Pfote an seine Lippen legte und auf eine Waldlichtung zeigte.

Die Waldbewohner, die an den schlafenden Soldaten vorbeimarschierten, bemerkten gar nicht, dass sie beobachtet wurden. Skipper schritt kühn voraus und wirbelte mit seiner Schleuder. Einige der Otter hatten den Trägern ihre Last abgenommen. Sie spazierten weiter und unterhielten sich angeregt mit den Mäusen aus Loamhedge. Auf halber Höhe schwang Lady Ambra sich mit ihren Bogenschützen durch das Geäst von Kastanien, Platanen und Ulmen.

Schramme und Kladd beobachteten schweigend, wie die merkwürdige Gesellschaft an ihnen vorbeizog. Kladd hoffte, dass keiner seiner Soldaten geräuschvoll aufwachen möge; er spürte, wie eine Belohnung und seine Beförderung in greifbare Nähe rückten. Aufgeregt rieb er sich die Pfoten und stupste seinen Gefährten an.

»Heilige Klaue, die können nur zu einem Ort unterwegs sein, und zwar Kotir. Wenn die Königin erst davon erfährt, was, Schramme?«

Als er sich erhob, wurde er von Schramme, der nicht gerade zimperlich mit ihm umsprang, wieder auf den Boden gezogen. »Schschsch! Schau doch mal nach da drüben.«

Martin, Dinny und Gonff, die eine etwas andere Richtung eingeschlagen hatten, kamen zwischen den Bäumen in Sicht. Sie marschierten einen Pfad entlang, der Kotir in südlicher Richtung umgehen und sie dann nach Westen führen würde. Columbine war an Gonffs Seite gegangen, aber jetzt, da ihre Wege sich trennten, eilte sie schnell hinter den anderen her. Während Kladd sie dabei beobachtete, nahm er sich fest vor, Schramme eines Tages heimzuzahlen, dass er ihn mit der Nase in den Dreck gestoßen hatte. Schramme ahnte nicht, dass er den Groll seines Hauptmannes auf sich gezogen hatte, er lauschte dem Abschiedslied, das Gonff für Columbine sang, während diese ihm mit ihrem Taschentuch hinterherwinkte.

*»Ade, Columbine, ade.*
*Wie schad, dass ich nun von dir geh.*
*In Mossflowers Wald unser Weg sich trennt.*
*Tag für Tag schaue aus nach mir,*
*irgendwann bin ich wieder hier.*
*Bei Nacht oder Tag, wenn die Sonne brennt.«*

Schramme kicherte. Mit klimpernden Wimpern ergriff er ein Gänseblümchen und roch ungestüm daran. »Haach, ist das nicht romantisch? Der junge Mäuserich singt ein Abschiedslied für seine süße … Aua!«

Mit der flachen Speerklinge hatte Kladd ihm einen kräftigen Schlag zwischen die Ohren versetzt. »Halt die Klappe, du Blödian. Willst du etwa den ganzen Wald auf dich aufmerksam machen? Die drei gehen nicht nach Kotir. Oh nein, die haben ein anderes Ziel. Jetzt hör mal gut zu, du Schlammohr, ich habe eine Aufgabe für dich. Nimm zwei von den anderen mit und folge ihnen. Lass sie nicht aus den Augen. Finde heraus, wo sie hingehen und was sie dort wollen, dann machst du mir Meldung.«

Schramme rieb sich entrüstet seinen Kopf. »Oh ja. Geh und folge den dreien. Wer weiß, wo sie hingehen oder wie lange es dauern wird? Pah, du denkst wohl, ich hab nicht mehr alle Eicheln am Baum, Kladd. Ich weiß auch, was du inzwischen machen wirst, Kumpel – du wirst dir den ganzen Ruhm unter den Nagel reißen. ›Ja, Hoheit, nein, Hoheit, aber immer doch, Hoheit. Ich habe sie zuerst gesehen und den dummen alten Schramme hinter dem merkwürdigen Trio hergeschickt.‹ Hoho, ich durchschaue dein Spielchen, Wiesel.«

Kladd packte Schramme grob am Ohr und begann, es ihm brutal umzudrehen. »So ist das also! Befehlsverweigerung, was, Schramme? Jetzt wirst du mir mal schön zuhören, du schmuddeliger, halb gebackener, armseliger Möchtegernsoldat. Wenn ich Ihrer Majestät von deinem Ungehorsam Meldung mache, wird sie dich auf dem Exerzierplatz dem Adler zum Fraß vorwerfen, ist das klar? Und jetzt sieh zu, dass du die Beine in die Pfote nimmst, Wurmhirn. He, ihr beiden, Eckzahn Frettchen und Splitternase Hermelin, nehmt euch Waffen und Proviant, ihr geht mit Schramme. Na macht schon – das ist ein Befehl!«

Schlecht gelaunt schlich das Dreiergespann unter Murren davon.

»Was ist Kladd doch für ein alter Schaumschläger.«

»Pah, ich möchte mal wissen, wie der es jemals zum Hauptmann gebracht hat.«

»Wenn man ihm den Speer wegnimmt, fällt er doch vornüber und haut sich die Nase platt.«

»Genau! Zarinas Schoßhündchen, der Igelbabyfänger.«

Kladd wartete, bis sie fort waren, dann schulterte er seinen Speer. »Los, Jungs. Macht euch auf die Pfoten. Wir werden die Abkürzung nehmen und Richtung Norden zur Garnison zurückkehren, dann kann die Hoheit den Besuchern aus dem Wald ein herzliches Willkommen bereiten.«

Kladd ließ den Trupp im Eilschritt laufen. Schon bald war der Ort, an dem die drei Pfade sich gekreuzt hatten, verlassen, und der letzte Soldat verschwand unter dem hellen, Schatten spendenden Blätterdach des Waldes von Mossflower.

Gegen Abend wurde Zarina unruhig. Sie ließ die zwei Gefangenen aus dem Verlies heraufbringen. Die Wildkatzenkönigin wollte sich nicht eingestehen, dass es ihr nicht gelang, über zwei kleine Igel die

Oberhand zu gewinnen. Sie blieb beharrlich auf dem Standpunkt, dass der Hunger ihnen die Zungen schon lösen würde.

Ferdy und Coggs standen vor ihr und hatten die Augen auf eine große Schale mit kandierten Früchten und Nüssen gerichtet.

Geschickt ließ Zarina sich eine Frucht in ihren Mund fallen und leckte den klebrigen Zuckerguss genüsslich von ihren Klauen, eine Kralle nach der anderen.

»Mmm, köstlich! Ich möchte wetten, dass jeder von euch beiden alle Früchte auf einmal aufessen könnte. Na, kommt schon. Seid doch nicht so schüchtern. Der Erste von euch, der mir meine Fragen brav beantwortet, bekommt die ganze Schale für sich.«

Coggs leckte sich über die Lippen. Ferdy ergriff seine Pfote und sprach für sie beide.

»Pah, ich würde all das jederzeit für ein Stück Apfelkuchen von meiner Mutter eintauschen.«

Zarina lächelte gewinnend. »Natürlich würdest du das. Deine Mutter bäckt doch bestimmt den besten Apfelkuchen in ganz Mossflower, hab ich Recht?«

Coggs wischte sich sein feuchtes Schnurrhaar mit dem Pfotenrücken ab. »Oh ja, das will ich wohl meinen. Heiß aus dem Ofen mit so viel frischer Sahne drauf, dass er schwimmt.«

Zarina nickte liebenswürdig. »Köstlich. So mag ich ihn am liebsten. Wie heißt denn eigentlich deine Mutter?«

Ferdy war vollkommen überrumpelt: »Goody.«

»Goody, und wie weiter?«, schnurrte die Wildkatzenkönigin freundlich.

Coggs trat nach Ferdy und sagte: »*Gut, die* Äpfel, die meine Mutter immer nimmt. Wir lieben ihren Apfelkuchen, mehr haben wir dazu nicht zu sagen!«

Zarina blickte sie finster an und schob die Schale mit den Süßigkeiten von sich fort. »Wärter! Nehmt diese beiden dummen Bälger und sperrt sie wieder ein. In einer Woche werden sie schon gelernt haben, was Hunger ist.«

Während sie abgeführt wurden, rief Coggs mutig: »Richtig, und du wirst in zwei Wochen schon merken, dass du es mit Kriegern aus dem Wald zu tun hast, die wissen, was sie zu tun haben, Katze.«

Tief unter ihnen saß Tschipp vor den Gitterstäben des Kerkers. Er war gerade dabei, den neuen Plan eingehend mit Gingivere zu besprechen.

Als der Abend sich über den Wald senkte, war Gonff der Erste, der über Müdigkeit klagte.

»Puh, es ist schon eine ganze Zeit her, dass ich so weit marschiert bin, Kumpels. Was meint ihr, wollen wir hier die Nacht verbringen? Dann können wir uns morgen erfrischt und ausgeruht wieder auf den Weg machen. Dieser Baum sieht doch ganz einladend aus.«

Klein Dinny sah sich genau um. Es war ein abgestorbener Kastanienstumpf mit einem kleinen Loch zwischen den beiden Hauptwurzeln.

»Hajaj, ich tu dieses Fleckchen kennen. Tu manch eine Nacht hier verbracht haben. Tut gar nicht schlecht sein, haja.«

Martin duckte sich und kroch in den beengten Raum hinein. »Gerade genug Platz für uns drei. Machen wir für heute Feierabend. Na, dann hol mal was für unser Abendbrot heraus, Gonff.«

Während Gonff das Essen hinstellte, häufte Dinny Erde und Laub um den Eingang herum auf. Nur ein kleines Guckloch ließ er frei. Der Maulwurf war gerade damit fertig, da erhob er auch schon wachsam eine Pfote.

»Tut grad still sein. Tut herkommen und tut euch das anschauen, bohörr.«

Mucksmäuschenstill standen sie dicht gedrängt an dem Loch und sahen zu, wie Schramme, gefolgt von Splitternase und Eckzahn, geräuschvoll durchs Unterholz gestolpert kam.

»Haha, sei auf der Hut. Kladd, der Schrecken des Waldes, ist hinter dir.«

»Da glaub man dran! Der ist wahrscheinlich längst in Kotir und haut sich den Wanst voll.«

»Richtig, und bald wird er sich auch noch in einem trockenen Bett schlafen legen.«

»Ist immer noch nichts von den Mäusen und dem Maulwurf zu sehen, Schramme?«

»Es ist schon so dunkel, dass ich die Pfote nicht vor Augen sehen kann, von Mäusen und einem Maulwurf mal ganz zu schweigen. Kommt mit, wir verlassen den Wald, solange wir es noch können. Wenn wir es bis zur Straße schaffen, dann haben wir zumindest einen trockenen Graben, in dem wir unser Nachtlager aufschlagen können.«

»He, Eckzahn, nun hör schon auf, den Proviant in dich hineinzustopfen. Nachher ist nichts mehr für uns übrig.«

»Ach was, da ist mehr als genug. Und überhaupt bin ich total ausgehungert.«

»Du bist ausgehungert? Ich hab ja selbst seit dem Frühstück keinen Bissen zu essen gehabt! Gib mir mal den Proviant her.«

»Nein, das tu ich nicht! Lass mich los, du Gierschlund!«

»He, ihr beiden, ich übernehme das. Herrje, ihr gefräßigen Volltrottel, jetzt habt ihr das Essen überall verstreut.«

»Ich war das nicht, das war er. Er hat mich geschubst, der alte Tollpatsch.«

»Selber Tollpatsch, du Vielfraß. Dir werd ichs zeigen!«

»Auauu! Das werde ich Hauptmann Kladd melden, wenn wir zurückkommen.«

»Na, dann geh doch – kannst es ja deiner Mutter melden.«

In dem Loch unter dem Kastanienbaum saßen die drei Freunde und hielten sich vor stiller Heiterkeit die Bäuche. Die Lachtränen rannen ihnen das Schnurrhaar hinunter, als sie sich das lustige Schauspiel ihrer Verfolger ansahen, die, ungeschickt und tölpelhaft umhertappend, in der Dunkelheit verschwanden, ohne jedoch mit dem Kämpfen und Streiten aufzuhören.

»Ojoj, du liebe Güte, da tun wir von solchen Kindsköpfen gejagt werden. Dieses Ungeziefer tut nicht mal den Weg aus nem flachen Loch rausfinden können, bohörr.«

Gonff reichte Martin den Käse. »Kein Wunder. Hast du gehört, wer ihr Anführer ist, Kumpel? Der alte Kladd, der Klotz. Der kann doch nicht einmal seinen eigenen beiden Ohren befehlen, aufrecht zu stehen.«

Martin stellte sein Essen beiseite. »Das mag schon sein, aber er war schlau genug, uns auszuspionieren, ohne dass wir etwas davon gemerkt haben. Ich denke, wir sollten sie als Feinde ernst nehmen. Auf diese Weise werden wir wenigstens nicht überrumpelt. So, und jetzt sollten wir Abendbrot essen und dann schlafen. Wir haben morgen einen langen Tag vor uns.«

Zarina stand am Fenster ihres Gemaches im oberen Stockwerk. Mit dem Eifer eines hungrigen Raubtieres versuchte sie, mit ihren Augen die Nacht zu durchdringen. Sie sah, wie Kladd mit seiner Sonderpatrouille vom Nordrand des Waldes aus auf Kotir zueilte, und als sie ihren Blick in einem Bogen schweifen ließ, sah sie, wie sich auch am Südrand des Waldes etwas bewegte.

Waldbewohner!

Zarina hechtete zu ihrem Tisch hinüber und klingelte energisch mit ihrer kleinen Glocke. Ein Frettchen namens Rechen kam hereingelaufen.

»Schnell, alarmiere die ganze Garnison. Ich will, dass sich alle in den Baracken aufstellen und dort auf meine Befehle warten. Sag ihnen, sie sollen keinen Mucks von sich geben. Schick Kladd zu mir. Er wird jeden Moment eintreffen.«

Rechen wunderte sich, dass Zarina von Kladds bevorstehender Ankunft wusste, aber er wagte es nicht, sie jetzt danach zu fragen. Er hob seinen Schild mit den Tausend Augen und salutierte zackig.

»Wird gemacht, Hoheit.«

Zarina blickte angestrengt zu der Gruppe von Ottern, Mäusen und

Igeln hinüber. Sie bemerkte eine leichte Bewegung in den Baumkronen – also waren auch Eichhörnchen dabei. Dieses Mal hatte sie das Überraschungsmoment auf ihrer Seite, und sie hatte nicht vor, die Chance ungenutzt verstreichen zu lassen. Jetzt war der Zeitpunkt gekommen, wo Zarina sie das Fürchten lehren würde.

Auf der Treppe stolperte sie auf halbem Wege über Kladd, der zu ihrem Gemach hinaufeilte, um seinen Bericht abzugeben.

»Hoheit, ich habe einige außergewöhnliche Informationen über das Vorgehen der Waldbewoh…«

»Ja, das weiß ich bereits. Formiere deine Patrouille und erscheine so schnell wie möglich mit ihr in der Hauptbaracke.«

»Aber Majestät, da ist ein Rotkehlchen durch den Wald geflogen und ich habe Dick…«

Zarina wirbelte herum und stürzte sich auf das begriffsstutzige Wiesel. »Rotkehlchen? Was spuckst du denn jetzt wieder für einen Blödsinn aus? Was geht mich ein Rotkehlchen an? Geh mir aus den Augen, du unnützer Klotz.«

Kladd blieb bestürzt auf der Treppe stehen, während sie an ihm vorbeirauschte. Es hatte keinen Sinn, mit Zarina zu reden, wenn sie in einer derartigen Stimmung war.

Der höchste Baum nahe der Südseite von Kotir war eine stattliche Ulme. Tschipp saß auf einem ihrer Äste, als er die Waldbewohner auftauchen sah.

»Ähem, örhörr! Hier herüber bitte, aber mucksmäuschenstill! Nicht dass wir womöglich noch einen Adler aufwecken.«

Skipper salutierte ihm seemännisch mit seinem Schwanz. »Ahoi, Offizier. Wie sieht es denn auf dem Schiff aus?«

Tschipp tippelte auf dem Ast auf und ab. »Ähem, na ja, es scheint zwar alles in bester Ordnung zu sein, örhörr. Aber ich habe da so meine Zweifel.«

Lady Ambra ließ sich neben ihn fallen, worauf das nervöse Rotkehlchen vor Schreck einen Satz machte.

»Meine Dame! Würdet Ihr höflichst die Güte haben, Eure Anwesenheit auf weniger spektakuläre Weise zum Ausdruck zu bringen?«

Ben Stichler und die Übrigen waren damit beschäftigt, am Fuße der Ulme Proviantpakete abzuladen. Columbine blickte zu dem Rotkehlchen hinauf.

»Wisst Ihr was, Ben? Irgendwie habe ich ein ebenso ungutes Gefühl wie Tschipp.«

Ben reichte die Pakete an die Eichhörnchen weiter, die den Baumstamm mit unglaublicher Leichtigkeit hinaufhüpften.

»Stimmt, meine Liebe, ich weiß genau, wie du dich fühlst. Mir gefällt dieser Ort auch nicht im Geringsten.«

Plötzlich kam ein Pfeil aus der Dunkelheit angezischt und bohrte sich zitternd in die Ulmenrinde, so als wolle er die Bemerkung des Igels noch unterstreichen.

»Ein Überfall! Alles in Deckung!«, rief Lady Ambra mit durchdringender Stimme von ihrem Ausguck.

Sofort wurden die Mäuse und Igel durch eine Mauer aus Otterkörpern abgeschirmt. Skipper hüpfte nach vorn und wich einem Speer aus, während er eine mit mehreren Steinen bestückte Schleuder wirbelte.

»Da drüben, Matrosen. Im Dickicht. Gebt ihnen schnell eine ordentliche Breitseite, Jungs.«

Reihen von stämmigen Ottern schickten einen Geschosshagel aus harten Flusskieseln durch die Luft.

Die Steine zerbeulten Rüstungen und prallten an Körpern ab. Der Klang ihres dumpfen Aufschlagens mischte sich mit den Schreien und Rufen der im Hinterhalt Liegenden.

Nach dieser ersten Salve sprang Zarina nach vorn und trieb ihre Soldaten zum Angriff: »Greift an! Erledigt sie – jetzt! Hoch mit euch! Greift an!«

Die Soldaten stampften laut schreiend und Drohungen ausstoßend auf die Waldbewohner zu und wedelten mit Spießen und Speeren.

Lady Ambra bewahrte einen kühlen Kopf. Sie legte einen Pfeil an ihre Bogensehne und in den höher gelegenen Zweigen um sie herum folgten alle Eichhörnchen ihrem Beispiel. Sie legte ihren Schwanz flach auf den Ulmenast, auf dem sie saß.

»Ruhe in den Bäumen! Wartet, bis sie ins Freie kommen, achtet auf mein Signal.«

Ein oder zwei der Otter waren durch Speere niedergestreckt worden, aber Skipper hatte Ambra gehört und unterstützte ihre Strategie. »Ottercrew, Schlingen laden! Erst werfen, wenn die Pfeile surren.«

Als die Armee von Kotir mehr als die Hälfte der Entfernung zurückgelegt hatte, verlangsamte Fortunata ihren Schritt und blieb mit Aschenbein und Kladd zurück, sodass Zarina ganz allein das Feld anführte. Sie war zuversichtlich, dass der Angriff über diese große Entfernung nicht zu viel Kraft kosten würde, daher wandte sie sich um und feuerte ihre Truppen unablässig an.

Da entschied Lady Ambra, dass sie weit genug gekommen waren. Ihr Schwanz schnellte hoch wie ein Banner, und sie rief: »Bogenschützen, Feuer!«

Lautes Pfeilzischen folgte und stoppte die Vorhut mitten im Lauf, sodass die mittleren Ränge und die Nachhut auf die Gefallenen an der Spitze prallten.

»Alle Matrosen an den Schleudern, Feuer!«, erschallte Skippers wilder Schrei und übertönte noch den Tumult.

Ein zweiter dichter Steinhagel traf die verwirrten Soldaten hart und schnell.

Zarina war nun gezwungen, Schutz in ihren eigenen Reihen zu suchen. Erbost knurrte sie ihre Befehle.

»Erste Reihe auf die Knie, zweite Reihe stehen bleiben. Bildet mit euren Schilden vor uns eine Schutzmauer und marschiert voran. Steckt eure Speere durch die Lücken zwischen den Schilden. Schnell, ihr Trottel! Fortunata, stell die Bogenschützen weiter hinten auf. Sie sollen über unsere Köpfe hinweg auf die Waldbewohner schießen. Beeilung!«

Die Erkenntnis, dass sie bei einem schweren Angriff in ernsthafte Gefahr geraten würden, ließ die Truppen von Kotir losschlagen.

Ben Stichler und Columbine krochen auf allen vieren herum und koordinierten diejenigen, die nicht am Kampf beteiligt waren.

»Freunde, helft den Verwundeten. Begebt euch schnell und leise mit ihnen hinter diesen Baum. Der Vormaulwurf ist mit einem Hilfstrupp zu uns gestoßen.«

Sie glitten davon; ihr Rückzug wurde von Skipper und seiner Crew gedeckt.

Inzwischen feuerten die Soldaten Pfeile ab. Ratternd prallten sie gegen Baumstämme, fielen herunter und blieben dann in der Erde stecken, einige trafen auch ihr Ziel unter den Waldbewohnern. Die von den Schilden geschützte Vorhut kam langsam, aber stetig voran.

Skipper und Ambra hatten ihre Angriffstruppen aufeinander abgestimmt. Immer wenn die Otter Steine und Speere geworfen hatten, schossen die Eichhörnchen ihre Pfeile hinterher, sodass jeder dem anderen genug Zeit verschaffte, um erneut zu laden, ohne dass das Feuer unterbrochen wurde.

»Schleudern, los!«

»Bogenschützen, Feuer!«

Pinsel und Birke waren zwei große und fähige Eichhörnchen. Auf Lady Ambras Anordnung hin luden sie sich so viele Proviantpakete auf, wie sie nur irgend tragen konnten, und hüpften dann zu der am weitesten entfernt gelegenen Seite von Kotir. Tschipp begleitete sie. Alle drei waren mucksmäuschenstill und wurden von den unter ihnen Kämpfenden nicht entdeckt.

Kladds Gebrüll trieb die Soldaten voran. »Nun macht schon, ihr Kerle. Bewegt eure Stelzen, ihr Trödelbande. Nicht nachlassen. Es dauert nicht mehr lange, dann haben wir sie. Schon bald werdet ihr jeder einen Otter für euch haben.«

Ein Hermelin zuckte zusammen, als sein Speerschaft von einem Stein getroffen wurde und der Schmerz ihm durch die Klaue fuhr. »Puh, ich schnappe mir lieber eine Maus oder einen verwundeten Igel, Kumpel. Sollen Kladd und die Königin es doch mit den großen Ottern aufnehmen.«

Sein Gefährte, ein Wiesel, nickte zustimmend. »Richtig, sollen sie sich doch den Ruhm einheimsen. Wir sind auch mit dem, was übrig bleibt, zufrieden.«

Sekunden später ließ ein Pfeil es für immer verstummen.

Lady Ambra machte sich allmählich Sorgen. Sie rief zu Skipper hinunter: »Uns gehen hier oben so langsam die Pfeile aus, Skip. Es sind einfach zu viele. Wir können sie nicht mehr aufhalten, sieht ganz so aus, als ob sie uns den Rest geben.«

Mit heraushängender Zunge schleuderte Skipper zwei große Steine von sich.

»Noch ist das letzte Wort nicht gesprochen, Gnädigste. Wir müssen nur zusehen, dass wir möglichst viele von ihnen erwischen.«

# 21

Am frühen Morgen war alles in einen weißen Dunstschleier gehüllt. Er haftete an Bäumen und Büschen wie ein Schal aus feiner Gaze. Glänzende Tautropfen waren die Vorboten eines heißen, sonnigen Tages.

Da sie schnell vorankommen wollten, machten sich die drei Freunde gleich wieder auf den Weg und nahmen ihr Frühstück im Gehen ein. Martin holte Gebäck für sie heraus, Gonff teilte einen rotgelben Apfel auf und Dinny verschwand im Nebel und kam mit einer Feldflasche frischen Quellwassers zurück.

Ihre Glieder, die von der Nacht noch ganz steif waren, lockerten sich langsam wieder. Mit forschem Schritt ging es voran, während Gonff sein neuestes Marschlied anstimmte:

*»Sala-manda-stron, schau, wir kommen schon:*
*Ein Krieger, ein Maulwurf, ein Dieb sind dabei.*
*Wenns auch heißt, dass die Suche gefährlich sei,*
*marschieren wir doch bis zum Ziele, wir drei.*
*Sala-manda-stron.«*

Die strahlende Morgensonne durchdrang den Dunst und ließ ihn zerschmelzen, bis nur noch ein gelblicher Schleier zu sehen war. Martin und Gonff bemühten sich angestrengt, keine Miene zu verziehen, als sie hörten, wie Dinny das Marschlied in der Maulwurfssprache wiedergab.

»Sammer-lander-sturm, schau, wir tun kommen!«

Die drei Freunde waren immer noch gut in Form, als sie den Waldrand von Mossflower erreichten. Sie traten aus dem Wald heraus und erblickten eine Straße aus brauner Erde, die sich wie eine Schlange wand und schlängelte. Dahinter erstreckte sich verschwommen die weite Ebene, die in der Hitze flimmerte. Zwischen dem Weg und der Ebene lag ein tiefer Graben, der allerdings aufgrund der Trockenheit nur ein kleines Rinnsal führte.

Die Gefährten verhielten sich still, denn sie hatten nicht vergessen, dass Schramme sich mit seinen Gehilfen vielleicht irgendwo in der Nähe aufhielt.

Gonff ging in den Wald zurück und holte einen langen, kräftigen Ast. Mit seinem Messer schnitt er die Zweige ab.

Interessiert sah Martin zu. »Was hast du denn vor, Kumpel?«, fragte er mit gedämpfter Stimme.

Klein Dinny wusste es. »Er tut eine Stange schneiden, hajo, womit wir über den Graben tun springen können. Das tun die Eichhörnchen machen, wenns keinen Baum nicht zum Überspringen geben tut, haja.«

Martin nahm die Stange in die Pfote und balancierte sie. »Oh, ich verstehe. Eine Sprungstange. Gute Idee, Gonff.«

Sorgfältig umfasste Gonff die Stange ganz am Ende, dann hob er sie an, bis sie gerade vor ihm in der Luft hing.

»Ich zuerst, dann Dinny und zuletzt du, Kumpel. Schaut mir gut zu, dann wisst ihr, wie es gemacht wird. Ich bin nämlich der König der Stabhochspringer, müsst ihr wissen.«

Gonff nahm trabend Anlauf. Mit der Stange parallel zum Boden, rannte er über die Straße, dann stieß er die Stange in den Graben, stemmte sich nach oben und vorwärts. Martin sah, wie die Stange sich bog und Gonff hoch in die Luft trug. Der Schwung reichte mit Leichtigkeit aus, um ihn über den Graben zu bringen. Er landete sacht auf seinen Pfoten und schubste die Stange zurück zum Maulwurf.

Dinny hielt sie behutsam fest und flüsterte Martin zu: »Ojoj, ich tu schon sagen, ich tus hassen, die gute Erde zu verlassen. So dumm tun nur die Federvögel sein. Ach, was solls, ich tus anpacken, hajo.«

Im Watschelgang schlurfte Dinny los, stieß mit der Stange in den Graben und erhob sich langsam in die Luft. Er hatte allerdings nicht genug Schwung, um ganz auf die andere Seite zu gelangen; die Stange blieb auf halber Höhe stehen und bewegte sich dann langsam wieder zurück. Martin stürzte hinzu, fing die Stange weiter unten auf und warf sich mit aller Kraft dagegen, worauf sie wieder vorwärts schnellte. Dinny wurde im hohen Bogen über den Graben katapultiert. Er landete ziemlich weit oben am anderen Ufer und wurde von Gonff gepackt, der ihm die Böschung hinaufhalf. Dort blieb Dinny liegen und küsste das Gras vor Dankbarkeit, dass er wieder festen Boden unter den Pfoten hatte.

Für Martin war der Sprung dank seiner Stärke und Kühnheit ein Kinderspiel. Er hatte großes Vergnügen daran, durch die Luft zu fliegen. Als Dinny sich erholt hatte, machten sie sich daran, die Ebene zu durchqueren.

Sie waren noch nicht lange fort, als Eckzahn sich gähnend im Graben zu recken begann. Die Verfolger hatten ihr Lager ein Stück weiter südlich aufgeschlagen.

Splitternase drehte sich im Schlaf um und rutschte von dem schmalen Streifen, wo das Bachbett trocken war, geradewegs in das flache, schlammige Wasser.

»Iiiigitt, neee! Ihr verdammtes Pack! Wer war das? Na kommt schon, gebt es zu!«

»Hi, hi, hi! Das warst du doch selbst, du Dussel. Es wundert mich, dass du nicht einfach weitergeschnarcht hast.«

»Was, ich und schnarchen? Hast du dich selbst eigentlich schon mal gehört? Du klingst wie eine gurgelnde Gans.«

»Blödsinn. Ich habe kein Auge zugetan. Das heißt, ich muss wohl vor einiger Zeit ganz kurz einmal eingenickt sein. Das war schon merkwürdig. Ich habe von einer Maus ein Stück weiter oben am Graben geträumt. Und nun ratet doch mal, was die machte. – Sie flog über den Graben!«

»Hi hi hi, ha ha! Sie wurde aber nicht zufällig von Kladd verfolgt, der vorgab, eine Schwalbe zu sein, oder?«

»Ha, du hast gut lachen, Dickwanst. Mir war, als würde ich gar nicht schlafen. Die Maus flog, wenn ich es dir doch sage!«

»Selber Dickwanst! Das ist die Strafe dafür, dass du gestern Abend den ganzen Proviant in dich reingestopft hast. Deinen Albtraum hast du nur deiner Gefräßigkeit zu verdanken.«

»Hab ich nicht. Mir kam es eher vor wie ein Tagtraum, den ich nur meinem leeren Magen zu verdanken habe. Ich bin völlig ausgehungert.«

Schramme beachtete ihren Streit gar nicht. Er kletterte aus dem Graben, holte ein Stück Brot aus seinem Rucksack und kaute darauf herum.

Splitternase und Eckzahn unterbrachen ihre Kabbelei und beschwerten sich.

»He, das ist nicht fair. Du bist doch hier angeblich der Anführer. Dann musst du auch dafür sorgen, dass wir etwas Vernünftiges zu essen bekommen.«

»Das ist richtig. Ich habe allerdings nur ein kleines Fitzelchen Brotkruste und das ist auch noch patschnass von dem stinkenden Grabenwasser.«

Verächtlich warf Schramme eine Kruste auf den Rand der Böschung. »Da habt ihr was. Für den, der zuerst hier oben ist.«

Das Frettchen und das Hermelin kämpften mit Zähnen und Klauen. Sie traten einander, um als Erster aus dem Graben zu kommen. Eckzahn war der Sieger. Er griff sich die Kruste, während Splitternase Mitleid erregend jammerte. »Bitte gib mir was ab, Ecki. Nun mach schon. Ich würd es auch tun, wenn ich Brot hätte.«

»Würdest du nicht, Hermelingesicht.«

»Würde ich doch.«

»Nein.«

»Doch.«

Schließlich gab Eckzahn widerwillig nach. »Hier, du Jammerlappen. Aber schling nicht alles auf einmal runter.«

»Heda, das ist ungerecht. Du hast die größere Hälfte.«

Schramme war ein Stück weit am Graben entlanggegangen. Er kaute auf einer frischen Butterblume, verzog sein Gesicht, spuckte sie aus und rief: »He, ihr beiden, jetzt hört mit der Nörgelei auf und schaut euch das hier mal an.«

Sie kauten noch auf dem letzten Rest Kruste, als sie gemächlich auf ihn zuschlenderten. »Was gibt es denn?«

Verzweifelt schüttelte Schramme den Kopf. »Was glaubt ihr denn, was das hier ist, ihr Schwachköpfe? Seht ihr es denn nicht? Das ist die Spur von den zwei Mäusen und dem Maulwurf. Schaut, hier und hier, die Pfotenabdrücke sind ganz deutlich. Sie führen nach Westen.«

Splitternase fand die Stange und hielt sie triumphierend hoch. »Aha, noch ein Hinweis. Bestimmt sind sie damit aus dem Graben geklettert.«

»Ach, nun wirf das Ding schon weg, du Pappnase«, höhnte Schramme. »Gleich wirst du mir noch weismachen wollen, dass sie damit durch die Luft geflogen sind. Nun kommt schon, ihr beiden. Wenigstens haben wir ihre Spur gefunden.«

Tschipp saß auf dem höchsten Ast einer Buche auf der Südseite von Kotir. Bevor er zum Verlies flog, überprüfte er noch die Riemen, mit denen sein Päckchen befestigt war. Pinsel und Birke verfolgten, wie er im schwachen Licht des Morgengrauens davonflog, dann legte Pinsel das nächste Päckchen bereit.

»Es müsste eigentlich schnell gehen, dann können wir uns zurückschleichen und nachsehen, wie die Schlacht läuft.«

Birke blickte in seinen Köcher. »Ich habe fast keine Pfeile mehr. Den anderen geht es bestimmt genauso. Weißt du was? Du bleibst hier und kümmerst dich um das Rotkehlchen, während ich zum Stützpunkt zurückhusche. Ich werde im Waffenlager alle Pfeile einsammeln, die ich in die Pfoten bekommen kann, und sie dann unseren Bogenschützen bringen.«

»Gute Idee. Bis später, Kumpel.«

Von der Rückseite der Ulme aus war es nur noch eine kurze Strecke bis zum schweren, lehmigen Boden des Waldes. Der Vormaulwurf führte die kleine Gruppe an, Columbine und Ben bildeten die Nachhut. Sie wurden von dem Maulwurf Erdwerfer unterstützt, einem jungen Meistergräber. »Hajaj, nun tuts nur noch ein kleines Stücklein sein, Gefährten«, kicherte er geheimnistuerisch. »Meine Gräber tun einen schönen Fluchttunnel für euch angelegt haben, bohörr.«

Dankbar nahmen sie die Hilfe an, als die Maulwürfe ihnen beim Abstieg in den breiten Tunnel zur Pfote gingen. Während sie unter Tage weitermarschierten, konnte Columbine hören, wie Erdwerfer hinter ihnen die Erde aufschüttete. Weiter vorn sagte der Vormaulwurf beruhigend zu ein paar Mäusen: »Ihr braucht keine Angst nicht zu haben, meine Kleinen. Wir tun allerweil auf Maulwurfstiefe gehen. Da tut niemand euch finden, hano.«

Zarinas Entschlossenheit war ungebrochen. Unbarmherzig trieb sie ihre Streitkräfte voran.

»Los doch. Seht ihr denn nicht, dass der Pfeil- und Steinhagel nachgelassen hat? Macht weiter. Wir haben sie.«

Fortunatas Ohr pochte unbarmherzig. Die Fähe war von einem Pfeil durchbohrt worden, hatte aber noch Glück gehabt, dass er sie nicht an einer tieferen Stelle getroffen hatte, dann wäre er nämlich in ihrem Schädel stecken geblieben. Mit einer Pfote presste sie ihre eigenen Kräuter auf die Wunde und blickte trübsinnig nach oben. Da erblickte sie ein großes Eichhörnchen, das mit Pfeilköchern beladen herbeigesprungen kam. Die Füchsin fiel ein paar Schritte zurück und murmelte leise: »Wenn Ihr glaubt, dass Ihr sie habt, Hoheit, dann holt sie Euch nur selber.«

Am Fuß des Ulmenstammes trieben zwei von Skippers Matrosen lange spitze Pfähle in den Boden. Um die Pfähle herum war Erde aufgeschüttet worden und obenauf lagen belaubte Äste. Von weitem sah es für jeden aus, als ob hier eine mit Speeren bewaffnete Ottercrew im Hinterhalt läge.

Die von Birke beschafften Pfeile sorgten trotz Zarinas Drohungen und Überredungskünsten dafür, dass die Soldaten von Kotir ein kurzes Stück zurückgetrieben wurden. Lady Ambra prüfte nach, ob die Maulwürfe mit ihren Schützlingen entkommen waren.

»Alles bereit, Skip?«

Skipper hielt eine Pfote hoch. »Kann jederzeit losgehen, Gnädigste.«

»Gut. Wir werden noch ein paar schwere Salven abfeuern und Ihr seht zu, dass Ihr Euch mit Eurer Crew davonstehlt. Wir sehen uns dann in Brockhall.«

»In Ordnung. Weidmannsheil, Gnädigste. Kommt mit, Matrosen.«

Und wieder ragte Ambras Schwanz steil in die Höhe. »Bogenschützen, Feuer!«

Zarina und Kladd hörten den Befehl.

»Flach auf den Boden, Köpfe runter, Schilde hoch«, bellte Kladd die Soldaten an.

Als sie die Köpfe wieder hochnahmen, waren die Otter verschwunden. Es folgte eine unheimliche Stille, die nur von dem Geraschel in den Baumkronen unterbrochen wurde. Zarina wusste, dass es von den sich zurückziehenden Eichhörnchen verursacht wurde. Sie richtete sich auf und wagte sich einen Schritt vor. Kladd gesellte sich zu ihr.

»Pah, was für ein Haufen von Feiglingen, was, Hoheit? Sieht ganz so aus, als ob sie davongelaufen sind.«

Zarina spähte zu dem Hügel am Fuße der Ulme hinüber. »Vielleicht, vielleicht aber auch nicht. Es könnte sein, dass sie so eine Art Falle aufgestellt haben, oder ist das da drüben die Ottercrew, die mit ihren Speeren im Hinterhalt liegt? Nimm dir zehn Soldaten und überprüfe es, Kladd. Mach schon, wir geben dir Feuerschutz.«

Widerwillig wählte Kladd zehn Untergebene aus und bewegte sich dann ganz vorsichtig auf die feindlichen Linien zu. Ein- oder zweimal duckte er sich, als jemand auf einen Zweig trat. Schließlich erreichte er den Hügel. In der Gewissheit, dass die Gefahr vorüber war, trat Kladd gegen den belaubten Ast und stieß mit seinem Speer in den Hügel.

»Alles in Ordnung, Hoheit. Es war nur ein dummer Trick – wir sollten glauben, dass sie immer noch hier sind.«

»Und was ist mit den Eichhörnchen, Kladd?«, fragte Fortunata vorsichtig.

Der Wieselhauptmann spähte hinauf zu den Ulmenzweigen, dann schleuderte er seinen Speer senkrecht nach oben. Mehrere Soldaten sprangen zur Seite, als er mit der Spitze voran wieder auf dem Hügel landete. Ein paar Zweige und Blätter fielen herunter.

»Der feige Haufen ist mit Fell und Schnurrhaar auf und davon!« Mit stolzgeblähter Brust holte Kladd sich seinen Speer zurück.

Erleichtert und triumphierend erhoben sich die Soldaten von Kotir, jubelten und tanzten vor Freude über ihren Sieg.

»Wir haben gewonnen, wir haben gewonnen!«

»Was haben wir gewonnen?«, übertönte Zarinas ärgerliche Stimme das Freudengeheul. »Ihr Dummköpfe, seht ihr denn nicht, dass von einem Sieg überhaupt keine Rede sein kann? – Keine Beute, keine Gefangenen, keine Unterwerfung. Sie sind wie vom Erdboden verschluckt und was haben wir dadurch gewonnen? Ein paar Meter Wald, die mir ohnehin schon gehören.«

Ein plötzlicher Pfeilhagel sauste auf sie herab und traf sie völlig unvorbereitet. Die Soldaten erhoben ihre Schilde und tauchten kopfüber ins Unterholz. Selbst die Wildkatzenkönigin musste sich in wenig würdevoller Weise hinter die Ulme zurückziehen, die sie gerade erobert hatte.

Und wieder war das schnatternde Hohngelächter der Eichhörnchen, die sich davonschwangen, um ihren Zufluchtsort in Mossflower aufzusuchen, das Letzte, was von den Waldbewohnern zu hören war.

Gingivere hatte die beiden Löcher vergrößert, sodass Ferdy und Coggs sich in seine Zelle zwängen konnten.

Ausgelassen untersuchten sie den Inhalt des ersten Päckchens.

»Mutters Apfelkuchen – ach, die Gute!«

»Ooh, Holunderbeersaft!«

»Schau doch, Käse und Haselnüsse!«

»Kandierte Nüsse sind auch dabei. Hahaha, ich wette, das hat der alte Tschipp nicht gewusst.«

»Nun kommt schon, Herr Gingivere. Hier ist ein Stück Kümmelkuchen und etwas Milch. Lasst uns heimlich gemeinsam zu Abend essen, dann könnt Ihr berichten, was Tschipp an Neuigkeiten erzählt hat.«

Inmitten des Gelächters wischte Gingivere sich eine Träne aus dem Auge. Er war entzückt über die Gesellschaft seiner beiden kleinen Igelfreunde, hatte er doch so lange in Einzelhaft gesessen.

Es war Mittagszeit, als Martin und Dinny sich hinsetzten, um eine Ruhepause einzulegen. Gonff blieb währenddessen stehen und musterte das sie umgebende weite Land; wellenförmiges Gelände, Flachland und Heidemoor erstreckten sich unendlich weit und der Horizont in der Ferne tanzte und flimmerte in der für diese Jahreszeit ungewöhnlichen Hitze. Gonff dachte schon, er sähe einen Fleck am Horizont, aber ganz sicher konnte er sich erst sein, wenn sie ein Stück weiter waren. Der Mäusedieb wandte sich um und blickte zurück in die Richtung, aus der sie gekommen waren.

»Tja, Kumpels, das ist ja eine ganz schön große weite Welt jenseits von unserem Wald und dem guten alten Mossflower. Da hinten kann ich es gerade eben noch ausmachen.«

Dinny lag lang ausgestreckt da und kaute auf einem Grashalm.

»Hajaj, und tut Ihr auch noch sehen können, wie dass Euer kleines Mäusemädchen Euch nachwinken tut, ojoj?«

Gonff ging auf den Scherz ein; er schirmte seine Augen mit der Pfote ab und murmelte: »Aber ja, da ist allerdings noch jemand anders zu sehen. Sieht aus wie dein Großvater, der dir mit einem Stock droht. Er will die Größer-als-je-zuvor-Pastete wiederhaben, die du ihm gestohlen hast.«

»Dinny war das nicht«, gähnte Martin. »Du hast sie wahrscheinlich selbst gestohlen. Sonst noch irgendetwas zu sehen?«

Gonffs Schnurrhaar zuckte. »Allerdings, dieses Gesindel, das uns verfolgt. Sieht fast so aus, als ob die drei unsere Spur gefunden haben, Kumpel.«

Martin und Dinny sprangen auf und starrten in die Richtung, in die Gonff zeigte.

»Da, seht ihr – ein Wiesel, ein Frettchen und ein Hermelin. Jetzt fangen sie an zu laufen. Warum haben die es denn auf einmal so eilig?«

»Wahrscheinlich, alldieweil sie uns jetzt, da wo wir aufgestanden sind, entdeckt haben tun, hajo«, meinte Dinny.

»Stimmt, Kumpel, du hast Recht. Ja, was machen wir denn nun, Krieger? Stehen bleiben und uns auf einen Kampf einlassen? Die Entscheidung liegt bei dir.«

Martin kaute auf seiner Unterlippe, seine Pfote griff instinktiv nach der Otterschleuder, die er sich um den Bauch gebunden hatte, aber dann hielt er inne.

»Nein, das ist nicht unsere Aufgabe. Wir würden nur wertvolle Zeit verlieren. Unsere Pflicht besteht darin, Salamandastron und Keiler den Kämpfer zu finden und ihn dann zurückzubringen, damit er Mossflower rettet. Die erste Lektion eines Kriegers besteht im Befolgen von Befehlen und in der Pflichterfüllung.«

Gonff schnallte sich seinen Rucksack um. Dinny hatte seinen gar nicht abgenommen. Er war bereits losgezogen und seine kleinen Samtpfoten stampften über das Grasland.

»Nun tut schon kommen, ihr zwei beiden«, rief er. »Wir tun das Gesindel bis zum Abend los sein, bohörr.«

Schweigend liefen die drei Freunde los; sie waren darauf bedacht, gleichmäßig auszuschreiten und sich die Kräfte möglichst gut einzuteilen. Neben ihrem Pfotengetrappel hörten sie nichts außer einer herabfliegenden Lerche und dem Zirpen der Grashüpfer, die sich im warmen, trockenen Grasland tummelten. Die hoch stehende Sonne betrachtete den unter ihr liegenden Schauplatz wie ein großes goldenes Auge. Die Gejagten liefen stetig voran, während die Verfolger sich hinter ihnen sputeten, um die Lücke zwischen ihnen zu verringern.

In Kotir gab es keine Krankenstation für die Verwundeten. Die Soldaten lagen in ihren Baracken, leckten sich ihre Wunden und versuchten, sich so gut wie möglich selbst zu helfen. Kladd war mit sich äußerst zufrieden. Sie hatten die Waldbewohner davongejagt und die Armee war keinen Schritt zurückgewichen, warum also das ganze Aufheben?

Er erkundigte sich bei Aschenbein.

»Warum fragst du nicht Zarina, Wiesel? Da kommt sie schon.« Der Umhang des Marders wirbelte herum, als er zur Treppe zeigte.

Zarina kam in die Baracke gesprungen und wies mit gekrümmter Klaue auf sie. »Ihr zwei, in mein Gemach. Aber sofort!«

Es hatte wenig Sinn, sich mit ihr auf eine Diskussion einzulassen, daher trotteten sie niedergeschlagen die Treppe hinauf.

Fortunata war bereits dort; ihr Ohr, das von dem Pfeil durchbohrt worden war, war schmerzhaft angeschwollen. Aschenbein konnte nicht widerstehen, er musste einfach eine höhnische Anspielung loswerden.

»Hihi, sieht so aus, als ob du einen Heiler gebrauchen könntest, Füchsin.«

Zarina kam hereingerauscht und hörte gerade noch die verstohlene Stichelei.

»Noch so eine Bemerkung, Holzpflock, und du kannst dir einen neuen Kopf besorgen. Was ist denn nun aus meinem Hinterhalt im Wald geworden?«

Stumm standen sie da – sie wussten, dass es ein Donnerwetter geben würde. Und sie brauchten gar nicht lange darauf zu warten.

Mit einer einzigen zornigen Bewegung fegte die Wildkatzenkönigin den Tisch leer. Die Glocke, das Geschirr, der Tischschmuck, die Decke und das Essen krachten zu Boden.

»Nichts! Nichts hat uns das alles eingebracht.«

Sie tobte durch das Zimmer, trat Möbel um, zerriss Wandbehänge und verbog Schürhaken, während ihre Stimme zu einem rasenden Geheul anschwoll.

»Ich habe sie ankommen sehen. Ich! Ich habe den Hinterhalt gelegt, euch gewarnt, die Armee aufgestellt, den Angriff angeführt und gedacht, dass ihr Narren genug Verstand und Mut aufbringen würdet, um mich dabei zu unterstützen. Und was kam von euch? Nicht *ein* geistreicher Einfall, nicht das *kleinste* bisschen Ermutigung.«

Sie bebte am ganzen Körper vor Wut und wirkte äußerst gefährlich, dann ließ sie sich plötzlich in einen Stuhl fallen, als sei sie von ihrem Ausbruch vorübergehend erschöpft. Das zitternde Dreiergespann stand da und starrte auf der Suche nach einer Eingebung betreten zu Boden, während sie sie anknurrte.

»Aaach, es ist ja sowieso nicht eure Angelegenheit, nicht wahr? Ihr seid ja nicht zum Denken da, sondern nur zum Ausführen von Befehlen. Schließlich bin ich ja hier für die ganze Kopfarbeit zuständig. Ich nehme mal an, dass euch dreien so ziemlich alles egal ist, bis euch am Ende das Essen ausgeht. Die Vorräte sind nämlich ganz und gar nicht unerschöpflich, oh nein! Ich habe es ja mit eigenen Augen gesehen: Seit wir von den wenigen, die noch in unmittelbarer Nähe unserer Mauern leben, keine Abgaben mehr eintreiben können, sind die Vorräte am Schwinden. Das ist das

Unangenehme, wenn man ein Eroberer ist und eine Armee zu versorgen hat: Soldaten können einem nichts beschaffen, es sei denn, sie nehmen es den Hilflosen weg.« Sie reckte sich und trat missmutig nach einem heruntergefallenen Kelch. »Und, irgendwelche Vorschläge?«

»Wir haben doch immer noch die beiden Gefangenen, die ich erwischt habe, Hoheit«, sagte Kladd kleinlaut zu seiner Rechtfertigung.

Zarina schoss hoch. »Stimmt ja, gut gemacht, Wiesel. Vielleicht bist du ja doch nicht so dumm, wie ich dachte. Die Gefangenen, hmmm, ja. Was schätzt du denn, wie viel Lösegeld wir von den Waldbewohnern für die beiden Igelkinder bekommen könnten?«

Fortunata verengte ihre Augen zu Schlitzen und rechnete nach. »Tja, ich bin wohl diejenige, die den meisten Handel mit den Waldbewohnern getrieben hat. Sie sind liebevoll und rührselig, wenn es um ihre Kleinen geht. Ich denke, sie würden so einiges hergeben, nur um sie unversehrt wieder zurückzubekommen.«

»Unversehrt, das ist der Dreh- und Angelpunkt«, schnurrte Zarina zufrieden. »Wenn nun aber die Waldbewohner sehen würden, wie ihre Kleinen wirkliche Qualen erlitten oder Gefahren ausgesetzt würden – dann könnten wir ihnen zweifellos unsere Bedingungen aufzwingen.«

Jetzt wo ihre Königin schon viel vernünftiger klang, entspannten sich die drei sichtlich.

Es gab allerdings noch jemanden, der das Gespräch belauscht hatte, und der hatte nicht den geringsten Grund zur Freude: Tschipp das Rotkehlchen, das draußen auf dem Fenstersims saß.

Splitternase war der Erste, der den Schritt verlangsamte. Ganz allmählich verringerte er die Geschwindigkeit, bis er nur noch gemächlich vor sich hin trottete. Eckzahn schloss sich ihm an, sodass nur noch Schramme lief. Der Wieselsoldat hielt an und drehte sich um. Als er sah, wie die beiden keuchend im Gras saßen, schürzte er verächtlich die Lippen. Energisch lief Schramme zu ihnen zurück und zog seinen Dolch.

»Steht sofort auf, ihr faules Gewürm. Na macht schon. Auf eure Pfoten, wirds bald!«

Splitternase war gerade dabei, mit seinen Klauen eine vorbeiziehende Ameise zu quälen. »Ach, was solls? Die sind doch längst über alle Berge. Die fangen wir jetzt sowieso nicht mehr.«

Schramme trat nach Eckzahn. »Du denkst doch bestimmt das Gleiche, Faulpelz.«

Eckzahn erdreistete sich zurückzutreten. »Ach, nun hör schon auf. Du bringst uns nicht mehr zum Laufen.«

»So ist das also, dann ist das hier wohl eine Meuterei, was?« Schramme blickte geringschätzig von einem zum anderen. »Dann werde ich euch beiden Freundchen jetzt mal etwas sagen, was ihr euch durch den Kopf gehen lassen solltet. Erstens werde ich auf jeden von euch einstechen, wenn ihr nicht sofort die Beine in die Pfote nehmt. Zweitens werde ich euch nichts von meinem Proviant abgeben, wenn ihr nicht zu laufen beginnt. Und drittens solltet ihr auch meinen Bericht nicht außer Acht lassen. Die Königin wird sich mit großem Interesse anhören, wie ihr beide alles hingeworfen habt.«

Wortlos erhoben sie sich und begannen wieder zu laufen.

Gonff trottete neben seinen Freunden her und ließ seine flinken Augen über die Landschaft schweifen.

»Ein Stück weiter vorn wird es ein bisschen hügeliger, Kumpels. Da gäbe es ein Dutzend Möglichkeiten, sich zu ducken und zu verstecken. Na, was meint ihr? Wollen wir ihnen entwischen?«

Martin blickte zurück. »Ich würde es nicht riskieren. Sie haben uns genau im Blickfeld. Nein, wir sollten lieber bis zum Abend weiterlaufen und uns dann im Schutze der Dunkelheit ein gutes Versteck suchen, wo wir unser Lager für die Nacht aufschlagen. Alles in Ordnung, Dinny?«

Der Maulwurf zog seine Schnauze kraus. »Haja, ich tu nicht arg gern laufen. Ich tu Glück haben, dass ich so kräftig sein tu, hajo. Tut ruhig weitergehen, Martin, und tut Euch keine Sorgen nicht machen, hano.«

Die Mittagssonne brannte immer erbarmungsloser auf sie nieder. Vögel flogen im Aufwind der Wärme gekonnt über die sechs winzigen Figuren unter ihnen hinweg, über die Jäger genauso wie über die Gejagten.

Als Ansporn spielten Splitternase und Eckzahn ein kleines Spiel: Sie riefen einander ihre Lieblingsspeisen zu. Schramme blieb dicht hinter ihnen und behielt seinen Dolch gezückt, um sich gegen weiteren Ungehorsam zu wappnen. Dem Wieselmann lief unweigerlich das Wasser im Munde zusammen, und da er sich nicht die Ohren zuhalten konnte, musste er die Auflistung des Frettchens und des Hermelins über sich ergehen lassen.

»Ein paar kandierte Nüsse und ein Krug mit kaltem Apfelwein. Na, wie würde dir das gefallen, Ecki?«

»Oho, und ob! Und wie wäre es mit einer jungen Forelle, gegrillt und in Butter geschwenkt, und dazu ein wenig von dem Oktoberbier der Waldbewohner?«

»Sehr gut. Aber hast du schon einmal in warmem Honig getränkte Brombeerbrötchen probiert? Die spült man am besten mit eisgekühltem Erdbeerlikör hinunter.«

»Herrje, hör bloß auf, Splitti! Das erinnert mich an das Plünderfest, das der alte Lord Grünauge einmal in Kotir abgehalten hat. Das waren noch Zeiten! Ich hatte eisgekühlten Erdbeerlikör in einer riesigen Trinkschale, obenauf schwammen Pfefferminzblätter und am Boden der Schale befanden sich zerkleinerte Himbeeren. Ich weiß es noch ganz genau, ich habe alles mit einem Strohhalm aufgesogen. Du meine Güte, es gab so viel von dem Zeug, dass ich gut und gerne darin hätte baden können.«

»Igitt, nee!«, rief Schramme angeekelt aus. »Bis jetzt fand ich den Gedanken an leckeres Essen ja ganz angenehm, aber wenn ich mir vorstelle, wie du verschwitzt und dreckig in einem Bad mit eisgekühltem Erdbeerlikör sitzt, mit zwei Pfefferminzblättern in deiner Schnauze und haufenweise zerkleinerten Himbeeren in deinen Ohren – welch grauenhafter Gedanke! Warum haltet ihr beiden nicht einfach mal eure Klappe und konzentriert euch auf die drei da vor uns?«

Dinny war als Erster bei den flachen Hügeln angelangt. Er lief die eine Seite hinauf und ließ sich dann auf der anderen hinunterkugeln. Martin und Gonff machten es ihm nach, bis allen drei ganz schwindelig war. Als die Schatten länger wurden, rannten sie immer noch weiter. Gonff fiel allerdings langsam zurück. Er atmete schwer. Als sie sich nach ihm umdrehten, winkte er ihnen zu.

»Lauft weiter, Kumpels. Puh, das ist ja richtig harte Arbeit, viel anstrengender als Stehlen.«

Ohne Gonffs Stolz dadurch zu verletzen, verlangsamten sie ihren Schritt, bis sie alle wieder die gleiche Geschwindigkeit hatten. Martin bemerkte, dass der Fleck, den sie schon am Vormittag am Horizont bemerkt hatten, mitnichten nur eine niedrige Wolkenbank war.

»Schau mal, Gonff. Es ist eine Bergkette. Die sind aber ganz schön hoch. Was meinst du, Din?«

Der junge Maulwurf kniff die Augen zusammen, um ein einigermaßen scharfes Bild zu erhalten. »Hojojo, bohörr, das tut wahr sein, die wo die Wollschafe beißen tun, deren Köpfe in den Wolken stecken, hajo.«

»Du bist wirklich schlau, Dinny, alter Kumpel«, nickte Gonff bewundernd. »Genau wie in dem Gedicht: ›Von fern die Zähne ragen hoch, / beißen der Schafe Bauch.‹ Es sieht zwar aus, als ob wir schon ziemlich dicht dran seien, aber da darf man sich nicht täuschen lassen. Wir haben immer noch einen ganz schön langen Weg vor uns, bis wir sie erreichen.«

Dinny wagte in einer Hügelsenke einen Blick zurück. »Hajaj, das lausige Gesindel tut nicht näher kommen. Ich tu meinen, wir tun allerweil die besseren Läufer sein, bohörr.«

Schramme hatte wieder die Führung übernommen. Er wusste, dass die anderen Hunger hatten und ihm daher ganz sicher folgen würden. Es erwies sich als schwierig, ihre Beute im Auge zu behalten, da sie oft durch die Hügel verdeckt wurde. Als er den ersten niedrigen Hügel hinabstieg, hielt er an, um eine Klette von seinem Ballen zu entfernen. Die anderen beiden liefen ihn blindlings über den Haufen.

»Ihr Tölpel!«, rief er. »Das darf doch nicht wahr sein! Da gibt es hier so viel freies Gelände zum Herumlaufen, und ihr beide schafft es dennoch, mich umzurennen. Was glaubt ihr eigentlich, was wir hier machen – Bockspringen?«

Und wieder wurde gezankt und verleumdet, bis Schramme den Streit beendete, indem er sie mit ihren Köpfen zusammenstieß. »Da, schaut, jetzt ist es fast dunkel und dank der Hilfe von euch zwei Trotteln habe ich sie jetzt aus den Augen verloren!« Verärgert knirschte er mit den Zähnen.

Martin und Gonff bereiteten das Abendessen, während Dinny an der Rückseite des letzten Hügels ein kleines Loch vergrößerte. Wenig später hatten sie es sich in einer wunderbaren kleinen Höhle bequem gemacht. Dinny hatte in der einen Hälfte sogar einen Vorsprung aufgeschüttet, auf dem sie sich ausruhen konnten. Dort lagen die drei Freunde, aßen ihr Abendbrot und blickten hinauf zu dem purpurnen Wolkengebirge, während die Nacht ganz allmählich den langen, heißen Tag ablöste.

In der Hoffnung, dass sie vielleicht beim nächsten Tagesanbruch die anderen erspähen würden, saßen Schramme und seine Untergebenen ganz oben auf dem höchsten Hügel im Freien.

Die Nächte in der Ebene waren sowohl kalt als auch windig.

Tschipp lief auf dem Kaminsims in Brockhall auf und ab und erzählte alles, was er in Kotir gehört hatte.

Der Rawim machte sich Sorgen über diese neue Bedrohung für Ferdy und Coggs.

»Hmm, das ist ja eine äußerst unangenehme Entwicklung.« Lady Ambra wedelte besorgt mit ihrem buschigen Schwanz.

Wichtigtuerisch plusterte das Rotkehlchen sein puterrotes Brustgefieder auf. »Ähem, örhörr. Auf den ersten Blick sieht es wirklich so aus. Der mit uns verbündete Wildkater im Kerker hat allerdings gesagt, ich soll euch ausrichten, dass er Zarinas Pläne möglicherweise eine Zeit lang vereiteln kann.«

Bella blickte zum Kaminsims hinauf. »Wie will er das denn anstellen, Tschipp?«

Das Rotkehlchen faltete seine Flügel auf dem Rücken und erklärte: »Na ja, ähem, tschuldigung. Wie ihr wisst, hat Gingivere aus jeder Zellenwand einen Stein entfernt. Er schlägt vor, dass er Ferdy und Coggs in seiner eigenen Zelle versteckt und die Löcher in der Wand wieder sorgfältig verschließt. Auf diese Weise muss der Feind, wenn er seine Zelle nicht allzu genau in Augenschein nimmt, unweigerlich annehmen, dass die beiden Gefangenen entkommen sind.«

Der schlaue Plan wurde von allen Anwesenden befürwortet.

Skipper hatte noch eine weitere Idee. »Hört mal her. Wie wäre es denn, wenn wir so tun würden, als seien Ferdy und Coggs wieder bei uns und in Sicherheit? Dann würde Gingivere nicht so leicht in Verdacht geraten.«

»Wie sollen wir das denn machen, Skip?«, fragte Bella neugierig.

»Ist ganz leicht, Gnädigste. Wir werden zwei andere kleine Igel mitnehmen und verkleiden, dann sorgen wir dafür, dass irgendjemand aus Kotir sie sieht.«

»Ein guter Einfall, Skipper«, sagte Bella anerkennend. »Aber jetzt müssen wir uns wirklich gut überlegen, wie wir Ferdy und Coggs befreien können. Gingiveres Plan ist mutig und gewagt, allerdings bringt er alle drei zweifellos in große Gefahr.«

Lady Ambra schüttelte den Kopf. »Woher bekommen wir zwei Igelkinder, die genau wie Ferdy und Coggs aussehen?«

»Ihr könnt meine Kleinen, Spike und Posy, dafür nehmen«, sagte Goody, die in der Tür stand. »Solange ihnen nichts dabei geschieht. Ich finde allerdings, dass sie nicht im Geringsten wie mein Ferdy und mein Coggs aussehen. Für mich sind meine Kinder so unterschiedlich wie Tag und Nacht.«

Äbtissin Germania tippte mit einer Pfote an ihre Nase. »Zwei Umhänge aus Decken, zwei Helme aus Kochtöpfen und für jeden einen Stock in die Pfote, sodass er wie das Schwert eines Möchtegernkriegers aussieht. Ich denke, aus einiger Entfernung könnte man jeden damit täuschen, Goody. Was wird aber nun aus unserem Rettungsversuch? Gibt es irgendeinen konkreten Plan?«

»Überlasst das nur dem alten Skip, Gnädigste«, lachte Skipper trocken. »Bula, du übernimmst die Crew in meiner Abwesenheit. Ich denke, ich werde der Maske einen Besuch abstatten.«

»Wer ist das, die Maske?«, fragten verschiedene Waldbewohner.

»Das werdet ihr schon bald sehen!«, antwortete Bula augenzwinkernd.

## 22

In Kotir herrschte große Betroffenheit.

Ein vom Pech verfolgtes Hermelin war von Fortunata und Kladd unter den Zellenwärtern als »Freiwilliger« ausgewählt worden und wurde jetzt gegen seinen Willen in Zarinas Gemach geschoben.

»Äh, Eure Matjesät, Grünigin der Augen, äh, Oberin des herrscheren und unteren Moss, äh, äh … die Gefangenen sind fort!«

»Fort! Was soll das heißen, fort?« Mit einem Satz sprang die Wildkatzenkönigin von ihrem Stuhl auf und packte das Hermelin an seiner Kehle.

»Jaaarrrkkgghhaaarr … ntflohn.«

Zarina warf das gurgelnde Häufchen Elend auf den Boden. Ihre Stimme echote auf der Treppe, als sie zum Verlies hinunterraste.

»Entflohen? Unmöglich! Wachposten, sofort geht ihr hinunter zum Verlies.«

Die Zellen wurden durchsucht.

Die Flure wurden durchkämmt.

Die Außenmauer wurde umstellt.

Der Exerzierplatz wurde Zentimeter um Zentimeter abgesucht.

Die Baracken wurden von innen nach außen gekehrt.

Nicht ein einziger Raum wurde ausgelassen, kein Flur, Schrank, Zimmer, Wachhaus und keine Küche, nicht einmal die Spülküche.

Gingivere war allerdings auf Anweisung von allerhöchster Stelle wie Luft zu behandeln, er existierte gar nicht. Daher wurde seine Zelle auch nicht durchsucht. Niemand kam auf den Gedanken, bei einem Gefangenen nachzusehen, der hinter Schloss und Riegel saß.

Vielleicht mit einer Ausnahme: Zarina.

Columbine setzte sich auf und rieb sich den Schlaf aus den Augen.

»Ist es nun Tag oder Nacht?«, fragte sie sich. Wie lange hatte sie in dieser warmen, trockenen Höhle geschlafen? Alles erschien ihr so ruhig und friedlich nach all dem Lärm und Schrecken der Schlacht, die sie miterlebt hatte. Sie lag unter einer alten Steppdecke aus Flicken, die sie zur Seite schob, als ein kleines Maulwurfsfräulein hereinkam.

»Guten Morgen. Willkommen im Maulwurfsgrund. Das Frühstück tut gerichtet sein, hajo.«

Sie folgte dem Maulwurfsfräulein in eine größere Höhle, wo Ben Stichler und jene Waldbewohner, die verletzt worden waren, zusammen mit den Mäusen aus Loamhedge und der Maulwurfsgemeinschaft am Tisch saßen.

Der Vormaulwurf winkte sie zu sich heran und bot ihr einen

Platz zwischen sich und einem alten, vollkommen ergrauten Maulwurf an.

»Tu dich nur hersetzen, Mädelchen. Das hier tut Alt Dinny sein, der Großvater von dem anderen kleinen Schlitzohr, bohörr.«

Alt Dinny nickte, während er seinen Haferschleim mit Honig weiterlöffelte.

Ganz offensichtlich begannen die Maulwürfe ihren Tag gerne mit einer guten, kräftigen Mahlzeit. Es gab eine Auswahl an gekochten Wurzeln und Knollen, von denen Columbine die meisten noch nie gesehen hatte. Sie schmeckten ihr alle köstlich, ganz egal, ob sie nun gesalzen, gezuckert oder in Honig und Milch getaucht gegessen wurden. (Einige Maulwürfe aßen gleich alle vier Geschmacksrichtungen auf einmal.) Das Brot war hauchdünn und schmeckte nach Mandeln. Kleine, mit Butterblumen verzierte Kuchen wurden warm serviert. Es gab flauschige Servietten und Schalen mit dampfendem Rosenwasser zum Reinigen klebriger Pfoten. Während Columbine an einem Roggenkeks knabberte und an ihrem duftenden Pfefferminztee nippte, musste sie sich doch wundern, wo denn all die gewaltigen Größer-als-je-zuvor-Pasteten und die kräftigen, deftigen Speisen geblieben waren, die die Maulwürfe sonst zu bevorzugen schienen; sie fragte den Vormaulwurf.

Der kicherte. Er wies mit einer riesigen Grabklaue auf den Tisch. »Ho hajaj, Columbine. Dies hier tut nur ein leichtes Frühstück für Euch und Eure Freunde sein. Wir tun für Euch ein wenig Abwechslung neingebracht haben. Maulwürfe tun allerweil nur am Abend deftige Mahlzeiten essen, wenn sie großen Hunger haben tun, bohörr.«

Columbine nickte, lächelte höflich und versuchte, ihr Erstaunen zu verbergen. »Ich verstehe, also nur ein leichtes, äh, Frühstück.«

Beim Essen musste Columbine plötzlich an Gonff denken. Wenn er doch nur hier inmitten dieser freundlichen Gesellschaft bei ihr wäre! Sie ging im Geiste jede Wette darauf ein, dass er den Namen und Geschmack einer jeden Speise kannte (und man ihm wahrscheinlich im Spaß vorwerfen würde, dass er in der Vergangenheit so manche davon gestohlen hätte). Sie stellte sich vor, wie ihr Mäusedieb mit jedem scherzte, die Maulwurfssprache nachahmte und Balladen sang, während er sie komponierte.

Der jungen Mäusedame entfuhr ein Stoßseufzer, der aus ihrem Pfefferminztee eine kleine Wolke duftenden Dampfes aufsteigen ließ. Wo, ja wo war Gonff an diesem wunderschönen Morgen?

Es war schon fast mitten am Vormittag, als das »leichte Frühstück« ein Ende fand. Dann wurden Columbine und ihre Freunde unter dem Schutz der Maulwurfsgemeinschaft auf einem geheimen Waldpfad sicher nach Brockhall zurückgeleitet.

Martin, Gonff und Dinny waren bei Tagesanbruch bereits hellwach. Sie kauerten in der kleinen Höhle und aßen zusammen ihr Frühstück, während sie die graue, vernieselte Morgendämmerung betrachteten. Sie verstauten ihr Essen und stampften dann kräftig mit den Pfoten auf, um wieder Gefühl in ihre erstarrten Glieder zu bringen. Überraschenderweise trat Gonff als Erster vor die Höhle.

»Kommt schon, Kumpels. Es wird bestimmt am Vormittag aufklaren. Ihr werdet es schon sehen – ich bin doch der König der Propheten.«

Mit schwungvollem Schritt ließen sie das flache Hügelland hinter sich, nur um noch mehr Flachland vorzufinden. Aufgeschreckte Moorhühner erhoben sich flatternd in die feuchte Morgenluft, als sie sich näherten.

*»He, Sala-manda-stron!*
*Schau nur, wir kommen von*
*Mossflower – die besten drei,*
*auf der Suche frank und frei*
*nach Sala-manda-stron.«*

Schramme erspähte die drei verschwommenen Gestalten durch den dichten Nieselregen.

»Da marschieren sie. Nun kommt schon, ihr beiden. Irgendwie spüre ich, dass wir sie heute ganz bestimmt erwischen werden. Na macht schon, bewegt euch! Je schneller wir es hinter uns bringen, desto eher können wir wieder nach Kotir zurück. Endlich wieder vernünftiges Essen, eine lange Ruhepause und vielleicht ein bisschen Ruhm und Ehre.«

»Bäh, ich bin nass bis auf die Haut!«, klagte Splitternase.

»Ich auch«, brummte Eckzahn. »Ich habe schon wieder kein Auge zugetan. Da sitzt man hier im strömenden Regen mitten auf so einem Hügel herum, ist kilometerweit von jeder Zivilisation entfernt, total steif gefroren, kalt, hungrig, zitter…«

»Halt die Klappe!«, unterbrach Schramme ihn verärgert. »Sonst stopfe ich dir dein schwatzhaftes Mundwerk. Nimm dir mal ein Beispiel an mir! Ich bin auch müde, ich habe es satt, bin ausgehungert, aber hörst du mich vielleicht die ganze Zeit darüber jammern und wehklagen? Jetzt seht zu, dass ihr auf die Pfoten kommt, und versucht ein einziges Mal, wie die Soldaten der Königin von Kotir auszusehen.«

Ihre Verfolgung der drei Gefährten führte sie weiter nach Westen.

Murrend trat Splitternase einen Kieselstein vor sich her. »Ruhm und Ehre, pah! Das wird Kladd sich alles unter den Nagel reißen und meinetwegen kann er es auch behalten. Wenn es allerdings um heißen Ruhmestrank und Ehrenkuchen ginge, wäre es natürlich etwas ganz anderes.«

»Heißer Ruhmestrank und Ehrenkuchen? Jetzt rede nicht so einen Unsinn daher, du Weichkeks«, lachte Eckzahn.

»Selber Weichkeks, Tropfnase.«

»Runzelklaue!«

»Fettfell!«

»Käferkot!«

»Hört auf damit und fangt an zu marschieren, alle beide!«, befahl Schramme ihnen.

Wie Gonff prophezeit hatte, hörte es auf zu regnen. Über der Ebene kam die Sonne heraus und beobachtete, wie flauschige Wölkchen im Windhauch über einen See aus leuchtendem Himmelsblau segelten.

Dinny hielt seine Nase in die Luft, schnüffelte und wackelte mit seinen Klauen. »Hojoj, es tut Wasser in der Nähe sein, wohl ein Teich oder gar ein kleiner See. Vielleicht tun wir ja ein Fischlein fangen. Tät eine sakrisch leckere Mahlzeit geben, hajo.«

Erstaunt blickte Martin Gonff an, der an seiner Seite lief. »Woher weiß er, dass hier Wasser in der Nähe ist? Ich rieche nicht das Geringste.«

Der Mäusedieb zuckte die Achseln. »Das kann er auch nicht, Kumpel. Maulwürfe spüren es wahrscheinlich mit ihren Grabklauen durch die Erde hindurch.«

Dinny nickte weise. »Oh hajaj, wir tun fei eine ganze Menge mit unseren Pfötchen riechen, haja.«

Gonff blinzelte dem Mäusekrieger zu. »Das ist das Schöne an den Maulwürfen: Sie haben immer eine vernünftige Erklärung parat, die ein jeder verstehen kann.«

Die drei Freunde lachten laut los.

Dinny erwies sich als genauso guter Prophet wie Gonff. Zur Mittagszeit erreichten die Gefährten das Ufer eines großen Sees. Binsen und Schilf wuchsen am Rand, kleine Wasserlilien blühten an der Wasseroberfläche. Das Glitzern silbriger Schuppen im Wasser verhieß einen guten Fischfang. Anfangs wollte Martin nur sehr ungern rasten, aber dann sah er ein, dass Fisch eine wertvolle Ergänzung ihres Proviantes darstellen würde, und ließ eine Pause einlegen. Während seine Freunde angelten, blieb der Krieger als Wachposten zurück und hielt nach ihren Verfolgern Ausschau.

Dinny saß am Uferrand und streckte jubelnd seine Pfoten ins flache Wasser.

»Ojoj oh, es tut herrlich sein. Hajaj, das tut ein Leben sein, Gonff!«

Der Mäusedieb hatte eine Schnur ausgeworfen, an der ein winziger roter Wurm als Köder hing. Binnen weniger Sekunden wurde er von einem gefräßigen Stichling verschlungen. »Ha, schau her, Kumpel!«, rief Gonff. »Bei mir hat einer angebissen! Komm zu Gonff, alter Gierschlund.«

Martin pirschte sich von hinten an sie heran. Sanft legte er jedem seiner Freunde eine Pfote auf die Schulter und flüsterte: »Schschsch. Hört gut zu. Wir sind in großer Gefahr. Wenn euch euer Leben lieb ist, dürft ihr jetzt keinen Mucks von euch geben!«

## 23

Skipper saß in der Wölbung eines großen hohlen Baumstammes. Er hatte einen schlanken grauen Otter vor sich und musste sich sehr anstrengen, um nicht da hinzusehen, wo sich einst der Schwanz dieses eigenartigen Wesens befunden hatte.

»Und, Maske, wie gehts denn so, mein Bruder?«, fragte er.

Die Maske knabberte an ein paar Otterdelikatessen, die ihm sein aufmerksamer Bruder mitgebracht hatte.

»Ach, ich komme schon zurecht, Skip. Manchmal bin ich ein Eichhörnchen, manchmal ein Fuchs. Ha, eine Zeit lang war ich sogar ein halbwüchsiger Dachs.«

Skipper schüttelte verwundert den Kopf und blickte sich in dem hohlen Baumstamm um, in dem der Meister der Tarnung allein lebte. Viele merkwürdige Gegenstände wurden hier sorgsam aufbewahrt, so zum Beispiel Schwanzimitate, falsche Ohren und eine ganze Reihe unterschiedlicher Schnurrhaare.

Die Maske beobachtete Skipper mit seinen eigenartigen blassen Augen. Er griff sich ein paar Requisiten, wandte seinem Bruder den Rücken zu und vollzog mit ein paar schnellen, verstohlenen Pfotengriffen eine Wandlung. Als er sich wieder zurückdrehte, blieb Skippers Mund vor Staunen weit offen stehen.

»Schau, Skip. Jetzt bin ich wieder ein Eichhörnchen!«

Der Otteranführer war verblüfft; dieses Wesen, das da vor ihm saß, war ohne Zweifel ein greises Eichhörnchen – dünn, mit grauem Fell, aber nichtsdestotrotz ein Eichhörnchen, von dem buschigen Schwanz über die hochstehenden Ohren bis hin zu den zwei großen vorderen Nagezähnen.

»Da brat mir doch einer nen Dorsch, Maske. Wie machst du das nur?«

»Ach, da ist gar nichts dabei«, kicherte die Maske leise. »Wenn ich die Verkleidung mit etwas mehr Zeit und Sorgfalt anlegen würde, dann sähe ich allerdings noch viel mehr wie so ein Baumflieger aus. Das hier war nur eine schnelle Verwandlung, um dich zu unterhalten.«

Skipper schlug mit seinem Schwanz gegen den Baumstamm. »Also, mich könntest du damit jederzeit hinters Licht führen, du alter Matrose.«

Maske warf den falschen Schwanz und die Ohren beiseite, spuckte die beiden Vorderzahnimitate aus und richtete seinen Körper auf. Er sah wieder wie ein Otter aus.

»Vielleicht habe ich dich getäuscht, vielleicht aber auch nicht. Mir kannst du allerdings nichts vormachen, Skipper vom Weidencamp. Was soll ich denn für dich tun?«

Skipper lehnte sich zurück und faltete seine Pfoten auf der Brust. »Ich habe dir einen Vorschlag zu unterbreiten, Bruder. Setz dich hin und höre mir zu.«

Zarina starrte Gingivere wütend durch die Zellentür an. Der gefangene Wildkater saß im dunkelsten Teil seiner Zelle. Sein Fell war zerzaust und feucht vom an den Wänden herabrinnenden Wasser. Er ließ den Kopf vor Verzweiflung hängen. Hin und wieder zuckten seine Augen. Die Wildkatzenkönigin drückte ihr Gesicht dicht an die Gitterstäbe.

»Wenn dir dein Leben lieb ist, dann sagst du mir jetzt ganz genau, wie die beiden Igel entkommen konnten. Heraus mit der Sprache! Du musst doch etwas gehört oder gesehen haben – sie waren schließlich in den Zellen, die direkt an deine grenzen.«

Gingivere sprang auf und stieß mit bebender Stimme einen verrückten Singsang aus: »Hahaha! Du hast sie entkommen lassen, um dir ihr Wasser und Brot unter den Nagel zu reißen. Ich wusste, dass du mir nichts abgeben würdest. Du behältst alles für dich. Oh, ich habe dich gesehen, wie du den Gang entlanggeschlichen bist. Du hast sie gehen lassen, damit du all ihr Wasser und Brot ganz für dich hast. Hihihi.«

Zarina drehte sich zu Kladd um. »Hör dir den an, jetzt hat er völlig den Verstand verloren.«

Sie rauschte den Gang hinunter, während Kladd noch einen Augenblick verharrte und durch die Gitterstäbe lugte. Er hatte noch nie zuvor einen völlig verrückten Wildkater gesehen; allerdings war seine Herrin diesem Zustand ein- oder zweimal gefährlich nahe gekommen.

»Kein Brot, kein Wasser, sie behält es alles für sich allein«, stimmte Gingivere erneut sein irres Klagelied an.

Kladd schlug mit seinem Speer gegen die Tür. »Ruhe da drinnen!«

»Haatschi!«

Der Nieser kam gerade in dem Moment, als Kladd sich abwandte. Er wirbelte herum. »Wer war das?«

Gingivere griff sich eine Pfote voll Stroh und nieste hinein. »Haatschi, tschi! Oh, ich bin krank, ich liege im Sterben, Herr. Es ist so kalt und feucht hier unten. Bitte gebt mir doch eine Sonderration Wasser und Brot, sonst muss ich sterben.«

Kladd schlug erneut mit seinem Speer gegen die Tür. »Jetzt ist aber genug! Deine Ration hat Königin Zarina festgelegt. Also hör auf zu jammern, sonst werde ich dafür sorgen, dass du einen Grund zum Jammern hast.«

Als der Wieselhauptmann den Gang hinuntertrottete, ertönte wieder ein Nieser.

»Haatschi!«

An der Mauer über der Zellentür hingen zwei Proviantbeutel an einem Eisenstift, der in den Stein getrieben worden war. Ferdy und Coggs saßen jeder in einem Beutel, und ihre Köpfe lugten heraus, als seien sie zwei flügge werdende Hausschwalben in ihrem Nest.

Coggs lehnte sich zu Ferdy hinüber und versuchte, dessen Schnauze mit seiner Pfote zuzuhalten, aber es ertönte wieder ein Nieser.

»Haatschi!«

Ferdy blinzelte und rieb sich seine Schnauze. »Entschuldigung, Herr Gingivere. In diesem Beutel ist noch etwas Mehl von dem Teegebäck und das kitzelt so an meiner Schn… Schn… Haatschi!«

Gingivere reckte sich hoch, hob seine kleinen Zellengefährten aus ihrem Versteck und setzte sie ab. Solange keine Wärter in der Nähe waren, konnten sie spielen und sich in Bewegung halten.

Tschipp kam zum Fenster geflogen und ließ wieder frische Vorräte hinunterfallen. Er schnappte sich die leeren Beutel, die Gingivere zu ihm hinaufwarf. Als er so in dem Lichtstrahl stand, sah der Wildkater alles andere als geistig verwirrt und krank aus.

»Was gibts Neues, Tschipp?«

»Ähemhem. Der Rawim hat beschlossen, dass ihr so bald wie möglich gerettet werden sollt, und zwar alle drei. Wie er das anstellen will, weiß ich noch nicht.«

Gingivere nickte. »Ich hoffe nur, er ist sich darüber im Klaren, dass es immer gefährlicher für Ferdy und Coggs wird, je länger er es hinauszögert.«

Tschipp legte sich die leeren Beutel um den Hals. »Ähem, das weiß er, keine Sorge. Im Moment lautet die Botschaft noch: Seid wachsam und lasst euch nicht unterkriegen. Ihr seid nicht vergessen.«

Tschipp flog geschwind davon. Als er den Wald erreichte, machte er auf einem Fichtenast Halt, um die Beutel zurechtzurücken, damit sie ihn nicht so sehr beim Fliegen behinderten.

Argulor rülpste verschlafen und blickte zu dem Rotkehlchen hinüber, das sich neben ihn gesetzt hatte. Tschipp machte vor Schreck einen Satz, vergaß aber nicht, höflich zu sein.

»Ähem, tschuldigung.« Wie ein flammender Pfeil schoss das dicke Rotkehlchen mit rasender Geschwindigkeit von dem Ast herunter.

Argulor bewegte seine Klauen. Müde ließ er seine Augenlider langsam wieder zufallen, um weiterzuschlafen.

Waren die Kleinvögel nun schneller geworden oder wurde er immer langsamer? Der Adler zerbrach sich darüber nicht weiter den Kopf, denn, so sagte er sich, es gab ja immer noch genug Soldaten in Kotir, die viel langsamer waren als so ein Rotkehlchen.

Und auch viel schmackhafter.

Dinny und Gonff saßen ganz still am Rande des Sees, während Martin ihnen zuflüsterte: »Schaut einmal ganz langsam nach links. Seht ihr die Schwanenfrau, die da drüben auf ihrem Nest sitzt und uns den Rücken zugewandt hat? Gut. Schaut nicht hinüber, ihr müsst mir einfach glauben, dass sich auf der anderen Seite mitten auf dem See ein großer Schwanenmann befindet – er gehört zu ihr. Er hat uns noch nicht gesehen, aber er schwimmt in unsere Richtung und wird uns unweigerlich entdecken, wenn wir hier bleiben, also müssen wir uns so leise wie möglich entfernen.«

Mit äußerster Vorsicht ließ Gonff den Fisch ins Wasser zurückgleiten. Er kappte die Angelschnur, dann gingen die drei Freunde in letzter Sekunde blitzschnell hinter den Binsen in Deckung.

Der mächtige weiße Schwan glitt friedlich an ihnen vorüber. Er war wie ein Schiff mit vollen Segeln, ein Furcht einflößender Anblick mit seinem schneeweißen Körper und den halb ausgebreiteten Schwingen, die in wunderbarem Einklang mit dem muskulösen, säulenartigen Schlangenhals standen, der von einem kräftigen orangefarbenen Schnabel und grimmigen schwarzen Augen gekrönt wurde.

Martin lief ein Schauer über den Rücken. Er musste daran denken, wie knapp sie dem Tod entronnen waren. Ein Schwanenmann war kriegerisch und furchtlos, der absolute Herrscher über seinen See. Das Schicksal eines jeden, der es wagte, das Gewässer unbefugt zu betreten, während seine Gefährtin in ihrem Nest auf den drei frisch geschlüpften Jungschwänen saß, war besiegelt; er würde nie wieder das Licht der Sonne erblicken. Der weiße Koloss trieb sachte an ihnen vorbei. Ohne innezuhalten, setzte er seine Patrouille fort.

Als er außer Sicht war, stahlen die drei Freunde sich weg. Gonff verabschiedete sich leise flüsternd von dem silbernen Fisch im seichten Wasser. »Diesmal hatten wir beide Glück, Kumpel. Schwimm weiter und genieße deine Freiheit.«

Als sie sich ein beachtliches Stück vom Wasser entfernt hatten, entwirrte Dinny ein Büschel Entenflott, das sich um seine Pfote geschnürt hatte.

»Bohörr, da tät der alte Großvater doch beinahe seinen lieben kleinen Maulwurf verloren haben. Ich tu noch nie nicht einen Schwan gesehen haben. Das tun aber vielleicht ein paar arg riesige Federgestalten sein, da tu mir doch einer auf meinem Tunnel stehen, ojojo.«

Ihr Mittagessen bestand aus Äpfeln, Brot und etwas Petersilie, die Dinny entdeckt hatte.

Eckzahn und Splitternase erblickten den See. Nachdem ein paar besonders hässliche Beschimpfungen ausgestoßen worden waren, hatten die beiden Schramme hinter sich gelassen und waren vorausgelaufen. Das Hermelin und das Frettchen hatten ihn einen Froschfresser genannt, womit sie bei dem Wiesel wohl einen empfindlichen Nerv getroffen hatten, jedenfalls hatte er äußerst heftig auf die Beleidigung reagiert. Die beiden waren mit schadenfrohem Gegacker davongelaufen, während das Wiesel Steine und Erdklumpen hinter ihnen hergeworfen hatte.

»Kommt sofort zurück und sagt das noch mal, ihr feigen Fieslinge. Wenn ich euch zu fassen bekomme, werde ich euch schon zeigen, wer hier ein Froschfresser ist!«

Sie liefen in einem großen Bogen, sodass sie aus einer anderen Richtung auf den See stießen als die flüchtigen Gefährten. Eckzahn und Splitternase jauchzten vor Vergnügen.

»Sieh mal, ein Fluss, ein Fluss! Waffenstillstand, Schramme!«

Schramme holte sie ein und der Streit war angesichts des ausgedehnten Gewässers vorübergehend vergessen.

»Das ist kein Fluss, das ist ein See«, betonte er. »Das lasse ich mir gefallen: frisches Wasser zum Trinken, ein angenehmes Bad für unsere wunden Pfoten. Schau mal, da sitzt ein Schwan auf seinem Nest. Schwaneneier – was für ein ausgezeichneter Leckerbissen!«

Splitternase war sich da nicht so sicher. »Äh, meinst du nicht, dass der Vogel für uns ein bisschen zu groß ist, Schramme?«

»Und wenn schon!«, schnaubte das Wiesel. »Wir sind ja schließlich zu dritt und wir haben unsere Speere. Schwaneneier schmecken ganz hervorragend.«

»Hast du denn jemals eines gegessen?«, fragte Splitternase.

»Nein, ich habe bis jetzt nicht einmal eines gesehen, aber ich wette, sie sind riesengroß und köstlich.«

»Na gut, in Ordnung, wir geben dir Rückendeckung. Wie willst du an die Eier herankommen?«

»Kein Problem, stellt euch einfach nur ins seichte Wasser und werft eure Speere nach dem Schwan, bis er gezwungen ist davonzufliegen und dann schnappen wir uns die Eier.«

Angespornt durch Schrammes Optimismus, wateten sie ins

seichte Wasser. Die Schwanenfrau beäugte sie ohne die geringste Angst. Sie zischte warnend.

Die Möchtegernplünderer hatten großen Spaß daran.

»Uuh, aahh. He, Ecki, ist das nicht ein herrliches Gefühl, wenn du mit deinen Pfoten im Schlamm wühlst?«, rief Splitternase.

»Stimmt, besonders nach der ganzen Herumrennerei, Kumpel. Sieh dir das mal an.« Eckzahn schleuderte seinen Speer. Er fiel weit vor seinem Ziel ins Wasser.

Splitternase lachte höhnisch und warf dann seinen hinterher. Er flog zwar ein wenig weiter, erreichte den Schwan aber auch nicht.

Schramme quittierte ihre erfolglosen Versuche mit einem höhnischen Kommentar: »Pah, ihr zwei könntet ja nicht mal mit einem gefrorenen Wurm den Boden treffen. Geht und sammelt ein paar Steine zum Werfen. Ich kann vielleicht da hinauswaten und auf den Vogel einstechen.«

Das Frettchen und das Hermelin wateten zurück zum Ufer, um nach Wurfgeschossen zu suchen.

Wagemutig schritt Schramme voran, bis ihm das Wasser bis zum Bauch ging. Plötzlich hörte er, wie sich die Binsen hinter ihm raschelnd teilten. Schramme drehte sich im Wasser um. Der gigantische Schwanenmann verdeckte sein gesamtes Blickfeld; das Wiesel hatte nicht einmal mehr die Gelegenheit, aufzuschreien oder seinen Speer zu erheben.

Schramme war auf der Stelle tot.

Splitternase und Eckzahn kehrten mit den Pfoten voller Steine und Erdklumpen zum Ufer zurück.

»Na, genügt das, Schramme?«

»Schramme, wo bist du?«

»Schrammeramme, du alter Froschfresser, komm heraus und zeig dich. Wir wissen, dass du dich versteckt hältst, wir sehen doch, dass sich die Binsen bewegen.«

Der Schwanenmann kam halb fliegend, halb laufend aus den

Binsen geschossen, zischte wie ein Schlangennest und landete mit einer Bugwelle im Wasser.

»Oooooaaaarrrggghh!«

Sie rasten, von nacktem Entsetzen gepackt, davon, fort von dem See und seinem Nest, und nur so schafften es die beiden panischen Soldaten, mit heiler Haut davonzukommen.

»Oohoojeehee, Hiiilfeee!«

Auf seinen Schwimmfüßen kletterte der Schwanenmann ans Ufer, schlug seine breiten Schwingen zum blauen Himmel hinauf und zischte seinen Siegesruf – eine wütende Herausforderung an die Läufer in der Ferne.

Die Schwanenfrau war wieder in Sicherheit und ließ sich zufrieden auf ihren Küken im Nest nieder. Mit einem Lächeln, das ein wenig selbstgefällig wirkte, putzte sie sich ihr Nackengefieder. Schwäne lachten niemals laut heraus.

Martin und seine Freunde waren bereits ziemlich weit vom See entfernt, dennoch trug der Wind die qualvollen Schreie bis zu ihnen.

»Klingt fast so, als hätten unsere Verfolger aus Kotir jemanden ganz schön verärgert, was, Din?«, bemerkte Martin.

Der Maulwurf blickte ernst. »Hajo, ich tu denken, der Schwan tut sie erledigt haben, bohörr.«

Gonff legte eine Pfote auf sein Herz und sang getragen:

*»Ein Wiesel, Frettchen und Hermelin*
*fanden den Teich, doch kein Boot darin.*
*Jetzt sind sie in einem Schwan,*
*wo man auch nichts sehen kann.«*

Zarina stand am Fenster ihres Gemachs und beobachtete die Eichhörnchen. Sie waren von den Bäumen am Waldrand heruntergeklettert. Sie hatten zwei kleine Igel bei sich, die Helme aus Kochtöpfen und Umhänge aus Decken trugen.

Fortunata klopfte sachte an die Tür des Gemachs und trat ein.

»Hoheit, oh, Ihr habt sie bereits erspäht.«

Zarina blickte sich nicht einmal zu Fortunata um. Sie starrte unverwandt weiter auf die beiden kleinen Gestalten inmitten der Eichhörnchen.

»Was meinst du, wollen sie uns vielleicht verspotten?«, fragte sie.

Fortunata trat zu ihr ans Fenster. »Nein, eine derartige Zurschaustellung sieht den Waldbewohnern so gar nicht ähnlich, Hoheit.«

Zu Fortunatas großer Überraschung klopfte Zarina ihr anerkennend auf die Schulter. »Eine wohl überlegte Bemerkung, Füchsin. Soll ich einen Trupp hinausschicken, um sie einfangen zu lassen?«

Fortunata schüttelte den Kopf. »Das würde ich nicht empfehlen, Hoheit. Sie würden sich nur in die Baumkronen zurückziehen und unsere Soldaten wieder wie die letzten Volltrottel dastehen lassen. Das machen die Eichhörnchen immer so.«

Zarina lächelte. Sie saß auf der Fensterbank und zwinkerte der Fähe zu. »Schlau, sehr schlau, Fortunata. Du bist nicht so dämlich oder schwer von Begriff wie Kladd und Aschenbein. Jetzt hör mir mal zu, mein Augenlicht ist besser als das deine oder das irgendeines anderen in Mossflower. Ich habe die beiden kleinen Igel genau beobachtet und festgestellt, dass mit ihnen irgendetwas nicht stimmt.«

»Mit ihnen stimmt etwas nicht, Hoheit?« Fortunata blickte verblüfft drein, versuchte aber nach besten Kräften, intelligent auszusehen.

Zarina tippte mit einer Pfote an ihre Nasenspitze. »Ganz genau. Sie spielen kleine Spielchen mit mir, diese Waldbewohner. Aber ich habe auch ein oder zwei kleine Tricks in petto. Sag einmal, du kennst doch diesen Wald und seine Bewohner besser als jeder andere in Kotir, nicht wahr?«

Fortunata war stolz, dass Zarina sich ihr anvertraute, dennoch begann sie, sich langsam unwohl zu fühlen. Wenn ihre Königin sich Pläne ausdachte, dann hatten diese oft einen Haken.

»Ich wurde in Mossflower geboren und aufgezogen, Hoheit. Was kann ich denn für Euch tun?«

»Fortunata, wir sind von Stümpern umgeben«, sagte Zarina, und ihre Stimme klang wie die einer alten, vertrauten Freundin. »Du bist die Einzige, auf die ich mich wirklich verlassen kann. Denjenigen, die mir gute Dienste leisten, vergesse ich ihre Treue niemals. Ich habe auch nicht vergessen, dass du mir mit deinen Kenntnissen in der Kräuterkunde zur Seite gestanden hast, als ich Königin werden wollte. Ich herrsche über ein großes Gebiet und bin ziemlich einsam. Ich könnte jemanden gebrauchen, der so klug und weise ist wie du und bereit wäre, sich die Herrschaft mit mir zu teilen. Aber zunächst einmal muss ich dich um einen Gefallen bitten. Überlege es dir gut, bevor du antwortest, denn von deiner Antwort hängt unsere Freundschaft ab. Wirst du mir diesen Gefallen tun?«

Die gierige Füchsin ging Hals über Kopf in Zarinas Falle. »Euer Wunsch ist mir Befehl, Königin Zarina.«

Die Wildkatzenherrscherin lächelte wie eine Katze, die mit einem Vogel spielt. »Gut gesprochen, Freundin. Also, ich möchte, dass du Folgendes für mich tust …«

## 24

Der Rawim war verblüfft.

Skipper kam in Begleitung eines Frettchens gemächlich nach Brockhall spaziert. Noch bevor Lady Ambra einen Pfeil an ihre Sehne legen oder Bella den Feind mit einem Schürhaken angreifen konnte, ergriff Skipper energisch das Wort. »Kumpels, nun verheddert euch mal nicht in euren Tauen. Dieses Frettchen hier ist ein Otter. Ich möchte euch meinen Bruder, die Maske, vorstellen.«

Die Maske verneigte sich tief. Er zog sich die Bänder von den Ohren, mit denen die Borkenstücke befestigt waren, die dazu dienten, seine Schnauze spitzer auslaufen zu lassen. Dann entfernte er den böse aussehenden Eckzahn und nahm seinen falschen Schwanz ab.

Bella klopfte mit ihrer schweren Pfote gegen die Seiten ihres Stuhles. »Großartig, er ist ja wirklich ein Otter. Willkommen in Brockhall, Herr Maske.«

Die Äbtissin Germania bot dem Otter einen Platz an und stellte ihm Essen und Trinken hin. »Ihr seid also die Maske. Ich bin schon recht alt und habe merkwürdige Dinge in meinem Leben gesehen; ich hoffe, dass Ihr mir meine Direktheit verzeihen werdet, mein Herr, wenn ich sage, dass mir so etwas Eigenartiges wie Ihr noch niemals untergekommen ist.«

Maske schüttelte der Äbtissin herzlich die Pfote. »Es ist eine eigenartige Welt, gnädige Frau, und Ihr werdet es mir sicher auch nicht übel nehmen, wenn ich sage, dass mir noch nie so freundliche und sanftmütige Mäuse begegnet sind wie Ihr und Eure eigentümlich gekleideten Anhänger.«

Skipper klopfte Maske auf die Schulter. »Freunde, wenn ihr den alten Maske in ein paar von den Verkleidungen sehen würdet, in denen ich ihn erlebt habe, ihr würdet euren eigenen Augen nicht trauen.«

»Oh, erzählt uns davon, Skip«, rief Columbine und lehnte sich voller Eifer nach vorn.

Skipper trank einen Schluck Apfelwein aus Maskes Becher. »Ich wüsste gar nicht, wo ich anfangen sollte, er kann unendlich viele Gestalten annehmen, aber ich werde euch ein Beispiel geben; er entwischte mir nämlich, als wir auf dem Weg hierher durch den Wald gingen. Ich suchte überall nach ihm. Da stand doch der alte Verwandlungskünstler direkt neben mir gegen einen Baum gelehnt und sah aus wie ein Stück Borke, ist das nicht einfach unglaublich?«

Spike und Posy klammerten sich an Columbines Kutte und starrten den seltsamen Otter mit großen Augen an.

»Ist das wirklich wahr, Herr Maske?«, fragte Spike.

Maske kicherte und gab jedem von ihnen ein Stück Apfel. »Oh ja, das ist gar nicht so schwer. Ihr braucht nur ein altes Borkenstück, das so groß ist wie ihr selbst, und natürlich den richtigen Baum. Ihr stellt euch hin und denkt dieselben Gedanken wie der Baum – und Hokuspokus!«

»In was könnt Ihr Euch denn noch verwandeln, Herr?«, wollte Posy wissen.

»Tja, in einen Fuchs, ein Eichhörnchen, ja sogar in einen Igel, wie du einer bist – was ihr wollt. Haha, Otter sind allerdings ganz schön schwierig. Sie haben nämlich so komische Schwänze, müsst ihr wissen.«

»Könntet Ihr auch wie ein Vogel aussehen?«, wollte Spike wissen.

»Nun ja, sagen wir mal, daran arbeite ich noch, einverstanden?«

»Und wie sieht es mit einem Hermelin oder einer Ratte aus?«, fuhr Posy hartnäckig fort.

»Kein Problem. Die sind am einfachsten. Es kommt vor allem darauf an, dass man ihre Gestalt aufmerksam einstudiert, das ist die ganze Kunst.«

Äbtissin Germania war beeindruckt. »Wollt Ihr damit sagen, dass Ihr wie ein Hermelin, ein Wiesel oder sogar wie ein Fuchs aussehen könntet?«

Die Maske zwinkerte ihr zu. »Stimmt genau, gnädige Frau. Deshalb bin ich ja hier.«

Auf der Ebene wurden die Schatten des späten Nachmittages immer länger. Dinny blickte zu den Bergen am Horizont hinüber und schätzte gekonnt ihre Entfernung ein.

»Haja, wir tun morgen sehr dicht an die Berge herankommen, Martin.«

Der Mäusekrieger blickte zum Felsmassiv hinüber. »Ja, das werden wir, Din. Wie wir sie allerdings überqueren wollen, weiß ich noch nicht. Schau dir nur einmal an, wie gewaltig sie sind. Sie scheinen fast im Himmel zu verschwinden.«

»Keine Sorge, Kumpels«, sagte Gonff zuversichtlich. »Wir sind doch nicht so weit gekommen, um uns jetzt von so einem Hügelchen unterkriegen zu lassen. Außerdem brauchen wir uns keine Gedanken mehr darüber zu machen, dass uns das elende Gesindel verfolgt. Denen haben die Schwäne wahrscheinlich den Garaus gemacht.«

Dinny hob seine Schnauze hoch in die Luft. »Meine Pfötchen tun allerweil wieder den Geruch von Wasser aufnehmen, hajaj.«

»Was, noch mehr Wasser, Din?«, fragte Martin.

»Hajo, richtig. Doch diesmal tuts ein fließendes Gewässer sein.«

»Da sollten wir lieber unsere Augen aufsperren, falls sich noch mehr Schwäne hier herumtreiben, was, Kumpels?«, warnte Gonff.

»Hojoj, nein, Schwäne tu ich allemal nicht mehr sehen wollen, bohörr.«

Gonff war der Erste, der den großen Fluss entdeckte. Er war an dieser Stelle noch nicht breit genug, um als Strom bezeichnet zu werden. Der Mäusedieb schritt am Ufer entlang und zitierte mit lauter Stimme, zum Fluss gewandt:

*»Die goldnen Flächen ziehn sich weit,*
*der Flügelschlag ist hart.*
*So tief und nass, fließt durch das Gras*
*die blaue Schlang, sie naht.«*

Martin blickte zum gegenüberliegenden Ufer. »Scheint ja recht friedlich zu sein, aber hier ist es viel zu breit, um eine Überquerung zu wagen. Wir werden heute Nacht hier unser Lager aufschlagen und morgen früh am Ufer entlang nach einer günstigeren Stelle zum Überqueren suchen.«

Am Wasser war der milde Frühlingsabend sehr angenehm. Dinny hob ein Loch aus, während Martin mit seinem stählernen Schwertgriff aus einem Feuerstein Funken schlug und so ein kleines Feuer entfachte. Gonff setzte währenddessen seine Angelschnur wieder instand. Innerhalb kürzester Zeit zog er einen dicken, jungen Brassen an Land.

Die drei Weggefährten setzten sich um das Feuer und sahen zu, wie der Fisch, in grünes Schilfrohr eingewickelt, über den Flammen gegrillt wurde. Das Feuer flackerte und tanzte in Dinnys Knopfaugen.

»Bohörr, es tut schön warm sein, hajaj. Ich tus mögen, wenns warm sein tut.«

Gonff prüfte den Fisch mit seiner Messerspitze. »Er wird bald fertig sein, Kumpels. Dazu ein paar kleine Scheiben geröstetes Brot, etwas Kresse von der Uferböschung, ein Becher mit frischem Flusswasser und wir sind für diese Nacht gut versorgt.«

Der Fluss gurgelte und sprudelte ohne Unterlass auf die fernen Berge zu, während sie an seinem moosbewachsenen, weichen Ufer ihre wohlverdiente Ruhepause genossen.

Splitternase und Eckzahn waren plan- und ziellos weitergelaufen. Ohne Schramme als Anführer waren sie vollkommen verloren. Zur Nacht saßen die beiden hungrig, durstig und müde inmitten der weiten Ebene. Splitternase legte sich hin und kuschelte sich schläfrig ins Gras. Eckzahn dagegen konnte keine Ruhe finden.

»Ich schlafe doch nicht schon wieder im Freien. Es muss doch hier irgendwo ein Loch oder eine Höhle oder so etwas geben. Vielleicht sogar eine Kleinigkeit zu essen.«

»Ach, jetzt leg dich schon hin und ruh dich aus«, murmelte Splitternase schläfrig. »Du bist ja fast so schlimm wie Kladd oder Schramme. Schlaf ein wenig und dann werden wir morgen früh die Gegend hier erkunden. Ich rühre mich jedenfalls nicht mehr vom Fleck. Werde voraussichtlich sogar einmal ausschlafen.«

Eckzahn entfernte sich. »In Ordnung. Bleib du hier. Wenn ich nichts Besseres finde, komme ich zurück. Ich könnte schwören, dass hier irgendwo in der Nähe Wasser plätschert. Ich werde mich mal umsehen.«

»Lass dich nicht von den Schwänen erwischen«, rief Splitternase mit geschlossenen Augen hinter ihm her.

Eckzahn war schneller wieder zurück, als erwartet. Er tanzte herum und kicherte leise in sich hinein.

»Splitti. He, hoch mit dir, du Schnarchgesicht. Wach auf! Hihihi, rate mal, was ich gefunden habe!«

Das Hermelin gab einen Grunzer von sich, als sein Kamerad es wachrüttelte. »Da brat mir doch einer zwei Frösche und einen Löwenzahn. Jetzt hau schon ab, ja? Ich brauche meinen Schlaf.«

Das Frettchen war so aufgeregt, dass es sich kaum beherrschen konnte. »Ich habe einen großen Fluss, ein Lager, ein Feuer und etwas zu essen gefunden – und die beiden Mäuse und den Maulwurf!«

Schlagartig wurde Splitternase wach. »Wo?«

»Nicht weit von hier. Ein Stück weiter in diese Richtung. Hör zu, wenn wir schnell und leise vorgehen, können wir sie gefangen nehmen.«

Das Hermelin sprang auf. »Großartig. Sagtest du nicht, sie hätten Essen und ein Feuer?«

»Ja, einen halben gegrillten Fisch und Rucksäcke voller Köstlichkeiten«, erzählte Eckzahn. »Du weißt doch, wie diese Waldbewohner sind – sie haben immer ausreichend zu essen dabei.«

»Wir könnten sie mit nach Kotir bringen.«

»Hihi. Genau, kannst du dir das Gesicht von unserem guten alten Kladd vorstellen, wenn wir mit drei Gefangenen auftauchen? Die Königin würde uns wahrscheinlich zu Generälen ernennen. Oho, dem Kladd würde ich erst einmal haufenweise Schmutzarbeit aufbürden. Den würde ich richtig schön springen lassen!«

»Na, dann mal los, Ecki, alter Kumpel, zeig mir, wo sie sind.«

Leise schlichen sie, mit ihren Speeren bewaffnet, zum Flussufer hinüber.

Die drei Freunde lagen schlafend am Feuer und ahnten nicht, dass sich vom Rand der Böschung zwei Augenpaare auf sie richteten.

Fortunata drang tiefer in den Wald von Mossflower vor; sie spürte, dass Zarina sie vom Fenster ihres Gemachs aus beobachtete.

Die Fähe hatte die Kleidungsstücke, mit denen sie sich in Kotir herausgeputzt hatte, abgelegt und trug wieder den zerrissenen alten Umhang, der sie als Heilerin auswies, und ihren Beutel mit Kräutern und anderen Heilmitteln. Sie stützte sich schwer auf einen Eschenstock. Diese Art von Auftrag war Fortunata wie auf den Leib geschrieben; sie ging lieber mit List vor, als sich ins Kampfgetümmel zu stürzen. Zudem war die in Aussicht gestellte Belohnung entschieden höher.

Zarina trat vom Fenster zurück und läutete ihre Tischglocke. Kladd kam herein und salutierte mit Schild und Speer.

»Ja, Euer Majestät?«

»Schaffe jemanden herbei, der hier mal sauber macht, das Zimmer ist vollkommen verdreckt. Lass die Truppen exerzieren und halte sie in Alarmbereitschaft. Sie sind ja schließlich nicht hier, um mir die Haare vom Kopf zu fressen. Ach ja, und dann stell mir einen Trupp zusammen, der Nahrung herbeischafft. Wenn wir die Waldbewohner besiegen wollen, müssen wir die Speisekammer füllen.«

Kladd salutierte wieder. »Wie Ihr befehlt, Majestät.«

Die Wildkatzenkönigin machte es sich auf ihrem Stuhl bequem. Jetzt war es an der Zeit abzuwarten.

Columbine lag im Schutz eines Gebüsches und knabberte an einer grünen Haselnuss. Das Mäusefräulein meldete sich oft freiwillig zum

Wachdienst draußen vor Brockhall, und dann stellte sie sich vor, wie es sein würde, wenn sie als Erste die weit gereisten Heimkehrer erblickte. Dieser Gonff, das war schon einer! Er würde wahrscheinlich mit einem munteren Lied auf den Lippen anmarschiert kommen:

*»Columbine, da bin ich wieder.*
*Die Stunde der Rettung naht herbei.*
*Mit meinen Freunden kämpf ich wacker,*
*schon bald ist Mossflower wieder frei«,*

oder mit etwas ähnlich Heiterem. Columbine lag da, betrachtete die Sonnenstäubchen, die durch das gesprenkelte Grün des Blätterdaches tanzten, und träumte von ihrem Dieb.

Da erblickte sie die Füchsin.

Es war eine Fähe, die wie eine reisende Heilerin gekleidet war. Die Füchsin sah sich um, schnüffelte hier, untersuchte ein aufgerautes Blatt dort und war ganz offensichtlich nach irgendjemandem oder -etwas auf der Suche.

Columbine schlüpfte leise aus ihrem Versteck. Sobald sie außer Sichtweite der Füchsin war, nahm sie ihre Beine in die Pfote und sauste Hals über Kopf nach Brockhall zurück.

Dort scheuchte sie ein paar Kleine nach drinnen und verriegelte die Tür. Es war Mittagszeit, und die Mäuse aus Loamhedge waren gerade dabei, Klosterpudding mit Haselnüssen und Weidenkrautsoße aufzutragen. Columbine lief geradewegs auf Bella zu.

»Ein Fuchs, ein Fuchs ist auf dem Weg hierher!«, keuchte sie.

Skipper hielt sie mit seiner Pfote zurück. »Heda! Von wo kommt er und was für ein Fuchs ist es?«

»Es ist eine Fähe. Sie ist draußen im Wald, kommt aus nordwestlicher Richtung, schnüffelt und stöbert überall herum. Wenn wir sie nicht aufhalten, wird sie schon bald hier sein.«

Lady Ambra tunkte ein Stück Brot in die Soße. »Eine Fähe? Hast du sie erkannt, Columbine?«

»Oh ja, sie wird Fortunata genannt, sie hat sich allerdings ein wenig verkleidet. Sie war dabei, als wir aus dem Hinterhalt überfallen wurden.«

»Ein alter, zerlumpter Umhang und eine Kapuze«, unterbrach Bella sie, »dazu ein Beutel mit Kräutern und ein Wanderstab?«

Columbine nickte.

»Die Kleidung der alten Wanderheiler. Eigentlich schon ein wenig abgenutzt, nicht wahr, Maske?«, kicherte die Dächsin trocken.

Der Otter blickte von seinem Pudding auf. »Was werdet Ihr denn nun mit ihr machen?«

Lady Ambra streckte ihre Pfote nach dem Köcher aus. »Ein gut gezielter, flinker Pfeil und das Thema ist erledigt.«

Skipper klopfte gegen seine Schleuder. »Entweder das oder ein spitzer Stein vor ihren Bug.«

Maske stand auf und rieb sich seinen vollen Bauch. »Frau Bella, warum lasst Ihr mich nicht die Sache übernehmen? Es könnte für unsere Pläne zur Rettung der Gefangenen von Nutzen sein.«

Bella schob Columbine etwas zu essen hin. »Hier, meine Kleine, iss etwas zu Mittag. Nur zu, Maske, erklärt uns, was Ihr vorhabt.«

Der Otter hatte ihnen den Rücken zugewandt, er war dabei, sich zu maskieren. »Ich schlage vor, wir lassen sie herkommen und hören uns an, was sie von uns will. Sie darf aber auf keinen Fall erfahren, wer ich bin. Tut einfach so, als sei ich gerade erst hier angekommen.«

Als er sich wieder zum Rawim umdrehte, sah Maske wirklich wie ein Neuankömmling aus. Er hatte sich in den grimmigsten, dürren grauen, alten Fuchs verwandelt, den sie jemals gesehen hatten.

Die Maske schlüpfte in Bellas Arbeitszimmer, um seine Verwandlung zu vervollkommnen. »Ich muss nur noch den richtigen Schwanz heraussuchen, ein wenig braunen Staub in mein Fell reiben und ein paar Feinheiten herausarbeiten. Pah, sie wird mich glatt mit ihrem eigenen Großvater verwechseln, wenn ich fertig bin.«

»So. Haben wir euch endlich. Eine falsche Bewegung und dieser Maulwurf wird aufgespießt!«

Martin schlug die Augen auf. Das Frettchen und das Hermelin hatten sich über Dinny gebeugt und hielten ihre Speerspitzen an seine Kehle. Der Mäusekrieger wollte sich instinktiv auf sie stürzen, aber Gonff hielt ihn davon ab.

»Tu, was sie sagen, Kumpel. Sie haben uns überrumpelt.«

Alle drei blieben ganz still liegen. Eckzahn grinste zufrieden.

»Ich werde den Maulwurf am Boden halten, Splitti. Schau du doch mal in dem Rucksack da drüben nach, ob du einen Strick findest.«

Splitternase flitzte hinüber und durchwühlte den Rucksack.

»Ich hab sogar noch was Besseres, Kumpel. Schau mal, ein Seil«, rief er.

»Gib her und halte den Maulwurf mit deinem Speer unten. Wenn er sich bewegt, spieß ihn auf.« Eckzahn schnürte die drei Freunde mit dem Seil zusammen und zog kräftig daran, um sicherzugehen, dass sie sich nicht mehr rühren konnten.

Dann hob er seinen Speer auf und stolzierte um sie herum. »Ha, ihr seid jetzt unsere Gefangenen. Ihr werdet dafür büßen, dass ihr die Gesetze von Kotir gebrochen und mit eurer sinnlosen Weglauferei auch noch unsere Zeit verschwendet habt. Ruhe jetzt!«

Splitternase leerte gerade die Provianttaschen. »Heehee. Sieh doch: Äpfel, Brot, Käse, mmfff, Pastete!«

Eckzahn warf noch etwas Brennholz aufs Feuer und stopfte sich gefräßig das Essen in den Mund, wobei er die Gefangenen allerdings immer noch mit seinem Speer bedrohte.

»He, das gefällt mir schon besser, Splitti«, rief er begeistert. »Komm und wärm dich am Feuer auf.«

Gonff zwinkerte Martin zu und flüsterte: »Überlass das nur mir,

Kumpel. Ich werde mich schon um diese beiden Schwachschädel kümmern.«

Eckzahn zerrte heftig am Seilende. »Klappe! Noch ein Muckser und ihr werdet es bitter bereuen, verstanden?«

Gonff zuckte, so gut er konnte, mit den Achseln. »Keine Sorge, Hauptmann. Ihr habt uns fest im Griff. Aber esst bitte nicht alle unsere Vorräte auf, sonst bleibt uns ja nichts mehr zum Überleben.«

Splitternase warf mit einem Kerngehäuse nach Gonff und biss herzhaft in einen Käse. »Ach, nun hör schon auf zu jammern, Maus. Nimm dir mal ein Beispiel an uns, wir haben die letzten paar Tage nur eine trockene Brotkruste und Gras zu essen bekommen. Mmmm, der Käse schmeckt wirklich gut. He, Obstkuchen! Heilige Klaue, das lasse ich mir gefallen.«

»Mach mal halblang, du Fresssack, die Hälfte davon ist für mich.« Eckzahn stieß Splitternase mit seinem Speer an.

»Such dir doch selbst was, Dickwanst«, entgegnete Splitternase. »Was bist du doch für ein unersättlicher Wurm!«

»Autsch! Nimm sofort die Speerspitze da weg, du Gammelzahn.«

»Gibs ihm, Kumpel«, rief Gonff ermunternd zu ihm hinüber. »Zeig ihm, dass die Hermeline das Sagen haben.«

Eckzahn wollte Gonff gerade mit seinem Speer aufspießen, als Splitternase ihm seine Speerspitze in das Hinterteil rammte.

Martin schlug sich auf die Seite von Eckzahn. »Lass dir das nicht von ihm gefallen, Frettchen. Schnapp ihn dir.«

Dinny dagegen unterstützte Splitternase. »Er tut nix nicht weiter sein als wie ein großer Angeber. Tu dich auf ihn stürzen, Hermelin, hajo.«

Eckzahn schlug Splitternase mit seinem Speerschaft mitten auf den Kopf. Splitternase zahlte es ihm heim, indem er Eckzahn die Pfote durchbohrte.

Die drei Freunde feuerten sie mit lauten Rufen weiter an.

»Jetzt hast du ihn. Stoß zu!«

»So ist es richtig. Halt ihn am Boden!«

»Tu ihm in die Kehle beißen!«

»Schubs ihn ins Feuer, schnell!«

Hasserfüllt schlugen das Hermelin und das Frettchen aufeinander ein. Sie verwüsteten blindwütig kämpfend das ganze Lager, wälzten sich im Feuer, stolperten ins seichte Wasser, fielen fast über die Gefangenen und nahmen nichts mehr wahr außer ihrem unbändigen Willen, den anderen zu erschlagen.

»Grr, nimm das, du Hermelinschwein!«

»Autsch, du wirst mich nicht mehr herumschubsen, Frettchen. Da hast dus!«

Eckzahn stürzte; der Speer seines Gegners hatte ihn durchbohrt. Splitternase wich zurück, ließ seinen Speer fallen und strauchelte weiter ins Wasser hinein. Eckzahn richtete sich ganz langsam wieder auf und schwankte mit dem Speer im Anschlag auf seinen Feind zu. Splitternase stolperte rückwärts in tieferes Wasser, er war unbewaffnet und flehte mit erhobenen Pfoten um Gnade.

»Ecki, nein. Das wollte ich nicht!«

Das Frettchen wankte unsicher auf Splitternase zu, erhob seinen Speer, um ihn zu werfen, und fiel dann tot ins flache Wasser.

Splitternase wich wie benommen weiter zurück. »Das wollte ich doch nicht, Ecki. Ehrlich. Du kannst die Hälfte abh…«

Plötzlich war er verschwunden! Nur Eckzahn, das Frettchen, war noch zu sehen. Er lag mit dem Gesicht nach unten im seichten Wasser des dahinziehenden Flusses.

Die drei Freunde waren zur Seite gefallen. Sie lagen zusammengebunden da und starrten auf die Stelle, wo Splitternase kurz zuvor noch zu sehen gewesen war.

»Da sind tiefe Schlammlöcher am Grund des Flusses«, erklärte Gonff. »Darauf müssen wir Acht geben, wenn wir ihn durchqueren.«

Dinny wand sich hin und her. »Hajaj, wir sollten überlegen, wie wir uns tun befreien können.«

Martin zerrte am Seil, bis er Gonffs Gesicht sehen konnte. »Und, hast du eine Idee?«

Der Mäusedieb lächelte in der Dunkelheit. »Bleibt ganz still sitzen, ich glaube, ich komme an meinen Dolch heran. Habe ich dir eigentlich jemals erzählt, Kumpel, dass ich der König der Befreiungskünstler bin?«

Martin spürte, wie die Klinge an ihren Fesseln sägte. »Ja, ich glaube, ich kann mich daran erinnern, dass du irgendetwas in der Art erzählt hast, als wir noch im Verlies in Kotir saßen, Kumpel.«

Gonffs scharfe Klinge sorgte dafür, dass das Seil schon bald herunterfiel. Er stellte sich aufrecht hin.

»Damals hatte ich auch schon Recht, wie du dich vielleicht erinnern wirst«, betonte Gonff.

Dinny reckte sich. »Hajo, aber Ihr würdet damit bestimmt nie nicht mit angeben, oder?«

Sie sahen sich erst einmal an, wie viel Schaden angerichtet worden war. Martin warf einen zertrampelten Käse beiseite.

»Herrje, sie haben unseren Proviant vernichtet«, sagte er empört. »Das meiste Essen ist zusammen mit ihnen ins Wasser gerollt. Seht nur, sogar der Fisch ist ins Feuer gefallen.« Er hielt den verkohlten Überrest hoch.

Gonff schob Eckzahns Kadaver ins tiefere Wasser, sodass er von der kräftigen Strömung erfasst wurde. »Es hätte schlimmer kommen können, Kumpel. Wenigstens sind wir am Leben.«

Dinny blies in die glühende Asche und legte trockenes Schilf und Holz nach. »Hojoj, so tuts sein, Martin. Wir tun schon klarkommen, bohörr.«

# 25

Fortunata folgte einer Fährte, die in eine Sackgasse führte. Irgendjemand hatte die meisten Spuren gekonnt verwischt, aber die Fähe wusste, dass Waldbewohner da gewesen waren. Sie waren zwar geschickt vorgegangen, aber sie hatten nicht alles verbergen können; es ließ sich immer noch eine Witterung aufnehmen und der eine oder andere abgebrochene Zweig war auch zu sehen. Auf der Suche nach weiteren Hinweisen kratzte sie im Unterholz herum.

»Habt Ihr etwas verloren?«

Die Fähe schreckte auf, als sie die Stimme hörte. Sie wirbelte herum und versuchte, den Sprecher zu entdecken. Aber um sie herum war nur der stille Wald zu sehen. Ganz plötzlich stand ein Fuchs neben ihr.

»Ich habe gefragt, ob Ihr etwas verloren habt«, wiederholte er.

Fortunata sah sich den Unbekannten genau an. Es war ein alter Fuchs, dessen Fell graue und staubbraune Flecken aufwies; er war sehr schlank und ging leicht vornübergebeugt. Seine Augen jagten ihr einen Schauer über den Rücken: unheimliche, flache Augen, die sich ständig veränderten.

Die Fähe war noch nie einem so bösartig aussehenden Exemplar ihrer Gattung begegnet.

»Nein, ich habe nichts verloren«, sagte sie, wobei sie sich die größte Mühe gab, unbekümmert zu klingen. »Ich bin hier eigentlich nur auf der Durchreise.«

»Ich auch. Vielleicht könnten wir uns ja zusammentun«, schlug der alte Fuchs vor.

»Ja, vielleicht. Ich heiße Reisigschwanz und bin eine Wanderheilerin, wie werdet Ihr denn genannt?«, fragte Fortunata.

»Ich bin Flickenfell. Ich komme von weit her aus dem Osten«, antwortete er.

Fortunata nickte. Flickenfell – so sah sein Fell auch aus. »Tja, ich komme von, äh, Südwesten. Vielleicht ist das der Grund dafür, dass wir uns noch nie begegnet sind. Ich habe einen Bärenhunger, Flickenfell. Euch sind sicherlich auch die Spuren hier aufgefallen. Vielleicht haben die Waldbewohner ja ein Lager in der Nähe. Gewöhnlich geben sie mir als Dank für meine Dienste als Heilerin etwas zu essen.«

Flickenfell strich sich über seinen mageren Bauch. »Ja, ich habe auch Hunger. Wenn man nur Gras isst und Tau trinkt, kommt man nicht sehr weit. Sagt einmal, Reisigschwanz, könnte ich Euch nicht vielleicht als Euer Gehilfe begleiten? Ich bin vor einiger Zeit an einem Ort vorbeigekommen, der genau das zu sein schien, was wir suchen.«

Fortunata spitzte die Ohren. »Wirklich? Wo denn?«

Der merkwürdige Fuchs wedelte mit einer Pfote herum. »Ach, es geht hier entlang und dort entlang, wie Wege so sind. Ich bin einfach weitergegangen, weil diese Waldbewohner mich aus irgendeinem unerfindlichen Grund immer fortjagen. Pah, man könnte meinen, ich hätte es auf ihre Kleinen abgesehen. Es sah aus wie ein gut versorgter Zufluchtsort. Ich denke schon, dass ich ihn wieder finden könnte.«

»Ich kann es ihnen nicht verübeln, wenn sie Euch fortjagen, Freund Flickenfell«, kicherte Fortunata. »Ihr seht ja nun wirklich nicht gerade wie ein Feldmäusekind beim Frühlingsfest aus.«

Flickenfell warf seinen Kopf zurück und lachte boshaft. »Hahaha, schaut Euch mit Eurem abgewetzten Hinterteil doch selbst einmal an, Ihr Landstreicherin! Jeder auch nur halbwegs ehrliche Waldbewohner würde einen riesigen Bogen um Euch machen. Tun wir uns also zusammmen. Nun sagt schon, was haltet Ihr davon? Ihr würdet ohne mich sowieso nicht hinfinden.«

Fortunata strich sich über das Schnurrhaar, als würde sie ernsthaft über das Angebot nachdenken. Schließlich streckte sie eine Pfote aus. »In Ordnung, Flickenfell«, stimmte sie zu, »machen wir also gemeinsame Sache. Gebt mir Eure Pfote, Fuchs.«

»Ja, reichen wir uns die Pfoten, Füchsin.«

Sie schüttelten einander die linke Pfote und vollzogen damit das Ritual der Bösewichte. Dazu sagte sie einen Vers auf:

*»Pfoten schütteln, Klauen zählen.*
*Deines borgen, meines stehlen.*
*Auf Schnurrhaar und Ohren gib Acht.*
*Fuchsräuber sind furchtlos bei Nacht.«*

Ben Stichler lag hinter einem aufgeschütteten Erdwall und beobachtete die Szene. Dann huschte er davon, um dem Rawim zu berichten, dass die Maske, alias Flickenfell, mit Fortunata, alias Reisigschwanz, Kontakt aufgenommen hatte.

Maske sollte Fortunata kreuz und quer durch Mossflower führen, bis der Abend sich über den Wald senkte.

Es war mitten am Nachmittag, als Tschipp vom Luftschacht der Zelle in Kotir davonflog. Gingivere saß mit seinen beiden kleinen Freunden im Stroh und erklärte ihnen geduldig die Nachricht des Rawim.

»Also, wenn ein Frettchen wie ein Frettchen oder ein Hermelin wie ein Hermelin oder ein Wiesel wie ein Wiesel aussieht, dann traut ihm nicht über den Weg. Wenn aber ein Fuchs, der wie ein Fuchs aussieht, sagt, dass sein Name Maske ist und er vom Rawim geschickt wurde, dann müssen wir genau tun, was er sagt, und zwar schnell, und ohne lange Fragen zu stellen.«

Ferdy kratzte sich an seinem stacheligen Kopf. »Und wenn es ein Hermelin ist, das wie ein Wiesel mit einer Frettchennase und einem Fuchsschwanz aussieht, Herr Gingivere?«

Gingivere schubste ihn spielerisch zurück ins Stroh. »Dann vertraue ihm auf gar keinen Fall, selbst wenn es ein Ferdy ist, der wie ein Coggs mit dem Fell eines Gingivere aussieht, du kleiner Racker. Still jetzt, da kommt jemand. Ich stecke euch lieber wieder in eure Beutel.«

Zwei Wieselwächter gingen den Gang entlang und unterhielten sich angeregt.

»Was hat denn nun der Trupp, der nach etwas Essbarem gesucht hat, mitgebracht?«

»Nicht eine einzige Eichel. Die Königin war alles andere als erfreut.«

»Na ja, das war ja nicht anders zu erwarten.«

»Richtig, aber als Kladd ihr berichtete, dass sich der große alte Adler einen unserer Soldaten geschnappt hat, ging es erst richtig zur Sache.«

»Wer war denn das Opfer?«

»Es heißt, es sei ein Hermelin gewesen.«

»Na ja, solange es kein Wiesel war.«

»Genau. Ich kann Hermeline auch nicht ausstehen. Widerliche, hinterhältige Viecher sind das.«

»Recht hast du. Die sind nicht wie wir, Kumpel. Ich bin sowieso davon überzeugt, dass einer von uns sich bei einem Angriff des Adlers aus der verzwickten Lage irgendwie wieder herauswieseln würde.«

»Hahaha. Das gefällt mir. Wieder herauswieseln!«

Aus dem Fluss war ein reißender Strom geworden, dessen Oberfläche in der Nachmittagssonne glitzerte. Den ganzen Tag über waren die drei Weggefährten auf der Suche nach einer seichten, zur Überquerung geeigneten Stelle am Ufer entlanggegangen. Martin starrte zu den Bergen hinauf. Sie waren jetzt viel mächtiger. Er konnte sehen, wie das grüne Pflanzenreich am Fuße des Berges von basalt- und schieferfarbenem Fels abgelöst wurde, der weit hinaufragte und in schneebedeckten Gipfeln endete, die den Himmel wie sagenhafte Säulen zu stützen schienen.

Gonff ließ seine Angelschnur neben sich durchs Wasser gleiten und sang vor sich hin:

*»Wie ist dieser Tag nur hell und klar,*
*die Berge liegen vor uns ganz nah.*
*Gefährten sind wir auch in der Not,*
*die Feinde schlugen einander tot.*
*Wie sehn ich mich nach dem Tag so fern,*
*wenn zu ihr zurück ich werde kehrn.*
*Dann blick ich sie an, nur sie allein,*
*und sag: Columbine, werde mein.«*

Während sie weiterzogen, grub Klein Dinny immer wieder essbare Pflanzen und Wurzeln aus, um ihre Vorräte aufzufüllen.

Martin sah vor sich eine Biegung, an der das Ufer steil abfiel. »Kommt mit, Kumpels. Hier scheint der Strom schmaler zu sein. Vielleicht kommen wir ja hier irgendwo hinüber.«

Er hatte Recht; dicht hinter der Biegung erblickten sie etwas, das sie von ganzem Herzen erfreute.

Es war ein Seil, das über das Wasser führte und zu beiden Seiten des Stromes an einem langen Pfahl befestigt war, der tief in der Erde steckte. Am gegenüberliegenden Ufer lag der Stamm einer weißen Weide im flachen Wasser. Gonff zupfte an den straff gespannten Fasern des Seils.

»Es ist eine Fähre, Kumpels«, erklärte er ihnen. »Seht ihr den Stamm da am anderen Ufer? Schade, dass er sich nicht auf dieser Seite befindet. Aber was solls, auch wenn wir dabei nass werden, werden wir doch auf jeden Fall an diesem Seil die Überquerung wagen.«

Hinter dem Stamm am anderen Ufer lagen zwei starre Augenpaare auf der Lauer und beobachteten sie.

Martin hielt sich zur Sicherheit am Seil fest und watete ins Wasser.

»Nun kommt schon, es geht eigentlich ganz gut«, rief er. »Bleibt auf dieser Seite des Seils, dann kann euch die Strömung nicht davontreiben.«

Dinny und Gonff folgten seinem Beispiel. Das Vorankommen war nicht allzu beschwerlich. Sie setzten eine Pfote vor die andere und hangelten sich so langsam durch den Strom. Auf halbem Wege wurde das Wasser tiefer. Sie hatten jetzt keinen Grund mehr unter den Pfoten, aber mithilfe des Seils kamen sie immer noch gut voran.

Da erscholl vom anderen Ufer ein Ruf: »Halt! Bleibt, wo ihr seid, Fremdlinge!«

Ein Schlangen- und ein Eidechsenmann tauchten hinter dem Weidenstamm auf.

»Sieht aus, als hätten wir Ärger am Hals, was, Din?«, flüsterte Gonff.

Martin nahm keine Notiz von der Warnung und hangelte sich weiter vorwärts.

Dinny rief einen freundlichen Gruß zu ihnen hinüber. »Einen schönen guten Tag. Wir tun nur den Strom überqueren, haja, Ihr tut keine Angst nicht haben müssen.«

Der Schlangenmann richtete sich auf und ließ seine dünne Zunge hervorschnellen. »Hsss. Niemand kommt hier rüber, ohne uns dafür zu bezahlen. Ich bin Todeswürger und das hier ist Peitschenschwanz. Wir sind die Wächter der Furt. Bezahlt uns oder ihr werdet es mit eurem Leben bezahlen.«

Gonff hatte Martin eingeholt. »Die beiden Gestalten gefallen mir nicht. Kannst du sehen, ob der Schlangenkerl die Zeichnung einer Natter trägt?«

In Martin regte sich der Krieger. Mit seiner einen Pfote packte er das Seil noch fester, dann band er den Schwertgriff ab, den er noch immer um seinen Hals trug.

»Sieht ein bisschen mager und auch zu klein aus, um eine richtige Natter zu sein, Gonff«, versicherte er seinem Freund. »Und der andere ist wohl nur so eine Art Wassermolch. Überlass das ruhig mir. Wir werden es gleich genau wissen.«

Für die Wächter der Furt war es jetzt ganz offensichtlich, dass die drei ihren Weg durch den Strom fortsetzten.

»Was könnt ihr uns geben?«, fragte der Eidechsenmann mit rauer, angriffslustiger Stimme. »Na macht schon, bewegt euch! Kommt ans Ufer und leert eure Rucksäcke aus. Keine Müdigkeit vorschützen!«

Martin entgegnete mit grimmiger Miene: »Jetzt hört mir mal zu, ihr zwei. Ihr macht uns keine Angst. Wir sind auf der Durchreise, und wir haben nichts Wertvolles dabei, aber wir werden unsere Habseligkeiten verteidigen, wenn es sein muss, also bleibt uns lieber vom Leib.«

Der Schlangenmann senkte seinen Kopf, bis er flach auf dem Seil lag, und starrte sie böse an. »Hsss, ihr Dummköpfe, ein Biss und ihr seid tot. Wenn ihr nichts von Wert dabeihabt, dann geht zurück und besorgt euch etwas, womit ihr euren Fährenzoll bezahlen könnt.«

Martin zog kräftig an dem straff gespannten Seil und ließ es mit einem Schnappen seiner Krallen los. Die Schnur schnellte vibrierend hoch und hämmerte dem Schlangenmann mehrmals kräftig gegen den Unterkiefer, bevor dieser am Ufer lang hinschlug.

»Na, wie gefällt dir das, Wurm, es ist nur ein kleiner Vorgeschmack«, lachte Gonff. »Richte dich vernünftig auf, und du wirst Bekanntschaft mit meinem Dolch machen, wenn ich erst einmal am Ufer bin. Komm weiter, Din.«

Der Maulwurf winkte mit einer schweren Grabpfote. »Die tu ich erst mal verknoten und dann tu ich dem Eidechserich Manieren beibringen, hajajo.«

Die drei Freunde hüpften ans Ufer, tropfnass, aber zu allem entschlossen. Martin ging voran, er schwenkte seinen Schwertgriff; Gonff zog seinen Dolch, während er und Dinny Martin zur Seite sprangen; der Maulwurf wirbelte einen Rucksack mit Pflanzen und Wurzeln durch die Luft.

Als sie so dicht herangekommen waren, dass der Kampf unmittelbar bevorstand, schlug der Schlangenmann mit seiner gewundenen Schwanzspitze nach Martin. »Hsss, du wirst deine Knochen an diesem Ufer zurücklassen, Mäuserich!«

# 26

Fortunata wurde langsam zornig auf ihren Reisegefährten. »Heiliger Reißzahn, Flickenfell, ich bin mir ganz sicher, dass wir heute an genau diesem Eibendickicht bereits dreimal vorbeigekommen sind. Verfuchst noch mal, was wird hier eigentlich gespielt?«

Flickenfell wirbelte herum und stürzte sich mit einem langen, verrosteten Messer auf die Fähe. »Haltet Ihr mich etwa für einen Lügner, Reisigschwanz? Glaubt Ihr, ich weiß nicht, wo ich hingehe?«

Die Fähe wich zurück und leckte sich ihre trockenen, nervös zuckenden Lippen. »Aber natürlich nicht, mein Freund. Es tut mir Leid, aber dieser Wald hier sieht für mich überall gleich aus. Ich bin Heilerin und keine Pfadfinderin, müsst Ihr wissen.«

Flickenfell grunzte und steckte sein Messer wieder in die Scheide. »Tja, ich selbst bin auch kein Meister im Spurenfinden. Ich bin gelernter Söldner. Ich würde den Wald hier auch jederzeit für eine gute Baracke eintauschen. Aber egal, wir haben es jetzt nicht mehr weit.«

Fortunata schob einen überhängenden Ast beiseite. »Soso, ein Söldner. Ein Soldat, den man mieten kann. Na ja, wenn Ihr Euch für mich als nützlich erweist, dann werde ich schon dafür sorgen, dass Ihr eine gute Baracke findet. Ich könnte Euch zum Hauptmann befördern lassen.«

»Zum Hauptmann, sagt Ihr? Wo denn?«

Die Fähe zwinkerte ihm zu. »Das werde ich Euch schon bei passender Gelegenheit sagen. Sind wir denn nun bald da?«

»Seht Ihr die große Eiche?«, fragte Flickenfell und zeigte geradeaus. »Zwischen ihren Wurzeln befindet sich eine verborgene Tür. Folgt mir.«

Auf das Klopfen hin öffnete Bella die Tür von Brockhall einen winzigen Spaltbreit. Skipper und Ambra reckten ihre Hälse, um den

Besuch zu sehen, während die Dächsin schroff ausrief: »Wer da? Was wollt ihr?«

Fortunata machte eine kriecherische Verbeugung. »Ich heiße Reisigschwanz und das hier ist mein Gehilfe Flickenfell. Braucht vielleicht irgendjemand bei euch den Dienst einer Heilerin?«

Lady Ambra zeigte ihre Zähne. »Wir brauchen deinen Hokuspokus nicht, Füchsin. Und nun mach, dass du hier wegkommst, und zwar schnell!«

»Oh, bitte habt Mitleid mit uns«, heulte Maske kläglich. »Für uns sind harte Zeiten angebrochen. Wenn Füchse auf der Suche nach ehrlicher Arbeit weit gereist sind, werden sie überall einfach fortgejagt. Wir tun doch niemandem etwas zuleide. Wir sind völlig ausgehungert.«

Skipper zwinkerte der Dächsin zu. »Ach, lasst sie doch ein, Frau Bella. Wir werden für diese beiden wandelnden Flohkisten doch sicherlich etwas zu essen und zu trinken übrig haben, oder?«

Bella machte die Tür weit auf. »Kommt herein, Füchse. Aber benehmt euch, sonst werdet ihr im Handumdrehen mit dem Schwanz an einen hohen Ast geknüpft.«

Als sie drin waren, ließ Fortunata ihre Augen rastlos schweifen und sog jede Einzelheit ihrer Umgebung wie ein Schwamm in sich auf. Äbtissin Germania kam herein, sie wurde von zwei kleinen Igeln begleitet, die Umhänge aus Decken und Helme aus Kochtöpfen trugen.

»Ferdy, Coggs, bringt diese beiden Wanderer in die Küche«, befahl sie. »Seid so gut und bittet Goody darum, ihnen etwas zu essen zu geben.«

Goody Stichler reichte dem unangenehmen Pärchen etwas Frühlingsgemüse-Suppe, die von der letzten Mahlzeit übrig geblieben war, und dazu Brot und Käse. Heißhungrig stürzten sie sich darauf.

»Du meine Güte, es sieht ja fast so aus, als hättet ihr seit der letzten Ernte nichts mehr zu essen bekommen«, staunte Goody. »Ich werde euch noch etwas Brot und Käse aufschneiden, und bevor ihr uns noch das letzte Haar vom Kopf fresst, könnt ihr dann schon mal damit anfangen, das Essen abzuarbeiten. Die paar Töpfe und Pfannen da müssen ausgescheuert werden. Ich bin froh, wenn meinen alten Pfoten diese Arbeit erspart bleibt.«

Zögernd beendeten die Füchse ihre Mahlzeit. Dann machten sie sich an den beachtlichen Stapel schmutzigen Geschirrs, der sich in mehreren Schüsseln mit Wasser auftürmte.

Die Fähe schürzte angeekelt die Lippen. »Ihr spült und ich trockne ab.«

Maske schüttelte den Kopf. »Oh nein. Eine Heilerin braucht saubere Pfoten. Ihr spült und ich werde abtrocknen.«

Während sie vor sich hin arbeiteten, flüsterte Maske Fortunata zu: »Was haltet Ihr von diesem Ort, Reisigschwanz?«

»Nun ja, sie haben hier wirklich einen sehr behaglichen Bau«, antwortete sie. »Und sie sind gut versorgt. Aber ist Euch aufgefallen, Flickenfell, wie sanft und unschuldig sie sind? Wie kleine Lämmer. Ihr habt ja gesehen, wie einfach wir uns Zugang verschaffen konnten.«

Maske tippte sich mit verschlagenem Blick an die Nase. »Ein richtiger Haufen von Walddeppen, was? Ein brauchbarer Soldatentrupp würde ihnen mit Leichtigkeit ihre Schnurrhaare verknoten.«

Fortunata reichte ihm eine große Pfanne zum Abtrocknen. »Hättet Ihr Lust dazu, so einen Trupp anzuführen, Flickenfell?«

»Hat das vielleicht irgendetwas mit der Position als Hauptmann zu tun, die Ihr bereits erwähnt habt?«, flüsterte Maske aus dem Mundwinkel.

Fortunata wischte sich ihre Pfoten an einem Handtuch ab. »Genau, darum geht es. Ich habe Euch beobachtet, Flickenfell. Ihr seid ein Fuchs ganz nach meinem Sinn. Hört mir jetzt gut zu und haltet Euch an mich. Wenn wir es ganz vorsichtig und schlau anstellen, können wir beide als zwei reiche und mächtige Füchse aus dieser ganzen Sache hervorgehen.«

Wenige Sekunden, bevor beide Seiten aufeinander prallten, erschallte ein tiefer, barscher Ruf aus dem Schilf: »Huuuaaahhh, haut ab, verschwindet!«

Ein kleiner, grimmiger Spitzmäuserich, der mit einer schweren Buchenkeule bewaffnet war, stürzte sich unter lautem Gebrüll auf Todeswürger und Peitschenschwanz. Mit raschen, kraftvollen Schlägen verprügelte er sie nach Strich und Faden.

»Was habe ich euch beiden ekelhaften Kriechtieren gesagt?«, rief er. »Weg von meinem Ufer! Hier, nehmt das noch mit und das und das auch noch!«

Die Schlange und die Eidechse wurden in den Strom gejagt.

»Autsch! Au! Nein, bitte nicht! Uuuhuu!«, schrien sie.

Der schlecht gelaunte Spitzmäuserich schlug mit seiner Keule heftig auf den Schwanz der Eidechse ein. Der flog hoch in die Luft, woraufhin er ihn mit geübtem Schlag mitten in den Strom beförderte.

Im Wasser wurden die dunklen Streifen von Todeswürger abgewaschen und unter seinen blauschwarzen Blutergüssen kam eine ganz gewöhnliche Ringelnatter zum Vorschein.

Der Spitzmäuserich drehte sich zu Martin und seinen Freunden um und zeigte auf das Unglückspaar im Strom. »Seht ihr? Es sind nur eine Ringelnatter und ein Wassermolch. Schreckliche Nervensägen! Ich habe ihnen schon einmal das Bedrohen ehrlicher Wanderer untersagt. – Na macht schon! Seht zu, dass ihr Land gewinnt, ihr rotznäsiges Gesindel. Wenn ich euch noch einmal hier erwische, dann lasse ich euch eure Schwänze fressen!«

Die Schlange und der Wassermolch wurden mit der Strömung davongetrieben. Jetzt wo sie außer Reichweite des Spitzmäuserichs und seiner Keule waren, stießen sie zischend grässliche Drohungen aus: »Warte nur, das wirst du büßen, wir sehen uns wieder!«

Ein gut gezielter Stein aus Gonffs Schleuder prallte am Kopf der Schlange ab; ein weiterer von Martin traf den Wassermolch an seinem wunden Schwanzstumpf.

Der Spitzmäuserich nickte anerkennend. »Mäuseriche mit Schleudern, holla! Gute Schüsse. Meine Waffe ist diese Keule hier. Davon werden die beiden erst einmal genug haben.«

Martin lächelte. Ihm gefiel die spöttische Art des Spitzmäuserichs.

»Ich danke Euch, mein Herr«, sagte er herzlich. »Ich bin Martin der Krieger. Das ist Gonff der Dieb und Klein Dinny hier ist unser Maulwurfsfreund. Wie Ihr sehen könnt, sind wir auf der Durchreise, wir wollen zum Salamandastron.«

Der Spitzmäuserich schulterte seine Keule. »Sala… was? Ach, ihr meint den großen Berg jenseits des Gebirges. Nun denn, mich nennt man Roy-Ahoi mit der großen Keule. Mir gehört die Fähre hier. Ihr hättet nach mir rufen sollen, und zwar so.«

Roy-Ahoi formte mit seinen Pfoten einen Trichter um seinen Mund und brüllte mit einer tiefen Stimme, deren Echo von den Bergen widerhallte. »Roy-Ahoiahoiahoiahoi!«

Gonff legte seine Schleuder beiseite. »Das hätten wir sicher getan, wenn wir es nur gewusst hätten, Kumpel. Lebt Ihr denn hier in der Nähe?«

Roy-Ahoi drückte das Schilf beiseite und eine in die Uferböschung gegrabene Höhle kam zum Vorschein. »Ja. Ich lebe allein. Ihr werdet bestimmt Hunger haben, das ist bei Wanderern meistens der Fall. Kommt herein. Ich werde euch gern alles Wissenswerte erzählen.«

In der Höhle befand sich ein Nest, das mit allerlei Kleinkram voll gestopft war. Fischernetze zierten die Wände, und in einer Ecke brannte ein Feuer, aber den meisten Platz nahm ein großes, meisterhaft gebautes Boot ein, das inmitten von zahlreichen Werkzeugen im Wohnbereich lag. Ein alter schwarzer Wasserkäfer saß am Feuer.

Die Reisenden suchten sich in dem Wirrwarr einen Platz zum Sitzen und Roy-Ahoi reichte ihnen Schalen mit dampfender Süßwassergarnelensuppe, Pfeilkrautbrot und Frühjahrsrettich. Dann setzte er sich und strich dem Käfer über den Rücken.

»Das ist Madenfresser. Er wohnt ganz in der Nähe und geht bei mir ein und aus. Ich füttere ihn, er ist wie ein Haustier. Was ihr dort seht, ist mein Boot. Es ist so gut wie fertig. Ich wollte es schon bald im Strom testen.«

Martin strich über den stabilen glatten Rumpf. »Es ist wunderschön gearbeitet, Roy-Ahoi. Ihr habt sicherlich viel Ahnung von Booten, was?«

Der Spitzmäuserich nahm einen Hobel zur Pfote und zog ihn über den Rumpf, sodass ein Span herunterfiel. »Von Schiffen, mein Freund, Schiffen! Ich bin zwar, der Familientradition folgend, ein Fährmann geworden, aber früher lebten wir mit unserer Sippe viel weiter nördlich von hier am Ufer des Moss. Eines Tages, es ist jetzt schon viele Jahreszeiten her, da wurden wir von landeinwärts segelnden Seeratten überfallen. Sie nahmen viele von uns gefangen und setzten uns als Ruderer auf ihren Galeeren ein. Viele starben auf diese Weise, aber ich konnte entkommen. Eines Nachts entschlüpfte ich meinen Ketten und sprang über Bord. Es war südlich vom Salamandastron und ich schwamm sogleich ans Ufer. Könnt ihr jene Berge sehen? Tja, ich konnte nicht über sie hinweggelangen, daher wanderte ich um sie herum. Ich kann euch sagen, das hat so manche Jahreszeit gedauert. Schließlich gelangte ich hierher, ich nenne das Wasser den Großen Strom des Südens. Eines Tages werde ich zu meinem Dorf zurückkehren; dorthin, wo die Ebene und das Ufer des Moss auf das Waldland treffen. Bis dahin, tja, da bin ich eben hier.«

Martin stellte seine Schale ab. »Dann habt Ihr also den Salamandastron gesehen?«

»Aber sicher, als ich noch auf der Galeere war, bin ich so manches Mal daran vorbeigekommen«, bestätigte Roy-Ahoi. »Ein großer Berg, nachts speit er Feuer. Den Seeratten ist er allerdings ein arger Dorn im Auge.«

Martin nickte. »Ja, von den Seeratten habe ich schon so manches gehört. Mein Vater zog nach Norden, um ihnen den Garaus zu machen. Man hat nie wieder etwas von ihm gehört. Sagt einmal, Roy-Ahoi, kennt Ihr den Weg zum Salamandastron?«

Der Spitzmäuserich zeigte die Richtung mit seiner Schöpfkelle an. »Er führt über dieses Gebirge und dann nach Westen.«

Dinny streichelte Madenfresser. »Hajaj, tut man denn auf dem Strom dahin gelangen?«

Der Spitzmäuserich schritt in der Höhle umher und schürzte die Lippen. Schweigend sahen sie ihm dabei zu. Schließlich blieb er neben Dinny und dem Käfer stehen. Er ergriff einen Laib Brot und ein Stück Kochfisch und legte beides so auf Madenfressers Rücken, dass er es tragen konnte, ohne dass es herunterfiel. Roy-Ahoi streichelte sein Haustier liebevoll.

»Na mach schon, Madenfresser«, sagte er zu ihm, »sieh zu, dass du zu deiner Frau und den Kleinen zurückkommst.«

Der Käfer trottete gehorsam davon.

Der Spitzmäuserich wandte sich an Martin und seine Freunde. »Auf gehts, ihr beladet das Boot mit Lebensmitteln, während ich inzwischen den Mast und das Segel bereitlege, damit wir auftakeln können.«

Gonff erhob sich. »He, Kumpel, was soll das denn nun werden, wenns fertig ist?«

Unter lautem Stöhnen wuchtete Roy-Ahoi einen schweren Holzbalken aus dem hinteren Teil der Höhle. »Wir werden ausprobieren, ob der alte Strom uns unter dem Berg hindurch auf die andere Seite bringt. Das wäre der kürzeste Weg zum Salamandastron. Ganz allein würde ich dieses Wagnis nicht eingehen, aber jetzt, wo ich eine Crew habe ...«

# Zweites Buch

# Am Berg Salamandastron

# 27

Skipper kam in den großen Saal von Brockhall gehumpelt. Mit einem Stoßseufzer ließ er sich nieder und rieb sich seine Pfoten und den Schwanz. Fortunata und Maske waren gerade dabei, das Mittagsgeschirr abzuräumen. Die verschlagene Fähe nickte in Skippers Richtung und zwinkerte ihrem Gefährten zu. Maske blickte etwas verwirrt, aber dann zwinkerte Fortunata wieder und schlenderte zu dem Otter hinüber.

»Was habt Ihr denn für Beschwerden, mein Herr?«, fragte sie besorgt. »Quält Euch eine alte Verletzung?«

Skipper schüttelte verneinend den Kopf und rieb weiter. »Nein, ich kriege immer solche Schmerzen in meinen Pfoten und dem Schwanz. Sobald ich aus dem Wasser komme, pocht es bis tief in meine alten Knochen; inzwischen geht es mir sogar schon nach einem Regenschauer so schlecht. Uuh, das sind vielleicht Schmerzen! Es ist kaum auszuhalten!«

Fortunata hockte sich vor Skipper hin. »Lasst mich einmal einen Blick darauf werfen, mein Herr. Ich kann Schmerzen heilen.«

Zunächst strich sie über das Fell auf Skippers Pfotenrücken, dann drückte sie mit ihren Klauen zu und tastete die Stellen ab. Der Otter sah wirklich aus, als leide er Höllenqualen.

»Auu, ooh«, schrie er. »Da tuts weh, genau da. Wo Ihr jetzt drückt, da sitzt der Schmerz.«

Die Fähe strich sich über ihr Schnurrhaar und blickte äußerst fachmännisch drein. »Hmmm ja, ich glaube, Ihr leidet unter einem Anflug von Gliedersteife«, verkündete sie ihm.

Skipper sah beunruhigt auf. »Gliedersteife? Heiliger Seesack! Ist das was Schlimmes?«

Fortunata blickte ernst drein, schüttelte aber verneinend den Kopf. »Das wird es, wenn Ihr nichts dagegen unternehmt. Ich habe Otter gesehen, die sich vor Gliedersteife krümmten. Es ist wirklich sehr, sehr schmerzhaft.«

»Könnt Ihr mich heilen, Reisigschwanz?«, fragte er.

Fortunata lehnte sich gegen den Tisch. »Fieberkraut, Wermut, ein Extrakt aus Nachtschattenblättern zum Schmerzstillen, das werdet Ihr auf alle Fälle brauchen. Na ja, und dann natürlich noch eine paar andere Heilmittel, die ich allerdings für gewöhnlich nicht bei mir habe.«

»Könnt Ihr sie denn besorgen?«, fragte Skipper voller Hoffnung.

Mit einem Lächeln blickte Fortunata Maske an. »Doch, ich glaube schon. Ich müsste allerdings in den Wald gehen und mir dort alles Nötige zusammensammeln. Was meint Ihr dazu, Flickenfell?«

Maske hatte den Plan durchschaut. »In Ordnung, Reisigschwanz«, sagte er. »Dann sollten wir möglichst schnell in den Wald gehen und uns das Zeug zusammensuchen. Sie haben hier so viel für uns getan, da wäre es doch ein Frevel, wenn wir zusehen würden, wie dieser arme Otter leidet, anstatt ihm zu helfen.«

Mit ungezwungener, heiterer Stimme sagte Fortunata: »Wir bräuchten natürlich ein paar fleißige Helfer, jemanden, der gerade keine anderen Pflichten zu erfüllen hat. Wie wäre es denn mit den beiden kleinen Igeln? Ich wette, die hätten Spaß daran, durch den Wald zu tollen.«

Spike und Posy (die als Ferdy und Coggs verkleidet waren) halfen nur zu gerne. Goody Stichler wischte ihnen mit einem Schürzenzipfel ihre Schnauzen ab.

»Und dass ihr ja artig seid und die Heiler nicht stört«, ermahnte sie die beiden. »Benehmt euch wie zwei kleine Igel, die wissen, was sich gehört.«

Fortunata tätschelte ihnen sachte den Kopf. »Keine Sorge, bei dem alten Flickenfell und mir werden sie schon gut aufgehoben sein, Gnädigste.«

Die Heilerin und ihr Gehilfe machten sich eiligen Schrittes auf den Weg. Sie folgten den beiden kleinen Igeln, die verspielt voraushüpften. Maske knotete sich die Tasche mit den Heilkräutern um den Hals, während er zusammen mit der Fähe dahintrottete.

»Hört mal, Reisigschwanz, was habt Ihr denn jetzt vor?«, fragte er. »Ich dachte, wir sollten nach Kotir zurückkehren und dieser Königin von Euch berichten, wo die Waldbewohner ihr Versteck haben?«

Fortunata duckte sich, um einem tief hängenden Ast auszuweichen. »Genau das werden wir auch tun, Flickenfell, aber es kann doch nicht schaden, wenn wir bei der Gelegenheit auch gleich ein paar entflohene Sträflinge wieder zurückbringen. Wartet es nur ab, Ihr werdet schon sehen. Damit haben wir zwei bei Zarina ganz sicher einen Stein im Brett – in der Haut der beiden kleinen Igel möchte ich allerdings nicht stecken, wenn Zarina sie wieder in ihre Klauen bekommt.«

Maske spürte, wie ihn die kalte Wut packte, als er die grausame Fähe so sprechen hörte, aber hier kam ihm seine langjährige Übung zugute, und so gelang es ihm, keine Miene zu verziehen.

Fortunata sah zu, wie die beiden Kleinen sich übermütig im Laub wälzten und balgten. »Für die zwei wird man sich uns erkenntlich zeigen, was, Kumpel?«

»Ihr werdet heute das bekommen, was Ihr verdient«, flüsterte Maske, und seine Stimme war tief und zornig.

Fortunata hatte ihrem seltsamen Gefährten nur halb zugehört. »Äh, was sagtet Ihr gerade?«

Maske sah sich um. »Ich sagte, ich bin mir nicht sicher, ob wir hier richtig sind.«

»Oh nein, sagt nicht, dass wir uns verlaufen haben«, stöhnte Fortunata.

Maske zeigte auf eine Weggabelung vor ihnen. »Halt! Moment mal – einer von diesen beiden Wegen ist der richtige. Hört zu, ich werde hier rechts entlanggehen und die beiden Igel im Auge behalten. Ihr geht nach links. Wenn Ihr auf dem richtigen Weg seid, müsstet Ihr irgendwann an eine umgestürzte Buche kommen. Dann ruft Ihr mich. Wenn ich eine Buche auf meinem Weg finde, werde ich Euch herbeirufen.«

Fortunata trennte sich von ihnen und rief den Igelkindern im Fortgehen noch zu: »Seid schön brav, meine Kleinen. Ihr bleibt hier bei Onkel Flickenfell. Wir sehen uns später wieder.«

Als die Fähe fort war, setzte Maske sich auf den Stumpf eines Kastanienbaumes. Er gab Spike und Posy jeweils eine kandierte Haselnuss.

»Du bist gar nicht unser Onkel Flickenfell, gell?«, kicherte Posy.

Maske tätschelte sie sanft. »Nein, bin ich nicht. Und Reisigschwanz ist auch nicht eure Tante. Ich glaube allerdings nicht, dass wir sie wieder sehen werden.«

Spike sah den Otter ernst an. »Dürfen wir wieder Herr Maske zu dir sagen?«

Maske ließ sie aus seiner Feldflasche trinken und wischte ihnen mit seinem falschen Schwanz die Nusskrümel aus dem Gesicht.

»Erst wenn wir heute Abend wieder sicher in Brockhall angekommen sind«, sagte er mit Bestimmtheit. »Im Moment tut ihr einfach noch so, als ob ich wirklich euer Onkel Flickenfell wäre.«

Beruhigt umarmte Posy den falschen Schwanz. »Du bist ein lieber, alter Onkel Flickenfell.«

Maske errötete vor Freude unter seiner Verkleidung.

Fortunata erblickte die umgestürzte Buche direkt vor sich. Mit einem Seufzer der Erleichterung lehnte sie sich dagegen.

»Puh! Fuchs sei Dank ist dies der richtige Weg«, sagte sie laut. »Wenn ich wieder bei Atem bin, werde ich Flickenfell rufen.«

»Du wirst überhaupt niemanden mehr rufen, Verräterin!« Lady Ambra und zehn ihrer Eichhörnchen kamen aus den Bäumen gesprungen und stellten sich der Fähe in den Weg. Jedes von ihnen hatte einen Pfeil im Anschlag.

Instinktiv spürte Fortunata, dass ihre Pläne ganz furchtbar aus der Bahn geraten waren. Mit hängenden Ohren duckte sie sich.

»Flickenfell ist schuld«, winselte sie, »ich wollte den Kleinen ja gar nichts tun. Er hat mich dazu gezwungen, auf seine hinterlistigen Pläne einzugehen. Er hat gesagt, dass –«

»Schweig, Füchsin!«

Lady Ambra ließ ihren buschigen Schwanz flach auf den Boden fallen.

Zehn Bogensehnen wurden noch fester angezogen.

Die Eichhörnchenanführerin wies mit einer anschuldigenden Pfote auf die in der Falle sitzende Spionin. »Von dem Augenblick an, wo du deine erste Pfote in diesen Wald setztest, war uns deine wahre Identität bereits bekannt«, rief sie vorwurfsvoll. »Als du heute aus Brockhall aufbrachst, saß ich nur einen Steinwurf von dir entfernt in der nächsten Baumkrone. Ich hörte jedes Wort, das zwischen dir und Maske gewechselt wurde.«

Fortunata drückte sich noch flacher an den Boden, um eine möglichst schlechte Zielscheibe abzugeben.

»Nein, das stimmt ja überhaupt nicht, er heißt Flickenfell und ist Söldner«, beharrte sie. »Ich kenne keine Maske. Doch, wartet mal – es gibt da einen Fuchs namens Maske. Er haust drüben bei Kotir und ist ein schlimmer Bösewicht. Das ist der, den ihr sucht. Ich werde euch zu ihm führen.«

»Erspare mir deine Lügen, Füchsin«, sagte Ambra mit kalter, scharfer Stimme. »Du bist dein ganzes Leben lang eine Verräterin gewesen und wirst dafür jetzt deinen gerechten Lohn bekommen. Spar dir deine Lügengeschichten für denjenigen auf, der dich am Tor zum Wald des ewigen Dunkels in Empfang nimmt.«

Ambras Schwanz schnellte nach oben wie eine Fahne.

Zehn Pfeile suchten und fanden ihr Ziel.

*»Ein Hoch auf das Matrosenleben!*
*Gut, dass Kotir wir entkommen sind.*

*Unsre Pfoten nach Ruhe streben,*
*der Wind treibt das Schiff voran geschwind.*
*Der Käpten ist ein Spitzmäuserich,*
*zwei Mäuse, ein Maulwurf sind dabei.*
*Wenn Salamandastron kommt in Sicht,*
*dann rufen wir alle laut: ›Ahoi!‹«*

Es war Nachmittag, und die Freunde befanden sich mitten auf dem Großen Strom des Südens, wo Roy-Ahoi ihnen mit seinem Boot, das er *Wasserflügel* getauft hatte, den ersten Segelunterricht erteilte. Martin stand an der Ruderpinne und versuchte zu wenden, wobei der Spitzmäuserich mit helfender Pfote neben ihm stand. Gonff stürmte unterdessen ausgelassen umher und gab seine wiederentdeckten nautischen Kenntnisse zum Besten.

»Haltet sie immer mit dem Wind, Jungs. Schön ruhig da vorne an der Ruderpinne. Und jetzt backbord Acht geben, Käpten Roy-Ahoi! Mit dem Ruder noch ein kleines bisschen nach steuerbord. Und nun lasst sie ganz sachte vorausfahren.«

Dinny war hingegen nicht im Geringsten für das Seemannsleben geschaffen. Der junge Maulwurf lag mitschiffs und hielt seinen Bauch fest umklammert.

»Ojoj, ooh, tut still sein, Gonff. Dieser arme Maulwurf hier tut im Sterben liegen. Herraja, tu ich an Land gehen können und ein Stückchen laufen, dann tät die Welt sich vielleicht nicht mehr ständig um mich drehen, bohörr.«

Roy-Ahoi holte ein paar Kräuter zum Kauen für Dinny hervor. Nach einiger Zeit fühlte er sich schon besser, aber er hörte dennoch nicht auf, sich zu beklagen.

»Ich tät viel lieber so ein alter Flattervogel in der Luft sein, als wie hier auf Eurem Strom zu segeln, hajo.«

Martin behielt den Strom aufmerksam im Auge. Die Berge ragten jetzt direkt vor ihnen auf und nahmen ihnen die Sicht auf den Himmel.

»Roy-Ahoi, ist Euch die Strömung aufgefallen? Sie ist hier bereits sehr schnell und scheint noch rasanter zu werden. Für meinen Geschmack könnte es schon jetzt etwas langsamer gehen.«

»Stimmt, Martin, mir ist nicht entgangen, dass der Strom hier steil abzufallen beginnt.« Der Spitzmäuserich blickte besorgt, sprach aber ganz ruhig. »Dann mal los, Gonff. Zeigt uns, wie Ihr die Segel einholt und den Mast absenkt. Geht ihm lieber zur Pfote, Martin und Dinny. Ich bleibe an der Ruderpinne.«

Während sie noch dabei waren, wurde das Wasser mit einem Mal sehr unruhig. Hohe Schaumkronen waren am Fuße der Felsen zu sehen, die wie gezackte Zähne aus den dahinwirbelnden Wassermassen emporragten. Roy-Ahoi musste seine ganze Kraft aufbieten, um die Ruderpinne festzuhalten und die *Wasserflügel* durch die Fluten zu manövrieren. Das kleine Boot fing an zu hüpfen und neigte sich weit zur Seite. Unmengen von Wasser schwappten über den Bug und prasselten aufs Vorderdeck.

»Lasst den Mast!«, übertönte die Stimme des Spitzmäuserichs das Tosen der Fluten. »Hauptsache, das Segel ist unten. Schöpft Wasser, sonst laufen wir noch voll! Beeilung!«

Die *Wasserflügel* hüpfte umher wie ein wild gewordener Lachs. Das Donnern des Stromes schwoll an, sein Echo wurde vom Eingang eines dunklen Tunnels zurückgeworfen, der vor ihnen sichtbar wurde. Überhängendes Gebüsch und wild wachsende Pflanzen streckten ihre Krallen nach der kleinen Crew aus und von allen Seiten schlugen Felsen laut und gefährlich gegen den Bootsrumpf. Ohne Vorwarnung riss der Strom sie mit sich, tief in den Tunnel hinein – und dann kam der Wasserfall.

In einem wilden Schwall sprudelnden, schäumenden Wassers wurden sie über den Rand der Schlucht geschleudert. Eine Sekunde lang hing die *Wasserflügel* in der Luft, dann stürzte das Schiff in den Abgrund. Der Mast schlug gegen das Bergmassiv. Mit einem widerhallenden Krachen brach er ab und krachte auf sie herunter.

Zarina stand wie gewöhnlich vor dem hohen Fenster ihres Gemaches, während Kladd pflichtgetreu neben ihr ausharrte.

»Mit Frühlingsgemüse wird das nie klappen, Kladd. Finde heraus, was Vögel gerne essen, und dann verteilst du es einfach auf dem Gelände. Besorg dir ein paar Fallen und stell die Bogenschützen auf. Ein paar fette Ringeltauben, ein oder zwei saftige Drosseln – das ist es, was wir brauchen.«

»Ja, Hoheit, ich werde mich sofort darum kümmern.« Gehorsam trottete der Wieselhauptmann von dannen.

Zarina lehnte sich noch weiter aus dem Fenster, um forschend den Waldsaum abzusuchen. »Nein, warte noch!«

Ein seltsam aussehender Fuchs kam aus dem Unterholz, er zerrte zwei kleine Igel an einem Seil hinter sich her. Es war unübersehbar, dass er in großer Eile war. Hinter den dreien kamen die Verfolger, eine Gruppe von Ottern und Eichhörnchen, herbeigelaufen. Als der Fuchs sich zu seinen Verfolgern umdrehte, fiel er über das Seil. Die Waldbewohner stürmten vorwärts und begruben ihn unter sich.

Zarina schubste Kladd in Richtung Tür. »Schnell, schnell! Sieh zu, dass du da hinunterkommst, und schnapp dir die erstbeste Truppe. Helft dem Fuchs. Beeilung!«

Die Wildkatzenkönigin raste zum Fenster zurück und schrie hinunter: »Halte aus, Fuchs! Wir kommen dir zu Hilfe! Lass die beiden Igel auf keinen Fall entkommen!«

Allem Anschein nach lieferte der Fremde den Waldbewohnern wirklich einen recht anständigen Kampf. Leider waren seine Gegner ihm zahlenmäßig überlegen. Während er ganz damit beschäftigt war, sich gegen die eine Gruppe der Waldbewohner zu verteidigen, durchtrennten mehrere Eichhörnchen das Seil der gefangenen Igel und trugen sie in die Baumkronen hinauf, um von dort aus mit ihnen im dichten Wald von Mossflower zu verschwinden.

Wieder zu spät! Zarina schlug mit ihrer Pfote heftig auf die Fensterbank.

Unten im Hof stürzte Kladd zusammen mit einem Soldatentrupp auf den Tumult zu. Sofort ließen die Waldbewohner von dem Fuchs ab und liefen ins Unterholz, wo sie sich förmlich in Luft auflösten.

Zarina stand in der Eingangshalle, als Kladd den Neuankömmling hineingeleitete. Sie sah sich den eigenartig anmutenden Fremdling genau an.

Maske schnaufte schwer und ließ sich auf seine Hinterbeine fallen. »Puh, diese Eichhörnchen und Otter kämpfen ja wie die Verrückten!«

Zarina umkreiste ihn. »Du warst aber auch gar nicht so übel.« Der Unterton ihrer Stimme zeugte von Bewunderung, aber auch von Neid. »Wie heißt du? Was hat dich hierher geführt?«

Maske sah zu der Wildkatze auf. »Man nennt mich Flickenfell. Ihr müsst Königin Zarina von den Tausend Augen sein. Fortunata hat mir von Euch erzählt.«

»So, du bist also der Fähe begegnet. Wo ist Fortunata jetzt? Sprich!«

Maske zuckte die Achseln. »Sie liegt wahrscheinlich von Eichhörnchenpfeilen durchlöchert im Wald. Sie war zu langsam, konnte nicht mithalten. Wenn dieser große, verschlafene Klotz an meinem Bein nicht gewesen wäre, hätte ich die Waldbewohner mit Leichtigkeit abhängen können.«

Dienstbeflissen trat Kladd einen Schritt vor und stieß den merkwürdigen Fuchs mit seinem Speer an.

»Du hast der königlichen Hoheit immer noch nicht gesagt, warum du eigentlich hier bist, Fuchs.«

Mit einer wendigen Bewegung packte Maske die Waffe und stieß Kladd das Speerende in die Magengrube, woraufhin dieser zu Boden stürzte. Im Handumdrehen stand Maske mit der Pfote auf der Brust des Wiesels und hielt ihm sein Messer an die Kehle.

»Jetzt hör mir mal gut zu, du Fettsack«, knurrte er gefährlich. »Wenn du noch einmal mit deinem Speer nach mir stichst, werde ich ihn dir in deine Kehle rammen. Vergiss das nicht. Ich bin Flickenfell der Söldner, merk dir das. Ich verkaufe meine Klinge an denjenigen, der am meisten bietet.«

Maske, der mit einer Pfote auf Kladds Nase stand, machte gekonnt auf der Pfote kehrt, um dem Wiesel eine schmerzhafte Lektion zu erteilen. Ohne sich das Ergebnis anzuschauen, wandte er sich wieder an Zarina.

»Ha, Ihr könntet offenbar ein paar vernünftige Kämpfer gebrauchen, Königin. Insbesondere dann, wenn dieser Flegel und Fortunata typische Beispiele der Soldaten sind, die Ihr Euch hier so haltet.«

Zarina entblößte ihre Fänge zu einem anerkennenden Lächeln. »Endlich ein richtiger Krieger. Willkommen in Kotir, Flickenfell. Ich bin sicher, du wirst es hier weit bringen. Kladd, nun steh schon auf und gib diesem Fuchs deinen Hauptmannsumhang – er wird ihn von nun an tragen und du wirst von ihm Befehle entgegennehmen.«

Mürrisch nahm Kladd seinen Umhang ab und warf ihn zu Maske hinüber.

Aschenbein kam mit einer Gruppe von Soldaten hereingestapft. Er warf eine Heilerinnentasche auf den Boden.

»Wir haben versucht, den Waldbewohnern zu folgen, Majestät«, berichtete er betrübt. »Sie sind alle längst fort. Ich fand Fortunata östlich von hier, von Pfeilen durchbohrt. Sie liegt jetzt auf dem Exerzierplatz.«

»Tot?«

»Mausetot, Hoheit.«

»Was soll ich denn mit einer toten Füchsin?«, fragte Zarina ungeduldig. »Wirf sie in den Wald, da kann der Adler sie sich schnappen.«

Zarina ging die Treppe wieder hinauf. »Flickenfell, ich werde jetzt in mein Gemach gehen. Komm später nach. Wir haben eine Menge zu besprechen.«

Maske warf sich den Umhang des Hauptmanns um. »In Ordnung, Hoheit. Zunächst möchte ich mir den Kerker, von dem Fortunata mir erzählt hat, mal genau ansehen. Vielleicht kann ich ja herausfinden, wie zwei kleine Igel so leicht aus ihm entkommen konnten.«

Zarina stieg nachdenklich die Treppe hinauf. Dieser seltsame Fuchs war ein Glückstreffer.

## 28

Die Zeit stand still. Martin stellte sich vor, er sei wieder in Mossflower, tief unten im Fluss, und würde von einem Otter ins Schlepptau genommen werden. Alles um ihn herum war pechschwarz und eiskalt. Tausend Gedanken wirbelten ihm durch den Kopf und ließen seine Erinnerungen vor seinem geistigen Auge wieder lebendig werden: Wie sein Vater ihn verließ, um die Seeratten zu bekämpfen … wie Zarina ihn anknurrte … das freundliche Gesicht von Bella in Brockhall … Dinnys Gekicher beim Ringen mit Gonff … Alles wirbelte herum und ergab einen großen Strudel herabstürzenden Wassers, dann war es still.

Martin spürte, dass er mit seinem nassen Rücken auf moosbewachsenem Untergrund lag.

»Nicht tot, bringt Medizin, Medizin«, hörte er eine zischende Stimme ganz in der Nähe.

Der Mäusekrieger spürte, wie ihm eine scheußlich schmeckende Flüssigkeit eingeflößt wurde. Er öffnete die Augen.

Er lag auf einem breiten Felsvorsprung, der mit samtenem Moos bedeckt war. Sanftes Licht ließ leuchtende Wasserspiegelungen über die Felsoberfläche tanzen. Eine Maus hatte sich über ihn gebeugt, eine weitere kauerte ganz in der Nähe. Martin schaute noch einmal hin. Nein, es waren doch keine Mäuse, oder? Sie hatten sehr wenig Fell, eine schwarze Lederhaut und, was das Merkwürdigste war: Sie hatten Flügel!

Diejenige, die ihm am nächsten saß, schob mit einer schwarzen Klaue eine Schale zu Martin hinüber.

Martin drang der ekelhafte Geruch der Medizin in die Nase und er schob sie fort. »Ich möchte nicht mehr, danke. Mir geht es schon wieder ganz gut. Wo bin ich? Wer seid ihr?«

»Ganz ruhig, ganz ruhig. Wir gehören zum Stamm von Lord Cayvear, dem Herrscher vom Fledermausberg. Dir wird nichts geschehen, nichts geschehen«, versicherte ihm das Wesen.

Martin setzte sich auf; er war zwar nass, aber unverletzt. »Ich heiße Martin der Krieger. Ich hatte noch drei Gefährten dabei – zwei Mäuseriche und einen Maulwurf. Wo sind sie denn abgeblieben? Sind sie auch aus dem Wasser gefischt worden?«

Die andere Fledermaus kam herübergeschlurft. »Ich bin Felshänger und das hier ist Faltflügel. Den Wüterich und den kräftigen Tunnelgräber haben wir gefunden, aber sonst niemanden, sonst niemanden.«

Martin stand auf und lehnte sich gegen den Fels. Sein Kopf tat ihm weh und zwischen seinen Ohren konnte er eine große Beule ertasten.

»Der andere Mäuserich heißt Gonff und ist leicht zu erkennen. Er ist ein frecher kleiner Dieb, der für sein Leben gerne singt. Er ist mein Freund und wir müssen ihn unbedingt finden«, sagte er besorgt.

Mit einer Flügelspitze tastete Felshänger Martins Gesicht und Körper ab. Martin wich zurück und blieb dann ganz still stehen. Felshänger war blind.

Die Fledermaus kicherte; es klang wie ein trockenes Zischen.

»Wer mit dem Tastsinn sehen kann, ist nicht blind. Wenn ich mich sehr anstrengen würde, könnte ich dich auch mit meinen Augen sehen, aber der Stamm vom Fledermausberg hat schon vor sehr langer Zeit auf sein Augenlicht verzichtet. Wir können im Dunkeln spüren, im Dunkeln spüren.«

Die Fledermäuse führten Martin fort von dem Felsvorsprung, wo das herabstürzende Wasser unablässig rauschte. Sie suchten sich ihren Weg durch ein Labyrinth von Höhlen, die durch eine Reihe von Gängen miteinander verbunden waren. Gleich in der ersten Höhle fand Martin Roy-Ahoi und Klein-Dinny.

»Hajaj, Martin. Nun tut Euch erst einmal abtrocknen.« Der Maulwurf warf ein Bündel weiches, getrocknetes Moos zu ihm hinüber.

Der Mäusekrieger rubbelte sich kräftig ab, um wieder warm zu werden.

»Habt ihr irgendetwas von Gonff gehört?«, fragte er seine Freunde.

Roy-Ahoi blinzelte im fahlen Lichtschimmer, der bis in den letzten Winkel des Fledermausberges vordrang.

»Absolute Fehlanzeige«, sagte er traurig. »Die *Wasserflügel* haben wir auch verloren, ich darf gar nicht an die ganze Arbeit denken, die ich in das Boot hineingesteckt habe.«

Dinny zog seine Schnauze kraus. »Hojoj, ein Boot tut man ersetzen können, aber es tut allemal nur einen Gonff geben, bohörr!«

Eine Fledermaus kam herein und brachte ihnen etwas zu essen. »Ich bin Dunkelfell. Esst, esst. Unser Stamm ist auf der Suche nach eurem Freund, nach eurem Freund.«

Die drei Gefährten stillten mit den Speisen der Fledermäuse ihren schlimmsten Hunger. Es gab heiße Pilzsuppe und ein Getränk, das aus einer salzig schmeckenden Wasserpflanze gewonnen wurde. Der Rest war nicht so einfach zu identifizieren, schmeckte aber gar nicht so schlecht.

Martin war beim Essen mit seinen Gedanken ganz woanders. Eine große Last lag ihm auf der Seele. Er konnte sich ein Leben ohne seinen Freund, den Mäusedieb, an seiner Seite gar nicht mehr vorstellen.

Als sie gegessen hatten, ruhten sie sich eine Weile aus, um sich von den Anstrengungen zu erholen. Als Martin aufwachte, schliefen

Roy-Ahoi und Dinny noch. Ein riesiger Fledermäuserich beugte sich über sie. Der Fremde berührte ihn leicht mit einer Klaue seines Flügels.

»Ihr seid Martin der Krieger. Ich bin Lord Cayvear, höchstes Oberhaupt des Ortes der Dunkelheit. Willkommen, willkommen.«

Martin stand auf und verneigte sich. »Danke, dass Ihr so um unser Wohlbefinden bemüht seid, Lord Cayvear. Gibt es schon etwas Neues von unserem Freund Gonff?«

»Noch nicht, noch nicht, aber keine Nachricht ist immer noch besser als eine schlechte Nachricht«, sagte Lord Cayvear beruhigend. »Meine Späher sind auf der Suche, auf der Suche.«

Besorgt schritt Martin in der Höhle auf und ab. »Lord Cayvear, ich kann nicht untätig hier herumsitzen, während mein Freund vielleicht in großer Gefahr schwebt.«

Der große Fledermäuserich faltete seine Flügel. »Ich weiß, ich weiß. Wenn das der Fall wäre, dann wäret Ihr auch gar kein wahrer Freund, Martin. Kommt mit mir, mit mir. Wir werden ihn gemeinsam suchen. Lasst die beiden nur weiterschlafen; es wird ihnen gut tun, gut tun.«

Äußerst geschäftsmäßig schritt Maske zum Verlies hinunter, wobei sein Hauptmannsumhang prachtvoll um ihn herumwallte.

»Heda, was glaubst du eigentlich, wo du hier bist?«, raunzte ihn ein unverschämter Wieselsoldat an, der im Gang Wache schob.

Der verkleidete Otter ging um den unglückseligen Wachposten herum und stampfte in bester Militärmanier kräftig mit seiner Pfote auf.

»Stillgestanden, wenn du mit einem Hauptmann sprichst, du schmuddeliger, fauler, hirnloser Fliegendreck!«

Das Wiesel schluckte und nahm hastig Haltung an. »Entschuldigung, Hauptmann. Ich hatte gar nicht bemerkt …«

Maske stand da, hatte die Pfoten in die Seiten gestemmt und höhnte verächtlich: »Bauch rein, Brust raus, Augen geradeaus,

Schild nach vorn, Speer hoch. Hoch, habe ich gesagt! So, du hattest also gar nicht bemerkt. Mir scheint, dass das ›gar nicht bemerken‹ hier unten an der Tagesordnung ist. Du hast wahrscheinlich auch gar nicht bemerkt, als die Gefangenen sich aus dem Staub machten. Dann will ich dir jetzt mal etwas sagen, mein räudiges Bürschchen, hier weht ab heute ein anderer Wind. Von nun an wirst du nur so springen, wenn du den Namen von Hauptmann Flickenfell hörst. Wenn nicht, werden du und deine Kumpane schon bald wissen, was es heißt, wenn man mit vollem Tornister bei halben Rationen doppelte Schichten schiebt. Habe ich mich klar genug ausgedrückt?«

Das Wiesel schlug so kräftig mit seinem Speerende auf den Boden, dass es hallte. »Jawoll, Herr Hauptmann!«

»Gut. Bring mich zu der Zelle des Wildkaters, dann geh wieder an deinen Platz«, befahl Maske streng.

»Jawoll, Herr Hauptmann!«

Gingivere hörte die schnellen Pfotenschritte im Gang. Mit geübter Leichtigkeit hängte er Ferdy und Coggs in ihren Beuteln an den Haken und setzte sich mit einem unglücklichen Gesichtsausdruck auf den Boden.

Der Wildkater starrte den böse aussehenden Fuchs auf der anderen Seite des Türgitters mit leerem Blick an.

Als der Wachposten sich entfernte, hielt Maske eine Pfote hoch, um etwaigen Fragen zuvorzukommen. »Ich bin die Maske. Der Rawim schickt mich, um Euch zu befreien. Sind die Igel bei Euch?«

»Ja.«

»Gut. Dann haltet Euch heute Nacht bereit.«

»Wollt Ihr damit sagen, dass wir heute Nacht befreit werden sollen?«, fragte Gingivere ungläubig.

»Richtig, das heißt, wenn ich es hingebogen bekomme. Sagt Tschipp, dass ein großer Trupp von Waldbewohnern im Dickicht auf der Ostseite auf uns warten soll. Ich muss jetzt gehen. Haltet Euch heute Nacht bereit.« Maske ging mit weit ausholenden Schritten den Gang hinunter, jeder Zoll ein Hauptmann von Kotir.

Ferdy und Coggs zappelten so sehr, dass die Beutel zu schaukeln begannen.

»Hurra, wir gehen heute Nacht nach Hause!«

»Wer war das, Herr Gingivere? War es ein Fuchs?«

»Sag du es mir, kleiner Coggs. Ich werde nie verstehen, wie der Rawim jemanden für sich arbeiten lässt, der so böse aussieht.«

»Schaut mich einmal an, Herr Gingivere. Sehe ich böse aus?«, rief Ferdy und steckte seine Schnauze aus dem Beutel. »Das kann ich nämlich, wisst Ihr? Ich brauche nur ein Auge zuzukneifen und meine Schnauze nach links zu ziehen, seht Ihr? So.«

»Ach du dickes Fell, du erschreckst einen ja zu Tode, Ferdy. Lass deine Schnauze lieber in Ruhe, sonst bleibt sie noch so stehen.«

»Können wir runterkommen und mit Euch spielen, Herr Gingivere, bitte!«, bettelte Coggs.

»Jetzt nicht. Versucht, da oben etwas zu schlafen. Ich werde euch aufwecken, wenn Herr Maske heute Nacht zurückkommt. Wir müssen es schlau anstellen und auf der Hut sein, wenn wir es schaffen wollen, zu euren Freunden und eurer Familie in Mossflower zurückzugelangen.«

Martin war überwältigt von der Größe des Reiches von Lord Cayvear. Der Fledermausberg war gewaltig und beeindruckend, hier gab es Schluchten, Tunnel, Flüsse, Höhlen, Wasserfälle und unterirdische Seen. Lord Cayvear zeigte auf seine Stammesmitglieder. Diejenigen, die sich nicht an der Suche nach Gonff beteiligten, waren beim Fischen an den Seen oder bei der Ernte auf den großen Feldern, auf denen essbare Wurzeln, Pilze und unterirdische Pflanzen angebaut wurden.

Aber nirgendwo war auch nur eine einzige Spur von dem Mäusedieb zu entdecken. Sie waren bei ihrer Suche aufwärts geklettert, hatten die hohe Höhlengalerie überquert und waren einem zentral gelegenen Weg gefolgt, der steil bergauf führte. Als sie oben angelangt waren, hielt Lord Cayvear an. Er drehte sich um und versperrte mit ausgestreckten Flügeln den Weg.

»Wir gehen nicht weiter, nicht weiter«, verkündete er.

Martin wies nach oben. »Aber, Lord Cayvear, ich bin mir ganz sicher, dass ich da oben Tageslicht sehen kann.«

Der große Fledermäuserich blieb ungerührt. »Das ist richtig, Martin. Das ist richtig. Von da oben mag die Welt da draußen vielleicht erreichbar sein, aber es darf sich niemand weiter vorwagen als bis hier. Da oben brütet ein riesiger Greifvogel, er ist viel größer als jede Fledermaus. Er ist ein Killer. Viele meiner Fledermäuse, die da hinaufgeflogen sind, wurden nie wieder gesehen, nie wieder gesehen.«

Martin warf einen letzten niedergeschlagenen Blick auf den dünnen Lichtstrahl und wandte sich ab.

Die Fledermauskinder waren sehr neugierig und hatten an Dinny einen Narren gefressen. Sie waren davon überzeugt, dass der Maulwurf nichts weiter war als eine dicke Fledermaus ohne Flügel. Dinny gefiel dieser Gedanke.

»Hojoj, Flattermäuse. Ich tu unter eurer Erde fliegen. Daher tu ich mir meine Flügel bei all der Graberei abgenutzt haben, hajo.«

Die kleinen Fledermäuse lachten. »Herr Dinny, Ihr seid wirklich zu komisch, zu komisch!«

Martin rief Dinny und Roy-Ahoi zu einer Lagebesprechung zu sich.

»So wie ich es sehe, gibt es nur einen Weg in den Fledermausberg hinein, und zwar den Weg, den wir genommen haben. Der Weg hinaus besteht aus einem hohen Gang mit einer Öffnung, aber die wird von irgendeinem großen Greifvogel versperrt. Sogar Lord Cayvear traut sich nicht da hinauf.«

»Hajaj, tut er denn gesagt haben, was für eine Art Flattervogel es sein tut?«, fragte Dinny.

Martin zuckte mit den Achseln. »Nein, Din. Ich hoffe nur, dass der arme Gonff ihm nicht zum Opfer gefallen ist. Hört mal, wenn wir mit unserer Suche nach dem Feuer speienden Berg fortfahren wollen, müssen wir einen Weg finden, wie wir an dem Vogel vorbeikommen. Das wäre auch in Gonffs Sinne.«

Roy-Ahoi war nicht gerade optimistisch. »Wenn der große Vogel sogar Lord Cayvear töten könnte, wie sollen dann wir etwas gegen ihn ausrichten?«

Martin wickelte seine Schleuder ab. »Wir müssen es wenigstens versuchen.«

»Hano, mit einer Schleuder tut Ihrs nicht schaffen können, Martin. Aber wenn der Flattervogel hoch oben sein tut, dann tu ich einen alten Maulwurfstrick kennen, wie dass wir ihn zum Absturz bringen können, joharrasch«, versprach Dinny.

Lord Cayvear tauchte aus der Dunkelheit auf. »Wie würdet Ihr das denn anstellen? Was habt Ihr für einen Plan, einen Plan?«

»Hajaj, ich tu unters Nest klettern und tus ausgraben, dann tu ich von unten dagegendrücken, damit dass es den Berg nunterfallen tut, bohörr«, erklärte der Maulwurf.

Lord Cayvear schlug mit seinen Flügeln, flog zur Decke und blieb dort mit seinen Klauen festgeklammert kopfüber hängen.

»Könnt ihr es schaffen, es schaffen?«, fragte er mit aufgeregt zischender Stimme.

Martin klopfte Dinny auf die Schulter. »Lord Cayvear, wenn dieser Maulwurf sagt, dass er es schaffen kann, dann könnt Ihr ganz sicher sein, dass es auch stimmt. Kommt mit, wir können ihm bestimmt etwas zur Pfote gehen.«

Die Dunkelheit breitete sich über dem Wald aus. Die Baumkronen erstrahlten im feurigen Licht der untergehenden Sonne und der abendliche Gesang der Vögel erstarb, nur die eine oder andere Grasmücke war noch zu hören. Im Dickicht an der Ostseite von Kotir drängten sich die Eichhörnchen und Otter, die Skipper und Lady

Ambra höchstpersönlich ausgewählt hatten. Die beiden Anführer nahmen die eingehenden Berichte entgegen.

»Die Eichhörnchen sind bereit, Gnädigste; die Bogenschützen befinden sich in den unteren Zweigen. Buche und Beere sowie Borkenbursche und Sprungpfote warten schon darauf, zusammen mit den Kleinen durch die Baumwipfel nach Brockhall zu eilen.«

»Die gesamte Crew ist klar zum Manöver, Skip. Bula und Wurzel stehen ein Stück abseits für den Fall, dass wir Lockvögel brauchen. Alle Otter haben die geladenen Schleudern und die Speere im Anschlag. Wenn es wirklich zum Kampf kommt, dann werden wir es ihnen schon zeigen.«

So lagen sie auf der Lauer und sahen zu, wie die Nacht voranschritt.

Bella und die Stichlers sowie die Mäuse aus Loamhedge waren in Brockhall zurückgeblieben, denn der Rawim hatte entschieden, dass für diesen Einsatz nur die schnellsten und erfahrensten Krieger infrage kamen.

In Kotir war Maske auf dem Weg hinunter ins Verlies. Der Otter schauderte, wenn er an sein Gespräch mit der Wildkatzenkönigin dachte. Zarinas Plan, mit dem sie den Sieg über die Waldbewohner erringen wollte, war so grausig, dass man gar nicht daran denken mochte: Versklavung, Tod und Einkerkerung waren ihre Mittel. Ihr Gesicht trug den Ausdruck teuflischen Entzückens, wenn sie darin schwelgte, wie sie die Familien der Waldbewohner trennen, kleine Kinder als Geiseln ins Verlies werfen, mörderische Rache an Eichhörnchen und Ottern nehmen und die Alten und Gebrechlichen als Zwangsarbeiter auf den Feldern einsetzen würde.

Maske spielte sein gefährliches Spiel mit allergrößter Entschlossenheit.

Fackeln tropften in den Wandhalterungen der trostlosen Gefängnisgänge. Der wachhabende Hermelinsoldat war bereits vor dem übellaunigen Hauptmann Flickenfell gewarnt worden. Er war gut vorbereitet und hatte sogar seinen Teil des Ganges mit einem Besen ausgefegt. Als er hörte, wie der Hauptmann nahte, nahm der Wachposten zügig Haltung an und erwartete seine Befehle. Maske kam forschen Schrittes den Gang entlang.

»Hmmmm, das gefällt mir schon besser. Den Speer noch ein klein wenig höher halten«, sagte er, während er den Hermelinsoldaten musterte. »So ist es richtig. Irgendetwas zu melden?«

»Keine Vorkommnisse, Herr Hauptmann.«

»Gut. Dann hol deine Schlüssel raus. Die Königin will mit dem Verräter Gingivere sprechen.«

»Aber Herr Hauptmann«, stammelte der Wachposten und schluckte nervös, »Ihre Majestät hat doch den strikten Befehl gegeben, seinen Namen nie wieder zu erwähnen, ihn nur mit Essen zu versorgen und ansonsten hinter Schloss und Riegel zu halten. So hat sie das jedenfalls gesagt.«

»Tja, sie ist die Königin, Kumpel«, kicherte Maske und tätschelte dem Hermelin die Pfote. »Wenn sie beschließt, ihre Meinung zu ändern, dann kannst du ihr genauso wenig widersprechen wie ich. Wir sind nur einfache Soldaten. Aber deine Art gefällt mir, du scheinst wesentlich vernünftiger zu sein als der Schwachkopf, der heute Nachmittag hier Wache geschoben hat. Halte dich an meine Befehle, Soldat, und ich werde dafür sorgen, dass du schon bald den Umhang eines Hauptmanns trägst. Ich mache dir einen Vorschlag: Du gibst die Schlüssel einfach mir. Auf diese Weise trage ich die volle Verantwortung. Geh du ruhig Abendbrot essen oder spiel eine Runde Eichelnkugeln mit deinen Kameraden.«

Bereitwillig übergab der Hermelinsoldat Maske seine Schlüssel. Wer hatte eigentlich behauptet, dass dieser neue Hauptmann ein übellauniger Fuchs sei? Er salutierte zackig.

»Besten Dank, Herr Hauptmann. Und ruft mich, wenn Ihr Hilfe braucht.«

Maske marschierte den Gang hinunter und rief über die Schulter hinweg zurück: »Nicht nötig, Kamerad. Geh nur. Mit diesem verrückten, halb verhungerten Kater kann ich es jederzeit aufnehmen oder ich will nicht mehr Flickenfell heißen.«

Gingivere stand mit Ferdy und Coggs zum Abmarsch bereit, als der Schlüssel sich im Schloss drehte. Schwungvoll ging die Tür auf und gab den Blick auf den merkwürdigen Fuchs mit dem bösartigen Gesichtsausdruck frei.

»Beeilt Euch«, flüsterte er, wobei er eine Pfote über seine Schnauze gelegt hatte. »Wir haben keine Zeit zu verlieren. Gingivere, Ihr geht vor mir her. Ich werde den Dolch gezückt halten, so als ob ich Euch zum Gemach der Königin abführe. Ferdy, Coggs, ihr schlüpft unter meinen Umhang und geht hinterher, bleibt so dicht wie möglich bei mir. Gebt keinen Laut von euch, sonst kann es euch euer Leben kosten.«

Für den flüchtigen Betrachter sah es ganz so aus, als würden nur zwei Gestalten den Gang entlanggehen: Gingivere und Hauptmann Flickenfell. Ferdy und Coggs wurden von dem langen Umhang des Hauptmanns ganz und gar verdeckt. So brachten sie das Verlies ohne Zwischenfälle hinter sich. Zweimal passierten sie Wachposten, die allerdings schon von Hauptmann Flickenfell gehört hatten und daher die Augen geradeaus hielten und zackig salutierten. Maske nickte ihnen kurz zu. Die Flüchtigen stiegen zwei Treppen hinauf und traten dann in den Gang, der zur Eingangshalle führte.

Gerade in dem Moment, als Maske und Gingivere vorübergingen, trat Kladd zusammen mit einem Wiesel namens Brogg aus der Offiziersmesse. Kladd hatte seine Degradierung noch nicht verwunden. »Pass auf, Kumpel«, flüsterte er und blinzelte Brogg verschlagen zu. »Ich bringe den Schlauberger jetzt mal zur Weißglut. Du wirst schon sehen.«

Unter dem Saum des Umhangs, der einst Kladds ganzer Stolz gewesen war, ragte Maskes buschiges Schwanzimitat hervor. Kladd schlich sich von hinten an Maske heran und stampfte mit seiner

Pfote so kräftig auf den Schwanz, wie er nur konnte. Er erwartete, dass Maske einen Satz machen und vor Schmerzen brüllen würde, stattdessen ging Maske nur gemächlich weiter. Der Schwanz war abgefallen und steckte unter Kladds Pfote. Mit offenem Mund starrte das Wiesel auf die Schwanzattrappe, deren Ende mit Pinienharz bedeckt war und zwei geschickt verborgene Schnurhalterungen erkennen ließ.

Der begriffsstutzige Kladd brauchte eine Weile, um die Täuschung zu durchschauen.

»He, du da! Flickenfell! Halt! Haltet ihn auf! Er ist kein Fuchs!«

Kladd rannte los. Maske riss einen Wandbehang herunter und warf ihn seinem Verfolger über den Kopf. Kladd strauchelte und fiel hin. Verzweifelt wand er sich wie ein Aal, um sich zu befreien. Gingivere riss die beiden kleinen Igel hoch und stürmte, dicht gefolgt von Maske, zum Haupteingang. Gemeinsam rasten sie auf die Eingangstür zu und warfen sich beide mit ihrem ganzen Gewicht dagegen. Die Tür flog auf und warf Aschenbein zu Boden, der gerade hereingehinkt kam.

Während sich hinter ihnen ein lautes Zetergeschrei erhob, hasteten die Flüchtigen über den Exerzierplatz.

»Die Gefangenen fliehen! Die Gefangenen fliehen! Haltet sie auf, schnell! Tötet sie, wenn es nicht anders geht!«

Hoch oben in der Galerie drängten sich die Stammesmitglieder von Lord Cayvear. Martin stand einsatzbereit neben einem Steinhaufen und hatte seine Wurfschlinge im Anschlag. Roy-Ahoi stand neben ihm und hatte seinen Spitzmäusedolch gezogen. Die Anspannung war förmlich zu spüren, als Dinny, eine Pfote vor die andere setzend, leise nach oben kletterte, bis er sich direkt unter dem Lichtspalt befand.

»Was macht Euer Freund jetzt?«, fragte Lord Cayvear Martin im Flüsterton. »Da oben liegen Erde und Moos, aber auch jede Menge Steine, jede Menge Steine.«

Martin sah zu, wie die weiche Erde und kleinere Steine den Abhang hinunterzurutschen begannen. »Er gräbt sich nach innen vor und dann schräg nach unten. Auf diese Weise wird das, was sich darüber befindet, in sich zusammenfallen und hoffentlich außen hinunterstürzen.«

Mehr Moos, Steine und Erde lösten sich und kamen in einer Geröllawine herunter. Dinny war auch dabei; er rutschte auf dem Rücken abwärts, ohne jedoch die Augen von dem Lichtstrahl abzuwenden. Der junge Maulwurf klopfte sich den Staub aus dem Pelz.

»Hajaj, hajaj, was tu ich doch gewitzt sein. Martin, tut doch mal nachschauen, ob Ihr was finden tut, womit man das Loch freihebeln kann, hajo.«

Martin wandte sich an Lord Cayvear. »Habt Ihr ein langes, festes Stück Holz, das wir als Hebel einsetzen können?«

Das Oberhaupt der Fledermäuse sprach leise mit einer Gruppe von Gefolgsleuten. Sie salutierten und stürzten sich dann flatternd von hoch oben aus der Galerie in die Dunkelheit.

»Mit einem guten Hebel tuts arg viel schneller gehen, haja, und tut allerweil einen größeren Überraschungseffekt haben, bohörr«, erklärte Dinny Lord Cayvear.

Sie brauchten nicht lange zu warten, bis die Fledermäuse mit einem langen Balken zurückkehrten.

Liebevoll strich Roy-Ahoi darüber. Er hatte Tränen in den Augen. »Es ist der Kiel von der *Wasserflügel*, meinem schönen Boot!«

Und richtig, der feste, geschwungene Balken war wirklich der Birkenkiel der *Wasserflügel*; die Fledermäuse hatten ihn aus dem Wasserfall geborgen.

Auf Dinnys Anweisung hin wurde er von einem Fledermausgeschwader nach oben transportiert. Sie warteten, bis er hinaufgeklettert war und am Loch Stellung bezogen hatte, dann schoben sie den Balken unter der Anleitung des Maulwurfs langsam hinein. Als Dinny mit der Position des Balkens zufrieden war, klemmte er ihn von zwei Seiten und von unten mit drei großen Steinen fest. Dann rutschte der Maulwurf wieder zu seinen Freunden hinunter. Martin blickte nach oben: Dinny hatte ein tiefes Loch unterhalb des Lichtstrahls gegraben, aus dem der Bootskiel in einem schräg aufwärts verlaufenden Winkel herausragte.

Roy-Ahoi kratzte sich am Kinn. »Was passiert denn nun als Nächstes, Dinny?«

»Hajaj, nun tun die Fledermäuse so leis wie möglich nach oben fliegen und tun sich auf das Ende von dem Hebel setzen, haja.«

Lord Cayvear gab seinen Gefolgsleuten ein Signal. In Zweiergruppen flogen die Fledermäuse lautlos wie Schatten hinauf und setzten sich auf das Ende des Hebels.

Als acht von ihnen einen sicheren Platz darauf gefunden hatten, begann der Kiel, sich knirschend ein winziges Stück nach unten zu bewegen. Sie rückten zusammen und klammerten sich mit ihren Klauen noch fester.

Zwei weitere Fledermäuse landeten auf dem Kiel. Er rührte sich nicht.

Und wieder landeten zwei. Diesmal war deutlich zu sehen, dass er sich bewegte.

Dinny wandte sich an die Versammelten. »Hajaj, ein weiteres halbes Dutzend tut reichen sollen, bohörr. Tut lieber zur Seite gehen, da tuts sicherer sein.«

Weitere zwei Fledermäuse waren bereits gelandet und jetzt kamen wieder zwei. Immer mehr Erde und Steine rutschten herab, als die letzten beiden Fledermäuse auf dem Ende des überfüllten Kiels landeten und bewiesen, dass Dinnys Berechnung absolut richtig gewesen war.

Plötzlich gab das Loch nach und stürzte ein, wobei alles darüber Liegende von dem herunterdrückenden Kiel nach außen gehebelt wurde. Die gesamte Felswand kam unter der Hebelkraft in Bewegung. Fledermäuse flogen in alle Richtungen auseinander. Durch den aufgewirbelten Staub war zu sehen, wie sich der schmale

Lichtspalt zu einem Loch erweiterte, das den Umfang eines mittelgroßen Höhleneingangs hatte.

Ein Kreischen und Schreien war zu hören, und durch den herabfallenden Schutt konnte Martin sehen, wie ein riesiger Waldkauz erst nach Westen und dann nach Süden davonflog.

Inmitten des abgerutschten Gerölls saßen die Fledermäuse und stimmten laut zischend ihr Jubelgeschrei an. Sie hoben Dinny hoch und trugen ihn den Abhang hinauf bis zu der Öffnung; Martin und Roy-Ahoi halfen ihnen dabei.

Tief atmeten die drei Freunde die kühle, süße Abendluft ein, während Lord Cayvear elegant zu ihnen hinaufgeflattert kam. Er verneigte sich ehrerbietig.

»Ich danke Euch und Euren Freunden, Martin. Gegen das Großauge waren wir absolut machtlos, absolut machtlos.«

»Ich weiß, Lord Cayvear«, sagte Martin und nickte verständnisvoll. »Nicht einmal wir hätten es mit einem Waldkauz dieser Größe aufnehmen können – das war ja ein richtiges Monster. Tja, unserem Dinny ist es zu verdanken, dass wir nun mit unserer Suche nach dem Feuer speienden Berg fortfahren können und Euer Stamm in Frieden und Sicherheit leben kann.«

Roy-Ahoi erteilte noch einen guten Rat. »Ihr solltet den Eingang mit Holz versperren und eine Tür anbringen. Bohrt ein paar kleine Löcher in die Tür und stellt Tag und Nacht Wachposten auf. So kann jeder große Vogel, der sich hier zum Schlafen niederlässt, sofort mit Speeren und langen Stangen vertrieben werden. Ich werde Euch zeigen, wie man so eine Tür baut.«

Zum ersten Mal blickten Martin und Dinny über den Rand und sahen sich die Welt da draußen von oben an. Es gab nur schweren, grauen Abendnebel zu sehen, der in Schwaden über den Boden zog.

Martin trat vom Rand zurück. »Wir können den Abstieg auf keinen Fall bei Nacht wagen, Din. Also lass uns die heutige Nacht hier mit unseren Freunden verbringen und die Suche morgen wieder aufnehmen. Oh, wenn Gonff das nur hätte miterleben können.«

## 29

Die Flüchtigen liefen auf das Tor in der Außenmauer zu, wobei ihnen Kladd, Aschenbein und eine Gruppe von Soldaten dicht auf den Fersen blieben.

Zarina, die wie üblich am Fenster im oberen Stockwerk ihren Posten bezogen hatte, hatte sich mit Pfeil und Bogen bewaffnet, da sie immer noch hoffte, Argulor dabei zu erwischen, wie er sich über Fortunatas Kadaver hermachte.

Auf dem Exerzierplatz brach ein wilder Tumult los; ohne zu zögern, legte sie einen Pfeil an die Sehne ihres Bogens und zielte auf Gingiveres Rücken.

Da rutschte Coggs Gingivere aus den Pfoten. Er rollte sich ein und landete unversehrt auf dem Kiesboden. Als Gingivere sich vorbeugte, um ihn aufzuheben, kam Maske von hinten herbeigelaufen, um ihm zu helfen.

Die Königin der Tausend Augen hatte den tödlichen Pfeil bereits abgeschossen. Als Gingivere Coggs aufhob, hörte er, wie Maske hinter ihm einen Grunzer ausstieß. Er dachte, der Otter treibe ihn zur Eile an, und so stürmte der Wildkater mit seiner kostbaren Last zum Tor. Er stieß den Riegel beiseite und schob die eine Torhälfte auf.

Sofort kamen die Waldbewohner hereingeströmt. Ferdy und Coggs wurden von einer Pfote zur anderen gereicht, bis sie sich außer Gefahr befanden. Nun, da er von seiner Last befreit war, drehte Gingivere sich um und sah, wie sein Retter langsam über den Exerzierplatz taumelte, während die Soldaten von Kotir immer näher an ihn herankamen. Mit einem Furcht einflößenden Schrei und einem Satz war Gingivere an Maskes Seite. Er stützte den Verletzten und half ihm, das Tor zu erreichen, während die Otter und Eichhörnchen furchtlos in einer Linie mitten auf dem Platz standen und Kladd, Aschenbein und die Soldaten mit einem Hagel von Pfeilen, Speeren und Steinen zu den Baracken zurücktrieben.

In der Eingangshalle traf Kladd auf Zarina, die mit einem Verstärkungstrupp hinter sich herbeigestürmt kam.

»Das gibt es doch wohl nicht!«, rief sie wutentbrannt. »Sie sind uns zahlenmäßig weit unterlegen. Wir werden uns doch nicht von unserem eigenen Exerzierplatz vertreiben lassen! Schau bloß zu, dass du wieder da rauskommst!«

Kladd war erbost darüber, dass er in seinem eigenen Quartier so überrumpelt worden war. Leichtsinnig raste er mit lautem Gebrüll wieder ins Freie.

Ermutigt von Königin und Hauptmann, strömten die Streitkräfte von Kotir über das freie Gelände. Wie eine Wilde raste Zarina allen voran, angespornt von ihrem unbändigen Hass.

Da beschlossen Skipper und Lady Ambra, dass die Zeit für einen taktischen Rückzug gekommen war. Sie hatten die Flüchtenden aus Kotir herausgebracht und somit war ihre eigentliche Aufgabe erfüllt. Abgesehen davon waren die Truppen der Waldbewohner den Horden von Zarinas Soldaten zahlenmäßig weit unterlegen. Am anderen Ende des Exerzierplatzes sah man nur noch eine schwarze Masse, so viele Soldaten schwärmten aus. Sie ließen sich von den Geschossen nicht aufhalten. Die Waldbewohner feuerten eine letzte Salve ab und gingen dann hinter den Flügeln des Außentores in Deckung.

»Jetzt aber los, Kumpels«, brüllte Skipper. »Immer hinter Gingivere und Maske her. Sorgt dafür, dass sie heil nach Hause kommen. Ambra und ich werden die hier in Schach halten.«

Da das Tor sich nach außen öffnen ließ, brauchten der Otter und das Eichhörnchen nur einen kurzen Augenblick, um es zu versperren. Sie brachten unter jedem Torflügel einen großen Holzkeil an und trieben ihn mit Steinen tief in den Boden.

Zarina hatte vorausgedacht und ahnte daher, dass die Torflügel versperrt sein würden, um sie am Vorankommen zu hindern. Sie stellte sich auf die Rücken mehrerer Soldaten, sprang hoch, krallte sich am oberen Rand des Tores fest und schwang sich äußerst behände hinüber. In fieberhafter Eile zerrte sie die Keile heraus und zog die Torflügel auf.

Die Waldbewohner hatten nicht mehr die Zeit gehabt, ihre Spuren zu verwischen, daher war leicht zu erkennen, welchen Weg sie eingeschlagen hatten. Zarina wies nach Osten in den Wald von Mossflower. »Folgt mir, bleibt dicht zusammen und hört auf meine Befehle. Auch wenn wir es nicht mehr schaffen, sie einzuholen, besteht immer noch die Aussicht, dass diese Spuren uns zu ihrem Versteck führen!«

Tief im schattigen Wald kamen Maske und Gingivere nicht sehr schnell voran. Der Otter atmete schwer und hielt immer wieder an, um sich an einem Baum abzustützen; er lehnte dennoch jede Hilfe ab.

Gingivere war verwirrt und sorgte sich um seinen Retter. »Maske, was ist los mit Euch, mein Freund? Seid Ihr verletzt?«

Der seltsame Otter grinste gequält und schüttelte verneinend den Kopf. »Ich bin schon in Ordnung. Hört Ihr das? Das müssen Skipper und die Crew sein.«

Laut und lebhaft unterhielten sich die Otter darüber, wie sie ihren Sieg über Kotir errungen hatten.

»Pah, Soldaten! Ungeziefer ist schon zutreffender.«

»Genau, erst als sie doppelt so viele Soldaten hatten wie wir, konnten sie uns zum Rückzug bewegen, nicht wahr, Skip?«

»Ich habe bestimmt zwei Beutel mit Steinen auf ihre dicken Schädel abgefeuert.«

»Hoho, ich könnte jeden von den Trotteln weiter schleudern als die ihre eigenen Speere.«

»Was für ein Haufen von Stümpern! Die haben Glück, dass sie von der Wildkatze angeführt werden, sonst würden sie sich nämlich in ihrem eigenen Hauptquartier verlaufen.«

»He, ihr beiden! Was hängt ihr denn noch hier herum?« Skipper kam herbeigehüpft und wirbelte mit seiner Schleuder. »Maske, mein alter Seekamerad. Du warst ganz hervorragend, wir sind sehr stolz auf dich.«

»Ich glaube, er ist verletzt«, flüsterte Gingivere Skipper ins Ohr.

Maske richtete sich auf und ging beharrlich weiter. »Lasst mich in Ruhe, ich werd schon wieder.«

»Schau mal, Skip, sein Rücken!« Bula zeigte auf den feuchten Fleck, der sich auf Maskes Umhang ausbreitete.

Maske taumelte noch ein paar Schritte und schlug dann schwer zu Boden.

Skipper eilte zu ihm und kniete sich neben ihn. Vorsichtig zog er den Umhang zurück und enthüllte den abgebrochenen Pfeilschaft, der aus dem grauen Fell des Otters herausragte. Zarinas Pfeil hatte ein Ziel gefunden, allerdings steckte er nicht, wie beabsichtigt, in Gingivere, sondern tief im Rücken von Maske.

Skipper hielt den Kopf des verwundeten Otters und sagte ermutigend: »Halte durch, Kumpel. Wir bringen dich nach Hause und flicken dich im Handumdrehen wieder zusammen. Da brat mir doch einer nen Dorsch, wenn so ein lumpiger Pfeil einen Freibeuter wie dich aufhalten könnte.«

Maske schüttelte den Kopf und ein leises Lächeln umspielte seine Lippen. »Irgendjemand am Tor zum Wald des ewigen Dunkels muss meinen Namen in den Pfeil geritzt haben. Wenigstens habe ich es bis nach Mossflower geschafft.«

Heiße Tränen flossen aus Skippers braunen Augen. »Sag so etwas nicht, du alter Seebär. Ohne dich würde nichts mehr so sein, wie es war.«

Maske lehnte sich dicht an Skippers Ohr. »Ich möchte dich um einen letzten Gefallen bitten, Skip.«

»Ich tue alles für dich. Du brauchst es mir nur zu sagen.«

»Versprich mir, dass du Spike und Posy nichts davon erzählst.

Sag den Kleinen einfach nur, dass Onkel Maske fortgegangen ist, um fern von hier zu leben.«

Skipper strich Maske sanft mit der Pfote über die Stirn. »Du hast mein Wort, Bruder.«

Der graue Otter nickte langsam. Seine wissbegierigen Augen überschatteten sich, während er sich friedlich zurücklehnte und sein Körper erschlaffte.

Skipper stand auf. Er schniefte und rieb sich mit schmutzigen Pfoten die Augen. »Hört zu, Matrosen. Wir werden ihn zum Moss zurückbringen. Dort gefiel es ihm immer so gut. Wir werden ihn unter einer Weide am Ufer begraben, dann wird er immer dem Rauschen des Wassers, das er so liebte, lauschen können. Knotet ein paar Schleudern zusammen und fertigt eine Bahre, Kumpels.«

Gingivere trat vor. Er hob Maske vom Boden auf und hielt ihn fest in seinen starken Pfoten.

»Bitte, erweist mir die Ehre, ihn tragen zu dürfen. Er war es, der uns aus dem Kerker von Kotir rettete. Ferdy, Coggs und auch ich verdanken ihm unser Leben.«

Skipper wandte sich ab. »So sei es denn.«

So verschied die Maske; der Sonderling, der allein in Mossflower lebte; der Otter, der ein Meister der Verwandlung war.

## 30

Der Morgen graute gerade, als Roy-Ahoi letzte Hand an den Rahmen für die Tür legte. Martin blickte hinunter und versuchte, etwas zu erkennen. Er befand sich am Rand des Loches im Berghang und klammerte sich an Dinny fest, der neben ihm stand.

»So sieht also die andere Seite des Berges aus, was, Din?«

»Haja, viel tut aber nicht zu sehen sein, Martin.«

Der schräg abfallende Hang war noch erkennbar, aber das am

Fuße des Berges liegende Land war unter einer dicken Decke aus feuchtem weißem Nebel verborgen, so weit das Auge reichte.

Lord Cayvear gesellte sich zu ihnen.

»Was sich dort unten befindet, weiß ich nicht«, erklärte er ihnen. »Ich danke Euch, Roy-Ahoi. Danke für Eure gute Arbeit. Nun wird mein Stamm wieder in Sicherheit leben. Wir werden die einzigen Herren über den ganzen Fledermausberg, den ganzen Fledermausberg sein.«

Roy-Ahoi tätschelte den schweren Holzrahmen, der hauptsächlich aus Wrackteilen der *Wasserflügel* gebaut worden war.

»So ist es, bis jetzt haben wir den Kauz nicht mehr zu Gesicht bekommen und diese Tür sollte eigentlich zur Abschreckung reichen. Wenn nicht, dann kann man ja mit ein paar kräftigen Stößen in sein gefiedertes Hinterteil nachhelfen. Ich persönlich kann Käuze nicht ausstehen.«

Innerhalb einer Stunde strahlte die Sonne bereits hell vom Himmel; dennoch löste sich der Nebel nicht auf, sondern schien im Gegenteil noch viel dichter zu werden. Martin und seine Freunde konnten es gar nicht erwarten, ihre Suche wieder aufzunehmen. Die Fledermäuse drängten sie unentwegt, länger zu bleiben, aber sie lehnten das Angebot höflich ab; allerdings nicht ohne Bedauern, denn der Stamm vom Fledermausberg war ihnen gegenüber wirklich außergewöhnlich liebenswürdig und gastfreundlich gewesen.

Lord Cayvear überreichte ihnen Rucksäcke mit frischen Speisen und Getränken. Der große Fledermäuserich blieb mit seinem Stamm im Dunkeln vor dem Schlupfloch stehen und mied das gleißende Sonnenlicht.

Martin schüttelte ihm herzlich die Kralle. »Und legt den Riegel vor, sobald wir fort sind. Vorsicht ist die Mutter der Porzellankiste, mein Freund.«

Die Fledermauskinder klammerten sich an Dinny. »Flieg wieder durch die Erde hierher und besuche uns eines Tages, eines Tages«, bettelten sie.

Der Maulwurf war sichtlich bewegt. »Tut euch keine Sorgen nicht machen, ihr kleinen Fledermäuse, hano. Euer Maulwurf tut euch gewiss eines Tages besuchen.«

Roy-Ahoi erteilte letzte Ratschläge darüber, wie die Tür benutzt und gewartet werden sollte. Einen Moment lang standen alle drei da. Es herrschte die bedrückende Stille, die so oft entsteht, wenn gute Freunde sich trennen. Martin wollte gerade sagen, dass Gonff sicherlich eine Ballade komponiert hätte, um diesen Abschied zu würdigen, aber er wandte sich nur seufzend ab, rückte den Schwertgriff auf seiner Brust gerade und trat der Außenwelt entgegen.

Sie hatten Lord Cayvears geflüsterte Abschiedsworte noch in den Ohren, als sie sich an den Abstieg machten.

»Unser Geist fliegt mit Euch. Möget Ihr finden, was Ihr sucht, was Ihr sucht.«

Sie kamen wider Erwarten gut voran. Sie gruben ihre Pfoten in das lose Geröll und den Schiefer und gelangten, halb gehend, halb rutschend, abwärts.

»Wenn doch nur Gonff hier wäre«, entfuhr es Martin unwillkürlich, »er würde sich an den genauen Wortlaut des Gedichtes von Olaf Himmelsfuge erinnern. Wie war das noch mal? Ein Land, in dem sich Nebel ausdehnt und ein graubraunes Moderloch – oder so ähnlich. Ich kann mich nicht mehr genau daran erinnern.«

Dinny bremste mithilfe eines Felsblocks. »Hano, ich auch nicht. Ich tu leider nur Grütze im Kopf haben, harrharr.«

Roy-Ahoi hob ein Felsstück auf und schleuderte es von sich. Es fiel hinunter und verschwand im Nebel.

»Gewöhnlich befindet sich unter solchem Nebel eine Art Sumpf- oder Moorgebiet. Es wird wohl das Beste sein, wenn wir da unten unsere fünf Sinne zusammennehmen«, warnte er.

Es war Mittag, als sie schließlich das Land am Fuße des Berges erreichten. Der Nebel war dicht und reichte weit über ihre Köpfe hinaus. Er versperrte den Blick auf den Himmel und hüllte die Gefährten in seine Welt aus wirbelnden weißen Schleiern. Dunkles, matschiges Moos und glitschiges Unkraut bedeckten den Boden, von dem weite Teile mit übel riechenden Pilzen übersät waren. Hier und da verliefen schmale Flüsschen. Sie sahen aus, als würden sie einen Weg suchen, um dieser bedrückenden Gegend zu entkommen.

Dinny starrte vor sich in den Nebel. »Hajaj, tut sich da drüben nicht etwas bewegen?«

Sie blieben stehen und blickten angestrengt voraus. Roy-Ahoi rieb sich die Augen. »Könnte sein. Andererseits ist es auch möglich, dass der Nebel uns einen Streich spielt. Wenn man seiner Fantasie freien Lauf lässt, dann tauchen plötzlich alle möglichen Gestalten auf.«

Die drei Freunde lehnten sich gegen einen großen, buckeligen Felsen, um ihr Mittagessen einzunehmen. Martin brach sich etwas Brot ab. »Ich werde das seltsame Gefühl nicht los, dass wir beobachtet werden«, sagte er kauend.

Dinny klopfte gegen den Fels. »Bohörr, meine Grabklaue tut ganz genau dasselbe sagen, Martin.«

Plötzlich kamen hinter ihnen sechs riesige Kröten mit den Enden eines aus Schilf geknüpften Netzes in den Händen vom Felsen herabgesprungen. Sie flogen direkt über die Köpfe der Gefährten hinweg und landeten so zielsicher auf dem Boden, dass die drei Freunde ihrem Netz nicht mehr entkommen konnten.

Eine Kröte stieß sie mit einem Dreizack an.

»Krraieuk glogflagg glambett. Habgefangen dreiheihier!«

Immer tiefer trieb Zarina ihre Truppe in den Wald von Mossflower, der den Gegnern als Zufluchtsort diente. Immer wieder hielt sie an, um auf der Erde die Witterung aufzunehmen oder die Pfotenspuren im weichen Boden zu verfolgen.

»Kein Irrtum möglich, das sind sie! Schaut her: Den tiefen Pfoteneindrücken nach zu urteilen, trägt mein verräterischer Bruder irgendetwas Schweres. Lauft weiter. Das Morgengrauen kann nicht mehr weit sein, und dann werden wir den Waldbewohnern ein Frühstück auftischen, das sie so schnell nicht vergessen werden.«

In einer Baumkrone hoch über Zarinas Streitkräften saß Borkenbursche das Eichhörnchen und murmelte in sich hinein: »Es sind viel zu viele, um sie zu zählen. Sieht aus, als wäre fast ganz Kotir mobilisiert worden, um uns ausfindig zu machen.«

Er schwang sich durch die hohen grünen Wipfel davon, um seinen Bericht abzugeben.

Kladd wies mit seinem Speer nach unten: »Blutflecke, Hoheit.«

Die Wildkatzenkönigin untersuchte die klebrigen dunkelroten Flecke auf den Blättern eines Fliederbusches.

»Von einem Otter. Das muss derjenige sein, der es geschafft hat, uns derart zu täuschen, dass wir dachten, er sei ein Fuchs – Flickenfell. Er hat den Pfeil abbekommen, der für Gingivere bestimmt war.«

Kladd knirschte mit den Zähnen. »Flickenfell. Der gehört mir, ob verwundet oder nicht. Er trägt immer noch meinen Hauptmannsumhang.«

Zarina trieb sie zur Eile an. »Du kannst dir vorknöpfen, wen du willst, aber Gingivere übernehme ich. Den werdet ihr schön mir überlassen!«, befahl sie.

Die Soldaten marschierten mutig und selbstsicher voran, denn zahlenmäßig waren sie ihrem Gegner weit überlegen.

Ganz in der Nähe des Weidencamps stand ein uralter, knorriger Weidenbaum, dessen biegsame Zweige weit in den dahinströmenden Fluss hineinragten. Durch das Geäst drangen die ersten Morgenstrahlen und schienen auf die Gruppe herab, die sich an Maskes letzter Ruhestätte versammelt hatte. Ein Hügel aus glatten Flusssteinen markierte die Stelle; Blumen und verzierte Otterschleudern lagen zu Ehren des gefallenen Kameraden auf dem Grab.

Skipper seufzte schwer und wandte sich dann ab, um zu Lady Ambra zu gehen, die sich gerade von Borkenbursche Bericht erstatten ließ. Die Trauer des Otteranführers war kaltem Hass gewichen, und er bestand darauf, dass sich ausschließlich Otter den herannahenden Horden von Kotir entgegenstellten. Lady Ambra war weise genug, dem Wunsch ihres Freundes nachzugeben, ließ es sich allerdings nicht nehmen, vorher noch ein paar ihrer eigenen Pläne zu unterbreiten.

»Tut, was Ihr tun müsst, Skipper, möge das Glück auf Eurer Seite sein. Ganz Kotir befindet sich in Mossflower, also seid auf der Hut. Wir dürfen diese Gelegenheit allerdings auf keinen Fall ungenutzt verstreichen lassen. Ich habe Boten nach Brockhall geschickt. Zweifellos würden der Vormaulwurf und seine Mannschaft nur allzu gerne die Gelegenheit wahrnehmen, sich in der Abwesenheit der Katze einmal in Kotir umzusehen. Ich werde sie mit meinen Streitkräften sicher dorthin und auch wieder zurück geleiten. Einverstanden?«

Skipper war gerade dabei, seine Schleuder mit feuchter, glatter Borke einzufetten und die Reihen gefährlich aussehender Otterspeere, die mit ihren Spitzen in der Uferböschung steckten, zu überprüfen.

»Einverstanden!«

Aschenbein war der Erste, der den Fluss zu Gesicht bekam. Schwerer Morgennebel verhüllte ihn von einem Ufer zum anderen.

»Wir sind schon einmal hier gewesen, Hoheit«, erinnerte er Zarina. »Hier war es, wo wir den Moloch verloren. Sie können doch unmöglich hier ihr Hauptquartier haben.«

Die Königin der Tausend Augen starrte in die vor ihr liegenden Nebelschwaden.

»Ganz egal. Hier führen die Spuren jedenfalls her und dann werden sie auch hier irgendwo sein. Was ist denn das da?«

Kladd lehnte sich vornüber und schwang seinen Speer. »Es ist dieser Otter, Hoheit. Schaut Euch das an, dieser unverschämte Schurke trägt noch immer meinen Umhang. Den übernehme ich, überlasst ihn mir!«

Zarina nickte zu der gespenstischen Gestalt, die in Nebelschwaden gehüllt dastand, hinüber.

»Schnapp ihn dir, Kladd«, befahl sie. »Sie wissen offensichtlich, dass wir ihnen gefolgt sind. Ich sehe mich mal um, damit es keine unerwarteten Überraschungen gibt. Ein zweites Mal halten sie uns nicht zum Narren. Ach ja, und Kladd –«

»Ja, Hoheit?«

»Sieh zu, dass du deinen Auftrag voll und ganz erledigst, nur dann wirst du den Umhang des Hauptmanns wieder tragen dürfen.«

Mit hoch erhobenem Speer näherte sich Kladd der Gestalt in dem Umhang. »Überlasst das nur mir, Majestät. So, Flickenfell, jetzt werden wir diese Angelegenheit ein für alle Mal erledigen«, forderte er ihn heraus.

Skipper trat aus den Nebelschwaden und streifte den Umhang ab. »Ich bin bereit, Wiesel. Derjenige, den du Flickenfell nanntest, war mein Bruder. Du bist es nicht wert, ihm die Pfoten zu lecken. Ich werde dir deinen Umhang wiedergeben, damit du ihn mit zum Tor des ewigen Dunkels nehmen kannst; für Feiglinge wie dich haben sie dort einen ganz besonderen Platz.«

Diese Beleidigung hatte ins Schwarze getroffen: Mit wutentbranntem Geheul griff Kladd an.

Skipper ließ ein grimmiges Lächeln der Genugtuung über sein Gesicht gleiten. Mit kraftvoll angespannten Muskeln stürzte er sich wie eine sich abrollende Spule auf den herannahenden Wieselsoldaten. Ungeachtet aller Waffen, verbissen sich die zwei Gestalten auf dem Boden ineinander, knurrten und zerrten aneinander wie wilde Bestien.

Martin, Dinny und Roy-Ahoi kämpften vergebens, sie zappelten im Netz herum wie Fische auf dem Trockenen. Je mehr sie sich bewegten, umso fester zog sich das Netz. Martin erkannte das und blieb still liegen.

»Ich bin Martin der Krieger«, rief er. »Dies sind meine Freunde Dinny und Roy-Ahoi. Warum macht ihr so etwas mit uns? Ihr braucht uns nicht zu fürchten. Wir sind nur auf der Durchreise. Bitte, lasst uns wieder frei.«

Die Kröten blickten einander an. Sie gaben unverständliche klickende und gurgelnde Geräusche von sich und schienen die ganze Angelegenheit äußerst spaßig zu finden. Ihr Anführer bedrohte die Gefangenen mit seiner Waffe. »Krrrglag, igittigitt! Still jetzt Fellmaus. Nebelwachesagt, jetzt kommen.«

Die Gefangenen wurden unsanft über den matschigen Boden geschleift. Weitere Kröten kamen aus dem Nebel herbei und schlossen sich der Prozession an. Als sie ihren Zielort erreicht hatten, wurden die Gefangenen von einer ganzen Armee dieser Gestalten umringt.

Der Anführer warf die Netzenden über einen Pflock, der fest im Boden verankert war. Er breitete die Schwimmhäute seiner Klauen aus. »Krrplok! Sehthier, Einmaulwurf Zweimaus, wassagt Marschgrün?«

Auf einem riesengroßen Pilz, der so bearbeitet worden war, dass er wie ein hoher Thron aussah, saß ein Krötenmann, der wesentlich größer war als alle anderen. Er war auch viel abstoßender. Sein Körper hatte keine Warzen, aber eine schleimig feuchte Grünfärbung. Seine großen, durchsichtigen Augen überzogen sich mit einem Häutchen, als er die Gefangenen blinzelnd ansah. Glühwürmchen tanzten in trüben Gefäßen und vier weitere Kröten standen, mit dem Dreizack bewaffnet, vor dem Thron Wache. Der große Krötenmann hüpfte unbeholfen auf den Boden hinunter und baute sich direkt vor den dreien auf. Er blinzelte unablässig und seine große, schwabbelige Kehle pulsierte.

»Krrklok! Gutfund, Nebelwache. Fellmaus Marschgrün erfreuen.«

Martin beschloss, dass Höflichkeit nicht länger angebracht war. Sie wurden wie Trophäen behandelt. Laut und wütend klang die Stimme des Mäusekriegers. »Jetzt hör mal, Marschgrün, oder wie immer du heißen magst. Du hast kein Recht, uns so zu behandeln. Sofort wirst du uns freilassen!«, verlangte er.

Durch die Krötenversammlung blubberte ein schockierter Aufschrei angesichts dieser offenkundigen Respektlosigkeit ihrem Herrscher gegenüber.

Marschgrün blies seinen Kehlsack auf, bis er die Größe eines Ballons erreichte. Seine Glupschaugen quollen hervor und sahen aus wie kleine Pilze.

»Splakkafrott! Maulzu Mausfell. Frechvieh. Nehmtdrei, werftin Schreiloch!«

Aufgeregt watschelte und hüpfte die Krötengesellschaft umher und schwang drohend die Dreizacke. »Krrplakoggel! Schreiloch, werftin Schreiloch!«

»Schaut mal da rüber«, flüsterte Roy-Ahoi Martin zu. »Ich hätte mir ja denken können, dass es nicht Frühling wird, ohne dass dieses Unkraut wieder aus dem Boden schießt.«

Es waren der Wassermolch und die Ringelnatter, Peitschenschwanz und Todeswürger. Das unangenehme Duo sah, dass es entdeckt worden war, und grinste boshaft.

»Na, hast du Lust, dich noch mal auf meinen Schwanz zu stellen, Spitzmäuserich?«

»Oho, ihr drei könnt euch jetzt aber auf was gefasst machen.«

Dinny zerrte am Netz. »Tut abhauen und tut euch aufhängen, ihr hinterhältigen Biester, bohörr.«

Todeswürger stand schon fast auf seiner Schwanzspitze. »Nicht bevor ich nicht gesehen habe, wie ihr in das Schreiloch mit dem Schlangenfisch geworfen werdet.«

Noch bevor sie Gelegenheit dazu hatten, herauszufinden, wovon Todeswürger eigentlich sprach, wurden die drei erneut im Netz davongeschleift. Diesmal dauerte ihr Transport nicht so lange; es ging auch viel schneller, weil das Netz von wesentlich mehr Kröten geschleppt wurde.

An einer Art zugewuchertem Brunnen hielten sie an. Seine große, kreisrunde Öffnung verschwand tief in der Erde. Der dichte Farn am Brunnenschacht wuchs in den Abgrund hinunter, seine Blätter hingen weit über den Rand.

Marschgrün kam in Begleitung der Schlange und des Molches herangewatschelt. Sie wurden von Kröten flankiert, die an den Spitzen ihrer Dreizacke die Glühwürmchenlaternen trugen.

»Krrpuuk! Schlangenfisch gutessen, Marschgrün bringtdir Fellmaus«, rief der Krötenherrscher durch das dunkle Loch in den Brunnen hinab.

Eine Kröte überreichte Marschgrün einen mit kunstvollen Schnitzereien verzierten Dreizack. Den stieß er feierlich in die Richtung der Gefangenen im Netz und dann dreimal in Richtung Brunnen. Die versammelten Kröten drückten sich flach an den Boden und stimmten einen Singsang an: »Schlangenfisch, Mächtiger, bleibin Schreiloch, issauf Fellmaus, lassin Ruh Nebelwache!«

Martin und seine Freunde lagen da und hörten sich besorgt an, wie der Sprechgesang immer lauter wurde. Plötzlich waren alle still. Die Kröten, die das Netz hielten, schütteten den Inhalt aus und zogen es mit einem kräftigen Ruck zurück.

Martin, Dinny und Roy-Ahoi wurden durch das Flechtwerk überhängender Farnblätter in das tiefe Schreiloch hinabgeschleudert.

Zarina hatte ihren Bogenschützen die strikte Anweisung gegeben, in die Bäume und Büsche der unmittelbaren Umgebung wahllos

Schüsse abzugeben, für den Fall, dass sich dort Waldbewohner versteckt hielten. Sie feuerten aber nur eine einzige Salve ab und hielten dann gebannt inne, um den Kampf zwischen Skipper und Kladd am Flussufer nicht zu verpassen.

Die Kämpfer hatten sich ineinander verbissen und rollten hin und her. Erde und Sand flogen in alle Richtungen, während sie bissen, zupackten, traten und einander mit schweren Klauen bearbeiteten. Der Boden erbebte förmlich unter ihren wild um sich schlagenden Körpern. Fellfetzen flogen durch die Morgenluft. Blut spritzte in den Fluss.

Es dauerte nicht lange, bis Kladd erkannte, dass Skipper ihm an Kraft und Wut haushoch überlegen war; jetzt kämpfte er um sein Leben. Der Wieselsoldat versuchte, sich von dem rasenden Otter zu befreien, aber vergeblich. Sein Atem rasselte in seiner Kehle, als er sich abmühte, an den Speer heranzureichen, den er beim ersten Angriff fallen gelassen hatte.

Skipper, der sich darüber im Klaren war, was Kladd vorhatte, wand sich zur Seite und rollte ihn von der Waffe weg. Plötzlich griff Kladd mit seiner Pfote in den Sand und rieb ihn seinem Gegner in die Augen. Skipper war kurzzeitig blind und musste Kladd unweigerlich loslassen, um sich die Augen in aller Eile wieder sauber zu reiben. Kladd sah seine Gelegenheit gekommen, sprang auf und ergriff den Speer. Mit einem wilden Schrei stürzte er sich auf seinen am Boden liegenden Gegner. Mit der Speerspitze zielte er geradewegs auf Skippers schutzlosen Hals.

Durch einen Sandschleier sah Skipper den Wieselmann auf sich zukommen. Er rollte sich zur Seite. Dabei berührte seine Pfote den Hauptmannsumhang, den er am Ufer hatte fallen lassen. Er riss ihn hoch, warf ihn mit einer einzigen schwungvollen Bewegung nach oben und fing Kladd damit von Kopf bis Pfote wie in einem Netz. Noch im Zurückfallen spürte Skipper den Luftzug der Speerspitze, die an seinem Ohr vorbeisauste.

Mit einem gewaltigen Satz sprang er auf und trat mit allen vier Pfoten geradewegs gegen Kladds Körper. Eingewickelt in den Umhang, flog der Wieselsoldat hoch in die Luft und landete mit einem Schrei des Entsetzens auf den Otterspeeren, die senkrecht in den Boden gespießt worden waren.

Otterspeere haben an beiden Enden eine Spitze!

Ein wildes Chaos brach los. Zarina schickte Skipper wutentbrannt ihre Truppen auf den Hals. Eine Otterschar trat ins Freie und hielt sie mit Speeren und Wurfschleudern auf. Anmutig hüpfte Skipper Schwanz über Kopf in den Fluss. Seine Crew folgte ihm dicht auf den Fersen, nahm sich allerdings vorher noch die Freiheit, eine letzte heftige Salve auf die Soldaten von Kotir niederprasseln zu lassen. Unter dem Druck der hinteren Soldaten fielen mehrere vordere Reihen ins Wasser.

Zarina war unter den Ersten, die blindlings in den Fluss stürzten. Als sie dann im Wasser herumzappelte, wurde die Wildkatze panisch. »Raus, holt mich hier raus!«, kreischte sie. »Schnell, bevor sie den Hecht auf mich loslassen!«

Hastig wurde sie wieder ans Ufer gezogen.

Ein Stück weiter flussaufwärts ertönte bellendes Siegesgelächter, als Skippers Kopf an der Wasseroberfläche auftauchte. »Das Wiesel hat seinen Umhang wieder, Katze. Er ist an ihm festgeheftet.«

Als die letzten Otter verschwanden, war nur noch ein Wasserstrudel zu sehen, dann glättete sich die Oberfläche des Flusses wieder.

Zarina raste am Ufer auf und ab, entriss ihren Soldaten die Speere und schleuderte sie rachsüchtig hinter den Ottern her.

»Kommt raus, ihr Waldgesindel! Bleibt hier und kämpft!«, rief sie herausfordernd.

Brogg, der Wieselgefährte von Kladd, hatte die Gelegenheit beim Schopf gepackt und den Umhang an sich genommen. Nachdem er ihn von den Speerspitzen befreit und vom Körper seines Freundes abgelöst hatte, kauerte er am Flussufer und wusch ihn aus.

Ein paar Risse, etwas Blut – das lässt sich bestimmt wieder in Ordnung bringen, dachte er bei sich.

Plötzlich wurde der Umhang ins Wasser gezogen und Brogg hinterhergeschleift. Aschenbein versetzte ihm einen kräftigen Tritt ins Hinterteil.

»Lass los, du Trottel. Sie haben den Hecht rausgelassen.«

Brogg hatte noch nie etwas so schnell losgelassen.

Da erschien Bella am gegenüberliegenden Ufer. »Halte dich aus unserem Wald fern, Katze«, sagte sie und zeigte barsch mit einer Klaue auf Zarina. »Nimm dein Gesindel und verschwinde aus Mossflower, sonst wirst du eines Tages besiegt werden.«

Zarina lief zum Ufer, blieb aber stehen, als sie die Rückenflosse sah, die im Wasser patrouillierte. Sie brachte nur noch ein heiseres Geschrei hervor.

»Ich bin die Königin der Tausend Augen. Ich herrsche über ganz Mossflower. Es gab mal eine Zeit, wo ich euch gegenüber vielleicht hätte Gnade walten lassen, aber die ist jetzt endgültig vorbei. Dies ist ein Krieg auf Leben und Tod – und es wird euer Tod sein, Dächsin! – Bogenschützen!«

Noch bevor ein Pfeil angelegt werden konnte, war Bella verschwunden.

# 31

Das Schreiloch war dunkel und glitschig. Martin, Dinny und Roy-Ahoi landeten mit einem Platsch im schlammigen Wasser. Der Maulwurf rutschte auf etwas Glattem, Massigem aus.

»Hajaj, was tut das grad sein?«, rief er verwundert und spuckte stinkendes Brackwasser aus.

»Sieh zu, dass du da unten fortkommst, Kumpel. Hier, streck deine Arme aus, dann zieh ich dich rauf.«

Es war Gonffs Stimme!

Martin und seine Freunde blickten auf. Sie konnten das Tageslicht nicht sehen und auch die Kröten waren nicht mehr zu hören. Über ihnen befand sich ein Loch in der Brunnenwand; Gonff stand darin und hielt eine Glühwürmchenlaterne in der Pfote. Der kleine Mäusedieb sah schmutzig und nass aus, war aber fröhlich wie eh und je.

Martin war außer sich vor Freude: »Gonff, du alter Dieb, bist du es wirklich?«

Ihr schmerzlich vermisster Gefährte bebte vor stiller Freude, hielt aber warnend die Pfote hoch. »Schsch, Kumpel. Nicht so laut. Du weckst uns sonst das Riesenvieh auf. Hier, halte dich an dieser Wurzel fest, ich zieh dich rauf.«

Gonff zog Martin hinauf und gemeinsam brachten sie Roy-Ahoi und Dinny in Sicherheit. Alle drei schüttelten sich das Wasser aus dem Fell und umarmten den kleinen Mäusedieb herzlich.

»Habt ihr vielleicht irgendetwas zu essen dabei, Kumpels?« Gonff hatte Hunger.

»Hano, das tun uns die Kröten alles abgenommen haben, haja.«

Gonff blickte angewidert drein. »Ach, diese Warzenviecher. Das hätte ich mir ja denken können.«

Roy-Ahoi setzte sich auf das trockenste Fleckchen, das er finden konnte.

»Aber nun erzählt mal. Wie seid Ihr denn hierher gekommen?«, fragte er neugierig. »Als wir Euch an dem Wasserfall verloren, hatten wir keine Hoffnung mehr, Euch jemals lebend wieder zusehen.«

Gonff blähte sich entrüstet auf. »Ich nicht mehr am Leben! Höchst unwahrscheinlich. Als ich den Wasserfall hinunterstürzte, muss ich von der Strömung wohl unter den Berg gespült worden sein. Als ich wieder zu mir kam, hatte ich die Schlange und die Eidechse genau über mir. Abscheuliche Reptilien, sie hatten mich an Pfoten und Schwanz gefesselt. Ich wurde dem alten Grünfrosch, oder wie immer er heißen mag, vorgeführt. Bäh, dieser dreckige alte Sumpfhüpfer; er hatte sich von der Schlange und der Eidechse alles erzählen lassen und wollte nun wissen, wo ich euch drei versteckt hielt. Natürlich sagte ich ihm, dass er mir mit seinem fetten grünen Hintern aus den Augen gehen solle. Da wurde er dann richtig wütend und ließ mich dem alten Schlangenfisch hier zum Fraß vorwerfen.«

»Was soll dieser Schlangenfisch denn überhaupt für eine Kreatur sein?«, unterbrach Martin.

»Soll? Er soll überhaupt nichts sein, Kumpel. Der Schlangenfisch ist ein riesiger Aal. Gigantisch, so was hast du überhaupt noch nicht gesehen. Er sieht aus wie ein sich windender Baumstamm. Hier, schau dir das an.«

Gonff löste einen Stein aus dem Lehmboden. Dann lehnte er sich weit hinaus und schleuderte ihn hinunter, wo er auf etwas landete, das wie ein glatter, aus dem Wasser ragender Felsblock aussah. In dem schwachen Lichtschein kam die braune, schlammige Masse in Wallung. Es brodelte und dicke Windungen bäumten sich auf, schlängelten sich und peitschten mit unermesslicher Wucht hin und her.

Gonff lief ein Schauer über den Rücken. »Der Bursche hätte mich fast erwischt. Die Wurzel, die von dieser Höhle aus hinunterragt, rettete mir das Leben. Glücklicherweise bin ich ja der König der Kletterer. Ich sehe mir hin und wieder meine Schwanzspitze an, um ganz sicherzugehen, dass sie noch da ist – so dicht war er dran. Solange er Abstand hält, ist er eigentlich gar kein so übler Bursche. Oh ja, wir haben uns sogar unterhalten, Schlangenfisch und ich. Er war der Meisterkrötenvertilger in dieser Gegend hier, bis sie ihm eines Tages eine Falle stellten und er hier hineinfiel. Der arme alte Schlangenfisch kann jetzt nicht mehr raus. Sie halten ihn allerdings angemessen bei Laune, indem sie den einen oder anderen Feind hier hineinschubsen – gelegentlich mal einen Fisch, vielleicht auch einen toten Vogel, ja, und dann natürlich auch noch

Abenteurer, die sich auf der Durchreise befinden. Der alte Schlangenfisch schluckt alles runter, was kommt; er ist da gar nicht wählerisch.«

Gonff lehnte sich hinaus und rief zu dem Aal hinunter: »Ich sagte, du bist gar nicht wählerisch. Stimmt doch, oder, großer Kumpel?«

Die Oberfläche des trüben Wassers begann, sich brodelnd und zischend zu wälzen, dann teilte sie sich, und der Kopf von Schlangenfisch tauchte auf. Er sah aus, als wäre er geradewegs einem Albtraum entsprungen: dick, breit, silberschwarz und auf der Unterseite elfenbeingelb. Ein massiger, platter Kopf zischte und wiegte sich, wobei zahllose strahlend weiße, nadelspitze Zähne zum Vorschein kamen. Zwei boshafte pechschwarze Augen sahen sie unverwandt und ohne zu blinzeln an. Windungen aus biegsamen, stahlharten Muskeln wellten und wogten, als hätten sie ein Eigenleben.

Schlangenfisch sprach.

»Eines Tages werde ich einen Weg hier heraus finden, dann werde ich wieder Krötenfleisch zu essen bekommen.«

Dinny salutierte mit seiner Grabklaue. »Wir tun hoffen, Ihr tuts schaffen, Herr, hajo. Ihr tut für uns gleich ein paar mit nunterschlingen können. Ich tu allerweil annehmen, Ihr tut nicht grad ein Freund von diesen Krötenviechern sein, bohörr.«

Die Augen von Schlangenfisch trübten sich, und er sagte träumerisch: »Aaaaach jaaaaa. Es gibt nichts Wohlschmeckenderes als eine plumpe Kröte. Es sei denn, man hat zwei.«

Nervös trat Roy-Ahoi von einer Pfote auf die andere. »Äh, ganz recht, mein Herr. Schaut uns an, nur Fell und Knochen. Igitt! Warum schlüpft Ihr nicht hinaus und genehmigt Euch ein paar Kröten zum Abendbrot?«

Schlangenfisch bäumte sich auf und drückte mit seinen Windungen gegen die glitschigen Wände des Schreiloches. Es gab nichts, woran der große Aal sich hätte abstoßen können. Er glitt ins Wasser zurück.

»Seht ihr? Ich habe es aufgegeben«, sagte er traurig. »Mit jedem Versuch werden diese Wände glatter und rutschiger. Kraft allein nützt hier unten herzlich wenig.«

Martin überlegte und in seinem Kopf nahm eine Idee Gestalt an. Er beschloss, die Angelegenheit anzusprechen.

»Hört zu, Schlangenfisch, ich habe Euch einen Vorschlag zu unterbreiten. Wenn wir Euch nun helfen würden, hier herauszukommen, würdet Ihr uns dann in Frieden ziehen lassen, ohne uns ein Leid zuzufügen?«

Der große Kopf tauchte kurzzeitig unter und kam dann direkt unter dem Loch zum Vorschein. Martin hatte das Gefühl, dass der Schlangenfisch sie durchaus erreichen könnte, wenn er es wirklich wollte. Der Aal rutschte wieder ein Stück zurück, um sie nicht zu beunruhigen.

»Wenn ihr mich befreien könntet, dann würde ich euch in Frieden lassen, und ihr könntet gehen, wohin ihr wollt«, versprach der Aal. »Ich esse sowieso lieber Kröten als Mäuse. Außerdem will ich mich unbedingt an Marschgrün und seiner Sippe rächen. Ihr solltet euch allerdings lieber schnell etwas einfallen lassen; noch bevor ein weiterer Tag vorübergeht, werde ich unbedingt etwas essen müssen. Ihr versteht, was ich meine?«

Der Mäusekrieger antwortete für sie alle.

»Wir haben Euch absolut verstanden, Schlangenfisch. Und nun lasst uns bitte in Ruhe, damit wir uns einen Plan überlegen können. Ich rufe Euch, sobald wir fertig sind.«

Der unheimliche Riese glitt geräuschlos in das schmutzige Wasser zurück.

Gonff kicherte nervös. »Alles klar, Kumpels. Also gebrauchen wir jetzt besser unseren Verstand und denken uns was aus, sonst gibt es morgen Mäuse- und Maulwurfspastete zum Abendbrot.«

Kotir lag völlig verlassen. Die gesamte Garnison war zur Verfolgung der Waldbewohner mobilisiert worden.

Äbtissin Germania und der Vormaulwurf standen am Fenster von Zarinas Gemach und blickten hinaus über den Wald.

Sie hatten nur wenig entdeckt. Kotir war genauso grausig und scheußlich, wie jeder Waldbewohner, der etwas auf sich hielt, es sich vorgestellt hatte – feucht und bedrückend, durchlöchert mit nasskalten, zerfallenden Zimmern und Gängen, in denen trübe Pechfackeln auf das mit Schwämmen und Moos bedeckte Mauerwerk tropften. Was die Vorräte an Nahrungsmitteln anbetraf, so war es zumindest nützlich zu wissen, dass sie in der Festung einen absoluten Tiefstand erreicht hatten.

Der Vormaulwurf zog nachdenklich an seiner Schnauze. »Hojoj, Gnädigste. Die Esswaren tun so arg verdorben sein, dass es fei nicht lohnen tut, sie mitzunehmen, hajo.«

Die Maulwürfe und Mäuse hatten die Festung gründlich durchstöbert; sie war ein leeres Nest voller Aas.

Columbine wanderte zusammen mit Alt Dinny durch die verlassene Waffenkammer. Alle Waffen waren von Zarinas Soldaten mitgenommen worden.

Die Maus aus Loamhedge verzog angewidert ihre Lippen. »Oh, warum um alles in der Welt laufen wir eigentlich in diesem dreckigen, garstigen Durcheinander herum?«

Der ehrwürdige Großvater von Klein-Dinny war viel zu sehr mit seinen eigenen Beobachtungen beschäftigt, um zu antworten. Er schnüffelte entlang der Ritzen zwischen den Fußbodenplatten, klopfte an Wände, schlug seine Klauen in vermoderte Balken und murmelte die ganze Zeit vor sich hin: »Hajaj, ich tu so ein Gefühl in meinen Grabklauen haben, mit dieser Festung tut was sein, hajo. Ich tu einmal die Zellen abschnüffeln, bohörr.«

Columbine ging hinauf in Zarinas Gemächer, wo sie sich der Äbtissin anschloss. Ihr fiel unweigerlich der große Unterschied zwischen der luxuriösen Ausstattung des königlichen Quartiers und den verwahrlosten Baracken auf.

»Ehrwürdige Mutter, ich glaube, ich würde lieber unter freiem Himmel im Wald leben als an diesem grauenhaften Ort. Habt Ihr gesehen, wie sie ihre Soldaten behandelt?«

Die Äbtissin strich mit einer dünnen Pfote über die geschmacklosen Vorhänge und schmuddeligen Decken, die Zarina in ihren Wutanfällen ruiniert hatte. »Ja, mein Kind. Jetzt siehst du einmal den Unterschied zwischen dem Leben, das diese Tiere führen, und dem der rechtschaffenen Waldbewohner.«

Dem angeekelten Vormaulwurf fiel nur ein einziges Wort dazu ein: »Drecksäcke!«

Die Äbtissin sah nachdenklich aus; ihr war gerade eine Idee in den Sinn gekommen. »Columbine, dieser Ort ist doch jetzt verlassen. Warum nehmen wir ihn eigentlich nicht ein?«

»Du meine Güte, spricht da wirklich unsere friedfertige Äbtissin?«, antwortete die junge Maus aus Loamhedge augenzwinkernd. »Offen gestanden hatte ich vorhin schon einmal denselben Gedanken. Die Antwort lautet, dass wir keine Krieger sind und unsere Streitkräfte sich geteilt haben; die Otter und Eichhörnchen sind draußen im Wald. Außerdem wären wir dann unbewaffnet und ohne Vorräte. Wie lange könnte eine Hand voll wie wir schon unter solchen Bedingungen durchhalten?«

Die alte Maus schüttelte verwundert den Kopf. »Du meine Güte, spricht da wirklich unsere kleine Columbine? Strategie, Vorräte, Mangel an Waffen, geteilte Streitkräfte … Vielleicht hast du deine wahre Berufung verfehlt, junge Dame. Wahrscheinlich wäre es dir besser ergangen, wenn du Befehlshaberin einer Armee geworden wärest. Ich verneige mich vor Eurem überragenden militärischen Wissen, Generalin Columbine.«

Die junge Maus lachte herzlich und machte einen Knicks.

Alt Dinny kam hereingeschlurft. Die Äbtissin bemerkte, dass er einen äußerst zufriedenen Eindruck machte.

»Hallo, Alt Din. Na, Ihr habt aber ein Leuchten in Euren Augen.«

Columbine klatschte in die Pfoten. »Oh, habt Ihr etwas gefunden? Ach bitte, erzählt es uns doch!«

Der alte Maulwurf tippte mit einer Pfote an seine Schnauze und zwinkerte ihnen zu.

»Haja, tut so gut sein und mir folgen. Ich tu Euch einen guten neuen Weg zeigen, wie man aus dem Gestank rauskommen tut, hajo.«

Verblüfft folgten sie ihm. Auf dem Weg zu seiner Entdeckung unterbreitete Alt Dinny Columbine und der Äbtissin einen Plan.

Lady Ambra stand zusammen mit Borkenbursche im Dickicht. Gemeinsam überwachten sie das Osttor.

Ambra klopfte ungeduldig mit der Pfote auf den Boden. »Wo zur Eichel noch mal bleiben sie denn bloß?«

»Soll ich mit einer Gruppe hineingehen und sie herausholen, Gnädigste?«, fragte Borkenbursche, dem ihre Besorgnis nicht entgangen war.

Ambra blickte zum Fenster des Gemachs hinauf. »Nein, lass uns noch eine kleine Weile warten. Aber ich sage dir eines, Borke: Mir behagt es nicht im Geringsten, dass wir uns an diesem Ort so lange aufhalten. Schau nur, sie haben noch nicht einmal einen Wachposten am Fenster postiert. Wie sollen wir sie denn informieren, wenn die Katze und ihre Truppen im Anmarsch sind? Oh, wo bleiben sie denn nur?«

»Geradewegs hinter Euch, Gnädigste!«

Erschreckt fuhr das Eichhörnchen herum. Direkt vor ihr stand der Vormaulwurf, die Äbtissin war ebenfalls da und Columbine – alle, die Kotir betreten hatten, standen bis hin zum letzten Maulwurf und zur letzten Maus im Wald.

»Ach du dickes Fell, wo kommt ihr denn auf einmal alle her?«

Columbine strich ihrem Freund über sein ergrautes Haupt. »Das haben wir Alt Dinny zu verdanken – er hat einen Geheimgang nach draußen gefunden. Wir waren unter dem Verlies. Da ist so eine Art

Höhle mit einem See darin. Wir, genauer gesagt Großvater Dinny, entdeckte eine Steinplatte, die sich anheben ließ, und darunter war ein Tunnel, der eine ganze Weile geradeaus verlief und dann nach oben führte. Wir folgten ihm und kamen in einem hohlen Eichenstamm heraus – der hier vorne, direkt hinter Euch.«

Lady Ambra rollte vor Verblüffung ihren Schwanz auf. »Heiliger Buchsbaum, das ist ja nicht zu fassen!«

Die Äbtissin kicherte vergnügt. »Wenn wir diese Entdeckung mit Alt-Dinnys Plan kombinieren, dann könnte es die endgültige Lösung für das Problem Kotir bedeuten.«

Columbine musste einfach einwerfen: »Ich wette, Gonff, Klein-Dinny und Martin werden auch eine Lösung parat haben, wenn sie erst mit Keiler dem Kämpfer zurückgekehrt sind.«

»Das ist zweifellos richtig, Kind«, nickte die Äbtissin. »Aber sie sind schon lange fort. Wer weiß, wann sie wiederkommen? Bella hat gesagt, dass sie eine lange, gefahrvolle Reise vor sich haben. Außerdem wissen wir doch gar nicht, ob Keiler der Kämpfer noch am Leben ist. Ich möchte dich nicht unnötig beunruhigen, es wäre mir auch lieber, wenn wir uns ihrer Rückkehr sicher sein könnten, aber unter den gegebenen Umständen müssen wir unsere eigenen Pläne machen. Es wird Mossflower nicht helfen, wenn wir einfach nur hier herumsitzen und auf Keilers Rückkehr warten; wir müssen alle nach besten Kräften mithelfen. Ganz egal, wo dein Gonff sich zusammen mit Martin und dem jungen Maulwurf zurzeit aufhält, du kannst jede Wette eingehen, dass sie ihr Möglichstes tun. Hoffen wir also, dass sie sowohl unversehrt als auch erfolgreich von ihrer Suche zurückkehren werden.«

Sie machten sich wieder auf den Weg nach Brockhall und ahnten an jenem schönen Frühlingsmittag nicht, dass Zarina und ihre Armee gerade auf einem parallel verlaufenden Weg nach Kotir zurückkehrten.

Die Wildkatzenkönigin hatte eine grauenhafte Laune. »Ich würde für euch Haufen von Nichtsnutzen nicht einmal eine Pfote voll schimmeliges Brot bezahlen, steht da herum und gafft, während euer Hauptmann von einem Otter ermordet wird.«

Von irgendwo aus den durcheinander gewürfelten Reihen murmelte eine unverschämte Stimme: »Pah, wie ich gesehen habe, bist du ja auch nicht gerade hinzugesprungen, um Kladd zu helfen.«

Erbost wirbelte Zarina herum und stürzte sich auf die Soldaten. »Na warte, wenn ich den erwische, der das gesagt hat! Ihr Haufen von Witzbolden habt es noch nicht einmal geschafft, auch nur einen einzigen Pfeil auf dieses Dachsweib abzufeuern. Oh nein, ihr standet nur da herum wie Frösche, die Fliegen fangen.«

Als sie sich umdrehte, um weiterzueilen, ertönte wieder die murmelnde Stimme: »Na, du hast doch den größten Bogen. Warum hast du ihn denn nicht benutzt?«

Zarina entriss dem Marder ihren Bogen und schlug damit wie wild um sich.

»Aschenbein, ich will, dass der freche Kerl gefunden wird«, kreischte sie. »Ich bin die Königin, verstanden? Ich werde an ihm ein Exempel statuieren, ganz gleich, wer es ist.«

Der Marder ließ sich zurückfallen und marschierte dann am Ende, wo er immer wieder hochhüpfte, um den vorwitzigen Burschen in einem unerwarteten Moment auf frischer Tat zu ertappen.

Als die Armee gegen Mittag ermüdet in Kotir angetrottet kam, hatte sich Zarinas Laune keineswegs gebessert.

»Aschenbein«, befahl sie, »lasse diesen Haufen von Einfaltspinseln wegtreten. Schick sie in ihre Baracken. Ich werde mich in mein Gemach zurückziehen.«

Aschenbein kam nach vorne gestampft, als sich die freche Stimme wieder zu Wort meldete.

»Ach wie nett, Jungs. Ich hätte auch gern ein bequemes Gemach anstelle einer feuchten Baracke.«

Zarina wandte sich um und sah sich einer Flut von leeren

Gesichtern gegenüber, aber sie unterdrückte eine Antwort und gab sich stattdessen damit zufrieden, sich mithilfe ihrer Ellenbogen brutal ihren Weg durch die Reihen zum Haupteingang zu bahnen.

»Dinny, ich habe mir etwas überlegt. Könntest du vielleicht durch die Seitenwand dieser Höhle einen Weg nach oben graben?«

Der Maulwurf überprüfte die Wände mit seinen Grabklauen.

»Hajo, vermutlich ja, Martin. Aber Ihr tätet Grabklauen brauchen, um mir hinauf zu folgen, wenn wir hier tun rauskommen wollen.«

Martin klopfte seinem Freund auf den samtenen Rücken. »Guter Maulwurf, Din. Es genügt, wenn du an die Oberfläche gelangst, dann kannst du irgendetwas herunterlassen, woran wir hinausklettern können.«

Dinny rieb sich die Pfoten. »Hajaj, dann tut Eurem Maulwurf mal aus dem Weg gehen. Jetzt tu ich kommen, bohörr!«

Mit den unvergleichlichen Fähigkeiten eines Maulwurfes war Dinny schon bald dabei, ein Stück geradeaus und dann schräg nach oben zu graben.

Martin erklärte Schlangenfisch den Plan, während Roy-Ahoi und Gonff die frisch ausgegrabene Erde mit ihren Pfoten beiseite schafften, indem sie sie in die unter ihnen liegende Grube beförderten.

In der nebligen Welt des Marschlandes war es kaum von Bedeutung, ob nun Nacht oder Tag herrschte. Die Kröten hatten sich eine Zeit lang am Rand des Schreiloches aufgehalten, aber es gab wenig zu sehen, und ihr Vergnügen wurde schon dadurch beeinträchtigt, dass keine Schreie aus dem Brunnen drangen. Und so verschwanden sie eine nach der anderen und gingen zurück an den Hof von Marschgrün. Todeswürger und Peitschenschwanz blieben allerdings am Schreiloch sitzen und warteten auf die Schreie ihrer Feinde, wenn Schlangenfisch erst einmal seine grässliche Arbeit erledigte.

Der Wassermolch berührte den Stumpf seines nachwachsenden Schwanzes.

»Was ist denn eigentlich da unten los? Ist der Schlangenfisch etwa eingeschlafen?«, knurrte er wütend.

Todeswürger streckte sich gemächlich am Boden aus. »Nur Geduld! Hast du jemals erlebt, dass irgendeiner Kreatur ihr Schicksal im Schreiloch erspart geblieben wäre? Schlangenfisch ist wahrscheinlich träge vom langen Herumliegen im schlammigen Wasser. Wenn der Hunger ihn treibt, wird er schon wieder in Schwung kommen. Du wirst sehen. Setz dich her und warte noch eine Weile.«

Die beiden unangenehmen Gesellen streckten sich lang nebeneinander aus.

Sie hatten schon eine beachtliche Zeit gedöst, als die Erde unter ihnen zu erzittern begann.

Todeswürger glitt zur Seite und richtete sich auf. »Hast du das auch gespürt? Die ganze Erde bebt.«

Der Wassermolch sprang auf und entfernte sich eiligst aus dem vibrierenden Gebiet. »Schnell, nichts wie weg hier.«

Sein Kumpan glitt hinter ihm her. »Nein, warte, es ist nur an dem einen Fleck«, rief er. »Hier drüben tut sich nichts. Komm, wir verstecken uns hinter dem Felsen und warten ab, was passiert.«

Nach kurzer Zeit drangen zwei Grabklauen und eine feuchte Schnauze aus dem Boden an die Oberfläche. Klein-Dinny tauchte aus der Erde auf und schüttelte sich den Schmutz aus dem Pelz. Dann ging er zum Rand des Schreiloch-Brunnens und rief hinunter: »Keine Sorge nicht, ich tu Euch schon bald da rausholen, hajo.«

Die Spione hinter dem Felsen glitten fort, um Marschgrün und seinen Kröten zu berichten, was sie gesehen hatten.

Nachdem sie die Nacht im Wald von Mossflower verbracht hatte, schlief Zarina tief und fest. Und wieder suchte sie dieser Albtraum heim; wieder wurde sie von kaltem, dunklem, rauschendem Wasser überflutet. Es durchströmte ihre Sinne, während sie kläglich gegen die schlammige, alles verschlingende Flut ankämpfte, die in ihre Nasenlöcher, Ohren und Augen drang. Genau in dem Moment, als sie spürte, dass alles verloren war und sie unweigerlich ertrank, wachte sie erschreckt auf. Unbeholfen stolpernd schlug sie lang hin und scharrte auf dem harten Steinfußboden, um sich wieder zu beruhigen. Der Stein war etwas Greifbares; er war gut. Diese Steine gehörten ihr, der Königin der Tausend Augen. Dankbar blickte sie zu Boden.

Und dann sah sie die Pfotenspuren im Staub.

Zwei Mäuse und zwei Maulwürfe!

Glücklicherweise war Aschenbein schon auf der Treppe zum Gemach, als er die Königin seinen Namen kreischen hörte. So schnell es ihm mit seinem Holzbein möglich war, legte er die verbleibende Strecke im Eiltempo hüpfend zurück. Er stürzte in das Gemach, wo er eine Zarina vorfand, wie er sie noch niemals erlebt hatte. Die Wildkatze kauerte am Boden. Sie hatte sich in einen Mantel gehüllt, der einst ihrem Vater gehört hatte, und schaukelte, angestrengt auf den Steinfußboden starrend, vor und zurück.

Aschenbein schloss die Tür und verneigte sich besorgt.

»Euer Majestät?«

Zarina blickte nicht auf. »Mäuse und Maulwürfe. Durchsuche diesen Raum nach Mäusen und Maulwürfen.«

»Sofort, königliche Hoheit.«

Aschenbein hielt nicht einmal inne, um den Befehl infrage zu stellen. Er wusste genau, wie gefährlich Zarina in einer ihrer Launen werden konnte, und machte sich daher sofort an die Arbeit. Der Marder lugte in Schränke, sah unter dem Tisch, hinter den Wandteppichen und Vorhängen nach und durchkämmte das ganze Zimmer.

»Hier sind weder Mäuse noch Maulwürfe, Hoheit«, verkündete er.

Zarina sprang auf und zeigte herrisch zur Tür. »Dann geh und durchsuche jeden Winkel von Kotir!«

Aschenbein salutierte und humpelte geschwind zur Tür.

»Nein, warte!«

Er hielt inne, war sich nicht sicher, in welche Richtung er denn nun als Nächstes gehen sollte. Zarina lächelte ihn an. Aschenbein schluckte merklich, als sie ihm eine Pfote um die Schultern legte.

»Aschenbein, wo ist Gingivere?«

»Er ist entkommen, Euer Majestät. Ihr habt doch selbst die Verfolgung aufgenommen«, antwortete er verwirrt.

»Ach, nun sag schon, mich führst du nicht hinters Licht«, kicherte Zarina fast gutmütig. »Erst waren es die beiden Igel, die entwischten – dabei waren sie ja gar nicht fort, sie waren die ganze Zeit über hier. Dann hatten wir den Fuchs hier, der in Wirklichkeit ein Otter war. Und jetzt ist mein Privatgemach mit Spuren von Waldbewohnern nur so übersät. Na los, raus damit, alter Freund! Mir kannst du es doch sagen.«

Aschenbein hatte auf einmal furchtbare Angst. »Majestät, es tut mir Leid, aber ich weiß überhaupt nicht, worauf Ihr hinauswollt. Ich bin nur Aschenbein. Ich habe Eurem Vater treu gedient und jetzt folge und diene ich nur Euch allein.«

Zarina lächelte wissend. »Du bist also meiner ganzen Familie absolut treu ergeben, was, Aschenbein?«

»Oh ja, das bin ich, Hoheit.«

Die mörderischen Klauen der Katze schossen nach vorn, durchbohrten den federbesetzten Umhang des Marders und gruben sich tief in seine Schultern. Zarinas Schnurrhaare strichen über sein Gesicht, als sie knurrte: »Aha, so ist das also. Du hilfst jetzt meinem Bruder. Gingivere ist gar nicht wirklich entkommen, nicht wahr? Es war alles nur ein Trick. Er und diese Waldbewohner sind noch immer irgendwo in Kotir. Sie hetzen meine Armee gegen mich auf. Vielleicht war er ja die ganze Zeit dabei, als ich im Wald nach ihm suchte. Ha, mein Bruder ist ein ganz hinterhältiger Halunke. Ich könnte wetten, dass er es war, der mich ins Wasser stieß, als die Otter den großen Hecht losließen … hu!«

In Aschenbeins versteinertem Gesicht spiegelten sich Höllenqualen. Die Klauen bohrten sich tief in seine Schulter und auf seinem Umhang bildete sich ein Blutfleck.

Ganz plötzlich ließ Zarina von ihm ab und fing an, sich hektisch mit ihrem eigenen Umhang abzureiben.

»Iiiiiih, tiefes, kaltes, schleimiges, dunkles Wasser«, murmelte sie wirr.

Aschenbein wich lautlos zurück und verließ das Gemach. Die Wildkatze nahm gar nicht wahr, dass er hinausging; sie war viel zu sehr damit beschäftigt, gegen die sintflutartigen Wassermassen anzukämpfen, die in ihrer Einbildung Gestalt angenommen hatten.

Während der Marder eiligst davonhumpelte, konnte er auf der Wendeltreppe noch das Echo seiner tobenden und rasenden Königin vernehmen.

»Komm ja nicht näher! Bleib, wo du bist! Du kriegst mich nicht. Ich werde mich von dem Wasser fern halten.«

Aschenbein hatte einen Entschluss gefasst: Er würde nicht eine Sekunde länger hier bleiben. Königin Zarina war verrückt geworden. Kotir war ein Ort großer Gefahr für jene, die sich dort aufhielten.

Die späte Nachmittagssonne strahlte auf die Brustwehr von Kotir hernieder. Die Ruhe ängstigte den fortschleichenden Aschenbein; die großen dunklen Schatten zerrten ebenso an seinen Nerven wie die sonnendurchflutete Stille. Er hatte den federbesetzten dunkelroten Mantel beiseite geworfen und trug stattdessen einen schlichten, glanzlosen braunen Umhang. Aschenbein eilte über den verlassenen Exerzierplatz, schlüpfte durch das Tor und schlug die südliche Richtung ein – Hauptsache, weg von Zarina, Mossflower und ihren ehrgeizigen Eroberungsträumen. Vielleicht gab es unter einem anderen Himmel einen Ort, wo er ein neues Leben anfangen konnte; vielleicht warteten ja irgendwo Freunde, die wussten, wie man ein einfaches Leben ohne Größenwahn führte.

Argulor, der auf seiner hohen Fichte saß, öffnete ein Auge. Er hielt es keineswegs für unter seiner Würde, sich von Aas zu ernähren, daher hatte der Adler seinen Hunger mit den Überresten der Auseinandersetzung am Fluss gestillt. Schläfrig schloss Argulor sein Auge wieder. Da er satt und müde war, schlief er einfach weiter. Er war der irrigen Ansicht, dass dem geduldig Wartenden schon alles Wünschenswerte zufliegen würde.

Aschenbein, der Baummarder mit dem Holzbein, war entkommen.

Dinny konnte sich glücklich schätzen. Er hatte das geflochtene Schilfnetz gefunden, in dem sie zum Schreiloch geschleift worden waren. Er befestigte das eine Ende an einer Baumwurzel und stieß den Rest über den Rand der Grube.

»Hejej, da unten, tut Euch an dem Nest festhalten, Martin.«

Unglücklicherweise konnte der Krieger das Netz nicht ganz erreichen.

Von oben ertönte die drängende Stimme des Maulwurfs: »Ojoj, oje, tut Euch beeilen. Ich tu das Krötengesindel zurückkommen hören, ojojoj.«

Voller Verzweiflung hupfte Gonff auf und ab. »Lasst euch etwas einfallen! Schnell, Kumpels!«

Schlangenfischs massiger Kopf tauchte auf. »Setzt euch auf meinen Kopf. Ich glaube, ich kann es erreichen.«

»Was? Nie und nimmer!« Roy-Ahoi wich in die Höhle zurück.

»Tut schnell machen, sie tun schon fast da sein«, rief Dinny.

Martin setzte sich an den Rand der Höhle, legte seine Pfoten auf den riesigen, reptilartigen Kopf und klammerte sich an den Schädelkamm unter der glatten Haut.

»Schieb mich hoch, Schlangenfisch!«

Der große Aal warf sich nach oben, rutschte wieder ein kleines Stück zurück, richtete sich dann aber mit einer gewaltigen Kraftanstrengung aus dem Wasser auf und schoss wie ein Blitz in die Höhe. Martin ergriff das Netz, ließ aber den Kopf des Aals nicht los.

»Schnell, beiß zu!«

Schlangenfisch schlug seine Zähne in das untere Ende des Netzes. Einen Moment lang blieb er so hängen, dann spannte er seine Muskeln an und zog die Windungen zusammen, bis die raue Haut an seiner Unterseite mit dem Geflecht in Berührung kam, sodass er seinen sehnigen Körper durch die Maschen des Netzes nach oben winden konnte.

Martin zog sich ebenfalls hinauf. Schlangenfisch suchte sich einen Halt und rief dann hinunter: »Ich kann es jetzt ganz leicht schaffen. Ihr beiden da unten, zeigt euch. Ich werde meine unteren Windungen um euch legen und euch mit hinaufziehen.«

Roy-Ahoi und Gonff standen da und klammerten sich mit fest geschlossenen Augen aneinander. Sie spürten, wie sich stahlharte Windungen um sie wickelten und sie mühelos anhoben.

Marschgrün und seine Kröten rückten im dichten, bauschigen Nebel bedrohlich näher. Drei von ihnen watschelten vorwärts und versuchten, Dinny einzufangen, der mit schweren Grabklauen wie wild um sich schlug.

»Hejej, tut mir nix nicht zu nahe kommen, schleimiges Krötengesindel ihr!«, warnte er.

Zu spät bemerkten Todeswürger und Peitschenschwanz, dass am Rand des Schreiloches ein Netz befestigt worden war.

Martin kam mit einem Satz über den Rand gesprungen und setzte sofort seine Wurfschleuder ein, mit der er die Steine äußerst schnell und treffsicher abfeuerte. Einer davon schlug gegen Marschgrüns Kopf, worauf dieser lang hinschlug.

Gurgelnde Schreckensschreie empfingen den Nächsten, der sich aus der Grube befreite. Der Kopf von Schlangenfisch erschien triefend wie der eines urzeitlichen Ungeheuers aus der Hölle und näherte sich mit schlitzförmigen Augen und weißen Zahnreihen der verängstigten Krötenschar.

»Krötenfleisch!«

Mit einer kraftvollen, schlangenartigen Bewegung zog sich der Schlächter der Sümpfe ganz aus der Grube und ließ dabei gleich seine Begleiter fallen.

Trotz ihrer gequetschten Rippen sprangen Gonff und Roy-Ahoi sofort kampfbereit auf. Ein Höllenlärm brach los, als Schlangenfisch sich wie ein Blitz auf die am nächsten stehende Gruppe von Kröten stürzte. Ungeachtet der Dreizacke und Glühwürmchenlaternen, machte der riesige Aal sich daran, seinen gewaltigen Hunger zu stillen.

Martin wandte sich ab, ihm verursachte das grausige Schauspiel Übelkeit.

»Bist du in Ordnung, Din?«, rief er besorgt. »Schnell, Gonff, Roy-Ahoi! Jetzt aber nichts wie weg hier.«

Verstört starrte Gonff die Nebelwand an. »Jaja, aber in welche Richtung, Kumpel?«

»Hohajo, der hier tuts uns grad zeigen, hajo.« Klein-Dinny hatte den angeschlagenen Marschgrün fest im Schwitzkasten.

Martin packte einen Dreizack und stieß das Krötenoberhaupt damit an.

»Gut gemacht, Din. Kommt mit. Du zeigst uns jetzt den Weg nach Westen oder ich werde dich auf diese übergroße Gabel spießen und dich dem Schlangenfisch zum Fraß vorwerfen.«

Marschgrün watschelte los und flehte unglücklich: »Krrgloik! Mausfell nichtöten Marschgrün, zeigdir wolanggehen.«

Innerhalb kürzester Zeit waren sie auf allen Seiten von einem Nebel umgeben, der so dicht war, dass selbst die schrillen Schreie der Opfer von Schlangenfisch ihn nicht mehr durchdrangen.

Roy-Ahoi beobachtete die grüne, massige Gestalt der Kröte, die vorauswatschelte. »Na ja, zumindest scheint er zu wissen, wo wir langgehen müssen. Was kommt denn in unserem Gedicht als Nächstes, Gonff?«

Ohne zu zögern, betete Gonff die Zeilen von Olaf Himmelsfuge herunter:

*»Oh Federbrüder aus der Luft,*
*fliegt weiter, macht nicht Halt.*
*Durchquert die goldne Fläche,*
*wo Seevogels Ruf erschallt.«*

Martin stieß Marschgrün leicht mit dem Dreizack an. »Weißt du, wo das ist?«

Das besiegte Krötenoberhaupt drehte sich um und zog blinzelnd seine Häutchen über die Augen.

»Krrploik! Nichweit, nichweit, Küste nichgut, Seevogel dichessen, michessen.«

Martin stützte sich auf den Dreizack. »Ach, nun hör schon mit dem Gejammer auf, Grünhintern. Wenn wir erst einmal aus diesem Nebel heraus sind, werden wir dich laufen lassen. Verdient hast du es allerdings nicht.«

Schließlich erreichten sie einen gemächlich dahinfließenden Fluss. Sie tranken etwas klares Wasser, während Dinny ein paar essbare Wurzeln ausgrub.

»Herraja, Wurzeln. Keine Größer-als-je-zuvor-Pastete, hano, mein Lieber.«

Gonff hockte auf einem Felsen. »Keine Sorge, Kumpel. Wenn wir jemals mit heilem Fell aus all dem hier herauskommen, dann werde ich die größte Pastete in ganz Mossflower stehlen, nur für dich.«

Dinny schloss verträumt seine Augen. »Ohaja, eine sakrisch große und ganz und gar nur für diesen einen Maulwurf hier, bohörr.«

Gonff stimmte plötzlich ein Lied an.

*»Oh Kumpel, das wird richtig toll –*
*eintauchen kannst du drin.*
*Doch sing nicht, ist dein Mund noch voll:*
*›Pastete nur für Din.‹*
*Die Kruste, die ist federleicht,*
*gefüllt mit leckren Möhren.*
*Obst und Gemüse wird gereicht,*
*das Lied, das lässt sich hören!«*

Dinny lag auf dem Rücken und wedelte mit seinen Stummelpfoten. »Oh welche Freude, welch Vergnügen, und alles nur für mich, tut Ihr sagen?«

Der Weg war lang und beschwerlich; im Land der Nebel stand die Zeit still. Martin sehnte sich danach, wieder das natürliche Tageslicht zu Gesicht zu bekommen, ganz egal, ob hell und strahlend oder bewölkt und verregnet.

Sie brachten gerade ein ganz besonders feuchtes Gebiet hinter sich, als Roy-Ahoi zu Gonff sagte: »He, findet Ihr nicht auch, dass es ganz schön dunkel geworden ist?«

Gonff sprang auf ein Büschel aus trockenem Schilf. »Das liegt wahrscheinlich daran, dass es langsam Abend wird, Kumpel.«

Martin zeigte nach oben. »Schaut mal, ich kann den Himmel sehen.«

Und richtig, der Nebel wurde schwächer. Von dort, wo sie standen, war der blasse Abendhimmel ganz deutlich zu erkennen.

Gonff machte noch eine Entdeckung. »Seht doch, jenseits dieser Grasfläche ist Sand, so weit das Auge reicht. Sieht aus, als wenn das Zeug hier kilometerweit herumliegt.«

Eilig sprangen sie auf das Büschel, um sicherzugehen, ob Gonff sich auch wirklich nicht geirrt hatte. Hinter ihnen hob Marschgrün den Dreizack auf und watschelte zurück in sein Sumpf- und Nebelreich.

Erstaunt starrten die Abenteurer voraus, wo sich ihnen ein einzigartiges Schauspiel bot: Die Sonne versank am Horizont, der perlgrau und pudrig rot schimmerte. Martins Pfote schoss nach oben und zeigte nach Nordwesten. »Seht doch, die Flammen des Salamandastron!«

# 32

Am selben Abend traf sich der Rawim im Versammlungssaal von Brockhall. Es gab viel zu besprechen. Goody Stichler war dabei, den Tisch zu decken, und eilte geschäftig hin und her. Coggs hing fest an ihrem Rockzipfel, beklagte sich jedoch nicht. Es hätte sich für einen angehenden Krieger und wagemutigen Flüchtling auch gar nicht gehört, mit dem Mund voller heißer Eichelbrötchenbissen mit heruntertropfender frischer Butter und Pflaumenmarmelade zu sprechen. Im Vorübergehen winkte er Ferdy zu, der zusammen mit Ben Stichler in einem großen Lehnstuhl saß.

Ferdy war auch gerade dabei, ein Brötchen zu essen, erzählte jedoch gleichzeitig seine dick aufgetragene Version ihres Abenteuers. »Coggs und ich brachen also durch die Tür und stürzten uns auf diese drei Wiesel – oder waren es Hermeline? Nein, es waren Wiesel. Ist ja auch egal, jedenfalls waren sie zu sechst: großes, hässliches Ungeziefer. Hoho, denen haben wir es aber gezeigt! Die Wildkatzenkönigin war auch da, aber sie lief schon davon, als sie uns nur sah. War auch besser so. Weißt du was? Coggs und ich mussten vier Eichhörnchen durch die Baumkronen davontragen – oder waren es Otter? Nein, es waren Eichhörnchen, da bin ich mir ganz sicher. Jedenfalls haben wir sie vor den Soldaten aus Kotir gerettet.«

Ben Stichler wischte Ferdy die Marmelade und die Krümel vom Mund.

»Davon müsst ihr beide aber mächtigen Hunger bekommen

haben. Ihr habt seit eurer Rückkehr pausenlos gegessen, ja, und geredet natürlich. Habt ihr nicht vielleicht das eine oder andere Hermelin zu Tode geplappert?«

Als der Tisch gedeckt war, kam Bella herein, worauf schlagartig Ruhe einkehrte.

»Betrachtet meinen Saal als euer Zuhause«, sagte sie. »Bitte füllt euch auf und esst die ausgezeichneten Speisen. Ich danke dir, Goody Stichler, für diesen wunderschön gedeckten Tisch.«

Sie hatte den Satz kaum zu Ende gebracht, da wurde auch schon aufgefüllt, mit dem Geschirr geklappert und sich angeregt und fröhlich unterhalten.

»Reich mir doch mal die Größer-als-je-zuvor-Pastete. Pass auf, dass du nicht hineinfällst.«

»Hoho, rieche ich da etwa Zwiebel-Lauch-Suppe?«

»Hmmm, Obstkuchen. Aua, der ist ja noch heiß!«

»Hier, gieße etwas Sahne drüber, das kühlt ihn ab.«

»Reichst du mir mal bitte die Butter rüber?«

»Nusspudding! Den hat meine Mutter früher immer gemacht.«

»Ja, ich kann mich noch daran erinnern, dass Gonff ihn ihr immer aus dem Ofen gestohlen hat.«

»Hahaha. Hier, probier doch mal diese Quitten-Apfel-Krümelspeise.«

»He, wer hat die ganze Sahne genommen?«

»Also Goody, du musst mir unbedingt das Rezept von deinem Pflaumenkuchen geben.«

»Frag deine Oma – sie hat es mir mal gegeben.«

»Was nehme ich denn nur, Oktoberbier, Apfelwein oder Buttermilch?«

»Nichts von alledem. Du bist dick genug, Ben Stichler.«

Sie verbrachten eine vergnügliche Zeit bei ihrem Festessen.

Als das Geschirr abgeräumt war, erhob sich Äbtissin Germania.

»Ich bitte für unsere Gastgeberin um Ruhe.«

Bella ergriff das Wort. »Wo sind Ferdy, Coggs, Spike und Posy?«

Ben zeigte in Richtung Schlafsaal. »Längst im Bett, sie schnarchen wie die Weltmeister, Gnädigste.«

Bella neigte ihren Kopf. »Dann lasst uns eine Schweigeminute einlegen und eines sehr mutigen Otters gedenken. Wäre die Maske nicht gewesen, dann könnten wir heute nicht so fröhlich vereint hier sitzen.«

Es folgte respektvolles Schweigen, das nur durch ein unüberhörbares Schniefen von Skipper unterbrochen wurde.

Bella trank einen Schluck Buttermilch, dann strich sie sich mit ihrem großen Pfotenrücken über die Augen.

»Kommen wir nun also zur Tagesordnung. Zunächst einmal möchte ich bemerken, dass heute in vielerlei Hinsicht ein sehr schöner Tag war. Vor allen Dingen natürlich, weil Ferdy und Coggs wieder heil zu uns zurückgekommen sind, aber auch, weil wir heute einen neuen Freund in unserer Mitte begrüßen können – Gingivere. Ich bin mir ganz sicher, dass ihr mir alle beipflichten werdet, wenn ich sage, dass unser Heim auch das seine ist und er bei uns bleiben kann, so lange er es wünscht.«

Von allen Seiten erscholl Beifall. Gingivere stand auf und verneigte sich. »Ich danke Euch, Bella, und euch auch, meine Freunde. Aber leider kann ich das Angebot nicht annehmen«, sagte er traurig. »Zarina ist äußerst gefährlich und durch meine Anwesenheit hier würde ich euch alle nur unnötig in Gefahr bringen. Ich würde es mir niemals verzeihen, wenn ihr wegen mir leiden müsstet. Ich werde heute hier übernachten, aber morgen werde ich Mossflower bei Tagesanbruch in östlicher Richtung durchqueren und weit fortgehen von Kotir und allem, wofür es steht. Ich könnte nicht hier bleiben und mit der Gewissheit leben, dass ihr durch mich noch mehr Unannehmlichkeiten habt. Wenn Zarina wüsste, dass ich hier bei euch bin, würde sie schier verrückt werden und sich grausam an uns allen rächen. Niemand weiß, was für Boshaftigkeiten sich ihre dunkle Seele noch einfallen lassen kann. Ich werde irgendwo jenseits der Grenzen von Mossflower noch einmal ganz von vorne anfangen. Ich danke euch von ganzem Herzen für eure Hilfe und Güte. Wo ich mich auch immer aufhalten mag, ich werde die Erinnerung an meine Freunde aus dem Wald mein Leben lang tief in meinem Herzen bewahren. Sollte einmal der Zeitpunkt kommen, an dem ich mich für eure gute Behandlung erkenntlich zeigen kann, dann werde ich es mit der größten Freude und Selbstverständlichkeit tun, das kann ich euch versichern. Ich würde euch in jeder nur möglichen Weise helfen, denn ich stehe tief in der Schuld der Bewohner von Mossflower und meine Dankbarkeit kennt keine Grenzen.«

Der Wildkater nahm Platz und im Saal herrschte Schweigen, dem dann lauter Beifall für seine großmütigen Worte folgte.

Ben Stichler schüttelte ihm kräftig die Pfote.

»Herr Gingivere, es wird Ferdy und Coggs die kleinen Herzen brechen, wenn sie erfahren, dass Ihr fortgegangen seid. Aber eines Tages, wenn sie alt genug sind, um es zu verstehen, werd ich es ihnen erklären. Ich danke Euch, dass Ihr Euch um meine kleinen Igelkinder gekümmert habt, Herr.«

Bella klopfte laut auf den Tisch.

»Wie ihr alle wisst«, fuhr sie fort, »haben unsere Freunde aus Loamhedge und die Mannschaft des Maulwurfs Kopf und Kragen riskiert, um Kotir zu erkunden. Alt-Dinny, ich glaube, es gibt da etwas, das du uns berichten möchtest, nicht wahr?«

Der greise Maulwurf wandte sich zu Bella um, tippte an seine Schnauze und breitete dann eine Schriftrolle aus Borkentuch auf dem Tisch aus.

»Hajaj, so, hier tut ihr Kotir sehen. Beim Nein- und Nausgehen tun wir immer den falschen Weg gewählt haben. Tut grad mal hersehen, hier tut eine Karte sein, von was unter dem Verlies sein tut. Unter Kotir tuts eine sakrisch große Höhle mit einem See und einem Tunnel geben, der zu einem hohlen Baumstamm im Wald führen tut, bohörr.«

Unter den Anwesenden hörte man verwundertes Gemurmel. Alt-Dinny pochte mit einer Grabklaue auf die Tischplatte. »Der Vormaulwurf und ich tun uns was ausgedacht haben. Er tut euchs berichten, mir tuts allerweil nicht liegen, Reden zu halten, hano.«

Der Vormaulwurf warf seine Pfoten hoch und erklärte in einem Ton, der keine Widerrede duldete: »Hajo, wir tun sie nausfluten, Zarina tut in keinem Haus nicht bleiben, da wo ihr das Wasser bis zum Hals stehen tut.«

Ein wilder Tumult brach los. Columbine eilte an die Seite des Vormaulwurfs und wedelte mit der Schriftrolle durch die Luft.

»Bitte hört euch an, was ich zu sagen habe«, übertönte ihre Stimme den Lärm.

Äbtissin Germania blickte stolz auf ihren Schützling, als Columbine zu sprechen begann.

»Ich war dabei, als der Vormaulwurf und Alt-Dinny den Plan entwarfen. Lasst es mich erklären. Zunächst einmal beruht er darauf, dass Kotir in einer Senke liegt. Der Wald von Mossflower befindet sich auf viel höherem Gebiet. Die Maulwürfe haben den Verlauf des Geländes genau untersucht.«

Columbine breitete die Schriftrolle auf dem Tisch aus und zeigte auf zwei Stellen des Tisches, so als habe sie eine viel größere Karte vor sich.

»Hier und dort durchzieht der Moss den Wald Richtung Nordosten, dann macht er eine scharfe Biegung nach Westen. Irgendwann vor langer Zeit muss sich dort, wo heute Kotir steht, einmal ein großer See befunden haben, der dann aber austrocknete, als der Fluss seine Richtung änderte. Und den Überrest dieses Sees haben wir in der Höhle unter Kotir gefunden.«

Lady Ambra verstand nicht, worauf sie hinauswollte. »Aber was nützt uns das denn, Columbine?«

»Lassen wir es uns ruhig von der jungen Dame erklären«, flüsterte Skipper ihr ins Ohr. »Ich glaube allerdings, dass ich den Plan bereits durchschaut habe.«

»Wenn die Maulwürfe an dem Punkt, wo der Fluss am dichtesten an Kotir herankommt, zu graben anfangen«, fuhr Columbine fort, »dann können sie Fluttunnel bauen, die vom Ufer des Moss hinunter ins Tiefland führen und direkt in der Höhle unter Kotir enden.«

Allmählich dämmerte es Lady Ambra. »Dann würde sich das alte Seebett wieder mit Wasser füllen!«

Aufgeregte Rufe ertönten.

»Sie würden überschwemmt werden!«

»Kotir würde überflutet werden!«

»Dann wären wir es endlich los!«

Skipper hüpfte mit einem Satz auf den Tisch. »Wir müssten Schleusentore bauen. Die könnten dann meine Crew und ich am Flussufer in den Boden einlassen und so das Wasser zurückhalten, bis die Tunnel fertig gestellt sind.«

Lady Ambra hüpfte neben ihn. »Überlasst das ruhig den Eichhörnchen, Skip. Wir werden Euch Schleusentore bauen. Sorgt Ihr nur dafür, dass sie vernünftig in das Flussufer eingelassen werden.«

Der Vormaulwurf konnte nicht gut hüpfen, daher kletterte er zu Ambra und Skipper auf den Tisch.

»Hojoj, und wir Maulwürfe tun die Löcher graben. Wir tun den Tunnel schon bauen – joharrasch, das tun wir!«

Columbine dachte schon, das Jubeln und Pfotentrampeln würde nie aufhören. Um sie herum tanzten die Waldbewohner, umarmten sich und jubelten aus vollem Hals.

Bella musste sehr lange auf den Tisch hämmern, bis endlich wieder Ruhe und Ordnung einkehrten.

»Ich gratuliere dem Rawirn. Ich halte es für einen guten Plan«, verkündete sie. »Das Beste daran ist, dass es uns einen offenen Kampf und Blutvergießen erspart. Also, ist jeder Anwesende mit dem Plan einverstanden?«

Von allen Seiten erschollen zustimmende Rufe. Jede Pfote im Raum schnellte in die Höhe.

»Jaaa!«

»Dann werden wir diesen Plan in die Tat umsetzen. Wir haben auch gar keine andere Wahl, denn ich fürchte, Martin und seine Freunde hätten längst schon wieder hier sein müssen. Nichtsdestoweniger möchte ich nicht, dass irgendjemand von euch den Mut verliert, denn wer kann schon sagen, wie lange die Reise zum Salamandastron und zurück dauert. Wir dürfen die Hoffnung nicht aufgeben und müssen auch weiterhin darauf vertrauen, dass unsere Freunde ihr Versprechen, die Aufgabe zu erfüllen, halten werden. Vielleicht werde ich eines Tages in nicht allzu ferner Zukunft sehen, wie mein Vater, Keiler der Kämpfer, zusammen mit Martin, Klein-Dinny und Gonff durch den Wald von Mossflower geschritten kommt – um uns zum Sieg zu führen. Wo immer unser Suchtrupp und mein Vater sich an diesem Tage befinden, lasst uns ihnen viel Glück wünschen.«

Aufbrausender Jubel dröhnte durch Brockhall, während Bella sich setzte und den Anführern des Rawim die Pfoten schüttelte.

Die letzten Worte bei diesem Treffen kamen von Äbtissin Germania.

»Ja, Freunde, viel Glück für jene, die fern von hier unterwegs sind, und viel Glück für uns alle. Ich halte den Plan für sehr gut«, verkündete die gebrechliche alte Maus der Versammlung. »Selbst ich und meine Brüder und Schwestern aus Loamhedge, die wir von Kampf und Krieg nichts verstehen, können erkennen, dass mit diesem Plan unnötiges Blutvergießen auf beiden Seiten vermieden wird, für Freunde wie auch für Feinde. Der Tod ist immer der Tod. Blutvergießen ist etwas Grausames. Was wir anstreben, ist Frieden – dieser Gedanke sollte für einen jeden von euch im Geiste immer gegenwärtig sein. Wenn ich einen Wunsch frei hätte, dann würde ich mir wünschen, dass wir alle mit denen aus Kotir in Eintracht zusammenleben könnten. Aber das ist nicht möglich. Also lasst es mich noch einmal sagen: Viel Glück für diejenigen, die den Frieden und die Gerechtigkeit lieben. Mögen Freiheit und Unabhängigkeit unser Erbe an jene sein, die in nachfolgenden Jahreszeiten in unsere Pfotenstapfen treten werden. Mögen sie in Mossflower den wahren Frieden finden.«

Es folgte eine ehrerbietige Stille auf dieses von Herzen kommende Stoßgebet.

Die vier Weggefährten waren hungrig.

Sie waren noch vor Sonnenaufgang aufgestanden und hatten sich auf den Weg durch die niedrigen Sanddünen gemacht, wo außer widerstandsfähigem Strandhafer nur wenig wuchs. Nach der dürftigen Mahlzeit vom Vorabend, die aus ein paar Wurzeln bestanden hatte, die Dinny hatte herbeischaffen können, mussten sie ihre Gürtel notgedrungen enger schnallen. Der Maulwurf versuchte, im feinen Schotter nach Essbarem zu graben. Mit müden Pfoten rieb er sich den Sand aus den Augen.

»Herraja, es tut keinen Sinn nicht haben, in diesem rutschigen Sand zu buddeln. Es tut grad wie der Versuch sein, Löcher in einen Fluss zu graben, hajo.«

Gonff wischte sich mit dem trockenen Pfotenrücken über den Mund. »Ich habe vor allem Durst, Kumpels. Was würde ich jetzt nicht alles für einen Becher mit kaltem Apfelwein geben.«

Hartnäckig lief Martin weiter. »Hört mal, es hat doch keinen Sinn, ständig über all das zu klagen, was wir jetzt nicht haben können. Wir müssen einfach die Augen offen halten, bis wir etwas Essbares finden. Hier, ich zeige euch jetzt mal einen alten Kriegertrick, den ich von meinem Vater gelernt habe.« Er kramte ein paar glatte Kieselsteine aus seinem Beutel mit Wurfgeschossen. »Versucht mal, darauf zu lutschen. Ich weiß, dass es nicht so gut wie etwas zu trinken ist, aber mit einem Kieselstein habt ihr wenigstens genug Speichel und euer Mund trocknet nicht aus.«

Als Waldbewohner waren sie es nicht gewohnt, durch weichen Sand zu stapfen. Selbst Roy-Ahoi, der schon einmal solch eine Reise unternommen hatte, fand es sehr ermüdend, ständig mit den Pfoten im trockenen, rutschigen, groben Sand einzusinken. Hoch oben auf einer Düne setzten sich alle vier erschöpft hin. Martin griff in den Sand und ließ ihn durch die Pfoten rieseln. Er versuchte, die Entfernung zum Felsmassiv einzuschätzen, aber bei Tage strahlte es kein Licht aus.

Gonff sprach laut aus, was er dachte. »Da steht Salamandastron, Kumpels. Und wir sitzen hier und sind so weit davon entfernt wie eh und je. Auf dem Weg dorthin gibt es nichts zu beißen und nichts zu trinken und überall ist Sand. Das ist ganz schön hart.«

Roy-Ahoi stand auf und klopfte sich den Sand aus dem Fell.

»Wartet hier. Ich bin schon häufiger durch Sand gelaufen, vielleicht kann ich für Abhilfe sorgen.«

Er krabbelte durch die Dünen davon.

Dinny grub ein kleines Loch. Er sah zu, wie es sich wieder mit Sand füllte. »Ojoj, mein alter Großvater Dinny tuts bestimmt nicht glauben, bei meinem Tunnel, hano.«

Martin streckte sich auf der Düne aus. »Na ja, wenigstens sind wir so weit gekommen. Keine Sorge, Kumpels. Wir werden es schon irgendwie schaffen.«

Roy-Ahoi kehrte zurück und brachte vier dicke Holzstücke mit – Äste, die er am Dünenrand gefunden hatte.

»Hier, schneidet euch die zurecht«, wies er sie an. »Daraus lassen sich gute Wanderstäbe machen, mit so einem Stock läuft es sich im Sand nicht mehr so schwer.«

Mit Zähnen, Klauen und Messern machten sie sich daran, die Äste zurechtzuschnitzen.

Dann setzten sie ihren Weg fort. Mit ihren Stöcken als Hilfe kamen sie etwas leichter voran.

Hin und wieder entdeckten sie eine kleine Kröte oder einen Kammmolch in der Ferne, aber diese Tiere beachteten sie gar nicht oder flitzten zwischen den Sandhügeln davon. Den einen oder anderen kleinen Vogel mussten sie mit ihren Stöcken davonscheuchen, wenn er zu aufdringlich wurde.

Roy-Ahoi entdeckte eine weiche Grasart, die einen milchigen Saft enthielt. Sie kauten darauf herum, während sie Mutmaßungen darüber anstellten, was vor ihnen lag.

»Schon bald werden wir diese Dünen hinter uns lassen und festeren Sand erreichen. Vielleicht finde ich dann etwas zu essen. Mit Wasser sieht es allerdings schlecht aus. Das Problem besteht darin, dass die meisten Dinge im Küstenbereich salzig schmecken, wodurch einen natürlich noch mehr nach Wasser dürstet. Ach ja, überprüft bitte beim Weitergehen mit euren Stöcken den Sand. Hier und da gibt es nämlich Treibsand, in dem man versinken kann. Und vergesst nicht, auf die großen Seevögel zu achten – Möwen und dergleichen. Die fressen einfach alles, was ihnen vor den Schnabel kommt. Zeigt ihnen, dass ihr keine Angst habt; schlagt mit euren Stöcken nach ihnen, dann lassen sie euch in Frieden. Und wenn ihr irgendwo Wassertümpel seht, dann trinkt nicht daraus – es ist alles Meerwasser, sehr salzig, schmeckt äußerst ekelhaft. Eine letzte Sache noch, bleibt immer beieinander und trennt euch nicht von der Gruppe.«

»Ist das schon alles, sonst nichts mehr?«, lachte Gonff und schwenkte seinen Stock. »Gut, warum hängen wir dann noch hier herum?«

Zu ihrem großen Erstaunen hüpfte der Mäusedieb singend voraus:

*»Das Wasser ist nicht trinkbar,*
*auch Essen gibt es nicht.*
*Die Möwen sehen uns ganz klar*
*als leckeres Gericht.*
*Die Suche tret ich mutig an,*
*durchquere dieses öde Land,*
*wenn ich verschwinde, heißt es dann,*
*dass Gonff am End den Treibsand fand.«*

»Es gibt doch nichts, was unserem Gonff auf Dauer die Laune verderben könnte«, lachte Martin. »Kommt, wir sollten zusehen, dass wir vorankommen.«

Am späteren Vormittag ließen sie die Dünen hinter sich. Vor ihnen erstreckte sich die Küste: flacher, fester Sand, gesprenkelt mit kleinen hervorstehenden Felsen. Die Sonne glitzerte auf der schimmernden Meeresoberfläche wie Blattgold.

Roy-Ahoi beachtete den Anblick gar nicht und ging unbeeindruckt weiter. Seine drei Gefährten jedoch mussten einfach kurz stehen bleiben und ehrfurchtsvoll die unendliche Weite des mächtigen Wassers bestaunen. Für Waldbewohner, die ein solches Schauspiel noch nie erlebt hatten, war es einfach überwältigend. Es übertraf jedes Vorstellungsvermögen.

Dinny traute seinen Augen nicht, als er zum ersten Mal das Meer erblickte.

»Hajaj, ich tus sehen, aber ich tus nicht glauben können. Wo tut das denn alles herkommen, Roy-Ahoi?«

»Es heißt, es sei immer da gewesen«, antwortete der Spitzmäuserich achselzuckend. »Wie der Himmel und die Erde. Seht ihr den Sand hier mit den Linien darauf, die wie kleine Wellen aussehen? Nun, das ist die Grenze, bis zu der das Flutwasser heraufkommt. Ihr werdet es wahrscheinlich schon bald hereinströmen sehen. Bleibt mit euren Pfoten im weichen Sand, hier, auf dieser Seite von all den Muscheln und dergleichen. Das ist die Gezeitenlinie.«

Dinny war von den Muscheln vollkommen fasziniert. Er hob immer wieder welche auf, und wenn er sie nicht mehr alle tragen konnte, warf er sie fort und begann seine Sammlung wieder von neuem.

Ohne Vorwarnung stieß eine schwarzköpfige Möwe auf sie herab. Alle vier warfen sich flach in den Sand. Roy-Ahoi schlug wie wild mit seinem Stock um sich und erwischte sie am Schnabel. Noch während sie wieder aufstieg, schleuderte Martin mit seiner Wurfschlinge einen Stein, mit dem er sie schwer am Flügel traf.

Die Möwe drehte ab und kreischte erbost. Weitere Seemöwen kamen neugierig herbeigeflogen. Schon bald waren die vier Freunde in schwerer Bedrängnis und mussten sich nach allen Seiten hin gegen Angreifer aus der Luft verteidigen.

Während Martin mit seinem Stock nach einem Austernfischer schlug, rief er zu Roy-Ahoi hinüber: »Hattet Ihr nicht gesagt, dass sie weggehen, wenn wir ihnen zeigen, dass wir keine Angst vor Seevögeln haben?«

Roy-Ahoi schlug einer gemeinen Möwe auf ihre mit Schwimmhäuten versehenen Klauen.

»Das kann man bei diesen Vögeln nie so genau sagen. Schnell, lasst uns in Deckung gehen. Da drüben sind ein paar Felsen!«

Heftig mit ihren Stöcken fuchtelnd, eilten sie am Strand entlang zu der Stelle, wo eine Felsgruppe aus dem Sand herausragte. Dort entdeckten sie zwischen den Felsen eine Spalte, in der sie sich zusammenkauern konnten.

Die Möwen kreisten eine Zeit lang bedrohlich kreischend, stießen im Sturzflug auf die Felsen hernieder, schwenkten jedoch immer wieder im letzten Moment ab. Schließlich gaben sie auf und flogen auf der Suche nach anderer, leichterer Beute davon.

Martin streckte seinen Kopf ins Freie. »Die Luft ist rein, sie sind fort«, meldete er.

Roy-Ahoi kletterte geschwind auf die Felsen hinauf. »Schaut mal, Kumpels – ein Felsentümpel. Holt das Angelzeug heraus.«

Fest zwischen den Felsen eingeschlossen, lag ein wunderschöner, kristallklarer Miniatursee aus Meerwasser. Sie setzten sich an seinen Rand und starrten in die farbenfrohe Tiefe.

»Seht doch, da gibt es Garnelen, genau wie die, die Skipper und seine Crew immer aus dem Moss holen«, rief Gonff. »Was ist denn das, Roy-Ahoi?«

»Wo? Ach das. Ich glaube, man nennt es Seestern. Ist aber zum

Essen nicht so gut geeignet. Seht Ihr das hier, was da am Fels klebt? Das sind Napfschnecken. Man kaut zwar ganz schön lange darauf herum, aber sie sind besser als gar nichts.«

Dinny schüttelte den Kopf. »Hano, Roy-Ahoi, es tun doch Muscheln sein als wie die, die ich im Sand gesammelt haben tu, hajo.«

Der Maulwurf war erstaunt, als es Roy-Ahoi gelang, eine mit seinem Messer abzulösen. Er schälte das Fleisch heraus und schnitt es in Stücke, sodass jeder von ihnen etwas abbekam.

»Ihr müsst sie kauen«, forderte er sie auf. »Na macht schon, sie ist nicht giftig.«

Gonff verzog das Gesicht, als er das unappetitliche Napfschneckenfleisch vor sich sah, aber dann nahm er seinen Mut zusammen, steckte es sich in den Mund und begann, darauf herumzukauen.

»Sehr salzig«, war sein Kommentar. »Ich wette, man könnte sie bis zum Beginn der nächsten Ernte kauen und sie würde immer noch von den Zähnen abfedern. Es ist wohl am besten, wenn man sie im Ganzen hinunterschluckt.«

Martin fand etwas Seetang, der recht milde schmeckte.

»He, probiert das hier doch einmal! Ist wie Goodys Kohl, allerdings ein wenig zu stark gesalzen. Aber trotzdem gar nicht übel.«

Gemeinsam untersuchten sie, welche Geschmacksrichtungen die Vegetation des Felsentümpels zu bieten hatte. Wie sich herausstellte, war es zu schwierig, die Garnelen zu fangen, aber Gonff blieb dennoch fest entschlossen sitzen. Seine Angelschnur hing mit einem Stück Napfschnecke als Köder im Wasser. Ganz langsam wurde der Köder von etwas angenommen, das ihn unter einen Felsvorsprung im Wasser zog.

»Haha, Kumpels, es hat etwas angebissen!«, rief er ganz aufgeregt. »Seht her, hier kommt unser Abendbrot!«

Mit der Unterstützung von Martin zog und zerrte er an der Schnur. Schließlich hievten sie ein kleines, spinnenartiges Wesen mit einer weichen Schale und zwei winzigen Klauen an Land.

»Werft ihn wieder rein. Es ist ein Krebs!«, drängte Roy-Ahoi.

Martin hielt den kleinen Krebs fest, während Gonff versuchte, seine Klauen von dem Köder abzulösen. Am Rande des Tümpels vernahmen sie plötzlich ein scharrendes und rasselndes Geräusch und dann tauchte ein riesiger Rückenschild auf.

Roy-Ahoi durchtrennte die Schnur mit seinem Messer und überließ den Köder dem Babykrebs.

Das Wasser spritzte nach allen Seiten, als es von einem beachtlichen, massigen Körper verdrängt wurde. Vier schwarzgraue gepanzerte Beine krallten sich über den Felsrand.

Es war ein voll ausgewachsener Krebs!

Das Ungetüm stand vor ihnen und seine Augen wedelten auf langen Stielen hierhin und dorthin. Zwei gewaltige Platten öffneten sich und entblößten einen Mund mit nach unten geneigten Mundwinkeln, dem Wasser entströmte und der offen stehen blieb. Aber das Beunruhigendste an dieser Kreatur waren die Scheren. Hoch erhoben sahen sie aus wie gigantische, kraftvolle Zangen, die auf- und zuklappten und dabei ein Geräusch machten, als würde Stahl auf Stein treffen. Sie waren mit Hornknoten besetzt, die wie Zähne aussahen.

»Weicht zurück. Versucht nicht, euch mit ihm anzulegen, ihr habt keine Chance«, sagte Roy-Ahoi, ohne seine Augen von dem wutschnaubenden Krebs abzuwenden. »Geht ganz langsam immer weiter zurück, bis wir wieder Sand unter den Pfoten haben. Und dann sollten wir spurten. Krebse können unglaublich schnell seitwärts flitzen.«

Sie zogen sich vorsichtig zurück. Der große Krebs machte mit seinem Mund eine Blase, senkte seine Scheren, schnappte damit bösartig nach den Eindringlingen und griff an wie der Blitz.

Nun, da es Kladd nicht mehr gab, brauchte Zarina einen neuen Hauptmann der Wache, daher beförderte sie Brogg das Wiesel.

Zunächst genoss Brogg seine Machtposition, aber in letzter Zeit bereute er, dass er sich jemals den Umhang des Hauptmannes hatte umlegen lassen. Das war ganz besonders dann der Fall, wenn er zu einer Unterredung mit der Königin in ihr Gemach hinaufgerufen wurde.

»Brogg, ich habe dich zum Hauptmann ernannt. Du musst Gingivere finden. Er hat Aschenbein entführt.«

»Ja, Euer Majestät.«

»Such dir noch einen Hauptmann aus. Dieses Hermelin, Rattenflanke – der dürfte infrage kommen«, schlug sie vor. »Ich will, dass du dir die ganze Armee vorknöpfst, einen nach dem anderen.«

»Die Armee vorknöpfen, Hoheit?«, fragte er verwirrt.

»Ja, du Grützkopf. Du und Rattenflanke nehmt sie einen nach dem anderen mit hinunter ins Verlies.«

»Ja, Hoheit.«

»Hör jetzt sofort auf, mir ins Wort zu fallen, und sperr deine Ohren auf! Ich höre um mich herum immer nur ›Ja, Hoheit‹ oder ›Nein, Hoheit‹.«

»Ja, Hoheit.«

»Halt die Klappe!«, rief Zarina gereizt. »Nimm sie einen nach dem anderen mit hinunter ins Verlies, ziehe ihnen am Schnurrhaar und prüfe ihr Fell. Stelle fest, ob ihr Schwanz auch wirklich ihr Schwanz ist.«

»Äh, sind sie das denn nicht, Hoheit?«

»Das sollst du ja dabei herausfinden, du Blödian.«

»Ach so. Aber warum, Hoheit?«

Zarina schritt im Zimmer auf und ab und ihre Stimme schwoll zu einem kreischenden Crescendo an. »Weil einer von ihnen Gingivere ist, du Klotz. Er hat sich nur verkleidet. Er ist hier in meiner Festung und schmiedet ein Komplott gegen mich. Sieh zu, dass du hinauskommst und ihn findest!«

Später saß Brogg dann in Gesellschaft von Rattenflanke und mehreren anderen Kumpanen am Tisch in der Baracke. Jetzt gab es nur noch hartes Brot und Pflanzen aus dem Wald zu essen. Brogg nippte an einer Weinflasche.

»Puh, wenigstens ist noch ein Tropfen Apfelwein übrig. Ich sage euch eines, Kumpels, die Königin ist wirklich sehr sonderbar geworden.«

»Ach, ich weiß nicht«, grinste Rattenflanke. »Sie hat immer noch genug Verstand, um ein gutes Hermelin zu erkennen, wenn sie eines sieht. Schaut mich doch an, ich bin jetzt Hauptmann!«

Eines der Frettchen spuckte eine schimmelige Brotkruste aus.

»Ist das so eine Art von Zeremonie, die du durchgeführt hast, Brogg?«, fragte es.

»Was für eine Zeremonie, wovon sprichst du überhaupt, Hundefell?«

»Na ja, du bist doch mit Rattenflanke ins Verlies hinuntergegangen, hast ihm am Schnurrhaar gezogen, ins Fell gezwickt und am Schwanz gezerrt, bevor du ihm den Umhang des Hauptmanns gegeben hast.«

»Oh nein. Vielmehr müsst ihr da alle noch durch.«

»Wie jetzt, willst du damit sagen, dass wir alle zum Hauptmann befördert werden?«

»Herrje! Ich wünschte, der alte Lord Grünauge wäre noch hier, Kumpels«, seufzte Brogg trübsinnig und stützte den Kopf in beide Pfoten. »Oder wenigstens der andere, Gingivere.«

Warme Sonnenstrahlen fielen wie Kaskaden durch die belaubten Bäume und bildeten eine harmonische Einheit mit dem friedlichen Wald von Mossflower. Aus der Ferne ertönte der Ruf eines Kuckucks, und die jungen Farnblätter entrollten ihre sprießenden Spitzen, sodass sie in den erblühenden Brombeerstrauch hineinragten.

Gingivere war seit dem frühen Morgen ostwärts gezogen – er hatte sich nicht ein einziges Mal umgedreht, um nach Brockhall zurückzublicken. Er saß mit dem Rücken gegen eine Platane gelehnt und öffnete die Proviantasche, die ihm die Waldbewohner mit auf den Weg gegeben hatten. Allein schon der Anblick eines trauten Stücks Haferkuchen führte dazu, dass er einen Kloß im Hals hatte. Er musste unweigerlich an all die guten Freunde denken, die er zurückgelassen hatte, ganz besonders natürlich an die beiden Kleinen, Ferdy und Coggs.

Tränen glänzten in seinen Augen, als Gingivere das Essen wieder einwickelte, um dann durch den friedlich erblühenden Wald immer weiter nach Osten zu wandern.

# 33

Martin war sofort zur Stelle, als der Krebs zum Angriff überging. »Beeilung, klettert hinunter«, drängte er seine Freunde. »Ich werde versuchen, dieses Vieh aufzuhalten. Na macht schon, bewegt euch!«

Aber die drei waren nicht dazu bereit, wegzulaufen und ihren Freund im Stich zu lassen. Langsam wichen sie zum Rand der Felsen zurück, während Martin zwar folgte, aber dem Krebs gleichzeitig als Nachhut den Weg versperrte.

Auf seinen langen Beinen trippelnd, griff der Krebs an und wich dann wieder zurück, nur um plötzlich die Richtung zu wechseln und sich von der Seite zu nähern. Da er nicht die Zeit dazu hatte, seine Wurfschlinge herauszuholen, bewarf Martin die erboste Kreatur mit ein paar gut gezielten Steinen. Das Geräusch, das entstand, als sie an der harten Krebsschale abprallten, war ein hohl klingendes Klacken. Immer wenn der Krebs getroffen wurde, hielt er inne und zog seine langen Stielaugen ein. Mit der einen Klaue hoch in der Luft und der anderen auf halber Höhe, rückte er wieder vorwärts – er sah durch und durch aus wie ein Fechter, nur dass der Degen fehlte. Die gewaltigen Scheren öffneten und schlossen sich boshaft klappernd.

Der Höhenunterschied von der Spitze der Felsgruppe, wo sie sich jetzt befanden, bis zum Sand unten am Fuße der Felsen war bedrohlich groß. Roy-Ahoi stand am Rand und schwankte, er musste angesichts der Schwindel erregenden Höhe seine Augen schließen. Ohne lange zu zögern, packte Gonff das zerzauste Fell des Spitzmäuserichs mit einer Pfote, hielt sich mit der anderen an Dinnys Grabklaue fest und sprang.

Als Dinny spürte, dass er von der glatten Felsoberfläche heruntergezogen wurde, ergriff er mit seiner freien Grabklaue Martins Schwanz.

Der Krebs raste blitzschnell nach vorne, musste aber feststellen, dass er mit seinen Scheren ins Leere gegriffen hatte. Mit den Pfoten im Fell, an der Klaue und am Schwanz festgeklammert, segelten die Gefährten rückwärts ins Leere und stürzten hinab, wobei sie die vorspringenden Felsen nur knapp verfehlten.

*Plumps!* Mit einem dumpfen Aufprall, der ihnen den Atem verschlug, landeten sie platt im Sand des Strandes.

Martin hatte sich als Erster von dem Sturz erholt. Er setzte sich auf und rieb sich seinen Rücken, es fühlte sich an, als sei ihm der Schwanz an den Wurzeln herausgezogen worden. Dinny lag mit dem Gesicht nach unten. Er hob den Kopf, spuckte Sand aus und blickte zu den Felsen hinauf.

»Herraja! Tut nur hinschauen, er tut pfeilgerade nunterkommen!«, warnte er.

Und richtig, der Krebs hastete seitwärts krabbelnd die Felsen hinunter und kam mit überraschender Wendigkeit auf sie zu.

Ungeachtet seiner Verletzungen, stürmte Martin los, um sich dem gepanzerten Scheusal entgegenzustellen, während seine Freunde sich noch von dem Sturz erholten. Er packte einen Stock und schlug damit kräftig auf die Kreatur ein.

Mit einem lauten *Klack* fing das Krustentier den herumwirbelnden Stock mit beiden Scheren, umklammerte ihn sofort ganz fest und entriss dem Krieger die Waffe.

Mit dem Gefühl vollkommener Hilflosigkeit bereitete Martin sich auf den nächsten Zug des Krebses vor.

Der Krebs hielt den Stock fest gepackt und schüttelte ihn wie wild, er wirbelte und tänzelte im Sand herum, wobei sein schlitzförmiger Mund offen stand und schäumte. Martin konnte nur verblüfft zusehen, wie das Ungeheuer tanzend herumhopste und den Stock in seinen mörderischen Scheren hochhielt.

Roy-Ahoi zerrte an der Pfote des Kriegers. »Nun kommt schon, Martin. Lasst uns abhauen, solange wir es noch können. Der Kerl scheint den Stock nicht loslassen zu wollen!«

»Pah!«, schnaubte Gonff. »Das hat mit Wollen nichts zu tun. Er ist nicht intelligent genug, um den Stock loszulassen. Seht Ihr es denn nicht?«

Gonff gesellte sich zu dem Krebs und begann tatsächlich, mit ihm herumzutanzen, als wolle er beweisen, dass er Recht hatte. Sie tanzten immer wieder im Kreis herum, wobei Gonff jede Drehung und Wendung seines merkwürdigen Partners nachäffte. Erbost wedelte der Krebs mit seinen Stielaugen, öffnete und schloss seinen Mund und tänzelte wie verrückt umher, wobei er den Stock immer noch fest gepackt hielt.

Martin und seine Freunde strichen sich über ihre schmerzenden Rippen und versuchten, nicht zu sehr zu lachen. Als sie Gonffs Possen sahen, liefen ihnen Lachtränen die Wangen hinunter.

»Oh hahahahooohooo. Hör auf, Gonff, bitte«, bettelte Martin. »Hihihihahaha. Komm da weg und lass das alberne Biest in Ruhe. Hahahaha!«

Gonff blieb stehen und machte vor dem wutschnaubenden Krebs eine höfliche Verbeugung. »Ich danke Euch, mein Herr. Ihr seid in der Tat ein wundervoller Tänzer.«

Der Krebs stand da und starrte Gonff mit einer Mischung aus Wildheit und Verwirrung an, während der Mäusedieb mit seinen höflichen Komplimenten fortfuhr.

»Oh, ich hoffe doch, dass wir uns beim nächsten Jahresball vom

Felsentümpel wieder treffen. Diese Garnelen sind so unbeholfen, wisst Ihr? Sie treten einem ständig auf die Pfoten. Sie sind nicht halb so gut wie Ihr. Übrigens, wo habt Ihr eigentlich so gut tanzen gelernt? Trotz all der Beine, die Ihr unter einen Hut bekommen müsst, seid Ihr nicht ein einziges Mal ins Stolpern geraten. Du meine Güte. Wir müssen das unbedingt irgendwann einmal wiederholen.«

Der Krebs stand mit hochgehaltenem Stock still da. Er sah zu, wie die vier Abenteurer sich entlang der Gezeitenlinie entfernten, ihr Gelächter und ihre Späße vermischten sich mit dem leichten Wind.

»Hahahaha! Wenn ich das Columbine erzähle. Vielleicht gibt er ihr ja Tanzunterricht, wenn wir durch Zufall jemals wieder hier vorbeikommen, hahaha!«

»Hajo, er tät einen wundervollen Stepptänzer abgeben.«

»Wie sieht es denn mit dir aus, Din? Du hättest doch mitmachen können, dann hätten wir zu dritt ein Tänzchen aufs Parkett gelegt.«

Es war ein ereignisreicher Tag gewesen. Jetzt wo die mittäglichen Schatten langsam länger wurden, kam die Flut herein. Die Freunde folgten ihrem ermüdenden Weg die nicht enden wollende Küstenlinie entlang. Standhaft erhob sich Salamandastron in der Ferne und schien nicht im Geringsten näher zu kommen.

Müde und entmutigt zogen sie weiter, nagender Hunger und Durst machten ihnen zu schaffen. Abgesehen von dem gelegentlich auftauchenden neugierigen Meeresvogel, den sie mit Gewalt vertreiben mussten, waren sie vollkommen allein.

Roy-Ahoi schirmte seine Augen ab und zeigte geradeaus. »Seht doch mal, was treiben denn die Vögel da hinten?«

Ein Stück voraus kreisten Möwen, die immer wieder herabstießen. Zwei schwarze, unförmige Gestalten lagen im Sand. Die Angriffe der Vögel richteten sich in erster Linie gegen die kleinere von beiden.

Sie waren gespannt darauf, zu sehen, was dort vor sich ging, und so fielen die Weggefährten in einen Trab. Als sie sich dem Schauplatz näherten, wurde es offensichtlich, dass die Möwen ein Lebewesen bedrängten. Ganz in seiner Nähe befand sich ein baufälliger Schuppen, den sie aus der Ferne für eine zweite Gestalt gehalten hatten.

Martin wirbelte seine Schleuder und begann zu rennen.

»Na kommt schon, Kumpels. Wir werden diese Aasfresser vertreiben. Zum Angriff!«

Das Lebewesen war eine dünne, zerlumpte Ratte. Skrupellos pickten und zerrten die Möwen an ihr, während sie da so ungeschützt im Sand lag.

Unter dem heftigen Ansturm von Steinen und Stöcken waren die Seevögel gezwungen aufzusteigen; kreischend kreisten sie über den Störenfrieden, die sie um ihre Beute gebracht hatten. Schließlich flogen sie auf der Suche nach einem leichteren Opfer davon.

Martin kniete nieder und nahm den Kopf des Tieres in den Schoß. Es war ein sehr alter und ausgemergelter Rattenmann.

»Ist ja schon gut, mein lieber Greis«, sagte er und strich ihm den Sand aus seinen wässrigen Augen. »Wir sind Freunde. Ihr seid jetzt in Sicherheit.«

Roy-Ahoi berührte die schlaffe Pfote des Greises. »Spart Euch Eure Worte, Martin. Der hier hat das Tor zum Wald des ewigen Dunkels bereits durchschritten.«

»Tot?«

»Ja, mausetot. Er muss wohl schon so ziemlich am Ende gewesen sein, als die Vögel ihn entdeckten. Schaffen wir ihn in seine Hütte.«

Gemeinsam trugen sie den Rattenmann in die heruntergekommene Behausung. Dort legten sie ihn behutsam in eine Ecke und bedeckten den Leichnam mit einem alten Stück Segeltuch. Dann durchstöberte Gonff die Hütte.

»Seht doch, Kumpels, Wasser und Vorräte«, rief er triumphierend aus.

Es gab eine kleine Menge getrockneter Garnelen und Seetang, dann war da noch ein Beutel mit zerkrümelten Keksen, aber am allerwichtigsten waren zwei ausgehöhlte Flaschenkürbisse mit sauberem Süßwasser. Dinny fand ein Treibholzlager. Mit einem Feuerstein aus Martins Wurfgeschosstasche und dem Stahl von Gonffs Dolch entfachte er ein kleines Feuer.

»Der Arme. Ich tu mich fragen, was er wohl gewesen sein tut, hajo.« Der Maulwurf schüttelte traurig den Kopf.

Roy-Ahoi füllte ein paar Muschelschalen mit Wasser.

»Eine Seeratte, daran besteht gar kein Zweifel. Er ist früher an ein Ruder gekettet gewesen. Ich habe die Narben an seinen Pfoten gesehen. Meine sahen auch mal so aus.«

Martin fand eine dickwandige, tiefe Muschelschale, die von außen ganz schwarz gebrannt war. Er begann, Garnelen zu zerkleinern und mit Seetang zu vermischen.

»Ihr sagtet, dass sie andere Tiere als Galeerensklaven einsetzen, dies war aber doch eine Ratte.«

Roy-Ahoi goss Wasser über die Zutaten und stellte die Schale auf zwei Steinen über das Feuer.

»Das stimmt auch, aber bei Seeratten kann man nie so genau wissen. Sie sind bösartig und grausam. Vielleicht hatte dieser hier seinen Hauptmann beleidigt. Ich habe erlebt, wie sie zusammen lachten und tranken und dann im nächsten Augenblick wegen irgendeiner lächerlichen Kleinigkeit übereinander herfielen und sich bis aufs Messer bekämpften.«

Die Nacht senkte sich und die am grauen Himmel dahinziehenden Wolkenbänke färbten sich purpurrot. Eine steife Brise wehte von der Seeseite her, während die vier Gefährten einen kurzen Moment lang schweigend dastanden und der bedauernswerten, in Leinen gewickelten Gestalt in dem kleinen Grab, das Dinny im Sand ausgehoben hatte, die letzte Ehre erwiesen. Dann sahen sie zu, wie der Maulwurf das Loch wieder zuschüttete und den Hügel mit farbigen Muschelschalen verzierte, die er gefunden hatte.

»Es tut nicht arg viel sein, aber immer noch mehr, als wie eine Seeratte für uns tun würde, hajo.«

Salamandastron hob sich glutrot gegen den dunklen Himmel ab, während Gonff zu singen begann:

*»Die Flut steigt immer wieder an,*
*die Ebbe folgt, das muss so sein.*
*Du ruhst nun tief im Küstensand,*
*spürst keinen Hunger, keine Pein.*
*Der Morgen bringt das Sonnenlicht,*
*die Jahreszeiten wechseln viel.*
*Fort von zu Haus trieb uns die Pflicht,*
*Salamandastron heißt das Ziel.«*

Roy-Ahoi schauderte es. Er drehte sich zur Hütte um. »Kommt, ihr drei. Die Suppe müsste jetzt fertig sein.«

Martin verneigte sich zum Abschied vor ihrem Wohltäter und folgte dem Spitzmäuserich ins Haus.

»Jaja, das Leben muss weitergehen«, stimmte er zu. »Ein trockenes Plätzchen zum Schlafen, ein warmes Feuer, etwas zu essen und eine ruhige Nacht können wir alle gut gebrauchen. Morgen werden wir dann zum Feuerberg gehen.«

Ein ganzes Stück nordwestlich des Weidencamps bereiteten die Maulwürfe sich in Sichtweite des Flussufers auf ihre Arbeit vor. Sie wollten in Kürze mit den großen Tunnelgrabungen beginnen.

Tschipp sah ihnen von einer Platane aus zu. Der gefiederte Spion befand sich so gut wie im Ruhestand. Er hatte einen beachtlichen Vorrat an kandierten Nüssen angehäuft, die er als Gegenleistung für seine Dienste erhalten hatte. Dennoch dachte er sich, dass es ja nicht schaden könne, wenn er sich die eine oder andere zusätzliche Nuss verdiente, indem er hier Wache schob.

Der Vormaulwurf und Alt-Dinny schritten den Boden ab, nahmen Maß und machten die Planung, wobei sie mit Fachbegriffen nur so um sich warfen.

»Wir tun fei festen Boden brauchen, hajo. Und auch Wurzeln zur Verankerung, hojoj.«

»Hajaj, und die Neigung tut allerweil stimmen müssen, damit dass das Wasser in die richtige Richtung fließen tut, bohörr.«

»Und Felsenschlepper. Billum tät einen sakrisch guten Felsenschlepper abgeben, haja.«

»Das tut wahr sein, aber tu aufpassen, dass du keinen alten Tunnel kreuzen tust. Wir tun ja nicht wollen, dass die Flut grad falsch fließen tut, hano.«

Hoch oben in den Bäumen saß Ambras Mannschaft und ließ Holz für die Schleusentore hinunter.

»Aufgepasst, da unten!«

»Lass das Ende zur Seite kippen, Borkenbursche.«

»Aus dem Weg, Kleiner!«

»Alles klar. Ihr könnt loslassen!«

Am Boden schälten die Mäuse aus Loamhedge die Rinde vom Holz ab, glätteten es und fügten es zusammen. Äbtissin Germania krempelte sich ihre weiten Ärmel hoch und packte voller Begeisterung mit an. »Columbine! Hier, Kind, setze dich auf dieses Ende des Baumstammes und halte ihn gut fest«, rief sie. »Ich werde die Stelle markieren, wo die Fuge angebracht werden soll.«

»Tschuldigung, Äbtissin. Wo sollen denn diese Kiefernäste hinkommen?«, fragte ein starker junger Mäuserich.

»Bring sie da hinüber. Herr Stichler hat seinen Kleinen aufgetragen, die Rinde und die Äste von dem neuen Holz zu entfernen.«

»He, Ferdy! Ich glaube, ich möchte doch lieber ein Zimmermann werden und kein Krieger«, beschloss Coggs. »Und du?«

»Ach, ich werde einfach ein kriegerischer Zimmermann, Coggs.

Posy, kannst du mal damit aufhören, Muster zu schnitzen? Du sollst einfach nur die Rinde entfernen.«

»Oh, schaut doch mal! Da kommt Frau Bella mit ein paar großen Steinen. Mannometer, sie ist wirklich unglaublich stark!«, rief Posy.

»Kann ich die Steine hier liegen lassen, Spike? Puh! Ich muss jetzt noch ein paar holen. Ich habe eben Goody durch den Wald kommen sehen – ich glaube, es gibt Bucheckern-Krümelspeise und Holunderbeerkrapfen zum Mittagessen.«

»Hurra, meine Lieblingsspeisen!«, rief Ferdy entzückt.

»Aber vergesst nicht, euch eure Pfoten im Fluss zu waschen, bevor ihr mit dem Essen beginnt«, ermahnte Bella sie.

»Aber Frau Bella, wir Arbeiter haben nun einmal dreckige Pfoten«, protestierte Coggs. »Daran erkennt man doch, dass wir hart gearbeitet haben.«

»Ach, und was ist mit Kindern? Die bekommen schon beim Spielen dreckige Pfoten. Ihr werdet sie euch mit etwas Flusssand wieder sauber schrubben – auch du, mein kleiner Coggs.«

Nach dem Mittagessen hielten die Waldbewohner sich bereit, bis Alt-Dinny zu dem Platz geführt wurde, an dem das Graben der Tunnel beginnen sollte.

Von den Maulwürfen waren drei junge Meistergräber vor Ort – Billum, Lehmwerfer und Erdklaue. Sie traten respektvoll beiseite, als der Vormaulwurf Alt-Dinny vorwärts geleitete. Billum überreichte dem greisen Maulwurf einen Becher mit Oktoberbier. Er stürzte das meiste davon in einem Zug hinunter. Den Rest goss er auf die Stelle, wo die Arbeit beginnen sollte, dann sprach er:

*»Wir Maulwürf tun tunneln, tief und weit.*
*Wir Maulwürf tun graben, zu jeder Zeit.«*

Der Vormaulwurf nickte anerkennend. Alt-Dinny war ein recht feierlicher Maulwurfsdichter. Er erhob eine knorrige Klaue und gab den drei Meistern das Startsignal. Unter lauten Anfeuerungsrufen stürzten sie sich mit Leib und Seele in die Arbeit. Weitere Mannschaften folgten ihnen, um den Tunnel zu verbreitern und abzustützen.

Der große Tunnelbau von Mossflower hatte begonnen!

Hoch oben in einer großen Ulme, verborgen hinter dem dichten Blätterdach, saß eine Ringeltaube und wurde Zeuge einer sehr merkwürdigen Begebenheit im Wald südlich von Kotir. Zarina, die mit Pfeil und Bogen bewaffnet war, sprach mit dem sie umgebenden Laubwerk.

»Ich weiß, dass du da bist, Bruder. Es hat doch keinen Sinn, sich zu verstecken. Die Königin der Tausend Augen wird dich sowieso finden, da kannst du ganz sicher sein.«

Die Ringeltaube blieb mucksmäuschenstill sitzen. Sie dachte ja gar nicht daran, einer mit Pfeil und Bogen bewaffneten Wildkatze als leichtes Ziel zu dienen, selbst wenn die es gar nicht auf sie abgesehen hatte.

»Nun komm schon raus, Gingivere. Zeige dich. Wir sollten diese Angelegenheit unter uns ausmachen.«

Die Herausforderung wurde mit Schweigen quittiert. Zarina lächelte verschlagen.

»Du denkst, du bist schlau, nicht wahr? Haha, nicht halb so schlau wie deine Schwester. Ich habe dein kleines Spielchen durchschaut. Ich werde dich schon finden!«

Die Wildkatzenkönigin trottete weiter durch den lautlosen Wald, hin und wieder versteckte sie sich hinter einem Baum, oftmals verfolgte sie ihre eigene Spur ein Stück weit zurück und immer war sie in Alarmbereitschaft.

Brogg und Rattenflanke saßen in der Speisekammer. Sie hatten beschlossen, dass es ihnen als Hauptmännern zustand, einen Teil der noch vorhandenen Vorräte zu probieren. Die beiden Offiziere stopften sich mit Brot voll und schlürften Apfelwein aus einem halb vollen Fass.

Plötzlich klopfte es an der Tür. Hastig schluckten sie alles hinunter und wischten sich ihr Schnurrhaar sauber. Brogg stand auf, stampfte herum, trat gegen Säcke und tat so, als überprüfe er die Fässer, dann rief er schließlich: »Ja? Wer ist da?«

»Hier ist Schieler das Hermelin, Herr Hauptmann«, piepste eine dünne, quäkende Stimme zurück.

Die beiden atmeten auf.

»Komm rein, Schieler. Was willst denn? Gibts Neuigkeiten?«, fragte Brogg.

Das Hermelin trat ein und nahm vor seinen Vorgesetzten Haltung an. »Ich bin Ihrer Majestät gefolgt, genau wie Ihr es mir aufgetragen habt, Hauptmann Brogg.«

»Und? Wo ist sie hingegangen?«

»Nach Süden, in den Wald von Mossflower. Sie hat Pfeil und Bogen mitgenommen. Ich bin in Sichtweite geblieben und habe sie beobachtet. Es war schon irgendwie merkwürdig, immer wieder duckte sie sich, tauchte dann wieder auf, versteckte sich hinter Bäumen und so weiter.«

»Und was sollte das?«

»Es geht um ihren Bruder – Ihr wisst doch, Gingivere. Immer wieder rief sie seinen Namen. Es ging eine Ewigkeit so weiter. Da dachte ich mir, dass es besser ist, wenn ich zurückkomme und Euch Meldung mache.«

Rattenflanke wischte sich einen Krümel von seiner Pfote. »Gut gemacht, Schieler«, setzte er an.

Brogg brachte ihn zum Schweigen. »Du bist still. Ich bin hier derjenige, der die Befehle erteilt.«

Er drehte sich zu dem unglückseligen Hermelin um. »Du dachtest also, dass es besser ist, wenn du zurückkommst und Meldung machst, was? Wer hat dir überhaupt die Erlaubnis zum Denken gegeben? Ist dir eigentlich klar, dass du deine Königin da draußen im Wald, wo sie jeder umherstreifenden Bande von Waldbewohnern auf Gedeih und Verderb ausgeliefert ist, ganz allein gelassen hast?«

»Aber Hauptmann, Ihr habt mir doch gesagt, ich soll –«

»Ruhe! Du sprichst gefälligst nur, wenn man dich dazu auffordert, Hermelin. Du wirst jetzt im Schnellschritt wieder da rausgehen, mein Freundchen, und wage es ja nicht, vor Ihrer Hoheit zurückzukommen. Das ist ein Befehl!«

Schieler blieb verwirrt stehen, bis Rattenflanke ebenfalls begann, ihn zu beschimpfen.

»Du hast gehört, was Hauptmann Brogg gesagt hat. Im Schnellschritt marsch! Eins-zwei, eins-zwei, eins-zwei. Nun aber mal flott, Schieler!«

Das Hermelin machte kehrt und marschierte aus der Speisekammer. Brogg und Rattenflanke ließen sich rückwärts auf die Säcke fallen und lachten aus vollem Halse.

»Hohohoho, das ist mir vielleicht ein Schwachkopf. He, das Hauptmannleben gefällt mir recht gut, Brogg.«

»Ganz meine Meinung«, stimmte Brogg zu. »Bring du da oben die Truppen auf Trab, während ich hier unten weiter die Speisekammer inspiziere, ja?«

»Geht in Ordnung, Hauptmann Brogg. Ich werde hinaufgehen, sie alle zur Waffeninspektion heraustreten lassen und dann ein paar mit Arrest bestrafen, weil ihre Speere schmutzig sind. Ihr könnt ja hier unten mit Eurer Inspektion weitermachen.«

»Hihihi. So ist es richtig, Hauptmann Rattenflanke. Bring du sie mal ordentlich in Schwung.«

Als sein Kumpan fortgegangen war, wühlte Brogg unter ein paar Säcken herum. Er entdeckte dort einen Steintopf, der noch zur Hälfte mit Erdbeermarmelade gefüllt war. Er stülpte sich das Gefäß über seine Schnauze und klopfte mit seiner Pfote gegen den Boden, um die süße, klebrige Masse abzulösen. Nur ein kleiner Teil davon landete wirklich in seinem Mund, der Rest blieb an seiner Nase und dem Schnurrhaar kleben; er gab ein marmeladiges Kichern von sich.

»Hihi, hmmmm, mmmmm. Dieses Zeug ist wirklich viel zu schade für die Truppen!«

Schieler stürmte aufs Geratewohl durch den Wald, zwängte sich durchs Gebüsch, zertrat Zweige und Äste und war nur darauf bedacht, die Spur nicht zu verlieren.

Zarina ahnte nicht, dass Brogg jemandem den Befehl erteilt hatte, ihr zu folgen. Verstohlen schlüpfte sie hinter einen Stechginsterstrauch, legte einen Pfeil an die Bogensehne und beobachtete aufmerksam ihren geräuschvoll herannahenden Verfolger.

»Komm zu mir, Gingivere«, sang sie leise vor sich hin. »Lauf schnell! Deine Schwester erwartet dich schon.«

Blindlings bahnte Schieler sich seinen Weg an dem Stechginster vorbei. Die Sehne surrte erbarmungslos.

Er lag mit dem Gesicht nach unten und der Pfeil ragte aus seinem Nacken. Zarina stand über dem getöteten Hermelin, ihre vom Wahnsinn getrübten Augen sahen nur, was sie sehen wollten.

»Na, das wars dann wohl, Bruder. Du wirst mich nie wieder hinters Licht führen!«

## 34

Die Flaschenkürbisse mit Wasser waren an zwei Enden eines Stockes festgeschnürt worden; alle Nahrung, die sich irgendwie verpacken ließ, wurde mitgenommen. Jetzt wo sie keinen Hunger mehr verspürten und der Berg schon viel näher war, schritten die vier Abenteurer mit ganz neuem Schwung dahin.

Seit dem frühen Morgen waren sie unterwegs, froh, die Hütte und die Erinnerung an deren toten Bewohner hinter sich gelassen zu haben. Sie kamen jetzt viel schneller und leichter voran und auch das Wetter blieb ihnen hold. Am späten Nachmittag machten sie an einem flachen Felsentümpel Rast.

Roy-Ahoi kaute auf einem Keks herum, ließ aber nicht eine Minute den Krebs aus den Augen, der unter einem Felsen steckte.

»Mir gefallen diese Viecher nicht. Man kann nie genau sagen, wann einer von ihnen sich auf einen stürzen wird.«

Gonff plätscherte mit seinen Pfoten in dem von der Sonne erwärmten seichten Wasser. »Ach, ich weiß nicht. Ich wäre einer Tanzstunde gar nicht abgeneigt, wenn unser Freund hier Lust dazu hat.«

Bei dem Gedanken an ihr letztes Zusammentreffen mit einem Krebs mussten sie lachen.

Martin blickte zum Salamandastron auf. »Seht ihr, man kann das Licht nur ganz schwach erkennen. Was es auch immer sein mag, es brennt unablässig. Glaubst du, es ist ein Feuerdrache, Din?«

»Haja, ich tu keine Ahnung nicht haben von solchartigen Wesen. Herraja, Feuerdrachen, du meine Pfote! Was mein alter Großvater wohl dazu sagen tät?«

»Das kann ich dir auch nicht sagen, aber eines weiß ich ganz genau«, sagte Roy-Ahoi und wies mit dem Kopf zum Berg hin. »Dieser Ort ist das Einzige, was zwischen den Seeratten und dem Land steht. Sie fürchten und hassen ihn.«

Gonff trocknete sich die Pfoten. »Warum gehen sie denn nicht einfach drum herum?«

»Wahrscheinlich einfach nur deswegen, weil er da ist, nehme ich an«, antwortete Roy-Ahoi mit einem Achselzucken. »Der Berg ist eine Herausforderung. Das Schiff, auf dem ich war, mied diesen Ort wie die Pest. Anders war es bei Käpten Fangzahn, dem Kapitän der *Blutkiel*; er hat von allen Seeratten die schwärzeste Seele. Fangzahn hat viele Schlachten um Salamandastron geführt. Es heißt, er habe einen Eid geschworen, nicht eher zu ruhen, als bis er über diesen Berg herrscht.«

Martin stand auf und reckte sich. »Aber was befindet sich da oben? Wogegen kämpfen sie denn überhaupt?«

Roy-Ahoi schüttelte den Kopf. »Manche sagen dies, andere wieder das. Feuerdrachen, bewaffnete Ungeheuer oder Gespenster, die ein Lebewesen niederstrecken können, ohne es überhaupt zu berühren, Genaues weiß man nicht.«

»Wir sind die Einzigen, die die Wahrheit herausfinden können«, bemerkte Gonff und warf sich den Proviantsack über die Schulter. »Was für eine Chance haben Ungeheuer gegen den König der Mäusediebe, einen Krieger und einen Meistergräber, von einem Spitzmäuserich wie Euch ganz zu schweigen, Kumpel. Kommt! Lasst uns aufbrechen.«

Es war gegen Abend, und der Berg über ihnen leuchtete hell, als Martin zum ersten Mal bemerkte, dass sie beobachtet wurden.

»Siehst du irgendetwas, Gonff?«, fragte er, nachdem er seinen Gefährten davon erzählt hatte.

»Nein, Kumpel, aber ich weiß, was du meinst. Ich kann spüren, wie sich meine Nackenhaare aufstellen. Und was ist mit dir, Klein-Dinny?«

»Ojoj, meine Grabklauen tun mir was erzählen, aber ich tu nicht wissen, was es sein tut, hano.«

Roy-Ahoi stimmte ihnen ebenfalls zu. »Richtig, es ist wirklich nur so eine Art Gefühl. Seht ihr diesen Felsbrocken, oder was immer es sein mag, da vorne an der Gezeitenlinie? Ich könnte schwören, dass er sich eben noch bewegt hat.«

»Starrt auf keinen Fall hin«, warnte Martin sie. »Geht einfach weiter. Wir werden gleich so tun, als ob wir unser Lager für die Nacht aufschlagen, werden uns aber mit den Pfoten an den Waffen auf die Lauer legen und vor allem einen kühlen Kopf bewahren. Dann werden wir ja sehen, was geschieht.«

Die Gefährten wählten einen Platz, der ein Stück weit von den Felsen entfernt im offenen Gelände lag. Sie entfachten ein kleines

Feuer aus Treibholz und legten sich darum, wobei sie sich allerdings sehr verletzbar und ungeschützt vorkamen.

Zum Schutz vor dem flackernden Feuer verengte Martin seine Augen zu Sehschlitzen; er umklammerte seine Wurfschlinge mit der einen Pfote und hielt seinen Schwertgriff in der anderen. Qualvoll zog sich die Zeit hin, und noch immer gab es kein Anzeichen dafür, dass sich etwas rührte. Die Freunde begannen schon zu glauben, dass ihr Verdacht vielleicht unbegründet war. Es war Nacht geworden und die Luft war recht lau; nicht die leiseste Brise bewegte den losen Sand.

Das Feuer brannte langsam herunter.

Ganz gegen seinen Willen wurde Martin mit der Zeit müde. Er war krampfhaft darum bemüht, die Augen offen zu halten. Dinnys leise Schnarchgeräusche drangen an sein Ohr. Gonff lag viel zu still, um noch ganz wach zu sein.

»Sagt einmal, seid ihr Burschen etwa den reizenden alten Seeratten entwischt?«, flüsterte eine Stimme sanft in Martins Ohr.

»Nein, wir sind den weiten Weg aus Mossfl...«, murmelte Martin schläfrig.

Dann sprang er auf und wirbelte mit seiner Schleuder.

Direkt zwischen ihnen lagen drei Hasen am Feuer.

Der Mäusekrieger war erschüttert und ärgerte sich über sich selbst. »Steht auf und kämpft, ihr elenden Schleicher!«, forderte er sie heraus.

Der am nächsten sitzende Hase hielt seine Pfoten hoch, um zu zeigen, dass sie unbewaffnet waren. Seine Gefährten lächelten die Abenteurer unschuldig an.

»Hallo, Jungs. Ich bin Trabbs.«

»Ich heiße Wother. Großes W und ein O, ist eben so.«

»Ich bin Ffring. Doppel-F, ohne E. Wie gehts, wie stehts?«

Martin fiel die Schleuder aus der Pfote. »Äh, sehr gut, danke. Wie seid ihr denn hierher gekommen?«

»Och, erst hier und dann da entlang, alter Knabe.«

»Ducken und schlängeln, so wirds gemacht.«

»Wie in drei Teufels Namen kommen wir überhaupt jemals irgendwo hin?«

Dinny kratzte sich an der Nase und starrte die sandfarbenen Hasen angestrengt an. Es war schwer, sie vor dem Hintergrund zu erkennen.

»Drabbs oder wie tut noch mal der Name gewesen sein?«, fragte er schläfrig.

»Nein, nein. Es heißt Trabbs, alter Bursche.«

»Wother, stets zu Diensten.«

»Haha, dann muss ich ja wohl Ffring sein, nehme ich an.«

Da ergriff Gonff das Wort. Er hatte sofort erkannt, dass das merkwürdige Trio ihnen freundlich gesinnt war. Er verneigte sich tief.

»Es ist mir ein Vergnügen, euch kennen zu lernen. Ich heiße Gonff, König der Mäusediebe. Dies ist unser Anführer, Martin der Krieger. Dann haben wir da noch Klein-Dinny, den weltbesten Gräber, und der Neuzugang in unserer kleinen Gruppe ist Roy-Ahoi, ein Spitzmäuserich und ausgezeichneter Bootsbauer.«

Ein herzliches Pfotenschütteln folgte, dann luden die Abenteurer die drei Hasen ein, sich doch zu ihnen ans Feuer zu setzen. Martin und seine Freunde fanden es äußerst amüsant, zu hören, wie die Hasen sich beim Sprechen abwechselten und ergänzten.

»Nun denn. Es ist recht behaglich hier. Erzählt uns doch mal von euch.«

»Genau! Aus welcher Ecke des Landes kommt ihr Burschen denn nun?«

»Ihr kommt von weit her, nicht wahr?«

Martin erklärte, worin ihre Aufgabe bestand. Als er den Namen von Bellas Vater, Keiler dem Kämpfer, erwähnte, wechselten die Hasen vielsagende Blicke. Der Krieger fuhr mit der Geschichte fort, bis er an dem Punkt angelangt war, wo sie die Ratte am Ufer gefunden hatten.

»Tja, das wäre unsere Geschichte«, schloss er. »Nun erzählt aber mal von euch. Wie kommt es, dass man euch drei hier am Ende der Welt neben einem Feuerberg antrifft?«

»Das wäre sicherlich aufschlussreich.«

»Äh, haha. Ganz deiner Meinung, altes Haus.«

»Oh ja, ganz richtig.«

Es war gelinde gesagt schwierig, von Trabbs, Wother oder Ffring eine direkte Antwort zu erhalten. Gonff versuchte es auf die lässige Art.

»Na ja, ihr könnt entweder hier bei uns bleiben, Kumpels, oder euren eigenen Angelegenheiten nachgehen. Wir müssen jedenfalls zusehen, dass wir eine gute Mütze Schlaf bekommen, damit wir morgen den Berg besteigen können.«

Die drei Hasen rutschten unruhig hin und her, dann schlugen sie einen förmlichen Ton an.

»Ja, der Berg … Ehrlich gesagt sind wir zu euch heruntergeschickt worden.«

»Damit wir euch zum Berg führen, versteht ihr?«

»Würde es euch schrecklich viel ausmachen, uns zu begleiten?«

Roy-Ahoi klatschte begeistert in die Pfoten. »Haha, jetzt kommt ihr endlich zur Sache.«

Die Hasen wedelten zufrieden mit ihren langen Ohren.

»Ja, da könntet ihr Recht haben, wir kommen wirklich zur Sache.«

»Aber nie einer alleine. Immer zusammen, wie euch sicherlich aufgefallen ist.«

»Es ist schon irgendwie albern. Ich hoffe doch, ihr vergebt uns, nicht wahr?«

»Kumpels«, kicherte Gonff, »wir würden euch alles vergeben, wenn ihr uns nur den Berg hinaufführen könntet.«

»Hmm, es geht eigentlich gar nicht bergauf, seht ihr es denn nicht?«

»Nein, es ist mehr bergunter, wisst ihr?«

»Zumindest sind wir froh, dass ihr mit uns kommt, Jungs.«

Dinny kratzte sich am Kopf. »Haja, wir tun schon mit euch kommen. Aber wer tut euch zu uns geschickt haben?«

»Das werdet ihr schon bald sehen.«

»Oh ja, das werdet ihr.«

»Absolut korrekt.«

Martin löschte das Feuer mit Sand. »Na gut. Dann zeigt uns mal den Weg, Trabbs, Wother und Ffring.«

»Oh, also ich würde sagen … Wunderbar. Aber gehen wir doch alle zusammen.«

»Es führt niemals nur einer, hier machen wir alles zu dritt, nicht wahr?«

»Tolle Idee, Kameraden.«

Als sie auf den Berg zugingen, zogen die drei Hasen eigenartig geformte Muscheln hervor. Gleichzeitig bliesen sie hinein, und es ertönte ein dreifacher Ton, der sich fast so anhörte wie der Klang dreier kleiner Trompeten. Das Echo hallte weit über den stillen Strand. Sogleich leuchtete ihre Umgebung wie am helllichten Tage, denn ein gewaltiger Feuerstrahl stieg vom Salamandastron auf. Eine donnernde Stimme dröhnte mit unglaublicher Wucht durch die Luft.

»Kommt in Frieden zum Berg der Feuersalamander!«

Als Roy-Ahoi den gigantischen Ruf vernahm, warf er sich mit dem Gesicht nach unten in den Sand und hielt sich mit beiden Pfoten die Ohren zu; die Hasen hingegen schienen ihn kaum wahrzunehmen.

»Ach herrje, der alte Roy-Dingsda ist umgefallen.«

»Dem muss ja wohl angst und bange vor dem Gedröhne sein, was?«

»Das denke ich mal. Hoch mit dir, alter Knabe.«

Sie kamen zu einem schmalen Durchgang zwischen dem Sand und den Felsen, den sie im Gänsemarsch passieren mussten. An seinem Ende befand sich eine kleine Höhle. Trabbs zog an einer verborgenen Kordel. Sie mussten beiseite springen, als eine schwere Leiter aus einer verdunkelten Nische über ihnen herunterpolterte.

»So, dann mal rauf mit dir, mein Junge.«

»Nein, nein. Nach dir, alter Knabe.«

»Also wirklich, ich bestehe darauf.«

Martin sprang die Sprossen der Leiter hinauf. »Also, wenn ich euch dreien damit die Streiterei erspare, dann gehe ich zuerst.«

»Was für eine hübsche Idee.«

»Er ist ein sehr vernünftiger Bursche, was?«

»Ja, das ist er wirklich.«

Am oberen Ende der Leiter kamen sie zu einem breiten, aufwärts führenden Gang, der in das massive Felsgestein gehauen war. Die Leiter wurde hochgezogen und dann gingen sie die steile Schräge hinauf. In regelmäßigen Abständen hingen Wandhalterungen mit Fackeln, die den Gang erhellten, und von irgendwo über ihnen ertönte ein stetiges Tosen.

»Bohörr, was tut das für ein lautes Geräusch sein, Meister?«, fragte Dinny neugierig.

»Könnten die reizenden alten Feuersalamander sein.«

»Andererseits ist es auch möglich, dass sie es nicht sind.«

»Ihr werdet es schon bald herausfinden, alter Bursche.«

Es folgten fünf in den Fels geschlagene Stufen, eine weitere Höhle und wieder ein steiler Korridor, der sie schließlich an ihr Ziel führte.

Sie befanden sich mitten im Herzen des Salamandastron!

Fluch der Fuchs kam mit seiner Bande von plündernden Söldnern aus nördlicher Richtung die staubige Straße entlang.

Sie zählten insgesamt etwa sechzig Tiere, vorwiegend Füchse, aber es waren auch ein paar Ratten und Wiesel dabei – ein bunt durcheinander gewürfelter Haufen, teils Landstreicher, teils Schmarotzer, zum größten Teil aber Diebe. Alle waren schwer bewaffnet und trotz ihres zerlumpten Äußeren nicht zu unterschätzen. Mit Nahrung waren sie bestens versorgt: Sie hatten Fische, Vögel und das dazu passende Gemüse dabei. Mit List, Tücke und mörderischer Gewalt war es ihnen gelungen, auf ihrer Suche nach einer wärmeren Gegend und einem leichteren Leben das unendliche Nordland zu durchqueren.

Fluch war es leid, ständig auf den Pfoten zu sein und immer weiterzuziehen, und so hielt er Ausschau nach einer einträglichen, wohlhabenden kleinen Gemeinde, über die er herrschen konnte, ohne dass ihm großartig Widerstand geleistet wurde.

Dann erblickte er Kotir: eine eindrucksvolle Ruine. Die Festung hatte zwar schon bessere Zeiten gesehen, bot aber durchaus Möglichkeiten. Sie hatte im Rücken den Wald und zur Vorderseite hin die Ebene, dabei lag sie praktisch direkt an einer Straße, die von Durchreisenden benutzt wurde – es war ein Traum, der sich erfüllte.

Fluch gab seiner zwielichtigen Bande den Befehl, im Graben am Straßenrand außer Sichtweite der Ruine ihr Lager aufzuschlagen, dann machte er sich ganz allein daran, Kotir und seine Umgebung zu erkunden. Je mehr er von Kotir zu Gesicht bekam, desto besser gefiel es ihm. Wenn er sich an diesem Ort erst einmal Einlass verschafft hatte, würde es keine Winter im eisigen Nordland für ihn mehr geben.

Als er so zielstrebig an dem nach Süden gelegenen Waldsaum entlangschritt, lief er geradewegs Zarina in die Arme, die soeben aus dem Wald zurückkehrte. Für einen Außenstehenden wäre es schwer zu sagen gewesen, wer von den beiden nun überraschter war, der Fuchs oder die Wildkatze. Während Zarina in Windeseile einen Pfeil an ihre Bogensehne legte, fuhr Fluchs Pfote herunter zu dem gebogenen Schwert, das er an seiner Seite trug. Einen Augenblick lang herrschte Schweigen. Beide standen ruhig da und versuchten, die Situation in den Griff zu bekommen. Schließlich wies Fluch mit einer Pfote auf die Festung.

»Wem gehört dieses Gemäuer?«

»Mir. Wer bist du?«, fragte Zarina in überheblichem Tonfall.

»Ich werde Fluch genannt. Ich bin ein Kämpfer, aber wenn es einen einfacheren Weg gibt zu bekommen, was ich will, dann versuche ich immer erst einmal den.«

»Hmm, ein Kämpfer. Mein Name ist Zarina, Königin der Tausend Augen. Dies hier ist mein Hauptquartier, Kotir.«

»Tausend Augen«, sagte Fluch nachdenklich. »Ich kannte nur einen Einzigen, der so hieß, den alten Verdauga Grünauge, einen Wildkater.«

»Ja, er war mein Vater.«

»War?«

»Verdauga ist tot. Ich allein herrsche jetzt hier. Wenn du willst, kannst du in meine Dienste treten. Kotir kann Kämpfer gut gebrauchen. Bist du allein oder hast du noch andere dabei?«

»Wir sind sechzig. Ausgebildete Krieger, Füchse, Ratten und Wiesel.«

»Ich traue Füchsen nicht über den Weg. Warum sollte ich dir trauen?«

»Pah, wer traut denn heutzutage überhaupt noch jemandem?«, schnaubte Fluch. »Wildkatzen mag ich auch nicht so besonders. Ich habe schon an der Seite deines Vaters gekämpft, aber auch gegen ihn.«

»Daran besteht kein Zweifel, aber das ist jetzt Vergangenheit. Du hast gesagt, dass du sechzig Krieger befehligst. Unter welchen Bedingungen wärest du bereit, in den Dienst von Kotir zu treten?«

»Mach mir ein Angebot.«

»Ich werde noch mehr als das tun. Ich werde dir eine Garantie geben, Fluch«, erklärte Zarina dem Fuchs. »Ich schlage mich hier mit so ein paar Kreaturen herum – Otter, Eichhörnchen, Mäuse, Igel … Waldbewohner eben. Früher haben sie meiner Familie gedient, jetzt ziehen sie es vor, im Wald von Mossflower zu leben und mir Widerstand zu leisten. Wenn wir sie erst einmal aus ihrem

Versteck gescheucht und versklavt haben, dann biete ich dir einen gleichwertigen Platz an meiner Seite. Dann werden wir gemeinsam über Mossflower herrschen.«

Fluch nahm seine Pfote von seinem Schwertgriff. »Einverstanden! Ich nehme dich beim Wort.«

»Und ich dich bei deinem«, antwortete Zarina und ergriff die angebotene Pfote.

Mit ihren falschen Augen schenkten sie einander ein unechtes Lächeln.

Zarina konnte sich davon überzeugen, dass Fluch ihr zumindest über seine Gefolgschaft die Wahrheit erzählt hatte. Sie waren zwar zerlumpt und verwahrlost, aber von Kopf bis Fuß richtige Kämpfer.

Sie betraten Kotir gemeinsam.

Fluch hatte das Gefühl, als sei dieser Ort nur für ihn geschaffen worden.

Die uniformierten Soldaten von Kotir musterten die abgerissene, aber wohlgenährte Bande von Söldnern misstrauisch.

Fluchs Kämpfer warfen verächtliche Blicke auf die unterernährten Soldaten in ihren hinderlichen Uniformen.

Zarina und Fluch hatten eine vertrauliche Besprechung im Gemach der Königin. Respektvoll hörte sie sich seine Vorschläge an; sie musste zwar damit rechnen, dass er später einmal Verrat üben würde, aber im Moment vertraute sie dem Fuchs als erfahrenem Feldzugsteilnehmer noch voll und ganz.

Fluchs Plan war einfach. »Reiche ihnen nicht den kleinen Finger; zeige ihnen, dass du es ernst meinst; versuche es gar nicht erst mit einer List oder mit Spionen – damit verlängerst du den Krieg nur unnötig –, schlage hart und rücksichtslos zu. Wir sind ihnen haushoch überlegen, denn wir haben die größere Anzahl an ausgebildeten Kämpfern. Fange schon morgen früh an, lasse alle Soldaten in einer Schützenlinie antreten. Sie sollen den Wald gründlich durchkämmen, alle, die Widerstand leisten, töten und den Rest gefangen nehmen. Nur auf diese Weise erzielt man Erfolge, glaub mir.«

»Welch kühne Worte, Fluch«, sagte Zarina anerkennend. »Aber hast du schon einmal gegen Eichhörnchenbogenschützen gekämpft? Die können nämlich schnell wie der Blitz durch die Baumkronen sausen und verschwinden.«

»Dann brenne die Bäume ab oder lasse sie abholzen. Ich habe das alles schon erlebt. Wenn kleine Lebewesen davonhuschen und in Erdlöchern verschwinden, dann verschließe sie, versperre jeden möglichen Ausgang. Das ist die einzige Sprache, die sie verstehen. Glaube mir nur, es funktioniert immer. Ich muss es wissen, denn ich habe es schon oft genug so gemacht.«

Zarina zeigte aus dem Fenster auf den Wald von Mossflower, den Zufluchtsort der Waldbewohner. »Kannst du dieses Wunder auch da draußen vollbringen?«

»Mit unseren vereinten Kräften jederzeit.«

»Dann werden wir morgen früh anfangen«, sagte sie entschlossen.

»Bei Tagesanbruch!«

Columbine war gerade dabei, den Umgang mit den kleineren Eichhörnchenbogen zu erlernen. Lady Ambra, die zusammen mit ihr zum Schutz der Tunnelgräber auf Patrouillengang war, hatte eine Zielscheibe aufgestellt.

»Zieh die Sehne ganz weit nach hinten«, unterwies Lady Ambra sie. »Blicke mit einem Auge am Pfeilschaft entlang. Siehst du das Ziel? Gut. Jetzt atmest du aus und lässt gleichzeitig den Pfeil los … Guter Schuss, Columbine!«

Der Schaft blieb zitternd in der Zielscheibe stecken, er hatte die Mitte nur knapp verfehlt.

»Haha, ich werde immer besser, Lady Ambra.«

»Das kann man wohl sagen. Mach weiter so, dann wirst du schon bald so gut sein wie ich.«

Der Vormaulwurf und Alt-Dinny schlurften herbei. Der Anführer der Maulwürfe wies ruckartig mit seiner Schnauze auf Ambra.

»Gnädigste, Dinny und ich tun den hohlen Eichenstamm, wo der Gang von Kotir enden tut, aufgefüllt haben, hajo«, berichtete er.

Alt-Dinny zog den Pfeil aus der Scheibe und gab ihn Columbine zurück.

»Hajaj, das tun wir getan haben«, stimmte er zu. »Wir tun ja allerweil nicht wollen, dass die Flut da nauskommen tut. Wir tun die Festung der Katze fluten müssen und nix nicht den Wald, hano.«

Ambra seufzte. »Es ist eine ganz schön weite Strecke, die gegraben werden muss. Wir können nur hoffen, dass wir es schaffen, bevor die Katze und ihre Armee irgendwelche Überraschungsangriffe durchführen.«

Skipper kam tropfnass aus dem Fluss gesprungen.

»Keine Sorge, Ambra. Meine Crew und ich sind mit unserem Teil jetzt fertig. Wir haben unter Wasser bis hin zu den Schleusentoren gegraben, Eure Mannschaft versank fast im Boden, als die Maulwürfe mit dem Graben begannen. Ich wünschte wirklich, wir wären so hervorragend im Tunnelbauen wie Billum, Lehmwerfer und Erdklaue. Mein lieber Klabautermann, ihr solltet mal sehen, mit welcher Geschwindigkeit die Jungs die Erde fortschaffen.«

Der Vormaulwurf und Alt-Dinny lächelten vor Stolz, aber Ambra schlug mit ihrer Pfote gegen die Zielscheibe.

»Ich wünschte nur, es gäbe mehr, was meine Eichhörnchen und ich tun könnten. Ja, natürlich, wir laufen Patrouille und schieben Wache, aber an der richtigen Arbeit scheinen wir nicht beteiligt zu sein.« Sie seufzte wieder.

»Warum überlasst Ihr nicht mir und meiner Crew einmal das Wacheschieben?«, schlug Skipper vor. »Nach all der Graberei unter Wasser könnten wir wahrlich eine Ruhepause gebrauchen. Hört mal, Billum rechnet jederzeit damit, dass sie auf große Felsen stoßen; warum überlegt Ihr Euch nicht, ob Ihr irgendetwas bauen könnt, womit den Maulwürfen beim Bewegen der Felsen geholfen wäre?«

Ambra war von dem Vorschlag begeistert.

»Wird sofort gemacht. Ich werde Borkenbursche und Eichenapfel darauf ansetzen. Sie könnten in den Bäumen Seilwinden errichten. Danke, Skip.«

Tschipp hatte einen weiten Kontrollflug unternommen, nur um in Bewegung zu bleiben, stellte aber schon bald fest, dass ihm eine derartig schweißtreibende Übung zu anstrengend war. So setzte er sich ganz in der Nähe des schlafenden Argulor auf einen Ast und lauschte dem Adler, der im Schlaf sprach.

»Hmm, Baummarder, nur ein kleiner Baummarder, mehr nicht, vielleicht schmeckt er ja sogar nach einem Baum, hmmmmmm.«

## 35

Trotz seiner Ehrfurcht konnte Gonff ein leises Lächeln nicht unterdrücken. Nachdem er den Salamandastron aus der Ferne gesehen hatte, die Feuersäule erblickt hatte, die aus der Spitze des Berges emporstieg, und sich daran erinnert hatte, dass der Name nichts anderes bedeutete als »Berg des Feuersalamanders«, durchschaute der kleine Mäusedieb sofort, dass es ein Trick war, den sich ein Geist ausgedacht hatte, der mindestens genauso einfallsreich und klug war wie sein eigener. Es gab hier zwar keine Feuer speienden Drachen, aber es gab etwas nicht minder Beeindruckendes in dieser großen Höhle.

Es war mehr als nur eine Höhle, dachte er bei sich. Es war eine gewaltige Berghalle. In ihrer Mitte befand sich ein mächtiger kesselartiger Schmiedeofen. Ein hoher Kamin aus Felsen führte das Feuer zur Decke hinauf, wo es nicht mehr zu sehen war. Von

Hasen umringt, stand der Vater aller Dachse vor ihnen. Sein Fell war von Kopf bis Schwanz aus reinstem Silber und zu beiden Seiten seiner Stirn trug er einen besonders breiten cremefarbenen Streifen. Über den außergewöhnlich muskulösen Gliedmaßen und der fassförmigen Brust nahm ein wildes Augenpaar die Neuankömmlinge unter die Lupe. Er versetzte dem Griff eines riesigen Blasebalgs einen kräftigen Schlag nach unten und schleuderte mit einer schnellen Bewegung seiner bloßen Pfoten eine glühend heiße Speerspitze von sich. Sie landete zischend und brodelnd in einem Wassertrog.

Als der Dachs dann zu ihnen hinüberstapfte, konnte Martin fast spüren, wie der Felsboden bebte. Er überragte sie um Längen, als er vor ihnen stand und eine schwielige Pfote ausstreckte, die sehr stark an ein Felsstück erinnerte.

»Willkommen im Salamandastron, Freunde. Ich bin Keiler der Kämpfer«, dröhnte und echote die tiefe Stimme durch die Halle.

Als seine Pfote in der von Keiler völlig verschwand, kam Martin sich wie ein Winzling vor. Jetzt wurde ihm die eigentliche Bedeutung dessen, was Bella gesagt hatte, erst richtig bewusst. Hier stand in der Tat jemand, der Mossflower retten konnte; der Silberdachs sah aus, als könne er mit seinen Pfoten ganz Kotir in Stücke reißen.

»Ich bin Martin der Krieger. Das hier ist Klein-Dinny und diese beiden sind Gonff und Roy-Ahoi. Ich bin mit meinen Freunden aus Mossflower hierher gereist, um Euch eine Nachricht von Eurer Tochter Bella von Brockhall zu überbringen.«

Keiler band sich seinen ledernen Schurz ab.

»Das weiß ich alles. Kommt, lasst uns in meine Höhle gehen. Dort ist es bequemer und gemütlicher. Meine Hasen werden Euch etwas zu essen und zu trinken bringen und Ihr könnt Euch dort auch vernünftig waschen.«

Während sie Keiler folgten, sprach Gonff im Flüsterton mit Martin.

»Woher weiß er das denn alles, Kumpel? Ist er ein Zauberdachs?«

»Schsch«, brachte Martin den Mäusedieb zum Schweigen. »Benimm dich. Wir werden es schon bald genug erfahren.«

Keilers Höhle war wirklich gemütlich. Es gab Vorsprünge, auf denen man sitzen oder liegen konnte und die mit samtenem Moos bewachsen waren. Pflanzen wuchsen an den Wänden und hingen von der Decke. In einer Ecke gab es einen Tisch aus rohem Felsgestein und ein Wasserbecken, von dessen Oberfläche Dampf aufstieg.

»Das Becken wird durch meinen Schmiedeofen erhitzt«, bemerkte Keiler, als er die Überraschung in ihren Gesichtern sah. »Ihr könnt dort später ein Bad nehmen. Euch wird auffallen, dass es hier niemals kalt wird, auch das ist dem Schmiedeofen zu verdanken. Aber setzt Euch doch bitte. Da kommt das Essen.«

Die Hasen brachten warmes Brot, frischen Salat, gebackenen Fisch und Pfefferminzwasser herein. Dazu eine Auswahl von in Honig kandierten Herbstfrüchten vom Vorjahr. Nach all den spärlichen Mahlzeiten in der Küstenregion aßen die vier Weitgereisten für eine ganze Armee.

Keiler sah ihnen dabei zu und sein riesenhaftes Gesicht nahm fast vergnügliche Züge an.

Gonff zwinkerte ihm freundlich zu. »Also finden die Flammen des Schmiedeofens ihren Weg durch den Felsenrauchfang und schießen dann oben aus dem Salamandastron heraus, was?«

Keiler erwiderte Gonffs Augenzwinkern. »Ihr seid ein sehr aufmerksamer kleiner Bursche, Gonff der Dieb.«

»König der Mäusediebe, Kumpel«, verbesserte Gonff ihn.

»Aber woher wusstet Ihr denn, dass er ein Dieb ist?«, unterbrach Martin.

Keiler stützte sein Kinn auf seine prankenhaften Pfoten und neigte seinen Kopf, sodass seine Augen mit denen Martins auf gleicher Höhe waren. »Ich weiß viele Dinge, kleiner Mäuserich. Ich werde Euch später zeigen, wie ich das mache. Ja, ist das denn nun

Klein Dinny, der Enkel von Dinny, meinem Maulwurfsfreund aus Kindertagen?«

»Hajaj, Herr Keiler, der tu ich sein. Ihr tut also meinen Großvater Alt-Dinny kennen?«

»Aber selbstverständlich kenne ich ihn. Ist der alte Gauner immer noch so gut in Form?«

»Hajojo, er tu allerweil fitter als ein Floh und älter als zwanzig Igel sein«, lachte Dinny.

»Es freut mich, das zu hören. Und was ist mit Euch, Roy-Ahoi?«

»Herr Keiler, ich bin ein Bootsbauer, der einstige Anführer des Spitzmäusestammes aus dem Nordwesten.«

»Oh – und warum einstiger Anführer?«

»Weil ich heute der Einzige aus diesem Stamm bin, der noch in Freiheit lebt«, erklärte Roy-Ahoi. »Wir wurden von Seeratten gefangen genommen. Ich war der Einzige, der der Sklaverei auf der Galeere entkam.«

Keilers Augen wurden hart, sie waren von brennender Wildheit erfüllt, und die Knochen in seinen Pfoten knackten hörbar, als er sie aneinander rieb.

»Seeratten! Dreckiger, verräterischer, mordender Abschaum!«

Martin war schockiert, als er den tiefen Hass in Keilers Stimme vernahm, und er hörte aufmerksam zu, als der Dachs fortfuhr.

»Nicht genug, dass sie ehrliche Lebewesen heimsuchen, um bei ihnen zu brandschatzen und zu plündern, nein, sie sind auch noch zu Mitgliedern ihrer eigenen Art grausam. Sie versenken sich gegenseitig ihre Schiffe und ermorden für eine zusätzliche Pfote voll Beute ihre eigenen Gefährten.«

»Roy-Ahoi hat mir von einem Seerattenpiraten namens Fangzahn und seinem Schiff *Blutkiel* erzählt«, warf Martin ein. »Kennt Ihr ihn?«

Keiler wies zum Meer. »Ach der, er ist jetzt da draußen – meine Spione haben ihn das ganze Frühjahr hindurch beobachtet –, er segelt in einem Gebiet, das nördlich von hier beginnt und südlich von hier endet, und wartet auf eine Gelegenheit, den Salamandastron anzugreifen. Fangzahn ist der böseste aller Seerattenkapitäne. Er hat alle anderen, die in diesen Gewässern segelten, bekämpft und versenkt, ihre Mannschaften hat er als Sklaven in seinen Dienst gezwungen. Er ist zudem der Klügste und Hinterlistigste von allen.«

»Inwiefern ist er denn klug und hinterlistig?«, fragte Gonff, als er Keilers besorgtes Gesicht sah.

»Na ja, er hat den Salamandastron und auch die Sagen, die diesen Ort umgeben, nie gefürchtet. Fangzahn ist sehr wagemutig. Er ist schon selbst hier gewesen und weiß, dass der Mythos des Berges nur von mir und ein paar Hasen aufrechterhalten wird. Andere können wir vielleicht abschrecken, ihn nicht. Es steht geschrieben, dass er schon bald einen großen Feldzug gegen den Salamandastron führen wird.«

Das war jetzt schon das zweite Mal, dass Keiler etwas ausgesprochen hatte, das noch gar nicht geschehen war. Martins Neugierde war geweckt.

»Ihr sagt, es steht geschrieben, Keiler?«

Der Dachs reckte sich hoch auf und zeigte auf Martin. »Was tragt Ihr da für eine zerbrochene Waffe um Euren Hals, so als wäre es ein Orden?«, fragte er.

Der Mäusekrieger nahm den Schwertgriff ab und gab ihn Keiler, der ihn sich genau ansah, während Martin ihm dessen Herkunft erklärte.

»Dies war einst das Schwert meines Vaters, er war ein Krieger. Wie es kam, dass es zerbrach, werde ich Euch erzählen, denn Eure Tochter Bella bat mich, Euch über alles zu unterrichten, was sich in Mossflower ereignet hat.«

Während sie aßen und sich ausruhten, erzählte Martin Keiler, auf welchem Wege er nach Kotir gekommen war, schilderte die Notlage der Waldbewohner und Bellas Bitte an Keiler, wieder zurückzukehren, sein Geburtsrecht wahrzunehmen und das Land zu befreien.

Während der ganzen Zeit, in der er erzählte, sagte Keiler der Kämpfer nicht ein Wort. Er schritt im Zimmer auf und ab, drehte und wendete den Griff des zerbrochenen Schwertes in seinen Pfoten und sah ihn an, als würde dieser ihm eine Botschaft übermitteln.

Martin beendete seine Erzählung der Ereignisse. »Ihr seht also, dass Mossflower seinen Sohn Keiler dringend braucht«, schloss er. »Ihr müsst mit uns zurückkommen.«

Es war plötzlich still im Raum. Als der Silberdachs sprach, ging er jedoch nicht auf die Bitte ein: »Dies ist ein uralter Schwertgriff und ein guter noch dazu. Ich kann daraus eine neue Waffe schmieden. Sie sollte eine Klinge erhalten, die sich durch nichts zerbrechen lässt.«

Martin erkannte, dass Keiler sich keine Antwort abringen lassen würde, und so beschloss er, auf ihn einzugehen und zu warten, bis der Dachs zu einem Gespräch bereit war.

»Ich danke Euch, Keiler. Es läge mir wirklich sehr am Herzen zu sehen, wie aus dem alten Schwertgriff wieder eine neue Waffe geschmiedet wird. Seit es zerbrochen wurde, habe ich mich mit dem halben Schwert auch nur wie ein halber Krieger gefühlt.«

Keiler schüttelte seinen massigen Kopf. »Da macht Ihr einen Fehler, Martin. Ihr seid ein wirklicher, vollwertiger und wahrer Krieger. Ihr seid es in Eurem Herzen – ich kann sehen, dass Ihr es in Euch tragt. Wenn ich nun das Schwert wieder neu schmiede, dürft Ihr niemals vergessen, dass das Entscheidende nicht die Waffe ist, sondern der Krieger, der sie führt. Ein Schwert kann nur in den Pfoten eines ehrlichen Kriegers eine Macht darstellen. Aber jetzt genug davon. Ihr seid müde und Eure Freunde auch. Ich werde morgen mit Euch sprechen und Euch vieles zeigen. Schlaft hier. Ich werde meine Hasen mit frischen Handtüchern für Euch heraufschicken, falls Ihr ein Bad zu nehmen wünscht, um Euch den Staub von der Reise abzuwaschen.«

Keiler der Kämpfer verabschiedete sich von den Gefährten und ging hinaus.

Das heiße Bad war wunderbar erfrischend. Trabbs, Wother und Ffring tauchten mit riesigen weichen Handtüchern auf.

»Eins für jeden von euch Burschen. Gespritzt wird nicht.«

»Und vergiss nicht, deine Ohren zu waschen, alter Knabe.«

»Gute Nacht. Bis morgen früh.«

Trocken, satt und warm lagen sie auf den moosbedeckten Vorsprüngen.

»Hajaj«, gähnte Dinny, »nun tun wir endlich in Sammerlandersturm sein.«

Roy-Ahoi starrte an die hohe Decke.

»Es ist wirklich ein wundervoller Ort. Dieser Keiler ist allerdings ganz schön merkwürdig, nicht wahr, Martin?«

»Ach, er wird uns schon sagen, was er zu tun beabsichtigt, wenn er bereit ist und den Zeitpunkt für gekommen hält«, sagte Martin überzeugt. »Lasst uns lieber schlafen. Ich habe so das Gefühl, dass wir morgen eine Menge erleben werden.«

Gonff konnte nicht widerstehen, er musste einfach sein neuestes Lied zum Besten geben.

*»Die Freunde sind müde und glücklich zugleich;*
*sie haben ihr großes Ziel endlich erreicht.*
*Die Suche war mühsam, der Weg war weit,*
*wir wollten zum Berg, der das Feuer speit.*
*Dort hofften wir, Keiler den Kämpfer zu sehn,*
*der tiefe und dunkle Geheimnisse –«*

Gonff setzte sich auf und kratzte sich am Schnurrhaar. »Was reimt sich eigentlich auf ›sehn‹, Kumpels?«

Drei nasse Handtücher klatschten ihm mitten ins Gesicht.

»Ojoj, tut zu schlafen versuchen!«

# 36

Für die Waldbewohner kam der Angriff am frühen Morgen vollkommen überraschend.

Unter der Führung von Fluch und Zarina schlugen die vereinten Streitkräfte mit außergewöhnlicher Schnelligkeit zu. Glücklicherweise lagen die Kleinen noch in ihren Betten in Brockhall, während die Mäuse aus Loamhedge gerade dabei waren, das Frühstück vorzubereiten. Es waren nur Maulwürfe, Otter und ein paar Eichhörnchen bei den Grabarbeiten.

Unter der Deckung von Zarinas Speerwerfern stürmten Fluchs Söldner herbei und hackten wie wild drauflos. Erdklaue, Billum und Lehmwerfer waren tief unter der Erde. Alle anderen wurden im Freien überrascht. Es ging zu wie in einem Hexenkessel!

Skipper wurde ein Pfeil in die Seite geschossen. Lady Ambra verlor ein Ohr, als ein Fuchs mit seinem Schwert auf sie losging. Im Wald wimmelte es nur so von schreienden, um sich schlagenden Tieren. Es gab nur einen einzigen Ausweg: den schnellstmöglichen Rückzug. Ungeachtet seiner Wunde hielt Skipper mit einer Hand voll Ottern die Stellung, indem sie Steine schleuderten, wobei er laut brüllte: »Flieht, macht schnell!«

Ambra und ihren Eichhörnchen gelang es, durch die Baumwipfel zu entkommen, nur zwei von ihnen blieben erschlagen am Boden zurück. Skipper und seine Otter sorgten dafür, dass die wenigen Maulwürfe sicher über den Fluss gebracht wurden, bevor sie selber im Wasser Zuflucht suchten.

Zarinas Triumphgeheul schallte durch den stillen Wald.

Fluch stützte sich auf sein gebogenes Schwert und rang nach Luft. »Siehst du, ich habe dir doch gesagt, dass sie uns nicht gewachsen sind. Puh! Eines muss man ihnen ja lassen, selbst wenn sie in der Minderzahl sind, können sie noch einen ganz anständigen Kampf zustande bringen.«

Brogg kam herbeistolziert und salutierte.

»Zwei Eichhörnchen, drei Otter und einen Maulwurf haben wir erledigt, Hoheit«, berichtete er.

Er wollte sich gerade abwenden, als Fluch an seinem Umhang zog.

»Wie viele haben wir verloren?«

»Drei Frettchen, ein Hermelin und ein Wiesel, vier Ratten und einen Fuchs.«

Fluch schüttelte verblüfft den Kopf. »Na, da haben wir aber Glück gehabt, dass wir in der Überzahl waren. Keine Gefangenen?«

»Nein, Herr, nicht einen Einzigen.«

»Hmm, schade.«

Rattenflanke kam herbeigehumpelt, er hielt eine angebrochene Pfote hoch, um sie zu schonen.

»Wir haben da hinten beim Fluss vier große Löcher gefunden«, sagte er.

Die Befehlshaber schritten zu der Stelle hinüber. Fluch beugte sich hinunter und beschnüffelte die Erde an jedem Loch, während Zarina dastand und zusah.

»Was glaubst du, was sie vorhatten?«, fragte sie erstaunt.

Fluch spuckte in eines der Löcher. »Ich habe keine Ahnung. Wir hatten ja gar nicht die Zeit, die Bäume zu fällen oder den Wald in Brand zu setzen. Vielleicht stecken einige von ihnen immer noch in diesen Löchern.«

»Dann fullen wir sie doch einfach wieder auf.« Zarina grinste boshaft. »Brogg, besorge uns ein paar schwere Felssteine und lass das Holz herholen, das da drüben herumliegt. Nehmt eure Speere zu Hilfe, füllt die Löcher so gut wie möglich auf und tretet die Erde ganz fest. Sie werden da unten gefangen sein, bis ihnen die Luft ausgeht.«

Fluch wischte sein Schwert ab und steckte es in die Scheide.

»Tja, das wärs dann wohl erst einmal. Es gibt nicht mehr viel, was meine Truppe hier ausrichten kann. Wir werden nach Kotir zurückgehen und es morgen bei Sonnenaufgang mit einem neuen Überfall versuchen.«

Zarina wich dem Fuchsanführer nicht von der Seite. Sie hatte nicht vor, sich mit ihren Soldaten im Wald aufhalten zu lassen und seelenruhig zu gestatten, dass Fluch in ihrer Abwesenheit Kotir einnahm.

»In Ordnung, Fluch. Ich werde Brogg mit ein paar anderen hier lassen, damit sie die Sache zu Ende bringen. Wir Übrigen werden mit dir nach Kotir zurückgehen.«

Als sie an diesem strahlenden Morgen durch Mossflower davonmarschierten, trat einer von Fluchs Füchsen kichernd von hinten auf Rattenflankes Umhang.

»Tja, sieht ganz so aus, als ob deine Muschikatzenkönigin Angst hat, dass wir ihr das Tor der Festung vor der Nase zuschlagen.«

Rattenflanke befreite seinen Umhang mit einem kräftigen Ruck und grinste höhnisch. »Ach ja? Na, dann versuch doch mal, sie Muschikatze zu nennen, wenn sie vor dir steht, du Held!«

Bella erfuhr erst von dem Überfall, als die Anführer des Rawim ihre Mannschaften in Brockhall wieder um sich versammelten. Äbtissin Germania und Columbine besorgten Verbandsmaterial und Kräuter, während die Mäuse aus Loamhedge sich geschäftig um die Verwundeten kümmerten. Skipper wollte einfach nicht still stehen, und so eilte Goody Stichler immer hinter ihm her, tupfte die Verletzung ab und versuchte, ihm einen Verband anzulegen.

Tränen der Wut glitzerten in den Augen des Otters. »Sechs verloren, es ist nicht zu fassen! Wo kamen die denn so plötzlich her? Wer war dieser Fuchs mit all den dreckigen Meuchelmördern? Alleine hätte Zarina so einen Angriff doch nie auf die Beine gestellt.«

Lady Ambra rückte sich ihren Kopfverband zurecht, um vernünftig sehen zu können.

»Ich hörte, wie jemand ihn Fluch nannte«, sagte sie. »Setzt

Tschipp darauf an. Sagt ihm, er soll nach Kotir fliegen. Er soll äußerste Vorsicht walten lassen, aber es hilft alles nichts, wir müssen über diese anderen Burschen so viel herausfinden wie möglich.«

Der Vormaulwurf klopfte mit einer Grabklaue auf den Tisch.

»Wir tun etwas wegen Erdklaue, Lehmwerfer und Billum unternehmen müssen. Sie tun noch in den Löchern stecken, hajo. Wer tut schon wissen, was diese Schurken ihnen antun werden, bohörr.«

»Ja«, stimmte Bella zu, »es ist äußerst wichtig, dass wir die Maulwürfe aus den Tunneln befreien. Als Nächstes müssen wir dann dafür sorgen, dass das Gelände um Brockhall herum vollkommen im Verborgenen liegt. Wenn sie nicht wissen, wo wir uns aufhalten, können sie uns auch nicht angreifen. Des Weiteren werden wir ein zweites Versteck finden müssen, das irgendwo weiter im Osten von Mossflower gelegen ist. Wenn Brockhall jemals entdeckt wird, ist ein weiterer Zufluchtsort absolut lebensnotwendig.«

Boten wurden ausgesandt, um Tschipp zu finden, dann machten sich die Waldbewohner daran, in der Umgebung von Brockhall alle Spuren zu verwischen, während Germania und ihre Mäuse sich mit großer Hingabe um die Verwundeten kümmerten.

Die Erinnerung an den mörderischen Überfall klang noch immer nach.

Lady Ambra gehörte nicht zu denen, die leicht vergaßen.

Skipper ebenfalls nicht.

Am späten Vormittag machte Tschipp dem Rawim Meldung, er hatte allerdings nichts Gutes zu berichten.

»Äh, ähem. Die Lage ist sehr ernst, sehr ernst. Es sieht so aus, als ob dieser Fuchs namens Fluch ein Experte ist, ein Söldner mit einer Bande von etwa sechzig Gefolgstieren. Örhörr, tschuldigung. Es ist ganz offensichtlich, dass sie einen neuen Überfall planen, und zwar werden sie so weit nach Mossflower vordringen, wie sie es in einem frühmorgendlichen Gewaltmarsch schaffen können. Morgen wollen sie bei Sonnenaufgang in einer Schützenlinie antreten und alle, die ihnen über den Weg laufen, entweder töten oder gefangen nehmen.«

Columbine hob ihre Pfote. »Dann darf keiner von uns ihnen als Zielscheibe dienen. Jeder sollte hier bleiben und sich hier verbergen, damit Brockhall auf keinen Fall entdeckt wird.«

Bella nickte anerkennend. »Ich unterstütze den Vorschlag. Du denkst mit, Columbine. Sind wir alle einverstanden?«

Leise ertönte zustimmendes Gemurmel. Niemand bemerkte die Blicke, die Ambra und Skipper sich zuwarfen.

Am frühen Nachmittag überließ Bella die Führung von Brockhall der Äbtissin und Columbine. Ganz allein ging die Dächsin in östlicher Richtung tief in den Wald hinein, um dort nach einem zweiten Zufluchtsort zu suchen.

## 37

Als Martin erwachte, fühlte er sich angenehm erfrischt. Er schlug die Augen auf und sah Keiler, der gerade das Decken einer wunderschönen Frühstückstafel beaufsichtigte.

Die Hasen schmückten den Tisch mit Blumen. Die Nahrung, die sie hereintrugen, wurde in kleinen Gärten gezogen, die auf der landeinwärts gelegenen Seite der Bergspitze verstreut lagen. Keiler hatte kleine Rosenknospen und Gartenwicken in seinen Bart geflochten und seinen Kopf zierte eine Girlande aus Efeublättern. Der riesige Dachs sah aus wie ein gütiger Geist, der aus dem Berg herabgestiegen war und einen grünen Zauberstab in seiner Pfote hielt.

Er zeigte zu einem hohen, spitz zulaufenden Fenster hinauf, durch das goldenes Sonnenlicht auf ihn herabfiel, und rief den erwachenden Gefährten mit dröhnender Stimme zu: »Willkommen im Salamandastron am ersten Tag eines neuen Sommers!«

Klein-Dinny hüpfte das Herz in seiner Brust, als er Keiler so anschaute und hörte, wie er seine liebste Jahreszeit ankündigte. »Uuiii toll, ich tu den Sommer sakrisch gern mögen, Herr Keiler.«

Während einer opulenten Mahlzeit, an der alle teilnahmen, wurden sie den anderen Hasen, die im Berg wohnten, vorgestellt. Neben Trabbs, Wother und Ffring gab es da noch Glockenblume, Honigtau und Weide, drei rehäugige Schönheiten, die Trabbs und Co. mit einem einzigen Augenaufschlag sprachlos werden ließen. Außer ihnen waren noch vier weitere Hasen dort: ein riesengroßer Bursche namens Lederherz, seine Frau Lupine und ihre beiden Kleinen, Sternenhase und Brise.

»Diese Hasen sind meine Augen und Ohren«, erklärte Keiler. »Ich kann durch sie meine Pfoten ausstrecken und spüren, was im Umkreis vieler Meilen vor sich geht. Sie sind aber auch Furcht erregende Kämpfer. Ja, jeder Einzelne von ihnen. Lasst Euch nicht von ihrer albernen Sprechweise und ihren schönen Augen täuschen. Sie werden Euch später noch zeigen, wie gut sie kämpfen können. Jetzt werden sie Eure Freunde mitnehmen und ihnen den Berg zeigen, in dem wir leben. Würdet Ihr mit mir kommen, Martin? Ich möchte mit Euch gerne unter vier Augen sprechen.«

Der Mäusekrieger folgte dem Silberdachs durch viele Höhlen, über Steintreppen und lange Gänge immer weiter bergauf. Gemeinsam gingen die beiden bis hinauf in die höchste Höhle. Auch dort war es durch die Hitze des Schmiedeofens immer noch warm. Als Martin aus einem breiten, offenen Fenster blickte, sah er den Strand tief unter sich und dahinter das unendlich weite Wasser, das in der frühen Sommersonne glitzerte und glänzte.

»Hier stand ich, als Ihr gestern Abend unten am Ufer meine Stimme hörtet«, flüsterte Keiler ihm zu. »Ich muss jetzt flüstern, denn würde ich mit lauter Stimme sprechen, dann würde das Echo Euch taub machen.«

Martin nickte nur, er wagte nicht zu sprechen, da er befürchtete, dass seine Stimme genauso dröhnen würde.

Keiler lächelte und klopfte dem Mäusekrieger leicht auf die Schulter. »Ihr seid weiser als Eurem Alter angemessen. Lasst Euch von dem, was ich Euch jetzt zeigen werde, nicht überraschen. Dies ist nur für unsere Augen bestimmt, Martin – für uns zwei Krieger.«

Der Dachs ging zur linken Wand zwischen dem Eingang und dem Fenster, wo sich ein langer, tiefer Spalt entlangzog, der ein natürlicher Riss im Gestein zu sein schien. Er schob seine großen, schweren Klauen tief in den Spalt und begann dann zu ziehen.

Ehrfürchtig stand Martin da und staunte über die beängstigende Kraft von Keiler dem Kämpfer. Stahlharte Sehnen und gewaltige Muskeln traten hervor und spannten sich an, als der Dachs mit einem leisen Grunzen tief in seiner Brust anzog. Die Anstrengung trieb ihm den Schaum vor den Mund, aber er zog mit aller Gewalt weiter. Er hatte seine tellergroßen Hinterpfoten flach auf den Felsboden gestemmt und zerrte mit seinen massigen Klauen an dem kahlen Stein, bis die gesamte Wand sich mit einem tiefen Grummeln nach außen zu drehen begann.

Martin sah mit weit geöffneten Augen zu; er ballte die Pfoten und biss die Zähne zusammen, so sehr wünschte er dem Silberdachs, dass ihm sein großer Kraftakt gelingen möge. Keiler lehnte sich mit seiner Schulter gegen die eine Seite und mit seinen Pfoten gegen die andere. Er drückte kräftig nach beiden Seiten, bis die Geheimtür schließlich weit offen stand. Ohne ein weiteres Wort zu wechseln, gingen sie hinein.

Sie betraten eine schmale Halle. Die eine Wandseite war mit winzigen, in den Stein gemeißelten Bildern bedeckt, die andere war glatt und am gegenüberliegenden Ende befand sich eine abgerundete

Nische. Was Martin dort erblickte, ließ ihn wie angewurzelt stehen bleiben, sodass Keiler über ihn stolperte.

Auf einem Thron in der Nische saß ein Dachs in voller Rüstung! Martin spürte Keilers Pfote auf seiner Schulter. »Ihr braucht keine Angst zu haben, mein kleiner Freund.« Die Stimme des Dachses war ruhig. »Dies ist mein Vater, der alte Lord Brockbaum.«

Keiler tappte lautlos voran und berührte den Dachs in der Rüstung ehrfurchtsvoll.

»Ich machte mich auf die Suche nach dem Salamandastron, genau wie mein Vater vor mir«, erklärte er. »Als ich diesen Ort fand, lebte er noch und erfreute sich bester Gesundheit. Er herrschte hier und wir verlebten gemeinsam viele glückliche Jahreszeiten. Am Ende wurde er aufgrund seines hohen Alters an das Tor zum Wald des ewigen Dunkels gerufen. Nun ist er ein Teil der Legende dieses Berges, genau wie er es sich immer gewünscht hatte. Ich habe dieses Grabmal für ihn geschaffen.« Sanft strich Keiler über die schwach glänzende Rüstung. Dann ging er zum Eingang zurück und rief Martin zu sich herüber.

»Lasst uns ganz am Anfang beginnen. Seht Ihr das hier?« Keiler zeigte auf eine gemeißelte Reihe von Dachsfiguren. »Seit Anbeginn der Zeit, als der allererste Sonnenstrahl ein Tier berührte, kommen wir Dachse bereits an diesen Ort. Nur die Krieger mit mutigem Herzen und starkem Willen sind hier aufgeführt. Seht: Urthrun der Greifer, Ginster der Speerwerfer, Blaustreifen der Wilde, Ceteruler … die Liste geht immer so weiter. Schaut, das hier ist mein Vater, Lord Brockbaum, und hier, gleich daneben, bin ich. Es ist noch viel Platz für jene, die nach uns kommen werden. Ich sehe Euch an, dass Ihr mir eine Frage stellen möchtet. Nur zu, Martin. Ich erlaube Euch, das Schweigen zu brechen.«

Martin brauchte gar nicht zu sprechen; er zeigte nur auf eine Folge von gemeißelten Bildern, die sich von den anderen unterschieden.

»Die Ähnlichkeit mit Euch ist verblüffend«, flüsterte Keiler.

Sie blickten auf ein kleines Fries, auf dem die Taten von vier Gestalten abgebildet waren. Drei davon waren absichtlich klein dargestellt worden, aber die vierte war unverkennbar Martin, selbst der Schwertgriff um seinen Hals war zu sehen. Keiler sah Martin mit einem eigenartigen Gesichtsausdruck an. »Freund, Ihr müsst mir glauben, dass diese Bilder hier nicht von mir stammen und auch nicht von meinem Vater. Wie lange sie sich schon hier befinden, weiß ich nicht. Für mich sind sie ein Teil der Legende vom Salamandastron und so solltet Ihr sie auch betrachten. Eure ist die größte Figur und daneben sind Eure Freunde abgebildet. Seht Ihr? Hier führt Ihr sie zu dem Berg. Hier ist der Salamandastron und hier seid wieder Ihr, wie Ihr den Berg mit Euren Freunden verlasst. Ihr tragt nicht länger den Schwertgriff um den Hals, sondern haltet ein leuchtendes neues Schwert in Pfoten. Wie es weitergeht, tja, das weiß ich leider auch nicht.«

Martin sah sich das Bild ganz genau an. »Hier ist das Meer, dort ist ein Schiff … Hier drüben sieht alles sehr verschwommen aus. Es könnte eine Baumgruppe sein, ein Wald oder ein Gehölz. Dies sieht aus wie eine Peitsche und ein Pfeil. Was bedeutet das, Keiler?«

»Eure Augen sehen viel schärfer als meine, Martin. Die Peitsche, das ist die Geißel der Seeratten, ein Zeichen des Bösen. Was den Pfeil betrifft – wo weist er denn hin?«

»Die Halle hinunter zu der Nische, wo Euer Vater sitzt.«

Keiler zeigte auf den Raum mit dem Echo. »Martin, bitte geht nach draußen und wartet dort auf mich.«

Martin stellte keine weiteren Fragen, sondern ging hinaus. Als er noch einmal zurückblickte, sah er, dass Keiler sich in der Nische hinter Lord Brockbaums Thron hinunterbeugte. Sorgfältig studierte er etwas, das tief unten in die Wand gemeißelt worden war.

Einige Zeit später tauchte der Dachs wieder auf. Er schien gealtert zu sein und sah müde aus – Martin sorgte sich um seinen Freund.

»Seid Ihr in Ordnung, Keiler? Was stand denn dort geschrieben?«

Der große Silberdachs wirbelte zu Martin herum und sein versteinertes Gesicht spiegelte unermessliches Leid wider.

»Schweigt! Nur Keiler der Kämpfer darf das wissen!«

Der plötzliche Ausruf löste tausende von dröhnenden Echos aus, die mit erschreckender Heftigkeit von den Wänden abprallten. Der Lärm war ohrenbetäubend. Martin warf sich auf den Boden und hielt sich beide Ohren mit den Pfoten zu, um sich vor der anschwellenden Geräuschkulisse zu schützen; Keilers Stimme hallte wie unzählige gewaltige Kirchenglocken. Von Kummer und Reue erfüllt, warf der große Dachs sein Gesicht in Falten. Mit einer einzigen schwungvollen Pfotenbewegung hob er Martin hoch und trug ihn schnell hinaus.

Als der Mäusekrieger zu sich kam, lag er wieder in der Höhle des Dachses. Keiler tupfte ihm mit kühlem Wasser die Stirn ab.

»Martin, vergebt mir. Ich vergaß, dass mit leiser Stimme gesprochen werden muss. Seid Ihr verletzt?«

Martin steckte einen Finger in sein Ohr und wackelte damit hin und her. »Nein, mir fehlt nichts. Ehrlich, ich bin vollkommen in Ordnung. Ihr dürft Euch keine Vorwürfe machen. Ich hatte selber Schuld.«

Keiler schüttelte bewundernd den Kopf. »Ihr sprecht wie ein wahrer Krieger. Steht auf, Martin, und folgt mir. Ich werde Euch jetzt etwas geben, womit Ihr auch wirklich wie ein Krieger kämpfen könnt.«

An der Schmiede trafen sie Trabbs, Wother und Ffring. Die Hasen kicherten unentwegt und tauschten untereinander vielsagende Blicke aus.

»Na, hat er denn schon eine Ahnung von dem Ihr-wisst-schonwas, Keiler?«

»Ich finde, wir sollten es ihm jetzt zeigen, Keiler. Seid kein Spielverderber.«

»Ja, sonst wird der arme Kerl uns noch vor Spannung umkippen.«

Mit einem Zwinkern in seinen Augen wandte Keiler sich an Lupine, die Frau von Lederherz. »Was meinst du, Lupine? Ist er der Sache gewachsen?«

Lupine wackelte nach Hasenart humorvoll mit ihren langen Ohren hin und her. »Ach, ich denke schon. Wir werden es auf jeden Fall bald wissen.«

Keiler war mittlerweile an den Schmiedeofen herangetreten und spielte mit etwas herum, das in weiches Borkentuch eingeschlagen war.

»Während Ihr letzte Nacht geschlafen habt, waren meine Hasen und ich bis nach Morgengrauen bei der Arbeit«, sagte er schließlich. »Ich habe etwas für Euch angefertigt, Martin.«

Der Mäusekrieger spürte, wie sich sein Nackenhaar aufstellte. Er schluckte vor Aufregung, als Keiler fortfuhr.

»Eines Nachts sah unsere Lupine auf ihrem Patrouillengang, wie ein Stern vom Himmel fiel. Sie fand die Stelle, wo er eingeschlagen war. Ein glühend heißer Metallklumpen lag tief im Sand vergraben. Als er abgekühlt war, grub sie ihn aus und brachte ihn mir. Letzte Nacht befeuerte ich meinen Schmiedeofen mit Stein- und Holzkohle; ich nahm mehr als je zuvor und brachte den Salamandastron damit so zum Glühen, dass der heiße Feuerstrahl selbst in den Ländern weit hinter dem Meer zu sehen gewesen sein muss. Es ging nicht anders – bis das Metall endlich weich wurde, war die halbe Nacht um. Ich hämmerte es flach, ölte es ein und faltete es auf meinem Amboss immer wieder übereinander, wobei ich die ganze Zeit die Namen all der großen Krieger aufsagte, die ich gekannt hatte oder deren Namen mir einfielen. Mit dem letzten Hammerschlag sprach ich Euren Namen. Hier, Martin. Dies gehört nun Euch.«

Alle scharten sich um ihn, auch die drei Freunde, die von ihrer

Führung durch den Berg zurückgekehrt waren. Sie hielten den Atem an, als Martin das Borkentuch ganz vorsichtig Schicht für Schicht abwickelte.

Es war das Schwert!

Zweischneidig und schärfer als ein Rasiermesser, lag es glitzernd und funkelnd da, als bestünde es aus unzähligen stählernen Lichtern. Vorn war es spitz wie ein Berggipfel mitten im Winter, und die tödliche Klinge hatte eine Blutrinne, die sich über drei Viertel ihrer Länge erstreckte. Das Gewicht von Schwertgriff und Klinge war perfekt aufeinander abgestimmt; der Griff war mit festem schwarzem Leder neu bespannt worden und in das Ende seines Knaufes war ein rubinroter Stein eingelassen. Dort wo der Griff sich in die herrliche Klinge fügte, zierte ihn ein gebogenes, verschnörkeltes Querstück.

Nicht einmal in seinen wildesten Fantasien hatte Martin sich jemals so etwas erträumt. Seit sie Mossflower verlassen und sich auf die Suche begeben hatten, hatte er den zerbrochenen Griff, der um seinen Hals hing, mehr oder weniger vergessen. Im Laufe der Abenteuer und Gefahren, die sie durchgestanden hatten, hatte er sich mit anderen Waffen beholfen – einer Wurfschlinge, einem Stück Holz als Schlagstock –, er hatte jedoch nicht damit gerechnet, dass das Schwert seines Vaters jemals wiederhergestellt werden würde, dass es sogar eine Qualität erhalten würde, die seine bescheidenen Anfänge weit übertraf. Jetzt da er eine Kampfwaffe vor sich sah, deren Anblick nur wenigen Auserwählten vergönnt war, deren Besitz eine unermessliche Ehre bedeutete, spürte er plötzlich wieder das kriegerische Blut seiner Vorfahren in sich aufwallen.

Er wusste in seinem Innersten, dass es ein schicksalhafter Moment war, als er die faszinierende Waffe mit einer Pfote ergriff und anhob. Sein Nackenhaar stellte sich auf, sein Blut schoss ihm ins Gesicht und seine Augen sprühten Feuer. Jetzt war er der Krieger!

Alle wichen zur Wand zurück, als der Mäusekrieger sein Schwert in beide Pfoten nahm. Er hielt es gerade vor sich und hob die Spitze ein wenig an, um das Gewicht der Waffe zu spüren. Plötzlich machte er damit schwungvoll kreisende Bewegungen nach oben, nach unten und zur Seite. Die Stahlklinge zischte und surrte schaurig in ihrem eigenen Luftzug; wie hypnotisiert folgten die Zuschauer jeder ihrer Bewegungen. Mit dem kreisenden Schwert in den Pfoten sprang Martin auf Keilers Amboss hinauf. Ein lautes *Ping* ertönte, als er die Spitze des Ambosshorns abschlug. Sie prallte an der Felswand ab. Instinktiv gingen alle in Deckung, als sie vorbeisummte wie eine zornige Wespe. Die singende Klinge blieb unversehrt.

»Zarina, kannst du mich hören?« Martins donnernde Stimme übertönte das Heulen der Klinge. »Ich bin Martin der Krieger. Ich komme zurück nach Mossflowerrrrrrrrr!«

# 38

Es war eine Stunde vor Sonnenaufgang und Brogg rieb sich den Schlaf aus den Augen. Dann warf er sich seinen Hauptmann-der-Tausend-Augen-Umhang über und stolperte zusammen mit Rattenflanke in die Unterkünfte. Sie versetzten den schlafenden Soldaten kräftige Fußtritte und zogen ihnen die zerrissenen Decken weg.

»Nun macht schon, bewegt euch!«, befahlen sie. »Auf die Pfoten, ihr lahmer Haufen. Es ist wieder mal Zeit für einen kleinen Überfall.«

Unter Protestgemurmel setzten sich die Truppenmitglieder auf, kratzten sich ihr Fell und wischten sich mit ihren Pfoten über die Augen.

»Herrje! Ich hatte gerade so einen schönen Traum.«

»Oh ja, ich auch. Ich habe geträumt, dass wir zum Frühstück eine vernünftige warme Mahlzeit bekommen.«

»Träum weiter, Freundchen. Wir können schon von Glück sagen, wenn wir überhaupt Wasser und verschimmeltes Brot bekommen.«

»Was ist denn nun mit dem Saus und Braus, in dem wir angeblich alle leben sollten? Das würde ich gerne mal wissen.«

Rattenflanke trat nach einer zusammengekauerten Gestalt, die noch in ihren Sack gehüllt dalag. Ein hagerer Fuchs mit Messingringen in den Ohren sprang auf. »Nimm deine dreckigen Pfoten von mir, du Klumpkopf!«, knurrte er. »Ich bin nicht einer von deinen hirnlosen Soldaten. Wir nehmen nur von Fluch Befehle entgegen.«

Rattenflanke suchte eiligst das Weite, er konnte den gefletschten gelben Fängen gerade noch entwischen.

Fluch und Zarina gingen ungeduldig in der Eingangshalle auf und ab. Der Fuchs schlug mit seiner Pfote gegen einen Türpfosten.

»Wo bleiben die denn so lange?«, fragte er ungeduldig. »Wenn wir so weitermachen, ist es Mittag, bevor wir loskommen.«

Zarina fletschte entschlossen die Zähne, machte auf dem Absatz kehrt und lief kreischend auf die Baracken zu: »Brogg, Rattenflanke, bringt sie mir sofort alle im Laufschritt heraus, sonst komme ich rein und erledige das höchstpersönlich!«

Der erste Haufen kam herausgestolpert, hastig wurden Waffenröcke gerade gezogen, wobei Speere und Schilde krachend gegeneinander schlugen.

»Meine Mannschaft ist hier. Und wo bleibt deine, Fluch?«, fragte Zarina höhnisch.

Wenige Sekunden später kamen Fluchs Söldner lässig hinter den uniformierten Soldaten herausgeschlendert. Der Fuchskommandant schlug mit seinem gebogenen Schwert gegen einen Schild, bis Ruhe und Ordnung herrschten.

»Alle mal herhören! Heute wird der gleiche Drill durchgeführt wie gestern: Schützenlinie bilden, Wald durchkämmen, Augen offen halten und wachsam sein. Wenn wir sie aufspüren, denkt daran: keine Gnade!«

Die Horde marschierte auf den Exerzierplatz im Hof zu. Als das erste halbe Dutzend Soldaten durch das Tor ins Freie trat, ertönte vom Waldsaum her ein barscher Befehl.

»Feuer!«

Mit einem lauten Zischen durchschnitten gemeingefährliche Waffen die Luft. Die sechs Soldaten stürzten auf der Stelle nieder, sie waren von Pfeilen und Speeren durchbohrt.

»Rückzug, Rückzug! Schnell wieder rein mit euch!«, befahl Fluch eiligst.

Panik brach aus, als die hinteren Reihen weiter voranmarschierten und so über die sich zurückziehenden vorderen Reihen stolperten. Weitere Truppenmitglieder fielen nieder, auch sie hatte der fliegende Tod ereilt.

»Was ist denn da draußen los?«, schrie Zarina Fluch an.

Fluch stand mit dem Rücken zur Mauer und schnappte nach Luft.

»Sie haben uns hier eingeschlossen. Moment mal. Ekelschwanz!«

Der hagere Fuchs kam herbeigetrottet.

»Hier, Fluch.«

»Sieh nach, wie es da draußen aussieht. Finde heraus, wo sie stecken, und mach mir dann Meldung.«

Ekelschwanz legte sich flach auf den Bauch und rutschte um den Türpfosten herum. Dann krabbelte er auf den Exerzierplatz hinaus, wobei er sich unablässig wand und schlängelte. Als er bis zur Mitte des Hofes vorgedrungen war, bewegte er sich auf und ab, um durch das offene Haupttor hindurch mit wachsamem Blick die Bäume zu überfliegen und das Buschwerk am Boden abzusuchen.

»Was ist zu sehen?«, erscholl Fluchs Stimme über den freien Platz.

Immer noch flach am Boden liegend, hob Ekelschwanz seinen Kopf an und rief zurück: »Eichhörnchen und Otter. Sie haben das Haupttor geöffnet und schießen aus den Bäu…«

Ein Otterspeer brachte ihn für immer zum Schweigen.

Fluch schob vorsichtig seinen Kopf um den Türpfosten herum. Sofort bohrte sich ein gefährlich surrender Pfeil ins Holz. Der Fuchs zog sich blitzartig wieder zurück, während zwei weitere Pfeilspitzen an genau der Stelle im Türpfosten landeten, wo eben noch sein Kopf gewesen war.

Skipper, der hinter einem Busch kauerte, gab Lady Ambra, die im unteren Geäst einer Eiche saß, ein Zeichen.

»Elf von ihnen hats erwischt und es sind noch jede Menge übrig«, berichtete er.

Ambra spannte ihre Bogensehne und schoss einen Pfeil ab.

»Machen wir doch das Dutzend voll, Skip!«

Mit grimmigem Gesichtsausdruck und wilder Entschlossenheit hielten die Mannschaften beider Anführer ihre Bogen, Wurfschleudern und Speere noch fester gepackt und warteten darauf, dass sich der nächste Kopf am Türpfosten der Festung von Kotir zeigen möge.

Im Gebäude war unterdessen die Panik, die auf den ersten Angriff gefolgt war, allgemeiner Verwirrung gewichen. Zarina raste in ihr Gemach hinauf und kam sofort wieder herunter, als ein Pfeilhagel durch das offene Fenster auf sie einprasselte. Fluch saß am Fuße der Treppe.

»So ist der Krieg nun mal«, sagte er philosophisch.

»So, so – räuchere sie aus, setze ihnen heftig zu, ich habe das alles schon erlebt, was?«, höhnte Zarina. »Tja, Fuchs, was schlägst du denn nun als Nächstes vor?«

»Gibt es hier noch irgendeinen anderen Ausgang?«

»An der Nordseite befindet sich der Eingang zu den Lagerräumen und der Speisekammer, aber es ist nur eine sehr kleine Tür.«

»Das muss genügen. Versuchen wirs.«

Als sie am Eingang zu den Lagerräumen und der Speisekammer ankamen, war die Tür fest verschlossen, und es dauerte geraume

Zeit, bis die verrosteten Riegel entfernt worden waren. Als sie sich schließlich öffnete, blieben die Truppenmitglieder zögerlich stehen. Niemand schien besonders darauf erpicht zu sein, sich in die Schlacht hinauszustürzen. Fluch stieß einen Soldaten aus Kotir mit seinem Schwert an.

»Na mach schon. Ihr habt doch Schilde. Raus mit euch!«

Mürrisch wandte sich das Hermelin an Brogg. »Der hat mir gar nichts zu befehlen. Ich diene hier jetzt schon seit sechs Jahreszeiten. Er und seine Bande sind erst gestern hier angekommen.«

Da kam Zarina den Gang entlanggestürmt. Sie stieß jeden beiseite, der im Weg stand, und befahl in einem Ton, der keine Widerrede duldete: »Sofort machst du, dass du da rauskommst – und du und du auch! Bildet mit euren Schilden einen Schutzwall, wie ihr es gelernt habt!«

Sie hatte das Sagen; der Königin der Tausend Augen durfte man nicht ungestraft widersprechen.

Drei Soldaten drängten sich mit vorgehaltenen Schilden ins Freie. Der Stein aus einer Schleuder traf das in der Mitte gehende Frettchen direkt auf der Pfote. Es schrie auf vor Schmerz und ließ dabei automatisch seinen Schild los. Noch einmal zischten Pfeile und dezimierten die Reihen um weitere drei Soldaten.

Hoch oben in einer Platane saß Borkenbursche und feuerte einen Pfeil ab, während er seine Mitstreiterin fragte: »Was meinst du, wie lange wir die Belagerung aufrechterhalten können, Beere?«

Beere rieb ihre Bogensehne mit Bienenwachs ein, bevor sie antwortete.

»Lady Ambra sagt, bis zum Mittag, dann ist es zu spät für Zarina, in Mossflower einzufallen. Ich persönlich denke, wir sollten sie dazu ermutigen, gegen Mittag herauszukommen. Dann könnten wir ihnen folgen und sie am Abend einen nach dem anderen abschießen.«

Ein weiteres Eichhörnchen schwang sich durch das Geäst herbei. »Habt ihr beide noch genug Pfeile?«, fragte es atemlos. »Hier ist ein voller Köcher. Gebt mir Bescheid, wenn ihr Nachschub braucht.«

Dann machte es sich mit seinem Vorrat auf zum nächsten Baum.

Fluch versuchte es auf jede nur erdenkliche Weise, und jedes Mal musste er wieder feststellen, dass die Waldbewohner ihn am Fortkommen hinderten. Sie feuerten ihre Geschosse mit tödlicher Treffsicherheit. Jeder Ausgang, an dem die Soldaten ihr Glück versuchten, egal ob Fenster oder Tür, führte nur wieder zu neuen Truppenverlusten. Der Sommermorgen schleppte sich dahin, und die hoch am Himmel stehende Sonne schenkte den Toten, die überall im Hof lagen, nicht die geringste Beachtung.

Zarina machte schließlich den bis dahin vernünftigsten Vorschlag: »Warum verschließen wir nicht einfach die Türen und beachten sie gar nicht? Wenn es für sie nichts mehr zum Abschießen gibt, müssen sie ja irgendwann abziehen.«

Fluch war froh, dass diese Lösung von ihr kam. Er hätte sie wohl schon früher angestrebt, wenn Zarina nicht so maßlos wütend gewesen wäre.

Skipper war ein ganz passabler Kletterer. Er stand zusammen mit Lady Ambra auf einem niedrigen Ast, und sie besprachen gemeinsam, was nun zu tun sei. Die Türen waren zugeschlagen und verriegelt worden, Tische versperrten die offenen Fenster.

»Sieht aus wie ein Unentschieden, Ambra. Na, wenigstens haben wir heute Morgen ein paar von ihnen erledigen können.«

Lady Ambra schoss einen ihrer Pfeile gegen die verschlossene Tür. »Feiglinge! Wenn es darum geht, wehrlose Waldbewohner anzugreifen und Unbewaffnete zu töten, dann sind sie wahnsinnig mutig, aber richtigen Kriegern in einer ehrlichen Schlacht gegenüberzutreten, dazu sind sie nicht in der Lage.«

Skipper blickte zum klaren blauen Himmel hinauf. »Ach, was

solls, heute ist der zweite Tag im Sommer und wir können doch ganz zufrieden sein, nicht wahr, meine Asthüpferin? Kommt schon, lasst uns den Rückzug antreten und nach Brockhall zurückkehren.«

Ein boshaftes Lächeln breitete sich auf dem Gesicht der Eichhörnchendame aus. »Ihr habt Recht, Skip. Aber bevor wir das tun, möchte ich ihnen noch einen kleinen Beweis unserer Hochachtung zukommen lassen.«

Zarina saß zusammen mit Fluch in einem der fensterlosen Räume im Inneren der Festung und aß Ringeltaubenbraten. Da hörte sie ein Klopfen an der Tür.

»Herein!«, rief sie.

Es war Rattenflanke. »Hoheit, Brogg lässt Euch ausrichten, dass die Waldbewohner dabei sind, Kotir in Brand zu setzen.«

»Was?«

»Äh, ja, Hoheit. Es sind Brandpfeile. Sie schießen damit auf die Türen und Fensterläden. Brogg sagt allerdings, dass es nicht so schlimm ist, weil das Gebäude doch aus Stein ist und sie nur das Holz abfackeln können.«

Zarina sprang auf und stieß dabei den Tisch zur Seite. »Mein Gemach! Fluch, sieh zu, dass du irgendetwas unternimmst, schnell! Stell eine Löschmannschaft auf; sie sollen eine Kette bilden und die Wassereimer weiterreichen. Lösch das Feuer. Wenn sie mein Gemach angerührt haben, werde ich, dann werde ich … ooooohhh!«

Sie raste aus dem Zimmer und die Treppe hinauf, wobei sie immer zwei Stufen auf einmal nahm.

Die Wandbehänge bestanden nur noch aus Rauch und Asche und die Tür loderte immer noch lustig vor sich hin – Ambras Bogenschützen hatten ihr ganz besonders viel Aufmerksamkeit geschenkt.

»Bringt die Eimer herauf. Ich brauche Wasser!«, heulte Zarina die Treppe hinunter.

»Aber wir versuchen doch gerade, das Feuer am Haupteingang zu löschen, Hoheit«, rief eine zittrige Stimme von unten herauf.

»Es ist mir ganz egal, was ihr gerade zu löschen versucht! Bringt mir sofort das Wasser herauf, aber ein bisschen plötzlich!«

»Aber was soll denn dann mit dem Tor geschehen, Hoheit?«

»Meinetwegen könnt ihr draufspucken. Dies ist mein Zimmer – das Privatgemach der Königin steht in Brand. Beeil dich, du Hornochse.«

»Dumme Kuh!«

»Wer war das?«, fragte sie empört.

# 39

Legt Eure Pfote ausgestreckt auf die Klinge, packt den Griff und haltet das Schwert flach über Euren Kopf.«

*Klong!*

Martin parierte Lupines Klinge, während Keiler Anweisungen brüllte.

»So wehrt man einen von oben kommenden Schlag am besten ab. Jetzt nehmt Ihr die Pfote herunter, lasst die Klinge herabfahren und von unten gegen das gegnerische Schwert schlagen. Mit beiden Pfoten am Griff führt Ihr die Waffe gerade nach oben und landet Euren Hieb. Dann dreht Ihr die Klinge blitzschnell einwärts und führt einen seitlichen Hieb in Kopfhöhe.«

Lupine musste ihre ganze Gewandtheit aufbieten, um sich unter Martins Klinge hindurchzuducken. Sie wich zurück und stützte sich keuchend auf ihr Schwert.

»Puh. Mannomann, diesem Krieger hier könnt Ihr aber nicht mehr viel beibringen.«

»Kann ich das nicht?«, lächelte Keiler. »Na, dann schau mal her!«

Der Dachs nahm einen Schürhaken aus dem Schmiedeofen. Er steckte eine Pfote in seinen Schmiedeschurz und nahm eine kampfbereite Haltung an.

»Aufgepasst, Martin!«, rief er. »Versucht es mit einem direkten Stoß.«

Martin nahm ebenfalls Haltung an. Dann versuchte er, den Dachs mit einem behänden Ausfallschritt und einem kräftigen Stoß nach vorn zu überrumpeln. Keiler schien sich kaum zu bewegen. Ein schneller Schlag seines Schürhakens entwaffnete Martin, und mit einer einzigen Bewegung schleuderte er dessen Schwert hoch, während er selbst an der Wand festgenagelt wurde. Der Schürhaken schwebte nur um Haaresbreite vor dem rechten Auge des Mäusekriegers.

»Wie habt Ihr das denn gemacht?«, stieß Martin mit vor Schreck stockendem Atem hervor.

Trabbs und Co. hatten sich das Ganze aus sicherer Entfernung angesehen.

»Ach, das macht er mit Leichtigkeit, alter Knabe.«

»Für den guten alten Herrn und Meister ist das gar kein Problem.«

»Schnell wie der Blitz, nicht wahr?«

Keiler lachte laut auf. »Es ist nur ein Trick, Martin. Lasst Euch nicht entmutigen. Ich werde Euch noch ein Dutzend weiterer zeigen, bevor dieser Tag sich seinem Ende zuneigt. Packt Euer Schwert und begebt Euch wieder in Position.«

Dieses Mal hechtete der Silberdachs unter der Klinge hindurch und ergriff Martins Pfote, die das Schwert führte. Mit der flachen Seite seines Schürhakens keilte er die Schwertspitze fest, während er den Mäusekrieger mit der Schwertkante an dessen Kehle gegen die Wand drückte.

»Seht Ihr? Wieder nur ein kleines, aber wirksames Täuschungsmanöver.«

An jenem zweiten Tag im Sommer lernte Martin mehr über den Kampf mit dem Schwert als in seinem ganzen bisherigen Leben.

Niemand war so geschickt im Umgang mit der Klinge wie Keiler der Kämpfer.

Dinny, Roy-Ahoi und Gonff versuchten gemeinsam, Keilers eigenes Schwert hochzunehmen, aber es wollte ihnen nicht einmal gelingen, die gewaltige Klinge vom Boden anzuheben. Es war riesengroß, ein richtiges Kriegsschwert eines ausgewachsenen Dachses, mit doppeltem Kreuzschaft und einer rasiermesserscharfen Kante, die nach der Hälfte der extrem breiten Klinge zwei Reihen gebogener Zacken aufwies.

Keiler führte Kunststücke damit vor, zerteilte Äpfel mitten in der Luft und schnitt Lupine, die stocksteif stehen blieb, das Ende eines Schnurrhaares ab. Martin fiel auf, dass der Dachs viel unbeschwerter und heiterer war, wenn er sich mit Waffen beschäftigte. Er ließ sogar zu, dass Glockenblume, Honigtau und Weide ihm schmeichelten. Dabei machten sie Trabbs und Co. nach, indem sie sich beim Sprechen abwechselten.

»Ooh, seid Ihr aber geschickt, Keiler, alter Knabe.«

»Und stark, das muss ich wirklich sagen!«

»Wir Damen würden es niemals schaffen, Euer großes, wuchtiges Schwert anzuheben.«

Drei Spezialdolche waren für Gonff, Roy-Ahoi und Dinny geschmiedet worden, die sie stolz an ihrer Seite trugen. Gonff entzückte die Bewohner des Salamandastron immer wieder mit seinen aus dem Stegreif vorgetragenen Balladen.

*»Glockenblume, Honigtau und Weide –*
*sind so reizend, dass ich sie beneide.*
*Wother, Trabbs und Ffring dagegen*
*sind sehr mutig und verwegen.*
*Lederherz, Lupine, Brise und auch Sternenhas*
*sausen schnell wie der Wind durch die Wipfel und das Gras.*
*Sie alle sind die Herrscher von*
*dem Berge Sala-manda-stron.«*

Glockenblume und Co. klimperten wild mit ihren Augenlidern.

»Oh, Herr Gonff, Ihr seid aber schlau.«

»Und auch sooo gut aussehend.«

»Ihr habt so eine wunderschöne Stimme.«

Gonff winkte bescheiden ab. »Spart euch das für Trabbs und Co. auf, meine Damen. Ich bin bereits meiner Columbine versprochen.«

»Ist sie hübsch?«

»Sehr hübsch?«

»Hübscher als wir?«

»Na, auf alle Fälle ist sie hübscher als Gonff«, warfen Martin, Dinny und Roy-Ahoi unverschämt ein.

»Ich würde sagen, mindestens noch mal so hübsch.«

»Ich tät sagen, zweimal so hübsch, harrharr.«

Keiler brüllte vor Lachen und hob sein Schlachtenschwert. »Frechheit! Soll ich ihnen die Köpfe abhauen, Gonff?«

Der Mäusedieb wurde unter seinem Fell hochrot. »Nein, ihre Beine würden mir schon reichen, Keiler. Ihre Münder brauchen sie noch zum Essen und um blöde Bemerkungen vom Stapel zu lassen.«

Um Gonff über seine Verlegenheit hinwegzuhelfen, winkte Lederherz die Freunde zu sich heran.

»Habt ihr denn schon unseren Feuersalamander gesehen?«

»Feuersalamander? Nein!«, warf Gonff schnell ein. »Gehen wir doch und schauen ihn uns einmal an.«

Sie folgten Keiler und den Hasen, die immer mehr Treppen hinaufmarschierten, bis sie sich irgendwo in der Nähe der Echohöhle befanden. Lederherz führte sie in eine Seitenhöhle, in der sich ein großer, offener Fensterschlitz befand. Neben dem Fenster lag ein gewaltiger, Furcht einflößender, aus Stein gemeißelter Kopf. Er war das verzerrte Abbild eines Drachen, wie ihn sich der Schöpfer des Kunstwerkes vorgestellt hatte.

»Niemand weiß, wie er hierher kam«, sagte Sternenhase und

strich liebevoll darüber. »Manchmal hebt Keiler ihn des Nachts zum Fenster hoch und entfacht ein Feuer in seinem Maul, um die Seeratten abzuschrecken.«

Mit einer einzigen großen Kraftanstrengung hob Keiler den Steinkopf hoch. »Ja, hier in etwa stelle ich ihn mit dem Gesicht zum Meer hin.«

Er setzte den Kopf auf dem Fenstersims ab und wurde dann merkwürdig still. Keiler der Kämpfer starrte angestrengt aufs Meer hinaus. Alle anderen gingen zu ihm ans Fenster, um zu sehen, was los war.

Auf halber Strecke zwischen dem Horizont und dem Ufer befand sich ein Schiff, das landeinwärts segelte. Es war eine große schwarze Galeere mit doppelten Ruderbänken und zwei Rahsegeln. An der Bugspitze ragten der ausgeblichene Schädel und die Finne eines großen Meeresfisches als Galionsfigur hervor.

Keiler flüsterte den niederschmetternden Namen des Schiffes: »Die *Blutkiel!*« Er nahm um sich herum nichts mehr wahr; er hatte seinen starren Blick auf das Schiff im Wasser geheftet.

Martin wandte sich an Lupine. »Ist das Fangzahns Schiff?«, fragte er.

Sie nickte abwesend und zerrte an Keilers schwerer Pfote. »Kommt hier weg, Keiler, bitte. Seht Ihr denn nicht, dass er Euch nur wieder verhöhnt?«

Der Silberdachs schüttelte sie ab und stürmte hinüber in die Echohöhle.

Sie hielten sich zwar die Ohren zu, aber sie konnten dennoch laut und deutlich hören, wie Keiler in der anderen Höhle dem Schiff mit donnernder Stimme entgegenschleuderte: »Ahoi, *Blutkiel*. Fangzahn, bist du da draußen? Hier spricht Keiler der Kämpfer. Warum lässt du dein niederträchtiges Fell nicht mal wieder hier an meinem Berg sehen? Wie wärs mit heute Nacht? Ich warte auf dich, du Meeresabschaum!«

Während sie noch das Schiff anstarrten, wurde eine rote Flagge, auf der eine Geißel prangte, am Fockmast gehisst. Sie bewegte sich zweimal auf und ab. Wutentbrannt knirschte Lederherz laut mit den Zähnen. »Er wird hier sein, daran besteht kein Zweifel.«

Keiler kam mit schweren Schritten aus der Echohöhle hereingestapft und reckte sich, bis sein Kopf die Decke berührte. Er stieß einen tiefen Seufzer der Zufriedenheit aus und rezitierte mit lauter Stimme:

*»Es ist die zweite Nacht dieses Sommers,*
*seit dem Frühling zum zweiten Male,*
*dass die Ratte des Meeres*
*den Felsenlord trifft;*
*doch diesmal zum großen Finale.«*

Martin sah den wilden Funken der Kampfeslust in Keilers Augen aufblitzen. »Dann werdet Ihr also heute Nacht gegen Fangzahn kämpfen?«, fragte er.

Keiler verließ die Höhle und rief im Hinausgehen zurück: »Nein, ich werde ihn töten!«

Sie folgten ihm die Treppen hinunter zur Schmiedehalle. Dort nahm der Dachs eine grobe Feile zur Pfote und begann, die Klinge seines Kriegsschwertes zu schärfen.

Die fröhliche Zeit war nun vorüber.

Martin nahm sein eigenes Schwert an sich. »Wir kommen mit Euch, Keiler.«

Der Dachs schüttelte den Kopf. »Nein. Dies ist nicht Euer Kampf. Er wurde schon vor langer Zeit in der Wand hinter meines Vaters Thron verewigt. Er ist unumgänglich.«

Martin blieb halsstarrig. »Ihr könnt sagen, was Ihr wollt, Keiler. Wenn es Nacht wird, dann werde ich an Eurer Seite sein.«

»Genau, und ich auch.«

»Ich ebenfalls.«

»Ich komme mit Euch.«

»Und ich, Kumpel.«
»Ojoj, ich tu auch dabei sein.«
»Mit mir könnt Ihr auch rechnen, alter Knabe.«
»Genau, so ist es, ha!«
»Würde es um nichts in der Welt verpassen wollen, auf keinen Fall!«

Keiler legte die Feile beiseite. »Na gut. Wenn ihr meint, dass ihr dabei sein müsst, dann kommt meinetwegen mit – ich danke euch, meine Freunde. Aber du, Lederherz, und du, Lupine – ihr müsst hier bei euren Kleinen bleiben. Das Feuer muss weiterbrennen, das versteht ihr doch, oder?«

Lederherz nickte und biss sich dabei so sehr auf die Lippe, dass ihm das Blut von seinem Mundwinkel herabtropfte.

»Wie Ihr wollt, Keiler«, antwortete Lupine für sie beide.

Der Silberdachs stand da und hatte seine Pfoten auf das obere Querstück seines Schwertes gelegt – er war jeder Zoll ein Befehlshaber.

»Ihr anderen hört mir bitte gut zu. Ganz egal, was geschieht, ihr müsst euch in jedem Fall dem Kodex der Krieger unterwerfen. Ich bin derjenige, der die Befehle erteilt, und niemand sonst. Ich weiß, dass es für euch vielleicht schwer zu verstehen sein wird, aber ihr müsst mir uneingeschränkt vertrauen. Das ist wichtiger als Kraft oder Tapferkeit. Wenn ihr mir gehorcht, seid ihr wahre Freunde; widersetzt ihr euch, seid ihr meine Feinde. Ist euch klar, was ich da sage?«

Schweigend wurde mit dem Kopf genickt.

Keiler hängte sein großes Schwert wieder zurück in die Wandhalterung. »Gut. Dann geht jetzt und ruht euch aus«, riet Keiler ihnen. »Zuvor solltet ihr euch allerdings um eure Waffen kümmern und etwas essen.«

Als sie fort waren, hielt Martin sich noch eine Weile bei Keiler auf.

»Das Gedicht, welches Ihr zitiert habt«, fragte er wissbegierig,

»stand doch auf der Wand, oder? Habt Ihr es in seiner vollen Länge wiedergegeben?«

Keiler schüttelte den Kopf. »Nicht ganz. Die letzten Zeilen sind nur für mich bestimmt. Nochmals vielen Dank, Martin. Es wird mir gut tun, heute Nacht einen wahren Krieger an meiner Seite zu haben.«

Sie drückten einander die Pfoten, wobei die des Mäuserichs vollkommen in der des Dachses verschwand.

»Viel Glück, Keiler, mein Freund.«

»Glück und Schicksal haben nur wenig miteinander gemein, Martin. Folgt Ihr nur dem Stern des Kriegers und bleibt Euch selbst und Euren Freunden stets treu.«

Und so legten sich die Bewohner des Salamandastron hin, um auszuruhen. Jeder war mit seinen eigenen Gedanken beschäftigt.

Der zweite herrliche Sommertag neigte sich seinem Ende zu.

Mit jeder Welle kam das schwarze Segelschiff *Blutkiel* näher.

# 40

Fluch hatte einen Einfall.

»Jetzt wo die Waldbewohner fort sind«, schlug er listenreich vor, »könnten wir uns doch aus Kotir fortschleichen und uns selbst im Gebüsch am Waldrand verstecken. Wir könnten Standorte wählen, die direkt hinter denen liegen, die von ihnen heute Morgen eingenommen wurden. Auf diese Weise wären wir in der Lage, den Spieß umzudrehen und sie zu überfallen, wenn sie morgen früh zurückkehren, um erneut bei Morgengrauen anzugreifen.«

»Ho, hohoho, gute Idee, Fuchs«, kicherte Brogg ermutigend.

Zarina starrte den Hauptmann eisig an, worauf ihm das Kichern in der Kehle zu einem Gurgeln erstarb. Eine nahezu offene Feindschaft war zwischen ihr und Fluch jetzt an der Tagesordnung. Sie bereute, dass sie ihm und seiner Bande jemals in Kotir Einlass gewährt hatte.

»Du bist ein Trottel, Brogg«, fauchte sie. »Erkennst du denn nicht, dass dieser Fuchs uns nur aus Kotir hinauslocken will, damit er sich hinter unserem Rücken mit seiner abgerissenen Bande hier einnisten kann?«

Entwaffnend breitete Fluch seine Pfoten weit aus. »Hoho, wenn du das wirklich denkst, Lady.«

»Ja, genau das denke ich, Fuchs!«, schnappte Zarina zurück.

»Das Problem hätten wir leicht gelöst«, gab Fluch achselzuckend zurück. »Dann bleibst du eben mit deiner Niete von Hauptmann hier in Kotir, während ich mit den Streitkräften in den Wald gehe. Ich halte es sogar für das Beste, wenn ich sie heute Nacht hinausführe, damit wir auf jeden Fall für alle ein gutes Versteck gefunden haben, bis die Waldbewohner kommen.«

Zarina sog die Luft ein. »Na ja, die Idee gefällt mir schon besser. Dem kann ich zustimmen, Fluch.«

Der Fuchs lachte. Er zog sein Schwert und hielt es ihr hin. »Glaubst du, du kannst mir vertrauen, oder willst du vielleicht lieber mein Schwert beschlagnahmen?«

Zarinas Augen verengten sich zu Schlitzen. »Wenn ich dir das Schwert abnehme, dann nehme ich deinen Kopf gleich mit, Fuchs.«

Fluch steckte sein Schwert wieder in die Scheide und spuckte verächtlich aus. »Wenn du jemals versuchen solltest, mir mein Schwert abzunehmen, dann wird es *dein* Kopf sein, der rollt, Katze.«

»Wir werden ja sehen.«

»Richtig, wir werden sehen.«

Tschipp konnte ebenfalls sehen. Er hatte auch alles gehört.

Sein rascher Flügelschlag trug ihn aus Kotir hinaus, durch Mossflower hindurch und zurück nach Brockhall.

Der Vormaulwurf stapfte zusammen mit Alt-Dinny im tiefen Laub herum. Sie versuchten, sich an den genauen Standort des Einstiegsloches zu einem stillgelegten Tunnel zu erinnern.

»Hajaj, da tät es vielleicht sein können. Aber ich tu auch nur vielleicht sagen, hajo.«

»Hano, hier tut es sein. Ich tu bei meinem Tunnel schwören, dass es hier sein tut.«

»Hanono, vielleicht tuts auf halbem Wege zwischen den beiden Stellen sein.«

»Hoho, hoppla, ein Erdbeben. Tu aufpassen, bohörr!«

Unter ihnen begann der Boden zu erzittern und zu beben. Beide Maulwürfe landeten geradewegs auf ihrem Hinterteil im Laub.

Plötzlich streckte Lehmwerfer seinen Kopf aus dem Boden. Er blies die vertrockneten Blätter von seiner Schnauze herunter und grinste von einem Ohr bis zum anderen.

»Hajaj, einen guten Morgen, meine Herren«, rief er fröhlich aus. »Wir tun den Quertunnel gefunden haben, der wo hier gewesen sein tut.«

Der Vormaulwurf strengte sich sehr an, um seine Würde zu bewahren. »Da tut er ja sein, Alt Din. Ich tu ja gleich gesagt haben, dass er da sein tut, hajo.«

»Ohoho, für einen geachteten Vormaulwurf tut Ihr ja ein ganz schön arger Lügenbold sein, bohörr!«

Lehmwerfer zog sich ganz aus der Erde heraus; Erdklaue und Billum folgten ihm dicht auf den Fersen. Sie richteten scheinbar respektvoll ihre Schnauzen auf ihre Ältesten, wobei Billum ein kehliges Kichern zu unterdrücken versuchte.

»Sieh an, was die alten Herrschaften für einen Spaß haben tun, hier zwischen den Blättern rumzutoben wie kleine Igel. Ich muss schon sagen, es tut mich überraschen, joharrasch.«

Der Vormaulwurf drohte Billum mit strenger Klaue. »Hoho, tu deine Zunge hüten. Tu lieber zusehen, dass du nach Brockhall kommen und was Vernünftiges essen tust, bohörr.«

In Brockhall lief unterdessen alles wie am Schnürchen. Die Kleinen spielten mit Columbine und Goody, während die Äbtissin Ben Stichler und ihren Mäusen dabei half, Pfeile anzufertigen und zu bündeln. Als Bellas Stellvertreterin in deren Abwesenheit war Äbtissin Germania nicht gerade begeistert darüber, dass Skipper und Ambra der Entscheidung des Rawim zuwidergehandelt hatten, aber sie war nachsichtig mit ihnen, denn schließlich hatten ja beide bei dem Überfall auf die Tunnelgräber auch Freunde verloren. Dennoch fühlte sie sich dazu verpflichtet, sie zu rügen.

»Ihr hattet kein Recht dazu, einfach loszuziehen, nachdem beschlossen worden war, dass alle hier zu bleiben haben. Ihr hättet beide getötet werden können.«

Skipper war gerade damit beschäftigt, aus einem Eintopf, der zum Auskühlen neben dem Kamin stand, ein paar Haselnussstücke und etwas Lauch zu fischen. Germania klopfte heftig mit einem Pfeil auf den Tisch.

»Otterskipper, hört Ihr mir überhaupt zu?«

»Oh ja, Gnädigste, ich bin ganz Ohr«, sagte er geistesabwesend. »Sind dies jetzt die Nüsse der letzten Saison oder der vorletzten? Sie schmecken so wunderbar süß.«

Die Äbtissin schnaubte vor Wut. »Also, ich möchte, dass Ihr mir versprecht, nie wieder eine solche Dummheit zu begehen, und zwar beide. Ich muss mich doch sehr über Euch wundern, Lady Ambra – dass Ihr als Eichhörnchenkönigin so unbedacht handelt. Da habt Ihr nicht gerade ein gutes Beispiel für die anderen abgegeben!«

Keck neigte Ambra ihren verbundenen Ohrstumpf zu Germania hinüber. »Äh, was sagtet Ihr gerade?«

Sie sahen sich alle drei an und brachen plötzlich in schallendes Gelächter aus.

Dann kam Tschipp mit den Maulwürfen daher und so blieb den Missetätern weitere Schelte erspart. Er machte den anwesenden Anführern des Rawim sofort Meldung. Ferdy und Coggs waren inzwischen bei der Entscheidung angelangt, dass sie doch lieber tischlernde, kriegerische Köche werden wollten, und brachten für alle Erfrischungen herbei.

Beim Essen grübelte die Äbtissin darüber nach, was jetzt zu tun sei. »Wenn die Streitkräfte von Kotir sich im Wald versteckt halten, dann wäre es äußerst unklug von Euch beiden, wenn Ihr versuchen würdet, den heutigen Angriff zu wiederholen.«

Skipper grinste von einem Ohr zum anderen. »Aber auf gar keinen Fall, Gnädigste. So wie es sich anhört, werden sie sich schon selbst beschäftigen. Sollen sie doch da draußen die Nacht schön unbehaglich zubringen. Wenn sie dann im Morgengrauen vor Kälte zitternd auf uns warten, werden sie feststellen müssen, dass wir gar nicht daran denken, aufzutauchen. Schöner Reinfall.«

Der Vormaulwurf schlug mit einem von Ferdys Keksen auf die Tischplatte. »Hajaj, und wenn dieses Ungeziefer denken tut, dass es uns vom Graben tut abgehalten haben – pah, dann tut es gar nix nicht über Maulwürfe wissen. Noch vor dem Abend tun wir den Tunnel wieder betriebsbereit haben, hajo.«

Bella von Brockhall hatte auf ihrer Suche nach einem zweiten Versteck bereits einen weiten Weg zurückgelegt. Wenn Brockhall jemals von Zarinas Armee entdeckt würde, dann wäre es für das Überleben der Waldbewohner unabdingbar, einen sicheren Zufluchtsort zu haben. Die gütige Dächsin war sich ihrer großen Verantwortung den Waldbewohnern gegenüber stets bewusst. Sie sah es als ihre Pflicht an, sich auf diese Suche zu begeben. Bella genoss die Einsamkeit und Stille der weiter entfernten Gebiete von Mossflower, nachdem sie in Brockhall über so lange Zeit auf engstem Raum mit den Waldbewohnern zusammengelebt hatte. Gegen Mittag durchwanderte sie in östlicher Richtung ein ausgedehntes Gebiet mit bestellten Feldern. Die Dächsin spürte instinktiv, dass der Moss sich irgendwo ganz in der Nähe entlangschlängelte, und schon bald bestätigte sich ihre Vermutung.

Bella setzte sich ans Ufer des breiten, wirbelnden Flusses. Sie konnte einem kurzen Mittagsschläfchen in der wärmenden Frühsommersonne nicht widerstehen.

»Bella. Heda, Bella von Brockhall!«

Die Dächsin schoss hoch wie ein geölter Blitz und blinzelte ihre Müdigkeit fort. Gingivere kam auf sie zugelaufen; er hatte eine Katze mit glattem rötlichem Fell bei sich.

Die Dächsin sprang auf und winkte freudig.

»Haha, Gingivere, Ihr alter Schwerenöter, wollt Ihr mir Eure Freundin nicht vorstellen?«

Die Katze lächelte und winkte zurück.

»Oh, Ihr seid genau so, wie ich mir Euch vorgestellt hatte, Bella«, sagte sie herzlich. »Gingivere hat mir alles über Euch und seine Freunde aus dem Wald erzählt. Ich heiße Sandingomm.«

Sie setzten sich gemeinsam ans Ufer, und dann erzählte Bella ihnen, was sich in der Zwischenzeit alles ereignet hatte und was sie an diesen Ort führte. Noch während sie sprach, fiel Bella auf, wie stark und glücklich Gingivere aussah. Es wurde schon bald klar, warum er sich so verändert hatte.

»Schaut mich an, Bella. Stellt Euch nur vor, ich bin jetzt ein Bauer geworden. Ja, ich – Gingivere, der Sohn von Verdauga. Wir haben ein schönes kleines Stück Land etwas weiter flussaufwärts und angeln kann man in diesem Fluss auch ganz hervorragend.«

Die Dächsin war entzückt. »Na, dann seid Ihr ja dieses Mal wirklich auf Euren Pfoten gelandet, mein Freund. Nach allem, was Ihr durchgemacht habt, habt Ihr es Euch aber auch wirklich redlich verdient. Herzlichen Glückwunsch Euch beiden.«

Sandingomm dankte Bella. »Ihr könnt die Waldbewohner jederzeit zu uns bringen und mit ihnen bei uns bleiben. Dieser Ort ist viel zu weit weg, als dass Gingiveres böse Schwester ihn finden könnte.«

Bella erhob sich. Sie klopfte sich den Staub aus dem Pelz und lehnte das Angebot, doch zum Mittagessen zu bleiben, dankend ab.

»Ich würde nicht im Traum daran denken, zwei so glückliche

Wesen noch länger zu belästigen«, sagte sie bestimmt. »Außerdem muss ich nach Brockhall zurückkehren und ihnen die freudige Nachricht überbringen. Ich habe nicht nur einen zweiten Zufluchtsort für sie gefunden, sondern auch noch unseren Freund Gingivere wiedergesehen und obendrein noch eine neue Freundin hinzugewonnen, nämlich Euch, Lady Sandingomm.«

Gingivere lächelte verständnisvoll. »Wie Ihr wünscht, Bella von Brockhall. Grüßt alle Waldbewohner ganz herzlich von mir und vergesst nicht, Ferdy und Coggs auszurichten, dass sie möglichst bald ihren Onkel Gingivere und ihre Tante Sandingomm besuchen sollen.«

»Oh, das werde ich, nur keine Sorge«, versicherte Bella ihm. »Ich danke Euch, es ist gut zu wissen, dass wir Mitglieder des Rawim zwei großartige Freunde haben, die jederzeit bereit sind, uns zu helfen.«

Mit diesen Worten machte sich die Dächsin in westlicher Richtung auf den Weg; im strahlenden Mittagssonnenschein ging sie wieder zurück zu den laubbedeckten Lichtungen des Waldes von Mossflower.

»Auf Wiedersehen, Bella von Brockhall, und viel Glück!«, riefen der Kater und die Katze hinter ihr her.

»Ich danke Euch. Passt gut aufeinander auf. Auf Wiedersehen, Bauer Gingivere. Auf Wiedersehen, Lady Sandingomm.«

## 41

Am Salamandastron war es Nacht geworden. Die Kriegstruppe kletterte die Leiter hinunter, bis sie den sandigen Boden erreichte. Gonff, Dinny und Roy-Ahoi waren von den Hasen ausgerüstet worden. Sie trugen Helme und lange, spitze Spieße, kleinere Ausgaben derjenigen Waffen, die von den Kampfhasen getragen wurden.

Martin sah sich um und prüfte, ob auch alle mitgekommen waren. Da standen Trabbs, Wother und Ffring, Glockenblume, Honigtau und Weide, seine drei Weggefährten und Keiler der Kämpfer. Der Silberdachs überragte sie alle, er sah Furcht einflößend genug aus, um jeder Seeratte das Blut in den Adern gefrieren zu lassen. Er trug seine schwere Rüstung, die vorne und hinten mit Dornen versehen war und auf der eine glänzende Kopfbedeckung aus Metall prangte, die sich vorne zu einer Kriegsmaske zuspitzte.

Keiler zeigte mit seinem großen Kriegsschwert auf Lederherz, der oben stand, und erteilte ihm letzte Anweisungen.

»Achte darauf, dass du die Leiter wieder ganz nach oben ziehst, schiebe einen Felsen vor das Eingangsloch und öffne niemandem.«

»Aber wenn Ihr nun wieder hereinkommen wollt, Keiler?«, fragte Sternenhase, der hinter seinem Vater stand und hinunterblickte.

Der Dachs gluckste trocken. »Keine Sorge, Stern. Eine kurze Kletterpartie und eine Felsplatte können mich ganz sicher nicht davon abhalten.«

Lupine erschien an der Öffnung. »Brise hockt in der Schmiede und heult sich die Augen aus. Werdet Ihr klarkommen, Keiler?«

Der Dachs blickte nicht auf. »Alles in Ordnung, Lupine. Du bist sehr stark, du weißt, was zu tun ist.«

»Ja, das weiß ich, Keiler.«

»Gut. Dann kommt mit, ihr Glückspilze, folgt mir. Wir werden jetzt zusammen mit ein paar Seeratten ein rauschendes Fest feiern.«

Beim Fortgehen stieß Gonff Dinny an. »Wie fröhlich er ist! Wenn er kurz vor einer Schlacht steht, scheint er richtig heiter zu werden.«

»Hajo, ich tu wünschen, mir täts auch so gehen«, schluckte Klein-Dinny. »Meine jungen Pfötchen tun zittern wie Espenlaub, bohörr.«

»Ich bin froh, dass mir das nicht passieren kann, Din«, kicherte Gonff nervös. »Meine sind schon seit einiger Zeit vor Angst ganz steif gefroren.«

Schweigend gingen sie im Gänsemarsch dicht an der Felswand entlang zum Ufer hinunter.

Als die kleine Gruppe mit dem Rücken zum Berg stand, hielt sie an. Es war niemand zu sehen, obwohl die *Blutkiel* ganz dicht an der Küste vor Anker liegend hin und her dümpelte.

Trabbs zuckte mit seinem Schnurrhaar. »Das gefällt mir überhaupt nicht, Kameraden. Nicht im Geringsten.«

»Ganz deiner Meinung, Jungchen.«

»Ich stimme ebenfalls zu, alter Kundschafter.«

Gonff blinzelte zur *Blutkiel* hinüber. »Vielleicht sind sie ja noch an Bord.«

Roy-Ahoi hielt seinen Spieß noch fester gepackt. »Nein, Kumpel. Dafür liegt sie nicht tief genug im Wasser.«

»Roy-Ahoi hat Recht«, flüsterte Martin zu Keiler hinüber. »Was meint Ihr?«

»Oh ja, sie sind hier irgendwo«, kicherte Keiler leise. »Ich kann riechen, wie der Gestank von Seeratten mein Revier verpestet. Trabbs, du gehst nach links. Glockenblume nimmt den rechten Weg um den Berg herum. Schaut nach, ob ihr irgendetwas entdecken könnt.«

Die Hasen schlüpften schnell wie der Wind davon.

»Seht, da vorne ist ein kleiner gegnerischer Trupp«, rief Keiler und zeigte geradeaus. »Sie haben sich dort, wo die Wellen an den Strand schlagen, flach in den Sand gelegt. Pah, mich halten die nicht zum Narren. Sie versuchen, hier so eine Art Hinterhalt aufzuziehen, aber keine Sorge, wir werden bereit sein.«

Trabbs und Glockenblume kamen gleichzeitig zurück. »Keiler, sie sind auf der Rückseite des Berges, ganze Heerscharen von ihnen!«

»Es ist, wie Glockenblume sagt. Ich habe auch gesehen, wie sie sich da alle im Schatten herumdrückten.«

Keiler bewahrte Ruhe. »Sieh an, Fangzahn scheint ja neuerdings weniger seinen Mund und mehr seinen Kopf zu gebrauchen. Sie müssen wohl ein Stück weit die Küste hochgefahren sein und die Meute dort an Land gebracht haben. Und die hat dann einen großen Bogen geschlagen, um uns in den Rücken zu fallen. Ich sagte euch doch, dass die Gruppe vor uns nur der Täuschung dient.«

Dinny rief mit heiserer Stimme: »Tut aufpassen! Sie tun kommen!«

Von beiden Seiten kamen sie mit großer Geschwindigkeit grüppchenweise um den Berg herum auf sie zu. Trabbs hatte die Anzahl richtig geschätzt, es waren ganze Heerscharen von ihnen. Martin sah schweigend zu, wie sie einen Halbkreis bildeten. Er hatte noch nie so viele Seeratten gesehen.

Schurkengesichter mit schwarzen Stirnbändern und Messingohrringen knurrten sie böse an. Merkwürdige sichelförmige Schwerter und kleine, runde Schutzschilde wurden drohend hoch über den Köpfen geschwungen. Diejenigen, die keine Schwerter hatten, trugen jede Menge Dolche und Peitschen. Martin war heilfroh, dass sie keine Bogenschützen dabeihatten.

Keiler stand mit einem breiten Lächeln vor ihnen und stützte sich lässig auf sein Schlachtenschwert. »Sieh an, sieh an. Die ganze Horde ist versammelt. Wo ist denn das alte Schnodderschnurrhaar?«

Die Reihen teilten sich und machten zwei Fahnenträgern Platz, die das Banner der Seeratten vor sich hertrugen. Zwischen ihnen stand ein Rattenkoloss, der eineinhalbmal so groß war wie all die anderen und ein Sichelschwert und eine lange Peitsche trug. Ein überlanger Fangzahn wuchs ihm aus der linken Seite seines Mundes und verlieh seinem Gesicht ein verzerrtes Hohnlächeln.

»Hier bin ich, Berglord. Wir haben dich umzingelt und nun wirst du sterben.«

Keiler ersparte sich derlei Höflichkeitsfloskeln. Er wirbelte sein riesiges Kriegsschwert hoch über seinem Kopf und griff mit einem donnernden Kriegsschrei an.

»Juuuuhaaarrreelläailiiiiii!!!«

Beide Seiten stürzten vorwärts und prallten aufeinander, sodass der Stahl krachte und der Sand knirschte.

Martin spürte, wie die Kampfeslust durch seine Adern strömte. Er sprang drauflos und schlug zu, hackte und stieß um sich, stach und schlitzte wie der Blitzstrahl eines Gewitters mitten im heißen Sommer. Seine fliegende Klinge durchschnitt die gegnerischen Schilde und die Seeratten fielen vor ihm zu Boden wie Getreidehalme vor einem Schnitter. Sie drängten sich an ihn heran und schwangen ihre Sichelschwerter. Dinny zog sich eine klaffende Schnittwunde an seiner Schulter zu. Er war schon fast zu Boden gegangen, als Trabbs eine quiekende Ratte auf seinem Spieß hochhievte und in die Klingen warf, die den Maulwurf bedrohten. Gonff hatte seinen Spieß verloren, stürzte sich aber dennoch auf seine Gegner. Er hatte in jeder Pfote einen Dolch und wedelte mit seinen Armen wie eine Windmühle nach oben und unten, kreuz und quer – er hatte seine Angst im brodelnden Handgemenge der Schlacht ganz vergessen. Ffring wurde von allen Seiten bedrängt, und seine Blume war bereits abgeschoren, aber dann kamen Wother und Roy-Ahoi auf ihren Spießen über die Köpfe der Seeratten hinweggesprungen, um den belagerten Hasen zu retten. Sie stießen nach links und nach rechts und bekamen noch Unterstützung von Glockenblume, die ebenfalls herbeikam. So standen sie zu viert Rücken an Rücken und kämpften weiter. Sie drehten sich grimmig im Kreis, stießen mit ihren Speeren zu und schlitzten drauflos wie ein Karussell des Schreckens.

Die Ratten am Ufer waren ebenfalls auf dem Vormarsch. Keiler zielte möglichst niedrig, um die Füße seiner Feinde zu treffen. Wenn sie dann hochsprangen, schleuderte er sein riesiges Kriegsschwert nach oben und durchschnitt mit der gewaltigen Klinge auf

Kopfhöhe die Luft. Blutbesudelt und an einem Dutzend verschiedener Stellen von Stahl durchbohrt, kämpfte er immer weiter. Er merkte seine Wunden nicht einmal, sondern versuchte verbissen, Fangzahn zu erreichen, der weiter hinten stand und seine Seeratten anfeuerte.

»Komm zu mir, Fangzahn«, säuselte der Silberdachs, während er weiterkämpfte. »Stelle dich Keiler dem Kämpfer. Ich bin der Sohn des alten Lord Brockbaum, Herrscher von Mossflower und Herr über diesen Berg. Meine Klinge singt deinen Todesgesang. Keiler wird dich und deine Ungeziefermannschaft noch in dieser Nacht zum Tor im Wald des ewigen Dunkels befördern. Die Sommersonne kann nicht länger ertragen, wie ihr mit eurem Anblick die Erde besudelt!«

Auf Befehl von Fangzahn drängten sich die Ratten noch verbissener nach vorn. Die Feindesmassen schienen schier endlos zu sein. Martin und seine Gefährten wischten sich den Schweiß und das Blut aus den Augen und schlugen heldenhaft auf die Flut von Seeratten ein, die sie zu verschlingen drohte.

Der Mäusekrieger stellte fest, dass er Rücken an Rücken mit Keiler stand. »Keiler, wir sind in großer Bedrängnis und zahlenmäßig völlig unterlegen«, schrie er, um das Kampfgetöse zu übertönen. »Wir würden den ganzen Sommer brauchen, um diese Meute zu erschlagen, selbst wenn sie sich in eine Reihe stellen und geduldig warten würden.«

Der Silberdachs teilte mit seinem Schwert eine Ratte in zwei Hälften. »Ich weiß, kleiner Krieger. Ich sagte Euch ja, dass dies mein Kampf sei. Es tut mir Leid, dass ich Euch da mit hineingezogen habe.«

Martin löschte mit seiner Klinge ein spuckendes Gesicht aus. »Es ist nicht Eure Schuld, Keiler. Es stand so geschrieben.«

Der Dachs nahm seinen Schwertgriff und schlug damit eine Ratte, die sich zu nahe heranwagte, zu Brei. »Hört zu, Martin. Versammelt die Mannschaft um Euch. Ich werde uns mit Gewalt einen

Weg bahnen, sodass wir Reißaus nehmen können. Es befindet sich nur eine einzige Gruppe zwischen uns und der *Blutkiel*. Seid Ihr bereit?«

In dem Schlachtgetümmel dauerte es eine Weile, bis Martin seine Gefährten um sich versammelt hatte. Einen kurzen Augenblick ebbte der Ansturm ab, als sie so dastanden und auf allen Seiten von Seeratten umringt waren.

Wie ein geölter Blitz stürmte Keiler wutschnaubend drauflos. Der wilde Angriff bahnte ihnen den Weg bis zum Rand der Horde. Unaufhörlich schlugen Martin und die anderen um sich, bis ihnen schließlich der Durchbruch gelang. Sie rannten auf die kleine Truppe herannahender Seeratten zu.

Spieße und Sichelschwerter klirrten, als sie aufeinander trafen. Das überrumpelte Gesindel war angesichts der Rohheit, mit der es angegriffen wurde, so verblüfft, dass es keinen Widerstand leistete, sondern sich in alle Winde zerstreute.

Und so jagten die Freunde weiter, bis sie das Wasser erreichten.

Honigtau blickte sich um. »Wir haben Keiler zurückgelassen!«

»Nein, er ist uns überhaupt nicht gefolgt.«

»Lasst uns zurücklaufen.«

»Halt!«, befahl Martin hart und unerbittlich.

Sie drehten sich um und starrten den Mäusekrieger an.

»Denkt daran, was Keiler euch befohlen hat. Folgt seinem Wort, der Kodex der Krieger muss gewahrt werden. Keiler hat sein eigenes Schicksal geschrieben gesehen, und wir können nichts tun, um ihn aufzuhalten. Wir müssen das Schiff kapern.«

Das Kampfgeschrei schrillte noch in ihren Ohren, als sie in die Brandung wateten.

Es waren nur sehr wenige Wachposten an Bord geblieben, gerade genug, um die Galeerensklaven in Schach zu halten. Beim Anblick der laut brüllenden Kämpfer, die tropfnass auf das Deck der *Blutkiel* sprangen, hechteten sie, ohne zu zögern, über Bord.

Vor Anstrengung keuchend, drehte sich Martin zu Roy-Ahoi um. »Bring das Schiff so schnell wie möglich in Gang!«

Der Spitzmäuserich begann sofort damit, der neuen Besatzung in bellendem Ton Befehle zu erteilen. »Schneidet das Ankertau durch, hisst die Segel, Martin an die Ruderpinne – steuere sie in tieferes Wasser. Ihr da unten, wenn ihr wieder frei sein wollt, dann rudert jetzt um euer Leben.«

Martin schob das Ruder zur Seite und spürte, wie die *Blutkiel* reagierte. Mit einer steifen Brise im Rücken drehte sie von der Küste ab und glitt auf den Wellen des abebbenden Gezeitenstroms hinaus zum offenen Meer. Die anderen gesellten sich zu Martin, der über das Achterdeck und das ruhige Kielwasser hinweg zum Ufer blickte.

Der Wind trug die Stimme des Silberdachses zu ihnen herüber.

»Segelt davon, meine Krieger. Erzählt Bella und Mossflower von Keiler dem Kämpfer. Kommt näher, ihr Seeratten. Ich will euch mit meiner Klinge in den Schlaf streicheln. Ah, Fangzahn, mein alter Feind, habe ich dich endlich! Und nun umarme ich dich als Freund. Siehst du?«

Sie mussten tatenlos mit ansehen, wie Keiler unter einer heulenden und kreischenden Meute von Seeratten zu Boden ging. Der Dachs wirbelte sein Schwert mit einer einzigen Pfote, die andere mächtige Pfote drückte Fangzahn fest gegen die dornenbesetzte Metallrüstung und quetschte ihn so zu Tode.

Martin wandte sich ab, ein Tränenschleier nahm ihm die Sicht. Er konnte nicht länger hinsehen.

Seinen Gefährten ging es ebenso.

Vor ihnen lag das tiefe, offene Meer. Hinter ihnen leuchteten die Flammen des Salamandastron strahlend hell über einer Küste, die mit toten und verwundeten Seeratten übersät war.

Die Seele von Keiler dem Kämpfer verweilte noch ein wenig im Sand, sie zögerte, den Schauplatz einer guten Schlacht zu verlassen und das Tor zum Wald des ewigen Dunkels zu durchschreiten.

Der Silberdachs hatte gesehen, was auf der Wand geschrieben stand. Er hatte der Legende des Berges Genüge getan!

Zarina und Fluch beobachteten einander wie Hechte einen Wasserkäfer. Die Wildkatzenkönigin blickte aus ihrem Fenster im ersten Stock, und Fluch sah von der Stelle hinauf, an der er, vor Kälte zitternd, mit den Truppen kauerte. Sie waren vom frühmorgendlichen Tau durchnässt und nach einer vergeblich im Wald verbrachten Nacht vollkommen niedergeschlagen. Der Graben zwischen Katze und Fuchs wurde immer tiefer.

Fluch hockte neben Brogg im nassen Gras.

»Siehst du eigentlich gar nicht, wie deine Königin uns behandelt? Wir sind hier draußen die ganze Nacht am zittern, während sie da drinnen schön warm und gemütlich ihrem Luxusleben frönt.«

Brogg blickte ihn teilnahmslos von der Seite an. »Das ist schon immer so gewesen. Sie ist nämlich eine Königin, weißt du?«

Fluch spuckte nach einem kleinen Insekt. »Wenn ich in Kotir herrschen würde, dann würde es den Truppen nicht schlechter gehen als mir. Du kannst ja meine Mannschaft fragen. Wir haben immer Essen im Überfluss gehabt. Ich habe mich nie an einem sicheren Plätzchen versteckt und sie für mich ihr Leben riskieren lassen.«

»Darum hast du sie wohl auch aus der Tür geschoben, als all die Pfeile und Speere abgeschossen wurden, was?«, höhnte Rattenflanke.

Fluch versetzte ihm einen kräftigen Schlag auf die Schnauze. »Wer hat dich eigentlich nach deiner Meinung gefragt, du altes Wehleidsschnurrhaar? Du hast ja wohl auch nicht gerade zu den Freiwilligen gehört, als es darum ging, hinauszustürzen und gegen diese Waldbewohner zu kämpfen.«

Brogg stand auf und streifte sich die Tautropfen von seinem Umhang. »Na ja, heute Morgen werden sie hier sicherlich nicht mehr auftauchen. Ich frage mich allerdings, woher sie wussten, dass wir hier im Hinterhalt liegen würden.«

Fluch blinzelte ihm zu und tippte sich an die Schnauze. »Vielleicht hat sie es ihnen ja verraten. Auf diese Weise hat sie Kotir und die Vorräte ganz für sich allein. Es gibt da drinnen genug zu essen, um eine Katze bis in alle Ewigkeit zu versorgen.«

Brogg kratzte sich am Kinn. »Wirklich? Glaubt Ihr, sie würde so etwas tun?«

»Das liegt doch nun wirklich auf der Pfote«, lachte Fluch freudlos. »Soweit ich gehört habe, war die Garnison ganz schön heruntergekommen, bevor ich mit der Verstärkung und dem Proviant hier auftauchte. Es heißt, sie habe sich äußerst merkwürdig verhalten. Du müsstest es doch am besten wissen, dich hat sie schließlich dazu gezwungen, an Schwänzen zu ziehen und Schnurrhaare zu überprüfen. Wer macht denn so etwas? – Es sei denn, er ist nicht ganz bei Trost.«

Als die Streitkräfte wieder nach Kotir zurückmarschierten, waren Fluch und Brogg in eine ruhige, ernste Unterhaltung vertieft.

Zarina beobachtete sie von ihrem Fenster aus. Bei der Gelegenheit ließ sie auch gleich ihren Blick über die Baumwipfel der Umgebung schweifen, um zu sehen, ob der Adler sich vielleicht irgendwo in der Nähe aufhielt. Im Kopf der Wildkatze kristallisierte sich langsam ein Plan heraus.

Später an jenem Morgen, als Fluch gerade einen Trupp beim Auswechseln der verbrannten Tür und der Fensterläden beaufsichtigte, ließ Zarina Brogg in ihr Gemach kommen. Sie kredenzte ihm Apfelwein und gebratene Ringeltaube und entlockte ihm so ganz nebenbei alles Wissenswerte.

Der Wieselhauptmann verschwieg seiner Königin nicht das Geringste.

Als Zarina wieder ihren Platz am Fenster einnahm, beobachtete sie das verräterische Erzittern einer Fichtenspitze. Als sie sich wieder zu Brogg umwandte, sprach sie zu ihm im Brustton größter Aufrichtigkeit.

»Du bist mir immer ein guter und treuer Hauptmann gewesen, Brogg. Du kannst dich darauf verlassen, dass deine Königin dich belohnen wird. Dieser Fuchs hat sich hier hereingedrängt, während wir von den Waldbewohnern abgelenkt wurden. Er macht meine Befehle rückgängig und verbreitet unter den Soldaten Lügen über mich. Ist dir eigentlich klar, dass ich dich, wenn Fluch nicht mit seiner zerlumpten Meute hier hereingeplatzt wäre, längst zum General befördert hätte?«

»Mich, Hoheit?« Brogg traute seinen Ohren kaum.

»Ja, dich. Lass es aber niemanden wissen, besonders nicht Fluch. Soll er doch weiterhin unsere Festung instand setzen. Er lebt in dem Glauben, dass er eines Tages in Kotir herrschen wird. Mach du nur deine Arbeit, Brogg. Sorge dafür, dass mir meine Soldaten der Tausend Augen treu bleiben. Fluch kannst du ruhig mir überlassen. Sag ihm, dass ich ihn hier oben in meinem Gemach zu sehen wünsche.«

»Ihr könnt Euch ganz auf mich verlassen, Hoheit.«

»Das tue ich, Brogg, mein guter Freund. Jetzt geh nur.«

Das Wiesel hörte nicht auf, sich rückwärts gehend zu verbeugen, bis es draußen vor dem Gemach stand.

Am Nachmittag waren die meisten Instandsetzungsarbeiten weit vorangeschritten. Fluch schlenderte zum Gemach hinauf und lehnte sich dann lässig gegen den Tisch, an dem Zarina saß.

»Erzähl schon, was willst du denn nun wieder von mir, Katze?«, fragte er anmaßend.

Zarina schob einen Becher mit Holunderbeerwein zu Fluch hinüber und schenkte sich selber auch einen Becher ein.

»Auf dich, Fluch. Die Arbeit an den Türen und Fenstern ist wirklich gelungen. Ich hätte es selbst nicht besser machen können.«

Der Fuchs achtete sorgfältig darauf, nicht einen Schluck von dem Wein zu trinken, bevor nicht die Wildkatze aus ihrem Becher getrunken hatte.

»Woher kommt diese plötzliche Ehre, Zarina? Was führst du im Schilde?«

Die Wildkatzenkönigin schüttelte betrübt den Kopf. »Wie um alles in der Welt ist es nur zu diesem Misstrauen und dieser Feindschaft zwischen uns gekommen, Fluch?« Dramatisch wies sie mit einer ausgestreckten Klaue zum offenen Fenster. »Da draußen steckt der Feind. Die Waldbewohner sind diejenigen, die es zu bekämpfen gilt; wir sollten aufhören, uns gegenseitig das Leben schwer zu machen.«

Der Fuchs nahm einen großen Schluck von dem schweren dunklen Wein.

»Ich bin da völlig deiner Meinung, aber woher kommt dieser plötzliche Sinneswandel? Wenn wir einander wirklich vertrauen wollen, musst du es mir sagen.«

Zarina wischte sich mit einer müden Pfote über die Stirn. »Bis du daherkamst, hatte ich nicht einen einzigen Sieg über die Waldbewohner errungen. Selbst als sie uns gestern angriffen, hast du alles getan, was in deiner Macht stand, und dennoch konnte ich dir nicht über den Weg trauen«, gestand sie. »Ich ließ dich da draußen die ganze Nacht warten und du hast dich nicht ein einziges Mal darüber beklagt. Als ich heute aus meinem Fenster blickte, sah ich, wie du deiner Truppe halfst, den in Kotir entstandenen Schaden zu reparieren. Da habe ich dann meine Meinung über dich geändert.«

Zarina füllte Fluchs Becher mit Wein auf. Als sie erneut sprach, hatte sie fast so etwas wie ein Schluchzen in ihrer Stimme.

»Vergib mir. Ich habe dich verkannt, Fluch. Du bist ein wahrer Freund.«

Der Fuchs stürzte den Wein hinunter und war dann so frei, sich noch etwas nachzuschenken.

»Dir gefällt die Arbeit, die wir zum Beheben der Feuerschäden geleistet haben?«

Zarina schob den Weinkrug zu ihm hin, sodass Fluch ihn leichter erreichen konnte.

»Ja, wirklich. Es ist zehnmal besser geworden, als mein tölpelhafter Haufen es hinbekommen hätte«, versicherte sie ihm.

Fluch nickte zustimmend. »Richtig, meine Truppe stellt sich bei den meisten Dingen recht geschickt an. Sie arbeiten immer noch am Eingang zu den Lagerräumen und der Speisekammer.«

»Gut«, sagte Zarina über ihre Schulter hinweg, während sie in einer hölzernen Truhe herumwühlte. »Ich mache mir allerdings mehr Sorgen um das Haupttor zwischen dem Hof und dem Waldrand.«

Der Fuchs trank seinen Wein aus und knallte den Becher schwungvoll auf den Tisch. »In Ordnung, dann werden wir am besten mal losgehen und es in Augenschein nehmen. Ich glaube allerdings nicht, dass viel daran gemacht werden muss. Das Tor ist recht solide gebaut.«

Zarina zog einen Umhang aus ihrer Truhe. Es war ein langes, wallendes Gewand aus leuchtend rotem Samt, das mit Ringeltaubenfedern verziert war. Es war erst kürzlich gereinigt und gebürstet worden.

»Ich möchte, dass du diesen Umhang trägst, mein Freund«, drängte sie mit einem Lächeln. »Nimm ihn als ein Zeichen unseres neu geschlossenen Bündnisses. Wie du siehst, ist es nicht der schlichte Umhang eines Hauptmanns; dieser hier wurde für einen Lord angefertigt.«

Fluch nahm den Umhang. Er wirbelte ihn herum und bewunderte die Farbe und das Gewicht des Samtstoffes. Schwungvoll legte er ihn sich um die Schultern. Zarina befestigte die Schnalle an seinem Hals.

»Das hätten wir! Wie gut du aussiehst. Wenn man uns beide so betrachtet, dann würde man gewiss dich für den Herrscher von Kotir halten.«

Fluch strich mit seiner Pfote über den federbesetzten Samt. »Ich danke dir, Königin Zarina. Dies ist ein wundervoller Umhang. Hoho, warte nur, bis meine Truppe ihren Anführer in diesem Staat sieht. Na komm, schauen wir uns das Tor einmal an.«

Es gab viele bewundernde und neidische Blicke von Fluchs Söldnern, als er über den Hof stolzierte.

»Heiliger Reißzahn. Jetzt schau dir nur mal den alten Fluch an. Einen schönen Umhang trägt er da!«

»Schneidig sieht er aus. Ich wette, er ist befördert worden.«

»Haha, er sieht viel eher wie der Anführer hier aus als die Katze.«

Brogg und Rattenflanke lehnten sich aus dem Barackenfenster. Der Wieselhauptmann konnte sich eine leise Bemerkung nicht verkneifen: »Was meinst du wohl, warum der Fuchs in Aschenbeins Umhang herumläuft?«

## 42

Im Morgengrauen zogen sich rosa und goldgelbe Streifen blassen Lichtes durch den grauen Nebel, der über der ruhigen Meeresoberfläche lag.

An Deck konnte man das sägende Geräusch einer Feile hören. Es kam von den Ruderbänken im Schiffsrumpf, wo Gonff gerade dabei war, die Sklaven zu befreien.

Martin und Dinny halfen den Mitleid erregenden Gestalten dabei, an Deck zu kommen. Einige von ihnen hatten seit vielen Jahreszeiten kein Tageslicht mehr gesehen. Sie waren kunterbunt durcheinander gewürfelt: abgerissene Spitzmäuse und ausgemergelte Waldmäuse, dazu ein paar verwahrloste Igel und das eine oder andere hagere Eichhörnchen.

Wie kann überhaupt jemand es fertig bringen, andere so grausam zu behandeln?, dachte Martin bei sich, während er sich um sie kümmerte. Er kochte vor Wut, als er all das Elend sah.

Dinny verteilte Essen aus der bis zum Rand gefüllten Kombüse der *Blutkiel.* »Hajaj, tut euch grad was zu essen nehmen, wir tun euch schon wieder aufpäppeln, hajo.«

Martin half einem schwachen Mäuserich, der fast zusammenzubrechen drohte.

»Ich danke dir, Martin, Sohn von Lukas«, sagte dieser und nickte dem jungen Krieger dankbar zu.

Martins Pfoten lösten sich. Er sackte in sich zusammen und landete gemeinsam mit seinem Schützling auf den Planken der *Blutkiel*. Da saßen sie nun und starrten einander an.

»Timballisto?«, brachte Martin mühsam hervor.

Die Tränen liefen dem Mäuserich über das Schnurrhaar. »Martin, mein Freund.«

Ein Spitzmäuserich, der an einem Schiffszwieback knabberte, kam herüber und setzte sich zu ihnen. »Martin, der junge Mäusekrieger, was? Timballisto hat ständig von Euch gesprochen.«

Timballisto legte seinem Freund eine Pfote um die Schulter. »Woher wusstest du, dass ich mich an Bord dieser schwimmenden Rattenfalle befand?«

Martin drückte ihn an sich. »Ich wusste es ja gar nicht, du alter Kriegsteufel. Ich dachte, du wärest schon vor langer Zeit durch das Tor zum Wald des ewigen Dunkels gegangen, dass du irgendwann bei der Abwehr unserer Feinde vor unseren Höhlen im Nordland gefallen wärest.«

Während sie noch dasaßen und miteinander sprachen, kam Roy-Ahoi aus Fangzahns Kajüte auf dem Achterdeck. Er war in ein paar Seekarten aus Segeltuch vertieft. Sofort hob ein großes Geschrei unter den befreiten Spitzmäusen an.

»Roy-Ahoi! Käpten, wir sinds, die alte Meute aus dem Dorf!«

Der Spitzmäuseanführer war mit irgendetwas beschäftigt, das er in den Karten entdeckt hatte, und so winkte er ihnen nur geistesabwesend zu. »Hallo, ihr da. Nun seht mal zu, dass ihr aufesst und schnell wieder zu Kräften kommt. Euer Anführer ist wieder da. Ich habe euch doch gesagt, dass ich euch retten würde, oder?«

Gonff kletterte von den Galeerenbänken unter Deck wieder nach oben. »Du meine Güte, Kumpel! Da unten müsste mal wieder ordentlich sauber gemacht werden. He, Roy-Ahoi, habt Ihr vielleicht Beute gefunden?«

Der Spitzmäuserich legte die Seekarten auf das Deck und strich sie glatt.

»Seht nur, hier steht alles ganz genau – jetzt weiß ich, wie wir nach Hause kommen.«

Martin konnte mit den Seekarten nur wenig anfangen. »Zeigt mal her.«

»Klar. Es ist wirklich ganz einfach. Seht Ihr das hier? Das ist der Salamandastron«, erklärte Roy-Ahoi. »Mit der untergehenden Sonne zur Linken, folgen wir dem Küstenstreifen, bis wir einen Fluss sichten, der, von rechts kommend, ins Meer mündet. Das ist dann der Moss, seht Ihr? Er fließt von Osten nach Westen.«

Dinnys Grabklaue klopfte auf das Segeltuch. »Herraja, ich tus nicht erkannt haben, bei meinem Tunnel! Es tut wahrhaftig unser Fluss sein, wie er so durch Mossflower fließen tut, hajo. Tut nur schauen: Das was da drüber markiert sein tut, tut der Wald sein. Ich tu wetten, dass der Rattenbold allerweil alles genau gekannt haben tut, bohörr.«

Roy-Ahoi hielt das Segeltuch fest, damit die aufkommende Brise es nicht hochwehte. »Ich denke schon. Auf diese Weise hat er auch meine Sippe gefangen genommen. Dort, am nordöstlichen Rand von Mossflower, ist unser Dorf markiert. Uferschnauze, klettere mal den Mast hinauf und halte Ausschau nach einem Fluss, der ins Meer mündet. Gonff, geht Ihr an die Ruderpinne und dreht sie ein Stück weit zur Seeseite hin, sodass wir dichter an die Küste kommen. Spitzmäuse, setzt alle Segel, damit wir diese steife Brise auch richtig ausnutzen können.«

Unter dem wärmenden Auge der Sommersonne jagte die *Blutkiel* wie ein großer Seevogel über die sich kräuselnden Schaumkronen hinweg. Timballisto stand mit Martin an Deck und lehnte sich über die Reling.

»Ich wünschte, ich hätte die Gelegenheit gehabt, Keiler den Kämpfer kennen zu lernen«, seufzte Timballisto. »Deinen Erzählungen nach muss er ein großer Krieger gewesen sein. Es ist wirklich schade, dass er nicht mit uns zurückkommt, um Mossflower zu retten.«

Martin zog sein Schwert. Er wies damit nach Osten, landeinwärts. »Es ist meine Pflicht, Mossflower zu retten. Ich habe es Keiler geschworen, und ich bin fest entschlossen, meinen Eid auch einzulösen.«

Timballisto sah ihn an, wie er so dastand und die wunderschöne Klinge ausgestreckt vor sich hielt. »Das wirst du, Martin, das wirst du!«

Ein Igel streckte seinen Kopf aus der Tür einer auf dem Vorderdeck befindlichen Kajüte. »Ahoi, hier gibt es eine voll ausgestattete Waffenkammer, Jungs – Schwerter, Speere, Messer, alles, was das Soldatenherz nur begehrt.«

»Es tut hier auch jede Menge zu essen geben«, kicherte Dinny. »Ich tu Euch was sagen, Gonff, in kleinen Booten tut mir schlecht werden, hajo, aber das hier tut ein schönes großes Schiff sein. Ich tu es *Waldlady* nennen. Hajaj, das tut fei ein feiner Name sein, bohörr.«

Gonff beobachtete, wie die Bugspitze auf das Ruder reagierte.

»Dann soll sie *Waldlady* heißen, Din. Ich persönlich hätte sie allerdings lieber *Columbine* getauft.«

Da meldeten sich Trabbs und Co. zu Wort.

»Ich finde, das ist ein wenig zu viel des Guten, Gonff, alter Seebär.«

»Hat Columbine denn wirklich ein hölzernes Fahrgestell?«

»Und zwei Ohren, die wie Segel hochstehen?«

Nur knapp entkamen sie dem Eimer mit Salzwasser, den Gonff nach ihnen schleuderte.

Von oben aus der Takelage brüllte Uferschnauze mit der typischen rauen Bassstimme eines Spitzmäuserichs: »Ahoi! Fluss Richtung Norden in Sicht!«

Martin kletterte auf den Bugspriet. Dort stand er auf dem ausgeblichenen Fischschädel, der als Galionsfigur diente, und blickte gespannt voraus.

Und richtig, da war der Fluss. In der Ferne konnte man sehen, wie seine Wellen die Küstenströmung durchbrachen. Martin wandte sich zu den gespannten Gesichtern um, die ihm erwartungsvoll zusahen.

»Drehe bei, sodass sie mit dem Bug voraus auf die Küste zusteuert, Gonff. Wir fahren jetzt nach Hause!«

Mäuse, Igel, Eichhörnchen, Hasen und ein Maulwurf brüllten im Chor, der wie eine einzige Stimme über die Wellen schallte:

»Mossflowerrrrrrr!!!«

## 43

Argulor war wach.

Unruhig rutschte er auf seinem hohen Fichtenast hin und her und starrte mit seinen alten, wässrigen Augen gierig hinunter auf die rot gewandete Gestalt, die den Exerzierplatz von Kotir überquerte.

»Na endlich, der Baummarder!«

Zarina drückte kräftig gegen das Tor. »Siehst du? Die Torflügel wackeln in den Angeln«, erklärte sie Fluch. »Da haben doch bestimmt diese Waldbewohner ihre Pfoten im Spiel, ich bin mir dessen ganz sicher.«

Fluch versetzte den Torflügeln einen kräftigen Tritt. »Glaubst du wirklich? Mir scheinen sie stabil genug zu sein. Schau doch, nicht einmal die Brandpfeile haben an diesem Tor bedeutende Spuren hinterlassen.«

Zarina zog die Riegel zurück. Vorsichtig öffnete sie die Torflügel und lugte dann um die Ecke in Richtung Wald. Die Luft war rein.

»Da draußen ist niemand zu sehen, aber mir gefällt es trotzdem nicht. Ich bin mir ganz sicher, dass sie die Angeln von außen beschädigt haben. Stell dir nur einmal vor, was passieren würde, wenn das Tor durch die Herbststürme umgeweht werden würde, dann wären wir ihnen doch hilflos ausgeliefert.«

»Pah, ich weiß gar nicht, was du hast«, sagte Fluch und wirbelte ungeduldig mit seinem neuen Umhang herum. »Ich finde, das Tor sieht vollkommen in Ordnung aus.«

Zarina kaute an ihrer Unterlippe. »Bist du dir da wirklich ganz sicher?«

Der Fuchs seufzte ärgerlich. »Also schön, ich nehme mal an, ich werde wohl hinausgehen und mir alles genau ansehen müssen, damit du endlich Ruhe gibst.«

Entschlossenen Schrittes ging er nach draußen.

Zarina schlüpfte wieder durch das Tor, warf die Flügel zu und schob die Riegel vor.

Fluch war einen Moment lang völlig verdutzt. »He, was soll das, Zarina?«

Er erhielt keine Antwort. Zarina stürmte über den Exerzierplatz, um von ihrem Fenster im ersten Stock aus zu sehen, was als Nächstes geschehen würde.

Plötzlich erkannte Fluch, dass sie ihn ausgetrickst hatte, aber es war zu spät.

Argulor hatte seinen Ruheplatz bereits verlassen. Wie ein Blitz aus heiterem Himmel steuerte er die rot gewandete Gestalt an.

Auf der anderen Seite von Kotir arbeiteten Fluchs Söldner immer noch an der Tür zu den Lagerräumen und hatten glücklicherweise keine Ahnung davon, was sich da draußen abspielte.

Fluch sah nicht einmal, wie der Adler herabstieß. Er war gerade dabei, an dem Eichentor hochzuklettern, und suchte mit seinen Pfoten einen Halt.

Argulor packte ihn fest von hinten, wobei seine kräftigen Klauen und sein gewaltiger Hakenschnabel sich tief in die Beute schlugen, die ihm eine so lange Zeit immer wieder entwischt war. Der Fuchs war wie gelähmt, die furchtbaren Schmerzen ließen ihn erstarren, aber als der Adler ihn davontrug, erwachte Fluchs Kampfinstinkt. Er zog sein gebogenes Schwert, schwang es aufwärts und schlug auf seinen gefiederten Feind ein.

Das Schwert traf Argulor einmal, zweimal!

Hartnäckig grub der große Adler die Klauen und den Schnabel noch tiefer in seine Beute. Seine Flügel mit ihrer gewaltigen Spannweite schlugen kräftig auf und ab, sodass der Jäger und sein Opfer nach oben aufstiegen.

Zarina war erfüllt von teuflischer Schadenfreude und tanzte aufgeregt vor ihrem Fenster auf und ab. Die Bewohner von Kotir blickten nach oben, als sie die Schreie hörten. Fluch schlug wie wild mit seinem Schwert um sich; Argulor stieß gnadenlos mit seinem Schnabel zu. Die ganze Zeit über stiegen die Kämpfer höher und immer höher hinauf und schon bald befanden sie sich über den Baumwipfeln.

Tschipp flatterte in einiger Entfernung im Kreis herum. Er sah wie gebannt zu, als der Adler und der Fuchs himmelwärts flogen.

Hoch über Mossflower gewann Argulor schließlich die Schlacht. Fluch erzitterte ein letztes Mal und sackte in sich zusammen, sodass ihm das gebogene Schwert aus den leblosen Pfoten fiel. Der uralte Adler fühlte sich betrogen; das hier war kein Baummarder, es war ein Fuchs. Argulors Herz sank in seiner Brust. Es hob sich nicht mehr. Die altersschwachen Augen schlossen sich zur gleichen Zeit, als die großen Flügel sich im Tod anlegten, während nur die Klauen tief im toten Fuchs verankert blieben.

Zarina sah, wie beide auf die Erde herabstürzten.

Sie hatte sich in einem einzigen brillanten Schachzug zweier Feinde entledigt.

Rattenflanke rannte zum Tor. Brogg rief ihm hinterher: »Wo willst du denn hin?«

»Ha, ich hol mir den Umhang, was denkst du denn? Der Samt ist ganz schön wertvoll. Den kann man wieder stopfen, weißt du?«

»Komm sofort hierher zurück, Spatzenhirn! Hast du nicht gesehen, was mit dem Fuchs geschehen ist? Er hat den Umhang getragen. Willst du etwa, dass dir das Gleiche passiert?«

»Selber Spatzenhirn, du Dämlack. Hast du denn nicht gesehen, dass der Adler tot ist? Jetzt kann jeder von uns den Umhang tragen.«

»He! Wage es ja nicht, mich Dämlack zu nennen, du Hängeschnurrhaar.«

»Ich nenn dich, wie es mir gefällt, Dämlack. Nissenohr! Fettnase!«

Zarina lächelte innerlich, denn nun hatte sie schon den dritten Sieg an diesem Tag errungen. Jetzt da sie Rattenflanke rufen hörte, konnte sie die unverschämte Stimme, die sie so oft aus dem Schutz der Truppen heraus oder vom Fuße einer Wendeltreppe her beleidigt hatte, einwandfrei identifizieren.

Später an jenem Tag erteilte sie Brogg ihre Anweisungen.

»Schnapp dir Rattenflanke und such mit ihm nach den Kadavern des Adlers und des Fuchses.«

»Ja, Hoheit. Soll ich sie hierher zurückbringen?«

»Nein, Brogg. Begrab sie einfach.«

»Wie Ihr wollt, Hoheit.«

»Oh, und Brogg …«

»Ja, Hoheit?«

»Wie kommst du eigentlich in letzter Zeit mit diesem unverschämten Kerl, Rattenflanke, zurecht?«

»Ach, der. Das ist ein ganz Frecher, Hoheit. Er ruft ständig Schimpfnamen hinter mir her.«

»Ich weiß. Hinter mir auch. Würde es dir gefallen, ihn zusammen mit dem Fuchs und dem Adler zu begraben?«

»Ohohoho«, gluckste Brogg. »Darf ich, Hoheit?«

»Ja, aber zu niemandem ein Wort davon.«

»Kann ich denn auch den schönen roten Umhang bekommen, Hoheit?«

»Ja, wenn du ihn haben willst.«

»Und Fluchs Schwert, Hoheit?«, drängte Brogg weiter.

»Wenn du es findest.«

»Was meint Ihr denn, wo es hingefallen ist, Hoheit?«

Zarina verdrehte die Augen, so als bemühe sie sich, geduldig zu bleiben. »Brogg, ich habe keine Ahnung, wo das Schwert oder der Adler oder der Fuchs hingefallen sind. Jetzt vergeude nicht länger meine Zeit und verschwinde endlich.«

»Aber was ist denn mit – ja, Hoheit.«

Erdklaue hatte das unterirdische Fundament von Kotir als Erster erreicht. Stetig vor sich hin grabend, zog er seinen Tunnel unter der Erde an der Mauer entlang, bis er auf Billum stieß. Gemeinsam machten sie weiter, bis sie mit Lehmwerfer zusammentrafen, der bereits auf sie wartete.

»Hajaj, einen schönen guten Tag, ihr Maulwürfe«, begrüßte er sie. »Der Vormaulwurf und Alt-Dinny tun schon bald mit Werkzeug da sein, dann tun wir fei durch den Fels brechen können.«

Lady Ambra hatte die Schleusentore am anderen Ende der Tunnel bereits im Boden versenkt. Sie ließen sich mithilfe von Seilwinden öffnen. Die Seile führten über hohe Äste zu schweren Steinen, die als Gegengewicht dienten. Skipper und seine Crew hatten vom Fluss aus neue Tunnel gegraben. Sie verliefen schräg bergab und mündeten in die Schleusentore, die sie von den Haupttunneln trennten. Alle unterirdischen Anlagen waren mit Steinen und Holz abgestützt worden. Der Vormaulwurf überwachte das Entfernen der Steine aus dem Fundament von Kotir. Die Maulwürfe hebelten die weichen, feuchten Quader mit Eisenstangen und Meißeln heraus, bis sie die kalte, stinkende Luft um ihre Schnauzen wehen spürten. »Uiui, uuh, der dreckige Bau tut ein gutes Bad brauchen, harrharr.«

Kurz bevor die Nacht hereinbrach, kletterten die Maulwürfe am anderen Ende wieder aus den neu gegrabenen Tunneln, an deren Eingängen im Wald von Mossflower die Waldbewohner und die Anführer des Rawim sich bereits versammelt hatten. Bella rollte drei große Felsbrocken über die Löcher, aus denen die Maulwürfe herausgeklettert waren. Andere kamen herbei, um die als Pfropfen dienenden Felsen mit Holzpflöcken und Erde fest zu verankern.

Jetzt war alles bereit.

Zwischen dem in der Senke liegenden Kotir und dem fernen Fluss im Wald von Mossflower befanden sich jetzt nur noch drei hölzerne Schleusentore.

Lady Ambra saß auf dem niedrigen Ast einer Platane und hielt ihren Schwanz flach ausgestreckt.

Die Waldbewohner hielten den Atem an.

Skipper nickte dem Vormaulwurf zu.

Der Vormaulwurf nickte Bella zu.

Bella nickte Ambra zu.

Der Schwanz der Eichhörnchenkönigin schoss hoch wie eine Startfahne. Man konnte hören, wie die Seilrollen knirschten, als die Eichhörnchen die großen Steine von hoch oben aus den Bäumen herabstießen und, an die Seile geklammert, auf ihnen zur Erde segelten. Die Gegengewichte bewegten sich sehr schnell und brachten die Seile auf den mit Bienenwachs bestrichenen Ästen zum Summen.

Die hölzernen Schleusentore wurden mit einem gluckernden Geräusch aus dem Erdreich gezogen, und dann begann das Wasser, in die Tunnel zu strömen.

Die Flutung von Kotir hatte begonnen!

## 44

Es war kein leichtes Unterfangen, mit der *Waldlady* gegen den Strom des Moss landeinwärts zu fahren.

Die Ruderbänke waren mit allen bemannt, die zur Verfügung standen; Martin saß neben Timballisto.

»Puh! Ich hatte ja keine Ahnung, dass Rudern eine so harte Arbeit ist«, stöhnte Martin.

»Leg dich in die Riemen, mein Freund, immer feste rudern. Es ist noch viel schlimmer, wenn du es bei halben Rationen schaffen musst, dir dabei eine Seerattenpeitsche um die Ohren knallt und du an dein Ruder gekettet bist.«

Das Schiff war gebaut worden, um damit Überfälle an der Küste durchzuführen. Es war zwar sehr groß, hatte aber einen flachen Rumpf, sodass es auch bei geringer Wassertiefe noch fahren konnte; nur so war es möglich, dass es den Fluss hinauffuhr, ohne mit seinem Kiel im flachen Wasser auf Grund zu laufen.

Sie reisten weiter landeinwärts, wobei ihnen manchmal eine leichte Brise half, dann wurden schnell die Segel gesetzt. Es kam aber auch vor, dass die *Waldlady* von zwei Mannschaften an Tauen vom Flussufer aus gezogen werden musste.

Sie mussten eineinhalb Tage hart arbeiten, bis sie die flache Küstenregion hinter sich gelassen hatten und durch die Dünenlandschaft fuhren. Hier wurde das Flussbett schmaler, wodurch der Gegenstrom wesentlich stärker war. Roy-Ahoi löste das Problem, indem er die langen Galeerenruder vom Deck aus einsetzte. Mit je zwei Matrosen an einem Ruder stakten und schoben sie die *Waldlady* durch die Dünen, aber es gelang ihnen nur unter sehr großen Schwierigkeiten, das Schiff mit dem Bug flussaufwärts zu halten. Im Laufe der Zeit wichen die Dünen zurück und wurden von hügeligem, mit Büschen bewachsenem Land abgelöst; auch der Sand verschwand ganz allmählich.

An jenem Abend war die Crew, die am Ufer saß und das vor Anker liegende Schiff betrachtete, vollkommen erschöpft.

Gonff schleuderte einen Erdklumpen in das schnell dahinfließende Wasser. »So werden wir es niemals schaffen, Kumpels. Warum lassen wir das Schiff nicht einfach hier und gehen den Rest des Weges zu Fuß?«

Glockenblume und Co. lächelten süß.

»Oh, Ihr seid aber unklug, Herr Gonff. Wir müssen das Schiff doch mitnehmen.«

»Der Fluss fließt zum Meer zurück, versteht Ihr?«

»Und wir könnten uns das zunutze machen, falls wir in die Enge getrieben werden und schnell entkommen müssen.«

Martin zwinkerte Gonff zu. »Die Damen kennen sich in strategischen Dingen zweifellos gut aus. Hat übrigens irgendjemand Roy-Ahoi mit der großen Keule gesehen?«

Wie auf Befehl trat der Spitzmäuserich aus der sich ausbreitenden Dunkelheit. »Hier bin ich. Ich habe die vor uns liegende Gegend ein wenig erkundet. Ich habe dabei auch das alte Dorf wiedergefunden. Kommt mit, ihr Glückspilze. Heute Nacht erwarten uns eine warme Mahlzeit, ein weiches Bett und ein Dach über dem Kopf. Uferschnauze, du wirst deine Kleinen nicht mehr wiedererkennen – sie sind größer als ich. Ach ja, Martin, beinahe hätte ich es vergessen: Wir haben noch hundert weitere fähige Rekruten hinzugewonnen.«

Im Spitzmäusedorf wurden sie voller Freude erwartet. Laute Jubelrufe ertönten, als Familien endlich wieder vereint wurden.

»Papa, Papa, ich bins, Emilie, dein Spitzmäusebaby.«

»Hoho, nun sieh mal einer an! Du bist ja größer als deine Mutter!«

»Scharfschwanz, hattest du nicht gesagt, du würdest Eicheln sammeln gehen? Das war vor vier Jahreszeiten! Wo um alles in der Welt bist du gewesen?«

»Tut mir Leid, Liebes. Die Seeratten waren schuld. Was sind das denn? Spitzmäuseenkel?«

»Ganz richtig, du bist jetzt ein Spitzmäuseopa.«

»Ach du dickes Fell! Na, dann gib mir doch das kleine Dickerchen einmal herüber.«

»Glaggabaggalaguu!«

»Haha. Siehst du? Er kennt mich jetzt schon.«

Die Hasen gesellten sich zu Martin und den anderen, die am Feuer saßen. Zwei rundliche Spitzmäuse reichten ihnen heiße Obstpastete, Löwenzahnsalat und Schalen mit frischer Milch. Gonff sang mit dem Mund voll heißer Pastete:

*»Die Waldlady ist ein gutes Schiff,*
*mit ihr umsegeln wir jedes Riff.*
*Von Mäusen gerudert und bemannt,*
*von Hasen gesteuert elegant.*
*Den Anker hoch, die Segel gesetzt,*
*damit der Wind sie schnell weiterhetzt.*
*Die Waldlady saust durch Berg und Tal*
*in Eilfahrt von hier bis nach Brockhall.«*

Er musste es noch zweimal singen, während die Spitzmäuse zusammen mit den Hasen ein Tänzchen wagten.

Als die Feuer heruntergebrannt waren, lehnten sie sich mit vollen Mägen und neuer Hoffnung für den nächsten Morgen bequem zurück.

Martin und Timballisto schliefen, jeder in eine farbenfrohe Spitzmäusedecke gehüllt, Seite an Seite unter dem Sternenzelt.

Dinny grub eine Art flaches Loch für die Hasen.

»Oh, vielen herzlichen Dank, Herr Maulwurf.«

»So ein scharmanter Kavalier, und wie schnell er graben kann!«

»Ooh, und dieser wunderschöne samtene Pelz und die starken Klauen.«

Dinny legte sein Gesicht in Falten und zog an seiner Schnauze, er war ein wenig verlegen. »Ujuj, ihr tut sehr gütig sein, aber ich tu allerweil nur ein einfacher Maulwurf sein, ihr kleinen Frollein.«

Wie ein weißer Porzellanteller ging der Mond über dem friedlichen Dorf am Ufer des Moss auf.

Zarina wandte sich den Truppen zu, die sich vor ihr in der großen Messe versammelt hatten. Sie hatte diese Versammlung sorgfältig geplant, indem sie Fluchs einstige Söldner als Erste hineinschickte und dann ihre eigenen Soldaten folgen ließ. Sie wurden von Brogg in seinem roten Samtumhang angeführt und schlossen die Söldner ein, indem sie diese immer weiter zur Mitte des Raumes drängten. Brogg hielt Fluchs gebogenes Schwert hoch, um Ruhe einkehren zu lassen, dann sprach die Wildkatzenkönigin zu den Versammelten.

»Fluch ist tot. Alle, die unter ihm dienten, sind damit heimatlos geworden. Wenn ihr von hier fortgeht, dann werdet ihr weder Proviant noch Waffen noch sonst irgendetwas mitnehmen dürfen. Ihr müsst sowieso damit rechnen, dass die Waldbewohner da draußen euch im Handumdrehen den Garaus machen. Hat irgendjemand etwas dazu zu sagen?«

Es herrschte Schweigen.

»Gut«, fuhr sie im Kommandoton fort, »von nun an werdet ihr eure Befehle von mir entgegennehmen. Brogg wird dafür sorgen, dass jeder von euch etwas zu essen und ein Quartier erhält. Ich werde später weitere Offiziere ernennen und euch ein paar vernünftige Uniformen zukommen lassen. Du kannst jetzt übernehmen, Brogg.«

Der Wieselhauptmann trat vor und wirbelte sein neues Schwert herum. »Jetzt mal alle zusammen: Heil, Zarina, Königin von Mossflower!«

Die Antwort war alles andere als enthusiastisch.

Zarina ließ sie es wiederholen, bis sie mit dem Ergebnis zufrieden war: »Das klingt schon besser. Meine anderen Titel könnt ihr später lernen.«

Es herrschte betretenes Schweigen, keiner wusste, was er als Nächstes tun sollte. In der nun folgenden Stille war plötzlich zu sehen, wie Zarina ihre Ohren aufstellte. Irgendetwas schien sie zu beunruhigen.

»Alle wegtreten! Brogg, du bleibst hier bei mir.«

Als alle die Messe verlassen hatten, drehte sie sich mit gehetztem Blick zu Brogg um.

»Horch doch mal, hörst du das auch?«, fragte sie angsterfüllt.

»Ich höre überhaupt nichts, Hoheit.«

»Streng deine Ohren an! Es ist Wasser, irgendwo höre ich es fließen, tröpfeln, überlaufen. Igitt!«

Brogg lauschte angestrengt. Plötzlich hellte sich sein Gesicht auf. »Hahaa. Ja, jetzt höre ich es auch, Hoheit. Ihr habt Recht. Irgendwo plätschert Wasser. Glaubt Ihr, es ist die Feuchtigkeit?«

Das Geräusch von Wasser brachte Zarina so aus der Fassung, dass sie es sogar versäumte, Brogg einen Rüffel zu erteilen. Sie kauerte in einer Ecke und hielt sich mit den Pfoten die Ohren zu, um sich dem verhassten Klang zu entziehen. Fließendes Wasser, durchsickerndes Wasser, vorwärts drängendes Wasser, dunkles, eisiges, wirbelndes Wasser!

»Brogg, mach schnell, trommle so viele Soldaten zusammen, wie du nur irgend kannst«, befahl sie voller Verzweiflung. »Finde heraus, wo das Wasser herkommt, und halte es auf. Halte es auf!«

Brogg sah das Entsetzen in den Augen seiner Königin und floh aus der Messe.

Die gesamte Garnison durchsuchte jeden Winkel. In die tiefsten

Tiefen ging jedoch niemand; keiner, nicht einmal Brogg, war übermäßig erpicht darauf, auch unterhalb des Verlieses nachzusehen. Da unten war es dunkel und kalt; da unten befand sich der See, in dem der Moloch gehalten worden war.

Und wer konnte schon wissen, was noch alles?

In jener Nacht saß Zarina zusammengekauert in ihrem Gemach. In ihrer Einbildung hörte sie unablässig das Echo des tropfenden Wassers, das sie nicht eine Sekunde zur Ruhe kommen ließ. Wenn die Angst vor Wasser von ihr Besitz ergriff, dann war die Tochter von Verdauga nicht länger die Königin von Mossflower, die Herrin der Tausend Augen oder die Herrscherin von Kotir.

Sie verwandelte sich in ein unzurechnungsfähiges, verängstigtes kleines Kätzchen, das beim Geräusch plätschernden Wassers in der Dunkelheit erschrocken zitterte.

Sie sehnte sich danach, dass das Morgengrauen sich endlich aus der Ferne heranschleichen möge.

Irgendetwas war beim Fluten ganz furchtbar schief gelaufen.

Bella ließ sich am Fluss neben Skipper ins Gras fallen.

»Hat es nicht geklappt, Gnädigste?«, fragte er besorgt.

»Leider nein, Skipper. Es scheint nicht mehr als ein Rinnsal die Tunnel hinunterzufließen.«

Lady Ambra gesellte sich zu den beiden. »Richtig, anfangs schien es doch so gut zu laufen. Glaubt Ihr, es könnte daran liegen, dass wir Sommer haben und es nicht besonders viel Regen gegeben hat?«, fragte sie grübelnd.

Skipper kaute auf einem Grashalm. »Ist schon möglich. Es gibt jedenfalls nicht viel, was wir tun können.«

»Könnten wir nicht vielleicht den Fluss stauen?«, schlug Bella zögerlich vor.

»Unmöglich, Gnädigste!«, schnaubte der Otterskipper. »Den Moss stauen? Du kriegst die Muscheln, einen Fluss dieser Größenordnung wird man wohl kaum mit Erfolg daran hindern können, zum Meer zu fließen.«

Columbine, die gerade vorbeischaute, beteiligte sich an dem Gespräch.

»Vielleicht füllt sich die Senke ja ganz allmählich.«

»So ist es, Fräuleinchen«, kicherte Skipper trocken. »Wir könnten alle hier herumsitzen, bis wir alt und grau sind, während wir darauf warten, dass die Senke sich füllt. – Nein, nein, wir werden noch ein kleines bisschen länger warten, und wenn sich dann nichts geändert hat, werden wir uns wohl oder übel einen neuen Plan ausdenken müssen.«

Lady Ambra peitschte gereizt mit ihrem Schwanz auf den Boden.

»Nach all dem Graben unter Wasser, dem Anlegen der Tunnel und dazu noch dem Verlust unserer Freunde. Ooh, ich könnte platzen vor Wut!«

Der Fluss folgte auch weiterhin seinem gewohnten Lauf und nur ein kleines Rinnsal wurde in die Fluttunnel umgeleitet.

Am Abend des folgenden Tages halfen Äbtissin Germania und Columbine Ben Stichler dabei, die Kleinen bei einem Abendspaziergang am Flussufer zu beaufsichtigen. Ferdy und Coggs spielten mit Spike und Posy und ein paar jungen Mäusen. Sie ließen Spielzeugboote segeln, die Ben für sie gebastelt hatte.

Germania sah liebevoll zu, wie die Kleinen am Flussufer tollten und vor Energie förmlich übersprudelten, nachdem sie Brockhall in den letzten paar Tagen nicht hatten verlassen dürfen.

»Vorsichtig, Spike. Pass auf, dass du nicht hineinfällst«, rief sie.

»Sieh nur mein Boot an, Äbtissin. Es ist viel schneller als das von Coggs.«

»Ooh, guck mal, Ferdy schummelt! Er schiebt sein Boot mit einem Stock an.«

»Nein, stimmt ja gar nicht. Das macht der Wind. Meins hat ja ein viel größeres Segel.«

»Columbine, meins ist in dem Loch verschwunden. Kannst du es mir bitte zurückholen?«

»Tut mir Leid, Spike. Das bekommen wir nicht wieder. Ist nicht so schlimm, ich bin mir ganz sicher, dass Ben dir ein neues basteln wird.«

Ben Stichler hockte sich hin, um in das Loch zu schauen, in dem das Boot verschwunden war. Dann stand er wieder auf, wischte sich die Pfoten ab und schüttelte den Kopf.

»Pah, Fluttunnel! Die sind in etwa genauso nützlich wie ein Otter in einem Vogelnest. Was schätzt ihr, wie weit der Pegel des Sees unter Kotir angestiegen ist? Um eine Pfotenbreite? Den Durchmesser eines Schnurrhaares?«

Die Äbtissin betrachtete die Strahlen der untergehenden Sonne in den Bäumen. »Wer weiß das schon, Ben? Eines ist jedoch ganz gewiss: Kotir steht noch immer und es ist genauso dunkel und böse wie eh und je. Wie schade, dass der Plan vom Vormaulwurf und von Alt-Dinny nicht funktioniert hat.«

Sie kehrten um und gingen zurück nach Brockhall.

»Bella sagt, dass es wohl nicht so bald regnen wird, das Wetter soll so schön bleiben«, fügte Ben hinzu.

Ferdy steckte sein Boot unter seine kleinen Stacheln.

»Vielleicht hätten sie es im Winter versuchen sollen, Ben«, bemerkte die Äbtissin wenig hilfreich.

Ben zerzauste Ferdy das Kopffell. »Vielleicht hätten Frösche Federn haben sollen. Kommt mit, meine Kleinen. Vergesst eure Boote nicht. Zurück nach Brockhall, Pfoten waschen und dann gibts Abendbrot.«

Es war eine laue Nacht. Die Mitglieder des Rawim saßen im Versammlungssaal; unter ihnen herrschte eine mutlose Stimmung.

Bella gähnte und reckte sich in ihrem gepolsterten Lehnstuhl.

»Wie sieht es aus? Hat jemand einen Vorschlag?«

Es gab keinen. Die Dächsin blickte fragend von einem Gesicht zum nächsten. »Dann müssen wir genau erörtern, welche Möglichkeiten uns jetzt noch offen stehen. Aber eines möchte ich gleich vorwegschicken: Ich möchte keine weiteren Pläne mehr hören, denen ein Massenangriff oder offener Krieg zugrunde liegt.«

Skipper und Lady Ambra rutschten unruhig auf ihren Sitzen hin und her.

»Der Vormaulwurf und Alt-Dinny glauben immer noch, dass es mit der Überflutung klappen wird, wenn es ihnen gelingt, den ursprünglichen Plan an den entscheidenden Stellen abzuändern«, fuhr Bella fort. »Ich weiß, dass viele von uns anderer Meinung sind, aber ich persönlich bin davon überzeugt, dass das Fluten unsere einzige Hoffnung ist. In diesem Sinne schlage ich vor, dass wir uns das Gelände morgen früh noch einmal ansehen. Wenn alle Mitglieder des Rawim sich dort versammeln, fällt uns vielleicht gemeinsam irgendein guter Plan ein. Wenn nicht, dann gibt es nur noch einen vernünftigen Ausweg für uns.«

Goody Stichler wischte sich die Pfoten an ihrer Blümchenschürze ab. »Was könnte das denn für ein Ausweg sein, Frau Bella?«

»Er besteht darin, dass wir alle Waldbewohner und alles, was wir tragen können, von hier fortbringen. Wir würden nach Osten ziehen und in Gingiveres neuem Zuhause Zuflucht suchen. Ich habe euch ja bereits erzählt, dass er und Sandingomm gerne bereit wären, uns unterzubringen. Dort würde man uns willkommen heißen und wir wären weit fort von Kotir.«

Skipper sprang auf, seinem harten Gesichtsausdruck war zu entnehmen, dass er mit dieser Lösung ganz und gar nicht einverstanden war. »Das würde doch bedeuten, dass die Katze gewonnen hat.«

Zustimmende Rufe unterstützten die Meinung des Otteranführers.

»Ja, warum sollten wir uns vertreiben lassen?«

»Wir haben doch bereits unsere Häuser verlassen und sind nach Brockhall geflohen.«

»An einem fremden Ort wäre es einfach nicht mehr dasselbe.«

»Ich bin in dieser Gegend geboren. Ich gehe nicht fort!«

Äbtissin Germania klopfte mit einer hölzernen Schale auf den Tisch, um die Ordnung wiederherzustellen, aber die Schale brach entzwei.

»Ruhe, Freunde, bitte. Lasst Bella ausreden«, übertönte sie den Lärm.

Bella hob die beiden Hälften der Schale auf und lächelte Germania wehmütig an.

»Ich danke dir, Äbtissin. Freunde, mein Plan birgt mehr Möglichkeiten, als man vielleicht auf den ersten Blick vermuten könnte. Wenn wir wirklich meinem Vorschlag Folge leisteten, dann überlegt doch einmal, was das für Kotir bedeuten würde. Zarina hätte mitnichten gewonnen; sie hätte uns nicht durch den Wald gehetzt – wir wären ganz und gar aus freien Stücken gegangen. Nun, was würden wir damit erreichen? Stellt euch ganz kurz einmal vor, wir blieben im Osten bis zum nächsten Sommer oder auch nur bis zum Frühling. Die ganze Zeit über, während wir fort wären, würde das Wasser die Fluttunnel hinunterlaufen. Im Herbst gibt es mehr Regen und der Fluss fließt durch den beständigen Wind wesentlich schneller. Im Winter würde der Strom unter einer Eisschicht weiterfließen und an warmen Tagen würde der schmelzende Schnee in den Fluss laufen und ihn anschwellen lassen. Wenn schließlich im Frühling das große Tauen einsetzt, dann würde der Pegel des Flusses erst richtig ansteigen und er würde sich mit großer, unkontrollierbarer Kraft ausbreiten – dann würden wir auch erleben, wie der Pegel des Sees unter Kotir ansteigt. Und noch eines ist zu bedenken. Bis zum nächsten Frühjahr könnte mein Vater, Keiler der Kämpfer, zurück sein. Er ist der Einzige, der es mit Zarina aufnehmen und sie besiegen kann. Das ist alles, mehr habe ich dazu nicht zu sagen.«

Der Vormaulwurf stand auf und ging an ihren Tisch. Er nahm die beiden Hälften der hölzernen Schale und hielt sie hoch.

»Wir tun grad wie dieses Gefäß sein – aufgespalten tun wir nicht viel nützen, aber wenn wir zusammenhalten täten, dann tun wir was leisten können, haja.« Er drückte die beiden Hälften zusammen, sodass jeder sehen konnte, was er sagen wollte.

Alt-Dinny kam ihm zu Hilfe. »Der Vormaulwurf tut Recht haben, Frau Bella. Er tut einen gesunden Maulwurfsverstand haben, hajo.«

Columbine durfte sich ebenfalls dazu äußern.

»Lasst uns das machen, was Bella vorgeschlagen hat. Morgen werden wir zu den Fluttunneln gehen, und wenn uns dann nichts Gescheites einfällt, dann folgen wir ihrem Plan.«

Ihr wurde sofort von allen Seiten zugestimmt.

»Siehst du, Columbine?«, sagte die Äbtissin und nahm die zerbrochene Schale in ihre gebrechlichen Pfoten. »Ich bin zwar alt und schwach, aber ich habe es dennoch irgendwie geschafft, die Kraft aufzubringen, um einen kleinen Zauber zu bewirken. Lass uns nun schlafen gehen. Es ist schon spät und wir können auch morgen noch aufräumen und das Geschirr abwaschen – alles, bis auf diese eine Schale.«

Die Äbtissin legte die beiden Schalenhälften behutsam auf den Tisch.

»Vielleicht wäre es auch für eine Wildkatzenkönigin gar nicht so schlecht, wenn sie eine Lektion in Maulwurfslogik lernen würde.«

Roy-Ahoi war in seinem Element, seit er wieder als Anführer seines Stammes wirken konnte. Er weckte das gesamte Dorf eine Stunde vor Sonnenaufgang, um das Schiff flottzumachen. Mit der tatkräftigen Hilfe von hundert zusätzlichen Spitzmäusen flog die *Waldlady* geradezu den Fluss entlang. Wenn sie nicht ruderten, dann stakten sie, schoben oder zogen das Schiff an Seilen hinter sich her.

»Auf, auf, ihr Spitzmäuse, Segel setzen!«, befahl Roy-Ahoi. »Zwei von euch kommen an die Ruderpinne. Macht euch nützlich. Verdoppelt die Geschwindigkeit an den Rudern. Ihr zwei da oben an den Rahen, legt mal einen Zahn zu, euer Anführer ist wieder da.

Zeigt diesen Häschen mal, wie man ein Schiff unseren guten alten Moss hinaufbewegt.«

»Ich muss doch wohl bitten, alter Roy-Dingsbums.«

»Keine Beschimpfungen bitte, oh mächtiger Anführer.«

»Genau, wir sind Hasen, nicht Häschen, merk dir das.«

Timballisto saß an Deck und spitzte Spieße an. »Eigenartiges Volk, diese Hasen«, meinte er.

»Sie sind als Krieger äußerst kampferprobt«, sagte Martin, während er Schwerter und Dolche zählte. »Keiler der Kämpfer persönlich war ihr Lehrmeister. Lass dich nicht durch ihre alberne Sprechweise täuschen. Ich möchte sie um keinen Preis zum Feind haben, und ich war sehr stolz darauf, dass ich an ihrer Seite gegen die Seeratten kämpfen durfte.«

Gonff sog die Luft ein. Sein Schnurrhaar zuckte in der Dunkelheit, die das Flussufer umgab und bald vom Morgengrauen erhellt werden würde.

»Bäume, Din. Wir müssen in Mossflower sein. Bald geht die Sonne auf, dann werden wir es genau wissen.«

Der junge Maulwurf war gerade dabei, ein einfaches Namensschild zu pinseln, mit dem man den Namen *Blutkiel* überdecken konnte. Auf dem Schild stand die Inschrift *Waldlady*. Er schüttelte bewundernd den Kopf und wischte sich die Farbe von den Pfoten.

»Hajaj, Gonff, wir tun wieder daheim sein, ich tus fühlen, bohörr.«

Die raue Stimme eines Spitzmäuserichs im Ausguck bestätigte Dinnys Aussage. »Sonnenaufgang im Osten, dicht stehende Bäume, wir sind im Wald.«

»Haltet sie mit dem Bug schön auf Kurs«, rief Roy-Ahoi, der auf dem Vorderdeck stand. »Holt die Segel ein, bevor sie von den Ästen zerrissen werden. Jetzt aber schnell!«

Martin ging zum Bug hinüber und gesellte sich zu ihm.

»Wenn wir diese Geschwindigkeit beibehalten, müssten wir schon um die Mittagszeit im Weidencamp ankommen. Wann haben wir eigentlich die Furt überquert, die durch den Fluss führt, ich habe es gar nicht mitbekommen.«

Roy-Ahoi tätschelte die Reling. »Ich habe es im Dunkeln auf gut Glück versucht. Das ist es, was einen guten Seemann ausmacht, müsst Ihr wissen. Die alte *Waldlady* ist mit ihrem flachen Rumpf über die seichten Stellen hinweggeglitten. Hier ist es jetzt wieder schön tief, das erleichtert uns das Rudern.«

Die Sonne ging über dem nebelverhangenen Wald auf und offenbarte wieder einen wunderschönen, heißen Sommertag. Das Glitzerlicht des Wassers spiegelte sich entlang der Bordwand, der Schatten von Blättern und Zweigen verdunkelte das Deck. Die Ruderer, kämpften mit kraftvollem Schlag gegen die tiefe, langsame Strömung an, während das große Schiff immer weiter in den Wald von Mossflower vordrang.

## 45

Brogg beobachtete Zarina, die ausgestreckt auf dem Exerzierplatz lag und ihr Ohr an den Boden drückte. Einer von Fluchs früheren Söldnern, ein Rattenmann namens Warzenkinn, zog Brogg am Umhang und fragte: »Was hat sie denn jetzt vor, Hauptmann?«

»Ja, siehst du das denn nicht? Sie horcht, ob sie Wasser plätschern hört.«

»Wasser?«

»Richtig, Wasser, Wurmhirn. Was hast du denn gedacht, wonach sie lauscht – Erdbeerlikör?«

Zarina sprang auf, eilte über den Exerzierplatz und legte sich dicht an die Mauer des Gebäudes. Sie horchte ganz angestrengt und winkte Brogg zu sich.

»Brogg, hierher!«

»Ja, Hoheit.«

»Leg dich hin und drücke dein Ohr an die Mauer – nicht da oben, hier unten, dicht am Boden.«

»Ah ja, in Ordnung. Hier, Hoheit?«

»Genau da. Sag mir, was du hörst.«

»Äh, nichts, Hoheit.«

»Bist du dir ganz sicher, Brogg?«

»Absolut sicher, Hoheit.«

»Ich kann aber Wasser hören.«

»Ich nicht, Hoheit.«

»Hmm, vielleicht bilde ich es mir ja auch nur ein.«

»Mit der Einbildung ist das schon so eine Sache, Hoheit.«

»Bist du dir ganz sicher, dass du gestern Abend auch unter dem Verlies nachgesehen hast?«

»Absolut, Hoheit.«

»Brogg, wenn ich dich dabei erwischen würde, dass du mich anlügst … Du hast doch dort unten nachgesehen, oder?«

Der Wieselhauptmann bemerkte den ängstlichen Blick, der über Zarinas Gesicht huschte. Er machte sich die Situation, so gut es ging, zunutze.

»Euer Majestät, ich bin persönlich an den Ort gegangen, der sich unter dem Verlies befindet, wo es überall feucht ist und grün von Schlamm und Pilzen. Ich habe das Ufer des unterirdischen Sees abgesucht, in dem der Moloch gelebt hat. Dort hörte man von überall her ein merkwürdiges Echo und es tropfte ohne Unterlass. Vielleicht ist es das, was Ihr hört. Der Ort ist erfüllt von dem Echo merkwürdiger Tropfgeräusche da unten in der Dunkelheit. Wollen wir gemeinsam hinuntergehen und noch einmal nachsehen, Hoheit?«

Zarina konnte nicht verhindern, dass sie am ganzen Körper zitterte. Sie setzte sich auf den Boden und wischte sich unbewusst die Pfoten am Fell ab. »Nein, nein, Brogg«, sagte sie nervös. »Ich werde auf keinen Fall da hinuntergehen. Ich bin oben in meinem Gemach, wenn du mich brauchst.«

Sie eilte ins Gebäude und sauste ungestüm an Warzenkinn vorbei, der sich in der Nähe aufgehalten und das Gespräch belauscht hatte.

Er zwinkerte Brogg wissend zu. »Ich war die ganze letzte Nacht mit dir zusammen. Wir sind doch nicht einmal in der Nähe dieses Ortes unter dem Verlies gewesen. Da hast du ihr aber eine schöne Lügengeschichte aufgetischt, Kumpel.«

Brogg packte den Rattenmann brutal am Ohr, verdrehte es und zog ihn dicht zu sich heran.

»Jetzt hör mir mal gut zu, Knochenhirn. Du wirst schön deine Klappe halten. *Ich* gebe jetzt hier die Befehle, nicht Fluch.«

»Auauauau, lass los, du reißt mir ja das Ohr ab!«, winselte Warzenkinn jämmerlich.

Brogg drehte noch brutaler am Ohr.

»Wenn ich von dir noch ein Wort höre, dann werde ich dir obendrein noch deine Zunge herausreißen«, drohte er finster. »Wenn sie es unbedingt will, soll sie den tiefen, dunklen Ort doch selber aufsuchen und nachschauen. Ich werde jedenfalls nicht da hinuntergehen, nicht um allen Apfelwein in Kotir. Es gibt natürlich noch die Möglichkeit, dass du dich freiwillig meldest, um allein dort hinunterzugehen.«

Brogg ließ die Ratte los, die sich sofort vorsichtig ihr schmerzendes Ohr massierte. »Ist ja schon gut, ist ja gut! Ich habe nichts gesehen, nichts gehört und ich werde auch kein Sterbenswörtchen sagen. Es geht mich ja auch überhaupt nichts an.«

Brogg wischte verächtlich seine Klaue, mit der er an Warzenkinns Ohr gezogen hatte, an dessen Waffenrock ab.

»Gut. Jetzt mach dich an deine Arbeit, Schweineohr.«

Als die Ratte davongehuscht war, blieb Brogg noch einen Augenblick stehen, um sich zu sonnen. Er hielt den Schlüssel zur Speisekammer in den Pfoten, trug einen neuen Umhang aus rotem Samt und ein gefährlich aussehendes gebogenes Schwert. Seines Wissens war er der einzige Hauptmann, der zurzeit in Kotir diente.

Das Leben begann, sich sehr angenehm zu gestalten.

Sie nahmen das Mittagessen, das sie sich eingepackt hatten, am Flussufer ein.

Bella schleuderte das Kerngehäuse eines Apfels ins Wasser; sie beobachteten, wie es sich auf und ab bewegte und schließlich auf der Seite liegend im Schlamm des seichten Wassers stecken blieb.

Skipper fischte es heraus und warf es weit von sich. »Mir fällt nur auf, dass der Moss einen ganz niedrigen Pegel zu haben scheint. Als wir die Löcher gruben, lagen sie unter Wasser und jetzt liegen sie auf dem Trockenen.«

Ben Stichler streckte sich am Ufer aus und blickte hinauf zum wolkenlosen Himmel. »Es liegt bestimmt daran, dass wir so ein mildes Frühjahr gehabt haben. Schaut euch doch mal um, wir hatten erst vor einer Woche das Frühjahrsende, und schon kommt es mir vor, als wären wir mitten im Hochsommer. Puh, wenn das so weitergeht, haben wir Spätherbst, bevor wir auch nur einen Tropfen Regen zu Gesicht bekommen haben.«

»Was sollen wir denn nun tun?«, fragte Äbtissin Germania und stellte ihren Becher mit Milch beiseite.

Lady Ambra strich sich über die Stelle, wo einst ihr Ohr gewesen war. »Was meint Ihr, Skip? Wäre es vielleicht jetzt, wo der Wasserstand gefallen ist, möglich, den Fluss zu stauen?«

Der Otter griff in den Ufersand und ließ ihn durch seine Pfoten rieseln.

»Gnädigste, selbst unter diesen Bedingungen wäre es immer noch so, als würde man versuchen, die Sonne am Aufgehen zu hindern. Selbst der bloße Versuch, einen Fluss von der Größe des alten Moss zu stauen, ist zum Scheitern verurteilt.«

»Äh, ähem!« Tschipp hockte auf dem Schössling einer jungen Kastanie.

Sie sprachen weiter, ohne dem Rotkehlchen Beachtung zu schenken.

»Wenn wir nun die Rinnen ein wenig tiefer anlegen würden?«

»Ihr meint Tunnel.«

»Rinnen, Tunnel – das ist doch alles dasselbe, oder?«

»Ähemhem, örrhörr!«, machte sich Tschipp erneut bemerkbar.

»Vielleicht für ein Eichhörnchen, aber für einen Maulwurf oder einen Otter sind eine Rinne und ein Tunnel von Grund auf verschieden.«

»Hörr, ähem, örrhörr!« Tschipp riss langsam der Geduldsfaden.

»Hajaj, es tut vollkommen richtig sein. Löcher tun Löcher und Rillen tun Rillen sein, hajo.«

»Örrhörr, ähemhemhemhem!«

»Was heißt denn jetzt wieder Rillen? – Ein Tunnel ist doch keine Rill…«

»*Ähem!*«

»Tschipp, was ist denn los mit Euch? Habt Ihr Euch an einer Nuss verschluckt?«

»Äh, ähem, nein. Aber ich dachte mir, dass es Euch vielleicht interessieren würde, dass da ein Schiff den Fluss heraufkommt.«

»Ein Schiff!«

»Wie jetzt, meint Ihr ein Boot?«

»Örrhörr, tschuldigung! Wenn ich ein Boot gemeint hätte, dann hätte ich auch Boot gesagt. Es ist ein Schiff, riesengroß, ganz und gar schwarz, mit einem weißen schädelartigen Ding am Bug, gerefften Segeln, vielen Rudern. Ein Schiff eben!«

Bella sprang auf und machte eine ausladende Bewegung mit ihren Pfoten. »Alle gehen sofort in Deckung. Äbtissin, du bleibst bei ihnen. Haltet euch bereit, auf mein Signal hin sofort nach Brockhall zu stürmen. Skipper, Lady Ambra, Ihr kommt mit mir. Wir sehen uns das Ganze wohl besser mal aus der Nähe an. Tschipp, habt Ihr gesehen, wer auf dem Schiff ist?«

»Ähem, leider nicht. Als ich es erblickte, kam ich sofort hierher, um Meldung zu machen.«

»Gute Arbeit«, gratulierte Bella. »Kommt mit uns. Wir benötigen Euch vielleicht, um den anderen im Versteck auf schnellstem Wege eine Nachricht zukommen zu lassen.«

Die Waldbewohner versteckten sich hinter Bäumen, im Gebüsch und im tiefen Laub. Die Dächsin, der Otter, das Eichhörnchen und das Rotkehlchen gingen am Ufer entlang in Richtung Westen und ließen einen scheinbar völlig verlassenen Ort hinter sich zurück.

Da sie nichts bei sich trugen, kamen sie schnell voran. Sie hatten es nicht weit bis zu dem Flussstück, wo sich das Schiff befand.

Tschipp sichtete es zuerst. Er flatterte aufgeregt auf und ab. »Ähem, seht Ihr? Ich habe es Euch doch gesagt. Seht Ihr die beiden Pfähle, die die Baumkronen überragen? Das sind, äh, örrhörr, große Pfähle, wie sie in Schiffen stecken.«

Skipper hatte sie ebenfalls erblickt.

»Das sind Masten, Kumpel«, erklärte er. »Lasst uns mal näher herangehen, damit wir mehr sehen können.«

Auf allen vieren krochen sie ans Flussufer, wo sie sich im Gebüsch versteckten, als das Schiff in Sicht kam.

»Ihr da, wagt es ja nicht, weiterzufahren!«, rief Bella von ihrem Versteck aus mit der abschreckend donnernden Stimme eines kriegerischen Dachses. »Wenn ihr auch nur irgendeinem Wesen im Wald von Mossflower Böses wollt, dann kehrt jetzt um und fahrt zurück zum Meer – oder ihr bekommt es mit mir zu tun!«

Auf dem schwarzen Schiff rührte sich nichts.

An Bord der *Waldlady* lagen Martin und seine Freunde hinter der Reling verborgen an Deck.

Dinny hielt sich mit einer Pfote den Mund zu, um ein Kichern zu unterdrücken. »Hahaha, ich tu wissen, wer da rufen tut.«

»Bella, die gute alte Bella von Brockhall.« Martin blickte verträumt vor sich hin. »Einen Moment lang klang sie genau wie Keiler.«

Roy-Ahoi nickte zum Ufer hinüber. »Na, was ist? Wir können hier doch nicht den ganzen Tag herumliegen, oder? Wer antwortet ihr denn nun?«

Klein-Dinny löste das Problem, indem er aufstand und brüllte:

»Hajaj, es tut jemand an Bord sein, der aus Liebe zu seiner Maid mit Namen Columbine fast umkommen tut, bohörr.«

Alle, die sich im Gebüsch versteckt hielten, kamen gerade noch rechtzeitig herausgelaufen, um zu sehen, wie der Maulwurf mit einem lauten Aufklatschen im Wasser landete, nachdem Gonff ihn über die Reling befördert hatte.

»Ooh, aah, blubb, zu Hilfe! Ich tu allerweil kein guter Schwimmer sein!«

»Halte aus, Klein Din!«, rief Skipper. Schnell wie der Blitz war er im Wasser. Er hielt Klein-Dinny hoch, sodass hilfsbereite Pfoten ihn wieder an Bord ziehen konnten.

»Skipper, du alter Wasserhaudegen!«

»Gonff, du kleiner Tortenräuber!«

»Hallo, Bella. Ahoi, ich bins, Martin!«

»Martin der Krieger, willkommen daheim. Schaut mal, wer hier ist!«

»Lady Ambra, wo ist denn Euer Ohr abgeblieben?«

Roy-Ahois Stimme ertönte und plötzlich wimmelte es auf der *Waldlady* nur so von Mäusen, Igeln, Eichhörnchen und Hasen.

»Steuert hart backbord. Bringt sie dichter ans Ufer. Passt mit den Masten auf, dass ihr mir nicht damit in den Bäumen landet. Haltet die Ruderpinne ganz ruhig. Passt auf, dass der Bug im seichten Wasser nicht auf Grund läuft!«

Tschipp flog zum Schiff hinüber und setzte sich wichtigtuerisch auf die Reling. »Ähem, ich muss losfliegen und jenen, die im Verborgenen schmachten, die frohe Kunde überbringen.«

Als er davonflog, kicherte Skipper: »Heißt das jetzt, dass er den anderen Bescheid sagt? Mein lieber Klabautermann, dies ist aber wirklich ein schönes, stattliches Schiff. So eines habe ich auf dem alten Moss noch nie zuvor gesehen. Du hast es doch nicht etwa gestohlen, oder, Gonff? Sehe ich da etwa zwei Segel? Wundervoll! Du meine Güte, jetzt sieh sich mal einer diese große Ruderpinne an! Dies ist ja wirklich ein Schiff, mit dem man über die Meere segeln kann. Was ist das eigentlich für ein großer Schädel vorne an der Bugspitze? Ein Fisch! Ich kann kaum glauben, dass es einen so großen Fisch auf der Welt gibt.«

Timballisto lachte laut auf und hielt abwehrend seine Pfoten hoch. »Immer mit der Ruhe, Otter. Ihr müsst Skipper sein. Ich bin Martins Kumpel Timballisto. Wir werden Euch schon bald alle Eure Fragen beantworten.«

Als die *Waldlady* am Ufer vor Anker lag, gingen Bella und Lady Ambra an Bord, umarmten Martin, Gonff und Dinny und blickten sich ehrfürchtig um.

Bella lächelte den Mäusekrieger liebevoll an und klopfte ihm auf die Schulter. »Martin, Ihr seid gewachsen. Ihr seht jetzt wirklich und wahrhaftig wie ein ausgewachsener Vollblutkrieger aus. Was für ein außerordentlich schönes Schwert Ihr da habt. Ist mein Vater hier auch irgendwo? Wo ist der alte Keiler der Kämpfer?«

Die Crew des Schiffes verstummte schlagartig. Martin nahm Bellas Pfote sanft in die seine.

»Kommt mit mir in die Kajüte, meine liebe Freundin. Ich habe Euch eine lange Geschichte zu erzählen.«

An jenem Sommernachmittag wurden viele Geschichten erzählt, während Martin und Bella in der Kajüte saßen. Ferdy und Coggs, Spike und Posy saßen inmitten einer Gruppe von Waldbewohnern an Deck. Die kleinen Igel trugen Seerattenohrringe und hielten jeder einen runden Schild in der Pfote. Sie hatten ihre Augen weit aufgerissen, und ihre Münder standen offen, als Gonff erzählte, was den Weggefährten alles widerfahren war, seit sie Mossflower verlassen hatten, um sich auf die Suche nach dem Salamandastron zu begeben. Ben Stichler, Goody und die Äbtissin waren nicht minder beeindruckt. Sie grinsten von einem Ohr zum anderen, als sie sahen, dass Gonff aufs Gestikulieren verzichten musste, weil Columbine seine Pfote so fest umklammert hielt.

»Kröten, Kumpels. So bösartige Kröten wie diese habt ihr noch nicht gesehen. Aber als dann der Aal aus dem Schreiloch herausglitt …«

»War der Aal so groß wie ein Baum, Herr Gonff?«

»Doppelt so groß, Spike. Er hätte dich sogar mit geschlossenem Mund verschlingen können.«

Lady Ambra kicherte trocken. »Bist du dir ganz sicher, dass du Mäuse mit Flügeln gesehen hast, Gonff?«

»Oh nein, ich selber habe sie nicht gesehen, aber Martin und Dinny. Ist doch richtig, oder, Dinny?«

»Hajaj, es tut richtig sein. Es tun lederartige Vogelmäuse gewesen sein, die wo in dem Berg rumgeflogen sind, hajo.«

»War das in dem Salamandastron, Herr Dinny?«

»Das gibts doch gar nicht. Flederviecher in unserem Berg? Niemals!«

»Ganz und gar undenkbar, mein junger Igelbursche, ha!«

»In unserem Berg gibts nur Feuer, Hasen und Dachse, Jungchen.«

Gonff blickte Trabbs und Co. streng an. »Wer erzählt jetzt diese Geschichte, ihr oder ich?«

»Ja, bitte seid still und lasst Herrn Gonff die Geschichte erzählen, Trabbs.«

»Ganz recht, er ist ein viel besserer Geschichtenerzähler als Ihr.«

»Genau, und die kleine Columbine ist vielleicht niedlich!«

»Dann kamen wir an diesen Strand«, fuhr Gonff voller Begeisterung fort. »Riesig, mindestens so groß wie Mossflower, nichts als Sand, so weit das Auge reichte, abgesehen von dem Wasser und den Krebsen natürlich.«

»Ooh, was ist denn ein Krebs, Herr Gonff?«

»Na ja, ein Krebs sieht aus wie eine Spinne, nur ist er hundertmal größer, mit gewaltigen zwickenden Scheren und eingehüllt in einen harten Panzer.«

»Habt Ihr und Martin denn den großen Krebs erschlagen, Herr Gonff?«

»Äh, also – nein, Ferdy. Um ehrlich zu sein, habe ich am Ende sogar mit ihm getanzt.«

»Hahahahahaha!«

»War es denn ein hübsches Krebsfräulein, Gonff?«

»Nein, ich glaube, es war mehr so eine Art Krebsmännchen, Columbine.«

»Na, dann ist ja alles in Ordnung.«

»Hier, das hätte ich ja fast vergessen. Ich habe dir eine Muschelkette gemacht. Binde sie dir um.«

»Oh, danke schön, Gonff, sie ist wundervoll. Sind das Krebsschalen?«

»Hano, Frollein, es tun Muschelschalen sein, die wo ich selbst gesammelt haben tu.«

»Während Gonff damit beschäftigt war, mit den Krebsen zu tanzen, nehme ich an. Vielen herzlichen Dank, Dinny.«

Der Mäusedieb beschloss, die Anspielung auf sein Tanztalent nicht zu beachten, und fuhr mit seiner Erzählung fort. Er berichtete von dem Sand, dem stetigen Wechselspiel der Gezeiten, von den Aas fressenden Seevögeln und der toten Ratte, deren Vorräte ihnen das Leben gerettet hatten. Er beschrieb die erste Begegnung mit Trabbs und Co. und wie sie die Weggefährten zum Berg geführt hatten. Dann begann er, von dem legendären Berg namens Salamandastron zu berichten, von seinen Hallen, Höhlen, Treppen und Gängen. Er erzählte seiner erstaunten Zuhörerschaft die Geschichte von Keiler dem Kämpfer, von seinem lodernden Schmiedeofen, seinem riesigen Kriegsschwert und seiner unglaublichen Tapferkeit im Krieg gegen die Seeratten. Gonff beschrieb den Kampf, der damit geendet hatte, dass Keiler und Fangzahn gemeinsam durch das Tor zum Wald des ewigen Dunkels gegangen waren. Schließlich und endlich erzählte er davon, wie sie das Schiff *Blutkiel* gekapert hatten, das nun *Waldlady* genannt wurde.

Einen Moment lang war es totenstill, dann rückten die Waldbewohner noch näher und überhäuften ihn nur so mit Fragen. Timballisto und ein paar frühere Galeerensklaven retteten Gonff vor den Plagegeistern, indem sie große Kupferkübel mit Essen vom Schiff zerrten.

»So. Stellt euch in einer Reihe auf. Zeit für Labskaus und Kuchen!«

Die Kleinen sogen die würzigen Gerüche in sich auf, während Timballisto erklärte: »Meeresfrüchte und Kartoffelbrei, daraus macht man Labskaus. Davon bekommt ihr Haare auf der Brust wie ein riesiger Seebär. Da ist auch jede Menge Pfeffer und Meeressalz mit drin. Esst alles schön auf und zeigt mir, dass eure Teller leer sind, dann werde ich euch etwas auftischen, das ich nach meinem ureigenen Kriegerrezept zubereitet habe: Pflaumenkuchen mit Kastanien in einer Bucheckern-Sahnesoße. Langt ruhig zu, es ist genug für alle da.«

Die Nacht senkte sich und die *Waldlady* lag noch immer in der Flussmitte sicher vor Anker. Martin trat blass und mit traurigem Blick aus der Kajüte, nachdem er Bella die schlechte Nachricht überbracht hatte. Er rief die sechs Hasen zu sich.

»Geht bitte in die Kajüte, Bella möchte mit euch sprechen. Erzählt ihr alles, was ihr von ihrem Vater wisst, und berichtet ihr von der Zeit, die ihr mit ihm gemeinsam in dem Berg verbracht habt.«

»Du kannst dich auf uns verlassen, alter Knabe.«

»Nur die guten Zeiten. Schön Stillschweigen bewahren, oh ja.«

»So ist es richtig. Wie stark Keiler war.«

»Er war wie ein Vater zu uns. Ein stattlicher Dachs, das war er!«

»Er hat uns allen so viel beigebracht. Er war so verständnisvoll.«

»Wie könnten wir jemals einen so guten Freund vergessen?«

Bevor sie sich schlafen legten, hatten die Weitgereisten noch eine vertrauliche Besprechung mit den Anführern des Rawim, in der sie erfuhren, wie es Mossflower während ihrer Abwesenheit ergangen war. Als sie alles gehört hatten, gingen sie hinaus an Deck. Die Kleinen waren in den Kajüten schlafen gelegt worden. Zunächst hatten sie es äußerst aufregend gefunden, in Hängematten zu liegen, aber am Ende waren sie doch vom Schlaf übermannt worden. Alle anderen hatten sich dicht gedrängt zwischen Takelage und Reling draußen an Deck versammelt. Bella stand mit vor Trauer geröteten Augen da und hatte ihre Pfote auf die Ruderpinne gelegt. Sie war dennoch ruhig und gefasst.

Martin übernahm instinktiv das Kommando. Der Mäusekrieger schien seit seiner Rückkehr an Größe und Selbstvertrauen gewonnen zu haben, sodass jeder Waldbewohner nun mit einem Respekt zu ihm aufschaute, der schon an Ehrfurcht grenzte. Er stand ganz oben auf dem Achterdeck und sein Schwert glitzerte im Schein des Vollmondes.

»Freunde, ich habe alles gehört, und meine Gefährten haben euch alles erzählt, was uns während unserer Suche widerfahren ist. Jetzt bin ich wieder da.«

Äbtissin Germania nickte der beeindruckenden Erscheinung zustimmend zu. »Sagt uns, was Ihr von uns erwartet, Martin.«

Der Mäusekrieger zog sein Schwert und stützte sich auf den Stein am Ende des Knaufes, wobei seine Klinge sich in die Planken des Decks bohrte.

»Vertraut mir, Mossflower wird gerettet werden. Ich habe mir einen Plan ausgedacht, den ich im Moment noch nicht preisgeben möchte. Ich muss zunächst einmal einige Dinge abklären, bevor ich weiß, ob er auch durchführbar ist. Jetzt sollten wir erst einmal schlafen. Morgen, wenn wir die Kleinen irgendwo in Sicherheit gebracht haben, werde ich euch erzählen, was ich beabsichtige. Macht euch keine Sorgen mehr. Da so viele mit uns zurückgesegelt sind, verfügen wir nun über die doppelte Anzahl von Streitkräften. Außerdem haben wir jetzt kampferprobte Krieger unter uns. Keiler der Kämpfer kann heute Nacht nicht hier bei uns sein, aber ich weiß, dass sein starker Geist über uns wacht. Von jenseits des Tores zum Wald des ewigen Dunkels hat er mich mit diesem Schwert zu euch gesandt, damit ich Zarina und ihrer Gefolgschaft ein für alle Mal den Garaus mache. Ich verspreche euch, dass ich es auch tun werde.«

Jeder, der Martin den Krieger in jener Nacht erlebte, zweifelte nicht im Geringsten daran, dass er bestimmt war, das Versprechen einzulösen.

## Drittes Buch

# Von Wassern und Kriegern

# 46

Tief unter Kotir war der Wasserpegel ganz langsam angestiegen. Jetzt befand er sich bereits oberhalb des Abschnittes, in dem von den Maulwürfen Steine entfernt worden waren. Stunde um Stunde war das Wasser um einen winzigen Bruchteil angestiegen. Für den, der flüchtig lauschte, war das Plätschern nicht mehr zu vernehmen. Dennoch sickerte das Wasser unterhalb der Oberfläche des langsam ansteigenden Sees auch weiterhin leise durch.

Zarina stand am Fenster ihres Gemachs und holte tief Luft, sie füllte ihre Lungen mit dem wohltuenden Sommerlüftchen, das aus dem Wald von Mossflower zu ihr herübergeweht kam.

Endlich hatte das verfluchte Wassertropfen aufgehört!

Sie fühlte sich beschwingt und glücklich. Die dunkle, beängstigende Nacht war diesem wunderschönen, ruhigen, sonnendurchfluteten Morgen gewichen und hatte das quälende Geräusch plätschernden Wassers mitgenommen.

Brogg hatte Recht, dachte sie, auch wenn er nur ein dummes Wiesel war. Seine Logik ergab in gewisser Hinsicht einen Sinn. Die Einbildung konnte auf sonderbare Weise wirken und spielte einem erschöpften Gemüt gerne den einen oder anderen Streich.

Jetzt dachte sich Zarina, verschlagen, wie sie nun einmal war, wieder eine ganz neue Lösung ihrer Probleme aus; eine, die ihren Fähigkeiten ihrer Meinung nach durchaus angemessen war.

Mossflower musste unterworfen werden!

Der Adler war tot, der Fuchs ebenfalls. Und ihre Streitkräfte waren jetzt, wo sie Fluchs einstige Söldner noch dazugewonnen hatte, zahlreicher denn je.

Zarina erlaubte sich ein hörbares Kichern. Dieser Fluch! Er hatte sich sogar noch die Mühe gemacht, alle Fenster und Türen in Kotir instand zu setzen, so sehr hatte er damit gerechnet, den Platz von ihr, der Königin von Mossflower, einzunehmen. Dämlicher Fuchs!

Während sie sich mit einer Schale Milch und einer gebratenen Ringeltaube versorgte, dankte sie Fluch im Geiste dafür, dass er ihr die Vorräte mitgebracht hatte, die ihr nun ebenfalls zum Vorteil gereichten. Sie setzte sich hin und machte sich beim Frühstück ein paar ernsthafte Gedanken darüber, wie sie die Waldbewohner ein für alle Mal besiegen konnte.

Zarina läutete die Glocke, um Brogg herbeizurufen.

»Euer Majestät?«

»Ah, Brogg. Leg das Schwert beiseite und setz dich her zu mir.«

»Danke, Hoheit.«

»Heute Morgen hatte ich eigentlich vorgehabt, ein paar Soldaten zu Hauptmännern zu ernennen. Inzwischen habe ich es mir allerdings wieder anders überlegt, Brogg. Du wirst auch weiterhin der einzige Offizier sein, der meine Befehle weitergeben darf.«

Mit stolzgeschwellter Brust nahm Brogg im Sitzen Haltung an. »Oh, ich danke Euch, Hoheit, danke schön. Ihr werdet noch stolz auf mich sein. Ihr werdet diese Entscheidung nicht bereuen. Ihr werdet schon sehen, ich werde –«

Zarina brachte den plappernden Hauptmann zum Schweigen, indem sie mit dem Ringeltaubengerippe wedelte.

»Genug geschwätzt, Brogg. Ich werde dir jetzt sagen, was du tun musst, um dir diese große Ehre zu verdienen.«

»Ich stehe ganz zu Eurer Verfügung, meine Königin.«

»Gut. Ich will Fallen, viele Fallen. Schlingen, Netze, Gruben – alles, was uns nur in den Sinn kommt.«

»Fallen, Hoheit?«

»Ja, Fallen, du Riesenrind. Ich will, dass überall im Wald da draußen Fallen ausgelegt werden.«

Brogg begann zu grinsen, als ihm dämmerte, was sie vorhatte. »Wir werden ein paar Waldbewohner gefangen nehmen.«

»Gefangen nehmen, töten, verstümmeln – es ist mir völlig gleich, solange es nur dazu führt, dass diese Gestalten vor Angst keine einzige Pfote mehr vor ihr Versteck setzen, ganz egal, wo es sich befindet. Jetzt werde ich den Spieß umdrehen, nie wieder werden sie die Gelegenheit haben, uns hier einzusperren. Wenn wir meinen Plan einen schönen langen Sommer hindurch verfolgen, werden sie nur allzu bereit sein, meine Bedingungen anzunehmen – das heißt jene, die noch übrig sind, wenn meine Fallen erst einmal zum Einsatz gekommen sind.«

»In Ordnung, Hoheit. Ich werde noch heute anfangen. Was haltet Ihr zum Beispiel von Fallgruben mit angespitzten Spießen im Boden?«

»Ausgezeichnet, Brogg. Endlich sprichst du meine Sprache. Wir könnten auch noch ein paar dünne Würgeschlingen im tiefen Laub auslegen.«

»Großartige Idee, Hoheit. Und wie wärs mit ein paar großen Netzen und Fallstricken?«

»Hervorragend. Vergiss nicht, möglichst viele vergiftete Widerhaken in den Netzmaschen festzubinden. Ach ja, und denke auch an den alten Trick mit dem heruntergebogenen jungen Baum und der verborgenen Schlinge. Man kann immer darauf bauen, dass irgendein schwerfälliger Dachs oder ein hüpfendes Eichhörnchen hinein tappt, nicht wahr, Brogg?«

»Ja, Hoheit. Stellt Euch nur einmal vor, wie all diese Waldbewohner kopfüber an ihren Hinterpfoten baumeln. Huhuhu!«

»Hmm, wie Äpfel, die gepflückt werden wollen.«

»Oh, huhuhu. Wir könnten sie ja bis zum Herbst am Baum lassen, damit sie auch richtig reif sind, wenn wir sie pflücken, Hoheit.«

»Hihi. Sehr gut, Brogg. Solch einen Sinn für Humor hätte ich dir gar nicht zugetraut.«

»Oh, ich habe auch meine lichten Momente, Hoheit.«

»Na, dann sorge mal dafür, dass von nun an alle deine Momente siegreich sein werden, mein einziger Hauptmann.«

Brogg salutierte unbeholfen und stieß beim Aufstehen seinen Stuhl um. »Ja, Majestät. Ich werde mich noch heute Morgen daranmachen.«

Zarina packte das Ende des Umhangs und zog ihn zurück. »Und schon stürmst du los, hetzt und flitzt herum wie ein Spatz, der hinter einer Fliege her ist. Du musst Prioritäten setzen, Brogg. Wenn du eine Aufgabe zu erledigen hast, dann erledige sie gründlich. Nimm dir Zeit. Suche dir erst einmal die Ausrüstung zusammen, dann teilst du die Soldaten in Gruppen ein, ernennst in jeder Gruppe einen Anführer und setzt eine Belohnung für die raffiniertesten Fallen und die mit den besten Ergebnissen aus. Verstehst du, was ich meine?«

Broggs Gesicht hellte sich auf, als ihm klar wurde, was für eine große Macht er ausüben würde. »Ihr habt ganz Recht, Hoheit. Ich werde den heutigen Tag erst einmal mit Organisieren verbringen, dann können wir gleich morgen früh anfangen.«

Er ging hinaus und ließ Zarina, an ihrem Fenster stehend, zurück. Sie hielt immer noch das Ringeltaubengerippe in den Pfoten, das sie jetzt mit einem einzigen Schlag zermalmte und dann aus dem Fenster zum Wald hinüberwarf.

»Hier habt ihr was zu essen, Waldbewohner«, kreischte sie. »Wenn erst der Herbst Einzug hält, werdet ihr es brauchen. Ich werde dafür sorgen, dass ihr in euren Löchern festsitzt. Wir werden ja sehen, wessen Vorräte zuerst zur Neige gehen.«

Äbtissin Germania und Columbine hatten die Aufgabe, die Kleinen zu Gingivere und Sandingomm zu bringen. Bella zeichnete ihnen eine Karte auf, damit sie es auch finden würden. Ferdy und Coggs waren hin- und hergerissen zwischen der Freude darüber, dass sie ihren Onkel Gingivere besuchen durften, und dem Wunsch dazubleiben, um kriegerische Seebären zu werden. Gonff sprach mit ihnen.

»Hört mal zu, Kumpels, Martin und ich sind unabkömmlich, wir können die Kleinen nicht begleiten. Daher hatten wir uns überlegt, dass ihr beide vielleicht auf sie aufpassen könntet. Stellt euch doch nur einmal vor, wie viel sicherer die Äbtissin und Columbine sich fühlen, wenn sie wissen, dass Ferdy und Coggs mitkommen und ihnen Geleitschutz geben. Ich habe für jeden von euch eine Wurfschlinge angefertigt und einen Beutel mit Steinen bekommt ihr auch dazu.«

»Ganz echte, wirkliche Schleudern, Herr Gonff?«

»So ist es. Die gleichen, die Martin und ich bei uns tragen.«

Ferdy sagte nur noch eines: »Also, Coggs. Dann wollen wir mal alle in Reih und Glied aufstellen. Ich werde der Äbtissin und Columbine sagen, dass sie die Führung übernehmen sollen, während wir die Nachhut bilden.«

Goody wischte beiden Kriegern mit ihrem Schürzenzipfel noch einmal ordentlich die Schnauzen sauber, bevor sie unter großem Jubel und Winken davonzogen.

Die Anführer des Rawim begannen damit, die Waffen zu verteilen. Roy-Ahoi und seine Spitzmäuse waren geübte Bogenschützen; sie benutzten die Bogen, die von den Eichhörnchen über der Schulter getragen wurden, als stehende Langbogen, und Lady Ambra sorgte dafür, dass sie ausreichend mit Pfeilen versorgt wurden. Die sechs Hasen gesellten sich freudig zu Skippers Crew. Sie waren bei den Ottern sehr beliebt und erwiesen sich im Speerwurf als genauso tüchtig, wie sie es mit ihren eigenen langen Spießen waren, die von der Ottercrew aufs Höchste bewundert wurden.

Die Mäuse aus Loamhedge hatten noch nie etwas mit Waffen zu tun gehabt, daher schlossen sie sich Goody Stichler an, die überall zupackte, wo sie gebraucht wurde – bei der Versorgung Kranker und Verletzter, bei der Durchführung von Reparaturen oder bei der Leitung der Feldküche. Timballisto und Klein-Dinny übernahmen die Maulwürfe. Sie schlossen sich mit den früheren Galeerensklaven zusammen und gemeinsam brachten sie es auf eine unglaubliche Vielfalt an Waffen.

Bella ging zu ihnen hinüber, um sie zu inspizieren.

»Sieh mal einer an, wem untersteht denn diese blutrünstige Truppe?«, fragte sie, worauf man ihr zweimal salutierte.

»Hauptmann Timballisto und Hauptmann Klein-Dinny von den Mossflower-Freischärlern melden sich zum Dienst, Gnädigste.«

Klein-Dinny wirbelte einen Dolch herum, er hatte sich mit einer farbenfrohen, ausgefransten Seidenschärpe und Seerattenohrringen geschmückt.

»Hajaj, wir tun arg scheußliches Gesindel sein und tun allerweil bereit sein, es mit jedem aufzunehmen, joharresch.«

Bella erwiderte den Gruß und versuchte gleichzeitig, ein Lächeln zu unterdrücken.

In der Kajüte auf dem Vorderdeck der *Waldlady* führte Martin ein vertrauliches Gespräch mit fünf kräftigen, erfahrenen Ottern. Als er wieder auftauchte, drängte sich am Ufer eine Horde, die nur auf ein Zeichen von ihm wartete. Aller Augen ruhten auf ihm, als er vom Schiff heruntersprang und durch das seichte Wasser an Land watete. Timballisto hatte in einem Seerattenspind seine alte Kriegsrüstung wieder gefunden. Er trat vor und legte sie schweigend seinem Freund an. Er setzte Martin den runden Kriegshelm fest auf den Kopf, schnürte ihm das Bruststück um und befestigte die Schienen an den Beinen des Kriegers. Bella und die Hasen überreichten Martin eine Scheide und einen Schwertriemen, die hervorragend zu seinem Schwert passten.

Martin drehte sich zu seiner Armee um.

»Lasst uns gehen und die Rechnung mit Kotir begleichen!«

Brogg stieß einen Fluch aus, als er noch vor der Morgendämmerung im Halbdunkel der Eingangshalle über ein aufgerolltes Seil stolperte. Überall lagen Gegenstände zum Fallenstellen herum. Der Wieselhauptmann rieb sich seine gestauchte Pfote und wünschte, er wäre am vorherigen Tag nicht derart Feuer und Flamme gewesen. Er hob das Seil auf und schleuderte es nach Warzenkinn, der es sich gerade in der Ecke gemütlich machte, um ein kleines Schläfchen zu halten.

»Hoch mit dir, du Schnarchsack. Auf die Pfoten. Solltest du mir nicht dabei helfen, Ordnung in dieses Durcheinander zu bringen?«

»Was ist denn mit den anderen?«, gähnte der Rattenmann. »Warum sind die noch nicht auf und helfen uns?«

Brogg hielt inne und ließ das Netz, das er gerade zur Tür schleifte, fallen. »Gute Idee. Warum soll ich alles allein machen? Warzenkinn, geh los und schmeiß sie aus den Federn. Sag ihnen, dass jeder, der nicht sofort hier aufmarschiert, der Königin gemeldet wird.«

Die Drohung verfehlte ihre Wirkung nicht. Wenige Augenblicke später füllte sich die Halle mit lauter verschlafenen Soldaten; als diese allerdings sahen, dass Zarina gar nicht da war, machten sie keine Anstalten, mit anzupacken. Stattdessen lümmelten sie sich auf die Treppenstufen.

Da erinnerte sich Brogg an Zarinas Rat.

»Achtung!«, rief er. »Der Erste von euch, der mit einer Falle in den Pfoten auf dem Exerzierplatz steht, bekommt heute beim Abendessen einen Nachschlag. Alle, die weiterhin hier herumhängen, kriegen nur eine halbe Ration Wasser und Brot.«

Warzenkinn packte drei Spieße und flitzte nach draußen. Die Übrigen begannen halbherzig damit, die Netze aufzuheben.

Warzenkinn kam wieder hereingesaust.

»Herr Hauptmann, sie sind da draußen!«, kreischte er aufgeregt.

»Was willst du denn schon wieder, Ratte? Wer ist da draußen?«

»Die Waldbewohner! Ihr könnt ja selbst rausgehen und nachsehen!«

Brogg erinnerte sich noch sehr gut an den letzten Überfall und so ging er mit äußerster Vorsicht vor. Nervös steckte er seinen Kopf durch die Türöffnung, jederzeit bereit, ihn schnell zurückzuziehen, falls es Pfeile hageln sollte.

Das Haupttor war weit aufgestoßen worden. Im Freien, umgeben vom Morgennebel, der in der Sonne verdunstete, stand eine ganze Reihe von Gestalten: eine Dächsin, ein Mäuserich in Rüstung und dann noch dieser kräftige Otter. Brogg hielt sich nicht lange auf, um zu sehen, ob da vielleicht noch mehr waren.

»Warzenkinn, geh und wecke die Königin, aber schnell!«, befahl er.

Zarina kam hellwach die Treppe heruntergesprungen und spähte zusammen mit Brogg durch die Türöffnung.

»Na, endlich bekommen wir die mal zu Gesicht. Wenn wir Glück haben, brauchen wir die Schlingen gar nicht, Brogg. Vielleicht sind sie gerade in eine Falle getappt.«

»Aber, Hoheit, sie haben doch eine weiße Fahne dabei. Bedeutet das nicht, dass sie in friedlicher Absicht kommen?«, widersprach Brogg.

»Du darfst nicht alles glauben, was du siehst, Brogg. Du trägst ein Schwert, aber das bedeutet noch lange nicht, dass du auch ein Soldat bist. Hören wir uns erst einmal an, was sie zu sagen haben.«

Während sie unerschrocken ins Freie trat, flüsterte Zarina aus dem Mundwinkel zu Brogg hinüber: »Hol die Bogenschützen. Wartet auf mein Zeichen.«

Keiner aus der Abordnung war bewaffnet, nur der Mäuserich trug ein Schwert an seiner Seite. Zarina erkannte ihn sofort wieder, genauso wie den frechen Mäusedieb, der hinter ihm stand. Erbost schürzte sie die Lippen.

»Was wollt ihr geflüchteten Gefangenen und Waldrebellen?«

»Wir sind die Anführer des Rawim, und wir sind hergekommen, um Euch ein Ultimatum zu stellen.« Die harte Stimme des Mäusekriegers hallte laut und deutlich über den Platz.

Zarina wirbelten tausend Gedanken durch den Kopf. Hier hatte sie alle Anführer auf einem Fleck, sie durften auf keinen Fall mit dem Leben davonkommen. Ob Brogg die Bogenschützen schon aufgestellt hatte?

»Nun, hier bin ich. Sagt, was ihr zu sagen habt.« Die ruhige Stimme der Wildkatzenkönigin war trügerisch.

Der Krieger zeigte mit einer gepanzerten Pfote auf sie. »Hört gut zu und merkt Euch meine Worte, Katze. Weder Ihr noch Eure Untergebenen habt das Recht, Waldbewohner zu tyrannisieren oder zu versklaven. Wir sind ehrliche, freie Mittiere und Mossflower ist unser Zuhause.«

»Du unverschämter Emporkömmling!«, lachte Zarina rau. »Ich hätte dich töten sollen, als ich die Gelegenheit dazu hatte. Ist dir eigentlich klar, wen du hier vor dir hast? Ich bin Zarina, Königin der Tausend Augen, Herrscherin von Mossflower.«

Ihr Gegenüber schien nicht besonders beeindruckt zu sein. »Ich bin Martin der Krieger, und ich bin nicht hierher gekommen, um leere Drohungen auszustoßen. Nur so viel: Verlasst diesen Ort noch heute, bevor die Sonne untergeht, nehmt Eure Armee mit, geht, wohin Ihr wollt, aber haltet Euch von Mossflower fern und versucht niemals wieder, einem Waldbewohner ein Leid zuzufügen.«

Zarina warf einen Blick über ihre Schulter; die Bogenschützen standen schussbereit in der Türöffnung.

»Wenn ich tue, was du verlangst, was geschieht dann?«

»Dann dürft Ihr unbehelligt von dannen ziehen und auch Euren Anhängern wird nichts geschehen. Ich gebe Euch darauf mein Wort als Krieger.«

Zarina zuckte mit den Achseln. Sie hielt ihre Pfoten weit ausgebreitet. »Und was passiert, wenn ich beschließe, nicht fortzugehen?«, fragte sie.

Martins Stimme klang wie Keilers Hammerschlag auf dem Amboss. »Dann werdet Ihr hier sterben und Euer Ungeziefer ebenfalls. Ich werde dieses bösartige Gemäuer über Euren Köpfen zum Einsturz bringen. Wieder gebe ich Euch darauf mein Wort als Krieger.«

Zarina schwieg einen Moment lang, so als würde sie beide Angebote überdenken. Als sie dann wieder zu sprechen begann, klang ihre Stimme flach und gefährlich: »Welch große Worte für eine kleine Maus. Ich gebe dir auf nichts mein Wort, aber eines kann ich dir garantieren: Ihr werdet alle dort, wo ihr euch jetzt befindet, getötet werden.«

Auf ihr Zeichen hin kamen zwanzig Bogenschützen herbeigesprungen und stellten sich schussbereit auf.

Sie verschränkte ihre Arme und lächelte böse. »Na, wie gefällt dir das, kleiner Krieger?«

Martin stand da wie ein Fels und zeigte nicht das geringste Anzeichen von Angst. »Dann werden wir eben hier stehen und von Euren Pfeilen getötet werden. Aber blickt doch einmal hinter mich, schaut hinauf zu den Bäumen und der Brustwehr Eurer Außenmauer. Jeder Waldbewohner, der in der Lage ist, eine Bogensehne zu spannen oder einen Speer zu werfen, zielt geradewegs auf Euer heimtückisches Herz. Ihr würdet nicht einmal eine Pfotenbreite weit kommen, bevor Ihr durch das Tor zum Wald des ewigen Dunkels geschickt werdet. Also macht ruhig weiter, Katze. Lasst Eure Bogenschützen das Feuer eröffnen. Wir sind bereit zu sterben, wenn Mossflower sich im Gegenzug von Euch befreien kann.«

Zarinas Augen rollten hin und her. Otter, Mäuse, Eichhörnchen, Igel, sogar Hasen waren da – sie schienen so zahlreich zu sein wie Blätter im Herbstwind. Jeder hielt eine Waffe auf sie gerichtet und jedes Gesicht strahlte grimmige Entschlossenheit aus.

»Bogen runter!«, zischte sie ihren Bogenschützen zu.

Die Soldaten richteten ihre Bogen zur Erde und ließen die Sehnen los.

Die Anführer des Rawim begannen, rückwärts durch das Tor zu gehen.

Zarina zeigte mit zitternder Klaue auf sie. »Wir sind noch nicht fertig miteinander«, keifte sie wutentbrannt. »Oh nein, wir haben gerade erst angefangen.«

Martins Antwort schallte zurück: »Heute Abend bei Sonnenuntergang. Wir werden draußen auf Eure Antwort warten.«

Brogg streckte seinen Kopf zur Tür hinaus. »Vergesst nicht, das Tor hinter euch zu schließen, huhuhuh!«

Während das Tor sich schloss, war laut und deutlich Bellas Stimme zu vernehmen: »Dieses Tor wird nicht geschlossen, um uns am Eindringen zu hindern, sondern um euch vom Herauskommen abzuhalten.«

Zarina raste ins Gebäude. »Schafft mir die Netze und Seile aus dem Weg. Ich will, dass jeder von euch sofort zum höchsten Punkt von Kotir kommt, zum allerhöchsten Punkt. Beeilt euch!«, drängte sie.

Gonff stand zusammen mit Martin im Schatten einer Platane.

»Tja, Kumpel, das hätten wir geschafft. Wir hängen alle mit drin, ob wir nun gewinnen oder verlieren. Wir haben nur diese eine Gelegenheit. Du hast ja gehört, was die Katze gesagt hat – wir haben gerade erst angefangen.«

»Sie hat irgendetwas vor, Martin«, sagte Lady Ambra, die oben im Baum saß. »Für meinen Geschmack ist es da drinnen viel zu ruhig geworden.«

Martin blickte auf. »Ich habe auch ein ungutes Gefühl. Sagt den Anführern, sie sollen mit ihren Truppen in Deckung gehen. Warten wir einfach ab, wir werden ja sehen, was sie als Nächstes unternimmt.«

Befehle wurden geflüstert und dann zogen sich die Waldbewohner zurück und verschmolzen mit den dunklen grünen Schatten des Waldes. Vor der Mauer war nun alles wie leer gefegt; nicht ein Schnurrhaar, nicht eine Pfote oder Waffe waren zu sehen. Beängstigende Stille umfing die laue Morgenwärme und wurde nur vom leichten Rascheln eines Windhauchs in den Baumwipfeln unterbrochen.

Heimlich, still und leise führte Zarina ihre Streitkräfte einen nach dem anderen über die hölzerne Dachbodentreppe hinaus auf das flache, quadratische, mit einer Brustwehr versehene Dach von Kotir. Sie bedeutete ihnen, sich auf den Boden zu legen, und lugte über die Mauer hinweg.

»Still jetzt. Bogenschützen nach vorn. Bleibt mit euren Köpfen in Deckung und stellt euch an der Brustwehr auf. Haltet euch bereit, auf mein Kommando das Feuer zu eröffnen.«

Die Bogenschützen nahmen klammheimlich ihre Position ein. Dann warteten sie ab.

Zarina nickte ihnen zu.

»Feuer!«

Ein tödlicher Pfeilhagel sauste zur Erde. Sie beobachtete, wie die Pfeile im Laubwerk der Baumwipfel verschwanden. Von unten vernahm man keine Rufe oder Schreie, es herrschte beharrliches Stillschweigen.

»Und noch mal Feuer!«

Eine zweite Salve verschwand zischend in der Bastion aus Ästen, Zweigen und Blättern.

Noch immer nichts.

Weiter hinten im Wald auf einer kleinen Lichtung knabberte Skipper an einem Haferkeks herum. »Ich überlege gerade, ob die Katze ihren Truppen wohl einen kleinen Imbiss zu früher Stunde gestattet.«

Timballisto rieb sich einen Apfel an seinem Fell ab. »Ich denke mal, nicht. Seht Euch doch nur einmal die Bäume an, vor denen wir noch vor kurzem gestanden haben, sie sind mit Pfeilen förmlich gespickt.«

Während die Waldbewohner dasaßen und aßen, sahen sie zu, wie zahllose Pfeile sich in die Äste und die weiche Erde knapp außerhalb ihrer Reichweite bohrten. Ein Mäuserich aus Loamhedge teilte sich mit Gonff eine Schale Milch.

»Sollten wir denn nicht ein paar Pfeile zurückschießen, Herr Gonff?«, fragte er kühn.

»Nein, Kumpel. Vergebene Liebesmüh. Zu hoch. Außerdem würden wir ihnen auf diese Weise unseren Standort preisgeben. Lassen wir sie doch noch eine Weile ihre Pfeile verschwenden.«

»Es sei denn, wir könnten irgendwie in die Bäume hinaufgelangen, die sich an der Nordseite befinden«, sagte Borkenbursche, während er an einer Selleriestange knabberte.

»Könntet Ihr sie denn von dort aus treffen?«

»Na hört mal! Gute Eichhörnchenbogenschützen! Natürlich könnten wir das, Martin.«

Der Mäusekrieger dachte nach: »Hmm, ich denke mal, das ginge. Wir bräuchten aber irgendetwas, womit wir sie dazu verleiten können, ihr Feuer in diese Richtung zu lenken. Fällt Euch vielleicht etwas ein, Lady Ambra?«

Zarina gab ihren Bogenschützen mit ihrer Pfote ein Zeichen, das Feuer einzustellen. Einige von ihnen bemerkten es nicht und schossen munter weiter.

»Hört auf! Es reicht, ihr Dummköpfe«, kreischte sie. »Seht ihr denn nicht, dass sie gar nicht mehr da sind?«

Der Pfeilhagel verebbte. Krummschwanz, einer der Füchse, wandte sich zu seinem Gefährten um, einer Ratte namens Whegg.

»Fluch wäre bestimmt ein Weg eingefallen, wie wir sie beseitigen können«, sagte er wehmütig.

»Wie denn zum Beispiel?«

»Na ja, nun, äh. Weiß ich auch nicht. Aber ihm wäre etwas eingefallen.«

»Wenn er doch so ein schlauer Bursche war, warum ist er dann jetzt tot, hä? Schau mal, da unten bewegt sich etwas im Gebüsch!«

Wie der Blitz war Zarina an der Seite der Ratte. »Wo? Zeig es mir!«, verlangte sie ungeduldig.

»Da unten, gleich neben der Fläche, auf die wir geschossen haben.«

Und richtig, im Gebüsch am Waldrand rüttelte und raschelte es wirklich.

Zarina lächelte voller Genugtuung. »Dann haben wir also doch nicht nur unsere Pfeile verschwendet; wir haben ein paar von ihnen getroffen. Kommt alle hierher. Durchlöchert das Gebüsch mit euren Pfeilen. Ich will, dass nichts da unten mehr am Leben bleibt. Achtung, Feuer!«

Die Pfeile durchdrangen das Gebüsch wie ein Hagelschauer.

Lady Ambra kletterte in die Spitze einer Ulme hinauf, bis sie über die Brustwehr hinweg die Rücken der Soldaten erblicken konnte. Sie legte einen Pfeil an ihre Bogensehne und murmelte den zwölf kräftigen Eichhörnchen, die es ihr nachmachten, zu: »Drei Schüsse, so schnell ihr könnt, dann nichts wie weg von hier.«

Die Pfeile flogen gerade und zielgenau und trafen die zusammengekauerte Gruppe, die damit beschäftigt war, in das Gebüsch zu feuern. Zarina wurde durch den Körper von Krummschwanz gerettet, der mit zwei Pfeilen im Rücken auf sie herabfiel. Auf dem Dach waren sie dem Angriff schutzlos ausgeliefert und so wurden viele Soldaten von Pfeilen getroffen.

Doch bevor sie sich von dem Überfall erholt hatten und bereit waren zurückzuschlagen, waren die Eichhörnchen schon wie vom Erdboden verschluckt.

Roy-Ahoi und der Vormaulwurf saßen in einiger Entfernung von dem Gebüsch. Von einem sicheren Versteck aus zogen sie kräftig an langen Seilen, deren Enden an Büschen und Ästen festgeknotet waren.

»Hajaj, wie lange tun wir denn noch an den Seilen ziehen sollen, bohörr?«

»Macht ruhig Pause, Vormaulwurf. Sie haben das Feuer eingestellt.«

Lady Ambra und ihre Eichhörnchen schwangen sich aus den

hohen Ästen zu ihren Mitstreitern herunter. »Gutes Ablenkungsmanöver, Martin«, beglückwünschte sie ihn. »Wir haben ihnen eine Lektion erteilt, die sie so schnell nicht vergessen werden. Beinahe hätte ich die Katze erwischt, aber dann kam ein Fuchs dazwischen.«

»Ja, es war ein kluger Schachzug, aber ihr müsst trotzdem auch weiterhin versuchen, Zarina immer einen Sprung voraus zu sein. Sie wird sich wieder etwas Neues für euch einfallen lassen, so wahr ich etwas von Kriegsführung verstehe. Diese Katze ist mindestens genauso verschlagen wie eine Seeratte, ihr werdet es noch sehen«, warnte Roy-Ahoi.

Martin zeigte auf Tschipp, der gerade aus dem strahlend blauen Himmel zu ihnen herabgeflogen kam. »Da kommt ja mein Spion.«

»Äh, ähem, ich habe belauscht, wie die Katze ihre Befehle gab.«

»Was hat sie denn gesagt?«

»Nun, örrhörr, ähem. Das meiste lässt sich vor den Ohren anständiger Tiere nicht wiederholen, aber sie hat einen kleinen Trupp auf dem Dach gelassen, um den Schein zu wahren, und ist mit den anderen nach unten gegangen.«

Martin zog sein Schwert aus der Scheide. »Das könnte bedeuten, dass sie vielleicht vorhat, uns anzugreifen.«

Bella nickte. »Sie kann allerdings nicht durch das Tor kommen, das habe ich persönlich verschlossen und verkeilt.«

»Dann werden sie wahrscheinlich über die Mauer steigen«, unterbrach Skipper. »Darauf habe ich die ganze Zeit gewartet, Matrosen – das ist die Gelegenheit für den Einsatz meiner Hasen mit ihren Spießen.«

»Oh, wir werden da sein, alter Knabe, wir werden sie schon aufspießen.«

»So ist es. So etwas machen wir nicht zum ersten Mal, müsst ihr wissen.«

»Hieb, Stich und was nicht sonst noch alles zu dem Spielchen dazugehört.«

Klein-Dinny zeigte mit einem Dolch auf seine Mannschaft. »Ho haja, wir tun an Eurer Seite sein. Wir tuns um nix nicht in der Welt verpassen wollen, hano.«

Martin rief alle zur Ordnung. »Ich möchte keine offene Schlacht, kein Massensterben«, sagte er bestimmt. »Eure Aufgabe besteht darin, nur so viel Einsatz zu zeigen, wie ihr braucht, um eure Stellung zu halten und sie zum Rückzug über die Mauer zu zwingen. Lady Ambra, lasst ein paar Eichhörnchen oben in den Bäumen; sie sollen Reisigschilde zu ihrem Schutz mitnehmen. Sie müssen unbedingt dafür sorgen, dass die Bogenschützen auf dem Dach in Schach gehalten werden.«

Ein Wiesel namens Ekelschnurrhaar spähte durch die Tür auf den Exerzierplatz.

»Die Luft ist rein, Hoheit. Sie denken, wir sind immer noch auf dem Dach«, berichtete es.

»Gut. Dann lauft jetzt schnell über das freie Gelände und passt auf, dass ihr die Leitern nicht fallen lasst.«

Die Sturmtruppe war sehr groß. Brogg führte sie über den Exerzierplatz zur Mauer.

»So, dann seht mal zu, dass ihr die Leitern aufstellt und hochklettert«, befahl er.

Die Soldaten erklommen die Mauer, bis sie dicht gedrängt oben auf der Krone saßen. Nervös beäugten sie die Bäume, während Brogg als Letzter ächzend hinaufkletterte.

»Könnt ihr was sehen?«

»Nein, Herr Hauptmann. Die Luft ist rein.«

»Dann zieht die Leitern hoch und lasst sie auf der anderen Seite hinunter.«

Als die letzten Truppenmitglieder auf der Waldseite mit ihren Pfoten den Boden berührten, erschien Martin zwischen den Bäumen. Hinter ihm kamen sechs Hasen, die Spieße trugen. Brogg grinste; das war ja nicht gerade ein großer Empfang.

»Zum Angriff, ihr Truppen!«

Hinter Martin und den Hasen kamen die Otter aus dem Dickicht gestürmt. An der linken und rechten Flanke sprang je eine Horde von Mossflower-Freischärlern aus ihrem Versteck, wodurch die Soldaten wie von einer Zange eingeschlossen wurden.

Spieße trafen auf Speere, und Kriegsgeschrei ertönte, als beide Seiten aufeinander prallten.

»Tod den Waldbewohnern!«

»Martin für Mossflower!«

Ein Fuchs schlug einen ehemaligen Galeerensklaven nieder. Er wollte ihm gerade den Todesstoß versetzen, als Skipper ihn mit seiner schweren, steinbeladenen Schleuder traf und ihm den Speer aus der Pfote schlug. Die sechs Hasen, deren Spieße die Speere aus Kotir an Reichweite mit Leichtigkeit übertrafen, erzielten eine verheerende Wirkung. Soldaten, denen sich grimmige Otter in den Weg stellten, versuchten, nach links oder rechts auszuweichen, mussten aber feststellen, dass ihnen dort der Weg durch Mäuse, Maulwürfe und ehemalige Galeerensklaven versperrt wurde.

Wenn er vor Wut kochte, war Brogg alles andere als feige. Er kämpfte wie ein Wilder und versuchte verbissen, den Mäusekrieger mit dem wirbelnden Schwert zu erreichen.

Martin holte kurz über dem Boden nach einem Hermelin aus, riss dann die Klinge nach oben auf Kopfhöhe und wirbelte sie im Kreis, wie Keiler es ihm gezeigt hatte. Auf diese Weise streckte er ein Wiesel nieder. Dann stand Brogg bereits vor ihm und drängte ihn zurück. Da der Hauptmann seinen Speer im Nahkampf nicht einsetzen konnte, stürzte er sich auf den Mäusekrieger. Martin sah ihn herbeikommen. Er ließ sich zurückfallen und stieß seine Pfoten nach vorn, sodass Brogg das Gleichgewicht verlor und er ihn mit Leichtigkeit zur Seite schleudern konnte. Gewandt landete Brogg auf allen vieren. Er packte sein gebogenes Schwert und kam mit flach gehaltener Spitze zurückgestürmt. Martin rollte sich zur Seite, sprang auf und schlug mit seinem doppelpfotig geführten

Schwert zu. Der Wieselhauptmann musste feststellen, dass er nur noch einen Schwertgriff in der Pfote hielt, von dem die Klinge glatt abgetrennt worden war. Mit Martins Schwert an seiner Kehle wich er zurück, bis er an einen Baum stieß.

»Zurück über die Mauer. Sofort!« Die Stimme des Mäusekriegers knallte wie eine Peitsche. Zu Broggs großer Verblüffung senkte er seine Klinge.

Der Wieselhauptmann raste sofort zur Mauer zurück und rief aus vollem Halse: »Rückzug, Rückzug! Zurück nach Kotir!«

Skipper hob einen Speer hoch und zielte auf Brogg, aber Martin schob die Waffe mit seinem Schwert beiseite.

»Genug, Skip. Lass sie gehen.«

Die besiegten Truppenmitglieder kämpften mit Zähnen und Klauen untereinander darum, als Erste über die Mauer zu gelangen, für den Fall, dass der Mäusekrieger seinen Entschluss doch noch bereute.

Die Mäuse aus Loamhedge kamen herbei, um den Verwundeten zu helfen.

Martin, Skipper und Gonff standen da und atmeten schwer.

»Du hättest zulassen sollen, dass wir es zu Ende bringen, Martin.«

»Nein, Skipper«, sagte Martin bestimmt. »Das hätte ich nur unter einer einzigen Voraussetzung getan, nämlich dass die Katze dabei ist.«

Gonff steckte seine beiden Kampfdolche in ihre Scheiden. »Teufel noch mal, Kumpel. Wir hatten sie doch bereits am Wickel. Warum hast du sie entkommen lassen?«

Martin wischte sein Schwert im Gras ab und starrte auf die Erschlagenen beider Seiten, die auf dem Waldboden verstreut lagen.

»Um ihnen zu zeigen, dass wir nicht wirklich böse sind«, sagte er schließlich. »Wir wollen nur, was uns gehört, und ich denke mal, sie wissen jetzt, dass wir stark genug sind, um es auch zu bekommen. Habt ihr denn nicht erkannt, dass diese Soldaten an Biss verloren haben? Sie sehen langsam so aus, als bräuchten sie mal wieder etwas Anständiges zu essen. Ihre Speisekammer muss ziemlich leer sein und nur die Angst vor ihrer grausamen Königin lässt sie noch weitermachen. Abgesehen davon habe ich meinen eigenen Plan, und wenn ich den mithilfe einiger Otter und meines Freundes Timballisto in die Tat umsetze, wird Kotir zugrunde gerichtet und besiegt werden, bis es nur noch ein Schimpfname ist, mit dem man in kommenden Jahreszeiten die Kleinen ins Bett scheuchen wird.«

Bella schüttelte traurig den Kopf, als sie die leblose Gestalt eines Eichhörnchens aufhob, das früher als Galeerensklave gedient hatte.

»Ihr habt ganz richtig gehandelt, Martin«, sagte sie zu ihm. »Es gibt keine größere Grausamkeit als das Töten, ganz gleich, ob im Zeichen des Krieges oder der Gerechtigkeit. Leben ist kostbar.«

Eine Maus aus Loamhedge wischte eine Träne fort, als sie, zu Timballisto gewandt, hinzufügte: »Ich finde, Bella hat Recht.«

»Richtig, das tue ich auch, junges Fräulein. Aber was hat Martin denn schon für Möglichkeiten? Seine Aufgabe besteht darin, uns zu einem bleibenden Frieden mit einer grausamen und kaltblütigen Katze zu führen«, sagte Timballisto sanft.

An jenem Tag fanden keine weiteren Kämpfe statt. Beide Seiten hielten inne, um sich ihre Wunden zu lecken. Martin wartete auf den Sonnenuntergang, während Zarina ihren Soldaten heftige Vorwürfe machte und sich neue Pläne zurechtlegte, um doch noch den Sieg zu erringen.

# 47

Es war ein heißer Nachmittag gewesen. Vor einem Himmel aus dunklem Purpur begann die Sonne, sich bereits rot zu färben, als Zarina es wagte, sich an das Fenster ihres Gemachs zu stellen. Da sah sie den Krieger, er stand in voller Rüstung oben auf der Mauer. Er hatte wahrscheinlich eine der Leitern genommen, die von den Feiglingen bei ihrer Flucht zurückgelassen worden waren. Von hilflosem Zorn erfüllt, zog Zarina ihre Klauen über das Fensterbrett.

»Was willst du, Mäuserich?«

Während sie diese Frage stellte, tastete sie hektisch nach ihrem Bogen und den Pfeilen, die sie normalerweise immer zur Pfote hatte.

»Die Sonne ist fast untergegangen, Zarina. Wisst Ihr noch, welches Ultimatum ich Euch heute Morgen gestellt habe?«

Die Wildkatze versuchte, Zeit zu schinden, während sie unter der Fensterbank mit Pfeil und Bogen hantierte.

»Wiederhole es noch einmal, Mäuserich. Frische mein Gedächtnis ein wenig auf.«

»An meinem Angebot hat sich nichts geändert. Ihr habt immer noch genug Zeit, um Eure Armee hier herauszuführen und unbehelligt abzuziehen«, sagte er ruhig. »Wenn Ihr diesen Ort verlasst, bevor die Sonne untergegangen ist, wird Euch kein Leid geschehen.«

Der Pfeil kam durch die Luft gesaust und bohrte sich tief in Martins Seite. Der Mäusekrieger fuhr zusammen und schwankte vor Schmerzen, wich aber nicht zurück. Zarina biss so heftig auf ihre Lippe, dass Blut floss.

Martin drehte sich langsam um und kletterte unter großen Qualen die Leiter wieder hinunter, wobei der Pfeilschaft noch immer aus seiner Seite ragte. Während er ging, erklangen seine Worte wie eine Totenglocke:

»Dann ist es jetzt entschieden. Ich werde dieses Gemäuer, mit dem Ihr Euch umgebt, Stein für Stein abtragen. Und Ihr werdet das Tor zum Wald des ewigen Dunkels durchschreiten.«

Die Truppen, die in der Offiziersmesse saßen, hörten jedes bedrückende Wort, das im schwächer werdenden Licht gesprochen wurde.

»Wir hätten schon längst von hier fortgehen sollen«, knurrte ein Frettchen namens Bachpfote Brogg an. »Mit so einer großen Armee könnten wir doch überall in Saus und Braus leben.«

Andere schlossen sich seiner Meinung an.

»Genau, warum sollen wir uns für diese alte Ruine ins Zeug legen? Sie gehört doch ihr, nicht uns.«

»Ich habe zu Fluchs Truppe gehört. Er hat uns wenigstens kämpfen lassen und dafür gesorgt, dass wir immer genug Beute machten. In diesem stinkenden Loch gibt es ja nicht einmal genug zu essen.«

»Ich weiß nicht, was der Mäuserich vorhat, aber ihr könnt darauf wetten, dass er es ernst meint.«

»Richtig. Wir müssen verrückt gewesen sein, als wir dachten, die Waldbewohner seien harmlos.«

»Ganz recht. Schaut euch doch nur einmal an, wie viele Kumpels wir heute verloren haben. – Und wo war sie die ganze Zeit?«

»Sie hat sich auf der anderen Seite der Mauer versteckt wie ein Wurm vor einem Fisch.«

»Mehr wie eine Katze vor einer Maus, hahaha…«

Zarina stand in der Türöffnung. »Wer war das?«

In der Messe wurde es totenstill.

»Ich höre.« Zarinas Augen verengten sich zu Schlitzen.

Der Rattensoldat namens Whegg stand auf. »Wir wollen fort von hier«, sagte er weinerlich.

Langsam und bedrohlich ging Zarina zu ihm hinüber, bis ihr Gesicht fast seine Nase berührte. »Zu spät, Ratte. Die Sonne ist bereits untergegangen. Es gibt allerdings einen Weg, auf dem du hinausgelangen könntest: durch das Tor zum Wald des ewigen Dunkels. Möchtest du, dass ich dich dahin schicke?«

Whegg blieb vor Angst zitternd stehen, während Zarina wieder zur Tür zurückschlich. Sie drehte sich um und lächelte entwaffnend.

»Schaut euch doch an. Nur wegen einer Maus in Rüstung und ein paar Walddeppen geratet ihr in Panik. Ihr habt doch gehört, was sie wollen. Sie wollen keinen Krieg, sie wollen uns in Ruhe lassen. Und warum?«

Die Truppenmitglieder starrten sie sprachlos an.

»Ich werde euch sagen, warum. Weil sie uns nicht von hier vertreiben können! Kotir ist zu stark. Die Drohungen einer Maus dürft ihr nicht ernst nehmen«, versuchte Zarina, sie zu überzeugen.

Bachpfote schluckte kräftig, nahm all seinen Mut zusammen und meldete sich zu Wort. »Der Mäuserich sagte aber doch, dass er Kotir Stein für Stein zerstören wird. Wir haben es alle gehört.«

Zarina winkte Bachpfote und einen kräftig aussehenden Fuchs zu sich heran.

»Du und du da, stoßt doch mal gegen diese Wand«, befahl sie.

Sie waren verwundert, drückten aber dennoch gehorsam mit ihren Pfoten gegen die Wand.

»Ach, das könnt ihr doch noch viel besser. Kräftiger! Schiebt aus Leibeskräften!«

Die beiden Soldaten schoben und drückten, bis sie keuchend zu Boden fielen.

Zarina lachte. Sie klang fast schon vergnügt. »Nun? Hat irgendeiner von euch Kotir auch nur das allerkleinste bisschen nachgeben sehen?«

Die Truppenmitglieder schüttelten die Köpfe und verneinten im Chor.

»Natürlich nicht, ihr Haufen von Duckmäusern.« Die Wildkatze sprach wie eine Igelmutter zu ihren Kindern. »Selbst wenn ihr alle mit den Waldbewohnern zusammenarbeiten würdet, würde es euch dennoch nicht gelingen, auch nur ein einziges Loch in diese Steine zu reißen. Kotir wird selbst den Wald da draußen noch überleben. Jetzt hört mir gut zu. Ich werde von meiner goldenen Regel abweichen und euch in meinen Plan einweihen. Als Erstes möchte ich euch versichern, dass wir genug zu essen haben. Genau gesagt werdet ihr ab morgen alle Sonderrationen bekommen.«

Brogg sprang auf. »Hoch lebe die Königin, Kumpels!«

»Hurraaa!«

Zarina nickte ihrem Hauptmann dankbar zu. »Wir werden den Sommer überdauern. Der Sommer ist bisher trockener gewesen als je zuvor«, fuhr sie ermutigend fort. »Kurz bevor im Herbst der erste Regen fällt, werden wir zuschlagen. Bis dahin werden meine Bogenschützen jede Menge Brandpfeile angefertigt haben, genau wie jene, mit denen die Waldbewohner auf uns geschossen haben. Könnt ihr erraten, was ich vorhabe?«

»Ihr wollt den Wald abbrennen, Hoheit.«

»Wer hat das gesagt?«

»Ich, Hoheit.«

»Wie heißt du?«

»Stinkeschnurrhaar, Euer Majestät.«

»Ausgezeichnet, Stinkeschnurrhaar. Schlaues Wiesel. Ja, wir werden den ganzen Sommer über sicher in Kotir verbringen, wo wir für alle mehr als genug zu essen haben. Im Herbst werden wir dann den Wald samt all seinen Bewohnern niederbrennen.«

Brogg war wieder obenauf. »Tja, Kumpels, ich bin ganz und gar dafür. Ein fauler Sommer, in dem es haufenweise zu futtern gibt. Ich schlage vor, dass wir hier bei unserer Königin bleiben. Sie hat keine Angst vor den Waldbewohnern. Pah, sie hat heute Abend sogar ihren Anführer abgeschossen.«

Die Soldaten jubelten. Es klang zwar nicht übermäßig begeistert, aber es hatte zumindest einen optimistischen Unterton.

Bella und Lady Ambra beugten sich über Martin.

»Sieht so aus, als ob er zu sich kommt«, meldete die Dächsin erleichtert.

Timballisto hielt den Beutel mit Wurfgeschossen hoch, aus dem der Pfeil herausragte. »Wenn dieser Steinbeutel nicht gewesen wäre, dann hätte es aber böse ausgehen können.«

Bella tupfte Martins Stirn mit kühlem Wasser ab. »Auch so ist es schon schlimm genug, es ist ja nicht bloß ein Kratzer, den er sich da eingefangen hat, oder?«

Martin öffnete die Augen und versuchte sofort aufzustehen, aber Ambra drückte ihn sanft zurück. »Bleib ruhig liegen«, sagte sie bestimmt. »Du hast Glück gehabt, dass du nicht schwerer verletzt worden bist. Bella, legt ein paar Kräuter auf die Wunde und verbindet sie.«

»Wie spät ist es, Gonff?«, fragte Martin und blickte zum Himmel hinauf.

»Kurz vor Mitternacht, Kumpel.«

»Bella, ich danke Euch, aber jetzt hört bitte auf, mich zu bemuttern wie eine Igelin ihre Kleinen. Ich muss sofort aufstehen. Ich darf keine Zeit verlieren.«

Bella reichte ihm eine Pfote. »Dann kommt hoch, Krieger. Gonff und ich werden Euch helfen. Was ist denn so wichtig, dass es nicht aufgeschoben werden kann?«

Martin versuchte, sein Bein zu belasten, und zuckte vor Schmerzen zusammen. »Ich muss noch heute Nacht auf die *Waldlady*.«

»Dann zieht Euch auf meinen Rücken. Er ist breit genug, um einen Mäuserich zu tragen – selbst wenn es sich um einen verletzten Krieger handelt.«

Gonff ging voraus, um für Bella den Weg durch den Wald zu bahnen, und so kamen sie in der lauen Sommernacht langsam, aber stetig voran.

Die Otterdame Bula hatte auf dem Vorderdeck eine geduckte Haltung eingenommen. Sie beobachtete, wie die dunklen Gestalten sich lautlos von den Bäumen am Ufer ablösten.

»Wer da?«, rief Bula sie an.

»Rawim von Mossflower.«

»Nähert euch und gebt euch zu erkennen.«

»Bula, du alte Garnelenjägerin!«

»Gonff, du kleiner Tortenräuber. Hallo, Frau Bella. Was gibts Neues? Martin, bist du verletzt? Was ist passiert?«

Martin rutschte von Bellas Rücken und stützte sich auf sein Schwert. »Es ist nichts weiter, Bula. Ist alles bereit?«

»Allzeit bereit, Martin.«

Auf ein kurzes Bellen von Bula hin erschienen ihre vier Gefährten an Deck.

Martin blickte die *Waldlady* ein letztes Mal liebevoll an, wie sie da auf dem Moss vor Anker lag, dann nickte er Bula zu.

»Versenkt sie!«

»Die *Waldlady* versenken, Kumpel? Bist du nicht ganz bei Trost?« Ungläubig und verständnislos blickte Gonff ihn an.

Sanft legte Bella dem Mäusedieb eine schwere Pfote auf die Schulter. »Martin weiß, was er tut, Gonff.«

Mit einem Platschen tauchten die fünf Otter in den Fluss, wo sie im dunklen Wasser einen Moment lang nicht mehr zu sehen waren. Als sie wieder auftauchten, befanden sie sich an beiden Enden des Schiffes, drei am Bug und zwei am Heck. In ihren Kiefern hielten sie Taue, die zum Schiff führten. Sie begannen, kräftig zu schwimmen, und zogen dabei die *Waldlady* herum, sodass Vorder- und Achtersteven zu den gegenüberliegenden Ufern hin zeigten. Jetzt lag die *Waldlady* quer im Strom des Moss.

Tropfnass tauchten die Otter wieder auf. Sie reichten Bella die Taue vom Bug, sprangen dann wieder ins Wasser und gesellten sich zu ihren Freunden am gegenüberliegenden Ufer.

»Befestigt die Taue vom Heck an der großen Eiche«, rief Martin ihnen zu. »Aber zieht sie nicht zu fest an, die *Waldlady* wird beim Sinken etwas Spiel brauchen. Auf unserer Seite werden wir sie an dieser Buche festmachen.«

Die Otter sprangen ins Wasser und kletterten wieder an Deck. Bula reichte ihnen Holzhammer, die sie mit nach unten nahmen. Sie zeigte ihnen die Einlässe unter dem Ruderdeck.

»Schlagt die Zapfen und Ventile heraus, Matrosen, damit das Wasser hereinkommt.«

Sie gingen mit Eifer ans Werk. Schon bald strömte das Flusswasser an acht verschiedenen Stellen in den Schiffsrumpf herein und der Wasserpegel im Kielraum stieg zügig an. Bula blickte ein letztes Mal in die Runde, um sicherzugehen, dass die Arbeit auch wirklich erledigt war.

»Sie läuft ziemlich schnell voll, Matrosen. Alle sofort an Land!«, befahl sie.

Martin stand neben ihnen am Ufer. Sie sahen zu, wie die *Waldlady* sich leicht mit der Strömung neigte und Schlagseite bekam, dann begann das schwarze Schiff zu sinken. Das gurgelnde Wasser und das knarrende Holz wurden nur von Gonff übertönt, der ein trauriges Abschiedslied anstimmte:

*»Du trugst uns über das Wasser so klar,*
*du segeltest stolz auf dem blauen Meer.*
*Jetzt ruhst du in einem Flussbett fürwahr,*
*für Mossflowers Rettung gibst du dich her.*
*In unseren Herzen hältst du heut Einzug*
*als Vogel der Freiheit beim letzten Ausflug.*
*Mein Schnurrhaar weht sacht im Sommerwind.*
*Von Freunden umringt, muss ich hier stehn.*
*Oh, Waldlady, schlafe ein geschwind,*
*nie wieder wirst du auf Reisen gehn.«*

Schniefend wischte sich der kleine Mäusedieb mit einer Pfote über die Augen. »Gut, dass Roy-Ahoi nicht hier ist, Kumpel.«

Vorder- und Achtersteven sanken gleichermaßen, als das Schiff unterging. Die Wellen brachen sich über der Mittschiffsreling.

Martin wandte sich ab. »Komm mit, Gonff. Ich kann es mir nicht mehr länger mit ansehen.«

Ein blasser Silbermond ließ den Waldboden gesprenkelt erscheinen, als sie sich zum Lager vor den Toren Kotirs auf den Weg machten. Bella, die Martin auf dem Rücken trug, stapfte durch die stille Sommernacht; rechts und links gaben ihr Gonff und Bula Geleitschutz.

»Jetzt macht euch nicht so viele Gedanken darüber. Eure Tat war ein großes Opfer, das viel Mut erforderte. Keiler wäre auf euch beide sehr stolz gewesen«, sagte sie tröstend mit rauer, gütiger Stimme.

Bula war nicht ganz so bedrückt. »Ich wette mit euch, wenn das alles hier vorbei ist, wird Skipper sich ganz bestimmt etwas einfallen lassen, wie wir eure *Waldlady* wieder flottmachen.«

Gonff blickte zu der Otterdame hinüber. »Glaubst du wirklich? Oder sagst du das jetzt nur, um uns aufzumuntern?«

Bula zwinkerte ihm zu. »Natürlich nicht. Wir haben doch keine Löcher hineingeschlagen, wir haben lediglich die Einlässe geöffnet. Sie ist nicht beschädigt. Mach dir keine Sorgen, Kumpel. Skipper bekommt das schon wieder hin. Der hat nicht nur Wasser in den Ohren, der hat richtig was im Kopf.«

Im Fluss ragten jetzt nur noch die Spitzen von Vorder- und Achtersteven sowie die Masten aus dem Wasser. Unter dem stetigen Druck der mit großer Wucht hereinströmenden Massen hatte sich der Kielraum tief in das Flussbett eingegraben.

Jetzt war der Moss blockiert. Er begann, über die Ufer zu treten, schwappte wieder zurück und drückte gegen das gesunkene Schiff, das ihm den Weg versperrte. In weniger als einer Stunde gab es nur noch drei Stellen, an denen der gestaute Fluss entweichen konnte.

Er floss geradewegs die Fluttunnel hinunter!

Die wirbelnden Wassermassen kamen mit einem rollenden Donnern hereingeströmt. Eine zähe braune Flut ergoss sich wild brausend in die unterirdischen Röhren und riss Erde, Lehm, Zweige und Steine mit sich. Sie peitschte durch die Tunnel und schlug gegen die Wände, bis die Stützen fortgespült waren und das Ganze zu einer einzigen großen, reißenden Sintflut verschmolz, die auf die Senke zuraste, aus der Kotir aufragte.

Der Vormaulwurf und Alt-Dinny, die über den Resten ihrer Größer-als-je-zuvor-Pastete eingeschlafen waren, spürten plötzlich, wie der Boden unter ihnen erzitterte. Der Vormaulwurf drückte seine Schnauze in die Erde.

»Da tuts hingehen, Alt Din. Ich tu keine Grabklaue brauchen, um zu sagen, was da unter der Erde grad passieren tut.«

»Ho hajaj, das Ungeziefer tut schon bald ein gutes Bad nehmen, wies das noch nie nicht erlebt haben tut, tu ich meinen, bohörr.«

»Haha, bei meinem Tunnel, ich tu nicht an ihrer Stelle sein mögen, hano!«

Und Mossflower schlief weiter in jener Nacht, ruhig und friedlich.

Aber nur an der Oberfläche.

Whegg, der Rattensoldat, gähnte und zitterte. Er zog den alten Getreidesack, der ihm als Umhang diente, fester um seinen dürren Körper, damit er die kalte Luft des frühen Morgens nicht so spürte. Es war bewölkt und nur wenig wärmendes Sonnenlicht drang hindurch zu dem flachen Dach, auf dem er zum Wachdienst eingeteilt war. Brogg kam heraufgestapft. Er rieb seine Pfoten aneinander und blickte über die Brustwehr hinüber zum stillen Wald.

»Ziemlich ruhige Nacht, nicht wahr, Whegg?«

»Stimmt, allerdings ganz schön kühl und sie sind immer noch da draußen«, berichtete Whegg.

»Haben diese Eichhörnchen wieder geschossen?«

»Nee, wenn wir nicht schießen, tun dies auch nicht. Ich glaube aber trotzdem, dass da unten irgendwas im Busch ist.«

Brogg hockte sich neben Whegg.

»Ach, was können die schon groß ausrichten? Du hast doch gehört, was die Königin gesagt hat. Wir sitzen hier einfach nur herum, bis der richtige Augenblick gekommen ist.«

»Pah, das sagt sie! Diese Waldbewohner mögen zwar grasfarben aussehen, aber grün hinter den Ohren sind sie deswegen noch lange nicht«, gab Whegg frech zurück.

Brogg schubste ihn kameradschaftlich. »Diese Sorge kannst du getrost mir und der Königin überlassen. Hast du schon gefrühstückt?«

»Nein, noch nicht. Ich bin am Verhungern. Könnte ich mich vielleicht mal kurz davonstehlen und mir etwas zu essen holen, Kumpel?«

»Kumpel! Du meinst sicher Herr Hauptmann, oder?«

»Na gut, dann eben Herr Hauptmann.«

»In Ordnung, geh nur. Aber schick eine Ablösung herauf. Ich hab was Besseres zu tun, als hier herumzustehen und für deinesgleichen den Wachdienst zu übernehmen.«

Whegg rieb sich die steifen Glieder und humpelte nach unten. Statt zur Messe ging er lieber zur Küche, denn in der Nähe der Speisekammer war die Chance, etwas Essen zu ergattern, ungleich größer. Ein Fuchs kam ihm entgegen, er wischte und rieb mit seinen Pfoten auf den Mauersteinen herum.

»Ganz schön feucht hier unten, Kumpel. Auf dem Küchenboden kommt das Wasser schon zwischen den Steinen hoch«, warnte er.

»Wasser? Wo?«

Sie blickten beide auf und sahen Zarina, die gerade die Treppe herunterkam. Der Fuchs wies über seine Schulter zurück.

»Da unten, Hoheit. Aber unten ist es ja schon immer feucht gewesen.«

Whegg schüttelte verneinend den Kopf. »Nur im Verlies und darunter, weiter oben nicht. Außerdem haben wir Sommer und seit dem Frühjahr hat es nicht einen Tropfen Regen gegeben.«

Zarina drängte sich eilig an ihnen vorbei.

»Folgt mir!«

Sie hasteten hinunter zu dem Gang, von dem die Küche abging. Das Wasser sickerte durch den Boden; alle drei sprangen zurück auf die untersten Stufen der Treppe.

»Als ich gerade eben hier entlangging, war es lediglich feucht«, sagte der Fuchs erstaunt. »Seht doch nur, jetzt bedeckt das Wasser schon den ganzen Boden!«

Whegg berührte es mit seiner Pfote. »Wie kann das nur angehen? Ich meine, wo kommt denn das ganze Wasser her?«

Zarinas Augen starrten gebannt auf das Nass. »Wate hindurch zum Kerker, Ratte«, sagte sie bebend. »Sag den Wächtern da unten, sie sollen heraufkommen und mir sofort Meldung machen. Sie werden wissen, was da los ist.«

Whegg salutierte. Mit vorsichtigen Schritten patschte er den nassen Gang entlang.

Zarina wich zurück und wartete ein paar Stufen weiter oben.

Wenige Augenblicke später kam Whegg in größter Eile zurückgestapft, sein Gesicht spiegelte Fassungslosigkeit.

»Hoheit, die Treppe zum Verlies steht komplett unter Wasser. Es ist, als ob man in einen Brunnen schaut. Bäh! Zwei ertrunkene Wiesel treiben auch darin herum.«

Mit wild rollenden Augen begann Zarina, ihre Pfoten aneinander zu reiben, so als wolle sie sich abtrocknen. Plötzlich drehte sie sich um und stürmte die Treppe hinauf. Von überall her hörte man Soldaten rufen.

»Der Exerzierplatz sieht aus wie ein See!«

»Die untere Baracke steht unter Wasser!«

»Die Vorräte werden verderben!«

»Die Eingangshalle ist überflutet, Kumpels!«

»Die Gefängniswärter sind alle ertrunken!«

Die Schreie und Rufe dröhnten in ihren Ohren, als die Königin in ihr Gemach hinaufeilte. Sie riss den Bogen von der Wand und begann, einen Pfeil nach dem anderen auf das leere Antlitz des Waldes abzuschießen.

»Zeigt euch! Martin, komm gefälligst raus und kämpfe!«, kreischte sie.

Martin stand, gestützt von Lady Ambra und vier Eichhörnchen, hoch oben auf dem Ast einer Pappel.

Borkenbursche klopfte ihm kräftig auf die Schulter. »Schau mal, Martin, es hat geklappt, Kotir wird überschwemmt!«

»Wie hoch ist es, Kumpel?«, rief Gonff, der am Fuße des Baumes stand, zu ihnen hinauf.

»Oh, es sieht ganz schön nass aus, Gonff.«

»Steigt es immer noch?«

»Ja, es steigt weiter, kein Ende in Sicht.«

Die Eichhörnchenkönigin gab ihrer Mannschaft das Zeichen, den Mäusekrieger wieder zum Erdboden hinunterzubringen.

»Was nun, Martin?«, fragte sie.

»Jetzt wird der eigentliche Plan in die Tat umgesetzt. Ich habe euch nie von meinem Freund Timballisto erzählt, oder wie es kommt, dass er so einen merkwürdigen Namen hat. Na, wartet es ruhig ab, ihr werdet bald sehen, was er für Kotir in petto hat; er wird schon dafür sorgen, dass das Gemäuer auch wirklich versinkt. Ich werde mal mein Schwert und meine Rüstung holen. Sagt den Anführern des Rawim, sie sollen jeden verfügbaren Kämpfer am Rand der Anhöhe versammeln. Sie werden uns bestimmt noch einmal angreifen.«

Whegg die Ratte und ein Wiesel namens Streckrücken warfen die Kettenhemden und Schilde ihrer Rüstungen über die Brustwehr des Daches. Ein schwaches Aufklatschen war zu hören, als sie unten im Wasser aufschlugen.

Brogg stellte sich ihnen in den Weg, sein gebogenes Schwert im Anschlag. »He, was führt ihr hier eigentlich im Schilde? Das könnt ihr doch nicht machen.«

Streckrücken lachte dem Hauptmann unverhohlen ins Gesicht. »Haha. Hör mal, Brogg, du tätest gut daran, dein Zeug ebenfalls hier rüberzuwerfen, oder willst du etwa in voller Rüstung ertrinken?«

Der Hauptmann blickte auf seinen Waffenrock der Tausend Augen und den roten Samtumhang. »Was wird denn die Hoheit dazu sagen?«

Ermutigt durch die Dreistigkeit seiner Kumpanen, schleuderte das Wiesel Stinkeschnurrhaar seinen runden Schild über die Brustwehr. »Hört nicht auf Brogg, Kumpels. Uns hat man genug Lügen erzählt. Diese verrückte Katze wird noch dafür sorgen, dass wir alle bei dem Versuch, diese alte Ruine zu retten, draufgehen.« Das Wiesel hörte hinter sich ein Geräusch und wirbelte herum, aber es war bereits zu spät.

Zarina stand vor ihm. Sie versetzte ihm einen mächtigen Schlag, der ihn auf der Stelle tötete. Mit Leichtigkeit hob sie den Körper hoch und warf ihn verächtlich über die Brustwehr, dann drehte sie sich zu den anderen um, die vor Schreck kaum zu atmen wagten.

»Wer will der Nächste sein?«, forderte sie die Anwesenden heraus. »Möchte irgendjemand sich ihm anschließen? Na kommt schon, tretet vor. Wir wollen doch mal sehen, wer gegen die Königin von Kotir ungehorsam sein will.«

Angsterfüllt wichen sie zurück; in dieser Situation würde jeder finstere Blick, jedes Murmeln unweigerlich den sofortigen Tod bedeuten.

Zarina schnappte sich einen heruntergefallenen Speer und stieß damit erst nach der einen Gruppe, dann nach einer anderen. Die Soldaten schreckten zurück und kauerten sich dicht an die Mauer. Sie lachte irr und zerbrach die stabile Waffe mit einer einzigen, ärgerlichen Bewegung.

»Seht euch doch an! Und so was nennt sich Krieger! Ich könnte euch genauso leicht töten, wie ich diesen Speer zerbrochen habe. Aber das werde ich nicht. Ich werde euch dazu benutzen, um diese Waldbewohner da draußen zu vernichten. Es wird langsam Zeit, dass ihr euch wie richtige Soldaten benehmt. Ihr werdet kämpfen oder sterben, entweder Sieg oder Tod. Ich werde euch zeigen, wie man einen Krieg –«

*Wumm!*

Das ganze Dach erbebte.

Entsetzt warfen die Soldaten sich flach auf den Boden.

Zarina hechtete zum Rand der Brustwehr, gerade noch rechtzeitig, um einen zweiten Felsblock durch die Luft sausen zu sehen wie einen riesigen, unförmigen Vogel.

*Bumm!*

Er traf die Mauer auf halber Höhe. Mauerwerk fiel platschend hinunter ins Wasser und hinterließ dort, wo das Geschoss eingeschlagen hatte, eine klaffende Lücke.

Als das Dach unter der Wucht eines weiteren Felsblockes erbebte, klammerte sich die Wildkatzenkönigin an die Brustwehr und starrte verstört hinaus auf die weithin überflutete Fläche.

Skipper tätschelte den stabilen Holzrahmen. »Wie nanntest du dieses Ding noch gleich, Kumpel?«

Timballisto half den Eichhörnchen und Ottern gerade dabei, den nächsten Felsblock in die Wurfschale zu legen.

»Eine Balliste, Skip. Als ich noch jung war, baute ich während der Kriege im Norden viele dieser Geschütze. Tolle Idee, nicht wahr?«

Skipper schüttelte bewundernd den Kopf, als er sah, wie das

System von Riemen und Gegengewichten unter den sich drehenden Kurbeln knarrte. Der lange, nach hinten gebogene Schleuderarm, der aus drei Silberbirken gefertigt war, stand unter großer Spannung und wurde nur von einem vorgeschobenen Riegel gehalten.

»Du bist doch ein gerissener alter Kriegsteufel, Timballisto. Ha, sogar ein Igelbaby könnte dieses große Katapult handhaben.«

Klein-Dinny hüpfte auf und ab und klatschte in die Pfoten. »Tut mich mal ranlassen. Oh, bitte schön, tut diesen jungen Maulwurf auch einmal schießen lassen, Herr, bohörr.«

Timballisto kniff die Augen zusammen und blickte entlang der Linie, die der Felsblock nach seinem Abschuss nehmen würde.

»Ja, warum eigentlich nicht? Bedien dich, Klein-Dinny«, willigte er ein.

Der Maulwurf konnte kaum den Riegel umlegen, so sehr musste er kichern. Er warf sich mit dem Gesicht ins Gras, als der Riegel zurückschnappte, der lange Schleuderarm nach vorn prallte und der Felsblock über ihre Köpfe hinwegflog.

»Welche Freude, welch ein Glück. Wo tut er hingeflogen sein? Wo tu ich getroffen haben, hajo?«

Die Beobachter am Ufer sahen, wie der Turm ins Wanken geriet. Ein Loch entstand, als der Felsblock mit ungeheurer Wucht in Kotir einschlug. Schutt und Mauerwerk prasselten ins Wasser und eine weitere Lücke war geschlagen.

Lauter Jubel ertönte aus den Reihen der Waldbewohner.

## 48

Zarina wendete sich von der Brustwehr ab, um ihren Soldaten einen Befehl zu erteilen, aber sie waren spurlos verschwunden. Das Dach war wie leer gefegt.

Unten im Wasser sah man Füchse, Wiesel, Frettchen, Hermeline und Ratten. Einige schwammen, andere wieder klammerten sich an Türen, die sie mithilfe ihrer Waffen aus den Angeln gebrochen hatten. Hölzerne Fensterläden, Tische, Bänke – die fliehende Armee nutzte alles, was irgendwie auf dem Wasser treiben konnte.

Der Dachgiebel erzitterte unter einem weiteren Schuss des Belagerungskatapultes.

Brogg stand treu ergeben oben an der Treppe. »Ihr solltet lieber mit runterkommen, Hoheit. Das ganze Gebäude fällt so langsam in sich zusammen. Schnell, bevor die Treppe einstürzt«, riet er.

Zarina drehte sich nach links, dann nach rechts. Sie lief zur Brustwehr, blickte hinüber und rannte dann voller Aufregung wieder zurück.

»Du wirst schon sehen, wir werden doch noch gewinnen. Es ist alles nur die Schuld meines verräterischen Bruders Gingivere. Er muss noch immer am Leben sein. Eine einzige Maus hätte sich niemals dies alles ausdenken können. Hätte ich sie doch beide getötet und mich vergewissert, dass sie auch wirklich tot sind, als ich noch die Gelegenheit dazu hatte«, tobte sie.

Die Königin und ihr Hauptmann schafften es, das Gemach zu erreichen, indem sie die Lücken in der stark beschädigten Treppe übersprangen. Der Raum war noch immer unversehrt. Unter ihren Pfoten führte die Festung von Kotir rumpelnd und bröckelnd ihren Todeskampf. Das ganze Gemäuer begann zu zerfallen und stürzte Stück für Stück in den riesigen, schnell ansteigenden See, der es umgab.

Brogg hob einen Tisch hoch und ließ ihn aus dem Fenster gleiten. Er fiel nicht sehr tief, bevor er platschend im Wasser landete.

»Beeilt Euch, Hoheit. Auf dem Tisch können wir beide von hier entkommen!«

Unterstützt von Brogg, gelang es Zarina, wenig würdevoll über den Fenstersims zu klettern. Sie ließ sich auf dem mit den Beinen nach oben im Wasser treibenden Tisch nieder. Er schaukelte heftig hin und her, ging aber nicht unter.

Brogg krabbelte auf den Fenstersims. »Haltet ihn schön gerade, Hoheit, kommt etwas näher heran, damit ich auch raufklettern kann.«

Zarina beachtete den Hauptmann gar nicht. Sie schob sich an der Mauer entlang, bis der Tisch außerhalb von Broggs Reichweite war.

»Hoheit, wartet auf mich!«

»Sei nicht albern, Brogg.« Zarina klang herablassend. »Du siehst doch, dass auf diesem Ding gerade mal genug Platz für deine Königin ist. Mit uns beiden würde es doch untergehen.«

Der Hauptmann war schwer von Begriff, er kratzte sich am Kopf, so als versuche er, sie zu verstehen.

»Aber, Euer Majestät, was soll denn aus mir werden?«

Zarina schob sich weiter an der Mauer entlang. »Ach, dir wird schon etwas einfallen, Brogg. Sieh zu, dass du ans Ufer kommst und die Armee neu aufstellst. Ich werde unterdessen diesen Mäusekrieger und meinen Bruder Gingivere aufspüren. Keine Sorge, die Zerstörung von Kotir wird sie noch teuer zu stehen kommen.«

Zarina trieb weiter um die Festung herum und schob sich mit ihren Pfoten hastig an der Mauer entlang zur Rückseite von Kotir, wo weit und breit keine Waldbewohner zu sehen waren.

Brogg kauerte unterdessen unglücklich auf dem Fenstersims und versuchte, sich darüber klar zu werden, was ihn denn nun mehr erstaunte – dass seine Königin Zarina ihn verlassen hatte oder dass ein gewaltiger Felsblock angeflogen kam, der seiner Verblüffung für immer ein Ende setzte.

Weit entfernt im Osten von Mossflower war ein friedlicher Sommermorgen angebrochen. Auf der Farm waren alle kleinen Helfer zusammen mit Gingivere und Sandingomm dabei, sich um das Getreide zu kümmern. Für die jungen Waldbewohner, die zu diesem friedlichen Zufluchtsort gereist waren, war die Farm ein zweites Zuhause geworden.

Äbtissin Germania und Columbine saßen gemeinsam am Flussufer. Columbine war mit ihren Wurzeln beschäftigt, die sie zum Trocknen auslegte; es gab sehr viele Heilkräuter und -pflanzen in der Gegend. Die Äbtissin hatte ein Stück Holzkohle und mehrere Bogen Pergament dabei; sie fertigte eine Zeichnung an. Columbine beobachtete sie aus den Augenwinkeln. Ihre Gedanken gingen nach Loamhedge zurück. In jenen Tagen vor langer Zeit hatte die Äbtissin viel gezeichnet und oft ihre Gedanken zu Papier gebracht. Ihre Aufzeichnungen trug sie immer in einer Reisemappe bei sich – sie hatte sie seit ihrer Ankunft in Brockhall nicht herausgeholt.

Jetzt nahm die alte Maus ein getrocknetes Schilfrohr zur Pfote, das sie als Lineal benutzte. Das Stück Holzkohle flog über das Pergament, sie radierte hier, änderte dort, schraffierte und glich die Linien an, bis der deutliche Umriss eines großen Gebäudes erkennbar wurde. Germania blickte über den Rand ihrer Brille, während sie arbeitete; Columbine lächelte sie liebevoll an.

»Das ist ein schönes großes Haus, ehrwürdige Mutter.«

»Ich nehme an, man könnte es wohl ein Haus nennen, Kind. Schon als wir Loamhedge verließen, ging mir diese Idee durch den Kopf.«

»Ach ja, armes altes Loamhedge. Ich musste selbst gerade daran denken. Vielleicht hätten wir unser großes Haus dort bauen können, wenn wir nur hätten bleiben können«, meinte Columbine.

»Nein, das wäre nicht möglich gewesen, Columbine. In der Gegend von Loamhedge gab es nicht genügend Steine für einen Bau dieser Größe.«

Columbine legte die Wurzeln beiseite und betrachtete die Zeichnung mit anderen Augen; ihr Interesse war geweckt.

»Dann ist dieses großes Haus nicht nur ein Traum. Es könnte also gebaut werden, wenn wir nur das richtige Material und den passenden Standort hätten und natürlich genügend Arbeitskräfte.«

Germania nickte entschieden und breitete die Pläne zwischen sich und Columbine aus. »Oh ja, genauso ist es. Lass mich erklären. Dies hier wäre nicht nur ein einfaches Haus. Das von mir geplante

Gebäude wäre eine richtige Abtei, in der all unsere Freunde aus dem Wald, wenn sie es denn wünschen, ein neues Zuhause finden könnten, einen Ort des Friedens, an dem alle glücklich und zufrieden miteinander leben könnten.«

»Wie wunderbar. Erzählt mir mehr von Eurer Abtei«, bat Columbine aufgeregt.

Voller Eifer begann die alte Äbtissin mit der Darlegung ihrer Pläne. Sie freute sich, dass Columbine ein solches Interesse an dem von ihr entworfenen Gebäude hatte.

»Siehst du das hier? Das ist die Außenmauer mit dem Torhaus, kleinen Drehkreuztoren und einer großen Schwelle am Haupteingang. Hier ist das Hauptgebäude – Glockenturm, Großer Saal, Küchen, Schlafsäle, Krankenstation, Lagerräume, Keller … ich habe an alles gedacht, was in einer richtigen Abtei vorhanden sein sollte. Das Gelände, das das große Gebäude umgibt, wird von der Außenmauer eingefasst – darin wird es verschiedene Anlagen geben: Obstgärten und Getreidefelder, einen Teich und alles, was die Abtei braucht, um sich selbst zu versorgen. Dies ist ein Traum, der wahr werden könnte, wenn Mossflower befreit werden würde.«

Columbine bestaunte den scharf umrissenen Plan. »Ihr meint, dieser Traum könnte wirklich wahr werden?«

»Oh ja.« Die alte Äbtissin nickte nachdrücklich. »Als wir Kotir zum ersten Mal erblickten, bemerkte ich, dass der Stein zwar schmutzig und bemoost aussah, dass es sich aber dennoch um roten Sandstein handelte. In der Gegend von Mossflower tritt er überall zutage. Gestern überquerte ich den Moss auf einem Baumstamm und stellte fest, dass auf der anderen Seite ein alter Steinbruch liegt. Dort könnten wir jede Menge brauchbarer Steine abbauen.«

»Ein wunderschöner Traum, Äbtissin, eines Tages vielleicht –«

»Äbtissin, Columbine, beeilt euch, wir haben einen leckeren Käse-Apfel-Salat für euch gemacht, aber Coggs sagt, dass er alles allein aufessen wird, wenn ihr nicht sofort kommt«, rief Spike atemlos, während er mit Posy herbeigelaufen kam. Sandingomm folgte ihnen und blickte die beiden Mäuse mit gespieltem Ernst an.

»Ich glaube, Ihr tut besser, was er sagt, Äbtissin. Ich werde losgehen und Onkel Gingivere holen. Wir wollen doch nicht, dass ihm sein Salat nur wegen des dicken, kleinen Coggs entgeht.«

Germania erlaubte Spike und Posy, ihr aufzuhelfen.

»Käse-Apfel-Salat – den mag ich am liebsten«, verriet sie ihnen. »Führt mich hin. Ich werde Coggs, dem kleinen Schuft, die Ohren lang ziehen, wenn er meine Portion aufisst. Habe ich euch je erzählt, dass ich vor langer Zeit, als ich noch eine kleine Maus war, drei große Schüsseln mit Käse-Apfel-Salat auf einmal verdrücken konnte?«

»Oh, hahaha. Warum bist du dann nicht so dick wie Coggs? Er sagt, dass er erst mit dem Essen aufhört, wenn er doppelt so groß ist wie Skipper.«

»Was soll denn das heißen? Du meine Güte, Posy, du platzt ja auch bald aus deinem Fell.«

»Hahaha. Oh, hör auf, Äbtissin. Das kitzelt. Hahahihihi!«

Die ersten Soldaten aus Kotir wurden von den Waldbewohnern tropfnass ans Ufer gezogen. Entmutigt, entwaffnet und vollkommen durchnässt, mussten sie sich am Flussufer hinsetzen. Dort wurden sie von Skipper und seinen sechs Hasen beaufsichtigt, die sie mit ihren Furcht erregenden Spießen aus dem Wasser gefischt hatten.

»Setz dich da hin, du Wasserwiesel.«

»Mach mal halblang, Trabbs, alter Knabe, das ist ein Hermelin.«

»Oh, tut mir Leid. Setz dich, du Hochwasser-Hermelin.«

»Herumtropfendes Hermelin meinst du wohl, alter Bursche!«

»Hmm, und was ist mit den Wieseln?«

»Oh, das sind wasserdurchtränkte Wiesel, beides beginnt mit W, siehst du?«

»Alles klar. Setz dich da hinüber, du wasserdurchtränktes Wiesel.«

»Ach herrje, jetzt habe ich eine Ratte. Wie spricht man denn diese Kerle an?«

»Ganz einfach, Alterchen – Ratten sind räudig.«

»Räudig? Das hat aber doch nichts mit Feuchtigkeit zu tun.«

»Nein, aber dieser erbärmliche Schuft sieht trotzdem ganz schön räudig aus.«

»Stimmt allerdings. Ausgezeichnet. Setz dich da hin, du räudige Ratte!«

Skipper machte zwischen den Reihen der besiegten Truppen seine Runde und blickte sie streng an.

»Setzt euch gerade hin, Ungeziefer«, sagte er streng. »Legt eure Pfoten auf eure Köpfe, wo ich sie sehen kann. Der Erste von euch, der eine falsche Bewegung macht, marschiert auf dem kürzesten Wege zurück ins Wasser, und zwar an meinem Spieß baumelnd. Verstanden?«

Klein-Dinny und Ben Stichler versorgten sie mit Milch und Brot.

»Hier, ihr Gesindel, habt ihr was zu essen und zu trinken. Verdient habt ihr es allerdings nicht, so wie ihr euch uns gegenüber verhalten habt.«

»Hajaj, ganz recht. Wenns nach mir gehen tät, würd ich euch Grabenwasser und Froschschwänze geben, hajo.«

Ein Wiesel versuchte, einem Hermelin das Brot zu entreißen. Dinny versetzte ihm mit seiner schweren Grabklaue einen kräftigen Schlag zwischen die Ohren. »So was tu ich nix nicht noch einmal sehen mögen oder ich tu dich auf das Katapult setzen und in die Mitte von dem See schießen, bohörr«, drohte er.

Die besiegten Truppen von Kotir hatten ihren Kampfeswillen ganz und gar verloren. Die meisten von ihnen sahen aus, als seien sie dankbar dafür, dass sie etwas zu essen bekamen und von ihren Gegnern höflich behandelt wurden. Lady Ambra und ihre Bogenschützen saßen auf den unteren Ästen der Bäume und hielten ihre

Pfeile und Bogen bereit, um im Falle eines Aufstandes sofort eingreifen zu können.

Martins Aufmerksamkeit war von etwas anderem in Anspruch genommen. Er ging langsam am Ufer entlang und entfernte sich immer weiter von dem geschäftigen Treiben und dem Lärm. Als er das Nordufer des Sees erreicht hatte, beobachtete er schweigend, was Zarina als Nächstes tat. Die Wildkatzenkönigin war ganz offensichtlich dabei, sich aus dem Staub zu machen und ihre Armee ihrem Schicksal zu überlassen. Sie paddelte zwischen Kotir und dem Ufer, während die Festung hinter ihr unter dem unaufhörlichen Beschuss der Balliste zerfiel und Stück für Stück ins Wasser klatschte. Die Wildkatzenkönigin trieb auf dem umgedrehten Tisch immer weiter auf das Ufer zu.

Martin zog sein Schwert. »Keiler der Kämpfer, heute brauche ich deine Hilfe«, flüsterte er und gedachte desjenigen, der die Klinge geschmiedet hatte. Dann humpelte der Mäusekrieger so schnell, wie es ihm mit seiner Verletzung möglich war, am Ufer entlang, um sich seiner Feindin in den Weg zu stellen.

Zarina paddelte ans Ufer und sprang an Land. Sie schenkte dem Treiben auf der Ostseite keine weitere Beachtung, stattdessen starrte sie unglücklich nach Kotir hinüber. Es waren keine Felsgeschosse mehr erforderlich; die Flut hatte das ihre zur Zerstörung beigetragen. Mit einem donnernden Krachen stürzte der letzte Rest des Daches ein. Der ganze Bau fiel in sich zusammen und versank gurgelnd in dem großen See. Schmutzig braune, brodelnde Blasen stiegen auf, dann glättete sich die Wasseroberfläche unter dem grauen Mittagshimmel und wurde nur noch vom rauschenden Wind gekräuselt.

Kotir war für immer vom Erdboden verschwunden!

Zarina warf ihren Kopf zurück und stieß ein qualvolles Geheul aus, dann lief sie zum Rand des Wassers, wich aber schnell wieder zurück, als ihre Pfoten nass wurden.

»Ich habe das Versprechen, das ich Euch gegeben habe, eingelöst, Katze. Kotir ist gefallen!«, hörte sie hinter sich eine strenge Stimme.

Die Wildkatzenkönigin erstarrte, sie wagte es nicht, sich umzudrehen.

»Gingivere, bist du das?«

Martin schritt zum Ufer und blieb dann in kurzer Entfernung von seiner Todfeindin stehen.

»Ich bin Martin der Krieger, Sohn des Lukas, Freund von Keiler dem Kämpfer.«

Zarina drehte sich um und stellte sich ihrem Widersacher. »So, du bist es also. Nun, mein kleiner Krieger, wo sind denn deine Verbündeten aus dem Wald? Ist keiner von ihnen hier, um dir zu helfen?«

Martin stützte sich auf sein Schwert. Jetzt wo der Augenblick gekommen war, spürte er nur Verachtung. »Zarina, Ihr seid die Königin einer Unterwasserfestung, die Herrscherin der Fische.« Seine Stimme klang spöttisch. »Katze, Ihr seid nichts als Abschaum, der auf einem umgedrehten Küchentisch ans Ufer getrieben ist, das seid Ihr!«

Tief getroffen von der gehässigen Beleidigung, stieß Zarina einen Wutschrei aus und stürzte sich geradewegs auf Martin. Sie grub ihre Krallen in seinen Rücken und gab ein wildes Triumphgeheul von sich, dem schon bald ein schmerzerfüllter Klagelaut folgte, als seine scharfe Klinge ihren Brustkorb bis zu den Rippen aufschlitzte.

Martin zuckte zusammen, als er sein Schwert schwang. Er spürte, wie Zarina ihre Klauen wieder aus seinem Rücken zog, und stach immer heftiger auf den großen fellbedeckten Körper der Wildkatze ein. Sie tat einen Satz zurück.

Martin hatte die gleiche rasende Wut gepackt, die einst Keiler vorangetrieben hatte, und so stürzte er sich auf die überraschte Wildkatze.

Diesmal musste Zarina zwei Hiebe in ihre Flanke einstecken,

bevor sie dem Krieger mit boshaften Klauen brutal das Gesicht zerkratzen konnte. Der Helm wurde Martin vom Kopf gezerrt, und seine Rüstung hing lose herunter, als Zarina sich von ihm löste, aber es war ihm gelungen, ihre Pfote zu durchbohren.

Keuchend kauerten sie sich einen Moment lang hin, beide waren schwer verwundet. Dann wischte sich Martin das Blut aus den Augen und griff die Wildkatze mit lautem Wutgebrüll erneut an.

Diesmal war sie darauf vorbereitet. Wendig machte Zarina einen Schritt zur Seite und traf Martin mit schrecklicher Wucht am Rücken, als er an ihr vorbeiraste, wobei sie die Wunden, die sie ihm bereits beigebracht hatte, noch vertiefte.

Der Mäusekrieger schlug mit seinem Gesicht heftig auf den Boden und blieb reglos liegen. Zarina leckte sich ihre Wunden und kicherte boshaft. Sie hatte ihren Feind endlich vernichtet.

Da begann Martin, sich zu regen.

Er schüttelte sich und stand auf. Der Krieger packte sein Schlachtenschwert mit beiden Pfoten und stürzte sich geradewegs auf Zarina.

Sie war zwar überrascht, dass ihr Gegner sich wieder erholt hatte, aber es gelang Zarina dennoch, einen klaren Kopf zu behalten und erneut zur Seite zu springen.

Diesmal tat Martin es ihr gleich und traf sie mit einem mächtigen Schlag, der ihr den Rücken aufschlitzte.

Die Wildkatzenkönigin kreischte vor Schmerzen und fiel dann plötzlich über ihn her. Pfoten und Klauen hielten sich gepackt, Zähne wurden ins Fell geschlagen; sie traten, kratzten, stießen und stachen zu, sobald sich eine Gelegenheit dazu bot. Sie wälzten sich dabei am Ufer hin und her, sodass die Erde zu allen Seiten davonflog.

Zarina befreite sich von Martin, der ausgestreckt am Boden lag. Erneut wich sie zurück und leckte sich ihre Wunden. »Diesmal habe ich dich erwischt, Waldrebell!«, schrie sie triumphierend.

Martin grub seine Klinge in die Erde und stemmte sich daran

hoch, er rang nach Luft. Mit einer unglaublichen Kraftanstrengung wirbelte er das Kriegsschwert hoch über seinen Kopf.

»Mossflowerrrrr!«

Die Angst stand Zarina in den Augen, als sie versuchte, den wilden Angriff abzuwehren. Ihr Gegner war ein Krieger, der sich standhaft weigerte, liegen zu bleiben und zu sterben.

Und wieder waren sie ineinander verkeilt, sie strengten sich gewaltig an und schlugen wie wild aufeinander ein, der Mäusekrieger hackte nach der Wildkatzenkönigin und die erwiderte jeden Stich mit einem Hieb und jeden Stoß mit einem Biss.

Zarina, in deren Fell an mehreren Stellen offene Wunden klafften, trat mit allen vier Pfoten zu und schleuderte Martin ins Wasser. Sie packte ein Stück Treibholz, um ihn damit weiter hineinzustoßen, musste dann aber feststellen, dass er im seichten Wasser in Lauerstellung stand. Martin war von Kopf bis Schwanzspitze mit Matsch, Blut und Wasser bedeckt. Er schlug nach dem Ast, mit dem Zarina ihn zu stoßen versuchte, und zerbrach ihn mit einem einzigen Hieb seiner Waffe in zwei Teile. Sein nächster Streich sorgte dafür, dass die Splitter des übrig gebliebenen Astteils sich tief in Zarinas Pfote bohrten.

Tief gebückt, mit der Schwertspitze auf seine Feindin gerichtet, watete Martin im Wasser auf sie zu; das rote Glitzern höchster Kampfbereitschaft leuchtete heiß in seinen Augen und er entblößte seine Zähne und lachte wild.

Zarinas feiges Herz ließ sie im Stich.

Die Wildkatze begann, Martin nervös zu umkreisen, als er sich ihr näherte. Wie ein Traum aus der Vergangenheit erschien jener Winterabend im Gemach ihres Vaters vor ihrem geistigen Auge, als sie das verrostete Schwert des Mäusegefangenen zerbrochen hatte. Sie erinnerte sich an jedes Wort, das er gesprochen hatte, als er zum Verlies von Kotir fortgezerrt wurde: *Ihr hättet mich töten sollen, als Ihr die Gelegenheit dazu hattet, denn ich schwöre, dass ich Euch eines Tages vernichten werde!*

Zarina bemerkte das Wasser hinter sich gar nicht, sie wich zurück, als der kleine Krieger blutverschmiert, aber ungebrochen auf sie zukam, der Mäuserich, der sich standhaft weigerte, liegen zu bleiben und zu sterben. Martin, der wie ein großer Dachs zu kämpfen verstand.

Rückwärts schreitend ließ sie ihre Augen abwechselnd von der glänzenden Klinge zu Martins durchdringendem Blick wandern. Weiter und immer weiter ging die Königin der Tausend Augen in das Wasser des Sees.

Martin war zwar in Ufernähe im Wasser stehen geblieben, aber er schien dennoch immer größer zu werden, bis er ihr ganzes Blickfeld einnahm. Sie musste sich so weit wie möglich von dieser Bedrohung entfernen.

Plötzlich wurde Zarina gewahr, dass sie sich zu weit hineingewagt hatte. Ihre Kraft war aufgebraucht und das trockene Land schien kilometerweit entfernt zu sein. Wasser füllte ihre Welt aus, dunkel, wirbelnd, strudelnd, zerrend, voller Sehnsucht danach, sie in seine nassen Arme zu schließen, sie hinunterzuziehen, ihren Mund, ihre Nasenlöcher und schließlich ihre Augen zu füllen.

Der Traum war Wirklichkeit geworden. Der Albtraum hatte Gestalt angenommen!

Im seichten Wasser schleppte Martin unterdessen seinen verwundeten Körper an Land. Er versuchte, sein Schwert ein letztes Mal anzuheben, und es gelang ihm gerade noch ein keuchender Ausruf: »Ruhe in Frieden, Keiler. Mossflower ist frei!«

Das glänzende Schwert glitt dem Krieger aus der Pfote und er fiel zu Boden; da lag er nun, ein erschlafftes, durchnässtes Bündel Mäuserich.

Die Gefangenen saßen am Seeufer aufgereiht. Mit den Pfoten auf dem Kopf, besprachen sie im Flüsterton ihre Lage.

»Ich glaube, es wird uns nichts passieren. Diese Waldbewohner sind keine Mörder.«

»Puh, wenn wir von Fluch oder Zarina gefangen genommen worden wären, dann hätte die Sache allerdings ganz anders ausgesehen, Kumpel.«

»Ganz meine Meinung. Wir würden inzwischen bereits alle mit dem Gesicht nach unten in diesem See treiben, jedenfalls diejenigen, die noch nicht versunken wären.«

»Richtig. Stattdessen haben die Waldbewohner uns etwas zu essen gegeben und sich um uns gekümmert.«

»Bessere Verpflegung, als ich jemals in Kotir bekommen habe.«

Bella kam jeglichen weiteren Kommentaren zuvor, indem sie sich auf einen Hügel stellte und um Ruhe bat.

»Aufgepasst! Alle mal herhören!«

Das Gemurmel erstarb, und die frühere Armee von Kotir lauschte, um zu erfahren, was sie erwartete.

Die Dächsin wies über ihre Köpfe hinweg zum See. »Schaut es euch an! Dreht eure Köpfe um und seht hin – Kotir ist für immer verschwunden. Jetzt habt ihr weder einen Anführer noch Mauern, hinter denen ihr euch verstecken könnt. Der Krieg in Mossflower ist beendet. Ihr seid besiegt worden.«

Die späte Nachmittagssonne lugte durch die Wolken, während Bella fortfuhr. »Wir wollen mit euch keinen Krieg bis aufs Messer, weil wir keine Mörder sind. Lasst euch allerdings gesagt sein, dass wir beim nächsten Mal sicherlich mit härteren Bandagen kämpfen werden. Denkt immer daran.«

Eine zaghafte Pfote erhob sich in den Reihen. Es war die der Ratte namens Whegg.

»Dann werden wir nicht zum Tode verurteilt?«, fragte er ängstlich.

Bella hielt einen Moment lang die Luft an, bevor sie weitersprach.

»Nein.«

Ein hörbarer Seufzer der Erleichterung ging durch die Reihen der Gefangenen.

Whegg konnte nicht anders, er musste einfach eine zweite Frage stellen. »Was wird denn nun mit uns geschehen?«

Skipper stellte sich neben Bella auf den Hügel.

»Also«, sagte er, »dann sperrt mal eure Ohren auf und hört mir gut zu, Kumpels. Ich werde es nur dieses eine Mal sagen. Jeder Einzelne von euch wird einen Eid schwören, dass er niemals wieder eine Waffe tragen oder in die Nähe von Mossflower kommen wird – wenn es allerdings nach mir gegangen wäre, dann wäre heute keiner von euch lebend aus dem See herausgekommen. Wie dem auch sei, Bella von Brockhall hat gesagt, dass wir euch verschonen sollen, bedankt euch also bei ihr, dass ihr mit dem Leben davongekommen seid. Aber eines sage ich euch: Wenn irgendeinem von euch unsere Bedingungen nicht passen, dann sollte er jetzt ein Pfotenzeichen geben. Der See ist noch da und ich bin es auch.«

Im Handumdrehen hatten sich die Gefangenen auf ihre Pfoten gesetzt.

»Gut!« Skipper nickte zustimmend. »Ihr werdet bis morgen hier bleiben, dann werden euch unsere Wachen zur Ebene westlich von hier bringen. Von dort könnt ihr nach Westen oder nach Süden ziehen, aber nicht zurück in den Norden und ganz bestimmt nicht wieder zurück nach Mossflower. Das ist im Moment alles. Seid ruhig und benehmt euch.«

Bella und Skipper traten vom Hügel herunter und gesellten sich zu Ambra und den anderen.

Ambra sah besorgt aus. »Wo ist die große Katze abgeblieben?«

Timballisto war ebenfalls voller Sorge. »Wo ist mein Freund? Hat irgendjemand Martin gesehen?«, fragte er ängstlich.

Ben Stichler nickte. »Kurz bevor Kotir im See versank, sah ich ihn am Ufer. Er ging dort entlang, in diese Richtung.«

»Dann muss er sofort gefunden werden«, unterbrach Bella.

»Gonff, wir beide werden das Ufer absuchen. Ihr Übrigen bleibt da und behaltet die Gefangenen im Auge.«

Bevor sie sich auf den Weg machten, sprach Bella noch eine Warnung aus: »Nehmt euch vor Zarina in Acht.«

Klein-Dinny, Bella und Gonff gingen ein Stück weit am Ufer entlang und blieben stehen. Timballisto lief hinter ihnen her; er weigerte sich, auf die Gefangenen aufzupassen, solange sein Freund vermisst wurde.

Bella blickte sich um. »Ich glaube nicht, dass er mit seiner Wunde so weit gekommen wäre. Mit der schweren Rüstung hätte er sich kaum schnell genug fortbewegen können.«

»Richtig. Außerdem, warum hätte er denn so weit am Ufer entlanglaufen sollen? Wir haben doch die Gefangenen viel weiter unten an Land gezogen«, stimmte Gonff zu.

»So wie ich meinen Freund kenne, glaube ich, dass er die Katze aufgespürt haben wird.«

»Hajaj, meine Grabklauen tun mir sagen, dass Martin hier in der Nähe sein tut, hajo. Ich tus spüren.«

»Wir sollten auf alle Fälle auf dich hören, Din. Deine guten alten Grabklauen haben sich bisher noch nie geirrt, Kumpel.«

»Tut hinschauen, dort drüben!« Angestrengt kniff der Maulwurf die Augen zusammen und wies am Ufer hinauf zu einer Stelle, wo das Sonnenlicht von einem glänzenden Gegenstand reflektiert wurde.

Gonff fing an zu laufen. »Ach du heiliger Zahn, du dickes Fell, Kumpel, das muss das Schwert sein!«

Der kleine Mäusedieb war der Erste, der die am Boden liegende Gestalt seines Freundes erreichte. Dinny, Timballisto und Bella liefen, so schnell sie konnten, hinter ihm her, bis sie alle den Ort erreicht hatten, wo das Schwert lag. Gonff war tränenüberströmt, sein ganzer Körper zitterte vor Gram, als er sich neben das jämmerliche Häufchen Elend kniete.

»Er ist tot, sie haben unseren Martin getötet!«

Dinny kniete neben ihm und grub sein Gesicht in die Erde. »Ooh, hano, tuts nicht wahr sein lassen!«

Die zwei Freunde weinten bitterlich.

Timballisto wollte, konnte einfach nicht glauben, dass sein Freund so kurze Zeit, nachdem sie sich wieder gefunden hatten, das Tor zum Wald des ewigen Dunkels durchschritten haben sollte.

Er drehte Martin sanft auf den Rücken und rückte Arme und Beine behutsam gerade. Dann lief er schnell zum Wasser und füllte Martins Helm. Er tränkte ein Stück Stoff und tupfte fieberhaft die Furcht erregenden Wunden ab, die den Körper seines Freundes bedeckten.

»Wer bringt es fertig, einem Lebewesen so etwas Schreckliches anzutun?«

Gonff rieb sich die Augen. Er hob eine lange, abgebrochene Klaue vom Erdboden auf und hielt sie ihnen hin. »Zarina wars«, sagte er verbittert.

Dinny warf einen Blick auf die Klaue. Er sah sich um, schnüffelte und prüfte den Boden mit seinen Pfoten, wobei er viele Blutspuren fand. »Die beiden tun sich hier eine sakrische Schlacht geliefert haben. Tut nur hersehen, Katzenblut an Martins Schwert und der Boden tut auch ganz aufgewühlt sein, joharresch.«

Gonff folgte den Spuren bis zum Rand des Wassers. »Du hast Recht, Kumpel. Die Katze ist rückwärts in den See gelaufen. Ich glaube, unser Krieger hat die Schlacht gewonnen.«

Und wieder standen dem kleinen Mäusedieb die Tränen in den Augen. »Martin, wir beide haben alles gemeinsam durchgestanden. Warum konnte ich nicht hier sein, um dir zu helfen, Kumpel?«

Bella wiegte Martins Kopf in ihren Armen, als sie sich plötzlich hinunterbeugte und mit ihrem Ohr an den Lippen des Mäusekriegers verharrte.

»Er lebt! Sein Mund bewegt sich!«, rief sie froh aus.

Ganz aufgeregt begann Timballisto, die Pfoten seines Freundes mit dem feuchten Tuch abzutupfen. »Er lebt! Mein Freund lebt! Bella, ist das wirklich wahr? Oh, bitte sagt Ja!«

Die Augen der Dächsin waren getrübt. »Er spricht mit Keiler, meinem Vater, am Tor zum Wald des ewigen Dunkels«, sagte sie mit schwacher Stimme.

»Lasst ihn bitte nicht dort hingehen. So helft ihm doch – tut etwas!«, bettelte Timballisto und ergriff Bellas Pfoten.

Bella dachte einen Augenblick lang angestrengt nach. »Warte, Martin befindet sich in einem sehr kritischen Zustand, wir brauchen unbedingt eine Heilerin. Ich weiß, wer uns da weiterhelfen kann – Äbtissin Germania.«

Gonff lief kopfschüttelnd auf und ab. »Aber sie hat doch die Kleinen in den Osten von Mossflower begleitet. Bis wir sie geholt hätten, wäre es schon zu spät.«

»Dann schickt doch Tschipp. Er kann hinfliegen«, schlug Timballisto verzweifelt vor.

Selbst in einer derartig dringlichen Situation übernahm Bella von Brockhall souverän das Kommando. Sie strahlte eine beherrschte Ruhe aus und fand mit gutem Dachsverstand eine Lösung.

»Freunde, es gibt nur einen Weg, wie wir Martin retten können. Hört mir gut zu. Gonff, laufe rasch zurück zu unserem Lager und schicke Tschipp nach Osten. Er soll der Äbtissin ausrichten, sie möge ihre Heilmittel und Kräuter einpacken. In der Zwischenzeit werdet ihr Decken herholen. Versucht nicht, Martin fortzutragen, haltet ihn nur schön warm und trocken. Äbtissin Germania ist alt und kann nicht besonders schnell laufen, daher werde ich Tschipp folgen und sie so rasch von Gingiveres Farm hierher bringen, wie ich nur irgend kann.«

Ohne ein weiteres Wort raste Bella mit einer für eine Dächsin wahrhaft erstaunlichen Geschwindigkeit am Ufer entlang. Auf dem kürzesten Weg Richtung Osten stürmte sie wie ein Ungetüm in den Wald von Mossflower, wo sie in einer Wolke von aufgewühlter Erde und auffliegendem Laub verschwand.

Die Nacht senkte sich über das Seeufer. Im Schein eines lodernden Feuers wurde Martin von Goody Stichler gepflegt, die seine Decken sanft unter seinem verletzten Körper feststeckte. Ben Stichler eilte geschäftig hin und her und sammelte Feuerholz.

Timballisto stand da und fühlte sich ganz und gar nutzlos, während er der fiebrigen Stimme seines Freundes lauschte.

»Den Streich der Klinge weiterführen«, flüsterte Martin. »Hoch und zur Seite, was, Keiler, du alter Schlachtenveteran? Wer wird nun unsere Schwerter für uns führen, Krieger?«

Timballisto wollte gerade etwas sagen, als Goody ihre Pfote an ihre Lippen hielt.

»Still jetzt, Herr Timballisto. Er schläft. Ich tue, was in meiner Macht steht, um den armen kleinen Mäuserich am Leben zu erhalten, bis die Äbtissin kommt.«

Trabbs und die Hasen errichteten eine Laube aus Schilfrohr und Weidenzweigen um Martin und Goody, wobei sie sich im Flüsterton unterhielten.

»Das wird den kalten Nachtwind abhalten, was?«

»Genau. Auf den blöden Wind können wir verzichten, nicht wahr?«

»Es gibt nichts Schlimmeres als kalte Pfoten, wenn es einem schlecht geht.«

Das blasse Mondlicht schimmerte auf der Oberfläche des Sees und Martin lag still da und atmete flach. Seine Freunde aus dem Wald saßen um ihn herum und warteten.

## 49

Eine Stunde vor Sonnenaufgang waren die Bewohner der kleinen Farm bereits geschäftig auf den Beinen. Columbine prüfte die Tasche der Äbtissin.

»Schwarzwurz, Ulmenrinde, Mutterwurz, Eisenkraut, Hagebutte … mir fällt nichts weiter ein, das wir vergessen haben könnten, was meint Ihr, Äbtissin?«

Die alte Maus stand da und blickte gen Westen Richtung Wald. »Nein, mein Kind. Ich habe alles, was ich brauche. Jetzt hör schon auf, dich zu sorgen, und mache den Kleinen ihr Frühstück.«

Tschipp hockte auf der Fensterbank des Bauernhauses und lauschte Gingivere und Sandingomm.

»Die Kleinen dürfen auf keinen Fall etwas erfahren«, sagte Gingivere. »Lassen wir sie spielen. Ehe man sichs versieht, werden sie erwachsen sein. Sie werden sich den Nachtseiten des Lebens noch früh genug stellen müssen.«

»Du hast Recht, Gingivere. Spike, Posy, würdet ihr bitte die Schalen und Löffel aufdecken?«

»Aber Lady Sandingomm, du sagtest doch, dass Ferdy und Coggs heute dran wären. Wir waren doch schon gestern zum Abendbrot mit dem Aufdecken dran.«

»Das stimmt. Das ist nicht gerecht. He, ihr beiden, macht schon. Ihr seid dran, den Frühstückstisch zu decken.«

Ferdy und Coggs kamen vom Waldrand her ins Haus gelaufen. »Hurra, da kommt Frau Bella. Passt bloß auf, sonst rennt sie uns noch alle über den Haufen.«

Bella kam aus dem Wald gestapft, sie war schweißgebadet und atmete schwer. Ferdy lief an ihrer Seite mit.

»Frau Bella, seid Ihr etwa die ganze Nacht gerannt? Haben wir den Krieg gewonnen?«

»Aus dem Weg, mein Kleiner. Wir haben jetzt keine Zeit zum Spielen.«

Gingivere führte Bella zum Farmhaus, aber sie brach bereits auf der Türschwelle keuchend zusammen.

Sandingomm lief eiligst hinein. »Ich werde etwas holen, womit wir Euch abtrocknen können, und dann werdet Ihr erst einmal frühstücken.«

Bella schüttelte den Kopf, während sie noch immer nach Luft rang. »Keine Zeit, meine Freundin. Gebt mir nur etwas Wasser bitte, dann muss ich mich wieder auf den Weg machen. Äbtissin, bist du fertig?«

Germania tätschelte Bellas Flanke, die sich hob und senkte. »Oh ja, ich bin bereit. Aber du bist es nicht, Bella. Du musst eine Ruhepause einlegen. So würdest du den Weg zurück niemals schaffen, also lege dich eine Weile hin und ruhe dich aus.«

Noch immer vor Anstrengung keuchend, nahm die Dächsin einen kleinen Schluck Wasser und legte sich auf die Seite.

»In Ordnung. Es wird nicht lange dauern, Gingivere. Besorgt Euch ein paar kräftige Stricke und haltet Euch bereit, um die Äbtissin auf meinem Rücken festzubinden. Wie wollen doch nicht, dass sie im Wald heruntergefegt wird.«

Tschipp beschloss, ebenfalls auf das Frühstück zu verzichten. »Äh, ähem. Ich werde mal lieber zurückfliegen und ihnen melden, dass Ihr unterwegs seid.«

Sandingomm drehte sich zu Columbine um. »Wir sollten das mit dem Frühstück lieber lassen. Packe etwas zu essen für unterwegs ein. Ich werde das Haus verschließen und dann brechen wir gemeinsam nach Mossflower auf.«

Posy zog an Gingiveres Schwanz. »Hast du das gehört, Onkel? Wir machen einen Ausflug und einen Picknickkorb nehmen wir auch mit.«

»Ja, das stimmt, Posy«, lächelte Gingivere abwesend.

Kurze Zeit später saß die Äbtissin auf Bellas Rücken, wo sie und ihr Beutel mit den Kräutern sicher festgebunden worden waren.

Bella holte tief Luft. »Gut, jetzt habe ich aufgehört zu keuchen wie ein alter Frosch. Meine Beine fühlen sich an, als seien sie wieder zu gebrauchen. Halte dich gut fest, Germania. Es geht los!«

Goody Stichler war bemüht, sich ihre Sorge nicht anmerken zu lassen. Sie hatte alles getan, was in ihrer Macht stand, und hatte, ihrem Instinkt folgend, dem Krieger in seinem Fieberwahn sogar erlaubt, das Schwert umklammert zu halten, während er dalag und fantasierte. Timballisto stand neben ihr und nagte besorgt an seinen Klauen. »Er versucht immer noch, durch das Tor in den Wald des ewigen Dunkels zu gelangen. Goody, was können wir denn nur tun?«

Die Igelin wischte sich die Pfoten an ihrer alten geblümten Schürze ab und bemühte sich, beschäftigt auszusehen.

»Na ja, fürs Erste könntet Ihr damit aufhören, hier herumzulungern und mich zu stören, Herr Timballisto. Schließt Euch doch meinem Ben an und helft, Feuerholz zu sammeln.« Timballistos hilfloser Blick rührte sie. »Mein Lieber, Ihr könnt jetzt nichts für Euren Freund tun, ich übrigens auch nicht, wenn ich ganz ehrlich bin. Wir müssen warten, bis wir richtige Hilfe bekommen. Geht und helft unserem Gonff dabei, Ausschau zu halten. Nun geht schon, ich rufe Euch, wenn er aufwacht.«

Als er fort war, begann Goody wieder damit, Lappen auszuwringen, um sie Martin auf die Stirn zu legen. Er fieberte; mal zitterte er, dann schwitzte er wieder und ständig redete er leise vor sich hin.

»Klar zum Wendemanöver«, murmelte er. »Steuert das Schiff auf die Küste zu. Ich werde Keiler vor diesen Seeratten retten. Gebt mir mein Schwert. Lass dich nicht von den Seevögeln oder den Krebsen erwischen, Gonff. Den Rest kannst du getrost mir überlassen, Kumpel.«

Mitten am Vormittag erscholl plötzlich ein Ausruf von Gonff. »Da kommt Bella! Sie hat die Äbtissin dabei. He, Bella, hier sind wir!«

Die Dächsin kam donnernden Schrittes am Ufer entlanggeeilt. Die Erde stob nach allen Seiten, als sie stehen blieb. Mit einem Schlag ihrer gewaltigen Klauen und ein paar kurzen Bissen zertrennte sie die Stricke. Die Äbtissin purzelte vom Rücken der Dächsin, hielt nur kurz inne, um ihre Tasche zu packen, und lief dann sofort zu Martin hinüber.

»Das habt Ihr gut gemacht, Goody Stichler, geht jetzt und ruht Euch aus«, sagte sie ermutigend.

Bella war allerdings entsetzt, als sie Martin erblickte. »Äbtissin, er sieht ja furchtbar aus. Glaubst du, dass er überleben wird?«, fragte sie und blickte Germania über die Schulter.

Germania war bereits dabei, sich um Martin zu kümmern.

»Gonff, setzt bitte etwas Wasser aufs Feuer und bringt es zum Kochen. Bella, mache bitte meine Tasche auf und gib mir etwas Fieberkraut – ja, genau das da. Jetzt noch eine Spur Nachtschatten, aber nicht zu viel. Ben, könnt Ihr ein paar frische Ampferblätter für mich pflücken?«

Während die Äbtissin den Mäusekrieger versorgte, beantwortete sie Bellas Frage. »Ängstige dich nicht, meine liebe Freundin. Ich werde schon dafür sorgen, dass er überlebt; ich werde allerdings mein ganzes Können als Heilerin aufbieten müssen, und es wird eine lange, lange Zeit brauchen, bis er ganz außer Gefahr ist. Columbine wird schon bald hier sein. Geh du nur und ruhe dich aus; du bist ein unglaubliches Rennen gelaufen, um Martins Leben zu retten, jeden anderen hätte die Anstrengung zweifellos umgebracht. Du musst dir jetzt etwas Schlaf gönnen.«

Die drei Häsinnen waren überhaupt nicht begeistert von der Idee, die Gefangenen zu versorgen und sich um sie zu kümmern. Sie stießen die besiegten Truppen von Kotir mit ihren Spießen an und trieben sie in Zehnergruppen zum Rand des Sees. Glockenblume, Honigtau und Weide waren eifrige Verfechter der Reinlichkeit.

»Komm schon, Schleimgesicht. Rein da mit dir – du wirst schon nicht ertrinken.«

»Nehmt viel Sand und schrubbt, so fest es geht, ihr Schmutzfinken.«

»Du da, Fuchs, vergiss nicht, dich hinter deinen schmuddeligen Ohren zu waschen.«

Der Fuchs wandte sich ab und murmelte aufsässig: »Pah, warum sollte ich?«

Trabbs und Co. waren dabei, den Umgang mit ihren Wurfschleudern zu üben. Ffring ließ einen scharfkantigen Stein vom Hinterteil des Fuchses abprallen, worauf dieser einen Satz machte.

»Weil du nichts zu beißen bekommst, wenn du dich weigerst, du schmutziger Schurke.«

»Hört, hört! Jetzt wasch dir schon deine Ohren – und zwar beide, Freundchen.«

»Dann kannst du mit ihnen in der Sonne hin und her wackeln, bis sie trocken sind.«

Skipper inspizierte eine Ratte. »Zeig mir mal deine Pfoten. Dreh sie um. In Ordnung. Geh und hol dir etwas zu essen. Heda! Was glaubst du eigentlich, wo du gerade hinsegelst, Schmutzbeutel? Sofort gehst du wieder hinein und schrubbst dein Schnurrhaar oder ich werde mit einem Stück Fichtenborke kommen und es für dich erledigen.«

Er stützte sich auf seinen Spieß und sprach mit Dinny und den Hasen über die Probleme mit den Gefangenen.

»So wie die reinhauen, wird dieser erbärmliche Haufen uns noch das Fell vom Kopf fressen«, protestierte er.

»Ujuj, die tun ja jeder ein Dutzend Mägen haben, ekliges Ungeziefer, bohörr.«

Roy-Ahoi schubste ein halb gewaschenes Wiesel mit seinem Stock wieder ins Wasser. »Keine Sorge. Ich hörte, wie Bella zu Lady Ambra sagte, dass wir sie morgen von Mossflower fortbringen werden.«

»Hajaj, je eher, desto besser, tu ich meinen.«

»Gibt es schon irgendetwas Neues von Martin?«

»Bella sagte, sein Zustand sei unverändert, dennoch hat die Äbtissin beschlossen, dass er hierher transportiert werden soll, wenn dieser Haufen Ungeziefer erst vertrieben ist.«

»Ich kann es immer noch kaum glauben, dass er die große Katze erschlagen hat. Das muss eine Riesenschlacht gewesen sein, Kumpel.«

»Hajaj, er tut schon ein Krieger sein, unser Martin, wenn auch die Schlacht nun um sein Leben gehen tut, hajo.«

Es war am Mittag des folgenden Tages. Die gleißende Sonne brannte auf den staubigen Weg nieder, der den Wald von Mossflower und die nach Westen abfallende Ebene voneinander trennte.

Auf der anderen Seite des Grabens standen die Soldaten der besiegten Armee von Kotir, von denen jeder Proviant und Wasser für zwei Tage bei sich trug. Auf der zum Wald gelegenen Seite desselben Grabens standen die Verteidiger von Mossflower: Mäuse, Eichhörnchen, Hasen, Otter, Igel und Maulwürfe zusammen mit Gingivere, Sandingomm und Bella.

Die große Dächsin reckte sich. Sie wies zum Horizont und richtete ihre Worte an die freigelassenen Gefangenen.

»Zeit für euch zu gehen. Es ist euch freigestellt, gemeinsam weiterzuziehen oder euch in Gruppen aufzuteilen. Wenn irgendjemand von euch mit dem Gedanken spielt, sich Waffen zu beschaffen und zurückzukommen, dann kann ich ihm nur wärmstens empfehlen, sich genau anzuhören, was diese Burschen hier jetzt sagen.«

Die sechs Hasen traten vor und wedelten mit ihren langen Spießen hin und her.

»Hallo, ihr Halunken. Wir sind jetzt hier die Grenzpatrouille, merkt euch das gut.«

»Jawohl, ja, das erste Regiment des Grenzschutzes zu euren Diensten.«

»Der Wald mag ja großartig sein, aber im Flachland, da lässt es sich auch prima leben, was?«

»So, ihr habt jetzt bis zum Sonnenuntergang Zeit, aus unserem Blickfeld zu verschwinden, kapiert?«

»Genauer gesagt, wenn ihr euch danach immer noch in unserer Sichtweite aufhaltet, wird es noch eine weitere nette kleine Schlacht geben.«

»So ist es. Wir Hasen und diese Waldburschen hier werden euch mit dem größten Vergnügen verfolgen.«

Auf der anderen Seite des Grabens gab keiner einen Laut von sich. Einige der Soldaten von Kotir begannen, nervös mit den Pfoten zu scharren, und wussten nicht so recht, was sie nun tun sollten.

»Wir zählen bis zehn und dann seid ihr verschwunden«, erschallte Skippers raue Stimme. »Wer dann noch hier ist, wird hier begraben. Alles klar, Kumpels. Alle zusammen!«

Die Stimmen der Waldbewohner ertönten in grimmigem Einklang.

»Eins!«

»Zwei!«

»Drei ...«

Die führungslosen Füchse, Wiesel, Hermeline, Frettchen und Ratten liefen los. Sie rannten, wie sie noch niemals in ihrem Leben gerannt waren, stolperten und drängten nach vorn, um an die Spitze der Meute zu kommen. Sie sprachen nicht ein Wort untereinander. Man konnte nur ihr raues Keuchen hören, als sie schwer atmend auf die sonnendurchflutete Ferne zustürmten. Jeder von ihnen dachte nur an sich selbst und hoffte fieberhaft, dass er bis zum Sonnenuntergang außer Sichtweite sein möge, weit weg von Mossflower und seiner grimmigen Horde gefährlicher Waldbewohner.

Später am Nachmittag traten Lady Ambra und Skipper an Bella heran.

»Könnten wir sie nicht doch ein allerletztes Mal verfolgen, Bella?«, bettelte Skipper.

Die Dächsin blickte die Anführer des Rawim an und schüttelte entschieden den Kopf. »Nein, Freunde. Wir haben gewonnen, Mossflower gehört wieder uns.«

»Hajaj, tut uns nach Hause gehen lassen, hajo!«

Die Worte des Vormaulwurfs in seiner drolligen Maulwurfssprache klangen wie die süßeste Musik, die sie je gehört hatten.

# 50

Viele Tage waren seit der Verbannung der Soldaten vergangen.

Es war spät am Abend und am Seeufer erschallten heitere Klänge. In den Bäumen hingen bunte Laternen und spiegelten sich mit ihrem orangen, rosa, blauen und goldenen Licht auf der ruhigen Wasseroberfläche. Oben leuchteten die Sterne, unten tanzten die Waldbewohner, überall hingen Blumengirlanden und von den großen Feuern am Rand des Sees strömten die köstlichsten Düfte aus.

Als Martin erwachte, vernahm er Gonffs Gesang.

*»Kein Scheusal soll hier mehr befehln.*
*Ich sage einfach: Nein,*
*ich beug mich keinem Herrscher mehr,*
*schön ist es, frei zu sein!*
*Frei, das klingt gut, macht frohen Mut,*
*he, Freunde, eilt herbei!*
*So lacht und singt, tanzt mit beschwingt,*
*ihr seid jetzt frei, frei, frei!«*

»Hajaj, das tut Ihr vielleicht denken, Gonff. Aber tut das mal Eurer Frau erzählen, ojoj.«

»Gonff, komm und hilf mir, den Erdbeerwein zu entkorken, aber jetzt gleich.«

»Ich eile, meine Columbine, oh Pflegerin der Krieger und liebreizendes Mäusemädel. Ich komme, mein kleines kandiertes Nüsschen.«

Brüllendes Gelächter ertönte.

Timballisto ließ sich auf den Rand von Martins Decke fallen.

»Bist du endlich aufgewacht, Kumpel. Die Äbtissin sagte schon, dass du heute irgendwann zu dir kommen würdest.«

Martin lächelte und ergriff die Pfote seines Freundes.

»Keine Sorge, ich bin zurückgekehrt. Wie lange habe ich denn hier gelegen?«

Noch bevor Timballisto antworten konnte, kamen Ferdy und Coggs angerannt.

»Ha, seid Ihr endlich wach, Ihr Schlafmütze«, neckte Ferdy.

»Wie kann man überhaupt vor sich hin schlummern, wenn hier eine Feier stattfindet?«, fügte Coggs hinzu.

Die Äbtissin und Bella kamen herbei. Sie waren mit Blumen geschmückt und trugen eine Schale mit Waldgemüsesuppe. Die alte Maus begann sofort damit, Martin mit einer Kelle etwas Suppe einzuflößen.

»Guten Abend, Martin. Ich möchte, dass Ihr nicht sprecht, sondern einfach nur esst; wir wollen doch, dass Ihr so schnell wie möglich wieder auf die Beine kommt.«

Der Mäusekrieger tat, wie ihm geheißen wurde. Schon bald hatten sich alle Waldbewohner um ihn versammelt.

»Seht doch, Martin ist aufgewacht!«

»Junge, Junge, und gut sieht er aus!«

»Ujuj, lebhaft wie Pfeffer und stark wie Bier.«

»Haha, ahoi, Matrose.«

»Na, wie fühlt Ihr Euch, Meisterkämpfer von Mossflower?«, gluckste Bella glücklich.

Martin blickte von einem zum anderen, sah all die freundlichen Gesichter um sich herum und lächelte durch die Tränen, die ihm aus den Augen kullerten.

»Gut, am Leben zu sein, Bella!«

Lauter Jubel ertönte, dann sprudelten die Stimmen laut und schnell durcheinander.

»Stell dir mal vor, Kumpel – während du geschlafen hast, habe ich mich mit meiner Columbine vermählt.«

»Ja, Gonff hat sein Dasein als Dieb aufgegeben – dafür habe ich schon gesorgt.«

»Ha, stellt Euch vor, wir haben ein schönes Heim für sie gefunden. Wir entdeckten es, als wir auf Grenzpatrouille Richtung Süden unterwegs waren. Es liegt ganz in der Nähe des Weges am Waldrand.«

»Ja, es ist eine winzig kleine Kirche namens Sankt Ninian oder so ähnlich. Der Himmel weiß, wie sie dahin gekommen ist. Sie ist ganz und gar zugewachsen und heruntergekommen.«

»Oh, mein Gonff wird das schon bald in Ordnung bringen.«

»He, Kumpel, ist dir aufgefallen, dass der See sich etwas abgesenkt hat? Skipper und Roy-Ahoi haben die *Waldlady* tatsächlich wieder flottgemacht.«

»Noch bevor der Sommer vorüber ist, werden wir damit Steine aus einem Steinbruch in der Nähe von Gingiveres Farm hierher schaffen.«

»Habt Ihr schon gehört? Wir werden eine große Abtei aus Stein bauen.«

»Ein riesengroßer Bau soll es werden, in dem wir alle zusammen leben können.«

»Er wird direkt am Wegrand stehen und gar nicht weit von Gonffs und Columbines neuem Zuhause entfernt sein.«

Bella wedelte mit ihrer Pfote, um Ruhe einkehren zu lassen. »Still jetzt. Geht und amüsiert euch. Unser Krieger ist über all eurem Geplapper wieder eingeschlafen.«

Die Feuer brannten herunter, die Feier am Rande des Sees ging allerdings noch lange weiter, und die fröhlichen Stimmen erfüllten die laue Sommernacht und reisten zu den Orten jenseits der Sterne, wo Legenden zu Hause sind.

# 51

Irgendjemand klopfte an die Tür des Torhauses.

Bella von Brockhall erhob sich langsam aus ihrem Lehnstuhl neben dem Kamin, in dem die Asche rot glühte, und schlurfte zur Tür hinüber.

Vor der Tür stand ein recht dicker Mäuserich, eingerahmt von einer sternenklaren Nacht. Er trat ein und nickte zu dem Mäusejungen hinüber, der fest schlief und nur von einem Kissen auf der Armlehne des Stuhls aufrecht gehalten wurde.

»Ich wusste, dass er hier sein würde, um sich Eure Geschichten anzuhören, Gnädigste.«

Bella sah sich den dicken Mäuserich genauer an. »Ihr müsst Gonff sein, der Sohn von Gonff und Columbine von Sankt Ninian. Ich dachte mir doch, dass ich Euren Sohn sofort erkannt hätte. Er ist seinem Großvater wie aus dem Gesicht geschnitten.«

Der dicke Mäuserich kicherte. »Stimmt, Ihr solltet lieber Eure Vorräte an kandierten Nüssen und Käse überprüfen, Gnädigste. Vor ihm ist nichts sicher. Ein Glück, dass er jetzt schläft, was?«

Ganz sanft nahm Bella den schlafenden Mäuserich auf den Arm. »Kleiner Spitzbube. Schaut nur, er hat lauter Eicheln in seiner Jackentasche. Wer weiß, wo er die herhat. Kommt, ich trage ihn für Euch nach Hause.«

Gemeinsam gingen sie in südlicher Richtung die staubige Straße entlang. Bella sprach leise mit Gonff.

»Schade, dass er schon eingeschlafen ist. Ich habe ihm gar nicht mehr von dem großen Eid erzählen können, den Martin geschworen hat, als er sein Schwert an den Nagel hängte, um Mäuserich von Redwall zu werden. Oder von dem wunderschönen Fest, das wir feierten, als das Haupttor errichtet war. Das war zu der Zeit, als Ihr geboren wurdet, müsst Ihr wissen. Hoho, in jenem Sommer wurden die beiden Ereignisse wirklich mehr als gebührend gefeiert. Der

Otterskipper aß so viel, dass er im Teich der Abtei unterging und Lady Ambra hineintauchen musste, um ihn wieder herauszufischen. Haben Eure Mutter und Euer Vater Euch eigentlich jemals davon erzählt?«

Gonff, der Sohn von Gonff und Columbine, nickte und blickte Bella in jener Nacht im Spätherbst lächelnd an.

»Ja, mindestens hundert Mal!«

# 52

Der letzte Herbsttag war so strahlend und heiß, als wäre es mitten im Sommer. Ruhig wie ein Mühlteich lag das Meer da und spiegelte einen wolkenlosen blauen Himmel wider. Seevögel kreisten und stießen gellende Schreie aus; träge ließen sie sich von den warmen Aufwinden über dem von der Sonne erhitzten Strand emportragen.

Zwei Hasen saßen im Schatten des Höhleneingangs und beobachteten, wie ein ausgewachsener Dachs sich mühsam seinen Weg am Strand entlangbahnte und auf sie zukam. Er war stattlich und sah gefährlich aus, das grimmige Licht in seinen Augen spiegelte sich in den Metallspitzen einer gewaltigen Kriegskeule, die er mühelos in einer Pfote trug.

Die Hasen traten aus dem Schatten des Felsens in das Sonnenlicht, als der Fremde vor ihnen stand. Er zeigte auf den Berg.

»Wie wird dieser Berg genannt?«, fragte er.

Der ältere der Hasen, ein Rammler, antwortete ihm.

»Salamandastron, der Berg des Feuersalamanders.«

Der Dachs stieß einen Stoßseufzer aus. Er lehnte sich gegen den Felsen und setzte seine Keule im Sand ab.

»Mir kommt es so vor, als sei ich schon einmal hier gewesen«, sagte er befremdet.

Eine Häsin kam mit etwas zu essen aus dem Höhleneingang.

»Ruht Euch ein wenig aus. Esst und trinkt. Mein Name ist Brise und dies ist mein Bruder Sternenhase. Wie werdet Ihr genannt?«

Der Dachs lächelte. Er berührte einen gelblichen Streifen an seinem Kopf.

»Einige nennen mich Sonnenblitz den Keulenschwinger. Ich bin der Sohn von Bella und Borkenstreifen. Ich bin ein Wanderer.«

Sternenhase nickte zufrieden. »Eure Wanderschaft endet hier, Sonnenstrahl, Ihr seid der Enkel von Keiler dem Kämpfer und der Urenkel des alten Lord Brockbaum. Es steht im Fels unseres Berges geschrieben, dass Ihr eines Tages hier eintreffen würdet.«

Sonnenstrahl richtete sich auf. Er starrte die Hasen durchdringend an.

»Geschrieben, sagt Ihr. Von wem?«

Brise zuckte mit den Achseln. »Von dem, der auch geschrieben hat, dass uns andere Hasen folgen werden. So ist es immer gewesen und so wird es immer sein.«

Beide Hasen standen am Höhleneingang. Sie verneigten sich vor dem Dachs. »Willkommen in Eurem Berg, Sonnenblitz der Keulenschwinger, Herr über den Salamandastron.«

Die hoch stehende Sonne blickte auf die unter ihr liegende Küste herab und sah, wie der Dachs und die Hasen gemeinsam in den Berg gingen.

Brian Jacques

## Redwall

## Der Kampf der Gefährten

512 Seiten ISBN 3-570-12692-7

Seit Jahren hält der Bösewicht Nero den Dachslord Sonnenblitz gefangen. Dann, mithilfe des Falken Skarlath, gelingt Sonnenblitz die Flucht. Er zerschlägt Neros sechskrallige Klaue und entkommt. Doch die neue Freiheit ist ständig in Gefahr: Neros Rache verfolgt die Gefährten überallhin. Dem alles entscheidenden Kampf können sie nicht entgehen ...

5160

OMNIBUS

www.omnibus-verlag.de